おおえ
けんざ
ぶろう

大江健三郎
文集

おおえ
けんざぶろう

憂い顔の童子

愁容童子

[日] 大江健三郎／著
许金龙／译

人民文学出版社

著作权合同登记号　图字　01-2023-1673

UREIGAO NO DOJI
by OE Kenzaburo
Copyright © 2002 OE Kenzaburo
All rights reserved.
Originally published in Japan.
Chinese (in simplified character only) translation rights arranged with OE Kenzaburo, Japan
through THE SAKAI AGENCY.

图书在版编目(CIP)数据

愁容童子/(日)大江健三郎著;许金龙译. —北京:人民文学出版社,2023
(大江健三郎文集)
ISBN 978-7-02-017903-9

I.①愁… Ⅱ.①大…②许… Ⅲ.①长篇小说—日本—现代 Ⅳ.①I313.45

中国国家版本馆 CIP 数据核字(2023)第 045580 号

责任编辑　陈　旻
装帧设计　李思安
责任印制　张　娜

出版发行　人民文学出版社
社　　址　北京市朝内大街166号
邮政编码　100705

印　　刷　北京汇林印务有限公司
经　　销　全国新华书店等

字　　数　384千字
开　　本　880毫米×1230毫米　1/32
印　　张　16　插页3
印　　数　1—5000
版　　次　2023年5月北京第1版
印　　次　2023年5月第1次印刷

书　　号　978-7-02-017903-9
定　　价　58.00元

如有印装质量问题,请与本社图书销售中心调换。电话:010-65233595

"大江健三郎文集"编委会名单

（按姓氏拼音排列）

顾　问：
　　陈众议　　刘德有　　莫　言　　铁　凝
统　筹：
　　黄志坚　　李　岩　　谭　跃　　肖丽媛　　臧永清
主　编：
　　许金龙
编　委：

陈建功	陈　旻	陈晓明	陈喜儒	程　巍
川村凑	次仁罗布	崔曼莉	丁国旗	董炳月
高旭东	侯玮红	黄乔生	李贵苍	李　浩
李建英	李敬泽	李修文	李永平	梁　展
刘魁立	刘悦笛	栾　栋	彭学明	平野启一郎
邱春林	邱雅芬	施爱东	史忠义	王　成
王小王	王亚民	王奕红	王中忱	尾崎真理子
翁家慧	吴　笛	吴晓都	吴义勤	吴岳添
吴正仪	吴之桐	小森阳一	徐则臣	徐真华
许金龙	严蓓雯	阎晶明	杨　伟	叶　琳
叶　涛	叶兴国	于荣胜	沼野充义	赵白生
赵京华	中村文则	诸葛蔚东	朱文斌	宗仁发
宗笑飞				

代 总 序

大江健三郎——从民本主义出发的人文主义作家

许金龙

在中国翻译并出版"大江健三郎文集",是我多年以来的夙愿,也是大江先生与我之间的一个工作安排:"中文版大江文集的编目就委托许先生了,编目出来之后让我看看是否有需要调整的地方。至于中文版随笔·文论和书简全集,则因为过于庞杂,选材和收集工作都不容易,待中文版小说文集的翻译出版工作结束以后,由我亲自完成编目,再连同原作经由酒井先生一并交由许先生安排翻译和出版……"

秉承大江先生的这个嘱托,二〇一三年八月中旬,我带着与人民文学出版社外国文学编辑室负责人陈旻先生共同商量好的编目草案来到东京,想要请大江先生拨冗审阅这个编目草案是否妥当。及至到达东京,并接到大江先生经由其版权代理人酒井建美先生转发来的接待日程传真后,我才得知由于在六月里频频参加反对重启核电站的群众集会和示威游行,大江先生因操劳过度引发多种症状而病倒,自六月以来直至整个七月间都在家里调养,夫人和长子光的身体也是多有不适。即便如此,大江先生还在为参加将从九月初开始的新一波反核电集会和示威游行做一些准备。

在位于成城的大江宅邸里见了面后,大江先生告诉我:考虑到上了年岁和健康以及需要照顾老伴和长子光等问题,早在此前一年,已经终止了在《朝日新闻》上写了整整六年的随笔专栏《定义集》,在二〇一三年这一年里,除了已经出版由这六年间的七十二篇随笔辑成的《定义集》之外,还要在两个月后的十月里出版耗费两年时间创作的长篇小说《晚年样式集》(*In Late Style*),目前正紧张地进行最后的修改和润色,而这部小说"估计会是自己的'最后一部长篇小说'"。对于我们提出的小说全集编目,大江先生表示自己对《伪证之时》等早期作品并不是很满意,建议从编目中删去。

在准备第一批十三卷本小说(另加一部随笔集)的出版时,本应由大江先生亲自为小说全集撰写的总序却一直没有着落,最终从其版权代理人酒井先生和坂井春美女士处转来大江先生的一句话:就请许先生代为撰写即可。我当然不敢如此僭越,久拖之下却又别无他法,在陈昊先生的屡屡催促之下,只得硬着头皮,斗胆为中国读者来写这篇挂一漏万、破绽百出的文章,是为代总序。

在这套大型翻译丛书即将出版之际,我想要表达发自内心的深深谢意,也希望亲爱的读者朋友们与我一同记住并感谢为了这套丛书的问世而辛勤劳作和热忱关爱的所有人,譬如大家所敬重和热爱的大江健三郎先生,对我们翻译团队给予了极大的信任和支持;譬如大江先生的版权代理商酒井著作权事务所,为落实这套丛书的中文翻译版权而体现出良好的专业素养和极大的耐心;譬如大江先生的好友铁凝女士(大江先生总是称其为"铁凝先生"),为解决丛书在翻译和出版过程中不时出现的问题而不时"抛头露面",始终在为丛书的翻译和出版保驾护航;譬如同为大江先生好友的莫言先生,甚至为挑选这套丛书的出版社而再三斟酌,最终指出"只有人民文学出版社才是最合适的选择";譬如亦为大江先生好友的陈众议教授,亲自为组建丛书编委会提出最佳人选,并组织各语种编委解决因原作中的大量互文引出的困难;譬如翻译团队的所有成员,无一不在兢兢业业地辛勤劳作;譬如这套丛书的责编陈旻先生,以其值得尊重的专业素养,极为耐心和负责且高质量地编辑着所有译文;又譬如我目前所在的浙江越秀外国语学院,为使我安心主编这套丛书而提供了良好的工作环境并协助成立"大江健三郎文学研究中心"……当然,由于篇幅所限,我不能把这个"譬如"一直延展下去,惟有在心底默默感谢为了这套丛书曾付出和正在付出以及将要付出辛勤劳作的所有朋友、同僚。感谢你们!

另外,为使以下代序正文在阅读时较为流畅,故略去相关人物的敬称,祈请所涉各位大家见谅。

一、从民本主义出发

1.古义人:一个日本婴儿的乳名及其隐喻

日本四国岛松山地区的大濑村是座依山傍水的小山村,建于峡谷中一块纺锤形盆地。这座小村庄位于内子町之东,石锤山西南,为重峦叠嶂所围拥。小山村只有一条东西走向的街道,与从村边流淌而下的小田川大致平行。由于河流的上游和下游分别为群山所遮掩,盆地里的小村庄看似被山峦和森林完全封闭,状呈口小腹大的瓮形。一九三五年一月三十一日,一个小生命就在这个村子里的大江家呱呱坠地,曾外祖父随即为襁褓中的婴儿取了"古义人"这个含有深意的乳名。

所谓"古义人"之"古义",缘起于日本江户中期古学派大儒伊藤仁斋(一六二七年八月——一七〇五年四月)的居所兼授学之所"古义堂"。在位于京都堀川岸边的那所小院里,伊藤仁斋写出了其后成为伊藤仁斋学系重要典籍的《论语古义》《孟子古义》和《语孟字义》等论著,继而与其子伊藤东涯共同创建了名震后世的堀川学派,陆续拥有弟子多达三千余人。这位古学派大儒(或曰堀川派创始人)肯定不会想到,《孟子古义》等典籍及其奥义,会经由自己学系的后人,传给乳名为古义人的婴儿——五十九年后获得诺贝尔文学奖的大江健三郎,并被其内化为自己的道德观和伦理观,成为静静流淌于其文学作品底里的一股强韧底流,而"古义人"这个儿时乳名,则不时以"义""义兄"和"古义"以及"古义人"等人物命名,不断出现在《万延元年的Football》(1967)、《致令人眷念之年的信》(1987)、《燃烧的绿树》(三部曲)(1993—1995)和"奇怪的二人配"六部曲(2000—2013)等诸多小说作品中。譬如长篇小说《别了,我的书!》开首第一句便开门见山地表示:"虽说已经步入老年,可长江古义人还是因暴力原因身负重伤后第一次住进了医院。"为了更清晰地暗示读者,作者大江特意在日文原版正文第一行为"長江古義人"这几个日文汉字加了旁注"ちょうこうこぎと"。这里的"ちょうこう"是固有名词,指涉中国的"长江",而"こぎと",则是"古義人"之音读,在日语中与"古義堂"谐音,作者借此清晰地告诉读者,文本内外的古义人经由曾外祖父和古义堂所接受的民本思想,其源头在于长江所象征的中国。关于"古义人"这个名字的缘起,大江本人曾在《大江健三郎口述自传》里作如此回忆:

  古义人的名字中,就融汇了这个学派的宗师伊藤仁斋的古学思想。我从阿婆那里只听说,曾外祖父曾在下游的大洲藩教过学问。他处于汉学者的最基层,值得一提的是,他好像属于伊藤仁斋的谱系,因为父亲也很珍惜《论语古义》以及《孟子古义》等书,我也不由得喜欢上了"古义"这个词语,此后便有了"奇怪的二人配"这三部曲①中的Kogi②,也就是

---

① 在写作《大江健三郎口述自传》时,大江已发表同以长江古义人为主人公的《被偷换的孩子》《愁容童子》和《别了,我的书!》这三部长篇小说,后三部长篇小说《优美的安娜贝尔·李 寒彻颤栗早逝去》《水死》和《晚年样式集》尚未创作和发表,故此处有"三部曲"之说。
② Kogi 为"古义"的日语读音。

古义这么一个与身为作者的我多有重复的人物的名字。①

"古义"这个字词所承载的民本思想,与其后接受的日本战后民主主义思想以及经大江本人丰富和完善过后的人文主义思想一道,浑然形成大江健三郎之宏大博深且独具特色的文艺思想——勇敢战斗的人文主义和果敢前行的悲观主义。

2. 由莫言引发的思考和回溯

大江的曾外祖父与孟子学说结下的不解之缘,要从其家族所从事的造纸业说起。大江的故乡大濑村所在地区的经济主要依靠农业和林业支撑,历史上曾是全国木蜡的主要产地,这里还生产利用森林中的黄瑞香树皮制作的纸浆,用以生产优质和纸。日本学者黑古一夫教授曾多次前往此地做田野调查,他认为"江户时代的大江家以武士身份采购山中特产,到了明治仍然继承祖业从事造纸业"②。其实,大江家作为批发商除了收购山中的柿干等山货外,从江户时代传承下来的造纸业才是其主业,自山民手中收集黄瑞香树皮并在河水中浸泡过后,将从中撕下的真皮加工为特殊纸浆,再向内阁造币局提供这种特殊纸浆以供其制造纸币。当时,日本全国一共只有几家作坊能够生产这种特殊纸浆原料。战后,由于货币用纸发生了变化,便不再使用这种纸浆原料。

为了更好地经营祖传产业,大江的曾外祖父年轻时曾前往大阪(或是京都),在古学派大儒伊藤仁斋学系开办的学堂里研习儒学,更准确地说,是研习孟子的相关学说,尤其是其中的民本思想和易姓

---

① 大江健三郎著,许金龙译《大江健三郎口述自传》,贵州人民出版社,二〇一九年三月,第10页。
② 黑古一夫著,翁家慧译《大江健三郎传说》,中国广播电视出版社,二〇〇八年三月,第22页。

革命思想。二〇〇八年二月二十一日下午,在东京都郊外小田急沿线的成城宅邸里,大江对来自中国的老朋友莫言这样解释曾外祖父专程学习儒学的原委:

> 曾外祖父年轻时曾在大阪的新兴商人间开办的私塾里学习孟子的相关学说。在当时的日本,普遍认为孔子的《论语》有利于天皇制,因而比较欢迎《论语》,同时认为孟子学说中含有反天皇制的因素,便对孟子及其学说持反对态度。不过也有个例外,那就是江户时期的儒学家伊藤仁斋对孟子持肯定态度,认为后世诸家大多根据其时的统治阶层利益来阐释儒学,比如对朱子学也是如此,这就越来越背离了儒学的真义,所以需要回到原典中去寻找古义,想要以此为据,用以构建自己的思想体系,他还写了一本题为《孟子古义》的研究类专著。相较于宣扬孔子及其《论语》的私塾古义堂所授教材《论语古义》,曾外祖父选择了《孟子古义》的学术观点,并将这些观点传给了儿时的我。早在孩童时代,我就觉得《孟子古义》中的"古义"是个好词,就接受了这其中的"古义"这个词语。①

在被莫言的同行者问及"你的曾外祖父是个商人,为什么要去学习儒学?"时,大江则这样对他的老朋友莫言解释道:

> 当时的日本商人都认为,经商是为得利,而若想得利,首先便要有义。若是不能义字当头,即便获利,也不会长久。本着这个义利观,曾外祖父就专程前去学习儒学中的"义",却不料被儒学的博大精深所深深震撼,更是与《孟子古义》中有关易姓革命的理论产生共鸣,在学习结束后,就带着据说是伊藤仁斋手书的"義"字挂轴回到家乡,却不再经商,而是在村里挂上那个"義"字挂轴,就在那挂轴下教授村里人学习儒学。再往后,就去邻近的大洲藩教授儒学去了。

---

① 根据二〇〇八年二月二十一日下午大江健三郎与莫言对谈现场所录文字整理而成。

莫言的访问引出大江对自身家学渊源的关注和回溯,那次访谈结束后,或许是认为自己未能更为透彻地向莫言阐释古学派的义利观,两年后的二〇一〇年三月,大江在刊于《朝日新闻》的专栏文章里,如此引用了三宅石庵①在怀德堂发表的讲义:

> 所谓利,是人的合理之判断,无外乎"正义"——义——的认识论之延长。实际上,商人绝不应考虑利用彼等职业追求利益,而应考虑从"义"这种道德原理出发之伦理性活动。义在客观世界中被转为行动之际,利无须努力追求亦不为欲望所乱便会"自然"呈现。"利者,纵然不使刻意相求,利亦将如影随形也。"②

这显然是日本近世儒学教育家对《易经》中"利者,义之和也"的解读,典出于《易经》"为乾之四德"中"元者,善之长也。亨者,嘉之会也。利者,义之和也。贞者,事之干也"。孟子在《孟子·梁惠王上》中亦曰:"王!何必曰利?亦有仁义而已矣。王曰'何以利吾国?'大夫曰'何以利吾家?'士庶人曰'何以利吾身?'上下交征利而国危矣。"我们也可以将孟子向梁惠王所作谏言,理解为孟子学说在《易经》义利观的基础上所做的寓言式诠释。

3.大江对"古义"的再阐释

与莫言的访问时隔大约一年半后的二〇〇九年十月六日,在台北举办的第二届"大江健三郎文学学术研讨会"上,大江对莫言、朱天文、陈众议、小森阳一、许金龙、彭小妍等中日两国作家和学者更为详尽地讲述了曾外祖父学习儒学的背景:

---

① 三宅石庵(1665—1730),日本江户中期的儒学家,曾任怀德堂第一任堂主。
② 大江健三郎著,许金龙译《定义集》,贵州人民出版社,二〇一九年三月,第280页。

……我在孩童时代有个名为"古义人"的乳名。我的曾外祖父是中国哲学的研究者。……伊藤仁斋作为研究日本近世的中国哲学的学者而广为人知,他运用中国古典的正统解读法,写了"古义"(系列)的论著,准确地说,是《论语古义》和《孟子古义》等论著。

江户时代,有着基于近世的领导人和政治家的中国哲学意识形态。日本一直存在来自中国朱子的朱子学传统,及至日本近世,就出现了两个不同于朱子学的、对于古典的理解。其一,是作为学者而出现的著名的荻生徂徕这个人物,他主张把中国哲学真正视作古老的文本,遵循文本的本义进行解读。他的这种解读就成了武士和知识阶层的哲学,当德川幕府封建体制崩溃、发生明治维新、发生叫作明治维新的革命之际,就成了赋予日本知识分子力量的思想来源之一。……不过在这同一时期,另有一个对民众传授中国哲学的人,传授与政府的、权力方的解读相悖的中国哲学的人,此人就是伊藤仁斋。我的曾外祖父学习了这种中国哲学,便在自己的房间里挂起从先生那里得到的字幅,那上面有了不起的大人物手书的"羲"字。曾外祖父将其悬挂起来,就在那下面教授我们那里的人学习中国哲学。曾外祖父说,这么大的字幅,是伊藤仁斋亲手所书。

这里需要介绍一下大江所说的、在日本以天皇为中心的意识形态之下,孔子与孟子学说在日本社会受容与传承的际遇迥然相异——"普遍认为孔子的《论语》有利于天皇制,因而比较欢迎《论语》,同时认为孟子学说中含有反天皇制的因素,便对孟子及其学说持反对态度"。以此观照孔孟学说东传日本的历史,孔子学说在圣德太子时期便奠定了儒家正统的地位,演变为天皇制伦理的法理基础和伦理基础,而孟子学说,则由于民贵君轻的基本政治伦理天然违背了天皇制自上而下的尊卑观,从而成为东传日本之儒教的异端。这种尊孔抑孟的主流意识形态,直至伊藤仁斋的出现,才得到反思和受到批判。

4.不受历代天皇欢迎的孟子及其学说

《论语》早在三世纪后半叶便开始传往日本,公元二八五年,"百济博士王仁由于阿直歧的推荐,率治工、酿酒人、吴服师赴日,并献《论语》十卷、《千字文》一卷,这就是汉文字流入日本之始。其后继体天皇时(513—516)百济五经①博士段杨尔、高丽五经博士高安茂、南梁人司马达赴日,又钦明天皇时(554)五经博士王柳贵、易博士王道良等赴日,这可以说是以儒教为中心之学术文化流入日本之始"②。如果说这大约三百年间的儒学传入是时断时续的涓涓细流,那么到了七世纪,即中国的隋唐时期、日本的推古天皇时期,这涓涓细流就成了奔腾于日本本土文化这个河床中的汹涌洪流,广泛而持久地滋润着干涸的本土文化。在这个时期,有史可考的日本第一位女天皇炊屋姬,也就是推古天皇,为了抗衡把持朝政的权臣苏我马子,故而册封自己的侄儿、已故用明天皇的儿子厩户皇子为皇太子,这位皇太子便是后世盛传的圣德太子。其对内实施了一系列改革,对外则不断派遣遣隋使和遣唐使,如饥似渴地吸收和消化来自中国的先进文化,这其中就包括从中国大量引入的儒学和佛教文化。圣德太子更是学以致用,很快便基于儒佛文化亲自拟就并于六○四年颁布旨在对官吏进行道德训诫的《十七条宪法》,试图以此为基础建立以天皇为核心的中央集权体制。该《宪法》除去第二条之"笃信三宝"和第十条之"绝忿弃嗔"取自佛教经典外,其余各条尽皆出自儒学经典和子史典籍。北京大学哲学系的朱谦之老先生曾对此做过清晰的梳理:

---

① 五经为《诗经》《尚书》《礼记》《周易》和《春秋》这五部典籍,是我国保存至今的最为古老的文献,也是我国古代儒家的主要经典。
② 朱谦之著《日本的朱子学》,人民出版社,二○○○年十二月,第4页。

第一条"以和为贵"本《礼记·儒行》及《论语》"礼之用和为贵";"上和下睦"本《左传》成公十六年"上下和睦"与《孝经》"民用和睦,上下无怨"。第三条"君则天之,臣则地之"本《左传》宣公四年"君天也"与《管子》;"天覆地载"本《礼记·中庸》"天之所复,地之所载";"四时顺行"本《易·豫卦》"天地以顺动,故日月不过而四时不忒";"上行下靡"本《说苑》。第四条"上不礼而下不齐"本《韩诗外传》及《论语》"道之以德,齐之以礼,有耻且格"。第五条"有财之讼,如石投水,泛者之讼,似水投石",本《文选》李潇远《运命论》"其言如以石投水,莫之逆也。第六条"无忠于君,无仁于民"本《礼记·礼运》"君仁臣忠";"惩恶劝善"本《左传》成公十四年。第七条"人各有任,掌宜不滥,其贤哲任官",本《尚书·咸有一德》之"任官惟贤材";"克念作圣"本《尚书·说命篇》。第八条"公事靡盬"本《诗经·唐风·鸨羽》,《鹿鸣之什·四牡》之"王事靡盬"。第九条"信是义本"本《论语》"信近于义"。第十条"彼是则我非"本《庄子》;"如环无端"本《史记·田单传》。第十二条"国靡二君,民无二主",本《礼记·坊记》"天无二日,土无二主"及《孟子》。第十五条"背私向公,是臣之道矣",本《韩非子·五蠹》篇"自环者谓之私,背私谓之公",与《左传》文公六年"以私害公非忠也";"千载以难待一圣"本《文选·三国名臣传序》。第十六条"使民以时,古之良典"本《论语·学而》篇"节用而爱人,使民以时"。①

由此可见,无论在形式上还是内容上,《论语》和"五经"都对《十七条宪法》带来巨大影响,从而为建立以天皇为核心的中央集权体制做了前期准备。当然,我们在这里需要关注的是,这部宪法引入《论语》者有四,而引入《孟子》者则为一。也就是说,在大规模引入中国儒学的初期阶段,或许是对于孟子有关易姓革命的民本思想不甚了解,圣德太子还是对孟子表示出了敬意,尽管在《宪法》中的参

---

① 朱谦之著《日本的朱子学》,人民出版社,二〇〇〇年十二月,第5—6页。

考和引用大大少于孔子的《论语》。

圣德太子去世后,孝德天皇在大化二年(646)颁布《改新之诏》,史称大化改新,提出"公民公地",将皇族和大贵族的土地收归天皇所有,"确立天皇的最高土地所有权及以天皇为中心的中央集权制。儒学的天命观及与之相联的符瑞思想成为革新的重要理论基点"①,由此正式成立中央集权国家,并将大和之国名更改为日本国。随着神话传说故事《古事记》(712)和编年体史书《日本书纪》(720)的问世,日本历代天皇越发强调皇权天授、万世一系,及至明治维新后由伊藤博文起草并实施的《大日本帝国宪法》,更是借助日本传统中对天皇的尊崇,以法律形式确认天皇秉承皇祖皇宗"天壤无穷之宏谟"的神意,继承"国家统治大权"的上谕,其权力神圣不可侵犯,从而被赋予国家元首和统治权的总揽者之地位②,集统治权、军权和神权于一身。于是,"民为贵,社稷次之,君为轻",强调主权在民、人民福祉才是政治活动之最大目的等孟子的政治主张,便不可避免地与日本历代统治阶层的利益发生了猛烈碰撞。至于孟子所提"贼仁者谓之贼,贼义者谓之残。贼残之人,谓之一夫。闻诛一夫纣矣,未闻弑君也"③等易姓革命的政治主张,更是为日本历代统治阶层所不容,不但代表皇室利益的公家不容,即便是代表幕府利益的武家也决不能接受。于是,在孔子自被奈良朝奉为"文宣王"(768)并享有王者至尊的一千余年间,孟子非但不能享受亚圣的荣光,就连其著述《孟子》也不得输入日本,致使坊间四处流传,不可将《孟子》由唐土带回

---

① 刘宗贤、蔡德贵著《当代东方儒学》,人民出版社,二〇〇三年十二月,第155页。
② 请参阅收录于《日本国宪法》之《大日本帝国宪法》,讲谈社学术文库2201,第61—77页。
③ 引自伊藤仁斋著《孟子古义》第34—35页之《孟子·梁惠王下·2》相关内容。

11

日本，否则将会在回航途中遭遇海难……这大概就是大江健三郎对莫言所说的"普遍认为孔子的《论语》有利于天皇制，因而比较欢迎《论语》，同时认为孟子学说中含有反天皇制的因素，便对孟子及其学说持反对态度"的历史背景和政治背景了吧。

5.以民意代天意的民本思想

这种尊孔抑孟的现象到了幕府时代也没有任何改变，"作为军事独裁政权的幕府政权一直提倡武士道及尚武精神，而儒家的伦理道德思想在武士道形成过程中成为一个重要的思想来源，统治者及其思想家们利用儒学阐释武士道，汲取了儒学忠、勇、信、礼、义、廉、耻等道德观念，依其统治利益所需改造儒学，冀以充实武士道"①。尤其到了德川幕府时期，"出于加强思想统治，维护并发展幕府政治、经济制度的需要，在国家意识形态方面，由佛儒并用转向独尊儒家思想学说，把儒学定为官学，同时强行禁止'异学'。……倡'大义名分'，把纲常伦理绝对化的程朱理学作为占统治地位的主导思想"②。这里有两点需要注意：一是"依其统治利益所需改造儒学，冀以充实武士道"；二是"把纲常伦理绝对化的程朱理学作为占统治地位的主导思想"。前者是说幕府根据其统治利益所需而任意"改造"儒学，用以"充实武士道"；后者则表明被幕府选中的、可供其"改造"的儒学或曰官学，便是"把纲常伦理绝对化的程朱理学"了。由此可见，经过种种"改造"的这种所谓儒学，就只能是遭到严重篡改的"儒学"，为统治阶层的伦理纲常保驾护航的"儒学"了。这种儒学，便是大江口中的"来自中国朱子的朱子学"，也就是被权力中心所指定的官学。为了

---

① 刘宗贤、蔡德贵著《当代东方儒学》，人民出版社，二〇〇三年十二月，第156页。
② 同上，第167页。

对抗这种官学,"及至日本近世,就出现了两个不同于朱子学的、对于古典的理解。……有一个对民众教授中国哲学的人,教授与政府的、权力方的解读相悖的中国哲学的人,此人就是伊藤仁斋"①。

　　大江在这里提及的伊藤仁斋是江户时期古学派中具有代表性的重要学者,而伊藤仁斋所在的"古学派是日本儒学的重要派别,也是官学朱子学的反对派。古学派学者认为只有古代儒学才具有真义,汉唐以后的儒学全是伪说。他们尊信三皇、五帝、周公、孔子,以古典经典为依据,冀望从古典中寻找作用于社会的智慧源泉,重新构建不同于朱子学、阳明学的思想体系,实际是希望以复古的名义打破当时朱子学的一统天下。古学派的先导者是山鹿素行,另外两个著名人物分别是堀川学派的伊藤仁斋、萱园学派的荻生徂徕。他们在思想意识形态上具有共同的特点,政治上代表被闲置的贵族及中小地主阶级等在野民间势力"②。这里说的是在德川时代中期,占全国人口百分之八十多的农民附属于大小藩主,而这大大小小的藩主又附属于大名,各大名则附属于"大将军"德川幕府。随着德川幕藩制在政治方面和经济方面开始出现危机,其封建体制开始瓦解,近代思想也便从中逐渐萌发并发展起来,就这个意义而言,与朱子学对抗的古义学的出现和发展,也就是历史的必然了。尤其在享保年间,日本全国的农村经济因商业高利资本的侵入而衰落之际,风起云涌的农民暴动在震撼德川幕府封建统治基础的同时,也给维护封建等级制度和伦理纲常的朱子学带来沉重打击。正是在这种背景下,"初奉宋儒,……及年三十七八始出己见"的伊藤仁斋叛出朱子学,转而在《论语》和《孟子》等古典中寻找真义,认同孟子"天视民视,天听民

---

① 根据"大江健三郎文学学术研讨会"台北会议录音整理而成的资料。
② 刘宗贤、蔡德贵著《当代东方儒学》,人民出版社,二〇〇三年十二月,第164页。

听",即以民代天、以民意代天意的民本思想,主张以仁义为王道,所以仁者之上位,虽说是天授,其实更是人归。对于失去民心民意、引发天怒人怨的残暴之君,则认为其已被以民意为象征的天道所抛弃,从而可以对其放伐。

6.以革命颠覆不义的理想主义呼声

在详细阐释孟子的放伐理论时,伊藤仁斋更是在《孟子古义》里缜密地为孟子如此辩护道:

> 孟子论征伐。每必引汤武明之。及其疑于弑君者。乃曰闻诛一夫纣矣。未闻弑君也。盖明汤武之举。仁之至。义之尽。而非弑也。……何者。道也者。天下之公共。人心之所同然。众心之所归。道之所存也。传曰。桀放于南巢。自悔不杀汤于南台。纣诛于牧野。悔不杀文王于羑里。夫天下非一汤武也。向使桀纣自悛其恶。则汤武不必征诛。若其恶如故。则天下皆为汤武。不在彼则在此。不在此必在彼。纵令彼能于南巢牧野之前。得杀汤武。然不改其恶。则天下必复有如汤武者。出而诛之。虽十杀百戮。而卒无益。故汤武之放伐。天下放伐之也。非汤武放伐之也。天下之公共。而人心之所同然。于是可见矣。孟子之言,岂非万世不易之定论乎。宋儒以汤武放伐为权变。非也。天下之同然之谓道。一时之从宜之谓权。汤武放伐即道也。不可谓之权也。①

在当时看来,伊藤的宣言是何等的大胆。如果说在中国的历史上,易姓革命早已屡见不鲜,素有改朝换代之说的话,那么在日本这个所谓天皇万世一系的国度里,伊藤仁斋的以上话语可谓大逆不道了。所谓弑君,用日语表述便是"下克上",明显包括"犯上作乱"和"以下犯上"等道德和伦理层面的指责,但是伊藤仁斋在纣王被杀这

---

① 伊藤仁斋著《孟子古义》卷一,第35页。

件事上,却全然不做这种语义上的认可,倒是完全依孟子所言,认为武王伐纣是诛杀贼仁贼义之独夫而非弑君,可作为正义行为予以认可和鼓励,因为"夫天下非一汤武也。向使桀纣自悛其恶。则汤武不必征诛。若其恶如故。则天下皆为汤武",更是强调汤武放伐是天下之同然的"道也",而不是宋儒(或曰维护幕府等级制度的朱子学)所批评的从宜之"权变"。

伊藤仁斋笔下的"道",其后被暴动之乡的年轻商人所接受、所宣传、所传承,并取其宗师伊藤仁斋居所兼私塾的古义堂之"古义"二字,为自己的曾外孙命名为"古义人"。这个乳名为"古义人"的孩子多年后在作品里借小说人物之口讲述了这个乳名的背景:"宴会将近结束时,大黄突然说起古义人这个名字的由来。当然,这是以笛卡尔的西欧思想为原点的,然而并不仅仅如此。在与大阪——当时的大阪——有着贸易往来关系的这块土地上,不少人曾前往商人们学习儒学的学校怀德堂。古义人的名字中,就融汇了这个学派的宗师伊藤仁斋的古学思想。"①至于伊藤仁斋在上文中提及汤武放伐时所认定并高度评价的"道",时隔大约四百年之后,大江在《万延元年的Football》里做出了这样的回应:

> 关于武装暴动的原因,那位与我有书信往来的老教员乡土史家,既未否定,亦未积极肯定我母亲的意见。他具有科学态度,强调在万延元年前后,不仅本领地内,即使整个爱媛县内也发生了各类武装暴动,这些力量和方向综合在一起的矢量指向维新。他认为本藩惟一的特殊之处,就是万延元年前十余年,藩主担任寺院和神社的临时执行官,使本藩的经济发生了倾斜。此后,本藩向领地城镇人口征收所谓"万人讲"日钱,

---

① 大江健三郎著,许金龙译《被偷换的孩子》,译林出版社,二〇〇八年十月,第109页。

向农民征收预付米,接着是"追加预付米"。乡土史家在信末引用了一节他收集的资料:"夫阴穷则阳复,阳穷则阴生,大地循环,万物流转。人乃万物之灵长,若治政失宜,民穷之时,岂不生变乎!"这革命启蒙主义中有一股力量。①

在这里,大江借小说人物之口说出"人乃万物之灵长,若治政失宜,民穷之时,岂不生变乎!"其以革命颠覆不义的理想主义呼声,显然来自《孟子·梁惠王下》的相关内容及其在日本的传承者伊藤仁斋的影响。不仅如此,大江还把以上经其改写的话语定义为"革命的启蒙主义",而且特意指出其中蕴藏着"一股力量"。更具体地说,这既是对孟子"贼仁者谓之贼,贼义者谓之残。贼残之人,谓之一夫。闻诛一夫纣矣,未闻弑君也"等易姓革命主张的认同,也是在借伊藤仁斋对此所做的解读而赋予故乡暴动历史以正当性和合理性,让所有暴动者及其同情者据此获得伦理上的支撑——"夫天下非一汤武也。向使桀纣自悛其恶。则汤武不必征诛。若其恶如故。则天下皆为汤武"。显然,故乡的历史暴动史实与先祖传播的孟子有关"民本"和"革命"思想融汇在了一起,森林中的农民暴动叙事所体现的朴素村落政治观和斗争史,恰恰是"民本"古义与"革命"的现代左翼思潮相结合的表现,更是大江在未来的人生中接受战后民主主义思想的伦理基础。

二、暴动之乡的森林之子

1.大濑村的暴动历史

作为大江文学的重要构成部分,大江的革命想象不仅萌发于曾

---

① 大江健三郎著,邱雅芬译《万延元年的Football》,人民文学出版社,二〇二一年四月,第88页。

外祖父《孟子古义》之家学影响，无疑也受到故乡暴动历史世代口耳相传的浸染，将边缘与中心的权力抗衡内化为一种本土化的体悟。大江的"古义人"乳名和其接受孟子民本思想以及易姓革命思想的土壤，恰恰是故乡大濑村这块历史上暴动频发的土地，正如大江在北京的一次讲演中所言：

> 而我，则在边缘地区传承了不断深化的自立思想和文化的血脉。对于来自封建权力以及后来的明治政府中央权力的压制，地方民众举行了暴动，也就是民众起义。从孩童时代起，我就被民众的这种暴动或曰起义所深深吸引。……我曾写了边缘的地方民众的共同体追求独立、抵抗中央权力的长篇小说《万延元年的 Football》。这部小说的原型，就是我出生于斯的边缘地方所出现的抵抗。明治维新前后曾两度爆发起义（第二次起义针对的是由中央权力安排在地方官厅的权力者并取得了胜利），但在正式的历史记载中却没有任何记录，只能通过民众间的口头传承来传续这一切。……与中心进行对抗的边缘这种主题，如同喷涌而出的地下水一般，不断出现在此后我的几乎所有长篇小说之中。①

那么，作为大江革命想象的原型，故乡大濑村的革命暴动，是如何在德川幕府和其后的明治政府中央权力及其各级官吏等代理人的压制下被频频触发的呢？这些革命原型又与大江自身的文学建构有着何种关联？

当然，由于官方长年以来的持续遮蔽或改写，我们已经很难从官方记载中查阅并还原当年的暴动起因以及过程等完整信息了。大江本人在其作品以及讲述中所提供的信息亦缺乏完整性和系统性，更

---

① 大江健三郎著，许金龙译《北京讲演二〇〇〇》，《中华读书报》，二〇〇〇年十月十八日。

由于其小说的虚构性,小说叙事的史料价值也有待考鉴。与此同时,通过口耳相传的民间文学形式以及亲身参与了暴动文化之传播的老人们,亦随岁月流逝而日渐减少,其所提供的信息亦有模糊不清之处。所幸笔者在当地做田野调查时,曾获得一份非公开出版的方志。结合当地老人的回忆以及大江本人的讲述或文字记叙,得以大致瞥见当地暴动的肇因和状貌。这份由内子町志编撰委员会编写的《新编内子町志》第七节之《农民暴动》这个章节里有一个题为"大洲藩农民暴动(騷動)"的列表2-7:

年　号	公元	暴动名称
寛保元年	1741	久万山騷動
延享四年	1747	御藏騷動
寛延三年	1750	内子騷動
宝暦十一年	1761	麻生騷動
明和七年	1770	藏川騷動
明和八年	1771	麻生騷動
寛政元年	1789	柳沢騷動
文化六年	1809	阿藏騷動
文化七年	1810	横峰騷動
文化十三年	1816	大洲紙騷動
文化十三年	1816	村前騷動
文政十一年	1828	菅田騷動
天保八年	1837	柳沢騷動
天保八年	1837	横峰騷動
文久二年	1862	小藪騷動
文久三年	1863	宇和川騷動
慶応二年	1866	奥福騷動
明治四年	1871	廃藩置県騷動

| 明治四年 | 1871 | 郡中騷動 |
| 明治四年 | 1871 | 臼杵騷動 |

——以上为发生于大洲藩或与藩相关联的暴动。其资料来源于影浦勉「伊予農民騷動史話」「愛媛鼎史」『大洲市誌』和「高橋文書」。①

这份列表清晰标注了大濑村所在的大洲藩地区,自一七四一年至一八七一年这约一百三十年间,发生被官方蔑称为"骚动"的暴动共计二十次。也就是说,暴动平均每六年半便会爆发一次。这里需要说明的是,图表所列远不及实际曾经发生的暴动次数,譬如一七八八年肇始于大江家所在小山村的大濑暴动,就未能列入其中。在这片范围有限的区域内,如此高频度(有的地方甚至重复数次)发生暴动的原因不一而足,不过其主因不外乎来自各级官府的压榨、商人投机、官商勾结、粮食歉收、物价(尤其是粮食价格)高涨等等,这一点从大米和大豆在一八六一年至一八七〇年这十年间的涨幅便可略见一斑(2-8):

年　号	公元	大米	大豆
文久元年	1861	205 錢	218 錢
二年	1862	250 錢	272 錢
三年	1863	290 錢	260 錢
元治元年	1864	400 錢	364 錢
慶応元年	1865	650 錢	540 錢
二年	1866	2000 錢	1140 錢
三年	1867	1800 錢	869 錢
明治元年	1868	6000 錢	5700 錢

---

①　内子町志編撰委員会著《新編　内子町志》,一九九六年十月,第161页。

二年	1869	12000錢	10000錢
三年	1870	14500錢	21000錢

——以上为一石粮食之价格。其资料由知清吉冈文书所作。①

　　正如大江自述的"明治维新前后曾两度爆发起义（第二次起义针对的是由中央权力安排在地方官厅的权力者并取得了胜利）"②，即列表2-7分别发生于一八六六年的奥福暴动③和一八七一年的废藩置县暴动。从列表2-8可以看出，在大江经常提及的这两场暴动前后短短十年时间内，大米价格从一八六一年的二百零五钱猛涨至一八七〇年的一万四千五百钱，同期的大豆价格则从二百一十八钱猛涨至二万一千钱，前者涨至七十点七倍，后者更是狂涨至九十六点三倍。按照这个势头，未能列入的一八七一年（即发生废藩置县暴动之年）的涨幅估计越发让人心惊肉跳。至于物价何以如此疯涨的主要原因大致如下：首先是江户末期农民阶层开始分化，大量贫困农民为借钱度日而将农地转手他人，只能依靠佃耕勉强糊口；其二则是巧取豪夺了大量土地的地主和富商与藩府加强勾结，通过向藩府提供金钱而获得更多特权，转而利用这些特权变本加厉地盘剥贫困农民；再就是大厦将倾的德川幕府在政治上开始出现崩溃迹象，在经济方面则出现全国性物价高涨，尤其是猛涨的大米价格更使得贫困农民和底层民众的生活越发艰难；第四，雪上加霜的是，在庆应二年

---

① 内子町志编撰委员会著《新编　内子町志》，一九九六年十月，第190页。
② 大江健三郎著，许金龙译《北京讲演二〇〇〇》，《中华读书报》，二〇〇〇年十月十八日。
③ 一八六六年七月十五日发生在包括大江健三郎故乡大濑村在内的奥筋地区的、规模达万余人的农民暴动。因暴动领导人名为福五郎（亦有福太郎、福二郎、福次郎之说），当地人便取奥筋中的奥以及福五郎中的福，将该暴动称之为奥福暴动。

（1866），遭遇了前所未有的大歉收，与藩府素有勾结的投机商人乘机将大米价格猛涨。正如大江在作品里所总结的那样："人乃万物之灵长，若治政失宜，民穷之时，岂不生变乎！"于是，这一年的七月十五日，大江家所在的大濑村便爆发了名为"奥福骚动"的大暴动，前后历时三天，至十七日时共计波及三十余村庄，参与者多达一万余人。

这次暴动的经纬大致如下：该年七月某日，大濑村村民福五郎（亦有福太郎、福二郎、福次郎之说）因家中无粮，向村吏提出借用村中存米，随即遭拒，却发现村吏将米借给来村里出差的医生成田玄长，便与村吏发生激烈争执。福五郎由此痛恨贪图暴利的商人，决定发动村民一同上访，同村的神职人员立花丰丸于是承担其参谋，以福五郎之名撰写檄文并广泛散发于周围数十村庄，呼吁大家奋起暴动，不予合作之村庄则予烧毁！早已对为富不仁的富商心怀怨恨的数十村庄的农民纷纷加入暴动队伍。七月十五日晚间，赞成福五郎主张的大濑村村民捣毁村里的酒铺，在福五郎号令下开往内子镇，中途参加者络绎不绝，至十六日暴动队伍已达三千余人，当天在内子镇打砸店铺约四十间，继而在五十崎打砸店铺约二十间。及至十七日，共有三十个村庄、一万余人参加暴动。大洲藩府急遣信使往江户幕府报警，同时不断派人游说福五郎等三四位暴动头领，至当日晚间，福五郎等人被说服，继而解散暴动队伍。在参加暴动的农民相继回村后，三位暴动头领遭到抓捕，其中大濑村的福五郎以及同村的立花丰丸其后死于狱中……

诸如此类的暴动景象，通过世代的传述，在民间文学的传承下，从历历在目的口头讲述，化为跃然纸上的文学形象。这些暴动记忆和历史人物原型，促动大江以大濑为革命对峙的中心向压迫性体制发出挑战，而将暴动革命历史传承给大江的媒介，正是阿婆这位民间文学的讲述者,暴动革命故事则作为元文本化入大江对于村庄暴动的文学虚构之中。

2.阿婆的暴动故事元文本

为儿时大江栩栩如生地讲述奥福其人和奥福暴动这段历史的人,是大江家里名为毛笔的阿婆。多年后,《读卖新闻》记者尾崎真理子采访时曾提及大江面对阿婆栩栩如生的讲述而心神荡漾的过往:"那个'奥福'物语故事,当然也是极为有趣,非同寻常。据说您每当倾听这个故事时,心口就扑通扑通地跳。由于听到的只是一个个片段,便反而刺激了您的想象。"①于是大江便这样对记者回忆了当年的情景:

> 是啊,那都是故事的一个个片段。阿婆讲述的话语呀,如果按照歌剧来说的话,那就是剧中最精彩的那部分演出,所说的全都是非常有趣的场面。再继续听下去的话,就会发现其中有一个很大的主轴,而形成那根大轴的主流,则是我们那地方于江户时代后半期曾两度发生的暴动,也就是"内子骚动"(1750)和"奥福骚动"(1866)。尤其是第一场暴动,竟成为一切故事的背景。在庞大的奥福暴动物语故事中,阿婆将所有细小的有趣场面全都统一起来了。

> 奥福是农民暴动的领导者,他试图颠覆官方的整个权力体系,针对诸如刚才说到的,其权力及至我们村子的那些权势者。说是先将村里的穷苦人组织起来凝为强大的力量,然后开进下游的镇子里去,再把那里的人们也团结到自己这一方来,以便聚合成更强大的力量。那场暴动的领导者奥福,尽管遭到了滑稽的失败,却仍不失为一个富有魅力的人。我就在不断思考奥福这个人的人格的过程中,度过了自己的少年时代。②

---

① 大江健三郎著,许金龙译《大江健三郎口述自传》,贵州人民出版社,二〇一九年三月,第8页。
② 同上,第8—9页。

……

是祖母和母亲讲述给我并滋养了我的成长的乡村民间传说。在写作《万延元年的Football》时,我的关心主要集中在那些叙述一百年前发生的两次农民暴动的故事。

祖母在孩提时代,和实际参与这些事件的人们生活在同样的社会环境里,所以,她所讲述的民间故事,常常会添加进她当年亲自见过的那些人的逸闻趣事。祖母有独特的叙事才能,她能像讲述以往那些口耳相传的民间故事那样讲述自己的全部人生经历。这是新创造的民间传说,这一地区流传的古老传说也因为和新传说的联结而被重新创造。

她是把这些传说放到叙述者(祖母)和听故事的人(我)共同置身其间的村落地形学结构里,一一指认了具体位置同时进行讲述的。这使得祖母的叙述充满了真实感,此外,也重新逐处确认了村落地形的传说/神话意义。①

病迹学(Pathographie)研究成果表明,儿时的生长环境对于成人后的价值取向和审美取向都将产生重要影响,这对于川端康成和三岛由纪夫来说如此,对于大江健三郎来说也并不例外。在"心口扑通扑通地跳"着倾听阿婆讲述奥福故事的过程中,少儿大江的情感却在不知不觉间开始倾向遭到压榨的暴动者一方,从而产生了与弱势群体共情的义愤,以至于"在不断思考奥福这个人的人格的过程中,度过了自己的少年时代"。然而,这种感情倾向却面临一个无法回避的尴尬,那就是在日本这个国度里,被称为"骚动"的农民暴动明显带有被官方蔑视的语感,而暴动本身更是被认为是"下克上"的大不敬,亦即中文语感中的"以下犯上"和"犯上作乱"之负面语义。这显然是儿时大江的情感所不愿接受的,正是在这种情感冲突的背

---

① 大江健三郎著,王中忱译《在小说的神话宇宙中探寻自我》,引自《我在暧昧的日本》,南海出版公司,二〇〇五年十一月,第7—8页。

景下,经由曾外祖父传承的易姓革命思想和民本思想才开始具有意义,才能为暴动之乡的这个小童提供了伦理上的支撑,用以抗拒"下克上"所带来的道德和伦理层面的负面指责,从而"在不断思考奥福这个人的人格的过程中,度过了自己的少年时代"之际,顺理成章地"在边缘地区传承了不断深化的自立思想和文化的血脉",将《孟子古义》中的易姓革命思想和民本思想内化为自己的道德观和伦理观,为其于日本战败后接受战后民主主义作了道德、伦理和理论上的前期准备。

另一方面,由于阿婆"在孩提时代,和实际参与这些事件的人们生活在同样的社会环境里,所以,她所讲述的民间故事,常常会添加进她当年亲自见过的那些人的逸闻趣事",而且阿婆"给我讲述(奥福)故事中的人物。故事情节只是一些片段,所以能够激发我勾连故事的能力。奥福是本地农民起义的故事中一个无法无天而且非常可爱的人物,用我后来遇到的语言来说是一个 trickster①"②,故而在引发少儿大江倾听兴趣的同时,还培养了其进行再创作的能力。

如果说,经由曾外祖父传承的《孟子古义》中的易姓革命思想和民本思想,从道德和伦理上支撑少儿大江"在边缘地区传承了不断深化的自立思想和文化的血脉"的话,那么,熟稔戏剧演出的阿婆用"独特的叙事才能"对儿时大江讲述当地暴动故事,在培养其勾连故事之能力的同时,亦为大江进行了一场文学启蒙,使得"从孩童时代起,我就被民众的这种暴动或曰起义所深深吸引。……我曾写了边缘的地方民众的共同体追求独立、抵抗中央权力的长篇小说《万延元年的 Football》。这部小说的原型,就是我出生于斯的边缘地方所

---

① 意为神话和民间传说中的精灵、既有社会秩序的破坏者。
② 大江健三郎著,王成译《我的小说家修炼法》,中央编译出版社,二〇一九年十一月,第6页。

出现的抵抗",而且"与中心进行对抗的边缘这种主题,如同喷涌而出的地下水一般,不断出现在此后我的几乎所有长篇小说之中"!由此可见,从发表于一九六七年的《万延元年的 Football》到晚近创作的长篇小说《优美的安娜贝尔·李 寒彻颤栗早逝去》(2007)以及《晚年样式集》(2013),随处可见的有关历史暴动叙事,既是大江的儿时记忆,也是其文学母题,还是其抗拒权力中心、用以构建根据地/乌托邦的重要依据。当然,这种叙事策略也使得其文学中的历史维度具有越来越开阔的空间。

3. "我在文学作品中构建的根据地/乌托邦确实源自毛泽东"

仍然是在大江文学的历史叙事空间里,早在大江的少年时代,曾有两个于日本战败后从中国遣返回故乡大濑村的退伍老兵帮助大江家修缮房屋,在小憩期间,这两个退伍老兵盘膝而坐,聊起侵华期间所执行的杀光、烧光和抢光之三光政策,让少年大江第一次知道"皇军"在中国期间犯下的累累战争罪行,在其为之深感愧疚和惊恐不安的同时,也对战争时期的军国主义教育之虚伪有了更为深刻的认识。这两位老兵还说起在中国战场攻打八路军根据地时狼狈情状,他们告诉在一旁倾听的少年:八路军的根据地大多建在地势险要之处。由于八路军与中国老百姓是鱼水之情,所以攻打根据地的日军部队尚未到达目的地,就有发现日军行踪的老百姓向八路军通风报信,于是八路军便在根据地设好埋伏,待日军进入伏击圈后就枪炮大作,打得日军如何丢盔弃甲、如何死伤狼藉、如何狼狈逃窜……

村里这两个退伍老兵的无心之言,却在少年大江的内心掀起巨浪:如果本地历史上多次举行暴动的农民也像八路军那样,在家乡深山老林里的险要处构建根据地的话,那么家乡的历史会如何演变?日本的历史是否会是另一种模样?带着这个久久萦绕于心的思考,大江在东京大学仔细且系统地研读了《毛泽东选集》四卷本,尤其关注第一卷里《中国的红色政权为什么能够存在?》。这篇文章是毛泽东于一九二八年十月五日所作,在第六章《军事根据地问题》中第一次提及"根据地"并做了如下阐释:

> 边界党还有一个任务,就是大小五井和九陇两个军事根据地的巩固。……这两个地形优越的地方,特别是既有民众拥护、地形又极险要的大小五井,不但在边界此时是重要的军事根据地,就是在湘鄂赣三省暴动发展的将来,亦将仍然是重要的军事根据地。巩固此根据地的方法:第一,修筑完备的工事;第二,储备充足的粮食;第三,建设较好的红军医院。把这三件事切实做好,是边界党应该努力的。①

所谓"根据地"是军事术语,而且从以上引文中可以发现其历史并不悠久,是军事对峙中处于弱势的红军为更好地保护己方有生力量而于险峻之处据险而守,同时争取时间和空间发展和壮大己方力量。中国第一次国内革命战争时期由红军创建的根据地如此,抗日战争时期由八路军所建的根据地也是如此,同时辅以游击战、麻雀战、坚壁清野、储存粮食、建立伤兵医院以及灵活运用"敌进我退、敌驻我扰、敌疲我打、敌退我追"等游击战术,与强敌进行周旋。

在东京大学就读期间学习了《毛泽东选集》中有关根据地的相关论述后,大江开始将这些论述与家乡的暴动史乃至日本的近代史联系起来加以思考。当然,历史不可复制,故而大江开始考虑在自己的文学作品中构建根据地,构建以中国革命模式复制的根据地。于是,"暴动"和"根据地"字样开始频繁出现在大江的小说文本里。譬如在不足十万字的小长篇《两百年的孩子》中译本里,如果用电脑检

---

① 毛泽东著《毛泽东选集》(第一卷),人民出版社,一九九一年六月第二版,第53—54页。

索"暴动"/"一揆",可以发现共有二十二处。对"逃散"进行检索,则有五十三处。两者相加,总共七十五处。这里所说的"逃散",是指在日本的中世和近世,农民为反抗领主的横征暴敛而集体逃亡他乡。这种逃亡有两个特征,一是数个、数十个村庄集体逃亡;二是这种有时多达数千人、数万人的逃亡,往往伴随着与领主武装的战斗。同样使用电脑检索的方法对《两百年的孩子》进行检索,还可以发现含有"根城"和"根据地"的表述各有二十处,一共四十处。这里所说的"根城",在日语中主要有两个语义,其一为主将所在城池或城堡;其二则是暴动民众的据守之地,或是盗贼的巢穴。"根据地"的语义为"军队等队伍为修整、修养或补给而设立的据点",在大江的文学词典里,这个单词显然源于中国第一次国内革命战争时期创建的根据地,抗日战争期间用以抵御侵华日军、争取抗战胜利的根据地;当然,这也是大江赖以在小说中构建根据地/乌托邦的原型。

二〇〇六年八月,笔者曾在东京对大江做过一次采访,现摘录其中涉及"根据地"的内容引用如下:

许金龙:您于一九七九年发表了长篇小说《同时代的游戏》,相较于中国传统文化中桃花源式的那种逃避现实的理想,这部作品中的乌托邦则明显侧重于通过现世的革命和建设达到理想之境。从这个文本的隐结构中可以发现,您在构建森林中这个乌托邦的过程中,不时以中国革命和建设为参照系,对以毛泽东为首的老一辈革命家所进行的艰苦卓绝的长征、建立根据地并通过游击战反击政府军的围剿、发展生产以提高物质生活水平等给予了肯定,也对江青等"四人帮"在"文化大革命"中祸国殃民的举止表示了谴责,同时也在思索中国在革命和建设过程中遇到的一些问题以及解决方法,试图从中探索出一条由此通往理想国的具有普遍意义的通途。当然,您在自己的文学世界里建立根据地的尝试,《同时代的游戏》显然不是第一次,也不会是最后一次。其实,早在《万延元年的 Football》中,甚至更早的《掐芽打仔》等作品中,就已经出现了"根据地"的雏形。我想知道的是,您在文本中构建的根据地/乌托邦是否是以毛泽东最初创建的根据地为原型的?当然,您在大学时代学习过毛泽东的著作,那些著作里有不少关于根据地的描述,您是从那里接触到根据地的吗?

大　江:正如你所指出的那样,我在文学作品中构建的根据地/乌托邦确实源自毛泽东的根据地。而且,我也确实在毛泽东的著作中接触过根据地,记得是在《毛泽东选集》第一卷的前半部分。

许金龙:是在《中国的红色政权为什么能够存在?》那篇文章里?

大　江:是的,应该是在这篇文章里。围绕根据地的建立和发展,毛泽东在文章里做了很好的阐述。不过,我最早知道根据地还是在十来岁的时候。战败后,一些日本兵分别被吸收到国民党军队和共产党的八路军里。参加了八路军的日本人就暗自庆幸,觉得能够在中国的内战中存活下来,而参加国民党军队的日本人却很沮丧,担心难以活着回日本。他们之所以这么想,是因为在侵华战争中,他们分别与八路军和国民党军队打过仗,说是国民党军队没有根据地,很容易被打败,而八路军则有根据地,一旦战局不利,就进入根据地坚守,周围的老百姓又为他们提供给养和情报,日本军队很难攻打进去。后来在大学里学习了毛泽东著作后,我就在想,我的故乡的农民也曾举行过几次暴动,最终却没能坚持下来,归根结底,就是没能像毛泽东那样建立稳固的根据地。可是日本的暴动者为什么不在山区建立根据地呢?如果建立了根据地,情况又将如何?这是我一直在思考的问题,并且在作品中表现了出来。①

在以上引文中提及的长篇小说《同时代的游戏》第五章所叙述的故事发生在明治初年,村庄=国家=小宇宙这个共同体决心独立

---

① 大江健三郎与许金龙对谈:《大江健三郎将访中国,深受鲁迅及毛泽东影响》,《环球时报》,二〇〇六年九月一日。

于"大日本帝国",准备抗击帝国陆军的讨伐。长期以来,人们根据共同体的创始者破坏人通过梦境传达的指示,利用山里的特产木腊与海外进行贸易的盈余做了大量的战争准备,构筑起巨大的堤堰,蓄水淹没自己的村庄,并在堤坝上用沥青写上"不顺国神,不逞日人"的标语,以示与天皇治下的"大日本帝国"决裂的决心,同时进行坚壁清野,在山上的森林里储存粮食,建起野战医院,把壮年男女武装起来组织成游击队,还建立兵工厂以制造武器……除此以外,有人还考虑以各种语言致信各国,呼吁世界上被压迫的民族团结起来,说是"尤其是致中国的信,真想面交很快就将与大日本帝国军队开始全面战争的中国共产党军队"①。

在这些准备工作大致就绪后,政府派遣的"大日本帝国陆军混成第一中队"也临近了。这支武装到牙齿的正规军常年在这一带镇压农民暴动,现在受命前来攻打这个共同体,以将其纳入天皇统治下的"大日本帝国"势力范围。由于这一带山高林密,又是连日滂沱大雨,部队便艰难地沿着略微平坦一些的河滩溯流而上。在村庄这个共同体派出的侦察人员发现"皇军"已临近时,水库里的水也蓄到了最高水位,于是,村庄＝国家＝小宇宙的人们点燃预先埋置的炸药炸开堤堰,开始了长达五十天之久的、抗击"大日本帝国"陆军的游击战。

呼啸而下的洪水瞬间便吞噬了混成第一中队的所有官兵及其携带的军马。政府第一次派遣来的军队遭到了全军覆没的彻底失败。于是,其后又派遣了由一位作战经验丰富的大尉率领的中队前来攻打。共同体由此正式开始了抗击"皇军"的游击战争。

---

① 大江健三郎著,李正伦等译《同时代的游戏》,作家出版社,一九九六年四月,第232页。

当大尉率领的部队占领村庄时,却发现这是座空无一人的村庄,甚至看不到一条狗。也就是说,共同体实行了最为彻底的坚壁清野。部队在这个被废弃的村子里,连洁净的水都找不到一口,便派出小部队寻找水源,却被游击队打了埋伏。于是,被缴了枪械后释放回来的士兵报告说,游击队就在这山中的森林里。到了夜间,共同体放出的老狼以及野狗让士兵们感到惊恐,而游击队设置的、可以切割下双腿的陷阱,更是让士兵们不敢轻易进入山林。

不久,大尉便开始了他的第一次搜山清剿,部队排成横列,每隔五米站上一个士兵。而游击队方面则在转移非战斗人员的同时,由青壮村民组成若干三人战斗小组,利用有利地形埋伏下来,相机射击某一个搜山士兵,然后再将其两侧的士兵引诱过来一并射杀,使得"皇军"遭受巨大伤亡,不得不铩羽而归。

大尉指挥的第二次大规模战斗,是吸取前次横向搜山失败的教训,命令士兵纵向攻入森林深处,以破解"堪称游击战之基础的原始森林的神秘力量",并伺机破坏密林里的兵工厂,却被共同体的孩子们以迷路游戏的方式引入迷魂阵……当"皇军"士兵们被诱入伏击圈后,"游击队员从藏身之处用西洋弓射出的箭没有声音,突如其来的袭击防不胜防。森林里的大树很高,日光像雾一般从枝叶的缝隙泻下,难以计数的蝉发出震耳的蝉鸣,弓箭的声音根本听不到。埋伏者瞄准出现在树枝所限的狭窄空间处的敌人,箭无虚发。在惟蝉鸣可闻的巨大静默里,大日本帝国军队的士兵中有十二人中箭身亡,另有十二人身受重伤。没有一个士兵发现新设置的兵工厂"[①]。

由于游击队控制了水源,大尉怀疑水源被施放了毒药,不敢再使

[①] 大江健三郎著,李正伦等译《同时代的游戏》,作家出版社,一九九六年四月,第253—254页。

用那里的泉水,转而组织运输队从山外连同粮食一同运往驻地,从而加重了运输队的负担,致使行动迟缓,被游击队在途中趁天黑夜暗之机混入运输队,"结果是担任护卫的士官和两个士兵扔下运粮队逃跑了。于是,大量粮食就被运进了密林里游击队的帐篷"①。

在大尉审问游击队的俘虏时,这些俘虏提供的信息更是让大尉心智混乱。第一个俘虏状似老实地交代说:"这个抵抗战争是从整个中国以及藏在长白山山脉的朝鲜反日游击战传过来,组织了共同战线,甚至不久就有援军到达,实际上自己就是负责和海外联系的负责人……"②在他的话语中,不时还"夹杂着一些他瞎编乱造的中国话和朝鲜话"③。第二个俘虏的交代更是玄乎,说是把森林里新发现的矿物质送到德国加以精炼,以其为原料,即将研制出新型炸弹,如果炸弹中的化学物质出事,"半个森林就可能一扫而光"④……

在屡屡失败的压力下,大尉决定用最狠毒的手段镇压这些"为了反抗大日本帝国而钻进森林"⑤的顽固山民,那就是运来大量汽油,准备火烧森林,"漆黑之夜充血的眼珠上,也许映现出了他们追赶着躲避大火而东奔西跑的半裸的女人们,也许映现出他们自己正在强奸或杀人的自我影像。直到此刻为止毫无趣事可言的战争,使他们的意识浓缩为一个观念——战争就是血腥欲望的爆发,他们今天晚上得出了这个结论,并且决定今后一定照此实行。不久之后,在转战于中国和南洋各地时,他们的这个血腥欲望果然就得到满足了"⑥。

---

① 大江健三郎著,李正伦等译《同时代的游戏》,作家出版社,一九九六年四月,第260页。
② 同上,第263页。
③ 同上,第263页。
④ 同上,第264页。
⑤ 同上,第266页。
⑥ 同上,第271页。

面对火烧森林的严峻局面,共同体在疏散了儿童后便集体投降了,其中大约一半人口得到的却是大尉的如下话语:"你们是真正地对大日本帝国发动叛乱、掀起内战的人,你们犯下的叛国罪行必须受到应得的处罚,我以军事法庭的名义宣布你们的死刑!"在进行了五十天的抵抗之后,共同体中的大约一半村民被血腥屠杀了,死在大日本帝国的淫威之下……幸运的是,共同体的半数儿童却随着徐福式的大汉逃离了杀戮,踏上寻找希望的远方。

4."我在小说里想要表现的确实不是绝望"!

从以上梗概的隐结构中不难看出,对于《同时代的游戏》第五章中关于创建根据地和开展游击战的内容,中国的读者都会比较熟悉,准确地说,应是"似曾相识"。在《毛泽东选集》第一卷之《中国的红色政权为什么能够存在?》、第六章《军事根据地问题》中,毛泽东早在一九二八年就曾准确地指出:"巩固此根据地的方法:第一,修筑完备的工事;第二,储备充足的粮食;第三,建设较好的红军医院。"①大江在《同时代的游戏》中修筑水淹敌军的水库,正是第一条所说的工事,而且还是大型工事。而预先储备粮食以及抢夺敌军运粮队,则是第二条的完美体现。对于设立野战医院以及转送难以救治的伤员这一措施,我们完全可以理解为是对第三条"建设较好的红军医院"的模仿和再现。至于文本中更为具体的彻底疏散人口、切断敌军水源、深夜放狼以及野狗骚扰敌人、引诱敌军深入密林以便相机袭击等内容,恐怕中国的中学生都可以将其精准地概括为"坚壁清野""诱敌深入""敌进我退,敌驻我扰,敌疲我打"……这些战术是战争中弱

---

① 毛泽东著《毛泽东选集》(第一卷),人民出版社,一九九一年六月第二版,第53—54页。

势一方因地制宜地抗击强势一方的战术,在中国战争史上最早提出以上战术的是朱德,而根据国内战争的严峻局面对此予以总结并将其上升到理论和战略高度的则是毛泽东。尤其在抗日战争期间,八路军和新四军依据这个战略战术不断发展壮大,创建、依托根据地展开游击战,最终为赢得抗日战争做出了自己的贡献。

另一方面,从《同时代的游戏》这个文本中有关"尤其是致中国的信,真想面交很快就将与大日本帝国军队开始全面战争的中国共产党军队""这个抵抗战争是从整个中国以及藏在长白山山脉的朝鲜反日游击战传过来,组织了共同战线"等等表述,清楚地表明其作者大江健三郎非常了解中国共产党领导的八路军、新四军所进行的抗日战争及其战略、战术,这个了解既有少年时代的记忆,也有大学时代对毛泽东相关军事理论的学习,恐怕还与大江于一九六〇年夏天对中国进行为时一月有余的访问时所接受的相关影响有关。由此可见,大江在写作《同时代的游戏》这部小说前,曾充分接受中国有关根据地和游击战的影响,因而当其考虑在政治和文化意义上的边缘之地,也就是故乡的森林里构建根据地/乌托邦时,大量引入了中国式游击战的因素也就不足为奇了。

由此我们可以确定,作者大江健三郎在构建位于边缘的森林中这个根据地/乌托邦的过程中,确实在以中国革命和建设的模式为参照系,对以毛泽东为首的老一辈革命家所进行的艰苦卓绝的长征、建立根据地并通过游击战反击政府军围剿、发展生产以提高物质生活水平等给予了充分肯定,同时也在思索中国在革命和建设过程中遇到的一些问题及其解决方法,希望从中探索出一条由此通往理想国的具有普遍意义的通途,并试图在自己文本里设计出一个更具普遍性的乌托邦。

在此后出版的《致令人眷念之年的信》《两百年的孩子》《愁容童

子》《别了,我的书!》以及《水死》和《晚年样式集》等长篇小说中,大江对权力中心改写乃至遮蔽边缘地区弱势群体之历史的做法进行了无情的嘲讽,借助森林中口耳相传的神话/传说和历史复制乃至放大遭到政府遮蔽的山村和森林里的历史,把那座神话/传说的王国进一步拓展为森林中的根据地/乌托邦——超越时空的"村庄=国家=小宇宙",清晰地提出了文化人类学意义上的边缘与中心的概念,使其"得以植根于我所置身的边缘的日本乃至更为边缘的土地,同时开拓出一条到达和表现普遍性的道路"①。这种从边缘和历史出发的叙事策略显然与"马克思主义批评理论一直在努力使文学批评具有历史维度"的主张高度契合,因为这种主张"认为需要返回历史,把历史当作重要的出发点来理解文化生产、批评概念、意识形态、政治和社会的范畴"②。就这个意义而言,大江在小说文本中频频引入暴动历史以展开边缘叙事也就不难理解了。这里还有一个需要关注的地方,那就是从这一时期开始,大江在表述森林中那些神话/传说和历史时,清醒地意识到在日本这个封建意识和保守势力占据强势的国度里,包括森林中那些山民在内的弱势者的历史,一直被强势者所改写、遮蔽甚或抹杀。譬如发生在大江故乡的几次农民暴动,就完全没有被记载在官方的任何文件中。为了抗衡强势者/官方所书写的不真实历史,大江以《同时代的游戏》和其后的《M/T与森林中的奇异故事》《致令人眷念之年的信》和《优美的安娜贝尔·李 寒彻颤栗早逝去》等晚近小说为载体,从"根据地"民众的记忆而非官方记载中,把故乡的神话/传说乃至当地历史中一些具有重大意义的部分

---

① 大江健三郎著,许金龙译《我在暧昧的日本》,引自《我在暧昧的日本》,南海出版公司,二〇〇五年十一月,第96页。
② 张京媛著《新历史主义与文学批评·前言》,《新历史主义与文学批评》,北京大学出版社,一九九七年,第2—3页。

剥离、复制乃至放大出来,试图以此在某种程度上还原历史真实,回归历史原貌,进而抗衡官方书写或改写的不真实历史。

我们还需要注意的是,这种根据地/乌托邦叙事在大江的文学作品中也是在"与时俱进"——最初近似于中国国内革命战争时期和抗日战争时期的军事根据地,譬如《同时代的游戏》里的根据地和游击战;当其长篇小说《愁容童子》中的边缘性特征被中心文化逐步解构之后,在故乡森林里建立根据地的基本条件便不复存在,于是在《别了,我的书!》中,大江就通过因特网建立新型根据地,将根据地建立在边缘地区那些拥有暴动历史记忆的边缘人物的内心里,同时吸收和团结共同传承历史记忆的年轻人;及至在《水死》中,大江更是将抨击的矛头直接指向国家权力的象征:以修改历史教科书的形式强奸一代代青少年的日本文部科学省高级官员……

儿时的暴动记忆就这样在大江健三郎的诸多小说中不断变形,作者据此在绝望中发出呼喊,试图由此探索出一条通往希望的小径,正如大江在一次接受采访时所说的那样,"我在小说里想要表现的确实不是绝望"①!

三、一九六〇年的访华:由民本主义向人文主义嬗变

一九六〇年初夏时节,这个世界正处于躁动和不安之中——在亚洲的韩国,推翻李承晚政权的学生运动轰轰烈烈;在非洲,被西方大国长期殖民的诸多国家正全力争取民族独立,以摆脱殖民统治;在南美洲的古巴,反美浪潮一浪高过一浪;在拉美地区,同样正在兴起

---

① 大江健三郎与许金龙对谈:《我在小说里想要表现的确实不是绝望》,《作家》,二〇二〇年八月号,第54页。

争取民族独立的群众运动;在苏联,则因美国U2间谍飞机事件而怒火冲天;也是在这个时期,东西方首脑会谈正式决裂。六十年代冷战背景下的左翼反文化(counter culture)运动,更是使得全球青年先后掀起运动狂潮。众所周知,当时的日本更不是桃花源,反对《日美协作与安全保障条约》的全国性群众运动如火如荼,年轻学生们在这场运动风潮中纷纷走上街头。

  一九六〇年,大江健三郎年届二十五岁,在校期间曾参加被称为"安保斗争"前哨战的"砂川斗争"。这里所说的"砂川斗争",是指一九五五年以农民、工会会员和学生为主体的日本民众反对美军扩建军事基地的群众斗争,也是日本社会在战后迎来的第一场大规模反战运动。在此后的一九六〇年一月十九日,日本政府与美国正式签署经修改的《日美协作与安全保障条约》(简称为《日美安全保障新条约》),以取代日美两国政府于一九五一年与《旧金山和约》一同签署的《日美安全保障条约》。在国会审议过程中,有人对条约中"为了维持远东地区的和平安全"之"远东"的范围表示质疑时,时任外相的藤山爱一郎表示这个范围"以日本为中心,菲律宾以北,中国大陆一部分,苏联的太平洋沿海部分"。藤山对《日美安全保障新条约》之"范围"的解释,几乎立刻就引发人们对战前和战争期间的所谓"大东亚共荣圈"的痛苦记忆,不禁怀疑日本政府是否试图再次侵略包括"中国大陆一部分"的亚洲诸国。不同于砂川斗争时期以学生为主体的抗议活动,这时不仅学生对政府的意图产生怀疑,就连绝大部分民众也都对此产生了怀疑,从而相继投身到反对缔结《日美安全保障新条约》的群众运动中来。大江健三郎此时刚刚从东京大学毕业,在文坛上已经小有名声,却从不曾淡忘将人文主义传授给自己的渡边一夫教授所引用的丹麦语法学家克利斯托夫·尼罗普之名言"不抗议(战争)的人,则是同谋",当然也必然地出现在了这数百万的示威群众之中。

二〇〇六年九月,在访问中国社会科学院的主题演讲中回忆当年这场大规模抗议活动时,大江表示"当时我认为,日本在亚洲的孤立,意味着我们这些日本年轻人的未来空间将越来越狭窄,所以,我参加了游行抗议活动。正是在这个过程中,我和另一名作家被作为年轻团员吸收到反对修改安保条约的文学代表团里"①。这里所说的文学代表团,是以野间宏为团长的日本第三次访华文学代表团。在这个大动荡的历史时期,在反对签署《日美安全保障新条约》的大规模游行示威活动中,青年作家大江健三郎开始了他的第一次出国之旅,与"另一名作家"开高健一同对尚未与日本恢复外交关系的中国进行了为期三十八天的访问。大江参加的这个访华团全称为"访问中国之日本文学家代表团",团长为野间宏(作家),团员计有龟井胜一郎(文艺评论家)、松冈洋子(社会评论家)、竹内实(随团翻译)、开高健(青年作家)、大江健三郎(青年作家),另有担任代表团秘书长的白土吾夫(时任日中文化交流协会事务局主任)。访问结束后,白土吾夫公布了一行七人计三十八日访华之旅的大致日程。这里需要说明的是,应该是顾虑到复杂的日本国内情势,出于安全考虑,这个日程并未列入当时被视为敏感的内容,譬如六月一日,日本文学代表团在广州参观毛泽东于一九二四年创办的农民运动讲习所;六月十六日,周恩来总理突然出现在代表团所在的王府井全聚德烤鸭店,对从东京大学毕业不久的大江健三郎进行慰问;六月十七日,代表团全体成员怀着悲痛心情,为悼念六月十五日晚间在国会大厦被警察殴打致死的东京大学女生桦美智子,前往人民英雄纪念碑

---

① 大江健三郎著,李薇译《北京讲演二〇〇六》,引自《大江健三郎文学研究》,百花文艺出版社,二〇〇八年七月,第1页。

敬献花圈并由团长野间宏致悼词……

　　就在日本文学代表团访华期间,反对岸介信政府签署《日美安全保障新条约》的日本民众在东京连日举行大规模示威抗议,六月五日,多达六百五十万示威者参加抗议活动;六月十日,为阻止美国总统艾森豪威尔于九月十九日访日,示威群众在羽田机场团团包围为艾森豪威尔如期访日打前站的总统秘书 James Hagerty,致使其最终被美军直升机救出;六月十五日,五百八十万示威群众参加反对《日美安全保障新条约》签字和阻止美国总统访日的活动;当天晚间,七千余名示威学生冲入国会,与三千名防暴警察发生激烈冲突,东京大学女生桦美智子被殴打致死,示威群众与政府之间的矛盾进一步激化;六月十六日,焦头烂额的岸信介政府请求艾森豪威尔延期访日,最终被迫取消访日安排。在条约即将生效的当天夜晚,三十三万示威群众再次包围国会,试图阻止条约生效。然而,声势浩大的日本安保斗争终究未能阻止条约自动生效,却也迫使岸信介内阁于六月二十三日下台,艾森豪威尔总统则终止访日。这里需要重点提请注意的是,随着岸介信内阁的倒台,其准备修改于一九四七年生效的《日本国宪法》第九条的计划也随之束之高阁,为日本战后持续维护和平宪法、走和平发展道路打下了良好基础。正因为如此,大江才能在半个多世纪后自豪地表示:"在战后这七十年间,日本人拥有和平宪法,不进行战争,在亚洲内部坚定地走和平发展的道路,也就是说,在战后这七十年里,我们一直在维护这部民主主义与和平主义的宪法。其中最大的一个要素,就是有必要深刻反省日本如何存在于亚洲内部,包括反省那场战争,然后是面向和平……在战后这七十年里,日本没有发动战争,关于这一点,日本人即便得到积极评价也是可以理解的。"[①]"反省"是上述话语的关

[①] 大江健三郎与许金龙对谈:《我在小说里想要表现的确实不是绝望》,《作家》,二〇二〇年八月号,第54页。

键词,也是大江从人文主义者渡边一夫那里继承、坚守并内化了的道德和伦理——"保持具有人性的反省……因为我们已经决定将这种反省置于正面而去思考"①。当然,和平宪法第九条能维系至今日,也是有赖于大江等当年参加反对签署《日美安全保障新条约》的这一批抗议者以及后来者,尤其是民众组织"九条会"长年间的不懈努力。

就在这如火如荼的抗议活动中,青年作家大江健三郎受邀参加以老一辈作家野间宏为团长的日本文学代表团,前往中国进行为期一月有余的访问,以获得中国对这场大规模群众抗议运动的支持。在羽田机场与新婚刚刚三个来月的妻子由佳里以及作家安部公房等朋友话别时,大江特地叮嘱妻子:为了使八十年代少一个因对日本绝望而跳楼自杀的青年,因此不要生孩子。时隔三十八天后,还是在羽田机场,刚刚结束中国之旅回到日本的大江却对前来机场迎接的妻子说:还是生一个孩子吧,未来还是有希望的。那么,这一个来月的中国之旅到底发生了什么,竟使得大江的态度发生如此之大的变化?而且,发生变化的仅仅是对待生孩子的态度吗?我们不妨回顾一下大江访华的大致经过。

在这一个多月的访问中,代表团一行先后访问了广州、北京、上海和苏州等地,与中国各界进行了广泛接触和交流,参观了工厂、机关、人民公社、学校、幼儿园、展览馆等,并多次参加声援日本人民反对《日美安全保障新条约》的集会和游行。在此期间,大江应邀为《世界文学》杂志撰写了特邀文章《新的希望之声》,表示日本人民已经回到了亚洲的怀抱,并代表日本人民发誓永远不背叛中国人民的深情厚谊。此外,他还在一篇题为《北京的青年们》的通信稿中表

---

① 大江健三郎著《解读日本当代的人文主义者渡边一夫》,岩波书店,一九八四年,第79—80页。

示,较之于以人民大会堂为首的十大建筑,万里长城建设者的子孙们话语中的幽默和眼睛中的光亮,更让他对人民共和国寄以希望。大江发现,无论是历史博物馆讲解员的眼睛,钢铁厂青年女工的眼睛,郊区青年农民的眼睛,还是光裸着小脚在雨后的铺石路面上吧嗒吧嗒行走着的少年的眼睛,全都无一例外地清澈明亮,而共和国青年的这种生动眼光,大江在日本那些处于"监禁状态"的青年眼中却从不曾看到过。这个发现让大江体验到一种全新的震撼和感动,一如他在同年十月出版的写真集里所表述的那样:"我在这次中国之行中得到的最为重要的印象,是了解到在我们东洋的一个地区,那些确实怀有希望的年轻人在面向明天而生活着。我不认为他们中国年轻人的希望就会原样成为日本人的希望。我同样不认为他们中国年轻人的明天会原样与日本人的明天相连接。不过,在东洋的这个地区,那些怀有希望的年轻人面向明天的姿态却给我带来了重要的力量。"①

  当然,更让大江为之震撼和感动的,是中国人民在真诚和无私地支持日本人民反对修改《日美安全保障新条约》。六月中上旬,东京连日来爆发了数百万人参加的大规模示威活动,而在上海和北京,大江一行则先后参加了一百二十万人和一百万人规模的示威游行,以声援日本国内的抗议活动。或许是出于保护大江健三郎这个青年作家的考虑吧,白土吾夫的日程记录里没有列入周恩来总理得知东京大学女生桦美智子于十五日夜晚被警察殴打致死的消息后,于十六日放下手中工作特地前来慰问大江健三郎事宜——这一天,周恩来总理及其随从人员赶到王府井全聚德烤鸭店的二层,就桦美智子在国会大厦被警察殴打至死、另有千余示威者被逮捕一事,向正在与赵

---

① 大江健三郎著,许金龙译「中国の若い人たち、子供たち」,『写真 中国の顔』,现代教養文庫,一九六〇年十月,第146页。

树理等人同桌就餐、尚不知情的大江健三郎表示慰问。四十六年后,在回忆当时的情形时,大江这样说道:

  在门口迎接我们一行的周总理特别对走在最后的我说:我对于你们学校学生的不幸表示哀悼。总理是用法语讲这句话的。他甚至知道我是学习法国文学专业的。我感到非常震撼,激动得面对着闻名遐迩的烤鸭连一口都没咽下。

  当时,我想起了鲁迅的文章。这是指一九二六年发生的三·一八事件。由于中国政府没有采取强硬态度对抗日本干涉中国内政,北京的学生和市民组织了游行示威,在国务院门前与军队发生冲突,遭到开枪镇压,四十七名死者中包括刘和珍等鲁迅在北京女子师范大学教授的两名学生。……我回忆着抄自《华盖集续编》中的一段话,看着周总理,我感慨万分,眼前这位人物是和鲁迅经历了同一个时代的人啊,就是他在主动向我打招呼……鲁迅是这样讲的:

  "我目睹中国女子的办事,是始于去年的,虽然是少数,但看那干练坚决,百折不回的气概,曾经屡次为之感叹。至于这一回在弹雨中互相救助,虽殒身不恤的事实,则更足为中国女子的勇毅,虽遭阴谋秘计,压抑至数千年,而终于没有消亡的明证了。倘要寻求这一次死伤者对于将来的意义,意义就在此罢。

  "苟活者在淡红色的血色中,会依稀看见微茫的希望;真的猛士,将更奋然而前行。……"

  那天晚上,我的脑子里不断出现鲁迅的文章,没有一点儿食欲。我当时特别希望把见到周总理的感想尽快告诉日本的年轻人。我想,即便像我这种鲁迅所说的"碌碌无为"的人,也应当做点儿什么,无论怎样,我要继续学习鲁迅的著作。①

---

① 大江健三郎著,李薇译《北京讲演二〇〇六》,引自《大江健三郎文学研究》,百花文艺出版社,二〇〇八年七月,第2—3页。

在大江的头脑里,血泊中的桦美智子与血泊中的刘和珍叠加在了一起,化为"虽殒身不恤"的女子英雄。中国人民的真诚支持,周恩来总理的亲切慰问,陈毅副总理的会见,尤其是其后第五天(即六月二十一日)晚间,毛泽东主席于上海接见日本文学代表团时所表示的"像日本这样伟大的民族,是不可能长期接受外国人统治的。日本的独立与自由是大有希望的。胜利是一步一步取得的,大众的自觉性也是一步一步提高的"①等勉励,给了日本文学代表团中最年轻的大江以极大的震撼和感动。多年后,大江曾对笔者表示:早在大学时代,自己就已熟读《毛泽东选集》四卷本,对其中的《湖南农民运动考察报告》《星星之火,可以燎原》《实践论》和《矛盾论》尤为熟悉,所以毛主席在会谈中的不少话语刚刚被翻译出来,自己便随即知道这些话语出自《毛泽东选集》哪一卷的哪一篇文章。会见结束后,毛主席等中国领导人站在门口,与日本朋友一一握手话别。当时,从东京大学毕业不久的青年作家大江照例排在日本代表团的队尾,终于轮到大江上前告别时,毛主席一手握住大江的手,用另一只手指点着大江说道:你年轻,你贫穷,你革命,将来你一定会成为伟大的革命家。这段话语其实是毛主席在会见期间对日本客人所说内容的一部分,大意是一个成功的革命家必须具备几个条件:一是要贫穷,穷则思变,才会参加革命;二是要年轻,否则很可能在革命成功之前就已经牺牲;三是要有革命意志,否则就不会参加革命。多年后当大江获得诺贝尔文学奖并接受德国一家媒体采访之际回想起了毛主席的这段话语,便对这家媒体不乏幽默地表示:毛泽东主席曾于一九六〇年预言自己将会成为伟大的革命家,现在看来,毛主席只说对了一半——自己虽

---

① 白土吾夫著「中国訪問日本文学代表団の三十八日の旅」,『写真 中国の顔』,現代教養文庫,一九六〇年十月,第 178 頁。

未能成为伟大的革命家,却也成了伟大的小说家。在二〇〇八年八月接受另一次采访时,大江对采访者回忆道:与毛主席握手时,感到毛主席的手掌非常大,非常绵软,非常温暖,这种感觉已经连同毛主席当时所说的话语一道,早已固化在自己的头脑里,在每年临近六月二十一日的时候,就会提前嘱咐妻子订购茉莉花,因为日本原本没有这个物种,是从中国移植到日本来的,所以并不多见。及至到了二十一日这一天,自己就会停下所有工作,面对那盆订购来的茉莉花,缅怀一九六〇年六月二十一日夜晚聆听毛泽东主席和周恩来总理教诲时的情景。讲述这段话语的这一天恰巧也是六月二十一日,大江便对采访者指着花盆中绿叶掩映的小小白色花蕾如此说道:

> 今天,我妻子买来三盆白色的茉莉花(把"茉莉花"念成了"毛莉好"),是从中国移植来的,就摆在客厅的中央。花开得非常可爱,经常传来阵阵幽香。我想起自己二十五岁的时候,中国领导人在上海接见了我。我记得自己在见到毛主席和周总理之前,前方有一条狭长的走廊,走廊两旁开满了洁白的花。花的浓郁幽香从两侧沁入鼻腔(用左、右手的食指分别指向两个鼻孔),我们就沿着茉莉花曲曲折折地向前深入。走廊的尽头就是毛泽东主席、周恩来总理、陈毅副总理,还有当时的上海市负责人柯庆施。在我的记忆中,毛泽东主席、周恩来总理、陈毅副总理,还有茉莉花,都是紧紧联系在一起的。这就是亚洲伟大的人物给我留下的最美好的记忆。我和帕慕克见面时,经常对他说:"帕慕克,你记着,我是毛泽东主席的一位朋友!"(大笑起来)其实也不能算朋友,但我见过他!①

鲁迅的启示,周恩来总理的慰问,毛泽东主席的勉励,不可避免地为大江的人生观带来重大影响。这种影响首先显现在回国时在羽

---

① 大江健三郎与许若文对谈:《卡创作了一个灵魂,并思索着诗歌……》,《当代作家评论》,二〇〇九年第一期,第95页。

田机场对新婚妻子由佳里所说的那番话语——"还是生一个孩子吧,未来还是有希望的"。这种对未来抱持希望的积极变化当然也反映在了其后的创作态度中。相较于初期作品中在"铁屋子"里发出的"含着大希望的恐怖的悲声",在相继发表于《文学界》一九六一年一月号和二月号的中篇小说《十七岁少年》和《政治少年之死》中,大江简直就是在呐喊了。这两部短篇小说为姐妹篇,前者叙述了一个十七岁少年为摆脱孤独和焦躁,受雇于右翼分子,成为所谓"纯粹而勇敢的少年爱国者"。后者仍然以独白的口吻,叙述这个十七岁的主人公在忠君的迷幻中,"为了天皇而刺杀"了反对封建天皇制的"委员长"。这两部无情抨击封建天皇制之虚幻、右翼团体之虚伪的姐妹篇一经发表,随即受到右翼团体的威胁。在右翼的巨大压力下,刊载该作品的《文学界》没有征得大江本人同意,便在该刊三月号上发表谢罪声明。从此,《政治少年之死》在日本被禁止刊行,直至二〇一八年七月被收入讲谈社版"大江健三郎全小说"之前的这半个多世纪里,未能被收录在大江的任何作品集里。对于标榜言论自由和出版自由的日本这个所谓的民主国家,这个事实本身不能不说是个绝妙讽刺。当然,这两篇作品的创作对于大江本人来说也是一个历史性转折,此后,作为一名知识分子,大江总是有意识或下意识地站在边缘角度,开始用审视甚至批判的目光注视着权力和中心,越来越靠近鲁迅所坚持的批判立场。

这次访问中国给大江带来的另一个重大影响,就是亲眼看到了革命获得成功的中国,并了解到中国革命的全过程。这已经不是此前空泛的革命想象,而是一个实实在在的成功范例,是中国自古以来的以民为本的最佳实践范例,是使得亿万民众得以摆脱战乱、贫困和屈辱,逐步走向富裕与和平的最佳实践范例。无疑,这是人道主义(由于人道主义和人文主义同出法语"humanism"之词源,我们当然可以认为这也是人文主义）在中国这片辽阔土地上获得的巨大成功。这个范例之所以成功,在很大程度上取决于在革命初期,毛泽东等革命家在实践中摸索和总结出"以农村包围城市,最终夺取全国胜利"的革命道路。中国革命的这个成功经验给了青年作家大江健三郎以极大启示,在思考故乡的暴动历史时便有了一个很好的参照系,同时开始考虑将这个策略移入自己的文学创作之中。也是在这一时期,在中国宏大革命愿景的反衬下,大江开始觉察自己"陷入了作为作家的危机,因为,我在自己写作的小说里看不到积极的意义……自己未能在作品中融入积极的意义并向社会推介。我意识到了这个问题,开始怀疑将自己人生的时光倾注到作家这个职业中是否值得"①。也就是说,为了迎合高度商业化的新闻界,刚刚踏足文坛的青年作家大江不得不接二连三地创作"有趣的小说"而非具有"积极的意义"的小说。倘若不如此,就可能像诸多崭露头角不久便被高度商业化的媒体短期使用后无情抛弃的新作家那样退出文坛。然而,无论是少年时代接受的战后民主主义教育,还是大学时代学习的欧洲人文主义,尤其是这次访问中国、亲眼看见人文主义在中国获得巨大成功后引发的诸多思考,都让大江开始怀疑是否值得用自己的整个人生来迎合新闻界的商业价值取向而不断写作以往那种"有趣的小说"。答案当然是否定的,因为这些"有趣的小说"对于深陷艰难困境的人类个体乃至群体完全不具备人文主义价值！大江由此开始有意识地把故乡的山林作为根据地/乌托邦,借《万延元年的Footabll》中的农村暴动叙事抗衡官方话语体系中的"明治维新百年纪念活动";尤其在《两百年的孩子》里,运用转换时空的科幻手法,

---

① 大江健三郎著,许金龙译《作为〈广岛札记〉的作者》,引自《广岛札记》,翁家慧等译,中国广播电视出版社,二〇〇九年,第1页。

让自己三个孩子的分身往来于以往、现在和未来,让他们目睹历史上的暴动,并经历未来日本复活国家主义之际,孩子们在故乡的山林中找到具有共产主义特征的、彼此友爱的乌托邦。这个故事的梗概大致如下:

三个小主人公决定在暑假结束前,再进行最后一次冒险,而这次冒险的目的地,则是八十年后的当地山林。当他们来到未来之后感到震惊的是,原本茂密的大森林由于人为原因而开始颓败,在他们无意中闯入一座超大型建筑物附近时,却因未携带所谓输入个人详细信息的ID卡,而被戒备森严的保安队关在屋子里,其后送交县知事进行讯问。这时他们才知道,县知事正在这里举办一个大型集会,奇怪的是,出席集会的那些动作整齐划一、鱼贯而入的少男少女们穿戴的却是迷彩服和贝雷帽。后来他们在农场/根据地询问千年老树遭焚毁之事时了解到一个让他们不寒而栗的事实:在所谓"国民再出发"的口号下,未来的日本政府"掀起了精神纯化运动"的国家宗教,利用被修改的宪法烧毁国家宗教之外的所有教会、寺院和神社,以取消人们原先无论是基督教、佛教还是神道教的宗教信仰,试图从精神上对国民进行高度控制。作为具体措施,则强制性地要求人们必须随身携带输入个人详细信息的ID卡。同样可怕的是,政府动员了全国百分之九十的青少年参加了这场运动,并让这些少男少女头戴贝雷帽、身穿迷彩服,组建为一支规模庞大、组织严密的准军事组织……

显而易见,大江是在借助专门为孩子们创作的这部小说教导他们和她们如何与过往的历史进行对话,如何了解历史事件在其发生之时意味着什么,如何理解该历史事件对于当下甚或未来具有怎样的意义。

或许是担心在这部小说里对孩子们提出的预警不够充分,还不足以引起孩子们的足够重视和警觉,大江在其后第三年出版的长篇小说《别了,我的书!》里,更是借用与其在文本内的分身"长江"之日语发音相谐的"征候"来表征自己的工作:"我要做的工作,是在某些事件发生之前,就收集其细微的前兆。在那些前兆堆积的前方,一条无可挽救的、不可返回的、通往毁灭方向的道路延伸而去。……我所要写作的'征候',则要以全世界为对象,预先摸索出它前进的方向和道路。"①而且,这位由民本主义出发的人文主义作家为了让大多数孩子们都能阅读到这些"征候",特意提出要把记载这些"'征候'的书架调到适当的高度,以便十三四岁的孩子谁都能打开箱子阅读其中资料。因为,惟有他们才是我所期待的阅读者,而且,有关'征候'的我的想法,也都是试图唤起他们颠覆记录于其中的所有毁灭的标志的想法"②。大江将自己的人文主义课程对孩子们阐释得非常清晰且浅显易懂:他要将通往"无可挽救的、不可返回的、通往毁灭方向的道路"之"征候"和"预兆"告知孩子们,以期让他们产生"想法",去颠覆"其中的所有毁灭的标志",以便"创造出明亮、生动、确实体现出人的尊严的未来",而非"充满黑暗、恐怖和非人性的未来"③!我们可以将这段话语视作大江对孩子/新人的热切期许,还可以将其视为大江及其文学的人文主义核心价值观。

当然,未来也不是全无希望。还是在那片森林里,在两百年前农民举行暴动的旧址上,从南美以及亚洲各国来到此地的劳动者们以农场为基础,重新建立起了"䴉根据地"。在这个根据地里,"由于成

---

① 大江健三郎著,许金龙译《别了,我的书!》,译林出版社,二〇〇八年十月,第318页。
② 同上。
③ 大江健三郎著,许金龙译《走的人多了,也便成了路!》,引自《大江健三郎文学研究》,百花文艺出版社,二〇〇八年七月,第21—22页。

年人在农场和食品加工厂里忙于工作,孩子们便依据'踞根据地'从创始之初便传承下来的志愿工作制度过着集体生活。有趣的是,这里的语言是混有日语和父母祖国语言的各种话语,而孩子们则只使用自己的语言……"①

或许有人会认为故事并不能代表现实,更不可能是未来的真实再现,对于二〇六四年那个未来所显现出来的可怕前景,我们大可不必在意。遗憾的是,东京大学学者小森阳一教授肯定不会同意这样的看法。在讨论《两百年的孩子》这个故事里未来的可怕前景时,小森教授表示,大江在作品里描绘的可怕未来,实际上现在已经开始出现——日本政要不顾曾遭受侵略战争伤害的亚洲各国人民反对,接连参拜供奉着甲级战犯的靖国神社;日本政府强行通过所谓国旗国歌法,要求学校的教职员工和所有学生在开学和毕业仪式上起立,在国歌声中向国旗致礼,而不愿向那面曾侵略过亚洲诸国的国旗敬礼者,轻则影响升职,重则被开除公职,在右翼政客石原慎太郎任东京都知事期间,这种处分更是严厉,据小森教授说,他的几个朋友已经因此而被开除公职;就在前几年,日本数十位国会议员在美国报纸上刊载大幅广告,说是不存在慰安妇问题,还恬不知耻地说什么那些慰安妇是自愿卖淫者,其收入有时甚至超过日本军队里的将军;更让人忧虑的是,日本保守派正在竭力修改和平宪法,尤其是这部宪法中的第九条有关日本永久性放弃战争、不成立海陆空三军的条款,试图为全方位复活国家主义清除最大的障碍。日本筑波大学学者黑古一夫教授的观点与小森教授相近,他认为日本的政治主导权始终掌握在保守派手中,他们期望从根本上改变日本战后开始实施的民主主义,复活战前的价值观……

---

① 大江健三郎著,许金龙译《两百年的孩子》,百花文艺出版社,二〇〇七年九月,第254页。

综上所述,大江所描述未来社会的阴暗前景,就不是毫无根据的空穴来风了,而是基于对现实的忧虑甚或预警。为了大多数人的希望,大江通过《两百年的孩子》这个故事,以艺术手法为人们展示了以往(被官方遮蔽了的暴动史)、现在(日本当下试图修改和平宪法的政治现状甚或准备违宪参战)和未来(日本几十年后极可能出现全面复活国家主义的阴暗前景),并借法国诗人、哲学家和评论家保尔·瓦莱里之口,向我们表明了历史、当下和未来的关系。尽管未来的前景是黯淡的,但是这位老作家也明确地告诉人们,情况并没有糟糕到绝望的地步,那里毕竟还有一群心地善良的人在农场/根据地里坚持自己的操守,抵制来自官方的高压,烧毁严重侵犯人权的ID卡,以各种方式不让孩子们参加那个准军事组织,等等。至于如何在了解历史的基础上创造美好的未来,不妨以大江在北大附中结束演讲时的一段话语来提供一种参考:

> 你们是年轻的中国人,较之于过去,较之于当下的现在,你们在未来将要生活得更为长久。我回到东京后打算对其进行讲演的那些年轻的日本人,也是属于同一个未来的人们。与我这样的老人不同,你们必须一直朝向未来生活下去。假如那个未来充满黑暗、恐怖和非人性,那么,在那个未来世界里必须承受最大苦难的,只能是年轻的你们。因此,你们必须在当下的现在创造出明亮、生动、确实体现出人的尊严的未来,而非前面说到的那个充满黑暗、恐怖和非人性的未来。我憧憬着这一切,确信这个憧憬将得以实现。为了把这个憧憬和确信告诉北京的年轻人以及东京的年轻人,便把这尊老迈之躯运到北京来了。之所以这么做,是因为已然七十一岁的日本小说家,要把自己现在仍然坚信鲁迅那些话语的心情传达给你们。①

---

① 大江健三郎著,许金龙译《走的人多了,也便成了路!》,引自《大江健三郎文学研究》,百花文艺出版社,二〇〇八年七月,第21—22页。

对于这段话语中出现的通往"充满黑暗、恐怖和非人性的未来"之可能性,大江无疑是悲观的,却决不是绝望的,更是在鼓励中国和日本的孩子们"必须在当下的现在创造出明亮、生动、确实体现出人的尊严的未来",坚定不移地憧憬着孩子们通过自己的努力,将免于陷入"充满黑暗、恐怖和非人性的未来",并且借助鲁迅的话语引导孩子们"希望是本无所谓有,无所谓无的。这正如地上的路;其实地上本没有路,走的人多了,也便成了路"。由此可见,大江既是果敢前行的悲观主义者,更是勇敢战斗的、由民本主义升华的人文主义者。

四(上)、源自鲁迅的"始自于绝望的希望"

1.初识鲁迅

在论及大江文学中的世界文学影响时,学界一直关注来自拉伯雷及其鸿篇巨制《巨人传》、但丁及其不朽长诗《神曲》(全三卷)、布莱克及其神秘长诗《四天神》和《弥尔顿》、萨特及其存在主义代表作《自由之路》、巴赫金及其狂欢化和大众笑文化系统之论著、艾略特及其长诗《荒原》和《四个四重奏》、奥登及其短诗《美术馆》、本雅明及其论著《论历史哲学纲要》等作家、诗人和学者以及他们的作品之影响,却很少有人注意到鲁迅和他的文艺思想在大江文学生涯中的存在和重要意义。其实,早在少年时期、学生时代乃至成为著名作家之后,大江都一直在阅读着鲁迅,解读着鲁迅,以鲁迅的文学之光逆行于精神困境和现实阴霾中。

正如大江在晚年间(二〇〇九年一月十七日)对铁凝和莫言追忆其所传家学时所言:"我的妈妈早年间是热衷于中国文学的文学少女……"[①]大江的母亲,彼时的日本女青年小石非常熟悉并热爱中

[①] 大江健三郎、莫言、铁凝著,许金龙译《中日作家鼎谈》,《当代作家评论》,二〇〇九年第五期,第52页。

国现代文学。在一九三四年的春日里,小石偕同对中国古代文化颇有造诣的丈夫大江好太郎由上海北上,前往北京大学聆听了胡适用英语发表的演讲。在北京小住期间,这对夫妇投宿于王府井一家小旅店,大江的父亲大江好太郎与老板娘的丈夫聊起了自己甚为喜爱的《孔乙己》,由此得知了茴香豆的"茴"字竟然有四种写法。在人生的最后一天,大江好太郎将这四种写法连同对"中国大作家鲁迅"的敬仰之情,一同播散在自己的三儿子大江健三郎稚嫩和好奇的内心底里,使其随着岁月的流逝在爱子的内心不断萌发和成长。

二〇〇八年二月二十一日下午,仍然是在位于小田急沿线的成城别墅区的大江宅邸,大江对来访的老友莫言讲述家世时曾如此提及自己邂逅鲁迅的缘起:

……那是一九四四年十一月的一个冬日,是父亲在世的最后一天,恰逢一个传统节气,当时自己家里的经济条件还算不错,不少孩子依循旧俗到家里来讨点儿小钱,父亲坐在火盆旁喝酒,把零钱放在手边,邻居的孩子用草绳裹着的棒子在屋里叭叭叭地跳上一圈以示驱鬼,父亲就给几个小钱以作酬谢。冬日里天气很冷,自己陪坐在父亲身边,没人来的时候就陪父亲聊天。父亲便说起中国有个叫作鲁迅的大作家非常了不起。自己由此知道,父母曾于整整十年前的一九三四年经由上海去了北京,住在东安市场附近,小旅店老板娘的丈夫与父亲闲聊时得知眼前这位日本人喜欢阅读鲁迅作品,还曾读过《孔乙己》,便告知作品里的茴香豆的茴字有四种写法,并把这四种写法教给了父亲。父亲在世的这最后一天很长一段时间里,自己一直在倾听父亲讲述鲁迅及其小说《孔乙己》。父亲介绍了鲁迅这位"中国大作家"及其小说《孔乙己》之后,也说起了"茴香豆"的"茴"字的四种写法,边说边随手用火钩在火盆的余烬上——写下四个不同的"茴"字,使得第一次听说鲁迅和《孔乙己》的自己兴奋不已,"觉得鲁迅这个大作家了不起,《孔乙己》这部小说了不起,知道这一切以及茴香豆的茴字有四种写法的父亲也很了不起,遗憾的是自己现在只记得其中三种写法,却无论如何也记不得那第四种写法了"。母亲后来告诉自己,父亲当晚回房睡觉时,说是以前认为老大老二有出息,现在想来是看错了,以后健三郎肯定会有大出息,自己讲到鲁迅的时候,健三郎眼睛都是直的,都放出光来,这孩子对学问抱有强烈的欲望,其他几个孩子却没这种感觉,这孩子将来不会是普通人……

从以上这些文字可以看出,一九三五年一月三十一日出生的健三郎是在将近十岁时第一次听说鲁迅及其作品的,当时的情景连同对父亲的追忆一同深深地印在自己的记忆里,为其后阅读和理解鲁迅创造了条件。根据大江的口述,当年在上海小住期间,大江好太郎和小石夫妇购买了由鲁迅等人于一九三四年九月十六日刊发的《译文》杂志创刊号,那是一本专门翻译介绍和评论外国优秀文学作品的杂志,由鲁迅本人和茅盾等优秀翻译家承担翻译任务。在后来的漫长岁月里,那本杂志就成了母亲爱不释手的书刊之一。再后来,这本创刊号就成了其爱子大江健三郎的珍藏。

大江夫妇还在上海一家旧货铺各为自己选购了一只红皮箱。一大一小这两只红皮箱陪伴他们走完了其后的生涯,最终进入他们的爱子大江健三郎晚年创作的长篇小说《水死》,成为该小说具有隐喻意味的重要道具。

在中国旅行期间,这对夫妇正孕育着一个小小的生命,那就是在他们回到日本后不久便呱呱坠地的大江健三郎。诞下健三郎之后,母亲小石"一直没能从产后的疲弱中恢复过来",于这一年的年底前往东京的医院住院治疗,其间收到正在东京读大学的同村好友赠送的、同年一月出版的《鲁迅选集》(岩波文库版,佐藤春夫、增田涉译)。七十多年后,大江面对北大附中初一年级和高一年级近千名新生回忆儿时情景时曾这样说道:"母亲是一个没什么学问的人,可是她的一个从孩童时代起就很要好的朋友却前往东京的学校里学习,母亲以此作为自己的骄傲。此人还是女大学生那阵子,对刚刚被介绍到日本来的中国文学比较关注,并对母亲说起这些情况。我出生那一年的年底,母亲一直没能从产后的疲弱中恢复过来,那位朋友便将刚刚出版的岩波文库本赠送给她,母亲好像尤其喜欢其中的《故乡》。"①十二年后的春天,当健三郎由小学升入初中之际,作为贺礼,从母亲那里得到在战争期间被作为"敌国文学"而深藏于箱底的这部《鲁迅选集》,由此开始了对鲁迅文学从不曾间断的、伴随自己其后全部生涯的阅读和再阅读,并将这种阅读感悟内化为自己的价值取向,不断显现于从处女作《奇妙的工作》(1957)直至最后一部长篇小说《晚年样式集》(2013)等诸多作品之中。

2."我从十二岁开始阅读鲁迅作品"

一般读者阅读大江文学,初时可能会感到大江的小说天马行空、时空交错,从而很难将其统合起来。如果坚持读下去,最好多读几本大江小说,就会发现这其中有一个似曾相识的共性,那就是作者始终立足于边缘,不懈地对权力和中心提出质疑甚或挑战,为处于边缘的民众大声呐喊。换句话说,特别是对于熟悉中国现代文学的读者而言,在阅读大江小说或是解读大江文本之际,经常会隐约感觉到鲁迅的在场。二〇〇六年八月里的一天,笔者陪同中国社科院外文所所长陈众议教授前往位于东京郊外的大江宅邸,协调其将于翌月访华的日程安排。处理完工作后,出于研究者的职业习惯,笔者便对大江提出了自己的困惑:在您的小说文本中总能隐约感觉到鲁迅的在场,最初阅读鲁迅作品时您大概多大岁数?您阅读的第一批鲁迅作品都

---

① 大江健三郎著,许金龙译《走的人多了,也便成了路!》,引自《大江健三郎文学研究》,百花文艺出版社,二〇〇八年七月,第14页。

有哪些？哪些作品让您欢悦？哪些作品让您难受？哪些作品让您长久铭记？您是从哪里得到那些鲁迅作品的？……

　　大江坐在专属于他的单人沙发上，照例安静地低着头在笔记本上记录下所有问题，然后抬起头来回答说：自己从不曾想过这个问题，也从不曾有人提过这个问题，在记录的过程中，自己已经在回忆并且思考这些问题了。现在有的问题可以回答，有的问题则因为年代久远，记忆已经模糊不清，需要进一步调查过后，待去北京访问期间再一并作答。现在可以回答的问题如下：自己确实读过鲁迅作品，而且早在少年时代就开始阅读，至于具体是几岁开始阅读鲁迅作品，还需要进一步回忆。第一批阅读的鲁迅作品有《孔乙己》《故乡》《药》《社戏》《狂人日记》……

　　为了更好地梳理当时情景，这里需要用对谈的形式还原这次谈话的经过和大致内容：①

　　　　许金龙：我知道您在儿时就从母亲那里接受了鲁迅、郁达夫等中国作家的影响，这从您的一些作品和谈话里可以感觉出来。我还注意到您在一九五五年写了一首题为《杀狗之歌》的自由体诗，也就是被您称为"像诗一样的东西"的习作，这首自由体短诗只有几行，全文是这样的：

　　　　　　为了杀掉足以咬死你的大狗
　　　　　　你首先要摸弄自己的睾丸
　　　　　　再让你想杀死的狗嗅那手掌
　　　　　　在狗上当之际，乘机打杀
　　　　　　＊ 发出含着大希望的恐怖的悲声
　　　　　　狗（A）

---

① 大江健三郎与许金龙对谈：《大江健三郎将访中国，深受鲁迅及毛泽东影响》，《环球时报》，二〇〇六年九月一日。

抑或你(B)

死去

或者你们结婚(C)

* ……鲁迅《野草》①

您在这里引用了《呐喊》中《白光》的这样一句话:发出"含着大希望的恐怖的悲声"。从您的这处引用可以看出,您在很年轻(或者很小)的时候就接触了鲁迅文学,我想知道的是,您最初阅读鲁迅作品是在什么时候?您又是在哪里接触到这些作品的?

大　江:现在回想起来,应该是在很小的时候开始阅读的。一下子说不清当时的具体年龄了,大概是在十二岁左右吧。《孔乙己》中有一段文字给我留下了非常深刻的印象,就是"我从十二岁起,便在镇口的咸亨酒店里当伙计"。这里所说的镇子,就是经常出现在鲁迅小说中的鲁镇。记得读到这段文字时,我就在想:"啊,我们村子里成立了新制中学,真是太好了!否则,刚满十二岁的自己就去不了学校,而要去某一处的酒店当小伙计了。"②这一年是一九四七年,读的那本书是由佐藤春夫、增田涉翻译的《鲁迅选集》。当时读得并不是很懂,就这么半读半猜地读了下来。是的,我是从十二岁开始阅读鲁迅作品的。

关于这本书的来历还有一个故事。我是一九三五年一月出生的,母亲生下我以后,她的身体一直到年底都难以恢复。母亲当时有一个儿时的朋友在东京读大学,这个喜欢中国文学的朋友便送了母亲一本书,就是刚刚被介绍到日本来的鲁迅的作品,记得是岩波文库本。母亲好像尤其喜欢其中的《故乡》。两年后,也就是一九三七年,这一年的七月发生了卢沟桥事件,十二月发生了日本军队进行大屠杀的南京事件,于是即

---

① 诗文中米花注为大江本人所注。或是出于笔误等原因,作者将典出于《白光》的"含着大希望的恐怖的悲声",误认为典出于《野草》。

② 大江健三郎小学毕业前,因家中贫困,母亲无力将其送到镇上的中学里继续读书,便在邻近的镇子找了一家店铺,打算等大江小学毕业后就送其去做不领工资的实习小伙计。

便在我们那个小村子,好像也不再能谈论中国文学的话题了。母亲就把那册岩波文库本《鲁迅选集》藏在了小箱子里,直到战争结束后,我作为第一届根据民主主义原则建立的新制中学的学生入学时,母亲才从箱子里取出来作为贺礼送给我。

许金龙:您当时阅读了哪些作品?还记得阅读那些作品时的感受吗?

大　江:有《孔乙己》《药》《狂人日记》《一件小事》《头发的故事》《故乡》《阿Q正传》《白光》《鸭的喜剧》和《社戏》等作品。其中,《孔乙己》中那个知识分子给我留下了非常深刻的印象,孔乙己这个名字也是我最初记住的中国人名字之一。要说印象最为深刻的作品,应该是《药》。在那之前,我叔叔曾从我父亲这里拿了一点儿本钱,在中国的东北做过小生意,把中国的小件商品贩到日本来,再把日本的小件商品贩到中国去。有一次他来到我们家,灌装了一些中国样式的香肠,悬挂在房梁上,还为我们做了中国样式的馒头,饭后还剩下几个馒头就放在厨房里。晚饭过后就问起我正在读的书,听说我正在阅读鲁迅先生的《药》后,他就吓唬我说:你刚才吃下去的就是馒头,作品里那个沾了血的馒头和厨房里那几个馒头一模一样。听了这话后,我的心猛然抽紧了,感到阵阵绞痛(用双手用力做拧毛巾状)。这是我有生以来第一次感受到这种内心的绞痛,不停地呕吐着,把晚饭时吃下去的东西全给吐了出来。

当时我很喜欢《孔乙己》,这是因为我认为咸亨酒店那个小伙计和我的个性有很多相似之处。《社戏》中的风俗和那几个少年也很让我着迷,几个孩子看完社戏回来的途中肚子饿了,便停船上岸偷摘蚕豆用河水煮熟后吃了。这里的情节充满童趣,当时我也处在这个年龄段,就很自然地喜欢上这其中的描述。当然,《白光》中的那个老读书人的命运也让我难以淡忘……

许金龙:鲁迅在日本留学期间,曾接触尼采、克尔凯郭尔、叔本华以及易普生等所谓"神思宗之至新者"的思想,尤其通过尼采和克尔凯郭尔这两位存在主义先驱,鲁迅发现了尼采提出的"近世文明之伪与偏",以及克尔凯郭尔主张的"发挥个性,为至高之道德",其后就在这种影响下写出了《野草》等作品。当然,法国的现代存在主义与这种思想也是相通的。我想了解的是,您在阅读和接受鲁迅影响的同时,是否把其中与存在主义相通的某些要素也一并吸收了过来,然后在大学里自然也是必然地选择了萨特和存在主义?

大　江:我不知道鲁迅先生在日本留学期间曾接触克尔凯郭尔等人的思想。你刚才说到我在阅读鲁迅作品的同时,把其中与存在主义相通的某些要素也一同吸收过来,并在此基础上选择了萨特和存在主义,关于这种说法,我从不曾听人说起过,当然,我本人也从未做过这样的联想。但是,这是一个很有意思的提法。现在细想起来,鲁迅确实和克尔凯郭尔并肩站在黑暗的、深不见底的绝望之海上寻找着希望……

许金龙:您可能没有注意到,其实在鲁迅和克尔凯郭尔这两位先驱者的身后,还有一位戴着用黑色玳瑁镜框制成的圆形眼镜的日本老人,正与这两位先驱者一同站在黑暗的、深不见底的绝望之海上寻找着希望……

大　江:(大笑)……

许金龙:说到绝望与希望这一话题,我想起了您于去年十月出版的《别了,我的书!》。这是《被偷换的孩子》三部曲中的第三部长篇小说。在这部小说的红色封腰上,我注意到您用白色醒目标示出的"始自于绝望的希望"这几个大字。如果我没有说错的话,这是您对鲁迅的"绝望之为虚妄,正与希望相同"在当下所做的最新解读。当然,在您对这句话的解读中,希望的成分显然更多一些,更愿意在绝望中主动而积极地寻找希望。

大　江:(大笑)是的,这句话确实源自鲁迅先生的"绝望之为虚妄,正与希望相同",不过,在解读的同时,我融进了自己的一些看法。我非常喜欢《故乡》结尾处的那句话——"希望是本无所谓有,无所谓无的。这正如地上的路;其实地上本没有路,走的人多了,也便成了路"。我的希望,就是未来,就是新人,也就是孩子们。这次访问中国,我将在北京大学附属中学发表演讲,还要与孩子们一起座谈。此前我曾在世界各地做过无数演讲,可在北京面对孩子们将要做的这场演讲,会是这无数演讲中最重要的一场演讲。

许金龙:从一九五五年到二〇〇五年,这期间经历了整整五十年,跨越了您的整个创作生涯。从您在一九五五年那个习作中所做的引用,到二〇〇五年《别了,我的书!》腰封上所标示的"始自于绝望的希望",是否可以认为,您对鲁迅的阅读和吸收贯穿于您这五十年间的创作生涯?另外,您目前还在阅读鲁迅吗?还是儿时那个版本吗?

大 江:我对鲁迅的阅读从不曾间断,这种阅读确实贯穿了我的创作生涯。不过,儿时阅读的那个版本因各种原因早已不在了,现在读的是筑摩书房的《鲁迅文集》,是竹内好翻译的。(说完,急急前往书房抱回一大摞白色封套的鲁迅译本,将其放在客厅书架上让我们观看)……①

由此可见,从少年时代因战后义务教育法的实施感到庆幸而与《孔乙己》中的"小伙计"产生共情,到青年时期面对日本社会复杂现实的绝望而借助《白光》发出了诗学的"悲声",鲁迅文学对于大江的整个创作生涯而言,已然语境化于大江所处的社会现实,且内化到其"暗境逆行"的文学基调中。

3.大江文学起始点上的鲁迅

前面引文中的《杀狗之歌》里的米花注是大江本人打上去的,其实,这段话源出于《鲁迅全集》第一卷《呐喊》中的《白光》一文,说的是一个屡试不中的老读书人在迷幻中奔着城外的白光而去,"游丝

---

① 许金龙著《大江健三郎与中国》,《传记文学》,二〇二〇年第八期,第47—49页。

似的在西关门前的黎明中,战战兢兢地叫喊"出的无奈、绝望却又"含着大希望的恐怖的悲声"①。这就直观地说明,鲁迅的影响历史性地出现在了大江文学的起始点上,始自于少年时期对鲁迅的阅读和理解,使得大江此后在东京大学就读期间,不自觉地接受了鲁迅文学中包括与存在主义同质的一些因素,从而在其接触萨特学说之后,几乎立即便自然(很可能也是必然)地接受了来自存在主义的影响。当然,在谈到这种融汇时,必须注意到一个不可忽视的重要因素——鲁迅在绝望中寻找希望的有关探索与萨特的自由选择,其实都与人道主义传统有着密不可分的内在联系,因为这两者共有一个源头——丹麦宗教哲学家、存在主义哲学创始人索伦·克尔凯郭尔及其学说:人是哲学研究的对象,不单单是客观存在,要从个人的"存在"出发,把个人的存在和客观存在联系起来。

  用短诗所引"含着大希望的恐怖的悲声"来表现大江当时的心境是比较贴切的。这首《杀狗之歌》的创作背景是这样的:在二次世界大战的最后阶段,少年大江所在村庄的所有狗都被集中在山谷中的洼地上屠宰,用剥下的狗皮制成皮衣和皮帽,用以装备侵占中国东北的关东军,使其得以度过当地的严寒。待杀的狗中就有大江家那条狗,大江带着弟弟眼看着整日跟随自己的爱犬被无情打杀却无力解救,只是下意识地把手指放在口里咬着,一直咬出了鲜血还浑然不觉。最让少年大江气愤的是,那个杀狗人面对狂吠不止的狗并不正面打杀,而是先把手伸到裤子里摸弄一下睾丸,再将那手掌伸到将要打杀的那只狗的鼻子前,于是狗立即安静下来,只是一味地嗅着那手掌上的睾丸气味。此时,杀狗人便乘机抡起藏在身后的木棒砸向狗

---

① 鲁迅著《白光》,《鲁迅全集》第一卷,《呐喊》,人民文学出版社,二〇一九年十二月,第575页。

的脑袋,一只又一只的狗就这样倒在了血泊之中:

> 我最初受到的负面冲击,就发生在战争临近结束的时候。有一天,一个杀狗的人来到我们村,把狗集中起来带到河对岸的空场去,我的狗也被带走了。那个人从早到晚一整天都在打狗杀狗,剥下皮再晒干,然后拿那些狗皮到满洲去卖,也就是现在的中国东北。当时,那里正在打仗,这些狗皮其实是为侵略那里的日本军人做外套用的,所以才要杀狗。那件事给我童年的心灵留下了巨大的创伤。①

引发大江这段儿时记忆的,据说是大江从朋友石井晴一处听说,东大附属医院里用于试验的百来条狗每到傍晚时分便一起狂吠。也是在这一时期,日本政府为扩建军事基地而强征东京郊外的砂川町农田,并动用警察镇压当地农民的反抗。于是,大批学生和工会人员为声援农民而前往示威,这其中也包括血气方刚的大江和他的同学们。在谈到那时的情景时,大江曾在一篇文章中写道:我出生在日本,这是一件多么不幸的事啊!这种阴郁的声音在我的身体内部开始发出任性而微小的余音。当时我刚刚进入大学,并参加了示威活动。显然,儿时的痛苦记忆与现实生活中的无奈和徒劳感,使得大江对医院里那些等待被宰杀的狗产生了某种程度的共情,觉得自己和同学们乃至日本的青年人何尝不是围墙中等待被宰杀的狗?!四十五年后的二〇〇〇年九月,面对中国社会科学院的数百名学者,已是诺贝尔文学奖获得者的大江健三郎这样回忆当时的情形:

> 在那段学习以萨特为中心的法国文学并开始创作小说的大学生活里,对我来说,鲁迅是一个巨大的存在。通过将鲁迅与萨特进行对比,我对于世界文学中的亚洲文学充满了信心。于是,鲁迅成了我的一种高明

---

① 大江健三郎与莫言对谈,庄焰译《二十一世纪的对话——大江健三郎 VS 莫言》,引自《我在暧昧的日本》,南海出版公司,二〇〇五年十一月,第22页。

而巧妙的手段,借助这个手段,包括我本人在内的日本文学者得以相对化并被作为批评的对象。将鲁迅视为批评标准的做法,现在依然存在于我的生活之中。①

如果说,萨特让这位学习法国文学专业的大学生感同身受地体验到了墙壁、禁闭、徒劳和恶心的话,那么,作为其参照系的鲁迅则让大江在发出"恐怖的悲声"的同时,还让他"含着大希望"。那么,这是一种什么样的希望呢?我们不妨来看看鲁迅在文本中的表述:

"假如一间铁屋子,是绝无窗户而万难破毁的,里面有许多熟睡的人们,不久都要闷死了,然而是从昏睡入死灭,并不感到就死的悲哀。现在你大嚷起来,惊起了较为清醒的几个人,使这不幸的少数者来受无可挽救的临终的苦楚,你倒以为对得起他们么?"

"然而几个人既然起来,你不能说决没有毁坏这铁屋的希望。"

是的,我虽然自有我的确信,然而说到希望,却是不能抹杀的,因为希望是在于将来……②

尽管由于认识上的局限,大江当时发出的这种"含着大希望的恐怖的悲声"还很微弱、无力和被动,却历史性地使得鲁迅与萨特作为东西方文学的一对坐标同时进入大江文学的起始点,并由此贯穿了这位作家的整个创作生涯,在不同创作时期发挥着不同程度的影响,最终在其长篇小说六部曲里达到高潮。

写下这首《杀狗之歌》半个多世纪后的二〇〇九年十月,大江在台北的"大江健三郎文学学术研讨会"上做小组点评时,如此回忆了自己从青年至老年的不同时期对"含着大希望的恐怖的悲声"这段

---

① 大江健三郎著,许金龙译《北京讲演二〇〇〇》,《中华读书报》,二〇〇〇年十月十八日。
② 鲁迅著《呐喊自序》,《鲁迅全集》第一卷,《呐喊》,人民文学出版社,二〇一九年十二月,第440页。

话语的不同解读：

　　……许金龙先生的论文非常深刻而且正确地表述了我少年时期是如何接触鲁迅的，这令我感到非常怀念。同时，也使我重又回忆自己、审视自己一直都在阅读的鲁迅文学。其实，在很长一段时间内，我并没有真正读懂自己持续阅读的鲁迅文学。……后来才发现，实际上自己在年轻时并没有读懂鲁迅。在《呐喊》这部作品中，鲁迅表示要在绝望中寻找希望，发出"含着大希望的恐怖的悲声"。我认为这是鲁迅思想中最难以理解的部分。绝望中蕴含着希望，这一点我非常理解。但是，所谓"恐怖的悲声"却是在我十几岁到三十五岁这段时期所无法理解的。此后，患有智力障碍的孩子出生了。三十岁、四十岁、五十岁的时候，我在自己的人生道路上、在绝望中寻找着希望并发出了"恐怖的悲声"。六十岁以后，直到现在七十多岁，我才得以理解，在恐怖的绝望的呐喊中蕴含着巨大的希望。这是非常重要的。年轻时，我就在鲁迅作品中读到发出"含着大希望的恐怖的悲声"。随着年龄的增长，而后我发现，这两件事其实是一样的。十五六岁的时候，我非常真实地发出了"含着大希望的恐怖的悲声"，却并不是抱有很大的希望。到了现在这个年纪才发现，其实这种悲声本身就蕴含着巨大的希望。刚才，许先生在论文中对我作品的评价是：《优美的安娜贝尔·李　寒彻颤栗早逝去》表达了最深沉的恐惧，却也表现出了最大的希望。其实，这也是我正在思考的问题。①

　　尽管年少时初识"含着大希望的恐怖的悲声"却难解其中奥义，基于儿时痛苦记忆且糅合鲁迅深奥话语的《杀狗之歌》毕竟写了出来，为其后改写为剧本《野兽们的叫声》做了前期准备。一九五六年九月，由《杀狗之歌》改编而成的这个独幕话剧《野兽们的叫声》获东京大学学生戏剧剧本奖。一九五七年五月，也就是写下《杀狗之歌》

---

① 大江健三郎著，许金龙试译，根据"大江健三郎文学学术研讨会"台北会议录音整理而成的资料。

两年后,剧本《野兽们的叫声》再次被大江改写为短篇小说《奇妙的工作》,投稿于校报《东京大学新闻》并获该年度的五月祭奖,其后被推荐为芥川文学奖候补作品。这部短篇小说一经发表,便连同其作者大江健三郎一同引起广泛关注,多年后,大江这样回忆当时的情景:《奇妙的工作》在校报上发表是一个契机,文艺报刊因此而向我约稿,我就这样开始了自己的创作生涯。

在鲁迅和萨特这对东西方存在主义作家的共同影响下,在传授人文主义精神的导师渡边一夫教授的引导下,二十二岁的大江健三郎于一九五七年正式登上文坛,"作为渡边的人文主义的弟子,我希望通过自己身为小说家的工作,使那些用语言进行表达的人及其接受者,从个人的以及时代的痛苦中得以平复,并医治他们各自心灵上的创伤"。

4."鲁迅先生说,决不绝望!"

写下这篇"处女作"五十二年后的二〇〇九年一月,大江面对北京大学数百名学生回忆创作这部小说的背景时表示:

> 作为一名二十二岁的东京的学生,我却已经开始写小说了。我在东京大学的报纸上发表了一篇短篇小说,叫作《奇妙的工作》。
>
> 在这篇小说里,我把自己描写成一个生活在痛苦中的年轻人——从外地来到东京,学习法语,将来却没有一点希望能找到一个固定的工作。而且,我一直都在看母亲教我的小说家鲁迅的短篇小说,所以,在鲁迅作品的直接影响下,我虚构了这个青年的内心世界。有一个男子,一直努力地做学问,想要通过国家考试谋个好职位,结果一再落榜,绝望之余,把最后的希望都寄托在挖掘宝藏上。晚上一直不停地挖着屋子里地面上发光的地方。最后,出城到了城外,想要到山坡上去挖那块发光的地方。听到这里,想必很多人都知道我所讲的这个故事了,那就是鲁迅短篇集《呐喊》里《白光》中的一段。他想要走到城外去,但已是深夜,城

门紧锁,男子为了叫人来开门,就用"含着大希望的恐怖的悲声"在那里叫喊。我在自己的小说中构思的这个青年,他的内心里也像是要立刻发出"含着大希望的恐怖的悲声"。我觉得写小说的自己就是那样的一个青年。如今,再次重读那个短篇小说,我觉得我描写的那个青年就是在战争结束还不到十三年,战后的日本社会没有什么明确的希望的时候,想要对自己的未来抱有希望的这么一个形象。①

一个农村出身的青年,从偏远山村来到东京学习法语,却难以在这个大都市里找到一份固定工作,便将自己毕业即失业的黯淡前景投射于《白光》中屡试不中的读书人陈士成,用自己的作品发出"含着大希望的恐怖的悲声",直至整整五十年后的二〇〇九年才发现,其实"在恐怖的绝望的呐喊中蕴含着巨大的希望",在这个"巨大的希望"支撑下,大江逐渐走入了鲁迅思想的深邃之处。这篇小说的发表给初出茅庐的大江带来了喜悦和希望——"我觉得自己已经成了一个真正的小说家,并决心今后要靠写小说为生。在此之前,我还要靠打工、作家教以维持在东京的生活"②。然而,当自己兴冲冲地赶回四国那座大森林中,"把登有这篇小说的报纸拿给母亲看"时,却使得母亲万分失望:

你说要去东京上大学的时候,我叫你好好读读鲁迅老师《故乡》里最后那段话。你还把它抄在笔记本上了。我隐约觉得你要走文学的道路,再也不会回到这座森林里来了。但我还是希望你能成为像鲁迅老师那样的小说家,能写出像《故乡》结尾那样美丽的文章来。你这算是怎么回事?怎么连一片希望的碎片都没有?③

---

① 大江健三郎著,翁家慧译《真正的小说是写给我们的亲密的信》,《文汇报》,二〇〇九年一月二十二日。
② 同上。
③ 同上。

接着,这位母亲情真意切地谆谆教诲自己的儿子:

我没上过东京的大学,也没什么学问,只是一个住在森林里的老太婆。但是,鲁迅老师的小说,我都会全部反复地去读。你也不给我写信,现在我也没有朋友。所以,鲁迅老师的小说,就像是最重要的朋友从远方写来的信,每天晚上我都反复地读。你要是看了《野草》,就知道里头有篇小说叫《希望》吧。①

当天晚间,无颜继续留在母亲身边的大江带着母亲交给自己的、收录了《希望》的一本书,搭乘开往东京的夜班列车,借着微弱的脚灯开始阅读《野草》,就像母亲所要求的那样,当作"最重要的朋友从远方写来的信"阅读起来,在感叹"《野草》中的文章真是精彩极了"②的同时,刚刚萌发的自信却化为了齑粉……

当然,来自母亲的影响只能是大江接受鲁迅的契机和基础。对于一个着迷于萨特的法国文学专业的学生来说,鲁迅在《野草》等作品中显现出来的早期存在主义思想,那种"我只觉得'黑暗与虚无'乃是'实有',却偏要向这些作绝望的抗战"③的思想,恐怕也是吸引大江的一个重要原因。尤其是《过客》里极具哲理的文字,竟与大江心目中其时的日本社会景象惊人一致,而鲁迅思想体系中源自尼采和克尔凯郭尔这两位存在主义前驱者的阴郁、悲凉的因素,与萨特的存在主义中有关他人是地狱等思想亦比较相近,这就使得大江必然地将鲁迅和萨特作为一对参照系,并进而"对于世界文学中的亚洲文学充满了信心"④。当

---

① 大江健三郎著,翁家慧译《真正的小说是写给我们的亲密的信》,《文汇报》,二〇〇九年一月二十二日。
② 同上。
③ 鲁迅著《致许广平》,《鲁迅全集》第十一卷,人民文学出版社,二〇一九年十二月,第467页。
④ 大江健三郎著,许金龙译《北京讲演二〇〇〇》,《中华读书报》,二〇〇〇年十月十八日。

然，对于大江来说，鲁迅无疑是早于萨特的先在。只是囿于认识的局限，学生时代的大江对鲁迅面向"黑暗和虚无"而展开的"绝望的抗战"等思想理解得并不很透彻，这就使得《奇妙的工作》和《死者的奢华》等早期作品中多见禁闭、徒劳、无奈、恶心、孤独等元素，即便在《人羊》等同期作品中有少许反抗，这种反抗也显得被动、消极和软弱无力。当然，这种状况终究还是开始了变化——《揪芽打仔》原稿中的小主人公"我"最终死于村民的残酷追杀之下，这个结局却让大江想起了母亲的批评——"怎么连一片希望的碎片都没有？"于是将这个结尾改为开放性结局，让"我"在森林里暂时逃脱村民们的追杀，在山林中跌跌撞撞地向着不知方向的前方继续跑去。这处改写，在给这篇小说留下绝望中的希望之际，也为大江此后的创作奠定了方向。一如晚年间的大江在参观鲁迅博物馆后回忆当年情形时所言：

　　……在我的老年生活还要继续的这段时间里，我想我还是会和鲁迅的文章在一起。从鲁迅博物馆回来的路上，我再次认识到了这一点。至少我现在能够理解，为什么母亲会对年轻的我所使用便宜的、廉价的"绝望""恐惧"等词语表现出失望，却没有简单地给我指出希望的线索，反倒让我去读《野草》里的《希望》。隔着五十年的光阴，我终于明白了母亲的苦心。

　　……我想起了鲁迅先生说的"绝望之为虚妄，正与希望相同"。身患重病，又面临异常绝望的时代现状，鲁迅先生还是说，决不绝望！而且，也决不用简单的、廉价的希望去蒙蔽自己或他人的眼睛。因为那才是虚妄。①

　　由此可见，尽管面对着存在主义这一源于西欧哲学的精神命题，

---

① 大江健三郎著，翁家慧译《真正的小说是写给我们的亲密的信》，《文汇报》，二〇〇九年一月二十二日。

大江仍然一直站在东亚世界的宏阔视野和历史特殊性中,思考着自己与鲁迅文学的关联。鲁迅的存在主义倾向及其牵连的世界文学/哲学脉络,也与大江对法国存在主义传统的反思存在着更为深层的纠葛。从鲁迅与大江的存在主义纽带来看,二者的文学亦可被视作西方存在主义思潮在东亚不同时期、不同政治社会语境下的文学诠释。或许鲁迅深感自己的绝望呐喊终将消声于中国后帝国时代的精神"绝地",而与之相比,感受着鲁迅对于希望性力量的投注,大江选择占据偏远的故乡村庄这片日本帝制伦理斜阳之外的"飞地",来以它的新生神话和反抗史诗刺破绝望,并以积极前行的伦理(affirmative ethics)践行着从"绝地"到"飞地"的穿越,力图重构希望的轮廓。

四(下)、发自于边缘的呐喊

1."救救孩子"与"向尚未出生的孩子们敞开心扉"

在其后的写作中,大江对于绝望和希望的思考通过另一种形式体现出来——在长篇小说《同时代的游戏》等小说里,对权力中心改写乃至遮蔽边缘地区弱势群体的历史之做法进行无情的嘲讽,借助森林中口耳相传的神话/传说和历史复制乃至放大遭到政府遮蔽的山村森林里的历史,把那座神话/传说的王国进一步拓展为森林中的根据地/乌托邦——超越时空的"村庄=国家=小宇宙",运用人类文化学意义上的边缘与中心的概念,使其"得以植根于我所置身的边缘的日本乃至更为边缘的土地,同时开拓出一条到达和表现普遍性的道路"①。

---

① 大江健三郎著,许金龙译《我在暧昧的日本》,引自《我在暧昧的日本》,南海出版公司,二〇〇五年十一月,第96页。

发表于一九七九年的《同时代的游戏》中的"五十日战争"期间，村庄＝国家＝小宇宙的民众通过坚壁清野和麻雀战等多种战法与"无名大尉"指挥的"大日本帝国皇军"进行了殊死战斗，尽管这场力量极为悬殊的五十日战争最终以失败告终，很多村民为此牺牲了生命，作者却意味深长地在战争临近结束时，让"年龄不同的孩子们组成的这个队伍，年长的背着年小的，或者牵着他们的手，虽然都是孩子，却懂得不让敌军发觉，在那位大汉的带领之下，小心翼翼地朝原生林的更深处走去"①，以致在其后由日军"无名大尉"主持的极为严酷的军事审判中没有一个孩子遭到杀戮。在这里，作者意犹未尽地进一步指出："五十日战争结束之后，人们把带领村庄＝国家＝小宇宙二分之一的孩子进入森林深处的大汉，比作带领童男童女去创建新世界的徐福。"②显然，作者大江想要借此告诉他的读者，村庄＝国家＝小宇宙的人们尽管在五十日战争中失败并遭到日本军队的屠戮，但是他们的孩子们却逃离了"大日本帝国皇军"的屠刀，跟随徐福式的人物经由森林深处前往远方构建新的世界。或许，在大江的写作预期中，他的隐含读者将会为这些得到拯救的孩子未被黑暗势力所吞噬而感到庆幸，与此同时，他和他的隐含读者在这里或许还会产生一个带有倾向性的预期，那就是逃脱被吃掉之厄运、随同徐福式的人物前往远方"创建新世界"的孩子们，一定不会再去吃人，而"没有吃过人的孩子，或者还有？"③的美好心愿，则会在这个"新世界"里得以实现。

---

① 大江健三郎著，李正伦等译《同时代的游戏》，作家出版社，一九九六年四月，第252页。
② 同上。
③ 鲁迅著《呐喊》《狂人日记》，《鲁迅全集》第一卷，人民文学出版社，二〇〇五年十一月，第454页。

比上述尝试更为积极的,是大江在《奇怪的二人配》这三部曲中所做的进一步尝试——比如在《被偷换的孩子》里,借助沃雷·索因卡笔下的女族长之口喊出:"忘却死去的人们吧,连同活着的人们也一并忘却!只将你们的心扉,向尚未出生的孩子们敞开!"①这一小段话语会立刻让人联想到《狂人日记》的最后一句话语——"救救孩子……"②因为惟有孩子,尤其是尚未出生的孩子,才象征着新生,象征着未来,象征着纯洁,这新生、未来和纯洁中就可能会有希望,就可能会有光明,就可能不被人吃且不去吃人。再譬如《愁容童子》里那位如愁容骑士般不知妥协也不愿妥协、接二连三遭受肉体和精神上不同程度的伤害的主人公古义人,最终仍在深度昏迷的病床上为如此伤害了他的这个世界祈祷和解与和平。不过,相较于约半个世纪前在《奇妙的工作》等初期作品群里对鲁迅作品的参考,在此时的解读中,大江更是在用辩证的方式理解和诠释绝望和希望,更愿意在当下的绝望中主动和积极地寻找通往未来之希望的通途,最终借助《优美的安娜贝尔·李 寒彻颤栗早逝去》到达了"群星在闪烁"和"光辉耀眼"的至善、至福的天国。

2."这是我人生中最重要的讲演"

为了把鲁迅的相关话语以及自己的解读直接传达给孩子们,近年来,大江在北京、东京、柏林等地与不同国别的孩子们频频进行面对面的对话,例如二〇〇六年九月十日,在北京大学附属中学结束自己的讲演时,他与中国的孩子们如此约定:

---

① 大江健三郎著,许金龙译《被偷换的孩子》,译林出版社,二〇〇八年十月,第237页。
② 鲁迅著《呐喊》《狂人日记》,《鲁迅全集》第一卷,人民文学出版社,二〇〇五年十一月,第455页。

七十年前去世的鲁迅显然是二十世纪最伟大的小说家之一。我和你们约定，回到东京以后，我会去做与今天相同的讲演。惟有北京的你们这些年轻人与东京的那些年轻人实现真正意义上的和解，并在此基础上展开友好合作之时，鲁迅的这些话语才能成为现实。请大家现在就来创造那个未来！

　　"我想：希望是本无所谓有，无所谓无的。这正如地上的路；其实地上本没有路，走的人多了，也便成了路。"①

　　在进入讲演会场前，对于这场期待已久的讲演，竟然使得大江陷入难以自抑的紧张情绪。随着讲演之日的临近，这种期待和紧张也越发明显。二〇〇六年九月十日清晨，在乘车前往北大附中前，大江在其下榻的国际饭店的餐厅用早餐时，其用餐量却远超平日——"夫人昨天晚间特意从东京挂来长途电话，嘱咐当天晚上要喝点儿葡萄酒以帮助入睡，今天早餐的饭量则要加倍，要鼓足气力做好今天的讲演，因为这场讲演特别重要，关乎中日两国的孩子们的未来！……"在前往北大附中的路途中，大江或是局促不安地不停搓手，或是身体左转、双手用力紧握左侧车门扶手。笔者与大江交往多年，多见其或爽朗、或开心、或沉思、或忧虑、或愤怒等表情，却从不曾目睹如此紧张局促的神态，便在一旁劝慰道："您今天面对的听众是十三至十九岁的孩子，不必如此紧张。"大江却如此回答道："我在这一生中做过无数场讲演，包括在诺贝尔文学奖获奖之际所做的讲演，却都没有紧张过。这次面对中国孩子们所做的讲演，是我人生中最重要的讲演，我无法控制住自己的紧张情绪……"

　　汽车驶入北大附中校园后，在校长康健教授的引领下，一行人向

---

① 大江健三郎著，许金龙译《走的人多了，也便成了路！》，引自《大江健三郎文学研究》，百花文艺出版社，二〇〇八年七月，第21—22页。

大会堂走去。这是一座刚刚落成的漂亮建筑群,划分为大会堂和教学楼等功能区。进入建筑群大门内的大厅后,康健引导大家正要往会堂入口处走去,此前因与康健寒暄已不显得紧张的大江此刻却再度紧张起来,他停下脚步窘迫地对陪同在身旁的笔者急切说道:"我还是觉得紧张,这种状态是无法面对孩子们发表讲演的,请与校长先生商量一下,可否帮我找一间空闲的房间,让我独自在那房间里待一会儿,冷静一会儿,我需要整理一下思绪……"康健听完转述后为难地表示,师生们此刻都在大会堂里等待聆听讲演,临近的教室和办公室全都锁了起来,只有学生们使用的卫生间没锁门。得知这一情况后,大江似乎松了口气,疾步走入男生使用的卫生间,虽说空无一人的卫生间里还算清洁,只是那气味确实比较刺鼻,未及人们上前劝说,便示意大家离开这里,以便让他独自待上一会儿,冷静一会儿……不记得是三分钟还是五分钟抑或更长时间,只听见门轴声响,大江快步走出门来,精神抖擞地说道:"我做好准备了,现在我们进入会场吧!"话音未落,便领先向入口处大步走去,在学生们热烈的掌声中登上讲台,丝毫不见先前的紧张、局促和不安。在介绍了自己从少儿时期以来学习鲁迅文学的体会之后,这位老作家直率地告诉学生们:

  现在,日本与中国的关系并不好。我认为,这是由日本政治家的责任所导致的。我在想,在目前这种状态下,对于日本和中国这两国年轻人之间的未来而言,真正意义上的和解以及建立在该基础之上的合作,当然还有因此而构建出的美好前景,无论怎么说都是非常必要的。①

  随后,这位老作家要求在座的中学生们与他共同背诵《故乡》最

---

① 大江健三郎著,许金龙译《走的人多了,也便成了路!》,引自《大江健三郎文学研究》,百花文艺出版社,二〇〇八年七月,第17页。

后一段话语以结束这次讲演。于是,近千名中学生稚嫩嗓音的汉语与老作家苍老语音的日语交汇成一个富有节奏感的巨大声响在会堂里久久回响——"我想:希望是本无所谓有,无所谓无的。这正如地上的路;其实地上本没有路,走的人多了,也便成了路"。大江这是希望中国的孩子们和日本的孩子们乃至亚洲各国的孩子们,都能在鲁迅这段话语的引导下,"在当下的现在创造出明亮、生动、确实体现出人的尊严的未来,而非前面说到的那个充满黑暗、恐怖和非人性的未来",为自己更是为了未来而从绝望中踏出一条希望之路。

3."始自于绝望的希望":为着悠久的将来

当然,这种危机意识或是恐惧、绝望却又竭力寻找希望的心情,不可避免地显现在大江这一时期创作的、以孩子们为阅读对象的《两百年的孩子》《在自己的树下》《康复的家庭》《温馨的纽带》和《致新人》等一批小说和随笔中。为了使得包括小学五年级孩子在内的中、小学生都能读懂,作者一改以复杂的复式语句和复调叙述为主体的冗长叙述,转而使用极为直白和易懂的口语文体,把当下的困难和明天的希望融汇在一个个小故事里。

在《两百年的孩子》以及此后于北大附中发表的演讲中,大江对"那个充满黑暗、恐怖和非人性的未来"所表现出的恐惧和戒备并非毫无缘由,其借助《两百年的孩子》等作品为未来的孩子们预言的危机非常不幸地正在一步步成为现实——这部小说问世三年之后的二〇〇六年十二月十五日,也就是大江对北大附中的孩子们发表讲演三个月之后的二〇〇六年十二月十五日,日本政府不顾国内诸多在野党派和民众的强烈反对,强行通过《教育基本法》修正案,要在基础教育中强调战争时期曾灌输的"爱国主义",为日本中小学教育重回战前的"道德教育"和进而修改和平宪法以及制定《国民投票法》

创造有利条件。面对以上这些有可能实质性改变日本社会本质和走向的严峻局面，大江并没有在绝望中沉沦，而是预见性地通过《两百年的孩子》等作品不断向孩子们提出警示，并亲自来到北京，呼吁中日两国的孩子们从现在起就携手合作，以创造出"明亮、生动、确实体现出人的尊严的未来，而非前面说到的那个充满黑暗、恐怖和非人性的未来"①。

在大江于北大附中发表讲演四个月后的二〇〇七年一月，他在写给笔者的一封私人信函里如此讲述了自己离开北京后的工作状态：

> ……在今年，将要进入自己最后的也是最大的那部分工作，我希望这是与此前所有构想全然不同的、具有决定性的作品。目前我还没有动笔，拟于二月开始写作，为此，已从去年年末开始认真做了尝试。不过，这也是我成为作家之后感到最困难的时期。总之，必须突破第一道难关。从现在开始直至月底，乃至二月上半月这段期间，我必须每天进行这种繁忙的创作尝试。②

经过种种艰难尝试后问世的那部"与此前所有构想截然不同的、具有决定性的作品"，便是大江的长篇小说《优美的安娜贝尔·李 寒彻颤栗早逝去》。这个书名取自美国著名诗人爱伦·坡的代表作《安娜贝尔·李》的诗句，那首诗说的是一个处于热恋中的纯洁少女遭到六翼天使的嫉妒，夜里从云中吹来寒风将其冻死。与大江此前创作的所有小说相比，《优美的安娜贝尔·李 寒彻颤栗早逝去》确实显现出"一种令人意外的特质"，那就是历经数十年的艰苦

---

① 大江健三郎著，许金龙译《走的人多了，也便成了路！》，引自《大江健三郎文学研究》，百花文艺出版社，二〇〇八年七月，第22页。
② 许金龙著，《译者序·"我无法从头再活一遍。可是我们却能够从头活一遍"》，《优美的安娜贝尔·李 寒彻颤栗早逝去》，人民文学出版社，二〇〇九年一月，第1—2页。

跋涉后,大江健三郎这位从绝望出发的作家终于为自己、为孩子们、为所有陷于绝望中的人,更是为着"悠久的将来"寻找到了希望。

4.鲁迅始终都是一个重要的参照系

在大江的这部长篇小说中,也有一位如同安娜贝尔·李一般纯洁的美丽少女,这位被称为"永远的处女"的女主人公"樱"身世悲惨,在二战末期,除了她本人被疏散到农村而侥幸活下来,全家人都在东京大轰炸中身亡。美国军队占领日本后,她被一个美国军人收养,身穿让邻居羡慕的漂亮裙子,似乎从此过上了幸福生活,并在那个美国军人摄制的电影《安娜贝尔·李》中饰演身穿"白色宽衣"的少女安娜贝尔·李,"樱"由此被电影界所关注,很快便成为著名童星,最终活跃在以好莱坞为中心的国际影坛。完成这部作品后,大江在《致中国读者》中这样表示:

(自己)就写出了这部稍短一些的长篇小说《优美的安娜贝尔·李 寒彻颤栗早逝去》,意识到一种令人意外的特质正从中显现出来。最重要的是,我在这部小说的中心设置了一位女性。她与我大体上属于同一代人,作为少女迎来了战争的失败,在被占领时期不得不经历痛苦的生活。但是,她超越了这一切,通过不懈努力塑造出具有国际影响的电影女演员的成功人生。然而,现在她却要重新审视自己的一生。

她试图通过将一位女性为主人公的故事改编成电影来实现自己的想法。那位女性是日本一处农村(那是我至今一直不停写着的偏僻农村)从近代化进程开始之前便传承下来的大众心目中的英雄。当地农村的女人都支持这位既导演电影,本人也出演悲剧性女主人公的女演员,要帮助她实现这个计划。①

---

① 大江健三郎著,许金龙译《致中国读者》,《优美的安娜贝尔·李 寒彻颤栗早逝去》,人民文学出版社,二〇〇九年一月,第2页。

在这位"具有国际影响的女演员"樱正要雄心勃勃地推进自己的电影计划时,却被制片人用"卑劣"手段送进了精神病院,于是,其处于巅峰期的演员生涯至此不得不画上句号,自此沉寂了三十年之久。在这种令人绝望的状态中,樱始终抱持一个不曾破灭的希望,那就是回到日本的那片森林中去,亲自出演那里两次农民暴动中的女英雄。就在这边缘地带的故乡森林里,在以边缘人物"母亲"和"妹妹"为中心的历代农村女人的帮助下,樱振作起来回到日本,"……摄影机分开被枫叶浓烈的红色映照着的树林所围拥着的女人们进入。樱那感叹和愤怒的'述怀'高涨起来,呼应着歌谣虚词的人们如波浪般摇晃。在那声浪的高潮点上,沉默和静止突如其来。'小咏叹调'充溢其间,此时,樱的喊叫声起,作为没有声音的回音,银幕上群星在闪烁……"①

这里出现的"群星在闪烁"是个关键词组,使得人们立刻联想到《神曲》的《地狱篇》《炼狱篇》和《天国篇》各卷的最后一个单词"群星"。在《神曲》原著中,但丁在此处特意而且准确地使用了表示复数的 stelle 而非表示单数的 stella。《神曲》中译者田德望教授认为,"地狱是痛苦和绝望的境界,色调是阴暗的或者浓淡不匀的;炼狱是宁静和希望的境界,色调是柔和的和爽目的;天国是幸福和喜悦的境界,色调是光辉耀眼的"②。我们由此可以得知,"樱"在绝望境地里始终抱持着希望并为之不懈努力,终于在偏僻农村的森林里的女人们帮助下,从边缘地区边缘人物的记忆和传承中汲取力量,到达了"群星在闪烁"的"光辉耀眼"的"至善、至福的天国"。或者换句话

---

① 大江健三郎著,许金龙译《优美的安娜贝尔·李 寒彻颤栗早逝去》,人民文学出版社,二〇〇九年一月,第 209 页。
② 田德望著《译本序·但丁和他的〈神曲〉》,《神曲·地狱篇》,人民文学出版社,二〇〇二年十二月,第 21 页。

说,大江和他的女主人公"樱"都确信可以将鲁迅笔下的那座"绝无窗户而万难破毁的"令人绝望的铁屋子砸开,确信希望"是不能抹杀的",如同大江本人动笔写作这部小说前几个月在一次讲演时所引用的那样,"希望是附丽于存在的,有存在,便有希望,有希望,便是光明。……只要不做黑暗的附着物,为光明而灭亡,则是我们一定有悠久的将来,而且一定是光明的将来!"①其实,当大江在这个文本里为"樱"于绝望中寻找到希望的同时,就已经打破了那间"绝无窗户而万难破毁的"的铁屋子,就已经在黑暗中发现并拥有了希望和光明,尽管为了这一天的到来,从第一次正式阅读鲁迅作品算起,读者大江经历了整整六十年岁月;从发表正式意义上的处女作《奇妙的工作》算起,作家大江花费了整整五十年时间。大江在构思这部小说期间所表示的"与此前所有构想全然不同的""决定性的"等表述,指涉的无疑就是这里所说的始自于绝望的希望。如同大江于二〇〇九年一月在北京大学演讲时所说的那样,"我这一生都在思考鲁迅,也就是说,在我思索文学的时候,总会想到鲁迅……"②换而言之,在大江的整个创作生涯期间,鲁迅始终都是一个重要的参照系,根据这个参照系进行的五十年调整,使得大江文学也随之发生了相应变化,从不见希望的《奇妙的工作》等初期作品群出发,历经在绝望中寻找希望而苦心探索的《同时代的游戏》等作品群,终于借助《优美的安娜贝尔·李 寒彻颤栗早逝去》找寻到了希望,找寻到了始自于绝望的希望!如果说,"鲁迅和克尔凯郭尔并肩站在深不见底的、黑暗的绝望之海上一同寻找

---

① 鲁迅著《华盖集续编·记谈话》,《鲁迅全集》第三卷,人民文学出版社,二〇〇五年十一月,第378页。
② 大江健三郎著,翁家慧译《真正的小说是写给我们的亲密的信》,《文汇报》,二〇〇九年一月二十二日。

着希望"①的话,大江便是从他们倒下的地方继续前行,经历了万般艰辛后,终于在远方的黑暗中发现了光亮,那便是属于大多数人的光亮,孩子们的光亮,未来的光亮,人类文明的光亮。当然,那也是人文主义的光亮。

5."鲁迅先生,请救救我!"

然而,在文本外的实际生活中,大江却又很快螺旋一般陷入绝望之中。尽管他在此前的长篇小说《优美的安娜贝尔·李 寒彻颤栗早逝去》里一时找到了希望,可那也只是深深绝望中的些微希望,黑暗的绝望之海上的些微光亮。换句话说,正是因为那绝望越深,才越发要挣扎着去寻找希望、面向希望。而这希望的最大来源,莫过于自少年时代就已私淑的鲁迅及其人文主义光亮,有如孟子所云"予未得为孔子徒也,予私淑诸人也"②一般。在这个再次陷入绝望境地的艰难时刻,大江于二〇〇九年一月十六日再次踏上中国的土地,想要从私淑的鲁迅那里汲取力量。翌日晚间,在老朋友却也是"小朋友"铁凝特地为大江挑选的孔乙己饭店里为其接风洗尘时,他对铁凝、莫言和陈众议等几位老友说道:

> 我这一生都在阅读鲁迅。十岁的时候,我从母亲那里得到《鲁迅小说选集》,对这部作品的阅读,决定了我的一生!从十二岁开始阅读这部作品算起,我现在快要七十四岁了,在这大约六十余年间,我一直将鲁迅这个人物视为巨大的太阳。实际上我对这样伟大的作家是有着某种抵触感。今天清晨六点钟我睁开了睡眼,直至大约七点为止,我一直

---

① 许金龙著《大江健三郎文学里的中国要素》,引自《大江健三郎文学研究》,百花文艺出版社,二〇〇八年七月,第89页。
② 《孟子译注》卷八"离娄章句下"第二十二章,杨伯峻译注,中华书局,一九六〇年,第193页。

在窗边神思恍惚地眺望着窗外的美丽景色。当时长安街上还不见车辆往来,只见火红的太阳在窗子遥远的正前方冉冉升起,周围却还是一片黑暗。这种景色在东京没有,在全日本也没有,太阳从平原上冉冉升起的这种景色。在眺望太阳的这一过程中,我情不自禁地祈祷着:鲁迅先生,请救救我!至于是否能够得到鲁迅先生的救助,我还不知道……①

  为了更为清晰地梳理这段情景,这里需要将视点回溯至二〇〇九年一月十六日下午。当时,大江从首都机场乘上迎候他的汽车,刚刚在后座坐下,就用急切的口吻述说起来:在接到邀请访华的函件之前自己就已经在与夫人商量,由于目前已陷入抑郁乃至悲伤的状态,无法将当前正在创作的长篇小说《水死》继续写下去,想要到北京去找许金龙和陈众议这两位老朋友,见到他们之后自己的心情就会好起来,他们还会把莫言和铁凝这两位先生请来相聚,自己的心情会更好。到了北京后还要去鲁迅博物馆汲取力量,这样才能振作起来,继续把长篇小说《水死》写下去……当他发现陪同人员为这种意外变化而吃惊的表情后,大江放慢语速仔细讲述起来:之所以无法继续写作《水死》,是遇到了三个让自己陷入悲伤、自责和忧郁的意外变故。其一,是市民和平运动组织九条会发起人之一、日本著名文艺评论家和作家加藤周一于二〇〇八年十二月七日去世,这个噩耗带来的打击太大了!这既是日本和平运动的一个巨大损失,也是日本文坛的一个巨大损失,同时也使得自己失去了一位可以倾心信赖和倚重的师友。其二,则是二〇〇八年十二月底,老友小泽征尔为平安夜音乐会指挥完毕后,回家途中带着现场刻录的CD到家里来播放给儿子大江光听,希望能够听到光的点评。谁知斜躺在沙发上久久不

---

① 大江健三郎、铁凝、莫言著,许金龙译《中日作家鼎谈》,《当代作家评论》,二〇〇九年第五期,第54页。

愿说话的光在父母催促之下,更是在父亲催促时轻轻推搡之下,竟然说出一句"つまらない"!在日语中,这个词语表示"无聊""无趣"或"毫无价值"等语义,这就使得小泽先生陷入了苦恼,他苦思冥想却仍然想不出当晚的指挥到底哪里出了什么严重问题,及至很晚之后,才在自己和妻子的苦劝之下郁闷地回家去了。当自己稍后去东京大学附属医院例行体检并带上大江光顺便体检之际,这才得知儿子的一节胸椎骨摔成了三瓣,从而回想起前些日子送客人之际,光在院子里不慎仰天摔了一跤,可能当时胸椎骨恰好顶在铺在路面的石头尖上。这种骨折相当疼痛,可是儿子是先天智障,自小就不会说表示疼痛的"いたい"而以表示无聊的"つまらない"代用之,自己作为父亲却未能及时发现这一切,因而感到非常痛心,更感到强烈内疚和自责。至于第三个意外,是因为母亲去世前曾留下一个早年在上海买下的红皮箱,里面有父亲生前与一些师友的通信,有些内容涉及当年驻守我们老家的青年军官,他们在战败前夕试图发动兵变杀死天皇以改变战争进程。就像去年年初莫言先生和许金龙先生来我家时曾对你们说过的那样,受T.S.艾略特的长诗《荒原》中腓尼基水手死于水底这一情节的启发,我想要为同样死于水中的父亲写一篇小说,这就要参考父亲留下的那些书信内容。长年以来,由于担心书信内容被我写入小说里从而给整个家族带来伤害,母亲一直不让我使用那些材料,临终前还特意嘱咐我妹妹:要等自己死去十年之后,才能把红皮箱交给你哥哥健三郎。因为大江家族的男人都是短寿,估计你哥哥活不到十年之后,他也就看不到红皮箱里的书信了。当母亲定下的这十年之约到期时,我打开从妹妹那里得到的红皮箱之际,却发现用橡皮筋勒着的厚厚一叠信封里竟然没有一张信纸。问了妹妹后才得知,母亲在去世前的那几年间,为了保护整个家族的安全,她陆陆续续烧掉了所有信纸……换句话说,母亲烧掉了自己在《水死》

中需要参考的信函内容,因而《水死》已经无法再写下去了。在这接二连三的沉重打击之下,自己想到了鲁迅,想到要到北京来向鲁迅先生寻求力量……

带着这些悲伤、内疚、自责和抑郁访华后发表的、题为"在不明不暗的这'虚妄'中"的专栏文章里,大江是这样表达自己心境的:

> 在随后访问的鲁迅旧居所在的博物馆内,我在瞻仰整理和保存都很妥善的鲁迅藏书和一部分手稿时,紧接着前面那句的下一节文章便浮现而出——"倘使我还得偷生在不明不暗的这'虚妄'中,我就还要寻求那逝去的悲凉漂渺的青春"。我仿佛往来于自己从青春至老年在不同时期对鲁迅体验的各种切实的感受之间。而且,我还在思考有关今后并不很远的终点,我将会挨近这两个"虚妄"中的哪一方生活下去呢?[①]

其实,早在到达北京的翌日凌晨,大江很早就睁开了睡眼,站在国际饭店的窗前看着楼下的长安街。橙黄色街灯照耀下的长安街空空荡荡,很久才会见到一辆汽车驶来,再过很久后又会有一辆汽车驶去。在这期间,黑暗的天际却染上些微棕黄,然后便是粉色的红晕,再后来,只见太阳的顶部跃然而出,将天际的棕黄和粉色一概染成红艳艳的深红。怔怔地面对着华北大平原刚刚探出顶部的这轮朝阳,大江神思恍惚地突然出声说道:"鲁迅先生,请救救我!"当回过神来意识到自己的话语及其含义时,大江不禁打了个寒噤,浑身皮肤起了一层鸡皮疙瘩。显然,在大江此时的内心底里,已然将跃然而出的朝阳视为大鲁迅的化身,在面对已与这朝阳化为一体的大先生面前,深陷绝望的自己下意识地发出求救的呼声也就顺理成章了,尽管话语刚刚出口,随即为自己的唐突打了个寒颤,且起了一身鸡皮疙瘩……

[①] 大江健三郎著,许金龙译《定义集》,新星出版社,二〇一五年一月,第170—171页。

怀着这忐忑的心境，大江走进了此行的目的地之一、位于阜成门内的鲁迅博物馆。走进博物馆大门后，随行摄影师安排一行人在鲁迅大理石坐像前合影留念，及至大家横排成列后，原本应在坐像正前方中央位置的大江却不见了踪影，众人四处寻找时，却发现这位老作家正蹲在坐像侧壁底部默默地泪流满面。这是私淑弟子见到大先生时的激动？抑或是委屈？还是心酸？……其后在馆长孙郁以及陈众议和阎连科等人陪同下参观鲁迅书简手稿时，大江戴上手套接过从塑料封套里取出的第一份手稿默默地低头观看，很快便将手稿仔细放回封套里，却不肯接过孙郁递来的第二份手稿，默默地低垂着脑袋快步走出了手稿库。当天深夜一点三十分，大江先生向相邻而宿的笔者的房门下塞入一封信函，在内文里有这样一段文字：

  ……我要为自己在鲁迅博物馆里的"怪异"行为而道歉。在观看鲁迅信函之时（虽然得到手套，双手尽管戴上了手套），我也只是捧着信纸的两侧，并没有触碰其他地方。我认为自己没有那个资格。在观看信函时，泪水渗了出来，我担心滴落在为我从塑料封套里取出的信纸上，便只看了两页就无法再看下去了。请代我向孙郁先生表示歉意。①

其后在向陪同人员讲述当时情景时，大江表示尽管那些信函内容自己全都能背诵出来，却由于泪水完全模糊了双眼，根本无法辨识信笺上的文字，既担心抬头后会被发现泪水进而引发大家担忧，又担心在低头状态下那泪水倘若滴落在信纸上将会造成无法挽回的损失，如果继续看下去，自己一定会痛哭出声，只好狠下心来辜负孙郁先生的美意……在回饭店的汽车上，大江嘶哑着嗓音告诉陪同在身边的笔者：

---

① 许金龙著《大江健三郎与中国》，《传记文学》，二〇二〇年第八期，第65页。

请你放心,刚才我在鲁迅博物馆里已经对鲁迅先生作了保证,保证自己不再沉沦下去,我要振作起来,把《水死》继续写下去。而且,我也确实从鲁迅先生那里汲取了力量,回国后确实能够把《水死》写下去了。①

这一年(二〇〇九年)的十二月十七日,长篇小说《水死》由讲谈社出版。翌年二月五日,讲谈社印制同名小说《水死》第三版。该小说的开放式结局,在为读者留下想象空间的同时,也留下了弥足珍贵的希望、黑暗中的光亮。

6. "我的头脑里目前只思考两个问题,一是孩子,另一个则是鲁迅"

从鲁迅博物馆回国后完成的长篇小说《水死》问世一年后,具体说来,是二〇一〇年十二月二日,大江夫妇邀请他们的老朋友铁凝到位于东京郊外的大江宅邸做客,围绕鲁迅的书简、保罗·塞尚的画作《大浴女》与铁凝的长篇小说《大浴女》之间的互文关系等问题进行交流。铁凝带去的礼物是让大江夫妇爱不释手的《鲁迅日文书简手稿》,两个月后,大江曾在《朝日新闻》的专栏文章里坦诚讲述了自己与铁凝和莫言等中国作家的友谊基础和铁凝的礼物:"……无论人生观还是关乎文学的信条,我与他们所共通的,是对于鲁迅的高度评价,这一切存在于他们与我亲之爱之的基础中。去年年底,我收到铁凝君从北京带来的礼品《鲁迅日文书简手稿》,那是墨迹的黑色和格线的红色美丽至极的、鲁迅亲手书写的七十三封信函的影印版。"②

---

① 许金龙著《大江健三郎与中国》,《传记文学》,二〇二〇年第八期,第65—66页。
② 大江健三郎著,许金龙译《定义集》,贵州人民出版社,二〇一九年三月,第343页。

代总序

　　那天的交流轻松愉快、舒适自然,竟然持续了约六个小时之久,①其中很长时间是大江对铁凝介绍他正在创作的长篇小说:自己正在创作一部新的长篇小说,估计也是自己写的最后一部长篇小说了。这部小说的主人公是一位上了年岁的女性,这位女性一直住在森林中的村庄里,她的哥哥曾获国际文学大奖,兄妹俩就通过一封封书简讨论有关孩子和新人的问题。当然,这兄妹俩在作品外的原型就是自己与妹妹。目前,这部小说已经写了三分之二。不过,自己是个反复修改稿件的人,如果说写一页大稿纸的时间是一个小时的话,就需要另外花费两个小时来修改这页稿子的内容。这已是多年以来的习惯了……说到兴奋处,大江从楼上的书房将已经完成的部分稿件取下来递给铁凝,指点着稿纸、小剪刀和糨糊瓶,在对铁凝介绍稿纸相关处的具体内容之际,顺便指出被修改处的痕迹……铁凝听着这部作品的介绍,不由得被小说内容深深吸引,不禁对大江表示,自己会为这部作品的中译本撰写序言……

　　当晚在去意大利风味的餐厅用餐的路上,大江对一直陪同在身边的笔者表示:

　　　　现在我想对你说说自己目前的工作状态和生活状态。目前,我的头脑里只思考两个大问题,一个是鲁迅,一个是孩子。自己是个绝望型的人,对当下的局势非常绝望,白天从电视看到的画面和在报纸中读到的文字都让我感到绝望,从来客的话语中听到的内容也让我绝望,日本的情况让我绝望,美国的情况让我绝望,中国的有些情况也让我绝望。每天晚上,在为光掖好毛毯后就带着那些绝望上床就寝。早上起床后,却还要为了光和全世界的孩子们寻找希望,用创作小说这种方式在那些

---

① 铁凝著《与大江健三郎先生对谈》,引自《用蓄满泪水的双眼为耳》,三联书店,二〇一六年九月。

绝望中寻找希望,每天就这么周而复始。这就是我目前的工作状态和生活状态。①

说出这段话语时,大江绝对不会想到,百日之后,更有一场天灾人祸引发的巨大绝望在等待着他。在《晚年样式集》里,主人公如此讲述了其在电视画面中看到的绝望景象:

> 翌日黄昏,结束了摄制团队的工作后,设置导演再次登上陡坡,听说小马驹已经产了下来。在黑暗的屋内紧紧挨在一起的马驹和母马很快浮现而出,长方形的画面里显露出饲养马匹的主人的侧脸,他一面眺望着屋外一面说着话,对面则是雨雾迷蒙的牧场……他那阴郁的声音响起:"无法让刚刚出生的小马驹在那片草原上奔跑,因为那里已经被放射性雨水给污染了。"②

至于先前说到的那部长篇小说,遗憾的是铁凝终究没能为其撰写中译本序。因为,在她从大江家离去百日后,在那部新写的长篇小说即将完成之际,日本突然发生了震惊世界的大地震、大海啸、福岛核电站大泄漏的天灾人祸,史称"三·一一东日本大震灾"!在这个巨大灾难来袭的艰难时刻,大江感到即将完成的那部小说已经完全无法表现自己此时的绝望,更是无法帮助孩子们在这黑黢黢的绝望之海上找寻到希望。按照以往的习惯,这部厚厚的手稿应被付之一炬,不在这世上留下一片纸屑。不知是不是这位老作家还惦念着铁凝要为这部作品撰写中译本序言的话语,终究还是没舍得循惯例全部烧毁,而是存放在瓦楞纸箱里放入书库,而后振作起精神,开始着手撰写另一部表现此时此刻所思所想的长篇小说——《晚年样式

---

① 许金龙著《大江健三郎与中国》,《传记文学》,二〇二〇年第八期,第67页。
② 大江健三郎著,许金龙译《晚年样式集》,引自《大江健三郎全小说》,讲谈社,二〇一九年三月。

集》。在他的《晚年样式集》第一章第一节里,年迈的大江这样讲述着自己当时的情景:

……从三·一一当天深夜开始,整日不分昼夜地坐在电视机前观看东日本大地震和海啸以及核电站泄漏大事故的报道……这一天也是如此,直至深夜仍在观看电视特辑,特辑追踪报道了因福岛核电站扩散的辐射性物质而造成的污染实况……再次去往二楼途中,我停步于楼梯中段用于转弯的小平台处,像孩童时代借助译文记住的鲁迅短篇小说中那样,"发出呜呜的声音哭了起来"。①

显然,面对大地震、大海啸造成的巨大伤亡和惨重损失,更是因为核电站大爆炸和大泄漏将为人类社会带来的巨大且长久的遗祸,作者大江健三郎及其文本内的分身长江古义人与创作《孤独者》时的鲁迅产生了共情,并在这种共情的催化作用下"发出呜呜的声音哭了起来"。这是痛彻心扉的哭声,极度恐惧的哭声,深深懊悔的哭声,当然,更是"含着大希望的恐怖的悲声"!

7.他们的文学尽管多见黑暗、绝望和荒诞,最终想要传达给我们的却是呐喊和希望

这里所说的"鲁迅短篇小说",无疑是鲁迅创作于一九二五年十月十七日的《孤独者》,而"发出呜呜的声音哭了起来"这句译文,则是大江本人译自鲁迅文本"地下忽然有人呜呜地哭起来了"那句话语。对鲁迅文学有着深刻解读的大江当然知道,《孤独者》与此前和此后创作的《在酒楼上》和《伤逝》等作品一样,说的都是魏连殳等知识分子在那个令人绝望的社会里左冲右突、走投无路的窘境及至

---

① 大江健三郎著,许金龙译《晚年样式集》,引自《大江健三郎全小说》,讲谈社,二〇一九年三月。

绝境。

在持续观看灾区实况转播的情景和人们的姿容表情时，大江在文本内的分身长江古义人这位老作家突然理解了多年来一直无法读懂的《神曲》中的一段诗句——"所以，你就可以想见，未来之门一旦关闭，我们的知识就完全灭绝了"①。自己之所以在楼梯中段的平台上"发出呜呜的声音哭了起来"，其实正是因为福岛核电站的大泄漏使得"咱们的'未来之门'已被关闭，而且我们的知识（尤其是我的知识也将不值一提）将尽皆死去……"②在这个可怕的阴影下，儿子大江光在小说里的分身阿亮的动作越发迟缓，话语也越来越少，记忆力更是每况愈下，这就使得阿亮的妹妹真木为之担心：

  在爸爸的头脑里，从那段诗句、从那段当城市呀国家的未来一旦丧失，我们自己积累的知识也将如同死物一般的诗句中，他联想到了阿亮的记忆，难道不是这样吗?！很快，记忆就将从阿亮身上丧失殆尽，他会随着一片黑暗的头脑机能逐渐变老，并在这种状态中走向死亡⋯⋯

  在爸爸看来，都市和国家的未来将不复存在，我们积累的知识也将如同死物一般，在爸爸的头脑中，这段诗句或许与阿亮的记忆联系在了一起。不久之后，阿亮将丧失记忆，头脑里一片黑暗，上了年岁后就在这种状态中走向死亡⋯⋯如果整个国家的所有核电站都因地震而爆炸的话，那么这座城市、这个国家的未来之门就将被关闭。我们大家的知识都将成为死物，该说是国民呢？还是该说为市民呢？所有人的头脑里都将一片黑暗并走向毁灭。在这些人中，就有将远比任何人都浑噩无知的阿亮。爸爸大概是联想到这种前景，这才发出呜呜的哭声的吧。③

引文中的一些话语无疑将为读者带来无尽的恐惧和巨大的绝

---

① 但丁著，田德望译《但丁·地狱篇》，人民文学出版社，二〇〇二年十二月，第58页。
② 大江健三郎著，许金龙译《晚年样式集》，引自《大江健三郎全小说》，讲谈社，二〇一九年三月。
③ 同上。

望:未来之门已被关闭;我们的知识将尽皆死去;阿亮将丧失记忆,头脑里一片黑暗,上了年岁后就在这种状态中走向死亡……所有人的头脑里都将一片黑暗并走向毁灭……尤其令人恐惧和绝望的是,包括自己亲人在内的所有人并不是立即就灭亡的,而是在肉体毁灭之前,所有人的头脑里都将一片黑暗,然后在这无尽的黑暗和恐怖以及绝望中,如同凌迟一般痛苦和缓慢地走向死亡。

当然,更让这位老作家为之"因恐惧而发怔"的,是在福岛核电站大泄漏之后,面对全国民众要求废除核电站的巨大呼声,日本政治家和主流媒体相继表现出的近似歇斯底里般的疯狂思路——为了保持"潜在核威慑力"乃至实行核武装,绝不可以废除核电站!福岛核电站大泄漏七个月后,大江在《所谓核电站是"潜在性核威慑力"》的文章里引用了日本主流媒体和政治家的如下文字并表达了自己的愤怒:

日本……利用可成为核武器原材料的钚这一权利已被承认。在外交方面,这种现状作为潜在核威慑力而发挥着效用也是事实。
——《读卖新闻》社论,二〇一一年九月七日

维持核电站,可转换为想要制造核武器就能在一定期间内制造出来的那种"核的潜在威慑力"……去除核电站则会使我们放弃这种"核的潜在威慑力"……
——石破茂①,《SAP IO》,二〇一一年十月五日②

面对主流媒体主张继续维持"潜在核威慑力"的社论以及政府

---

① 石破茂(1957—),曾任日本防卫厅长官、防卫大臣、地方创生担当大臣、自民党干事长等职,主张扩充日本军备,突破二战后对日本自卫队规模的限制。
② 大江健三郎著,许金龙译《定义集》,贵州人民出版社,二〇一九年三月,第390页。

高官坚持借助民用核电站持续保有"核的潜在威慑力"的言论,大江愤怒且恐惧地表示:

> 我正是为以上两者间所共有的"潜在核威慑力"和"核的潜在威慑力"这种表述方式(虽然使用了貌似极为寻常的措辞方式,却仍然让我)因恐惧而发怔的。
>
> ……威慑,即 deterrence,用己方的攻击能力进行恐吓,以吓阻对手的攻击意图。就此事的性质而言,其态势可即刻逆转,这极其危险且巨大的永无结局的游戏就这样没完没了。所谓"核的潜在威慑力"假如是一种炫耀,是利用日本这个国家的核电站可随时制造出原子弹的那种炫耀,……东亚的紧张情势不也在朝着那个方向不断高涨吗?前面提到的那些论客,在怎么考虑何时、如何使他们信奉那个效力的"潜在性"力量"显在化"之战略,就不得而知了。
>
> 因这次大事故而回溯建设核电站时的情景,我们深切醒悟到直至今日的东京电力公司和政府的信息开示方法多么缺乏民主主义精神啊。然而,如这个威慑论般对民主主义的彻底无视,不更是未曾有过先例吗?
>
> 极为赤裸裸地表示去除核电站则会使我们放弃那种潜在威慑力的那位以熟识的低眉顺眼的忧愁面容进行威胁的政治家,他以为自己何时获得了国民的同意,这才手握这柄致命的双刃剑的呢?①

更有甚者,日本外务省外交政策计划委员会早在一九六九年就在《我国外交政策大纲》中如此表示:

> 关于核武器,无论是否参加 NPT(《核不扩散条约》),虽然当前采取不保有核武器的政策,却须经常保持制造核武器之经济与技术的潜力。②

---

① 大江健三郎著,许金龙译《定义集》,贵州人民出版社,二〇一九年三月,第390—391页。
② 同上,第392—393页。

由此可见，石破茂等日本诸多政治家之所以违背民意、居心叵测地坚持紧握"潜在核威慑力""这柄致命的双刃剑"，也只是日本政府既定核政策的延续而已，他们"试图在目前五十四座核电站基础上再增加十四座以上核电站"①，进而"将残存的铀和生成于核反应堆中的钚从核废料中提取出来"②进行核燃料后处理，进而"即便在作为民用设施而建造的铀浓缩工厂里，也能够制造出用于核武器的高浓缩铀。核燃料后处理工厂的制成品钚则可以直接用于核武器"③。大江在这里已经说得非常清楚了——近半个世纪以来，在日本政府"须经常保持制造核武器之经济与技术的潜力"这一政策指导下，日本目前所拥有的五十四座核电站和计划在此基础上再予增建的十四座核电站，显然已不是单纯用作民用发电那么简单，长年从这些核电站已经提取和将继续提取并囤积起来的大量核废料以及早已建好的后处理工厂，更不可能是为了民用发电，而只能是打着民用幌子的"潜在核威慑力"，更可能是大规模进行核武装而作的精心准备。大江及其同行者们是在担心，被称为"和平宪法"的《日本国宪法》第九条被修改之日，便是日本全面复活国家主义之时！当然，也会是日本大规模进行核武装之时！大江及其同行者们同样在担心，日本全面复活国家主义并大规模进行核武装之日，将会是日本重走战争之路之日，重走死亡之路和毁灭之路之始！由核大战所引发的末日景象，大江早在八十年代末和九十年代初，就在长篇小说《治疗塔》和《治疗塔星球》这两部姐妹篇里做了详尽描述，大概正是因为想到那个令人绝望且可怕无比的末日景象，大江在《晚年样式集》中的分身长

---

① 大江健三郎著，许金龙译《定义集》，贵州人民出版社，二〇一九年三月，第357页。
② 同上，第392页。
③ 同上，第357页。

江古义人这才"停步于楼梯中段用于转弯的小平台处,像孩童时代借助译文记住的鲁迅短篇小说中那样,'发出呜呜的声音哭了起来'"的吧!因为在他的认知中,这一天的到来不啻日本的未来之门将被沉重且永远地关上!

为了文本内外的阿亮和大江光这对永远的孩子的未来之门不被关闭,为了全世界所有孩子的未来之门不被关闭,大江借助剖肝沥血地写作小说而于绝望中挣扎着往来寻找希望,同时,也在频繁走上街头大声疾呼,呼吁人们认识到核泄漏的巨大危害,呼吁人们警惕日本政府借核电民用之名为核武装创造条件,呼吁一千万人共同署名以阻止日本政府不顾这种可怕的现实而重启核电站,呼吁人们反对日本政府和东电公司不顾日本国内民众和世界各国人民的抗议而计划强行向大海排放核废水,呼吁人们"救救孩子!"……在大江的认知中,他的文学文本周围的社会存在与文学文本中的社会存在显然是同质的,因而这位老作家拖着老迈之躯在文本内外往返来回地大声疾呼,无疑是对阿亮和大江光这对孩子永远的挚爱,也是对全世界所有孩子的大爱,这种大爱,在大江的小说中和他所有读者的心目中都在不断升华。这种大爱,在日本,在中国,在韩国,在全世界,都将成为一种希望!无论中国的鲁迅还是日本的大江健三郎,他们的文学所描述的尽管多见黑暗、绝望和荒诞,最终想要传达给我们的却是呐喊和希望,一种发自于边缘的呐喊,一种始自于绝望的希望。这无疑是一种大慈悲,是对所有处于各种暴力威胁之下的天下苍生所生发的大悲悯。这让我们立即想起大江在斯德哥尔摩的颁奖仪式上所说的那段话语:"作为渡边的人文主义的弟子,我希望通过自己身为小说家的工作,使那些用语言进行表达的人及其接受者,从个人的以及时代的痛苦中得以平复,并医治他们各自心灵上的创伤。……我仍将遵循这一信条,如若可能,愿以自己的羸弱之身,于钝痛中承受因二十世纪的科技和交通的畸形发展而积累的祸害。我更希望探索的是,从世界边缘人的角度展望,如何才能对全体人类的医治与和解做出体面的和人文主义的贡献。"

目 录

序章　看啊,我将沉睡于尘埃之中！……………… *1*

第一章　与《堂吉诃德》同归森林 ……………… *14*

第二章　阿欲、阿欲、阿欲！ …………………… *29*

第三章　通往梦境之路 …………………………… *45*

第四章　与"白骨军团"的奇异冒险 ……………… *63*

第五章　"普通人"的苦楚 ………………………… *79*

第六章　那事儿和痛风 …………………………… *98*

第七章　孩子的堂吉诃德 ………………………… *115*

第八章　《桃太郎》………………………………… *132*

第九章　残酷与欺瞒 ……………………………… *151*

第十章　争夺恋人 ………………………………… *168*

第十一章　照看西乡先生爱犬的"童子"………… *188*

第十二章　神童寅吉的图像学 …………………… *204*

第十三章 "苍老的日本之会"（一）…………… *220*

第十四章 "苍老的日本之会"（二）…………… *235*

第十五章 失去了的孩子…………………………… *251*

第十六章 医生……………………………………… *265*

第十七章 "自己的树"的规则…………………… *285*

第十八章 "苍老的日本之会"（三）…………… *304*

第十九章 拥抱喜悦！……………………………… *320*

第二十章 与"白月骑士"战斗…………………… *336*

第二十一章 阿维利亚内达的伪作……………… *355*

终章 被发现了的"童子"………………………… *376*

小说作者大江健三郎与长江古义人的
　对话 ……………………… ［日］大江健三郎 *396*

序章　看啊，我将沉睡于尘埃之中！

1

母亲送给古义人一块地皮。在古义人的记忆里，幼少年时期，那里曾耸立着参天的辽杨。最初提起这个话头的时候，母亲已年逾九旬，但头脑尚清晰。在那之前，古义人每隔上几年会回到四国那片森林中的山谷里，母亲九十岁以后，便大致每年都要回去。确切的日期已经记不清了，就季节而言，应该是在五月中旬。

"年岁大了，身上就有老人的气味了。"母亲从大开着的门窗向对岸望去。虽说那里都是些早已看惯了的树木，可在古义人离开山谷后的岁月里，林木越发巨大了，润泽的新叶形成一面耸立着的峭壁，其上方被裁剪出一片不见浓淡和阴影的蓝天，而林木的下半段还沉浸在拂晓的灰暗中，唯有这边河岸上的电线杆顶端沐浴着上游方向洒来的阳光。用金属夹带固定在水泥电线杆上的变压器，以及上下都绕着线圈的那排电瓷瓶，在一同反射着光亮。尖嘴和脚爪均为黄色的两只鸟伫立在那里。

"那种鸟啊，不会传承文化呐。"母亲说，"以前呀，一对白头翁夫妻，用它们的尖嘴啄电线杆顶头的金属玩意儿，还发出咚、咚、咚的声响呢。你得奖①那阵子,町上的人来问我有什么愿望。我就告诉他们,电线杆顶头的那金属玩意儿不是没什么用处吗,每天一大清早,我都被鸟啄那玩意儿的响动给吵醒,想把那玩意儿给取下来。

"不过呀,町上却告诉我那很难办,说是归电力公司管……话虽这么说,从第二天早上起,大概有一个月吧,总有一个拿着竹竿的年轻人坐在电线杆下面。

"那对白头翁第三代或是第四代以后的后代,也就是现在这对夫妻,就把咚、咚、咚地啄那金属玩意儿的技术给忘了!"

这么一番开场白之后,母亲接着说起了地皮的事,"山谷周围的山林呀,就算开垦出田地、建上屋子,一旦撒手不管,很快就又会长满杂草。建在天洼地柑橘田里的房子也是这样,住在那里的总领事死后,现在呀,听说从池塘边通往那里的道路毁坏了,入口处的大门门扇也难以自如关闭。假如把那所房子移到十铺席②的岩头,不就可以成为你读书和工作的地方了吗?也曾把那里租给养猪人一段时间,可村民们发起运动,把养猪人给赶跑了。这已经是很久以前的事了,现在应该不会再有气味了。安装好了的电路和水管可都是原封未动呀。"

古义人记得自己曾被领到建在天洼斜坡上的那所房子里几次,对表兄那原外交官的情趣颇为欣赏。

母亲虽然没有立即催促答复,却告诉住在当地的妹妹亚沙,说是只要决定下来并通知一声,就马上开始动工……

"你一直在考虑我回山谷里来生活的事吗?"

"也不是一直……只是时常,我时常那么想罢了。"

---

① 指作者大江健三郎曾于一九九四年获得诺贝尔文学奖一事。
② 铺席原为日本以草席为单位计算房间面积的量词,在本书中则是表示地名的固有名词。

"我曾经这么说过吗？"

"如果连自己都不记得，那就不是真心那么说的吧。……你对'童子'一直有兴趣，即使去了东京的大学，还说呀，什么时候要回来搞研究。可是……"

母亲耷拉下脑袋，不停地来回蠕动着口腔深处的肌肉。古义人想了起来，母亲也曾用这种一味沉默不语的方法富有成效地惩罚孩童时代的自己。耸起肩头蹲坐在被炉①对面的身体满是油垢，透着些微黑色，活像在中国新疆维吾尔自治区见过的木乃伊。因为大清早刚起床不久，遮住耳朵的头巾尚未及缠上，小小脑袋上的白发发际现出淡淡光泽，耳垂尖一直垂挂到上颚附近。

"有关'童子'的一些思考，确实曾经对妈妈不时说起……"

"亚沙告诉我，你把它写到了很长的小说里，我也读了！我在想，还是孩子那阵子，你倒是更认真地在考虑'童子'的问题……情况或许并非如此，也说不定什么时候你会回到山里来，开始着手'童子'的问题。……不过，这也许只是我自己认的死理罢了。"

母亲目不转睛地注视着古义人的双眼，眼睑内满是阴翳，而且像是就要燃烧起来一般。

母亲显现出近似愤怒的失望。古义人面红耳赤，如同上大学期间返乡省亲时那样，任由母亲观察自己。在这期间，母亲的心情开始出现变化，她陷入了掺混进来的另一种有别于愤怒的情感。

"听说吾良君自杀了。你们谁都没告诉我，我也就一直都不知道。还是去看病的时候，在红十字医院的候诊室里，读了那本把一年前的旧事翻出来重提的周刊杂志。本来，我可能会在不知情的情况

---

① 日本民宅内取暖用的矮桌式暖炉，桌面以及四周覆盖棉被，取暖者将双腿放入矮桌内。

下死去,现在,却要在了解了这一切之后走向死亡了。

"……吾良君去世了,无论你是否真的想要彻底解脱……都不会有朋友劝你不要多愁善感了。真是难为千樫君了。"

母亲再次闭上嘴,犹如握紧的拳头般大小的面庞已经褪去红潮,泪水却从满是灰黑色的眼中流淌下来。

那已经是三十年前的事了。亚沙尚未结婚时,每逢冬天便会穿上方口和服罩衣,用纱巾缠裹着脖子。当时,围绕刚刚发表不久的长篇小说《橄榄球赛一八六〇》①所作的那篇采访,她推搡着询问回乡省亲的古义人。

古义人叙述了那时的危险状况,说是这部长篇小说由两个主题构成,一是百年以前发生在四国伊予的那场暴动,另一个则是自己也投身于其中的反对《日美安全保障条约》的斗争。在苦苦思索如何将这两场斗争结合在一起的那些日子里,古义人不知道该推紧挨着的两扇门中的这一扇抑或另一扇,甚至怀疑正说着话的自己是否真的存在。在持续了许久的抑郁后,一天下午,他去了江之岛。因为还不到季节,海滨沙滩上空空荡荡,他便独自坐下,酌起袖珍酒瓶里的威士忌。古义人平日里可以轻松地连续游上两三个小时的自由泳,当时他认为,只要往远方的海面一直游下去,缠绕在身的烦恼就会烟消云散,便带来了泳裤和潜水镜。于是,古义人在沙滩上换好泳装,径直走向大海跨入水中。就在从膝头到大腿都沾上冰凉的海水时,一阵耳语般的话语从头部后方传来:

"做这种多愁善感的事,那可不行!"

古义人折回岸边,庆幸泳裤尚未濡湿,便在外面套上长裤并穿好衬衫,来到回去需要乘坐的江之岛电气铁路的车站前,买了一条活着

---

① 大江健三郎曾于一九六七年发表长篇小说《万延元年的 Football》。

的小章鱼。章鱼和海水一同被装入塑料袋,古义人将袋子放在膝头坐了下来,但在换乘小田急线后不久,像烧黑了的铁丝般的章鱼触须前端,从塑料袋口的扣结处探了出来。古义人提起触须试着掐了一下,却丝毫不见畏缩的模样。在这期间,章鱼早已敏捷地露出整个身子,刚刚滑溜到膝头处,随即便跳了下去,爬行在电气列车的木地板上。像是面对司空见惯的变故一般,古义人在周围乘客的注视下缓缓起身,将塑料袋扣了上去,章鱼随即在袋中残留的海水里平静下来。

"真是手法娴熟啊。"乘务员向这边招呼。

"是带在身边散步去的吗?"一位女性也询问道。

"它在海边好像心情要好一些,因此,只要有空闲,就带它去运动运动。"

到家以后,古义人在印有迪士尼标志的塑料大泳盆里注入水,并将章鱼放了进去,只见来回游弋着的章鱼令人目不暇接地变幻着色彩。吾良偶尔到附近的摄影棚来调配戏装,结束工作后顺便来到这里,古义人对他说了章鱼表皮的色素后,又说了自己在江之岛想要游向远方海面的事。于是,正天真而率直地大笑着的吾良,随即透出一股冷峻和极为认真的神态……

对亚沙如此这番地进行说明时,母亲本来在能够听到里间说话的厨房里准备晚餐,这时双手在西式围裙上擦着走了进来。那种西式围裙和遮住耳朵的头巾一样,与山谷里的传统样式全然不同。母亲站在那里开始了对古义人的说教:

"假如是一些不改口就不方便说的话,那干脆从一开始就打消这个念头!就算你那时想要下海,不是连你自己也不明白是否真的想要彻底解脱吗?对于从你头部后方传来的话语,我认为呀,听了后沉默不语的吾良,回家后也许通过千樫君进行了警告……

"在千樫君打来的电话里,我可听说了!知道千樫君要嫁过来时,尽管我在担心,不知道你是否会认认真真地活下去,却什么也没说。……说起来真是对不住,即便你们结婚而且生下了阿亮,我还在想,你会不会突然又冒出那个念头。"

2

同古义人聊过此事后不久,母亲接受了一位女研究者长时间的采访。那位女研究者说是为了给松山一所大学的学报撰写文章而来采访的。此前,母亲曾在古义人获奖时上过电视,认为古义人"大概不会再回村子里生活了吧",节目主持人便应声道,"这对大妈您就不合适了。"母亲只对那人说了句,"是对他吧?!"便沉默不语。与研究者之间的对答,中途被在家里露面的亚沙做了录音并保存下来。学报尽管多处引用了采访内容,却既没有给古义人也不曾给母亲送来。

亚沙又是怎么产生录音念头的呢?那是因为有人告诉她,研究者走访了街上一些与母亲素无交往——其中甚至有人与长江家长期对立——的人家,以确认古义人的家族谱系户籍上的问题。

事实上,提问的前半部是围绕谣传所进行的追根究底的查考,谣传的内容则是唯一的继承人阿婆曾建起戏园子,并与在那里演出的艺人私奔,在一山之隔的地方过起了日子。在亚沙向研究者提出异议后,便转而查证古义人基于当地的地形、历史,以及民间传说而创作的小说是否忠实于曾实际发生的事件。对于听了录音的古义人而言,毋宁说,看穿对方意图的母亲所做的回答更为有趣。面对母亲长久以来反复思考的针对自己的批评,古义人也必须正面对待。

母亲这样说道:"……我只读了很少一部分,古义人写的是小说。小说不就是编写的谎话吗?!不就是想象一些谎话世界吗?!不就是这样的吗?!要写真实事物的话,可以用小说以外的形式来写嘛!

"……即便如此,你仍然认为,那是作为本地的历史而编写的,扎根于口头传承的民间故事之中?

"说起来大致是这样的。编写出来的故事怎么能说与这个世界中真实存在的事物、曾发生过的事物,以及应该存在的事物没有丝毫关联呢?你也读过《爱丽斯漫游仙境》和《小王子》吧?那些特意编出的故事在现实生活中不也是不可能存在吗?尽管如此,假如这个世界上没有实际存在的相关事物,那些故事还能写得出来吗?没有那条阴暗悠长的深穴,故事就不会有开头处的那些情节了吧?在接下去的情节中,假如没有那些蟒蛇、大象和帽子,孩子们还会从中感受到乐趣吗?

"……就是在你的调查之中,你所打听到的我们家族所有成员的来历,听说与事实也并不一致。

"我觉得这没什么奇怪的,因为古义人写的是小说,编的是谎话。对此,你是否还在怀疑,为什么要把真实存在的事物弄得含混不清并掺和到故事中来?

"那就是为了给谎话增加吸引力!

"……你问到了伦理方面的问题,那正是像我这样上了年岁的人,每天早晚所考虑的问题。人呀,只要到了随时都可能死去的年龄,他就会考虑,就这样死去也没有遗憾了吗?……只是在那之前,写小说的人是没有时间考虑伦理问题的吧。在那个过程中,一旦醒悟过来他就会发现,自己眼看就要被此前编写的大量谎话之山掩埋!小说家到了这个年龄,可能也会考虑,'就这样死去也没有遗憾了吗?'

"他们还能从谎言之山下面的蚁狮洞坑中亮出一张纸,声言'这可是真实的事物'吧?这对上了年岁而且面临死境的小说家来说,是一件很不容易的事情啊!

"像你这样专门研究故事的学者,知道各种各样的实例吧?不是也有人上了年岁后离家出走,最后死在了火车站吗?早在一百年以前的俄罗斯!"

3

尽管从母亲那里得到十铺席的地皮,古义人并没有将移建天洼的房屋工程提到日程上来,后来却又发生了许多事,便出乎意料地考虑提前进行安排。

细说起来,起因是发现母亲患了癌症。虽说还是初夏时节,亚沙却觉察到母亲再也挨不过冬天,就前来建议在那之前,把那块十铺席宅基地的用途落实下来。古义人刚刚应承,那边就立即开始进行地基施工。为了筹措工程费用,他只能答应去作几场演讲。在进入移建阶段时,东京又发生了几件事。其一,是吾良那位年轻女友在柏林产下孩子,决定独自将孩子抚养成人,于是千樫便要前往柏林照顾产妇。

另一件事情,则是十年前便开始研究古义人小说的一位美国女性来信,说是为了在日本进一步研究这个课题,已经争取到了古根海姆奖学金①。那位女性名叫罗兹,打算住到四国山谷间那块土地上,围绕形成古义人小说背景的环境而撰写她的博士论文。移建到十铺

---

① 该项奖学金由泰坦尼克号遇难事件幸存者之一、美国冶炼公司(ASARCO)创始人古根海姆设立。此外,古根海姆还设立了古根海姆美术馆。

席宅基地上的房屋,在设计上保留了原外交官的情趣,由于配置了地道的西式设备,连同罗兹在内,古义人和阿亮是可以在那里起居生活的。

就在古义人对这一切尚未制定具体计划,仅仅停留在考虑阶段之际,亚沙又提出一个让人难以推托的建议:直至秋末,想把阿亮接到正在山谷间的本家卧病的母亲身边,由自己来照看阿亮。千樫前往柏林的日子临近了,动身前有必要到山谷间的村里来打个招呼,顺便看望病中的婆婆。于是,千樫便带着阿亮飞往四国,一个星期后,古义人则准备前往老家将妻子接回东京。

因为这个缘故,在母亲生涯中最后那段时间,古义人得以在母亲身边度过了三天时光。据本家的侄儿夫妇说,自新年以来,母亲从不曾像现在这样有精神。即便对古义人,母亲也显得和蔼可亲,只是已经无力像与女研究者对谈的录音中那样有条有理地谈话了。

下午就要回东京去的那天早晨,古义人来到母亲身旁坐下。母亲躺在里间的被褥上,无论从身材或是感觉上看都显得非常小巧。亚沙用四轮驱动的吉普车带阿亮去了古义人始终无暇前往的十铺席宅基地施工现场,因而里间只有古义人和母亲。母亲似睡非睡,看到为回东京而收拾行李的古义人正要把阿亮的一张CD光碟放入旅行提包,便开口说道:

"那可真是不可思议的音乐!我刚这么一说,亚沙就笑了起来。不过,倒像是西洋味的巡礼歌……"

古义人打量着自己手中的CD光碟纸套,上面印有蒙了蜘蛛网的年轻人青铜头像,以及远处清晰可见的林木。

"这是一位非常了解阿亮音乐的编辑赠送的。"

"阿亮告诉我,为合唱伴奏的是高音萨克斯。以前我一直以为,那种乐器好像是演奏爵士乐的……上大学那阵子,你也曾听过……"

"那是挪威的演奏家在与合唱队一同即兴演奏,合唱队正唱着古老的教会歌曲。不过,他演奏的音乐,与爵士乐还是有很大的区别。说到巡礼歌,听上去倒是有那种感觉……"

"你给我再放一遍阿亮最喜欢的第一支曲子吧。"

倾听着四声部合唱中壮丽无比的高音萨克斯,古义人同时阅读着歌剧剧本,这是十六世纪作曲家克利斯特伯尔·德·莫拉莱斯①的作品《死者的圣务日课》中的一首曲子《请宽恕我吧,主啊!》。

"亚沙说是要把那上面的文字念给阿亮听,却只认得 ecce 这么个单词。阿亮听了后也没在意,只是说没关系,因为自己听得懂音乐。那是古老的语言吗?"

"是在教会仪式上演奏的曲子,所以是用拉丁语创作的。不过,我认为来自《新约》的《约伯记》,因为曲名是《看啊,我将沉睡于尘埃之中!》。经受了诸多苦难的约伯好像在向神明祈祷,却又像是谢绝,其实是在抱怨地说,今后请不要再照看自己……也就是说,他要求'请宽恕我,我将沉睡于尘埃之中,即便清晨前来寻找,我也将失去踪影'。"

一如孩童时代的古义人每每饶舌时,母亲惯常表现出的姿势一般,她并不答腔,一直沉默不语,以至古义人怀疑母亲是否又昏昏睡去,及至抬眼望去,却发现母亲正将那只较大的耳朵捂在戴着的头巾上,陷入了沉思之中。古义人意识到,较之于母亲的这个动作,毋宁说,自己对这种姿势本身倒是具有更深刻的印象。这时,母亲用自言

---

① 克利斯特伯尔·德·莫拉莱斯(Cristóbal de Morales,约1500—1553),文艺复兴时期西班牙作曲家。

自语般的语调再次说道：

"每当向阿亮问起有关音乐的问题,他总是亲切地回答我。不过呀,假如过细地询问他想吃什么、想干什么时,他就会微微侧过脑袋,露出仿佛一下子拉开了距离的表情。"——对了,这正是阿亮的姿势。古义人恍然觉察到这一点。这也是与阿亮有血缘关系的吾良的姿势!

"我觉得,这种姿势正是'我将沉睡于尘埃之中,即便清晨前来寻找,我也将失去踪影'!因为阿亮无法尽情表达自己的情感。不论对象是亲属……还是上帝……"

母亲随之再度沉默不语,古义人在母亲身旁将那张 CD 光碟放入纸套,一同装进旅行提包。刚刚收拾好这一切,便听见亚沙的欢笑声从大街上传来。看这情形,她与阿亮正要穿过未铺地板的门厅走入内厅。

"我们把汽车停在十铺席宅基地上方的高地,眺望着下面的山谷,"亚沙停下话头,期盼阿亮点头表示赞同,"……真木本町的消防车鸣着警笛,从下游方向开了上来。"

"什么地方失火了吗?……"

"今天是消防纪念日,"亚沙撇开母亲,抢过话头说,"道路弯弯曲曲,警笛声因此而不断变化,一会儿显得慢慢腾腾,一会儿却又显得劲头儿十足……阿亮觉得有些滑稽可笑。阿亮,听上去是不是有多普勒效应?"

"在短二度之间!"

"阿亮呀,无论学什么东西,都要比古义人准确呢。"

"就是嘛!"母亲使劲儿地表示赞同。

回到东京以后,古义人告诉千樫:看这情景,母亲或许可以撑过这个冬天。亚沙本人也开始上了年岁,因此而越发胆小了吧。

千樫这才说起把阿亮送到老家后赶回东京时不曾提及的事情。一位每周上门两次的护士对千樫说了自己是吾良的影迷,然后便将毛衣卷至小胳膊处,露出两只胖嘟嘟的白皙胳膊:"是老太太抓挠的。"说着,便让千樫看那里的新伤旧痕……此外,千樫本人和阿亮深夜才赶到老家,因而当时未能见上母亲,第二天清晨,便听到了母亲祈祷先祖的粗大嗓门……

"尽管如此,我们上前问候过后,她就变回原先的婆婆,与阿亮一同听起音乐来。接着,就说起了有关你的事情……话语如同以前接受采访时所作录音的续集似的,因此,我觉得好像事先做了准备。不过,说法倒是非常符合婆婆的身份……从我的嘴里说出来或许会对你造成伤害,回来后也就没再提起。"

紧接着,千樫转达了婆婆的意思:古义人编写的谎言小说将来堆积成山,本人也上了年岁后,如果能写出哪怕一小页纸的真实故事,也希望大家能够相信那确实是真的。无论是古义人为了怀念吾良而前往柏林工作期间,还是在那之后……

4

二月过半的那些日子,每逢收看气象预报便担心四国的寒冬仍将持续,不久后母亲就去世了。千樫这时已经去了柏林,古义人便将阿亮托付给他妹妹,独自一人回去参加葬礼。与亚沙谈起来后被告知:母亲认为古义人应当写的所谓真实,大概与"童子"有关。

"弥留之际,老祖母可是说了,古义人应当写'童子'。不过,说起'童子'的故事,即便在这里土生土长的人,也有一大半并不认真看待吧。包括到家里来的那位女研究者在内,最终肯定是谁也不会相信……"

"尽管如此,老祖母仍然认为,'古义人最终还是要写的,因此,我想请亚沙和千樫相信这一点'……"

"为什么一定要把'童子'的故事写到在谎言的蚁狮洞坑深处胡乱挥舞的纸片上呢?"有点儿感到意外的古义人说道,"老祖母终究还是有些糊涂了吧?"

狭长的海角从向四周扩展开去的山林中往海里伸探而出,火葬场被围拥在海角上郁郁葱葱的小小阔叶树丛里。古义人与身着丧服的妹妹一起站在火葬场前狭小的草地上,这番话刚刚说出口,却随即沉默下来,感到周围存在着树叶一般难以计数的诸多耳朵,不禁吃了一惊,担心自己刚才那番话语已被分毫不差地悉数听去。

第一章　与《堂吉诃德》同归森林

1

早在搭乘飞往四国的喷气客机之前,古义人就注意到那几个身穿藏青色西服套装的家伙。他们凑在一块儿,表情严肃地商量着什么,甚至还向阿亮和自己这边扭过粗壮的脖颈。由于照顾阿亮腿脚不便,父子俩被安排在第一排座席,因而到达松山机场后最先赶往抵达大厅,那帮家伙却在行李领取处轻快地追了上来。

一个家伙如同金刚似的站立在古义人面前,他从容地招呼道:

"长江先生,您辛苦了。都是同一个方向,就送送您吧。一路上,也好听听您的高见!"

"路途遥远,汽车对我儿子不合适,还是乘列车回去更方便一些。"

"那么,就送到JR①车站吧。"

"你们并不往车站方向去吧。"

古义人把传送到面前来的两个硕大旅行皮箱放到地板上。三个

---

①　日本国铁(Japan Railways)民营化后的名称。

大汉中有个家伙显得格外健壮,他像是玩味似的注视着站立不稳的古义人的脚下,就在另外两人再度把头凑在一起商量的时候,他挡住了正要推动箱子离开这儿的古义人和阿亮的去路。紧接着,最先开口说话的那个戴着银底绛紫色徽章的家伙尽量平静地说道:

"我们呀,去东京出差之前,就在这里的报纸上知道先生要搬到本县①来……报道写得很详细,说是要继承老太太去世后留下的地皮和家宅,与那可怜的儿子过来住。对于这一点,我们当然不好说三道四。不过呀,说是您打算从这里给新闻媒体写稿子,还要同本地的居民,尤其是孩子们讲话。我就想了,那会是个什么东西呢?"

"你只要向你那位辞去警察职务的弟弟打听一下就会知道,我们呀,也有一些不好对付的年轻同伙呢。"

当发现古义人竟是一副非同寻常的无畏气势后,就在阿亮将身体逼过来的同时,那几个家伙显出"这可没辙了!"的神态,开始挪动身子。

替换这几个家伙的女人约莫五十岁上下,先前还与那帮同伙一起向这边张望,探过一张犹如布满红点的鱿鱼干一般的脸说道:

"我们呀,很高兴先生回到县里来,只是给报纸的那些失礼的投稿还是要接着写!"

古义人随即避开从四周围拥上来的那些同伙,来到出租车乘车点。先前那三个家伙站在停靠于车道边的一辆大轿车前,正监视着这边。古义人把旅行箱放在过道角落,让阿亮站在旅行箱旁,便反身往机场建筑内的公用电话走去。

"我们正要离开机场,但遇上了麻烦,"古义人向很快就接听电

---

① 此处的"县"是日本都、道、府、县等行政机构中的县,其行政级别大致相当于我国的省。

话的那人说道,"现在,你在哪里?"

用手机回答古义人的,正是打算今后要与古义人父子一同生活的那位美国女性,她并没有要求古义人对所说的麻烦进行说明。

"那么,我就独自去真木町吧,汽车导航仪的状态非常棒,没问题!在那里的JR车站等你们。"

接着,古义人给妹妹亚沙的家里也挂了电话,约好在相同地点碰头之后,便回到正静静等候着自己的阿亮身边。那几个家伙还在监视着这边,直至两人乘上前往市内的往返班车。

2

旅行皮箱并没有受到手臂肌肉的缓冲影响。通过双肩体验到皮箱重量的古义人走下车来,终于站在了站台上。就在他再度回到车内,扶持着阿亮踏在车门处的踏板上时,亚沙和一位身体健壮的年轻人迎了上来。古义人不认识这位年轻人,却从他忧郁的面容以及真诚欢迎的表情中感受到了亲情。从高高的站台放眼望去,只见远处的群山浸染在黄昏之中。古义人在原地缓缓转动身子,环顾着将簇簇新叶套上金色光圈的盆地边缘。远远望去,山樱似乎还挂着一些残花。

亚沙正对阿亮嘀嘀咕咕地表示欢迎。每逢哥哥回到老家,都会显现出这种仪式一般的姿态,亚沙对此并不介意。

这时,前来迎接的年轻人将屈起的双臂紧贴两肋,轻快地提起那两个旅行皮箱走下长长的阶梯。古义人感觉到右肩开始疼痛起来,疼痛的起因固然与皮箱的重量有关,但对那种更深层次的疼痛,古义人却并不陌生。而且,这后一种疼痛在今天显得尤为剧烈,几乎使自己的身体失去了平衡。

"腰腿开始不得力了吧?"亚沙说,"可你那朋友的精力却是那么旺盛呢!"

从站台远远望下去,只见以山桃为林荫树的车站广场上聚集着一大群人。在铺着瓷砖的散步甬道边上,一位年近四十的白人女性倒立起来,将头顶在折叠起的睡袋上。隔着围观人群眺望着这情景。亚沙说道:

"那一位就是罗兹女士吧?在此之前,她就一直躺在那儿,像是要遮住阳光似的,仰举着一本书在读。我还以为是英语书呢,书的封面却是《堂吉诃德》。"

"她正练习着的,是在西藏学来的所谓瑜伽气功吧……真够夸张的,在向真木町的居民作自我介绍呢。"

古义人与亚沙从两边扶着阿亮自阶梯走了下来。

刚从上下颠倒的视野中捕捉到正走向车站广场的古义人一行,罗兹便团身滚落在睡袋上,随即翻身站起,高兴地寒暄起来。

"罗兹君,这是我的妹妹亚沙。"古义人为已经在相互微笑致意的两人作着介绍。

"How do you do?"说完这句话后,亚沙开始用流畅的日语寒暄起来。从英语中解脱出来的亚沙轻松愉快地介绍着前来迎接的那位年轻人,好像也是在有意叮嘱古义人。

"在本地,姓长江的还有两家。与我和古义人有血缘关系的这一家,是'仓宅老屋'的长江家。其实,这建筑物本身很快就要不存在了……另一家则是'山寺'的长江家,这个称谓是从他家管理的一座小山寺得名而来。

"这个年轻人就是山寺的长江家的继承人,一度在京都一所大学学习,后来想要决定自己将来的人生道路,就回到山谷里来,独自制定了学习计划进行学习。他叫动。所谓动,写出来就是动这个字的语干,却要读为阿欲①,这种训读真是奇怪。为了这事,听说动君还与古义人通过书信呢。"

"这么一说,我倒想起来了。这一次,两人再好好聊聊吧。这次住下来,好像还需要你关照呢。"

年轻人依然面露忧郁,准确地回答了古义人提出的问题:

"我也希望能早些与古义伯父聊聊,然后再考虑照顾伯父的问题,今天只是来搬运行李。"

3

罗兹那辆深蓝色车子是美国造的箱型小客车。箱型这个词,非常贴切地描述了这辆车子的外形。犹如蒙上黑色头巾的车顶以及装饰着木质材料的车门,无一不让人强烈感受到时代的沧桑。那是罗兹与从事英国文学研究的副教授丈夫,于十五年前从横滨入境时共同使用过的汽车。丈夫对《洛丽塔》那散文式的、文学式的或是语言游戏般的创意颇有兴趣,*The Annotated Lolita*② 一书已经出版,他又与大学出版社签订合同,要在此书的基础之上,出一本为情趣优雅的知识分子加了注释的新书。总之,丈夫非常沉溺于《洛丽塔》,他设法得到的那辆车,就与新版电影中由亨伯特・亨伯特和少女周游美国时驾驶的那辆车子相同。不过,当把那辆汽车带到日本兜风时,他却患上了严重的酒精依赖症。离婚后各自返回美国之际,那位把小田急沿线的偏房出租给他们的农家房东同情罗兹,劝说罗兹与其将分到她名下的那辆蓝色箱型小客车放在旧车经销店里压价出售,不

---

① 日语汉字分为音读和训读两种读法,此处的"动"遵循训读,应读为 ugoku,此处却读为 ayo。
② 英语,意为被注解了的洛丽塔。

如帮她存放在自家宅院的仓库里。等罗兹再度来日本时,随时可以领回她的老爷车。

古义人虽说很久以前读过《洛丽塔》,却只喜欢临结束前的那一小段——玩耍的孩子的声音从下面成排的房舍一直传到崖头,已成为杀人凶手的亨伯特意识到,那个少女已经不在身边了,而与这一点相比,更让他感到"绝望般刺心的痛苦"的,是孩子们一同发出的和声中缺少了少女的声音。为此,古义人去了电影院,他想知道在老版电影中,没有被斯坦利·库布里克①采用的这个部分,在新版电影中是被如何处理的。尽管小说中的回忆场面在电影里被改编成了现在时,但古义人对于扮演亨伯特这一角色的演员大声朗诵这段独白则极为满意。那时,画面中只能看到那辆汽车。

与罗兹开始个人交往以来,已经超过五个年头。但古义人从她那里仅仅知道,她放弃到研究生院深造,打算开始婚姻生活,还有,她那尚未取得终身教职的副教授丈夫是一位对纳博科夫颇有研究的读者。

现在的罗兹,与老版电影中由谢利·温特斯②扮演的洛丽塔的母亲比较相似。即便如此,与包括新版电影在内的洛丽塔这个形象——从亨伯特处逃跑并销声匿迹之后,当她再度遇见亨伯特并诉说婚后窘迫生活时,戴着粉红色框架眼镜、将头发堆在头顶上的那个形象——也有几分相似。罗兹原本是富裕人家从孤儿院领养的,因而读大学本科时,她该不是还存留着如同宁芙③般的容貌吧?古义

---

① 斯坦利·库布里克(Stanley Kubrick,1928—1999),美国著名电影导演,其代表作为《奇爱博士》《二〇〇一太空漫游》等。
② 谢利·温特斯(Shelley Winters,1920—2006),美国女演员,曾两次获得奥斯卡女配角奖。
③ 希腊神话中居于山林水泽处的半人半神的美少女。

人在想象,患有酒精依赖症的丈夫既然具有亨伯特型人格,显然难以忍受成人后的原宁芙,而且,还因为丈夫像亨伯特那样对于给少女命运造成伤害而心怀道德上的畏惧,因而,当他抛弃两年间一直在小田急沿线的农家偏房里苦挨时日并因此而引起房东同情的罗兹时,他的内心该不会同样泛起"the hopelessly poignant thing",即"绝望般刺心的痛苦"吧?

将行李中个头硕大的旅行箱置于蓝色箱型小客车尾部同样贴着木质材料的车门处并捆绑牢固后,沉默寡言的年轻人便出发了。随后,罗兹坐在亚沙所驾车辆的助手席上,古义人和阿亮则坐在后排,车辆便驶上了沿河边溯流而上的国道。罗兹似乎也觉察到了古义人身体的异常。"那不仅仅是因为提了沉重的皮箱才这样的。每次走下真木町车站,大致都是如此。"亚沙解释的话音刚落,罗兹就从女式大提包中取出笔记本写了起来。

"有关你的专题论文,我就从你返乡第一天所发生的事情写起。与古义人一同……当然,包括阿亮,我们三人一同前往森林里的计划看来是正确的!"

"我呀,每当来迎接回老家的古义人,就会想起半个世纪前发生在我家的那件事……我也是从母亲那里听说的。今天尤其如此。古义人,你小时候不可思议的怪异举止,对罗兹说了吗?"

"不,没有说。"

"那么,就说给她听听?我总觉得这个时候说出来比较合适。"

直至今日,古义人曾多次要把那个时间确定下来,虽说早已确认是五岁这个时间段。他一直认为在与另一个自我一同生活,如同家庭其他成员所称谓的那样,古义人将另一个自我称之为古义。

然而,大约一年以后,古义竟独自一人飘飞到森林上空去了。古义人对母亲说了这一切,却没有得到回应。于是,他又将古义如何飘飞而去的过程详细述说了一遍。古义起先站在里间的走廊眺望森林,却忽然踏着木栏下方防止地板端头翘曲的横木条爬上扶手,随即便将两腿并拢,一动也不动,然后就非常自然地抬腿迈步,悬空行走起来。当走到河流上空时,他舒展开穿着短外褂的两臂,宛如大鸟一般乘风而去。从古义人所在的位置看过去,他逐渐消失在被屋檐遮住而看不见的长空……

从那一天起,古义人连小伙伴也没有了,终日只在里间阅读小人书或童话故事,每当母亲为让他活动身体而设法哄他去相邻小镇的书店时,他便拒绝道:

"万一古义来找咱时,咱不在可不行!"

起初,亲属们都觉得很新奇。

"你说古义到森林里去了,那么,仍在这里的古义又是谁呢?"

"是梦呀。"这样回答以后,古义人引起更为激烈的大笑。

秋祭那一天,客人上午就来了,古义人被唤到正开着宴席的客厅,父亲让他与哥哥们当堂问答。

"古义,眼下你呀,其实在哪里?"

提这个问题的,是亲戚中的某一位,但催促回答的,却是机敏而善于应酬的长兄。古义人抬起右臂,指向河那边森林的高处,却每每遭到二哥的反对。或许,这位具有自立个性的少年,较之于不愿看到弟弟成为笑料,更是不能忍受一帮醉鬼这种游戏。他用双手抓住古义人的手腕往下摁去,而古义人却认为准确指示出古义所在地非常重要,因而绝不低头屈服,便与二哥扭成一团,一同摔倒在地,古义人右臂也因此而脱臼。

二哥由于惧怕父亲发怒而从客厅逃了出去。面部因疼痛而失去血色的古义人刚站起身子,便用左手支撑着无力的右臂,再度指向森林的高处……

"又感受到那时的疼痛了吧,现在,你的右肩不也在疼吗?!"听完这段往事后,罗兹开口说道。

"我也是这么想的。即便提拿沉重的旅行皮箱是起因,也不会是疼痛的全部原因……因为,每次回到山谷里来,大致都是这样的……"

"而且,无论哪一次,只要睡上一夜,就都会恢复的。"

"真的那么容易恢复吗?"

"……"

"总之,在古义人的小说中,回归森林里的人物全都面向死亡。或许,古义人眼下也是在面向死亡、回归森林的吧?"

"嗯,是那样的吗?……我在想,哥哥带着阿亮来这里住上一段时间,只要你觉得实现了母亲的夙愿,不是还可以回东京去吗?那时候,千樫也该从柏林回来了,全家又将恢复原先的生活……"

古义人被排除在罗兹与亚沙间的谈话之外,阿亮把自己的手掌小心地放在他的右肩头。罗兹敏捷地注意到这个情景,并不是为冷落了古义人,而是为自己忽略了阿亮而感到羞愧。这种羞愧感显现在全身所有部分,甚至连正在驾车的亚沙也觉察到了。

与长途旅行造成的疲劳也不无关系,罗兹随后便很少说话。但是,每当国道沿线的小村落出现在前方,围拥着神社和寺院的树林自不待言,宅院内那些萌出新芽的林木更使得罗兹不停地向古义人提出问题。所问的大多数树木,却是古义人连日本树名也未必叫得出的树种。从不喜欢啰里啰唆的亚沙终于不耐烦地打断了罗兹的问话:

"我丈夫是退了职的中学校长,曾对真木町的植物作过调查,写了一份非常详细的报告,你不妨读读那份报告,然后实际对照每一种树木。现在林木刚刚萌发新芽,即使古义人也未必能够准确辨认。"

"说是'战争结束以后,立即……',可那是太平洋战争吧。我出生于越战期间,对我来说,太平洋战争已是非常久远的过去了……不过,古义人那时从学校里逃学出来,每天都待在森林里吧?不是还带着植物图鉴,学习林木的树名和特性的吗?"

"那也只是十岁孩子本人一种独特的学习,确实也记住了不少在学名上加注日语发音的树名。不过……"

"比如说?"

"好像日本柳杉叫 cryptomeria japonica、山茶花叫 camellia japonica、棣棠叫 kerria japonica……"

"亚沙本人也是植物通吗?"

"我只对特殊的个例有兴趣……那时候,古义人也还没有积累起分类学方面的知识吧。"

"是呀。我嘛,就像母亲常说的那样,做事总是半途而废……既没有学习过正式学问,也没有接受过职业训练,一直到今天这个年龄,还在为生计而奔波。"

对古义人的自我嘲弄早已听惯了的罗兹根本没有搭腔,继续往下说道:

"在《堂吉诃德》中,树名基本没有出现。即使出现几处,也只是栎树或木栓槠之类的。栎树叫作 encina,木栓槠则叫 alcornoque。柳树和山毛榉也稍微出现过,不过,说起印象比较深的榆树,竟叫作整烤小牛的串杆。

"塞万提斯本人能够清楚地分辨出栎树和木栓槠的区别吗?他甚至还推诿于伊斯兰原著的作者,说是'总之,关于这种栎树的种类,熙德·阿默德总是不太严谨,记叙得很不清晰'等……

"较之于这些例子,古义人可一直努力做到记叙准确。"

"说到这一点,我一直认为,那可是受惠于千樫的关照呢……"

"千樫前往柏林时,我只托付了一件事,那就是假如带婴儿去公园,要把树木素描下来,并抄写下树名……在我来说,柏林的这种风景,与其说是为了今后的描述所用,毋宁说是为了阅读被描述的作品……"

话音刚落,古义人又指着一直临近到国道边际的宅院里的林木说:

"在那里,不是排列着一些上了年头的树吗?而且,全都有一种矮小的感觉……在叶丛的颜色中有一些斑点……那就叫扁柏的树叶。命名为扁则与矮小有关联。

"与这种树相同的树种,在我们就要去的十铺席那块地皮上也有。我们的祖父好像把它与从秋田移植过来的丝柏苗木进行了杂交。后来把这些树苗移出,栽种在了别的地方。当母亲只留下十铺席宅基地及其周围的土地而将其他地方都卖出去时,把其中一些树木移植在了那里……说是不这样做,自己去世后,就没人还能记住这是母亲的土地了吧。

"不过,我和阿亮可是为了住到那里的房屋才赶回来的。母亲的心情大概也会因此而多少高兴起来。用英语来表述这种情景,有贴切的语言吗?早在五十年前,当我在《简明牛津辞典》这本从美军文化机构的馆长那里得到的工具书中发现这个词时,感到非常有趣……现在却想不出来……"

"是 Flattered。"罗兹告诉古义人。

4

在通往林中道路的山口,已经可以看见那座岩头。被告知岩头的位置后,罗兹不由得心生畏惧,及至乘车绕行到岩头背后并爬上岩顶一看，眼前却是杉树和日本扁柏的混生林，天涯的房屋就移建在占据混生林一角的斜面腹地里一块空地上。

"在那边的东南角上，加建了罗兹的房间。"

就在亚沙说明之际，阿动不停地从停放在一排扁柏旁的箱型小客车车上卸下行李，并搬运到向外突出的门廊里。山谷间的村落已隐于自河面生成的夕雾之中。古义人一行随即进入大门，在与饭厅相连的居室里安顿下来。去找卫生间的阿亮回来时，带来了祖母的遗物——收录机。他打开微小的音量，调试附近的 FM 台接收信号。趁着罗兹去浴室淋浴，亚沙端出早已备好的盒饭，然后说是原中学校长要去夜钓，家中无人守门，便回家去了。

当天晚上，古义人他们就在尚未打开的小山一般的装书纸箱堆中吃了晚饭。特快专递送来的纸箱中的书籍，竟占了行李的大半。然后，古义人前往居室北侧厨房后面的房间，为阿亮做睡觉前的准备。

罗兹先来到自己房间，整理好床铺之后，便换上亚沙备下的睡衣，与已经回到位于建筑物西侧的卧室里的古义人说话。

躺在床上的古义人仍穿着外衣，他让罗兹坐在工作台前的椅子上，那张工作台就搁在成排纸箱对面已经关闭了的窗下。

"就是修道士，好像也会觉得古义人的床铺过于狭小。根本就没有可供我们犯罪的空间嘛。"

"……看上去，似乎是东欧民间艺术风格的家具，却在设计上讲究角度：上半身可以坐起来写东西。这样制作，是因为原外交官那时刚动过癌症手术，他原本打算在养病的同时搞一些翻译。这倒不是来这里的途中你所说的作品分析，回到山谷以后，或许，我将在这张床上进行最后的工作。"

卸妆以后，罗兹的面庞平添了几分柔和，此时却将严肃起来的面孔转向古义人：

"古义人所说的什么'最后的小说'，都成你的口头禅了。我不认为这是件好事。我的老师去世前不久，曾在他的演讲集序文中这样写道：请不要把这些意见理解为基于最后的确信而发表的报告，你们要将其视为巡礼过程中小憩时的报告……我恳请古义人也是如此，即便感到巡礼眼看就要结束……也只作为行走途中的报告来创作你的作品。"

古义人之所以还穿着旅行时的服装，是因为仍然疼痛着的右肩难以动弹。看样子，罗兹已经决心说出所有想要说的话。古义人抚弄着右肩，在内心里做好了精神准备。

"我认为，在你五岁时回到森林里去的古义是'童子'。由于'童子'可以自由往来于时间和空间，因此，在那以后，古义干下了不少冒险的事吧。

"在其后的生涯中，被留下来的另一位古义也决没有懒散、怠惰，在这样的深山之中长大成人，十岁那年战争结束时，他开始对阅读外语书籍产生了兴趣。然后，他在东京的大学里学习了外语。实际上，他还到过许多国家……

"然而，他的内心却无法获得自由，他的心灵曾因为被古义抛弃而受到伤害。你所创作的所有小说，不都是由你那偏执的头脑想象出的这种对森林的乡愁吗？！在那乡愁里，不是充满了嫉妒，针对那位虽然住在森林深处，却仍可以往来于不同时间和不同场所的古义……也就是那位'童子'……的嫉妒吗？！

"古义人犹如在梦境中一般写着义兄——在令人怀念的岁月之岛上的义兄，写着你自己，写着你的家庭成员。那是作为生活在被限定了的时间里的人，写给义兄的信。

"今天，在来这里的汽车里，知道你在孩童时代曾被称呼为古义后,我大为惊异。古义人的古,也就是前缀在称谓前面的爱称吧。换句话说,不就是义君吗?你就是义兄,独自去了森林后成为'童子'的你的一个分身也是义兄。你是作为另一个义兄在给他们写信!"

罗兹好像已经整理好了请阿动搬运来的行李中属于自己的那部分,将带来的《令人怀念之年的通信》①法译本摊放在膝头,随即用法语朗读起其中一个段落,并请古义人将其即刻置换为自己曾写过的日语。

> 时间像循环一般不断流变,义兄和我重新躺卧在草原上,阿节君和妹妹一同采撷着青草,如同姑娘般的阿优君与阿光也加入到采摘青草的圈子里来。由于年幼和纯粹,阿光的残疾反而越发显得纯朴和可爱。晴和的阳光辉耀着杨柳嫩芽上的浅绿,高大的日本扁柏树身上的浓绿则更浓了,河对岸山樱的白色花房则在不停息地摇曳。威严的老人应当再度出现并发出自己的声音,所有的一切,全都恍若循环的时间中平稳和认真的游戏,急忙奔跑上来的我们,再一次在高大的日本扁柏之岛的青草地上玩耍……

"作为自己今后的工作,古义人将会继续给你本人以及义兄写信吧。当然,是给在循环时间中的小岛上的你本人以及义兄写信。那也是作为被滞留在这边世界,随着年龄增长而独自走向死亡的自己,给与你早已化为一体的'童子'写信吧。

"令人怀念的岁月的义兄就是'童子',高大日本扁柏的小岛,就是古义人的乡愁之岛。所谓乡愁,在希腊语源中是表示回归的 nostos 与表示痛苦的 algos 复合而成的词。也就是说,高大的日本扁柏

---

① 大江健三郎曾于一九八七年发表长篇小说《致令人眷念之年的信》。

之岛是使你痛苦的回归之标记。我的专题论文就要以此为线索，更为准确地显现出等同于你的'童子'。"

古义人不久前注意到，换上黄色睡衣的阿亮正拘谨地站在罗兹进来时就打开的那扇蒙上帆布的推门旁。趁罗兹说完话转过头来，阿亮向室内迈出一步，却仍然沉默不语，如同在汽车里说到的那样，抬起一只胳膊，向庭院外的山谷方向指去，同时用听懂了某种响动似的那种表达心意般的眼神轮流注视着两人。古义人和罗兹都竖起耳朵，倾听他们认为都市中所没有的、绝对万籁俱寂的户外的动静。

古义人没有听到任何声响，罗兹更是显出费解和困惑的表情。古义人抬起倚靠在调整为一定角度的床上的上半身，只用左手打开玻璃窗和防雨套窗。

"听到了我的音乐！是《森林中的奇异》①。但是音调不准！"

低音长笛音程中越发闷声闷响的微音，随同湿润的山风从黑暗的谷底飘了过来。

"古义人的母亲是不是曾经说过，只要进入森林就会听到？"

也是因为惊吓造成的发抖，罗兹的面庞已经失去血色，而古义人的脸色也是大致如此。只有阿亮一人聚精会神，以一种令人难以琢磨的神情欣赏着这一切。

---

① 大江健三郎曾于一九八六年发表长篇小说《M/T与森林中的奇异故事》。

第二章　阿欲、阿欲、阿欲！

1

将近五点时,森林里百鸟尚未啼鸣,古义人便睁开了睡眼。早在窗帘对缝处显亮以前,回到特别地方的那种感觉就已经使得古义人似醒非醒了。那是一股强烈的思慕之情。其实,在漫长的岁月里,自己已经在这块土地上深深扎下了根。远离这里的那些时日,只是"外出之中"罢了。

泛起对这个特别地方的思慕之情前,古义人一直沉浸在梦境之中。梦境因为亚沙告诉他的一句话而起,那是在工地上干活儿的一位木匠说的话:建在如此迎风的岩磐上的这座屋子无法居住！其实,梦境与这句话并没有直接联系。另一个也是与地形有关的危险编织而成的梦境。从山棱上出现的、传说中的巨人**破坏人**,在将要跳进山谷之际,借着向下狂奔的劲头高高地跳跃起来。当巨人用手按在辽杨被压弯了的树梢旋转一周,扑通一声落在地面时,古义人在床上艰难地翻个身躲开去。当他就要从那张狭小床铺的边缘翻滚落地时……

背后的森林还是一片静寂,正在通往山谷下方的斜坡上蹦跳着的一群白脸山雀的啼鸣却传了过来。下床后,古义人在微暗中穿好衣服,便扶着卧室旁的短廊走去,经由玄关来到户外。天色已经大亮了,天际现出令人难以置信的湛蓝,由小块云团排列而成的锦云辉耀着醒目的白色亮光。

曙光之中,覆盖着高处的杉树和日本扁柏混生林如同被濡湿一般,光叶榉、青栲和枹栎树上柔和的绿色溢满了光亮。在这片光亮中格外醒目的葱绿色叶丛是一片甜槠,正燃烧般地盛开着耀眼的花朵。古义人感到一阵茫然:难道我少年时代的环境,至少,在现在这个时节,真的如此繁盛、美丽吗?

母亲在这块地皮范围内种下的扁柏延伸到了北端边际,与昨天见到的建筑物东侧的林木同样醒目。不一会儿,古义人温和地踏着青草,一直攀爬到北端尽头,发现在自己少年时代曾枝繁叶茂的辽杨却只剩下残株,残株周边围拥着一圈小树。

这些树木要长成参天大树,长成那种从山谷间仰望上去,用白色柳絮填满甕形山谷的参天大树,还需要多少年月啊……

"以前回来时,古义人可从不曾像今天这样陷于沉思呀……"

亚沙的声音从右后方传来。起初,古义人并不能确定妹妹站立的位置。

"扔下眼看就要患老年忧郁症的人,自己却去了柏林,千樫嫂嫂也真够大胆的。"

"说得是啊。"

古义人转过身子,对终于发现了的亚沙答道。相对于自己略显老态的举止,提着铁皮水桶正站在曙光中的妹妹那溢满全身的活力,是那样令人炫目。

"昨天夜里,我丈夫钓了一些长枪乌贼。与我们孩提时代不同,都有了汽车,大海也进入我们山里人的生活圈子里来了。罗兹和阿亮还在休息吗？我把这些鱼放到厨房里就回来，古义人，一会儿要和你商量点儿事。"

　　为了不让汽车引擎的响声惊醒阿亮他们，刚才亚沙把汽车停放在林道的岔路口，自己徒步走了过来。她要与古义人商量的，是想请他和自己一同前往注定要拆毁的仓房祖屋，在亚沙长年保管的义兄的藏书中，看看其中是否会有旧书店感兴趣的书籍。

　　踏着透过嫩叶洒在路面上的光斑走向汽车时，亚沙对古义人说起一件奇怪的事：她的丈夫，也就是原中学校长，当他夜钓长枪乌贼归来途经大桥桥头时，已是夜深过半了，却在与十铺席宅地隔着山谷一直往南的庚申山——最初的感觉就是——看到了一件怪事。

　　在并不很高的庚申山山顶，有一点小小的火星在移动。倘若是未成年者躲在那里抽烟的话，作为原中学校长，就必须对他进行规劝了。于是，原中学校长将车子开过大桥，停靠在庚申山登山口对面的中学校门旁。当他拧开夜钓用的手电筒，顺着石阶爬到山顶一看，却发现是阿动在那里。

　　"他说，带着自己那份盒饭从十铺席宅地回去的途中突发奇思，想到庚申山上一边吃饭，一边侦察你们的动静，于是就拖延了下来。不过，从挎包中装着小型望远镜和一个岩笛①来看，也可以说是早有准备的。

　　"据阿动对我丈夫说，他用双筒望远镜看见古义人伫立在居室宽大的玻璃窗前，目不转睛地俯视着下面的山谷。这时谷内雾气翻卷而上，四周也渐渐昏暗下来，按理说什么也看不到，可古义人还是长时间地俯视着……

　　"接着，屋里所有窗子都拉上窗帘，严严实实地遮住了室内的光

---

① 石制乐器，形似单孔石埙。

亮。随着时间的流逝,阿动说是想要让你们感到惊奇。你刚才说到了岩笛,其实,阿动此前曾去三岛神社请教神官,这时就从挎包里取出从神社借来的岩笛,吹了阿亮作的曲子……于是,古义人房间的窗子便打开了,露出三张黑乎乎的脸,像是在侧耳倾听那支曲子……"

"……原来是这么一回事呀。当时总觉得不可思议。不过,这像是一个麻烦的年轻人啊。"

"阿动原本也是在为相当麻烦的老人工作嘛,却不知不觉地较起真来了。"

2

与古义人阔别已久的、带有仓房的老宅显然已经荒废了。将车子停靠在町道的路旁,沿着放上水的水田间那条细细的小径走去,只见从森林倾斜而下的斜坡下那块地皮上,人工修建的水渠早已干涸,建筑物的门洞也已经坍塌,而且,那上面还堆积着小山一般的家具和破旧草垫,堵塞了往来的通道。亚沙和古义人踏上了西侧仅存的还算坚固的石阶。从门洞延伸开去的铺石路环绕着主建筑,连接着停车处那一段路上拉着的禁止通行的粗绳。

亚沙打开另一栋屋子正门上的小门门锁,用原中学校长昨夜为各种目的而使用的手电筒照亮了空旷的空间。通往带有仓房的主建筑的通道上满是蟑螂粪便、蜘蛛网和尘土,肮脏得无法脱下鞋子行走。虽然感到被怪罪,古义人还是穿着鞋走向义兄的书库。

刚一迈进书库,古义人便积极行动起来,把面向院子的窗子撬开四分之一,设法使外面的光线照射到书架上来。室内并不像当初担心的那么潮湿,毋宁说,行走间更得注意不要扬起略显黑色的浮尘。

"如此看来,义兄的藏书比我少年时代认定的数量要少。"大致看完书架后，古义人说道，"还有其他藏书吗？"

"全都在这里了。曾经请主管真木高中图书馆的老师来过，看看是否有图书馆可以利用的图书。但是，说是这都是些过于特殊的图书，而且大部分都是西洋图书，因而给拒绝了。"

"所谓特殊，是说这些图书都经过精选。与但丁有关的图书自不必说，其他图书也被义兄依据他的标准进行了处理，也就是把那些不会再阅读的图书全都扔掉。现在即便只是草草一看，也还有相当的数量呢。"

"如果是这样的话，你就不能与那些和你有交情的旧书店商量商量，介绍一下藏书的大致内容，请他们收下这些图书？如果他们有这个意向的话，我可以承担邮寄费用，把图书送到他们店里去。你送书来的那些纸箱足够了吧？……我呀，只是希望长年照看的这些图书或多或少能够被人重新利用。"

关上面向院子的窗户后，古义人再次让亚沙用手电筒向书架上照去，取出一本从希腊原典中译出的作品集。古义人在车子里一页页地翻阅，终于发现了自己想要找的那部分，兴奋地说道：

"关于悲痛啊，西塞罗①认为，虽说这只不过是人们的主观印象（对于斯多葛学派②来说尤其如此），但是人们，特别是女人们，会用各种理应忌讳的方法来表现这种悲痛。或用灰土抹在脸上，或抓挠自己的面颊……当家人死去，亲人们陷于悲痛之中时，孩子们还兴高采烈地或四处活动或喋喋不休，即便过分，也要用鞭子抽打并使他们痛哭流涕。不过，我向义兄借来这本书阅读时，关于悲痛这个词，确实觉得受到了教益。看这里，还有我当年画下的红线呢。"

---

① 西塞罗（Cicero, Marcus Tullius，前106—前43），古罗马政治家和演说家。
② 斯多葛学派，公元前四世纪创立于雅典的哲学流派，提倡禁欲主义。

"对那些即便亲人死去也无所谓,也快快活活的孩子要进行鞭挞吗……是由父亲抽打,还是母亲?"

"书上写的是'特别是女人们',所以……"

亚沙陷入沉思之中,神态里有一种特别的东西。古义人摆好架势,准备迎接妹妹就要向自己说出的、此刻正在心里酝酿着的问题。实际上,亚沙这时已经开始说了起来:

"古义人,你要在这山谷里生活一段时间,所以,我在想,请你向侄儿夫妇表示一下感谢,他们一直为我们守护着河边的屋子。但也不能因此而只用礼品打发人。去了城里的那些人呀,有时不考虑具体情况,只会用钞票来处理问题,所以请你注意这一点。这种现象比古义人你自己感觉到的要严重得多。

"因此,我要借着西塞罗这个话题说下去。古义人说了有关那些对亲人去世也无动于衷的孩子,只要你略微提及侄儿家那件事,而且,在今后的交往之中,无论语言也好,态度也罢,只要你流露出这种看法,我就站到他们那一边去。老祖母去世时,看到你在枫树下孩子气地哭泣,我感到一阵厌恶。侄儿家的媳妇似乎因此而感到不安,说是要把古义人请回里间来,便随后追了出去。"

事情发生时,葬礼的准备工作已经告一段落,亲戚们沉默着,坐在安置于里间的遗体前。如同被熨平了一般单薄的遗体躺在薄薄的褥子上,侄儿家的幼女走到遗体的枕边,用自己的小手不停转动依然裹着头巾的脑袋。

明明应该是肃穆的氛围,却发出了笑声。在这笑声中,古义人猛然站起身来,穿过里间旁的母亲寝室,又跑向现今已被堤坝的混凝土坝墙挡住、曾是母亲早年间开垦出来的旱田,在那里的枫树下流淌泪水。

"我觉得,当时肯定有人会这么想:仅仅因为小小的孩子粗鲁地摸了一下祖母,古义人就变了脸色起身离去,但是……如果你真的那么珍惜母亲的话,为什么没把她接到东京去?!那么一来,不是可以少给那些忙乱的年轻人添麻烦吗?!"

古义人不想进行任何反驳。其实,关于他本人一直挂念着的这件事,他有时甚至假托《堂吉诃德》来辩解似的与罗兹进行争论……

他说,在桑丘·潘沙就要前往海岛就任总督之际,堂吉诃德对他恳切地忠告过后,作品中还有这样一段描述:"当你步入平和而练达的老境,迎接死亡来临之时,你的曾孙们可爱而柔和的小手会闭合上你的眼睛。"母亲去世时侄儿家小女孩的行为使他想起了这一段描述……

当然,以亚沙的性格而言,无论古义人如何无精打采,她一旦开始述说,不把该说的话全部说完是不会罢休的。

"你呀,假如说出'对那些即便亲人死去也无所谓、也快快活活的孩子要进行鞭挞,使他们痛哭流涕'之类的话来,我就站到侄儿家媳妇那边跟你对抗。"

而且,被如此直截了当地说了一番,古义人也只能在内心里嘟嘟囔囔地发牢骚。

不过,下一个就要死去的亲人,说来说去,该不是轮到自己了吧?

一回到十铺席宅地,亚沙就精神抖擞地剖开长枪乌贼鱼腹,罗兹也被激起干劲儿,亮出制作意大利风格的油炸鱼和意大利海鲜面条的本领。大家一同享用饭量充足的早午餐时,对于阿亮被吾良舅舅教会的那种食用意大利细面条的方法,亚沙赞不绝口。随后,亚沙品味着咖啡,从昨天深夜庚申山的事由说开去,对罗兹叙说了动是一个具有怎样背景的年轻人。

这话一说开来可就停不住了:

"这名字写出来是动,却要训读为阿欲,是'山寺'家族一个叫兵卫伯父的长辈,从家族古老墓地中诸多'童子'的墓碑上挑选出的文字。在山寺的传说中,这个'动童子'叫作阿欲君,不过,却不知道为什么这么称谓。因此,他们曾经找古义人商量过。这也是因为户籍管理人员劝告说,如果不知道典出何处,还不如遵循广为通用的音读法,念作 do 或是 ugoku 为好。不过,古义人却很快告诉他们,他找到了阿欲这种训读法的出典。"

于是,古义人从仍然堆放在地板上的岩波版古典大系中,翻开《出云风土记》中的那一页,对罗兹进行说明:

> 古老的传说中有这样一个故事:从前,某人于此处租佃山田。当时,忽来一个独眼之鬼,欲吞食佃户之小儿。当时,小儿之父母皆隐于竹林之中,竹叶随之摆动①。后人称其时为动动②,故而称之为阿欲。

"有趣倒是有趣,不过,说起人们起名字的由来,这不是太可怕了吗?如果查一下《旧约》就会发现,我们基督教徒的名字也有不少特殊的出处呢……"

"'动童子'这种'童子'本人,就是一种有着非凡传说的人呢……总之,被起了这个名字后,阿动自从懂事起,同兵卫伯父和古义人的关系好像就一直没好过呢。非常复杂呀。"

3

"那位阿动上高中一年级时,古义人获了奖。虽说这两件事没有直接关联,但为了接待前来真木町观光的游客,需要安排专人负责

---

①② 作者此处特地标识为训读发音 ayo、ayoayo。

这项工作。作为勤工俭学而接受这项工作的，正是那位阿动。

"真木町公所要求我推荐一个合适的人，我就推荐了阿动。细说起来，当初提出建议，说是需要一个导游人员的，其实也是我。"

访问真木町的那些人，把电话打到了河边的老家里。由于不愿侄儿一家因此而为难，亚沙便进行了切实的安排。此外，她还制作并大量复制了古义人在小说中所涉及的当地传承故事以及历史性事例的地图。

亚沙对阿动兼任的工作也提出了一些建议。具体说来，就是使得阿动不用开口介绍也无大碍——将所有地名和巨树位置等内容，现实的也好虚构的也罢，全都填写在地图之中。其实，特地来到这深山里的客人，虽说也会有个别例外，但基本都是些通读了古义人的小说，并对作品的具体背景持有兴趣的人。因此，他们非常清楚一部部小说的情况，只要把客人领往他们想要去的地点就可以了。

从那以后，阿动便按照亚沙嘱咐的方法干起了导游工作。一次，他在河边的街上遇见了亚沙，当被问起工作情况时，阿动说道：

"我把客人领到他所说的地方，可对方却发牢骚，说肯定不是这种地方。我就告诉对方，那我就无能为力了。我认为，小说就是小说，倒是那种以为现实存在着与小说中完全一致的场景的人有些奇怪……不过，那又是为什么呢？"

"我也不清楚。不过最为重要的，却是动君你本人不要忘了向我提出的这个疑问。假如连你也深信小说中的内容是实际存在的话，那就麻烦了。"

罗兹认真听着并在笔记本上作着笔录，这时向亚沙提出了不同的疑问：

"古义人所写的那些内容，即便在表面上与现实确实存在着不一致的地方，但在更深的层次里，却与发生在这块土地上的事情相互关联。这次来到这里，古义人正是要把重点放在'童子'上面。我想，亚沙已经准备好了对我们非常重要的、能够提供当地情况的人了吧。"

"我之所以选择动君，确实也包括这种考虑在内。可是……"

"古义人，你本人不也曾想象过吗？什么时候你要去追赶先于你出发的古义，并升腾在森林之上……你自己也要成为一个'童子'。你在作品中写道，当时，你在建造于枫树之上的小屋里看着书，同时倾听站立于树下的母亲讲述'童子'的故事，然后，你便固执己见地说，你本人就是一个'童子'。"

"那时，与古义分开已有四五年了，因此，文字中还有自我解嘲的意思吧，嘲笑总是被撇在山谷里的自我……"

"老祖母去世时，我看到古义人在那株枫树下哭泣，便也想起了'读书小屋'的往事。我不认为古义人对老祖母说的那件事只是个笑话。

"在那些自我解嘲的话语中，不是表现出了没被选为'童子'的遗恨吗？！自己没被选为'童子'这件事，使得孩童时代的古义人失去了自信。尽管如此，还必须生活下去，因此，就对别人说了那些滑稽的话。不是还曾说什么'已经成为那种类型的人了'吗？！我觉得，古义人现在仍然保留着这种性格。"

罗兹想要转换话题，便问起了与"童子"关系密切的山寺的情况。于是，亚沙随即回应道：

"早在孩童时代，我们经常去山寺游玩。形似被拔掉的牙似的墓碑，排列在寺院深处的山边，我们想要从墓碑上读出'童子'的名字。……那其中不是还有'古童子'吗？古义人当时就说了，那与自己有关联。"

"只有那块叫作'动童子'的碑石比较新，而且远离'童子'的墓碑群，兀自竖立在竹丛的斜坡上。这就引起了我们的注意，后来从兵卫伯父那里听说，这个'动童子'曾参加过别子铜山的炸药暴动。

"听说，由铭助转世投生而来的'童子'，在农民起义首领都陷入走投无路的困境时，却用意想不到的战术打开了局面。因此，当时我就在想，这个'动童子'或许也发挥了相同的作用吧。"

正在为笔记本夹活页纸的罗兹问道：

"所谓转世投生的'童子'，是指在明治维新前第一次起义时的首领铭助的转世吗？那个铭助死于牢狱之前，前来探监的母亲不是曾这样激励过他吗?!'没关系，没关系，即使他们杀了你，很快我还会再生出一个你来的呀！'而且，铭助母亲的这番话在当地一直流传了下来。古义人早在孩童时代，因患病而奄奄一息时，也曾听到过相同话语的鼓励。我觉得这非常有趣。"

"如果这样考虑的话，倒是确实和大家都有关联。"

"那个由铭助转世投生的'童子'再次转世投生后，就是现在我们正说着的这个'动童子'吗？"罗兹从亚沙的附和中得到鼓励，接着说道。

"哎呀，怎么说才好呢？铭助狱死六七年之后，由铭助转世而来的'童子'协助农民起义队伍的首领，与新政府指派来的郡长展开了战斗。在那之后又经历了一段时间，几百名矿工在别子铜山的住友矿业所进行了暴动。这已经是明治快要结束的时候了。

"这次暴动被从善通寺那边赶来的军队给镇压了。不过，在军队和矿工之间的战斗就要爆发的关头，站在矿工一边，与县警和采矿科的人出面交涉和调停的，正是这个'动童子'。在我们这里，一直就是这么流传的。说起来，矿工们用炸药把住友的职员住宅炸上天的实力还是有的……"

4

紧接着，古义人详细介绍了有关"动童子"的情况。

说起其他的"童子"，充其量只残存着一些墓碑，基本没有存留下任何史料。较之于这些"童子"，"动童子"是唯一可以在当地报纸中找到相关报道的"童子"。也就是说，他显然是一个实际存在的人物。目前，也是与古义人等人生活的时代——暂且不论业已消失在森林里的古义——最为相近的"童子"。不过，之所以没有将他正式记载于真木町的町史中，是因为在他身上还存有一些可疑之处。"动童子"的这些所谓可疑之处，无论在专事出版地方史的出版社出版的资料集里，还是在更为通俗的犯罪读物之中，都出自于同那个颇有名声的犯罪者——go-do 龟相关的事例中。

Go-do 龟，也就是强盗之龟①。此人脚力非凡，可以飞快地往来于阴暗的森林；他具有人们少有的跳跃能力，每每从穷途末路的绝境中脱身而去；此外，他还拥有好几处用以藏身匿踪的山寨。关于这一切，当强盗龟于广岛监狱被绞死四十年之后，也就是在古义人的少年时代，在山谷中和被称之为"在"②的村落里的孩子们间，便成了神话般的传说。

古义人刚刚开始创作小说时接触到的资料表明，强盗龟自少年时代起，便屡屡因抢劫而被捕，也每每能够成功脱逃，以这一带为自己的活动场所，是一个连警官都敢杀害的凶悍罪犯。不过，这个强盗龟与"动童子"之间却有着交叉点。在强盗龟犯罪经历后半期的一

---

① 在日语中，go-do 与表示强盗的 goto 谐音。
② 日本的偏僻小村庄。

个时期,"动童子"与强盗龟过从甚密。尤其在最后那次逮捕之前一年半,"动童子"似乎经常与犯罪者采取协同行动。据说,特别是强盗龟在深夜的森林里突然脱逃,是得到了"动童子"的帮助。

只要寻往与那条沿真木川蜿蜒而行的国道相连接的平面网眼,就能感觉到,远离真木町旧村区域的那一带地方,便是强盗龟活动的据点了。不过,倘若攀至森林最高处,沿着那条山脊走去,再穿过通往山那边谷地的道路,便会发现前往真木町的距离竟是意外之近。用立体网眼法观察这一区域时,两个地图便全然不同了。为陆路交通而绘制的世界地图,与为航海者而用墨卡托式投影图法①绘制的世界地图完全不同。

其实,强盗龟就借宿在旧村区域村落外的独立房屋里。在那时的当地报纸社会新闻版可以读到相关报道。当时恰逢日俄战争最后阶段,由于乃木将军的失败战术,奔赴旅顺参战的松山第二十三联队付出了巨大牺牲,战死者计千余人,负伤者达三千三百人。因此,报纸正式的中心报道,是在松山举行的祝贺胜利的庆祝活动,以及由于对媾和条件不满而举行的暴动。不过,作为与之呼应的重大事件而刊载的强盗龟东奔西闯的夜间活动,倒是更加吸引读者。

自少年时代起,强盗龟便不断盗窃,最终沦为屡教不改的罪犯,在其生涯之中,实施的盗窃和抢劫案件总计竟达一千余宗。强盗龟总是和自己的情妇们在一起,毋宁说,就连他对那些情妇们所抱有的性热情,似乎也成了犯罪动机。

早在孩童时代,古义人也曾花费半天时间,与小伙伴们一同前往因强盗龟异于常人地飞跃跳崖而广为人知的"阿鹤石窟"探险。自古

---

① 荷兰地理学家墨卡托(Gerhardus Mercator,1512—1594)于一五六九年前后所创绘图法。

以来,那里就是强盗们用以藏身的其中一座山寨的遗址。当时,强盗龟正和两个情妇潜藏在那里,被告密者领来的警察所包围。当警察刚刚挨近,觉察到危险的强盗龟便与一个宛若黑猿一般的人手拉着手,大声吼叫着跳出洞窟,在相隔约十八米开外的另一侧着地后脱逃而去。

从此之后,强盗龟再也没在那两个被撇下的情妇面前出现过。逃走以后,他独自——其实是和"动童子"在一起——将更为偏僻的深山里的一座山寨遗址当作了自己的基地。

明治三十八年①九月十日,强盗龟中了圈套,被引诱去照料自己与新情妇之间的"喜事"而被逮捕。由于此前他已与"动童子"相遇并合作,理应熟悉深夜中森林的地形,并能够以飞快速度在那里四处转移,为何还会回过头来干这种蠢事呢?有关强盗龟的逸事在当地这样流传:就在强盗龟被逮捕前四到六天的那几天里,暴风雨袭击了爱媛县南予地区,强盗龟在暴风雨之中,从古义人现在的房屋所在的十铺席这里发出了悲痛的呼喊。

"阿欲、阿欲、阿欲!"这呼喊声一直传往森林的高处,又折返回来,在河对岸的斜坡上激起回音,重重回音汇合成绵延不绝的声响。据说,在这回音的旋涡里,山谷和被称之为"在"的小村落里的山民们心往下沉坠,不知该如何是好。强盗龟有时好像绝望似的停下来,两三个小时后却又开始叫喊。就这样,在狂风暴雨中一直喊喊停停地喊到天亮……这是重温与情妇们的生活,因产生金钱需要而重操抢劫旧业的强盗龟,觉察到包围网正在渐渐收紧,不禁面露悔改之意,向"动童子"呼唤救助的叫喊声。人们如此代代相传。不过,说是那一切已经毫无意义了……

"动童子"眼下最大的关心,在于用炸药武装起来的几百名矿工

---

① 公元一九〇五年。

于六月里发动的别子铜山暴动。为了避免遭到军队镇压的悲剧,百名矿工代表与县警察部长进行谈判。暴动问题眼看就要在谈判中得到解决时,百名矿工之外另加上的一个少年所发挥的协调作用,让大家想起了当年的铭助。不过,强盗龟那时并不在谈判现场。这一点,可以从当时的新闻报道中间接得到证实。因为,在现场参加谈判的县警察部长,其实常年来一直在追捕强盗龟。倘若强盗龟混在矿工之中的话,县警察部长是不可能分辨不出来的。

5

"我想谈谈阿动。如果'动童子'与强盗龟之间就这么一点儿联系的话,为什么还会被当作重大事件传承下来呢?而且,现在不是还为阿动带来了某种特别的阴影吗?"

一直倾听古义人的叙述并作着笔记的罗兹开口问道。于是,亚沙回答说:

"被捕后的强盗龟从大洲署经过真木町……再从犬寄岭①,就是罗兹乘车穿过隧道的那个犬寄岭,他被装在特制的马车里,从那里一直被押送到松山,前来围观的人不计其数。据说,在真木町休息时,强盗龟像是在东张西望地看着四周。

"如果情况仅止于此的话,我想,'山寺'方面便会置之不理,而大家也会渐渐忘却这一切。可是有人证明,有一次曾看见'动童子'与强盗龟在一起,这两个人手拉着手,以极快速度从夜晚的森林边缘一掠而过……

"大雨过后,人们终于可以进林子了。据说,那天刚巧也是强盗

---

① 位于爱媛县伊予郡中山町的山口,海拔三百二十九点八米。

龟被押送去松山的日子。在森林中的沟壑里……当地土话叫作鞘……几个在山里劳作的人，发现'动童子'的遗体漂在大雨形成的河面上。从那以后，就传说'动童子'的死是因为可怜强盗龟将被处以死刑。而且，还风传此前不久山寺的修缮费用也是由强盗龟资助的……

"于是，'山寺'的长江家在山谷里的生活据说就更加艰难了。在阿动上面两代，他们举家迁往神户，他家的山寺就一直处于无人管理的状态。阿动的父母亲由于无法在神户继续维持下去，便又回到了山里。大致就是这种情况……而我们仓宅老屋也因为出了义兄的事，家运就越发衰败下来了。"

"可是，'仓宅老屋'的长江家呀，古义人作为作家获得了成功，阿亮的音乐也是广为人知嘛。"

"在古义人获奖时，确实热闹过一阵子。可是后来，说是要由天皇颁发一个奖，不是被古义人拒绝了吗？这就相互抵消了。而且，在我们这一带，家里出了智力障碍者，总是家族的一个负面因素。"

"吾良的自杀，也是一个很大的事件。吾良与古义人的关系，其中也有千樫的缘故，这个县里的人都非常清楚。因此，吾良的自杀，是染在古义人身上的污点。只是古义人回到家乡来也无大碍，但是，他本人这次假如弄出些什么丑闻来，那污点大概就会放大为两倍甚至三倍。"

罗兹现出疑惑的神情，觉得这可能是亚沙在暗示自己对罗兹与古义人同在一个屋檐下生活所表示的不满。亚沙随即注意到了这一点，她摇了摇头，直截了当地否定了罗兹的怀疑：

"由于古义人本身就是这么一种人，因此要说与魄力和体力都很充沛的美国女性发生点儿什么，即便他再年轻上二十岁，也是不会有人相信的。"

第三章　　通往梦境之路

1

托运的行李刚刚送到,罗兹便从中取出《堂吉诃德》英译本,那是一部在米黄色光泽的底色上饰有金色竖纹的装订本。虽说已是旧书了,却是一部未经裁开的精装本大部头特制本。

这是要将古斯塔夫·多雷①为《堂吉诃德》绘制的插图全都集中到一起。由于罗兹不擅长手工活计,古义人便替代她裁开柔软、轻薄的页面,却又不时沉迷于多雷的插图作品,拖拖拉拉地花了半天时间才裁割完毕。

罗兹将这些插图摆放在铺有榻榻米的六铺席房间里的经几上,以此作为始自今日的新生活的标记。书的色调本身,与经几的色泽比较谐调。这张经几,是古义人作为母亲的遗物从老屋里取来的。习惯于把不需要的东西扔掉的年轻人好像正张罗着,要把老屋后面

---

① 古斯塔夫·多雷（Gustave Dore, 1832—1883）,法国十九世纪著名版画家、雕刻家和插图画家,主要插图作品有但丁《神曲》插图、《圣经》插图、巴尔扎克小说插图、塞万提斯《堂吉诃德》插图、莎士比亚《暴风雨》插图、汉弥尔顿《失乐园》插图等。

储藏间里祖母的生活用具,在日后发大水时从堤岸上扔下去。古义人用一只手把这张经几拎了回来,意在告诉他们可以随意处理余下的东西了。

其实,罗兹正在阅读的书,是——铺着这次汽车旅行时从京都的旧货店买来的褥垫——在 JR 真木车站前的散步甬道上曾读过的那本现代丛书系列版《堂吉诃德》。罗兹似乎是一个有着教育癖的美国知识女性,她这样对古义人阐释着自己的读书方法:

"我的老师诺斯罗普·弗莱①在引用罗兰·巴特②的学术观点时这样写道:巴特指出,所谓认真的读者,是那些'重新解读'的读者……但我认为,这里指的未必就是重复阅读。对!并不是重复阅读!而是在文本所具有的构造性展望中进行阅读。是要将徘徊于语言迷宫中的阅读方法改变为具有方向性的探究……

"我之所以一遍又一遍地阅读《堂吉诃德》,正是为了这种探究。至于古义人你领着阿亮回到森林里来,如同你本人经常说起的那样,是因为感觉到自己已经步入老境,可是,这其中就不存在'重新解读'的原因吗?而且,就你而言,并不是重新解读其他作家的作品。即便把其他作家的作品包括在内也无大碍,不过,我认为最重要的对象,还是迄今为止你所写过和你所做过的一切。

"古义人,你不正在那个构造性展望中阅读自己迄今为止写过和做过的一切吗?你没有彷徨于语言的迷宫里,而是希望具有方向性地探究步入老境后的人们所面临的生与死的问题。

"至于我,已经获得在日本生活一年的奖学金,希望通过见习古

---

① 诺斯罗普·弗莱(Northrop Frye,1912—1991),加拿大文艺批评家,著有《批评的剖析》等。
② 罗兰·巴特(Roland Barthes,1915—1980),当代法国思想界的先锋人物、著名文学理论家和评论家,著有理论专著《写作的零度》和《符号学基础》等。

义人所作的方向性探究,来确定自己专题论文的主题。请多加关照!"

迁到森林中的房屋里来还不到一个星期,与这种骤然严肃起来的表态相呼应,罗兹在谈话中不断援引莎士比亚和叶芝①。而且,这也是以她的老师诺斯罗普·弗莱为媒介而说起的:

"在多伦多留学时,我在课程中曾经学习过,至今还记得一些台词。

"其中一段,就是著名的《李尔王》闭幕时的……精神抖擞地就要前往彼界、充溢着豪情的'……业已死去的臣子,不能再度入宫为仕'那段拒绝留任邀请的台词。

> I have a journey, sir, shortly to go:My master calls me, I must not Say no.

"另一段则相反,是叶芝的一段诗句,大意是即便已经步入老境,却还要在生界兢兢业业地一直干下去。

> An aged man is but a paltry thing.
> A tattered coat upon a stick, unless
> Soul clap its hands and sing, and louder sing
> For every tatter in its mortal dress,"

古义人也曾翻译过这段诗,确实认为这些诗句好像是在歌颂现在的自己。

上了年岁的男人　只是毫无价值的玩意儿,

---

① 威廉·勃特勒·叶芝(Willam Butler Yeats, 1865—1939),爱尔兰诗人、剧作家,一九二三年度诺贝尔文学奖获得者,著有抒情诗《驶向拜占庭》、诗集《旋梯及其他》等。

> 如同　被木棒支撑着的褴褛大衣。
> 只要魂灵不能以手击节歌唱，
> 就让理应死去的肉体开口
> 更加高声地放怀歌唱，

"不过呀，罗兹，即便我的魂灵能够以手击节，不停歌唱，恐怕我也只是一个白费力气的苦役而已。那样的作品，究竟有谁会读？

"即使我本人，有时也不清楚继续写下去的动机……是为了吃饭？为了自己和难以自立的儿子吃饭，并给独自去了柏林的妻子寄钱？不过，要说勉强维持生计，除了写小说，做其他工作不也同样可以挣出这点儿费用来吗……

"话虽如此，到了这般年岁，为什么还要写小说呢？是因为不写就受不了？抑或要从写作中感受到乐趣？不过，我在身边看到悲惨的预兆时，还是要仔细进行观察，开始探寻语言的可能性。有时深夜我还在考虑这个问题，并认为自己难以找到答案。"

罗兹将那双淡淡的青绿色——第一次见面时她就告诉古义人，这种颜色的正式称谓为青绿色——眼睛转向古义人，如同那色调一般暗淡下来的中心部位竟如同瞳孔一般。

"那不正是古义人的魂灵在击节鼓掌，在唱着歌吗?！只要理应死去的肉体绽开新的口子，你的歌声不就更加高昂了吗?！因为，只要你还拥有阿亮，古义人你就不可以像肯特伯爵①那样精神抖擞地离去，因此，你便要成为狂怒的老人。那又为什么不行呢？

"我就是为了能够在那种状态下的你的身边度过一年时间，才去申请了这个古根海姆奖学金的。古义人，为什么那样就不行呢？"

---

① 肯特伯爵（The Earl of Kent），《李尔王》中的一个人物，李尔王的忠臣。

2

　　这是晴和的一天。用过午餐后,古义人和罗兹领着阿亮沿着林道向森林高处走去。路上基本没有过往车辆,因此,阿亮散步的兴致也很高。平日里,较之于用眼睛确定行驶的汽车,阿亮更习惯于用耳朵来注意车辆的临近,眼下他却很放松,甚至不允许古义人和罗兹上前搀扶、照顾。他弯曲、扭动着背和腰部,甩开他们的手臂,劲头儿十足地往前面走去。林道沿着开凿出来的山路蜿蜒至最高处,阿亮领头的这三人来到此处,只见两座红土小山间现出浅蓝色的天空。红土小山上,赤松那挺拔的身姿从栎树和槲树丛间脱颖而出。

　　罗兹仰起生气勃勃、流淌着汗水的脸转向那一边说道:

　　"有一句话是古义人你时常说起的,那就是'这个风景真是令人感怀呀'。现在,我也知道了为什么会令人感怀。是因为在这种风景中开车而令人感怀……

　　"当我追寻堂吉诃德的旅行路线,前往托波索村时……在那个叫作蒙铁埃尔田野的地方,看到了与这里非常相似的风景。在那里,我买了一本带封套的书,换下一直阅读着的、已经污损了的现代丛书系列版《堂吉诃德》,看到新书封套上绘制着相同的风景。古义人,此时你也想起了我那本书上由加罗弗莱·伊·希梅内斯绘制的画面了吧?

　　"就是一心认定意中人杜尔西内娅公主被魔术家变成村姑,因而面容越发愁苦、忧郁的骑士遇到乘坐大车的戏班子一行的那个场面。也就是小丑用系着三个牛膀胱的棍子敲击地面,使得堂吉诃德的坐骑受惊而撒腿蹿出去的那一段!"

　　"说起那个小丑,其实我曾经想象过,当挂满全身的小铃铛叮当乱响，又用膀胱吹成的三个气球拍打地面，那场面该多么喧闹呀。我觉得，作为那么一个古老戏剧的丑角，他的攻击性过于强烈了。"

"狂乱舞动着的小丑，从蹿出去的马背上摔下来的堂吉诃德，还有骑在驴背上张开双臂的桑丘·潘沙……再看一眼远景中的大车，无论天空的色彩也好，土地的色彩也好，坠马落地的人影也好，不都与我们眼前的光景一样吗？"

古义人与闭口不语的罗兹并肩而立，也在眺望着开凿出来的空旷的红土道路以及豁口间的蓝天。

像是晃眼一般，罗兹颦蹙双眉，眼睛隐于疲惫的眼窝中的洼凹里。她注视着古义人问道：

"在《堂吉诃德》整部作品中，被塞万提斯确认为恶棍的家伙是谁？"

古义人没能马上回答。

"我呀，认为是希内斯·台·巴萨蒙泰。早在中学时代，上这部作品的课时我就注意到，唯有他一人既不是中心人物也不是经常上场的配角，却在上篇和下篇里都出现了。这是为什么呢？当时我感到不可思议……

"在上篇里，由于堂吉诃德所发挥的作用，这家伙逃脱了被押到海船①上服苦役的命运，却唆使其他犯人向这位恩人投石块。在后篇里，摇身变为木偶剧师傅的他，又让堂吉诃德超值赔偿那些被打坏了的木偶。

"真是一个十恶不赦的坏家伙！古义人，在你的人生中，也有像希内斯·台·巴萨蒙泰那样的人吗？也就是说，尽管对你做下许多

---

① 原文为由英语 galley 转译而来，意为欧洲中世纪以奴隶和俘虏划动大桨的单层甲板大帆船。

恶行，一段时间以后，又显出一副早已彻底忘却的模样来到你身边。其实，此时他已经酝酿出了许多新的恶意……"

"有呀！罗兹，现在，他正要在最近独自到我这里来呐。你不是读过我的希内斯·台·巴萨蒙泰发来的传真吗？"

"读过。搬到这里来以后，收到的传真，不是只有古义人你的版权代理人转发来的那一份吗？自作主张地说是要找个机会过来访问十铺席新居。因此有一种奇怪的感觉……"

"可是，你倒是看得很清楚，对于我来说，那家伙就是这么一个人物。"

"毋宁说，是古义人你本人在阅览那位黑野先生的传真时，显现出来的非常不愉快的神情……就连阿亮也在为你担心呢。"

"是这样的。"在旁边侧耳倾听的阿亮也应声说道。

3

倘若刚才谈话中提及的人物果真来访，就得提前向罗兹介绍一下这个人了。于是，就在古义人想要介绍有关黑野的情况时，却发现自己并不完全清楚他的经历。在大学里，他和古义人同属一个专业，也像古义人那样没有留级就毕了业，后来在不知是电通还是博报堂的一家大型宣传广告公司里就职，也就是说，是一个聪慧而潇洒的青年。古义人当然同他一起听过课，不过，在整个大学期间，却没有相互说过话的印象。可是，当古义人作为作家开始崭露头角，恰逢反对《日美安全保障条约》的运动正处于高潮时，在一些由年轻的媒体人员和研究者参加的恳谈会以及集会上也曾碰过面。自那以后又过了一段时间，细想起来，当时自己总是被要求做一些善后事宜，并身不由己地介入了种种计划之中。而且，在一家面向青年读者的周刊杂志上,黑野发表了题为《我们的狂飙时代》的回忆文章,在这篇连载文章中指责古义人"尽管接近各种'运动',却并不真正出力,只是一个趋向于上升指标的机会主义分子罢了……"

介绍了这些情况后,却发现罗兹由于对六十年代的日本社会状况一无所知而显出不得要领的神情,古义人便索性跳过那个时代,直接说起自己获奖时黑野主动找上门来,提出了不知是否出于真心的策划方案。

"按惯例来说,当日本人获得那个奖项时,假如此前他还没有得到文化勋章①,就会授予他这个勋章……我呀,给自己也惹下了这麻烦事。

"不知出于什么目的,久未交往的黑野寄来了匿名信……一看那独特的圆体字就知道是那家伙……他在信中写道:'别说什么已经获得了外国的奖,便只能拒绝日本的奖之类谁都能看透的瞎话了。接受这个奖项,并规划你生涯中的辉煌顶点!'在黑野的姻亲中,也有一个获得文化勋章的学者,黑野前往祝贺时曾拿在手里看过,那是一枚模仿柑橘花形状的硕大奖章。他说,假如把新式爆炸装置藏匿在那枚勋章的复制品中,你一定会把它用淡紫色的绶带挂在脖颈上,然后再去出席天皇和皇后光临的庆贺晚宴吧。

"匿名信的最后部分有这么一段话,露出了黑野喝酒后与我胡搅蛮缠时的措辞习惯。'首先,你的头颅将会被炸飞,那是理所当然的。你干下了这个国家有史以来从不曾有人干成的事。在我的记忆中,你就是这么一个人物!你不就是《政治少年之死》的作者吗?!

"'我会为你介绍研制那枚新式爆炸装置的研究人员团伙和把

---

① 日本政府颁予在科学、艺术等文化领域做出卓越贡献的人士。勋章为柑橘花形状,以淡紫色绶带佩之。

奖章制成中空复制品的工匠。在新年晚餐会之前,大概可以把北欧开出的支票兑换成现金吧?我要请你支付与你的身份相符的费用。你在《政治少年之死》中曾写下这样的诗句——"纯粹天皇的胎水飞溅,降下漆黑的星云"。现在,隐藏在你内心里的美梦就要实现了。谨此。'"

古义人接着说,对于黑野的那份特快专递,尽管白天由于厌恶而置之不理,当很晚上床后想要入睡时,却与头脑中遥远的记忆——将家人也卷入其中的那些不正常的日子——产生双倍效果,便真切地感受到一股黑暗的力量。

"在罗兹还没有出生的战争期间,我还是这山村里的一个孩子,曾被教师这样问道:'如果天皇陛下敕令你去死的话,你怎么办?'当然,我和教室里所有孩子一样,都没打算拒绝这种调查思想的手段,我只是讨厌用被强加的答案回答问题,便因为犹豫而遭到殴打。教师希望得到已成定式的回答:'去死!去切腹而死!'……"

"我在《纽约时报》杂志上读过古义人你写的那篇随笔。当时你反驳说,天皇是不可能对深山里的小孩子直接说话的。"

"然后,在那个事件的过程中,难以入眠的头脑里涌起了一个念头,那就是:天皇现在已经知道了我的名字,因此……虽然已经声明拒绝接受勋章,却还是吓了一跳。当想方设法入眠后,很快就会在梦中见到那些制造凶险的勋章复制品的人前来联系……"

"黑野这个人,真的想把柑橘花形炸弹介绍给你吗?"

"我不那么认为……不过,不久以后,听说黑野用嘲笑的口吻说,他知道长江古义人拒绝接受勋章的理由。"

"可以说,黑野先生在批判古义人你当初用不搭理他的提议的方法应付他。"

"是这样的。"古义人再次面容忧郁地说道。

"或许，他试图通过不公开那个秘密的方式……这是非常日本式的说法……形成古义人欠下人情的局面，即便现在……"

4

又是一天，古义人领着罗兹和阿亮前往母亲的墓地。在估算了阿亮步行上山的能力后，阿动用割草的镰刀修整好扁柏林与竹林间的一条细窄小路。古老的墓地，就在那条小路的深处。

另外一处的家族墓地位于阳光充足的斜坡上，每年的应季祭祀就在那里举行。古义人还记得，外婆过世时，母亲长时间与不识寺的上一代住持商议时的姿影。外婆的墓地与在那之前埋葬了父亲的墓地并不在一起，送葬的小小队伍往阿婆的墓地走去。众人踏开被繁茂的枝叶覆盖住的湿地边缘，一直走进小道尽头的墓地里。如同预先为古义人留下岩头那十铺席的宅基地一样，母亲也为自己而与当时的住持说好，在阿婆旁边为自己备下了一块小小墓地。

当天，阿动将通往墓地的道路上可能妨碍阿亮行走的所有障碍全都清理到路旁，并周到细致地除去了墓碑周围的野草，还砍去了背后那株柯树下部的树枝。不过，古义人一行没能在四周发现阿动的身影。

古义人首先把一块可供阿亮坐下歇脚的圆石上的苔藓和灰尘打扫干净。阿亮从夹克式上衣口袋掏出调频半导体收音机，开始调节上面的天线。来到山谷里的这段日子，他也许来过这里，与祖母一同收听音乐。

罗兹穿着一双大尺寸的软底皮鞋，深一脚浅一脚地绕着墓地仔细查看着，并发表了自己的观察报告：古老的墓碑全都是用自然石块稍作加工后呈现出"女性的"形状的墓标。

"是啊,能够读出碑铭的,全都是被称为信女的女性墓地呀。"

"阿动说了,与山寺那边古老坟墓全都为'童子'墓地形成了对比关系。"

最近几天,罗兹把阿动当作自己的向导,精力充沛地往来于山谷和"在"之间。谈话中,罗兹附上了自己的个人看法:

"在山里自古以来的信仰中,亡者的灵魂会在甕状空间里团团旋转着升向森林,降落在属于自己的那棵大树的根部,然后就会平静地栖息在那里吧? 直到再度从森林飞下来进入婴儿体内那一天为止……倘若果真如此,那么山谷中的坟墓里岂不是只有死去的肉体,根本没有原本应该具有的重要性吗? 我认为,坟墓也与这里所显示出来的那种谨慎相适应。可是,并不能因此说明这个墓地的坟墓皆为女性名字的缘故……

"早先,这个地方的坟场该不是全都是这种规模吧? 阿动告诉我,山寺的古老坟墓都是'童子'们墓地的说法是有根据的。因此,我认为古义人是可以说明这里墓地的特点的。"

"我母亲尽管在这里为自己造了这座坟墓,却没有留下任何解释。"

"古义人你是否认为,如同山寺对阿动非常重要那样,女性们的墓地对古义人并不重要?"

"不过,阿动这是怎么了? 一如我们早先商定好的那样,干干净净地清理了场地,可是……在那以后又消失在哪里了呢? 是不是下山迎接我们的时候走岔了? 总之,我们就在这里一直等到他露面吧。"

古义人对于把阿亮领往更难以下脚的地方有所顾忌,在向罗兹说明了自己的顾虑后,便从苍郁的日本扁柏丛间,分开被叶隙间透下的阳光描出光斑的树下杂草,继续往高处而去。只见湿地越发狭窄,竟如同剜去一般往下塌陷,山涧在其底部时隐时现。不久,一块巨大的岩石耸立在左前方,细窄的小道从岩下蜿蜒而来,仿佛要缠绕住岩根一般。一座土桥横跨在山涧上方,在土桥的彼端,一个约莫成年人身量的洞穴贯穿了整座岩盘。

还在读中学时,古义人也曾循着自森林里古老林道转下坡来的这条小道,前来此处寻幽探险。这是这条山谷里广为孩子们所知晓的若干"洞穴"中的一个。在森林高处有一连串横穴——那也是被强盗龟所利用的山寨——然后便是通过大桥、前往庚申山中途的大银杏树的家后面这个"洞穴"了。

古义人留神着脚下覆盖着层层落叶的土桥过了桥后,便迎着扑面而来的冷飕飕的潮湿气味,打量着洞穴入口处滑溜溜的绿色苔藓。

说起这件事,也已经是二十年前的旧事了。当时,做了癌症手术后隐居到山谷里来的那位原为驻旧金山总领事的表兄,是叶芝的业余研究者。包括他设计的床在内,古义人把他的家整体移建过来并住了进去。那位总领事尤其对这个"洞穴"表现出了异乎寻常的兴趣。很长时期以来从不曾有人进入这个洞穴,随着时间的流逝,洞穴的侧壁在不断剥落。小心谨慎的总领事并没有进入洞中,只是站在洞口朗读了叶芝的作品。亚沙被告知,那是一首叫作 The Man And The Echo 的诗歌。那确实是一首适宜于在洞穴前回顾生涯时朗诵的诗:

> 我曾说过和做过的一切/如今年老体衰之际/却完全转为我的疑问/一夜又一夜,我难以入眠静卧沉思/却无法觅得像样的答案。

原外交官伫立在这里,朗诵自己如此翻译的这首译诗的原诗时的身影,浮现在了古义人的眼前。不知什么缘故,就在此时,古义

人——他甚至感受到了这么做的奇妙之处——面向发出某种微弱光亮的洞穴,上半身向前弯曲,大声喊叫起来:

"妈妈!较之于刚刚出生之时,我们已变为恶棍,'就要骤然倒地死去!'"

古义人大声叫喊着,同时格外提高声调反复吟咏着那段诗句,激越、嘶哑和高昂的喊叫声随即原样化为回音反射回来,因而觉得耳朵仿佛被狠揍了一般。即便古义人尽力向前探出头去大声喊叫,其后却好像比实际年龄苍老许多似的干咳起来。这时,似乎有些强加于人,又似乎显得很踌躇,一只手掌搭放在了古义人的肩头。

"古义伯父,这里危险……回到阿亮等我们的地方去吧。"

回头一看,只见阿动就在背后紧挨着自己的地方站立着。这还是第一次临近打量他的面庞,虽说面部生机勃勃,却与兵卫伯父相像,的确显出一副"山寺"的长江家那种沉稳且魁伟的相貌。

5

古义人与阿动下山,来到阿亮和罗兹正倚靠在巨大的枞树树干上收听 FM 广播的处所。阿亮之所以把耳机分给罗兹一只——倒像是将两个大致相同高度的脑袋强行摁到一起——是因为在用单声道收听的缘故。自从在十铺席的新居定居下来后,阿亮就注意到,由于电波的原因,一收听立体声广播便时有杂音混入其中。

然后,阿亮继续收听他的 FM 广播,古义人和罗兹则围绕"埋葬着阿婆和母亲的墓地比'长江家累代之墓'更近似于山寺的墓地,也就是'童子'们的墓地"这一话题,再次听阿动向他们讲述。同时,罗兹还想向阿动了解一下,对于"动童子"与强盗龟之间的关系,他又是怎么看的。

"自己的确是山寺的后人,也一直在用自己的方式对'童子'之事进行调查……不过,却并不是研究古义人文学的人所感兴趣的方向……"

阿动说完后便闭口不语,因此,已经与他加深交往的罗兹随即像亲人一般,却也像强加于人一般鼓励他继续说下去:

"动君的调查已经清楚地表明,'动童子'并非自始至终地协助强盗龟进行犯罪活动,只是在最后那一年半的时间里在一起而已。"

"是这样的,我认为这一点非常重要。'动童子'第一次邂逅强盗龟,好像是在道后温泉公园。当时,由于对日俄战争的媾和条件不满,五千多民众在那里举行了集会。这两人的会面,与社会的剧烈动荡应该有内在联系。

"据说,就在那天夜里,在天亮以前,'动童子'拉着强盗龟的手跑回了这一带。对于在那个集会上进行侦查的警官而言,长期追捕的对象强盗龟似乎差一点儿就成了他们的囊中之物。以此为契机,'动童子'注意上了强盗龟的才能,而强盗龟则遇上了可以引导自己在漆黑的深山里转移的教练。强盗龟可以横向跳跃十间……所谓间是长度单位,一间约合一点五米,所以,这种说法有些夸张……总之,可以跳跃得很远。我在想,'动童子'所感兴趣的,就是这种动物性的能力以及能量吧。

"在住友矿山的争议中,数百名之多的矿工用炸药将自己武装了起来。即便在道后公园举行的集会,也显然具有将大多数人集合起来的能量。'动童子'该不是想要把集团的能量与强盗龟那种非凡的个人能量融合到一起吧……这是我请三岛神社的神官讲给我听的……

"强盗龟并没有出现在劳资谈判的现场。不过,好像直至最后一刻,'动童子'都在试图说服他跟随自己前往。将这种场面放在歌谣中吟唱的,有盂兰盆节舞蹈中的'击节说唱'①。'动童子'原本并不打算结束罢工,他想把那些生来就具有反抗精神以及富有与警察周旋的经验的人,介绍给拥有与军队相抗衡的实力的铜山工人们,打算以此挑起暴动。但是,强盗龟当时并没有赶到谈判现场。

"结果,矿工方面向资本家一方表示了妥协。因为,那是因日俄战争而精疲力尽的军队与用炸药武装起来的几百名矿工之间的冲突,谁也无法预测最后结果会对哪一方有利……我认为,'动童子'也考虑到了这种因素……"

"'动童子'为什么死去了?即便强盗龟被抓住并被押送走……"

"在那之前的大雨滂沱的深夜里就死去了。'动童子'对劳资谈判的结果感到失望,理应回到山谷里来了。可是,就在那个大雨如注的深夜里,被追赶得走投无路的强盗龟出现了,在那一声声'阿欲,阿欲,阿欲!'的喊叫声中,是不可能心绪安宁地在山寺中深藏不露的。即便身为'童子',也如同文字所表述的那样,还只是孩子的年龄,是否因为恐惧而想逃往森林中那个'童子'的力量之源去呢?我认为,就在他因此而进入森林之际,却遇上了暴发的山洪。"

古义人对于阿动那些有关"动童子"的知识和解释——似乎存在曾对此进行充分指导的辅导者——产生了兴趣,更对阿动的精神作用本身感到有趣。罗兹看穿了古义人的这种想法,于是开口说道:

"古义人正在考虑写有关'童子'的作品,说你是因此而回到山里来的也未尝不可吧?现在,古义人是如何构想'童子'这部小说的?"

"确实准备创作有关'童子'的小说,可是……我一直在思考,笔

---

① 在日本传统节日盂兰盆节上表演的长篇叙事说唱。

记也写了不少,不过,一旦开始动笔写作,却又觉得好像不着边际。"

"到了实际展开写作的阶段,即便要被置换上更为具体的内容,现在不还是应该制定出计划吗?不过,你是不是觉得问题在于如何写好第一页?就像古义人你在随笔文章中曾多次谈到的那样……"

"是的。虽说实现起来比较困难,不过,作为相应的设想还是轮廓分明的。倘若是说这种构想的话,倒是准备好了。

"他本身躺卧在这片森林的深处,能够在梦境中看到业已前往现实世界的'童子'们接连发生的变故,细说起来,我想要写的就是这种超'童子'的故事。而且,超'童子'做梦的能力,是驱动分布在全世界的'童子'们的马达,也就是说,超'童子'借助自己的做梦能力,才使得这个世界得以运转,故事大致就是这样的……

"虽然与此相关联,可实际上我也不知道该如何写才能使得它们连接起来,也就是这样一种构想。我想这样写:尽管出生于山谷间,却不曾被选为'童子'的人……我也包括在其中……可以做各自的梦,他们通过自己的梦境,得以与沉睡在森林深处的超'童子'连接起来。这种情景就如同登录因特网的网站一样,那些借助自己的梦境接通森林里超'童子'的人,可以自由出入于超'童子'梦境档案馆中所有时代和所有场所的戏剧,并可以实际参与其中……"

在说着这些构想的同时,古义人觉察到罗兹已经陷入她本人的思考之中。她进入了一个新的构思并因此而亢奋起来,这在她从耳朵到脖颈的皮肤上显现出的红白相间的斑点便可以看出来。阿亮也像打量新奇的动物一般看着自己身旁的罗兹,可被注视着的罗兹却连回视一下都顾不上。不一会儿,她像男人似的吐出一口粗气,拽过放在脚边的女式手提包,从中取出大学出版社的大本平装书,然后用手指摁住书中的页码,抬起亮晶晶的眼睛说道:

"古义人,刚才你所说的构想,完全可以套用于日本古典文学的惯用术语,那就是'通往梦境之路'！我的老师也……当然,他并不是依据日本文学才作如此阐释的,他在这本书中也偶尔说到了相同的内容……弗莱就曾将乔伊斯的芬尼根与 HCE① 之间的关系,说成是独立存在于行将过去的世纪……也就是二十世纪文学的关系。

"所谓乔伊斯的芬尼根,是做了梦的巨人,最终泛指所有人都是做梦的巨人。而这里所说的 HCE,则是指相同的人作为梦境中的英雄而活跃的那种形式。他体现了历史的圆环性经验。

"这两者之间的关系,与你那位做梦的超'童子'和生活在现实生活中的'童子'们的关系,我认为是相互平行的！另外,与那些无法成为可以进入超'童子'梦境的'童子'的人的关系,不也是相同的吗?！"

"我还没有读过《芬尼根的守灵夜》这部作品,只是大致翻阅了一下译文……"

"幸亏乔伊斯为那部作品发明了特别的专用语言,因为,只要古义人是用日语写作超'童子'和'童子'们的故事,就不会有人把你称之为剽窃者。古义人,现在你必须立即着手！"

"现在立即着手这个阶段的构想却还不具备,这才感到为难的呀。"

阿动现出几分醒悟过来的神情,倾听着古义人和罗兹之间的,至少其中一方倾注了很大心力的对话。但是,当他驾车将古义人和阿亮送达十铺席新居,然后载着罗兹再度前往真木本町的超市购买食物时,他在车里述说了自己的感想:

"我没能拒绝亚沙的吩咐,一直帮助古义人和罗兹料理一些杂

---

① 爱尔兰作家乔伊斯最后一部长篇小说《芬尼根的守灵夜》中,男主人公在梦中的名字为 Humphrey Chimpden Earwicker。

事。今天虽不能说是完全听懂了你们的对话,却也感到比较有趣,因此,我要加倍努力地干下去。我感觉到,总有一天,我也会有一些必须对古义人先生认真述说的事情。"

　　抱着塞满物品的纸袋回来的罗兹,把阿动说的那些话语告诉了古义人,与此同时,她本人也表现出十足的干劲儿。

第四章　与"白骨军团"的奇异冒险

1

虽然已经回到山谷里的社会——最近,在东京的生活早已是这样了——之中,古义人却如同隐遁者一般生活着。亚沙也曾批评说,不去"问候"当地任何一位有影响的人物,难道能够在这里生活下去吗?而古义人则似乎正尝试着这样做。无论町长或是町议会的议长,在合并前都居住在曾是其他自治体的旧町区域,因此,古义人只要将生活范围限制在旧村区域之内,就不可能同他们不期而遇。于是,古义人认为,只要不是万般无奈地必须前往会面,就先将此事放在一旁……

尽管认可了古义人的这种看法,亚沙还是为他列举了一些有必要前往打招呼的对象。他们是中学和小学的校长、三岛神社的神官,还有虽说是旧知故友,却因为将其作为小说原型而有些拘束的不识寺的住持。古义人本人原本打算就这么蒙混下去,却由于罗兹的"童子"研究的进展,而产生了不得不与他们进行联系的需要。

罗兹在为古义人的小说中言及的有关"童子"的部分制作索引,为了在论文中引用这些资料,她正提前将这些资料译为英语。当她的工作大致有了着落时，又想到要去拍摄一些照片，以供大学出版社出版该书时选择使用。

在业已荒废了的仓宅老屋的炉灶处，罗兹对着塞到佛龛旁的黑色的神拍了很多照片。借着这个势头，罗兹定下了肯定要被用于封套上的彩色照片的目标。

被森林围拥着的山谷里的村庄，尽管如同不显眼的脚注一般，却也拥有一幅画，一幅记录了发生在约二百年前的那场堪称近代史上的事件的画。根据罗兹从古义人的小说中誊写下来的卡片表明，那幅画描绘了这样一个场面：

……**破坏人**曾在岩头锻炼自己那年逾百岁却依然成长的身体，在可以俯视山谷的那个山脊岩头上，辽杨树下那十铺席处，如同格外年少的少年一般的龟井铭助与当地的老人们一起摆开酒宴，款待农民暴动中的核心人物。主客都在毫无顾忌地交杯换盏，从叠层食盒中夹起像是各种颜色的糕点一般的食物。山谷的风光占满了画面下方，暴动的农民们宿营在四处搭建的临时窝棚里，村庄＝国家＝小宇宙的女儿们、老婆们热情地为他们送来了食物和酒水，整个画面洋溢着祭日般热烈的氛围。

罗兹理应读过这部小说的英译本，而兼任摄影助手的阿动对那部大长篇就力不从心了，倒也老老实实地告之尚未阅读。于是，古义人就向阿动介绍起那幅画的背景和构成要素。由于不堪藩的苛政，真木川下游十余个村子的农民便策划翻越四国山脉逃亡他乡。当时，他们溯流而上，来到这座位于山顶的村子里，设置了可容纳数千人的临时阵地。画面所描绘的就是这个事件。

作为这座村子来说，则必须平安度过这场危机，既不卷入逃亡的农民之中，也不能因此而背负嫌疑——服从追赶上来的藩的权力所作指示的嫌疑。于是,年少的铭助便显示出了外交般手腕。他之所以能够用祭祀的热烈气氛解决如此之大的困难,说明他确实具有"童子"的能力……

说到这里,古义人才第一次给据说十年前继承了三岛神社的那位新神官挂去电话。但是,对方对古义人的"问候"却是极其冷淡:你在小说中所写的、在社务所曾看到的那幅画,实际上并不存在于本神社。不过,由于被你写得好像事实一样,所以在你获奖后,好几家电视台来这里拍摄那幅虚构的画,让我们感到很为难。现在,即便你要求我们为你提供方便,可我们原本就没有这个实物。当初,怎么会出现这样一个误会呢?!

虽说有些夸张,这却是给古义人带来冲击的新事。少年时代的古义人,曾与母亲一同端坐在榻榻米上,拜谒传到神社来的那幅珍贵的画。这是古义人不可动摇的记忆……

古义人放回话筒,甚至没有搭理坐在身旁沙发上正作商议的罗兹、阿动,还有撒腿偏身坐在已调小音量的扩音装置前的阿亮,便一声不响地独自回到自己那间书斋兼寝室的房间。然后,他坐在床铺和工作台之间的地板上,低垂着脑袋,俯视着从山谷透来的光亮与来自森林的绿翳融为一体的光晕。细想起来,在与升腾到"童子"世界里的古义分别后,自己便一直有了这个习惯。在那幼小的年龄里,记下的自己人生时日并不多,应该没有多少必须回忆起来的内容……

在这过程中,古义人觉察到自己看见那幅被逃亡民众挤满山谷的绘画的场所,并不是神社社务所那明亮而干燥的室内。

古义人来到餐厅兼起居室,随即给亚沙挂去电话。他首先提起逃难民众那幅画的话头,亚沙马上回答说,她早在孩子时代就曾听古义人说过此事。于是,受到鼓励的古义人说道:

"刚才我向三岛神社的神官打听了一下,可对方说没有那个东西。如此说来,我觉得是在旅馆或是房子很大的人家里一间拉上隔扇的房间里看到的。"

"如果是那样的话,该不是不识寺吧……我这就去和不识寺的住持说说。其实,三岛神社的神官……他和我丈夫同是教育委员会的同僚……向我们表示了抗议,说是刚刚收到了古义人高压性的要求。

"他生气地说,古义人说是想拍摄描绘明治维新前那场骚动的绘画照片,如此一来,是要捏造地方史资料,把自己的小说篡改为正史,并想让孩子们都来相信那东西吗?!"

2

在亚沙的请求下,不识寺的住持则显得宽大、仁厚,尽管口里说着"我自己也没看过那东西"这一前提,却还是答应到位于骨灰堂后面的仓库里去寻找。古义人随即和罗兹一道,乘坐由阿动驾驶的车子前往不识寺。自从参加母亲的葬礼以来,这还是第一次与住持见面。看上去,他似乎已经忘掉了小说原型的问题,在寺里人整理着收藏书画的壁橱四周时,他向客人们邀请道:"请用点儿茶水吧。"古义人一行被引去的那个房间,被用隔扇与正殿隔离开来。透过镶嵌在纸拉窗上的玻璃,可以看到的后院里新叶欣欣的石榴树的阴影,这一切全都在古义人的记忆之中。在这种心情之下,古义人照实详细叙说了当年看见那幅引发悬念的绘画时的情景:"场所好像确实就在这个房间里……"

不过,此前一直和蔼可亲的住持这时却现出沉思的神情,他这样反驳道:

"现在你所说的、面对隔扇的画,不是有些不自然吗?倘若是说这个隔扇对面的房间的话，那里整整一面都是墙壁，所以，虽说也可以悬挂挂轴，可是……"

古义人随即感到自己的记忆并不可靠。于是，阿动撇下沉默不语的古义人，开口说道：

"无论是在隔扇前面，还是在拉上的隔扇对面，古义人先生该不是具有幻视画作的能力吧？"

住持仿佛看见不可思议的怪物一般目不转睛地凝视着阿动。罗兹也询问道：

"所谓幻视，是什么意思？"

"就是看到 vision，作为 vision 而看到……"

"这么说来，隔扇对面是否挂着绘画，就不再是问题了吗？"

"要真是那样的话，"住持别有用心地说，"说起来，即便实际上并没有画，古义人先生也是具有幻视经历的啰？"

"最为重要的，是有关画的记忆已经铭记在内心里了。与其说少年时代的古义人的眼睛看到了画，毋宁说，是他的魂灵看到了画。"

"我希望，还是请先让我确认成为悬念的这幅画实际上到底存在与否。"古义人说，"因为，还没有让我去看不识寺的仓库呢……"

通往仓库的走廊一侧的纸拉窗被微微拉开，那位没露出脸面的住持夫人告诉大家，一应准备工作已经做好了。

为了在发现挂轴之际及时拍摄彩色照片，罗兹和阿动前往真木本町准备胶卷和三脚架，而相关调查则由古义人一人承担。

被整理到高高的日式壁橱中去的书画木箱，由于箱盖上那张写有物品名称的签单，其中大部分内容便可以一目了然，包括解开挂轴查看的那部分在内，并没有发现想要找的东西，在较短时间内便收拾完毕。当他进一步打量周围时,发现储藏室上面还铺着一层木板,与天花板之间存在很大空间,那里塞有相当数量的木箱。于是,古义人决定继续查看那里。

经过左思右想,古义人将原本竖靠在仓库入口处的梯子搬了进来,在确定以储藏室上方为梯子的支点后,他感觉到了逐渐高涨起来的情绪,注意着身体的相应动作往上面攀去。古义人将自己的臀部落在铺板上,再把两条腿垂挂下来,然后扭转身体,开始从上方查看那些排列在深处的木箱,周围有足够的空间堆放业已查看的物件。不过,以这种姿势来摆弄这些既有长度亦有重量的木箱,却是一件非常辛苦的工作。积满灰黑色尘埃的电灯灯罩就在膝头近前,只有些许光亮透到灯罩上方来。

可是,平堆在那里的所有箱子里都没有古义人想要寻找的东西。当他确定这一点后,却发现在更深一些的处所,一个细长的箱子正竖靠在用胶合板隔出的间壁上。古义人觉得,那确实像是一个非同寻常的箱子。

古义人将身体转向那边,把双腿提了上来,低下脑袋,用膝头往那里挪去。他不顾两只臂肘和裤子沾满了尘埃,只是尽力往前探出上身,将手伸向斜靠在间壁上的那只箱子的下部。就在手指触到箱子的瞬间,那只箱子却打着转反向倒下,沿着胶合板间壁滑落到更远处的角落里。不过,却是给间壁墙根的那些装着壶和花瓶的木箱带来了一个接一个倒下去的骨牌效应。

古义人在内心里,浮现出罗兹让他读的那本新译的岩波文库版《堂吉诃德》中的一段:不要逃跑!卑怯而下流的畜生!站在你们对面的,只是一个单枪匹马的骑士!古义人决定前往那更深的处所。

正是那个时候,古义人觉察到,被自己趴伏在身下的平面突然不可阻挡地向前方倾斜,而深处的胶合板间壁的墙根刚刚裂开缝隙,自己的身体就从头部开始往那边滑溜过去。

"哇——!"古义人喊叫起来。

"长江先生发出了呐喊的声音。"住持夫人大概会如此这般地向地方报纸的记者提供证言,以加强他们所写报道的方向性吧。

尽管内心处于恐慌状态,古义人的身体却是实实在在地向前、再向前倒下,刚刚撞开胶合板间壁,便同被自己趴伏在身下的铺板一起冲入明亮的空间。转瞬之间,古义人只见眼睛近前的架子上,排列着好几层带有青灰色阴翳的白瓷罐。下一个瞬间,一直支撑着身体的铺板不知去向,古义人被抛在空中,身体回旋半周后撞飞了对面架子上的瓷罐,脑袋冲下坠去,往一片处于最高峰值的噪音——被胡乱挥舞着的双手抓住的架子搁板连同瓷罐一起翻滚、倒下、摔破的噪音——之中坠去……

肩头和头侧部位先撞到地板,上身也随之着了地,左脚脖却挂在架子的支柱上,整个身体被倒悬在那里。混杂着骨片的白色细沙从摔破的瓷罐中哗——哗——地撒落下来,古义人连眼睛都无法睁开……

"这是跳进了骨灰堂,把人家东西给砸坏了。"古义人虽然还能大致把握情况,却被倒悬在那里,紧闭双目,丝毫动弹不得。在这期间,不仅骨灰瓷罐中的骨灰,就连瓷罐本身也接二连三地滚落下来。在四处飞溅的破碎瓷片中,古义人只能用尚能自由移动的那只手护住脑袋。

陷入这种进退两难境地的古义人,似乎看到了闭上眼睛前所见到的最后一个景象——混杂在白色粉末中的暗灰色和米黄色骨片。古义人泛起一个想法,那就是若干死者的遗骨正掺混起来散布在这一带……倘若确有灵魂这种东西,骨灰被掺混起来的那几位主人大概会非常愤慨吧。清醒的时候姑且不论,在梦见他们报复自己的噩梦里惊恐地叫喊,并在这种恐怖之中睁开睡眼的清晨将会相继而来吧。在那个梦境里,自己只能独自面对用若干人的白色乃至米黄色骨片拼凑而成的拼图状骨骼怪人,面对那些组建成军团的怪人们……

这时,此前一直承受着身体大部分体重的、左脚脖与歪斜着的架子的那个接点,在一阵响动中坍塌了。原本估计将会因此而获得自由的左脚,却在旋转一周后,连同下肢一起闯进了其他架子与支柱之间。在脑后部和后背上部遭到突出来的木板角撞击的同时——也是听到脚脖处传来骨折声响的同时,甚至觉得对这个声音和疼痛都很熟悉——古义人一声不响地沉默着。

古义人无可奈何地任由时间流逝。他头顶被瓷罐碎片、骨片以及白沙般的骨灰覆盖着的地面,支撑着倒立状态中的身体的重量,终于睁开自己的眼睛,却见一阵黑黢黢的水头边缘竟缓缓漫至眼睛近旁。在那黑水之中,一个更加漆黑的、胖墩墩的硕大怪物,蜷曲着身体向这边蠕动而来。接着,传来一阵强烈的恶臭。古义人没能抑制住涌上来的喊叫声。

"不一会儿后,长江先生再次发出了呐喊的声音。这次的喊声拖得很长。"无意中听到这个叫声的住持夫人,或许会对报纸的记者这么说吧……

黑黢黢的水头和那黑色怪物的前进方向岔向了一旁,古义人却仍然处于恐怖之中,继续等待着救援。只听见木底拖鞋沿寺后水泥路走近这里却又停下,在木质鞋底发出的摩擦声中,好像有人透过骨灰堂的磨砂玻璃窗向里面张望。然而,古义人在刚才的喊叫中喊哑了嗓子,这时竟无法开口搭话。听那动静,木底拖鞋的脚步声又折返回去了。

于是,周围重又陷入一片寂静之中。一段时间之后,寺后通往骨灰堂的门扉终于开启，约莫四十烛光的电灯也亮了起来。紧接着，古义人听见那位依然不见身影的住持夫人说道：

"早先就这样了，就这样倒挂在那里。"

像是要打断这稳重的话语一般，住持的声音轰响起来：

"地面上乱七八糟！注意脚下，不要被划伤！把帐篷什么的也叠起来塞进去，就走在那上面！"

然后，今天上午在电话里交谈过的那位神官的声音也传了过来：

"睁着眼睛瞪着这边呢，所以还清醒着！总之，先把人给搬出来！夫人，请去叫急救车！申请人就说是咱和住持。送到真木本町的医院去为好。因为他这人呀，是一个与咱们这样平常人干事的气势不同的人呀！"

在排列着瓷罐的架子间铺陈折叠起来的篷布的声音响起不久，一个东西便黏糊糊地拍打在古义人从耳朵直到下颚的皮肤上。那东西留下坚硬的感触，跳跃似的蠕动着一再冲撞过来。古义人知道，那个散发出恶臭的又黑又湿的怪物正在四处奔逃。犹如被那黑色怪物吞吃了一般，古义人的意识溶于黑暗之中。

3

给古义人带来威胁的黑色怪物，是不识寺的大儿子从真木川捕来饲养的娃娃鱼。另外，显而易见的是，住持夫人克服由古义人的叫喊而引发的恐怖，来到骨灰堂窥探动静用去了一些时间，而她找到住持并赶回来则用了更多时间。但是，在那以后叫来急救车、联络罗兹等事务，却是在和住持一同赶来的神官协助下，处理得非常完美。不过，古义人对于住持不等仓库调查完毕便前往三岛神社这件事感到疑惑不解。接到神官的电话后便赶到急救车所去医院的罗兹，尽管也表示了感谢,却认为住持和神官当天是否因为共同策划什么阴谋——这也是与她那来自从不离手的《堂吉诃德》对人际关系解释相关的说明——才在三岛神社的社务所等待着的。

甚至包括收治古义人的那家医院所作的诊断内容,都详细登载在了翌日早晨的地方报纸上,这也促使罗兹产生了疑心生暗鬼的猜忌。在早晨版的报纸上,甚至还刊登出古义人一副老人相的照片,被高高悬挂在硬质铝合金支柱上的左下肢的阴影里,显现出非常可怜而又愤愤不平面容的老人模样。

事情发生在古义人接受一应治疗后被送到医院一楼的单人病房,正将视线转向窗外临近处那一大片猕猴桃林之时。一个像是有事似的中年男子从缠绕着生机勃勃的藤蔓的栅栏之间走来,然后突然取出照相机,面向这边闪动着闪光灯。古义人摆出了一副要进行马后炮式抗议的架势,却因为这些动作而引发了疼痛。不仅骨折了的脚脖子,就连侧腹部也袭来阵阵疼痛。面对陷于痛苦之中的古义人,获得充裕时间的那家伙再度按动快门,用一只手冲这边暧昧地摆了摆,便从这里与相邻病房之间的通道离去。

报道的标题为"曾获国际文学奖的乡土作家大肆胡闹",内容则为"长江古义人亲手攻击骨灰堂的架子,毁坏大量骨灰罐,将骨灰撒得遍地都是,其本人也身受重伤"。在住持夫人从现场所作的谈话之中,有一种非常生动的、无论夫人抑或那位记者都没有意识到的奇妙幽默。

报纸还附有一篇毫不留情的评论文章,作者是居住在松山的一位研究家,长期以来,古义人只要一听到此人的名字便感到厌恶。亚沙因为这篇评论而在担心:"最要命的是,这个评论是否会对今后将继续待在山谷里的古义人的生活带来影响?"

根据住持的意愿,骨灰堂里收存着无人领取的本县籍 B、C

级战犯的遗骨。对靖国神社的Ａ级战犯合祀持批判态度的长江君,采取了符合他本人政治态度的行动。不过,诸多人士却对此存有疑问。作为高中时代的同班同学,本人尽管能够理解此君的感情,却一直为他这种鲁莽的行动而感到担心。

"古义人刚刚开始写作时,这家报纸就曾用整整一个版面来登载集中攻击他的评论。"亚沙对罗兹说道,"本县出身的那位女作家比哥哥稍早一些在文坛崭露头角,报纸上的评论,就是她以接受记者采访的形式写出来的。听说,负责这次采访的东京分社的记者曾寄来明信片,说是,'我认为,如此严厉的报道大概不会登载出来吧。总之,还是先发送到总社去了。'……作为我们家属来说,认为那个事件让古义人办事时稍微周到起来了,不过,对方大概还是会认为,对于古义人此后一直不予合作的做法,早已是忍无可忍了。"

至少到目前这个阶段为止,罗兹对日本的一家地方报社还没有那种真切的感受。她没有对亚沙所说的内容显示出特别兴趣。毋宁说,在成为一个具有献身精神的护理人员的同时,她还倾注很大热情向古义人表示,在这次变故之中,存在着显而易见的《堂吉诃德》影响!

而引出这个结论的话引子,则是古义人说起,当他爬到储藏室之上,正要开始在他来说不啻为意外的行动,也是一次冒险的行动之时,那段话却突然浮现在他的脑海里。在被石膏限制住身体自由的今天,古义人所说的这番话语原本只是自我解嘲而已,罗兹却随即识破那是堂吉诃德在进行著名的"从不曾想象过的令人惊叹的风车冒险"之前所说的台词。

罗兹表现出这么一种见解:住持和神官明明没在储藏室的调查现场,一旦古义人发生悲惨的变故,他们却又一反常态,热心照顾着古义人,相当于《堂吉诃德》中的神父和理发师。她甚至还乐观地作了以下预测：

"堂吉诃德呀，尽管或是从马背沉重地摔下来，或是遭人痛打，却从不曾负过无法康复的伤害。当然，最后那次卧床不起则另作别论……我认为，古义人也身处堂吉诃德式的恩宠之中。"

4

的确，三岛神社的真木彦和不识寺的松男——如此亲近地称呼他们个人的人名，且不说罗兹，即便对古义人而言，也是始于住进医院以后——在各方面都发挥了重要作用。

当地报纸登载了包括真木本町医院院名的报道后，在松山设有分支机构的全国性报纸以及电台和电视台都前来采访，一些跟着瞎起哄的人也自称探望而相继赶来。在医院入口处一侧搁上小巧的桌子，形成应付这种局面的机制，并无一例外地拒绝了所有来访者的，就是前面说到的这两个人。或是古义人只在那里读过一年书的真木高中的同年级校友，或是古义人从真木高中转学至松山东高中后的同年级校友，都已经退休且有闲暇，在当地社会是一些具有相应影响力的家伙，当他们得知不让探视古义人本人时，全都强硬地表示了自己的愤慨。能够应付这些人物的最佳人选，非那位饱经风霜的僧侣松男莫属。对于那些号称为了 BC 级战犯合祀问题而来——持赞成态度或反对态度的各占半数——的人，则由三十来岁且论点尖锐的善辩家真木彦出面应对。

在遵从"要作脑 CT 检查"的医嘱而前往松山的日本红十字医院那一天，古义人第一次与松男和真木彦从容地谈了话。在罗兹的印象中，僧侣和神官就是《堂吉诃德》中的神父和理发师，且不论他们究竟谁相当于谁，总之，在这天早晨，松男帮助古义人收拾了自事故以来就一直未予修剪的胡须和头发。罗兹对这两个人产生了新的兴趣，在他们三人交谈之际，自己并不去插话，只是将那本笔记本铺放在膝头，认真倾听他们的谈话内容。

现在是关于CT检查的话题。真木彦——罗兹此后曾就此评述道："他没像其他日本人那样未曾说话就先作笑脸，而是从正面直截了当地提出问题。"——这样问道：

"古义人先生，假如CT检查报告表明脑子里有异常的话，你怎么办？当然，所谓CT检查发现的异常，究竟是指什么程度，我并不知道。即便如此，假如医生说，你的脑功能与正常时不同的话……"

"你是说，现在正听你说着话的我，出现了与早先脑子正常时不一样的东西？但是，我并不觉得与现在的脑子所认为的自己有什么矛盾呀。"

"'脑梗死之后的自己，已经不同于此前一直从事言论活动的自己。'评论家迁藤将这句话写在遗书里之后不是自杀了吗？！当时，古义人对遗书中的这句话进行了批评，认为'在那份一旦发表在媒体上便会引起关注的遗书里写上这样的话，是对从事脑梗死康复工作的人失敬的行为'。接着，荣膺文化功劳者荣誉的老作家却给顶了回去，说是，'如果小说家说出那么出彩的话，又会如何呢？'当时，有很多编辑和新闻记者出来喝彩。这场争执之所以没有过于表面化，是因为那个时候还存留着获奖的余威吧。

"即便在CT检查中发现异常，也要一如既往地继续写下去。倘若那么说的话，就是患者一方缺少自我批评的意识了。比较之下，还是迁藤先生具有自知之明。他们不正是这样说的吗？"

"CT检查时，即便我的脑子正中出现白色蝙蝠状的东西，在客观上显示出眼下的我已经不同于早先健康时的我，可我还是要活下去！如果能够写作的话，还是要写下去！至于如何看待这一切，则是媒体方面的工作。"

"不过,即便客观证明了你的脑子已经不再健康和正常,你却还是要活下去,能够写作的话,还是要写下去。你是怎么想的呢?"

"因为,现在的脑子是我的呀!虽说早先的脑子是健康和正常的……现在可是以已经不正常为前提的……却也曾考虑过终止生命的事。在现在的脑子里,同样考虑终止生命,也许是可能的……"

真木彦偏过已鼓起血管的高高额头思考着。于是,松男开始提出自己的看法:

"俺呀,只指望古义人先生在CT检查中没有异常。可万一真有异常的话,估计会有两个可能性。一个呀,是古义人先生在骨灰堂那声势浩大的坠落,因此才产生异常的。另一个呀,就是长年以来过度用脑,因此呀,早已经生出了异常。

"不论因为哪一种情况而出现异常,都要请古义人先生慢慢治疗。也就是说呀,俺赞成'无论遇上什么情况也要活下去'这个方针,你还有阿亮君这个孩子呀!至于是否写下去嘛,那也许是别的问题……"

这次轮到古义人感觉到自己的血气冲上了额头。罗兹目不转睛地注视着松男。原本估计他会叙说一种让人不能大意的复杂思考,他却用非常单纯的语调说了起来。松男意识到了罗兹的眼光,随即重新使用说给罗兹听的语调说道:

"这几天呀,为了慎重起见,查看了那个被抓坏的挂轴,就是古义人先生挺身上到储藏室和天井之间,在那里抓坏了的挂轴。那是上一代在永平寺从一个关照他的人那里得到的。挂轴上有两行书法,上面为囗,然后是〇,下方则写着方语圆音。在另外一行,写着唱涅槃。古义人先生,你还记得吗?你父亲过世后,俺家上一代去府上做法事,哎呀,以你母亲为对象进行说教。当时……所谓说教,其实就是在请人写这挂轴时得来的一知半解的学问……是从《道元和尚广录》中引用的话语。你在一些作品中写过这件事吗？说是身为孩子的你,在一旁听了为之感动。"

"用汉字来写,是显得有棱有角。不过其发音,也就是在梵音中,则是从口中说出的、语感圆润的 nirvana 这个词。虽说还是孩子,当时却在想:是这么一回事呀!"

"这是道元和尚在涅槃会①上堂②之际所说的,也是小寺在涅槃会上悬挂的挂轴。古义人先生是否因为下意识地感觉到了有关母亲的往事,才来寻找这幅挂轴的？俺从亚沙那里听说,尽管你与母亲之间曾发生各种冲突,可你母亲内心里最为牵挂的还是你呀!你母亲也唱颂着方语圆音和涅槃 nirvana,她已经升天成佛了。该不是想要证明这一点的那种下意识,在驱使你如此鲁莽行事吧？"

"这也许是俺的过度解读。古义人先生曾写过《伙伴阿克/淘气包/森林中的奇异》③这本书。不过说实话,较之于拥有实力的女性伙伴阿克,那个轻灵而活跃的小男孩淘气包不是具有深邃的思想吗?!就俺们这里而言,淘气包的代表就是铭助呀。也就是说,你摆出一副寻找描绘了实际不可能存在的铭助的那幅挂轴,其实出于想和象征着伙伴阿克的母亲实现和解的愿望,即便是下意识,这才干下那些鲁莽之事的吧。

"古义人君,俺想趁这机会重新修建骨灰堂,恳请你能提供相当数额的捐款。最重要的是,这不正好可以为你的母亲做供养吗!"

---

① 每年二月十五日,各寺为纪念释尊入灭而举行的法会。
② 住持为了说法而登上法堂。
③ 大江健三郎儿时曾读过《尼尔斯骑鹅旅行记》,后于一九八六年发表长篇小说《M/T 与森林中的奇异故事》。本书作者在此以《M/T 与森林中的奇异故事》中 T(trickster)所表示的淘气包,与《尼尔斯骑鹅旅行记》中的淘气包,进而与大雁阿克巧妙地联系在了一起。

急救车往松山驶去，在随车护理古义人的路途中，罗兹说出经过修正的意见：

"住持当然是神父的角色，但今天上午不也干了理发师的工作吗？因此，他一人兼任神父和理发师两个角色。神官则是学士参孙·加拉斯果。尽管也有不赞成古义人想法的地方，曾从正面与你发生冲突，最后却还是为你而操劳。"

CT检查的结果，据让古义人知道的范围而言，据说是正常。不过，古义人似乎觉察到，在自己的体内，某些东西确实因为老龄化而产生了异变。

第五章　"普通人"的苦楚

1

古义人出院回到家中，兼作书斋的寝室变了模样，是阿动此前帮助整理的。眼下，阿动正前往医院去取遗留在那里的行李。为了在窗子对面搁置台架，以便架放包裹着石膏的那条伤腿，床铺的朝向被倒了过来。将头枕放在此前一直是脚头的处所躺卧下来，却见隔着山谷的南侧群山的棱线焕然一新，宛若用软芯铅笔在厚画纸上勾出的线条。沿着那棱线，常绿阔叶树的自然林由东往西连成一片。天际则犹如木版印制的蓝色平面一般，向周围漾展开去。

密密丛丛的繁茂的常绿阔叶树中，也显出浓淡不均的绿色树纹，古义人凝视着那里，却不由得浮起那原本并不清晰的记忆。往下看，人工种植的杉树和日本扁柏的混成林漫无边际，采伐后的处所则由青草铺成翠绿的平面；再往下看，面向山谷展延开去的急坡上根本无法造林，依然只见绽放着白花的日本厚朴和其他树木一起，异常高大的树身形成了丛林。

常绿阔叶树群落零散分布在较低处，其中一片树丛正痛苦地扭动着身躯。紧接着，与此相隔开来的其他群落的树丛也扭动起来，古义人这才明白,是阵阵山风在吹刮着不同的树丛。山棱高处相互连接的浓淡不均的绿色,一直在沉静中。

……门铃该是正常的呀!古义人却听见从关闭着的正门外侧传来直接叫门的声音。不大工夫,此前还听得到的淋浴声响停了下来,听脚步声,罗兹像是正大步往正门而去。

是一个年轻男子的声音,那男子却不可思议地让话语的音节极为清晰,在拐弯抹角地解释着什么。在听着那反复的解释中,古义人渐次明白了事情的原委:我们此次前来并没有预约,只是您应当知道我们此行的目的,那就是我们想要面会长江古义人先生。我们是特意从松山赶来的。虽说已经收到回函,说是拒绝接受我们通过信函提出的采访请求,但今天在医院听说已经出院,就直接赶来,再度请求采访……

每当对方提出这种要求时,罗兹便以"事先没有预约,长江又是病人,还不能会见记者"为答。不过对方不为所动,重又开始解释。在这反反复复的过程中,罗兹原先一直将大门只开一条小缝,本人则站在门内应答,这时似乎因为对方毫无反应而感到不耐烦,想要重新调整自己站立的姿势。看来,她决定要在对方眼前暴露自己的全身了。

"如同你们已经看到的那样……刚才我正在淋浴,因而失礼了。('不,不!不用客气!'与其声音相适应的年轻人口吻,是那个年轻男子在应答。)为了正确表达我的话语,我就到外面来了。可以吗?我负责收发和处理古义人的所有电子邮件、传真,还有电话,所以我知道。古义人拒绝你们的采访要求了吧?!"

"是的。可那已经是这次受伤以前的事了。情况也发生了变化,因此就来到这里,想要直接请求接受采访。"

"怎么发生了变化?如果受了伤,不是更难以接受采访吗?"

"话是这么说。"对方说道。

沉默在持续着。看样子,罗兹似乎再也忍不住,她要亲自说出口来了:

"贵报社不是把古义人受伤之事写得滑稽可笑吗?!"

"那是社会部。"中年男子的声音取代年轻男子回答,"我们是文化部,今年要搞一个'正冈子规·再发现'的特别策划。子规,你知道吧? 俳句诗人。

"长江先生因为以往那些微不足道之事而难以释怀,作为我们来说嘛,可并没有对他抱着批判的姿态。不过呀,这不是子规逝世百年的策划吗?! 希望大家都以更开阔的视野来看待问题,因此就由我们出面,郑重其事地前来提出请求。如果拒绝我们的采访,那可不是一件愉快的事呀。虽然如此,我们还是特意从松山赶来,希望能够促请重作考虑。

"假如因为受伤而躺倒的话,不是无法进行写作了吗? 我认为还是可以稍微对我们说上几句的。是这样的吧?"

"'是这样的吧?'……我是美国人,全然不了解日语的复杂之处,也不了解日本媒体的风习。尽管如此,比如说,你不是说子规的新文本被发现了吗? 关于子规,古义人以前就曾写过,反复去说同样的话不是毫无意义吗?! 在这种前提下,即便你们见了古义人,也是不会有任何成果的。"

听门口的动静,这一次,中年男子也不吭声了。长时间的沉默之后,响起了罗兹的声音,清晰地显示出她终于超出了自己忍耐的限度。

"我再说一遍。虽然已经予以拒绝,你们还是突然闯来,强行要求面见有伤在身的古义人。尽管我没有这个义务,却还是耐着性子向你们解释。但是,你们反复提出相同的要求,而且,在没有可说之事以后,你们也不回去,只是嗤笑着打量我的全身。你们想要干什么?!你们在对我进行性骚扰,我要告发你们!"

"……你是说性骚扰?你不也已经这么一把年岁了吗?我们怎么会对你干那种事?我们怎么性骚扰你了?"

"你们已经长时间地询问着中断淋浴、卷着浴巾跑来的女性。你们还嗤笑着打量已经这么一把年岁的女性的身体。

"你们没有阅读过《堂吉诃德》中那个姑娘为了名誉而女扮男装进行战斗的故事吧?你们认为美国女性来到如此野蛮的国度里的野蛮的地方面对野蛮的记者,为了保护自己,她就不会使用手枪吗?"

古义人从床上撑起上半身,在床边摸索着丁字拐杖,手掌却因异常愤怒而哆嗦不已,拐杖也掉落在了地上。由于打着石膏的那条腿正搁放在台架上,因而无法将手臂伸及地面。一味痛苦地扭动着身子的古义人的耳边,传来了大门被用力关上的声响。不大工夫,那两人转到古义人床铺对面的窗子外侧,只听他们说道:

"长江嘛,也真是好福气呀!大白天的,就弄来一个全裸的浅黑型大美人陪伴着。这也算是受伤后的休养吗?"

"不是有'子规是童贞'这一说法吗?"年轻的声音像是义愤填膺地应声回答。

罗兹依然卷着浴巾,她站在怒不可遏的古义人身旁,将手搭放在打着石膏的伤腿上。在她那业已洗去妆红、上翘的鼻头和油亮发光的额头间,唯有双目眼看着染为赤红。她喊叫道:

"我很遗憾!由于我的日语能力不好,就连那样的人都说服不了!"

紧接着,任由眼泪唰唰而下。

2

古义人住院期间一直寄宿在亚沙家的阿亮回来了。不过,刚回到家里时,不用说父亲的面庞,即便身体中心部位的任何一处也都根本不去看上一眼。过了一段时间,也只是频频看着伸到床边来的那条打着石膏的伤腿。再过上一些时候,他轻轻叩打着石膏,当发现古义人疼痛——事实上也真的疼痛——时,这才终于露出笑脸,并开口说道:

"有了、最、了不起的事!"随后,虽说是在微笑,却又闷不作声。于是,为了维持刚刚活跃起来的氛围,护送他回来的亚沙便询问道:

"阿亮,你所说的最了不起的事,是什么了不起的事?是同其他什么事物相比较的呢?"

"我认为,其他了不起的事,根本就没有!"阿亮回答道。

"是呀,阿亮!真儿在大学图书馆得到了休假。为了让爸爸惊喜,她一直没说出来。不过,这种了不起的事,其他可没有呀,这可是最了不起的事啊!"

"我也这么认为!"

"是这样的,因此,罗兹我也要再次请求给予关照呢。阿亮,让我们欢迎真儿吧。"

"欢迎!真儿,在这里吃什么呀?"

"吃什么呢?对于年轻女性来说,吃可是非常重要的。真木町超市里的品种并不多,而且大多是盐分太高的食品。"罗兹认真盘算起来。

三天后的响午,响起了刚刚抵达的真儿的声音,她正在大门处对前往机场迎候自己的阿动致谢。古义人伸着包裹石膏的伤腿正在看书，而在葱茏的绿色掩映下略显昏暗的房间北侧，阿亮一屁股坐在地板上，露出脚背外侧淡红色的坐茧，正在查对 *FM fan*，他们都为真儿的到来大吃一惊。虽说都是千篇一律的老套话，真儿却在这寒暄中融进了异常真切的情感。她向正在餐厅兼起居室等候着自己的亚沙和罗兹表示了问候。古义人觉得，紧张而竭力微笑着——尤其是面对第一次见面的外国女性——的真儿那涨红着的面庞，好像已经映入了自己的眼帘之中。在那之后很久，真儿也不曾出现在古义人的书斋兼寝室里。她平日里便胆小谨慎，此时已为自己的登台亮相做了相应准备，首先要去看望阔别已久的阿亮，那时，亚沙和罗兹就将失去跟随自己同往的理由。

终于，真儿结束了与亚沙他们的寒暄。住在这里期间，她将在阿亮的房间里临时起居。在阿亮床铺旁的地板上铺开被褥并收拾好行李后，她终于走了出来。推开蒙着篷布、高及天花顶棚的房门后，真儿从背面将其紧紧关闭，这才将好不容易红润起来的圆脸转向这边。她利落地查看了父亲打着石膏的状态，却没有特地上前问候，就提着大纸袋在哥哥身旁面对相同方向坐了下来，接着便问道：

"阿亮，在 *FM fan* 的节目单里，发现排错的字了吗？"真儿的话语中带有受母亲影响的关西口音，与此前听到的口气和语调全然不同。

阿亮撇腿偏身，仍然看着放在膝头的杂志，并不回答妹妹的询问，也没向妹妹这边转过头来。尽管如此，在绿色光亮的反射下，眼睛周围的皮肤略显浓重，面颊的轮廓似乎很快也柔和起来。

"我把音乐之友出版社的《标准音乐辞典》给带来了。阿亮，补遗的那卷也……真儿为什么不通过邮局寄来？成城邮局的男职员呀，把受理了的小包裹扑通一声就扔在地上。书角假如被砸坏不就讨厌了吗？!"

从那只像是与皮箱分别提来的纸袋中，真儿取出厚薄各一的两册大开本书放在地板上。于是，阿亮依然将身体笔直对向前方，从套盒里取出书来并翻开页码。

"不过，这书又大又重，所以还买了《袖珍乐典》。阿亮现在正学习乐理嘛。"

真儿平日里总是慢悠悠地预留下回答的时间，今天却自顾自地对阿亮说个不停，这是因为和实在说不出话来的阿亮一样，她也感到了一种慌恐。不大工夫，阿亮一只手仍拿着那本正翻看着的小开本乐典，另一只手则将此前一直看着的那本杂志推到妹妹膝前，开口说道：

"把门德尔松①的名字 Mendelssohn 排成 Mendeslsohn 了！"

他这是在回答妹妹的第一个问题。真儿把她那比阿亮瘦小许多的膝头依然挨靠在原处，仔细看了一眼，然后说道：

"真是的。这个杂志经常出现误排现象。"

"还把塔雷加的名字 Tarrega② 排成 Tareruga 了。有疑问的时候，就读成 tare③。不过，Tareruga 是 tare 吗？"

"是那样的吧，谁(tare)也不知道呀，阿亮！"

春末以来一直不曾见面——在那期间，每天只是通过电话交谈，毋宁说，阿亮的会话倒是更见长进了——的这两人所感受到的拘谨似乎正在消融。

又过了一段时间，他们索性利用更显得亲近和轻松的礼品开始玩起了游戏，从卡通画册《贵族小子阿丸》中挑选出与内容吻合的角色，然后将那些人物和小动物贴片粘贴在画册上。阿亮沉默不语，全

---

① 门德尔松(Mendelssohn Bartholdy Felix, 1822—1884)，德国作曲家、乐团指挥。
② 塔雷加(Tarrega)，西班牙吉他手。
③ 日语古语中的"谁"。

神贯注,真儿则灵活运用着与极为专注并不矛盾的机敏声调,适时地启示着阿亮。她模仿劳动小精灵萤火虫那仆人般的口吻,促使视力不好的哥哥引起注意:

"小鬼们和胖脸小口的丑公主们是藏在岩石的阴影中吗?"

古义人正阅读纳博科夫的《堂吉诃德讲义》,那好像是罗兹上前夫课程时的教科书,后来,她将这本书作为礼物送给了古义人。大大的铅字被印刷在质量上乘的纸页上。面对极为凝练的词句和文章结构,古义人的英语能力使得他在查阅辞书的同时,还必须认真进行思考。半躺在特制的床铺上,将书搁放在腹部周围有利于长时间阅读。

真儿像是在身边工作已久的秘书一样,看准了古义人从书中移开眼睛,一面查阅辞书一面在卡片上做记录时,不失时机地传递着母亲的信息:

"听说,源太君(正在柏林自由大学读着博士课程的、吾良那位年少女友所生婴儿的名字。孩子与吾良没有血缘关系,他的德语名字为Günter,标上谐音的日语汉字则是源太)生长得非常顺利。实际照顾起来才发现,就是多照看几个,也没有什么根本区别。因此,妈妈又把浦的朋友生养的两个婴儿接了过去。在柏林,独自抚养婴儿同时还上着学的女性,可不在少数呀。"

这时,涌起的尿意使得古义人感到为难。住院期间,白日里是护士,夜晚则由陪床的真木彦帮助递拿便器。回到十铺席宅地的家里后,虽说一直是罗兹在照料,可眼下却难以吩咐真儿,让她"去叫那个美国女子把溲瓶拿来"。

然而,正当古义人因顾虑重重而周章狼狈之时,真儿却在他身边突然站起:

"我去把溲瓶拿来,已经清洗过了。"说完,如同小马一般快步离开,不见了身影。

以前，当真儿还在公立小学读四、五年级时，尽管遭受了与古义人年龄相仿的男教师的恶意对待，并因此而畏首畏尾，可她仍然不失为一个性格明快的女孩儿，在北轻井泽的山中小屋生活时，还曾引领尚有运动能力的阿亮在周围到处跑动。

不一会儿，真儿一面勤快地料理着溲瓶的事务，一面说道：

"亚沙姑妈对我说了：让那个和爸爸没有肉体关系的女朋友这样照顾爸爸可不合适。这么说来，虽说你与爸爸也没有肉体关系，却有血缘关系呀，所以这是真儿的工作……"

照这情景看来，古义人意识到在这以后的几天里要忍耐生理上的尴尬，而且他还察觉到，对于女儿，要向远在柏林的母亲报告父亲在森林中生活情况的女儿，亚沙已经通报了必要的信息。

另一方面，罗兹毫不犹豫地向真儿表示出好意，每天都准备好特别晚餐，同时也款待了亚沙。于是，每当黄昏之际，古义人都能听到从开始热闹起来的兼作餐厅的起居室里传来的罗兹与亚沙说话的声音，自己则独自在总领事安装在床铺上的那个兼作餐桌的装置上进餐。有时，由于怜悯孤独的古义人，罗兹也会来到床铺旁同他说上一会儿话。当然，谈话的主题通常围绕着阿亮和真儿展开，而且，罗兹全然不在意这里的谈论会传到餐厅那边。

"当阿亮兄妹俩安安静静地待在自己房间里时，阿亮就如同桑丘结束海岛总督的工作，回来后再度看到自己那头灰色毛驴时一样。而真儿呢，就连那双陷入沉思的眼睛也同多雷的插图一模一样……"

"把阿亮比作喜极而泣的桑丘，倒也很好。不过，把未婚的女儿比作小驴，这却是为什么？"

"古义人，我认为那幅画作是多雷的杰作。对于因真儿的到来而显得幸福的阿亮和古义人，我感到嫉妒。我为自己预想那种不太愉快的事而感到羞愧。

"看上去，真儿显得非常质朴。在这个国家或者韩国，有些喜欢打扮的少女甚至身着迪奥或香奈儿等女式高档成服，可真儿无论在哪里都只穿朴素的圆领套装……不过呀，那倒显得非常纯净。

"我呀，虽然没有直接见过千樫，不过，由于她是吾良的妹妹……我认为，在真儿身上，也有她从母亲那里承继下来的感觉。这样的真儿，果真没有男朋友吗？我在想，假如是因为阿亮的存在，使得她有意无意地疏远了男朋友的话，就不好了。"

古义人吃的是用美国口味的香料烹饪的小羊肉。那羊肉据说是特地请阿动前往松山的三越商场买来的。色拉做得也很讲究，在这天的菜肴中，甚至还配有纽约风格的百吉面包圈。罗兹已经不再抱有希望，意识到不可能从沉默无语地用餐的古义人那里引出有价值的意见来，反倒兴冲冲地往餐厅去了。在她离开后，古义人想起了千樫临去柏林前留下的嘱咐：

"只要真儿还在，我就不担心你和阿亮。不过，你可不要忘记，我们所要依仗的这个真儿呀，经常处于心理不稳定状态。为了不让你担心，以前我没有对你过多地说起这件事，可是……

"这孩子呀，就像她在中学毕业的作文里写的那样，是一个'普通人'。我在想，那些自认为'普通人'的年轻人当灵魂上感到痛苦时，那就是真的很痛苦了。大家都在责问我：真要撇下阿亮去柏林吗，而且还是为了照顾别人生产的婴儿而去干活儿？不过，只要真儿在，我对你和阿亮就放心了。我所担心的是真儿本人。因为你和阿亮嘛，无论从好的或是相反的意义上来说，都不是'普通人'……"

3

古义人回家几天以后,似乎能够拄着丁字拐杖前往厕所了。这时,他发现此前负责隔开餐厅与起居室的高背沙发,被放置在朝向山谷的玻璃窗近前,并留出一个尽管狭小却是独立的空间。摆放在那里的一张低矮小桌上排列着电话机、传真机和文件夹,被安排为处理事务的处所。住在这里的期间,为了给罗兹腾出时间,真儿基本上都坐在这里。当妹妹在山谷中的家里住下后,尽管也确实存在罗兹此前所看到的情景,但阿亮还是回复到平静的生活之中,或在自己房间里收听 FM 广播,或集中精力学习乐理知识。

这也得益于真儿带来的简明乐理的说明以及画有轮廓清晰的乐谱图版的《袖珍乐典》,阿亮在重新理解早已听熟了的各种曲调的相互关系。在早餐桌上,阿亮拿出那本书,以表示感谢妹妹为自己买来了这本非常必要的——也是非常便利的——书。他一面吃饭一面收听 FM 广播,甚至还围绕收听到的曲子,以那本袖珍乐典中的某一段乐谱为依据,来说明曲子中 C 大调与 D 小调,或与 E 小调之间的关系。

"是呀,从这里开始就要转为 F 小调了。不过,那可是下属调的同名调!"

就这样,即便在十铺席宅地那与东京生活相同的家里,阿亮和真儿的生活也呈现出罗兹所感叹的"理想的不即不离"形态。千樫曾将这种形态称之为妹妹遥控①。

---

① 在日语中,妹妹的发音为 imooto,与表示遥控的英语 remote control 里的 remote 发音相近。读者不妨将此视为带有幽默意味的文字游戏。

在罗兹充当秘书角色期间,电话基本被置换为留言录音状态。下午五时以后的一个小时内,再对那些发来的电话信息进行整理,如果有必要的话,则回电联系。真儿从东京打来电话与阿亮聊天,也是在这个时间段。在解除电话留言状态期间,每当意想不到的电话挂进来——全都是那些不知用什么手段弄来电话号码,且没有任何个人交往的人挂来的电话——罗兹便用在曼哈顿地区培养成的快语速英语给挡了回去。

然而,把事务大致委托给真儿后的某一天,真儿一面回答着电话中的问题,一面显现出困惑的神情:

"不,我不是樱子。"躺在床上的古义人听到真儿多次纠正。

古义人觉得这个电话比较可疑,却又无法向真儿查证是一个怎样的电话。又过了一会儿,古义人起身前往厨房去取冰箱里的矿泉水。真儿正在处理事务的那个狭小场所整理着文件资料,罗兹和阿动出远门做野外调查,阿亮的房间里则寂静无声——这种时候,他大多是在阅读总谱。古义人从冰箱中取出了矿泉水瓶和制冰盒。拄着丁字拐杖干这活儿可真是麻烦,不过成功之后,古义人便泛起一个念头,想要为冰箱再做一件事情。每当前往真木町的超市,罗兹都会买下大量冷冻食品,因而冰箱现在被塞得满满当当。塑料薄膜包装的牛肉、猪排骨、鱼段、塑料盒包装的咖喱,还有原中学校长的猎获物——一条野猪腿和几条分别用塑料薄膜包裹着的香鱼、分装好的甲鱼等等,确实装进了大量食品。

站着喝完矿泉水后,古义人随即将冷冻食品一个个放入不锈钢水槽,打算等冰团解冻之后,就分别放入垃圾箱,再请阿动用汽车拉到河沿大街去。

古义人并不想炫耀刚才的劳动,从兼作餐厅的起居室径直回到寝室的床上,开始阅读《堂吉诃德讲义》。随着时间的流逝,窗外暗

下来。厨房里真儿的嗓音仿佛回到了孩童时代,她在用很快的语速说着什么:

"啊!怎么办?怎么办?今天晚饭该轮到我了,可是已经来不及了!怎么办?怎么办?!"

真儿用纤弱而紧张的声音不停叙说着相同的内容。在那话语之间,确实传来比金属和石块要柔和一些的沉重撞击声,是那种断断续续的扑咚扑咚的撞击声。

古义人将大开本书搁在腹部,只欠起上半身,侧耳倾听那边的动静,只听那边的声响——包括不寻常的气氛——仍在继续。终于,古义人取过丁字拐杖下了床,前往仍不断发出声响的厨房。站立在那里的真儿正面对着堆放在水槽中的大量冷冻食品,半透明的大塑料袋就放在脚边,已经开始融化的浅红色肉团隐约可见。古义人在想,倘若是把那些小包装冷冻食品一个个地扔到地面上那个大口袋里的声响就好了……但是,随即传来了真儿的声音:

"怎么办?怎么办?!"真儿扭动着身体,开始将额头撞击碗柜的边框。扑咚、扑咚。虽说真儿比较老实、温顺,现在却也陷入与此相应的暴力性内火攻心的恐慌之中……

古义人原打算从背后紧紧抱住真儿那纤细的上半身,不料她却扭过身子,从古义人的手臂中挣脱出来,竭力往后仰去的侧头部依然不停地撞击着。略显黑色的面庞上,在她那色泽浓艳、肉乎乎鼓着的下唇上面,意外发现有黑红色的皱纹。

"他不相信我的话……经营真木町游泳池的那个人,一直在说着'樱子、樱子',无论我怎么解释说我不是,他仍然不相信我的话……报社的人也来割我的耳朵……梦中那个布娃娃服装模特儿拿着裁纸刀……怎么办?怎么办?!"

古义人感觉到阿亮正在自己房间里侧耳倾听。他一定因这可怕而又悲惨的想象而受到严重打击了。不仅如此,罗兹好像也回来了。但是,她知道在这种时刻除了亲属以外,其他人发挥不了任何作用——或许,这是从她在日本的那段婚后悲惨生活中于内心深切体验到的——因而屏气静息,一声不响。古义人紧紧抱住还在挣扎着的真儿的上半身,尽管真儿头部因痉挛而摇动着多次撞击在下颚上,古义人还是将她拉向起居室的沙发上。真儿的口中一直唠叨不休,同时,除了摇摆不停、似乎失控了的头部外,身体则顺从地跟随古义人走了过来。在沙发上刚一坐下,她那获得自由的右手便抓起玻璃镇纸,咚、咚地往头上砸去。古义人设法夺下镇纸,然后便查看女儿头部和脸上的伤情。

"如果用菜刀这么干,可不行啊!"古义人说道。

"菜刀太可怕了,不用菜刀!"认真回答了父亲的问题后,又随即变换为刚才的语调,"他不相信我的话……问'你是樱子吗'?……用发怒的声音问'是樱子吧'?……假如去了真木町经营的游泳池,会沉下去吧……他不相信我的话……我一点儿用处都没有……连打电话来的那个人名字都记不住……"

阿亮鼓起勇气,刚一走出房间,就隔着沙发靠背抚摩着真儿奇奇怪怪地伸展开来的那只手。不过,他大概不知道发生的事态究竟意味着什么,只是老老实实地抚摩着。

"经营真木町游泳池的那个人虽然说了名字,我却没有听清楚……阿亮只能游上两米,所以会沉下去吧……报社的人就藏在衣帽间里,是来割我耳朵的……梦中那个布娃娃服装模特儿拿着裁纸刀……怎么办?怎么办?我还是不在这个世界为好……因为我一点儿用处也没有……"

"事情不是那样的!真儿,阿亮现在多么依靠你呀。"古义人说,可真儿根本听不进去。

……经过很长时间后,真儿的脸上依然带有些许灰黑色,却相应恢复了正常表情,口唇也噘了起来,色泽开始转浅。古义人突然发现,被紧紧拥抱的真儿的面庞正显露出性感的诱惑。他感到一阵紧张,觉察到自己很可能也陷入了危机里。在这种紧张感之中,古义人希望能够与被紧紧抱住的真儿就这样一直说下去……

4

真儿回东京那一天,亚沙把阿亮也带上,将真儿一直送到松山机场。晌午时分,罗兹来到兼作书斋的寝室的床上正在看书的古义人身边:

"最近,由于真儿帮忙,我得了一些空闲,在读去年获奖的作品。这本书中也出现了类似'童子'的人物,我因此而感到惊讶。那是道家学说的东西。在古义人村里的口头传承故事中,也有道教的影响吗?"

"阿婆和母亲一直守护着的青面金刚那里,阿亮我们三人不是去过吗?那其中既有佛教也有神道。不过,那是一座原本由道教缘起的小祠。或许,童子也是从与其相近的源头发祥的。"

"作者笔下的'小人'寄生在人的喉咙深处,靠吞食那里的唾液为生。我在想,关于古义人的'童子',我在翻译时也必须加上脚注,说明'童子'在森林里靠吃什么维持生计,即便他们利用山寨作为居住之所。据说,'小人'会在宿主睡眠期间,前往天帝那里告发主人的恶行。

"小说中的主人公在农村旅行时,曾去会见那个肥胖的女人——女巫,并被告知'你的身上附有小人'。我到达东京后,随即参加了你与法国人的公开讨论会,曾读过古义人许多作品的文化参事官也出席了讨论会。他在会上指出,在你的小说中,肥胖人在此界与彼界之间发挥着女巫的作用。或许,东洋的女巫一般都比较肥胖……小说中的主人公应当被那个起初并没有认真对待的肥胖女人告知'你眼前就有大灾大难,你被小人包围了'。

对于罗兹非常罕见地谈论既不是《堂吉诃德》,也不是自己作品的其他小说,古义人觉察到其实她有别的考虑——如果确实有的话,就是有关真儿的事吧——并正在摸索着说出口来的方式。在古义人来说,除了等待之外没有其他方法,只是送走真儿后返回的亚沙和阿亮刚巧回到家里,于是谈话只好就此告一段落。然而,阿亮自不待说,就连亚沙也显出平日里少见的郁闷神情,不久后便回去了。

三人无精打采地吃完晚餐,阿亮回到自己房间上床休息,而照顾他就寝的工作则从真儿那里回到了罗兹手中。极为细致地照料好阿亮之后,罗兹再度出现在古义人那间书斋兼寝室的房间里。

"还是小说中那个'小人'的话题。"挑起话头的罗兹带来了那本约莫半斤面包厚度的平装书。

古义人此时还沉溺在悲伤的思虑中,他从不曾在肉体上如此贴近过发作之中的真儿,也不曾感受过那具有古风意味的怜爱之情。这时,窗帘尚未拉上,他抬眼向窗外望去,只见对岸的杉树林黑漆漆地犹如墙壁一般。在这堵墙壁的上方,没有月亮的天际本身带有些微光亮,构成了淡墨色的背景。

"小说中的主人公被'小人'纠缠附体,其实也没什么奇怪的,他是一个陷入困境的知识分子。明明是这样一种类型的人,我在白天里也说了,可他面对灵媒,却还是不认真,不真诚。即便当他看到女人因此而烦躁不安、陷入歇斯底里,并开始痛苦地扭动着身子时,他却在考虑着这样的问题。"

话音未落,罗兹戴上那副红色镜框的眼镜,翻开其中一页便朗读

起来:

> 人其实就是这么种动物,受了伤害会特别凶狠,这不是东西的人让人畏惧的又是人的癫狂,人一旦癫狂了就又被绞杀在自己的癫狂里,我想。

"我呀,不认为真儿是在发疯。不过对于我们来说,即使被小小的疯狂缠身附体,也经常会安于接受自己的残酷行为,允许自己被恐吓①。我是从自己的亲身经历中知道这一点的。我不是对你说起过自己曾受到丈夫怎样的对待吗?"

"真儿在厨房开始发出不同寻常的响动时,我害怕地躲在房间里发抖,可古义人你却像平常一样,仍在床上继续读你的书。你没想到已经发生了非同寻常的事情吗?"

古义人觉察到,自己的深度疲劳始于骨灰堂事件,从发红了的手掌直到全身的每一寸皮肤,只要意识到真儿的这起突发风波,便好像有些潮热。现在也是如此,感觉到正被罗兹直愣愣注视着的自己的眼睛周围似乎肿胀起来,因而对于回答罗兹的话语没有信心。

"我感受到一个信号,那就是发生了某件非同寻常的事情。埃科在《符号学理论》②那本书的开头部分举了一个例子,说的是发生故障的水力发电装置重新运转,点亮了各家的电灯。那就是符号作用被输送……当时的情景就是如此,似乎无须语言而直接点亮了我头脑中的一部分电灯。"

"但是,你没有站起来并走过去。"

"我的眼睛依然在阅读文章,在那过程中对自己说道:你必须努

---

① 原文为英语 terrorize。
② 埃科(Umberto Eco,1932—2016),意大利文学家、符号学家、哲学家。《符号学理论》(*Trattato di semiotica generale*)是其代表作之一。

力面对这个局面!"

"虽然从一开始就感受到了信号,你却不敢进行解读。你的解读大概是:家里的电灯之所以亮着,是因为停电已经结束了。请你试着设想一下,假如开关处于关闭状态的话,即便来了电也是不可能发生任何事的。"

古义人只能沉默不语。罗兹那双浅蓝带绿的眼睛反映出他的身影。

"小说家古义人……难道认为真儿只是在小声叹息,而没有想象到其后在她身上将要发生的事情?"

"没有用语言的形式将形象组合起来。就这么回事……"

罗兹眼中的柔和消失了,看上去,她已经不想再听古义人的这番解释,而要将一直思考着的问题用明确的语言表述出来:

"你的女儿温和、幽默并具有观察力,与大家在一起时,总是在不显眼的地方微笑着……长期以来,似乎一直独自处于苦恼之中。而了解这一切,确实是一件痛苦的事。

"不过,由于真儿不允许其他人进入自己的内心世界,所以我对她要回东京一事没有提出异议……我确实相信,只要她能够做到这一点,就一定能够康复……

"说实话,我在古义人身上发现了精神病质。你一直在用意志的力量控制着这种精神病质。真儿则与你不同,她没有精神病质。正因为她没有越过界限一步,所以才会如此苦恼,是那种易于受到伤害①的人。

"她是作为名人古义人的女儿被抚育成人的,因此在学校等处所遭受到了各种麻烦且易于受到伤害,也就没有什么不可思议了。

---

① 原文为英语 vulnerability。

通过千樫,她还与已自杀的吾良有着内在联系。千万不要轻视血缘关系。因此,我在想,真儿总是以自己的力量一次次地重新站立起来。

"……我不把真儿的发作视为发疯。就像不把驱使堂吉诃德进行诸多悲惨冒险的力量视为发疯一样……

"那天晚上,在真儿服用了你为不时之需而备下的镇静药沉沉睡去之后,我来到古义人的房间听你说明情况。你只叙述了真儿用头撞击碗橱、用镇纸敲打自己的脑袋、她的脸部如同淤血一般发暗而且嘴唇也肿胀起来等事实。我听着这些叙述,非常同情真儿和古义人。

"……当作者提及癫狂①时,我将其理解为'小小的癫狂'。即便用日语予以引述,我认为也只能使用小写字母 m。那个 m 使得真儿对自己采取了恐怖行动。倘若那个 m 变为真正的癫狂……大写字母 M,并将毫无抗拒能力的真儿引向自我毁灭,古义人,你绝对不可能再度站立起来。而且,阿亮通往现实世界的道路也将随之一同被封闭。千万不要出现这种局面呀!"

---

① 原文为英语 madness。

第六章 那事儿和痛风

1

几天以后,罗兹旧话重提,再度说起小写字母 m 和大写字母 M 的话题。而且,一如她以往的做法,每当就一个课题郑重而充分地陈述自己观点时,就要与《堂吉诃德》联系在一起。

"这是桑丘·潘沙苦口劝说躺在病床上处于弥留之际的堂吉诃德的那一段。不过,没有必要郑重其事地促请你注意……桑丘谈到了正常与发疯之间的逆转,我读了古义人在马德里所作演讲的文稿,那是我对你产生兴趣的起因。

"请看桑丘·潘沙的台词……在下篇的第七十四章……"

古义人将手中的文库本翻到罗兹正大声朗读的处所。

"哎呀,我的主人呀,"桑丘哭喊道,"请不要死去!不过呀,俺最可尊敬的主人啊,在这世上,人们干出的最为狂烈的疯狂行为,纵使没有什么站得住脚的理由,也是不会因此而被别人杀死的。但是,他本人则或因悲伤或因孤寂而很快被忧郁之手所杀害。……"

"古义人,为什么你不把这一段读给出事前的吾良听呢?我为此而感到遗憾。从孩童时代起,古义人就时常扮演吾良大王的这个丑角,在必要时为他开动丑角的智慧。五十年以来,你可一直扮演着吾良的桑丘这一角色,可为什么在最后的紧要关头却沉默不语了呢?

"桑丘叹息的最后那部分,是 slain only by the hands of melancholy。这其中的 slain 只是 slay 的过去分词,是带有古风的说法,大概也是作者半开玩笑的说法吧。而我,则要认真地进行翻译,将其译为'被忧郁之手所杀害'……

"不过,古义人却不想把'被忧郁之手所杀害'套用于吾良之死吧。前不久,与你年龄相仿的美国史学者曾写来一封信函,请你帮助写一份推荐文章。当时你说什么自己以往与吾良的病症相同,现在已经恢复健康了;虽然一般认为这是初入老境的忧郁,你却拒不接受。吾良并不相同,他绝对是正常的,他的死亡是反复思考之后的选择……因为,他把存放在洛杉矶办事处的钱留给了遗族……

"不过,我一想到吾良的事,就感到 slain only by the hands of melancholy。表示忧郁的 melancholy 的首写字母也是 m,却不是大写字母的写法。假如真儿再次被悲惨的 m 所纠缠,古义人这次打算怎么办?仍然只会想起埃科的符号学吗?

"假如你只是不知所措,不去帮助真儿采取有效措施,那就是 the greatest madness that a man can be guilty of!①

"加上这个因素,现在,古义人本身不是每天早晨都在为忧郁所苦吗?千万不要把表示忧郁的 melancholy 首写字母 m 转换为 madness 的大写字母 M!"

---

① 英语短句,大意为致使一个人承受罪责的最大癫狂。

2

刚刚步入中年的时候,古义人曾引用中野重治①小说中的语言,写了有关"该项待续"所蕴涵的迫切性。现在回想起来,唯有吾良之死,在古义人来说才是"该项待续",直到自己死去的那一天。

当千樫让古义人看了吾良遗留的电影拍摄计划草案时,古义人写了很长的笔记。十六七岁时的古义人与吾良共同体验过的那件事被他称之为**那事儿**,他的笔记即以此为中心。

简单说来,事情缘于吾良围绕**那事儿**而展开的相关电影的构想。即便古义人本身,也只得将吾良之死视为铭刻在心的**那事儿**经过长期酿化之后显现出来的膨胀。离自己并不遥远的那个膨胀该不会同样压迫到自己身上来吧?!

在吾良留下的附有分镜头构图的电影剧本中,相当于**那事儿**的核心部分被分别描绘成两种。当被千樫问及"他到底打算拍摄哪一个剧本呢?"时,古义人回答说:

"既然如此缜密地描画了分镜头构图,我想,这两个剧本吾良都打算拍摄。"

尽管千樫没再说什么,古义人却感觉到了她的不满。

第一个剧本的内容是这样的:故事发生在占领期行将结束之际;策划从美军基地搞到武器的国粹主义者残余分子大黄的秘密据点里,以美少年吾良为诱饵勾引出来的美军语言学军官皮特;现在,他正和吾良一同在引入了温泉的浴场入浴;在那里突然遭到大黄那些

---

① 中野重治(1902—1979),日本著名小说家、评论家、诗人,著有长篇小说《甲乙丙丁》以及《中野重治诗集》等作品。

年轻弟子的袭击;赤裸着的身体被扛运到斜坡上的草丛里后,就从那里被抛出去;相同的场面一遍遍地重复着。

倘若原封不动地引用,剧本的原话是这样的:

> 近似于野蛮的爽朗而热闹的游戏,在不断重复的过程中越发粗野了,大家向斜坡下方灌木茂盛处奔跑而去。/转瞬之间,那里便响起了粗重的大声呼叫。

这一天,在茂盛的灌木丛的对面,那里成了年轻人屠宰用于宴会的小牛的场所。

在另一个剧本中,皮特与取代吾良陪伴他的村里的少年和少女一同入浴,而洗浴完毕的吾良则独自下山往湿洼地去了。这段情景在其他场景中被描绘了出来。

古义人若表示自己认为吾良将拍摄第一部剧本的话,千樫或许会认为吾良是杀害皮特的同谋。

也算是先前会话的继续吧,罗兹这样说道:

"我从切身体验中得知,表示忧郁的 melancholy 中的 m,很容易转换为表示自杀的 Madness 中的 M。虽然我并不打算将其归纳为初入老境时的忧郁,但你也不能说与其全然没有关系吧。古义人你本人,也不可能因为当时你不在现场而手上没有沾上血污。虽然你也在为那事儿所带来的杀人疑惑而苦恼,却还是活了下来。

"绝对不要从 melancholy 中的 m 跳跃到 Madness 中的 M 去!如果吾良还活着的话,他也会对现在的古义人这么说吧。"

3

就在和罗兹交谈有关吾良自杀的话题前后,古义人与三岛神社的真木彦也谈了相同的话题。他当时没有意识到,进行这种谈话并非偶然……

古义人从不曾将罗兹所说的有关吾良自杀的话语,同真木彦所说的那些话联系起来。这是因为他了解到,在不识寺发生事故后不久就到医院来陪住的真木彦,很早以前就在关注吾良的电影及其整个生涯。

在最初的电话里,古义人和真木彦彼此间谈得并不融洽,其后更是出了那档子事故,最终两人却成为无话不谈的朋友。此外,在真木町的医院里忍受伤痛的那些日子,古义人在夜间一直麻烦真木彦帮助递拿溲瓶。医院里不能饮酒,又担心医生开出的催眠剂处方其后可能导致染上药瘾,对于每日夜间难以入眠的古义人来说,与真木彦进行的夜话真是极为难得。

"我呀,把塙吾良的电影全都看完了。不过,我并不相信过去的同班同学所说的什么'作为电影导演,他的才华已经走到尽头了'之类像是心知肚明似的那些话。"真木彦说,"如此连续推出成功作品的人物,两年或者三年间,如果说他的事业走到了尽头,毋宁说,他是在积极期待着下一部作品的问世。大凡才华出众的人,即便他的脸上流露出走到尽头的苦恼,在其内心里,也一定蕴藏着摆脱困境的力量和方法。"

"我根本无意对你说奉承话……"

每当与真木彦共熬那漫漫长夜时,吾良之死便会成为彼此间的共同话题。对于这个话题,即或古义人也开始渐渐倾注热情参与讨论。对于真木彦有关该话题而提出的反问,古义人甚至会独自一直思考到翌日。

比如,古义人这样说道:

"这是我和吾良在松山读高中时的旧事了。我们把发生的那件事称之为**那事儿**,这也是一段难以忘却的往事。

"**那事儿**与吾良之死有着直接关联的说法,即便在我来说,这种确信也是时有时无。不过,总之,存在着与**那事儿**有关的东西。对于多少有些老年性忧郁的吾良……就像我常说的那样,对于'他是因为忧郁症而死'的传说,我大不以为然,不过……他不也时常让我感觉到他对于继续活下去的厌倦吗?!我经常在想,发生怎样的事态,才会使得我也无法思考和分析了呢?"

古义人这样说道,打算以此结束谈话。此时已是天近拂晓,地处真木盆地边缘的这家医院里万籁俱寂,古义人侧耳静听,觉得其中好像潜隐着"唧——唧——"耳鸣般的细微声响。

"……古义人先生所说的**那事儿**呀,无论是性方面的恶作剧也好,或是已经构成犯罪的行为也罢,因此而铭刻在内心里的阴影是你们所共同拥有的吧?

"有关**那事儿**的记忆引发的因素,为什么对吾良先生是致命的,而古义人先生却仍然能够活下去呢?我甚至在想,你们的性格是不是恰好相反……"

这天夜里,好像并没有觉察到自己尚未入睡似的,古义人悄无声息地翻转着身体——其实,他无法挪动搁放在台架上的那条打着石膏的伤腿,因此完全不可能翻转身体——的同时,继续思考被真木彦挑动起来的疑问。

古义人原本就没有奢望能思考出答案并于其后安然入眠。根据以往的经验,他知道自己现在正考虑着的问题,远不是独自在黑暗中就可以求得答案的。

(夜晚)只是一味地用这唯一的方法紧张地进行思考,(白昼)暂且不论前夜似乎业已临近的答案,就连这种持续不断的思考本身,也很难被自己判断为认真的行为了。尽管如此,却也知道(夜晚)那种思考方式仍会继续。

就在如此这般地与这个思考共挨时光的过程中,现实生活的堆积则会在不知不觉间将其引往意识的背景之中。这就是大致的解决。

还有一个解决方法,那就是作为自己的职业"习惯",把该主题写入小说之中,在接受各种批评之后,这个问题也就得到了解决。不过,无论选择哪一种解决方法都需要花费时日,而且不可能将疑点一扫而光。随着岁月的流逝,古义人将会切身地感受到这一切……

4

拆掉石膏、丢掉丁字拐并换用手杖后,古义人收到了两条消息,虽说都与脚上的痛楚有关,其所指并不是在骨灰堂所受到的伤痛,却与那事儿有着悠长的关联……

首先是定期给柏林挂电话的真儿转来的千樫的口信,以及口信的附属之物。所谓附属之物,是五年前在斯德哥尔摩的卡罗林斯卡研究所附属医院开出的、尚未用完的止痛栓剂。

无论做任何事情都很谨慎的真儿,似乎只对母亲说了自己请假前往四国小住,父亲的左脚出现了新的不适。看样子,她没向母亲说明致伤的真实原委。因此,千樫将伤痛理解为很长时间不曾发作的痛风,认为这是因为自己来到德国,得不到照料的丈夫不注意保养而导致的发作。取自于卡罗林斯卡研究所附属医院的止痛药肯定还没用完,她就指示真儿将药物找出来。

古义人将原本闪现出银色光亮、现在却转为铅色的子弹形糖衣胶囊放置在掌中,脑海里泛起了复杂的思绪。瑞典外交部派来的陪同人员是一个豪爽的男子汉,曾和国王一同在海军服役,这次却对前来日本大使馆联系的书记官和参事官感到生气。因此,古义人于颁奖仪式后访问早先安排好的《尼尔斯历险记》的作者故居时,便谢绝大使馆官员陪同前往,制止了事态的进一步发展。事后,大使馆工作人员在当地日侨的内部报刊上发表了一篇文章,诉说由于日本作家获奖而引发的种种琐事。尽管已是事过境迁,古义人的决断终究还是正确的。

这位瑞典外交官性格爽朗且有些神经质,直到收下药物的古义人在床上开始处置时,他才离开现场。因为,此前曾有一位症状相似的获奖者将栓剂口服了下去,等了很长时间后药物才开始发挥药效。

由于栓剂迅速发挥了药效,古义人得以出席获奖演讲和颁奖仪式。不过,他在自己的生涯中所经历的这第四次痛风,却是罕见至极。

唯有第一次痛风发作,确实是因为尿酸过度蓄积而引发的。看样子是从嘲弄那次痛风发作的杂谈记事中得到了启示,第二次以来的那些剧烈疼痛却是另有其因,是团体的残余分子对古义人曾在作品中写了关于父亲的超国家主义政治倾向,以及刚刚战败时的悲惨死亡所实施的报复和警告。他们出现在东京的古义人宅院,合三人之力剥夺了他的行动自由后,便用一个小号铁球对准脱了鞋袜的拇指根儿,让其向目标坠落下去。

古义人之所以没向警察报案,是因为袭击者相互间使用的语言是森林中的方言。而且,那两次袭击又都发生在涉及父亲的中篇小说发表后不久,因而对方的意图也就很明显了。

斯德哥尔摩颁奖仪式前三天,古义人最终确定了用于获奖讲演的英文文本,并在此基础上修订了日文文本,然后散发给了从东京赶来的记者们。由于原封不动地登载古义人在讲演中涉及日本战后情况那部分内容的报社估计不多,因此有必要极为细致地斟酌置换为日语后的语句。

古义人和记者们走出大饭店拥挤的大堂,在面对波罗的海海湾的上下车台的顶端调整着英、日两种文本中的措辞。在这一过程中,古义人注意到一直注视着这里的三个日本人,他们远远离开这里,站在一辆挂着慕尼黑车牌且积满尘土的德国大众牌汽车前。

文本的措辞调整结束时,报社的记者们刚刚起步返回饭店,远处那三人便看准机会往这边走来。与此同时,从那辆停放在饭店前的汽车里现身而出的日本绅士也小跑着来到身边:

"非常对不起,由于传媒的妨碍,实在无法向您问候。"他搭讪道,"我们是皇家学术委员会会员,当然可以列席颁奖仪式。"

古义人理解那些记者步履急促地散去,是因为他们不想与这个人物相见。这个无论怎么看都像是一个教授的家伙,曾因为在京都大学对研究生强行提出性要求而被检举揭发。

如同事先约好似的,古义人条件反射一般往那三个正向这边走来的陌生的日本人迅速走去。转瞬之间,对方似乎犹豫了一下,中间那位眼熟的身穿竖领中山服上衣的家伙随即指示其余二人,对古义人形成了包围之势,围裹上古义人后,便沿着码头将他引向与通往旧市街的那座大桥相反的方向。码头上,停泊着的市区观光船和渡船的船尾列成一排。比小头目模样的家伙年轻且魁梧的另外两人,这时从两旁强行抱住古义人的胳膊,像是要将古义人拖拽得离地而起。

古义人实际上已经悬垂离地,他扭过尚能转动的脑袋往后看去,发现教授正站在一百米开外的饭店迎面台阶上向这边张望,可古义人却不想向他呼救求助。即便对于那些隔着马路在饭店一侧狭窄人行道上行走的当地市民,古义人发现自己也没有任何倾诉困境的手段。

头目模样的家伙往古义人膝下跪了下去。古义人低头俯瞰，只见自己的鞋袜被他以娴熟的手法脱了下来。身着竖领中山服上衣的这个家伙因颈部苍老而堆积起的皱纹非常显眼，仔细一看，正是曾经两次参与袭击自己的那个人。这家伙抓住灰心丧气、一动不动的古义人那只左脚踝，使劲摁在地面上：

"稍微再下降一些！"他提醒着同伙。

就在古义人感到光裸着的脚底刚刚触到冰凉的铺路石之际，已经站起身来的那家伙手中的铁球就坠落了下来。铁球砸在早已变形为瘤子一般的拇指根上，随即被弹了起来，骨碌骨碌地向一旁滚去。古义人疼痛得呻吟出声。铁球翻滚着越过铺石路顶端的浅沟后，便滚落在两条船名分别为 Värmdö 和 Varö 的轮船之间的海水中。两旁那两人发出"啊——"的哀切惨叫，惹得正从旁边路过的一位身着长大衣的优雅老妇人回头望着这里。

两只胳膊从束缚中解脱了出来，古义人仰翘起灼痛的脚，瘫软在了地面上。呻吟了一阵后，他从铺路石上支起上身，仰视着枯叶落尽的老白杨。在树的斜上方，只见从饭店右侧第五层突出一间圆形的客房。那是安排给古义人一家的套间中的一个房间，阿亮正从那里俯瞰着波罗的海的海湾，同时在五线谱稿纸的上端继续谱写着题为《海》的曲子。倘若来这里察看情况的千樫低头看见下面道路上的异常，那就好了……

作为紧要之事，这是古义人正在思考的唯一问题。然而，千樫此时正与为她出席颁奖仪式的着装而前来的女性日侨商洽。瘫倒在地的古义人，最终被来到客厅凉台上吸烟、在海军练就出锐利目光的陪同人员所发现。

5

另外一个消息,则来自隧道北侧一座村镇邮来的信函。古义人的父亲在世时每当喝酒,便会念叨自作的汉诗:自真木盆地,过犬寄隧道,往松山而去。现在,汉诗中提及的隧道早已进行了现代化改建。来自隧道北侧的这封信虽是一封匿名信,可信中的笔迹却很眼熟。

第一封信函,是古义人从柏林回国那天,被夹在快递公司送来的包裹之中的。祝贺回国的礼物,是一只异常强壮的鲜活甲鱼。对方在信函中还写道:将结束一直坚持至今的、受到秘密结社团体残留人员指导的活动。

古义人浑身沾满散发着腥味的血污,与那甲鱼间的奋战,以熬制了大量甲鱼汤而告结束。然而,对方随即寄来了第二封信件。同前面那个送上门来的特快专递一样,是从松山市内以匿名形式寄出的。

你为什么杀了"甲鱼"?对于你这种人来说,恐怕没有资格杀死"甲鱼之王"。/你那野蛮且不知羞耻的行为,只能说明你是一个不仅可以杀死甲鱼,甚至还会杀人的家伙。你不但年轻时就实际杀过人,在麻布狸穴①的高级公寓楼顶上,从那人背后轻轻推上一掌的家伙,不也是你吗?!而且,你还逃脱了罪责活在这世上!

这封信函,因为不同于罗兹将进行事物性处理的那些邮件,因此被归于其他此类邮寄物品之中。罗兹之所以这样处理,是由于信封

---

① 位于东京都麻布十条地段。

上写着"亲展"字样。对于日本的一些常规，罗兹一直规规矩矩地予以遵循。

我们的团体业已解散，也就不好事事都抬出个人的名头。不过，我们都曾受到大黄师尊的教诲，在与长江家有着很深渊源的农场接受了教育和训练。直至修炼道场解散为止，我们从长年担任厨师且比较活跃的那个通称为大川的中国人那里，听说并且愉快地记下了古义人先生幼少年时期的往事，以及先生从松山光临农场时的逸话。那是您和后来成为搞导演的那位先生一同来这里时的事。

现在，我们这些大黄师尊最后的门生全都过着隐居生活。但是，修炼道场的成果并没有烟消云散。收购了我们集体宿舍的经营者，把泡沫经济的崩溃视为良机，构想出确实美好的休憩之乡，计划建设别具一格的度假村设施。那里还有温泉——在先生的记忆里，还记得那温泉吧？明年春天开业之事，是对方出于对原土地所有者的情谊而通报给我们的。

从前些日子的新闻报道中，得知先生已于故乡开始新生活。由于两地相距不远，不知先生是否愿意光临该度假村。即使对于身患小儿麻痹症的令公子，这里也安装了没有危险的浴缸。由于我们皆为毫无修养之山野之人，以至上述文字了无趣味，唯伏请先生海涵。

又及：

先生早先获奖之际，恰好也在瑞典国的冒牌学者在因特网主页上写道：不分时间和场所而酩酊大醉，醉卧于港口的铺路石之上，实为日本人之耻辱。只眼独臂的大黄师尊大为震怒，表示事情并非如此。他在讲话中说道，在这个值得纪念的时刻，您该不是想要回归令尊的恢宏之构想？！我们的希求终于得以实现，今后的长江古义人大概会一如笃胤①先生所作的和歌那样行动起来吧。

  连天碧海千重涛，
  望眼世界八十国，
  前仆后继广传播，
  唯有皇统是正道。

6

在长年练习瑜伽功和体操的罗兹指导下，古义人放开身体，穿上慢跑运动鞋，不断进行上下林中坡道的训练。为了配合古义人的热情，罗兹制定了一个可以看见成果的林中行走计划。

虽说眼下正是梅雨季节高峰期，却已经连续两天没有下雨了，林中比较干燥，因此，倘若第三天也是晴和天气的话，就坚决实施那个计划。主动承担具体准备工作的真木彦，与阿亮紧挨着坐在起居室沙发上分析着电视中的天气预报。此前，一直关注中国地区②以及四国地区天气情况的阿亮——千樫去了柏林后，阿亮也在替她声援着，在广岛东洋鲤鱼队的棒球比赛日程上——正在本地报纸上确认南予地方的一周预报。

如此制定的森林出游计划的第一步进展顺利，古义人等人做出决定，要在这个从清晨就洒下夏日般阳光的星期天进入森林。之所以将出发时间定在下午三点，是因为真木彦需要时间来准备对古义人保密的节目——他说，这主要是为了罗兹。

---

 ① 平田笃胤（1776—1843），日本江户后期的国学者，其学说思想以神道说和古道说为中心，对江户幕府末期的思想界具有重大影响。
 ② 指日本的冈山、广岛、山口、岛根、鸟取这五个县。

似乎与宇和岛的和灵神社有着某种关联,这地方举办的祭祀活动,是从森林里下行到山谷间的"御灵"游行。自**破坏人**创建村子以来的传说中人物,几乎都是些惨遭横死、亡灵未能安息的角色。他们的"御灵"从森林里下到山谷中来,伴随着"**当、当、当!**"的大小皮鼓和铜锣的节奏。这时,按照惯例,预先集合在森林下方的孩子们的"御灵"就要进入神社的院子。但是,真木彦在调查旧时记录时发现,山岭与河流在各自区域内都有三岛神社。河流区域内的神社,便是庚申山上的别宫,似乎应该从这座神社位于森林高处的别宫出发。

山上现在的别宫,是修复了一直被称为"死人之路"的铺石路遗迹最高处路段后,将战争时期置于国民学校①的奉安殿移建到山上来的建筑物。真木彦的演出就从这座别宫开始,虽说规模很小,却让古义人和罗兹得以从"死人之路"的另一端观看"御灵"刚刚出发的游行。

真木彦组织的这次游行,尽管与正规祭日的规模无法相比,可他仍然领着扮演"御灵"的几个人和伴奏乐师先行出发了。那里只有为从事山林工作而修筑的登山小道,将阿亮带到那样的场所是不合适的。把他托付给亚沙后,古义人和罗兹便与前来迎接的阿动出了家门。真木彦一行采用旧时的做法,从三岛神社后面沿着湿洼地进入森林并登上"死人之路"。阿动说,他们带着用以化装的服装和乐器,上山不啻于强行军。

古义人和罗兹乘车上行到林道最高处的岔路口,再从那里找到一条下山往西侧去的道路,驶出宅基地上方树林的背面。从那里开始则是宽度约为五十厘米的古道,大家留心着不要绊上露出地面的、

---

① 在发动侵略战争期间,日本政府为推行国家主义教育,于一九四一年在全国范围内将普通中、小学改制为所谓的国民学校,其学制分为初等科六年,高等科两年。该体制于战争结束后的一九四七年废止。

结满瘤子的树根,向森林深处走去。阿动理所当然地走在前面开路,同时还牵挂着罗兹,他或挡开灌木的枝条,或搬开倒下来的枯树,欢快而勤勉地劳作着。

即便深入森林,罗兹仍然穿着平日里的慢跑鞋,而古义人则穿着那双连脚踝也被严严实实包裹起来的非常结实的靴子,这还是在冬季非常寒冷的普林斯顿特地订购的,所以,对于此前所受的脚伤并不会引起不安。

一进入森林,便感到地面有一些坡度,阔叶林中比较豁亮,视野竟是意外开阔。古义人向罗兹一一介绍那些老朋友一般的高大树丛——甜槠、柯树、铁槠、光叶石楠。

"村里人习惯于把这一带叫作原生林,其实,这里是我外祖父指导那些雇来的年轻人进行'择伐'的地方。就这样,优良的树种存留下来了,林子里少见那些因早衰而细小的树、歪扭不直的树以及过了年头的树。这种'择伐'一直持续到大约七十年前,自那以后,年轻劳力都卷入战争,'择伐'作业也就不可能继续下去了。战后,也只有砍伐用于种植香蕈的砧木的专业人员进来,那些无用的植被也就蔓延开来了。"

罗兹好像没有余裕观望四周,不过,当她来到还挂着不少花儿的山茶花丛前时,却停下脚步,入迷地观赏着。

"古义人能够识别这里的所有树木吗?"

"那不可能。不过,落叶树也已经发出了嫩叶。尤其在外祖父曾经有选择地采伐过的地方,树木的种类也比较有限……由于这里向阳,到了季节,还能看到冬树莓和春兰。"

古义人一行按预定时间到达了"死人之路"的东端。用巨石铺成的"死人之路"高及胸部,古义人他们稍稍离开小路,站在长了青苔的岩石与倾斜的大树之间,打量着眼前的"死人之路"。一直延续下去的、平坦的铺石路面上，尽管也有阳光照射，却连幼小的野生树苗都无法存活。在当地的传说中，人们认为这种不可思议的现象是因为宇宙人那巨大的力量。对于这种说法，孩童时代的古义人深信不疑。

"那时，我甚至在想，由于这'死人之路'是供宇宙人降临所用，因此作为信号，比如在月明之夜，该不会发出白蛇一般的光亮来吧……"

"缠绕在这个结构旁的攀缘茎，好像是柠檬的叶子……再仔细一看，正开放着拧在一起的五瓣小花呢。这种纯白，或许就是古义人的想象之源吧。这小花正散发着薰衣草的馨香呢。"

眺望过去，在"死人之路"远远的西端、苍郁的高大树丛被切开的空间里，有一处稍稍鼓胀而起，那里便是原先的奉安殿了，只是比记忆中的还要小一些。早在孩童时代，古义人就将木片相互剐蹭一般的咯吱声响当作门扉的响动，现在，他为神明将要从神殿里现身而出而战栗不已，乐器的音响早已传了过来。紧接着，**当、当、当！**响起了三拍节奏的音乐。远远望去，一看便知是**破坏人**那由纸糊的大头以及支起的衣服扮成的"御灵"，接着是将叠起的被褥一般的黑色包裹顶在头上，也可以说是巨大偶人般的"御灵"，相继从被打开的别宫大门里现身而出。紧接着，后者一面行走，一面将头顶上的包裹从肩头放了下去，原来，那是长及后背的黑色长发。

"Oh, fanciful!" 罗兹发出粗重的感叹。

然后，另一组并排行走着的"御灵"队伍和先前那两人拉开一段距离，也走出了别宫大门。乍一看上去，像是孩子或狗与一个成年男子纠缠在一起。这家伙的一条腿似乎有问题，他依靠那条正常的腿显得非常忙碌地跳跃着。古义人凝神望去，觉得眼前的"御灵"与自己好像曾经见过的"御灵"重叠在了一起。

这时，罗兹发出感情色彩更为浓厚的感叹，她叫喊般地说道：

"不是有过一部把艾娃·加德纳①从义和团的暴动中解救出来的电影吗?！与发挥了出色演技的吾良一模一样！"

装扮成明治时代外务省武官的男子，直到时髦的太阳镜和军帽之间的、颦蹙起的额头，确实就是正当壮年的吾良！走在吾良姿态独特的腿边、不辞劳苦相随而来"御灵"的并不是狗。头戴船形帽、身穿占领军厚布料开襟衬衫的这个男子，一面屈腿下蹲，一面煞费苦心地跳跃着行走……

在下一个瞬间，说不上是因为恐怖抑或愤怒，古义人大声喊叫出来，从吾良和皮特的"御灵"旁逃开，冲进茂密的灌木丛中，穿过阔叶林间稀疏的杂草缝隙，一路奔跑下去。由于林中坡地的倾斜，越发难以控制奔跑姿势，便顺势渐渐往湿洼地方向跑去，在奔跑中不断用手掌撑住树干以维持身体的平衡。然而，当他栽倒在密不透风的山白竹丛中时，便再也不能控制身体，脑袋朝下，猛地从斜面上滑落到湿洼地里。

---

① 艾娃·加德纳（Ava Gardner, 1922—1990），美国女演员。

第七章　孩子的堂吉诃德

1

逃离"死人之路"后,古义人继续在树丛中飞快奔跑,直至坠落在被山白竹覆盖着的湿洼地。在那以后的三天里,古义人整日沉默不语。

在医院里,医生为古义人的脚踝重新打上石膏,治疗全身的跌伤和擦伤,并缝合了左耳撕裂开的伤口。尽管如此,古义人还是在黄昏时分赶回了十铺席,却没有对一直陪伴在身边的罗兹说上一句话,即便对于将阿亮带回去一直照看到深夜的亚沙,同样连一句致谢的话也没有。

父亲的一只脚打上了石膏,另一只脚上的靴子本人是脱不下来的,阿亮看着他靠在阿动的肩头走进兼作书斋的寝室,不禁说道:"真是不得了啊!"在那之后,却并不走近父亲身旁。

罗兹因为古义人的态度而感到惊慌失措,便引用了帕特纳姆英译本中的一段词句:"The badly wounded Don Quixote was melancholy and dejected,"①却惹得古义人越发怒火中烧。

---

① 原文为英语,意为遭受重创的堂吉诃德忧郁且情绪低落。

虽说古义人没有像堂吉诃德那样连续躺上六天,却一味沉浸在包括忧郁、颓唐以及愤怒等情绪在内的沉默之中。

不过,只要自己没有责任,罗兹便不在乎对方的不愉快。一天早晨,为蜷缩在床上的古义人送来早餐时,她这样说道:

"当时,阿动随即就去调查让你受到惊吓的'御灵'了,当发现是真木彦策划了这场对古义人有害的恶作剧时,阿动就对他进行了报复。也就是说,尽管他的目的仅此而已,并没有什么恶意,不也是太过分了①吗?!出事以后,阿动没有直接下山前往你摔下去的湿洼地,而是回到林道开动车子……我也坐上那汽车赶了过去……从古义人母亲的墓地往山上驶去。于是,救助上来后才能直接送到医院。那时,阿动如同转世投生的'童子'似的奋斗着。

"我曾经说过,真木彦所扮演的角色,是参孙·加拉斯果学士。那人的言论,在其根本之处包含着对古义人的批判,犹如参孙的言论中包含着对堂吉诃德的真诚关心和批判一样。作为其后续动作,参孙甚至还挑起了与堂吉诃德的决斗。

"对于真木彦来说,想要正确理解古义人的心情……从那里产生出了批判性的言论……因此发展到了这次事件。真木彦感到了深深的悔意。因为,他没有预料到会招致古义人做出如此强烈的反应。他已经来看望过你两次了。

"在这次事件中,真木彦和我有一个共同的感觉,交谈后这种感觉更为清晰了——古义人确实就是堂吉诃德式的人物。驽骍难得受惊后载着堂吉诃德狂奔起来的场面,不是有很多吗?虽说这种狂奔大多不是堂吉诃德所期望的,可是,骑在驽骍难得背脊上飞奔的堂吉诃德却每每因此而显现出魅力。在树丛间不顾一切奔跑着的古义

---

① 原文为英语 too much。

人,同样也很了不起。

"……被驽骀难得颠落马下、翻倒在地的堂吉诃德那种悲痛的威严以及滑稽,确实是非常独特的。前不久,我曾对古义人说过,绝对不能把 melancholy 中的 m 转换到 Madness 中的 M 去。但是,那并不意味着希望你变为'神志清醒过来的堂吉诃德'。如同桑丘的那番哭诉一样,当时我想,无论如何也要对古义人说出这些话来。"

看到古义人只是不作一声地听着,受到鼓励的罗兹在这天黄昏时分送饭来时进一步说道:

"堂吉诃德与猫儿大战,连脸部也受了伤,便蜷缩在床上的那个场面,我想请古义人看看多雷创作的这幅插图,估计那样会逐渐精神起来。如果使用我们的传真机,则必须把画页裁割下来,否则便不能复印,所以我就去了真木町图书馆。乘坐阿动的汽车到那里一看,真木彦也来图书馆阅读新到的杂志,阿动还和他毫无拘束地进行了交谈。出事那天,愤怒的阿动在动手时没有控制好自己,所以,真木彦也把手臂吊了起来……

"在那以后,真木彦曾这样说道:自己认为,古义人当时那般惊恐是真实的。至于美国兵'御灵'的扮相,好几十年前这里就已经有了,古义人该不是毫不知情吧?从那时开始,化装用的裤子,膝盖以下全被染成黑红色,社务所的仓库里也没有合适的靴子。尽管腿脚已被打烂,那美国兵还是用双手爬行着往森林深处逃去。那时,当地人曾发现正在逃跑的美国兵……根据那些人的传言把这'御灵'加入进去,是在古义人上了大学以后。他一直在东京,应该不会知道吧。当然,吾良的'御灵',则是我本人策划的演出……"

躺卧着的古义人因懊恼而下意识地挪动仍打着石膏的腿想要跺脚,结果却因为疼痛而咬紧了牙齿。他的视线转向用厚纸加强了的、复印出来的、卧病之中的堂吉诃德画像,这是罗兹将其与早餐一同送到厕所旁并使其竖立起来的。这时,罗兹显露出被抽打了耳光的少女一般的神情退了出去。

在古义人的脑海里,现在听到的话语与此前实际看到的"御灵"的形象再次重叠在了一起。脚踝的创伤处也回复到最为剧烈的疼痛之中,古义人将脑袋钻入毛毯之中呻吟不已。这时,他想起真儿寄送来的卡罗林斯卡研究所附属医院的止痛药正放在床头柜的抽屉里。从胶囊中取出药物后,古义人放入口中,随即用玻璃杯中的水冲服吞咽了下去!一如他立即意识到犯下的错误一样,药物并没有像在斯德哥尔摩那样产生电击般效果。整整一个夜晚,古义人都在不眠和疼痛中饱受煎熬。

翌日清晨,罗兹把早餐和现代丛书系列版《堂吉诃德》放在托盘上一并端了进来,脸上隐约可见委屈的表情。身为外国知识分子的这位美国女性一定有一个原则,那就是要把该说的话全都说出来。

"在下卷临近结尾处,学士参孙·加拉斯果化装为'白月骑士',把堂吉诃德打翻在地,让他承诺回到家乡隐居。而且,他还向堂吉诃德在巴塞罗那的保护人说明了事情的原委:

> 我是堂吉诃德的朋友,和他熟识的人都为他的疯疯癫癫而心有不忍。尤其是我,更是认为他委实可怜。我觉得,要想治好他的疯癫,最为重要的是静养,也就是说,需要回乡在家里静心休养,就想了各种办法,想要把他带回村里去。

"可他没有料到,在他以'镜子骑士'的身份进行的决斗中,竟被堂吉诃德撞落马下。(罗兹朗读着的依然是帕特纳姆的译本。)

> ……一败涂地的我丢了脸面,落马倒地,吃了很大苦头,还受了危险的重伤,返回村里去了。但是,我并没有因为吃了这次苦头就灰心失望,从而放弃再度寻找并打败他,然后将他带回村

里的志愿。

"据说,真木彦所做的努力,其实就是想亲手掌握并揭开那些连古义人你也不甚了解的**那事儿**的真相,这才想到了你。与真木彦交谈后,我便开始这么相信了。你也确实受到了伤害,可究竟谁的内心受到的伤害更为严重呢?大概是被阿动狠揍了一顿的真木彦吧。这不正好相当于'镜子骑士'参孙·加拉斯果的败北吗?

"不过,尽管遭受了那样的折磨和打击,真木彦却并不打算停止他的尝试,为了你而破解**那事儿**真相的尝试。如同参孙·加拉斯果那样。即便在古义人来说,也没有任何理由拒绝这种尝试和努力吧。因为,较之于别人,你更想彻底了解**那事儿**的真相。

"请尽快找个机会,跟真木彦谈谈吧。"

2

古义人加大了床铺的角度,罗兹用力塞进来的软靠垫,使得他的上身越发挺得笔直了。真木彦则吊着手臂,端端正正地坐在与床铺呈直角的椅子上。古义人左耳的伤口也还没有拆线。

"在上周发生的那件事情中,关于你和阿动,当然也包括我本人,我们所干下的一切,都不要进行辩解、批判,甚或反批判了。"古义人先开口说道。

"我呀,通过这次'御灵'之事,知道在当地的民间传说中,还有一些自己不了解的地方。有关我离开山谷之后的传说,如果是成年人比较了解的内容,当然可以从你这里打听到。不过,就我本人的经验而言,我对那些在孩子中间广为流传的传说同样比较关注。我在考虑,是否可以找个机会,与中学的学生们见面、谈话呢?

"我请亚沙的丈夫向学校方面了解了一下,结果说是并非不可能……听罗兹说,好像不识寺的松男和真木彦你帮着提出了一个具体方案……"

古义人将目光投向沉默不语的真木彦,等待着他的回答。

"……只是,利用中学生收集信息,恐怕就连古义人先生也会觉得不合适吧。我和松男就是从这个话头说起来的。因此,古义人先生可以向中学生发表演讲,再由罗兹小姐翻译为顺畅的英语。我们在考虑,如果讲授这种课程的话……

"罗兹小姐对这个方案产生了兴趣,在讨论各种具体内容的过程中,提出了这么个想法:是否可以由古义人先生就"桃太郎"发表演讲,罗兹小姐其后朗读英译 Peach boy? 听罗兹小姐介绍了大致想法后,我觉得很有意思!"

大约三年前,在哥伦比亚大学的剧场里,古义人与 A Personal Matter① 的译者联手举办了共同演讲。在演讲中,古义人提到了"桃太郎"的话题。当时居住在纽约的罗兹听了,觉得确实非常有趣。

最初,演讲的主题是"故事中的地形学",作为范例,古义人说起了《桃太郎》这个日本民间故事,借以直截了当地显示故事中的人物与场所的关系。在"老公公上山(+)去砍柴,老婆婆去河(一)边洗衣服"这个开头部分里,已经显示出了纵向轴线。于是,从构成横向轴线的河流的上方(+),流啊,流啊,流过来一个大桃子。

从桃里取出的孩子,原本可以在村庄那狭小的空间里幸福生活,可他却要前往位于横向轴线下方(一)的鬼岛。

古义人为故事加上了自己的注解:载着桃子漂流而来的河川上的乐园和鬼岛,是入侵了横向轴线的宇宙论意义上的歪斜,如同莫比

---

① 《个人的体验》之英译本书名。

乌斯①之环一般在内侧连接起来。

"我自幼生长在东京,甚至根本不知道自己的历代祖先竟在这块土地上的神社中担任宫司②。即便如此,我还是阅读了古义人先生的《橄榄球赛一八六〇》。来到这里后,当了解到自己的曾祖父竟是暴动的主谋之一,确实感到震惊。不过,当我尝试着将其作为与自己相关的事件重新把握时,却发现有几个无法理解的地方。

"因此,我开始学习有关这块土地的传说和历史。我曾请罗兹小姐分析了你创作故事的方法,明白了其中不少内容。在这片森林中的一些场所,也存在着纵向轴线和横向轴线。用古义人先生的话来说,根据这里的地形学,这块土地产生了各种各样的故事。沿着那条横向轴线,还会出现一些来来往往的人物。

"是否可以请你在学校里讲述一下这个原理呢?通过《桃太郎》这个故事,和学生们大概很容易熟识起来吧。如此一来,孩子们的兴趣就会转移到同地形构造相重合的传说上来。那时,或许就可以从一个个孩子那里,挖掘出在他们家庭里流传的小故事。也有人会说:已经没有那样的故事了,现在,说起地方文化,就是与全国同一化了的电视节目以及连环漫画……总之,古义人先生可以让孩子在现实场所验证基于这里的地形而产生的故事。"

古义人清楚地知道,真木彦的头脑中——尽管含有罗兹的谋划——已经形成了几个方案。

---

① 莫比乌斯(Möbius, August Ferdinand, 1790—1868),德国数学家、天文学家,因将重心坐标引入几何学,从而对射影几何学做出贡献而闻名。而由他创始的莫比乌斯环在位相几何学中非常重要,即从任何一点出发,都将来到该出发点的背面。这种意象在文学作品中往往表示某种悖谬,解构了原有的正反面之分。

② 宫司为神社的最高神官。

于是，古义人把自己一直思考着的想法说了出来：

"我要说的是显现出丑态的'御灵'行列。就是那个、为了不让他逃走，就把他双脚打烂的美国大兵的'御灵'……目击了那个美国兵的相关传说，是怎样的形式呢？在森林中的什么场所？谁亲眼看到的？传说中有这样的细节吗？家母经常批评我，说是我自从离开松山去东京以后，就和阿亮一样，与这块土地没了缘分。我这次住到十铺席来，尽管为时已晚，也含有遵从家母嘱咐的意思。"

真木彦的眼睑下方是被阿动殴打过后的明显伤痕，眼睛里则因双眼形状不一而产生奇妙的压力。他将双眼转向古义人说道：

"这已经是半个世纪以前的传说了，情节大致是这样的……暴风雨之夜，至于场所嘛，恰好就在这十铺席，说是有人看见他像一头受伤的野猪站立起来似的……腿脚无法站立，只将躯干挺起来的人，看上去就是那个样子。当时，这一带还是捕猎野猪的时节，我认为，那个时节的村落集团性记忆复苏过来了，'吾良、吾良！'他用显然是外国人的腔调哭喊着。说的就是这个情节。我还觉得，这其中也有一些东西与古义人先生正在调查的'动童子'和强盗龟的传说相混杂……"

不知从什么时候起，罗兹站到了古义人床铺的床头靠板背后，倒也不是要与真木彦对立，只是出于执着追求事物真相的个性，她开口说道：

"我没听说你将其作为民间传说来看待，那只是你为'御灵'的重新演出而做的准备，却由于古义人的意外奔跑而没能继续下去……这该不是你所说的遗憾中的一部分吧？"

真木彦的脸色变得苍白，伤痕处的青斑也越发浓重了。尽管如此，他却没有气馁。

"……古义人先生过世了的父亲拥有的修炼道场已经被解散了，曾是那里成员的人还有活着的……移居到了修建四国大桥桥墩的岛屿上。他证明说,相似的传说,在隔着大山的那一侧也有。他清楚记得皮特的事以及少年吾良的事。当然,也记得古义人先生的事……

"尽管如此,关于事件本身,他也只说了那些模棱两可的事。听说我正调查这个事件后,对方主动跟我联系……

"两三年以前,不是曾有过这么一个消息吗?!是在伊江岛吧,冲绳大战结束之后,日本还没有投降的那段日子里,每当夜晚降临,就有一个臭名远扬的美国大兵溜出基地来对姑娘施暴。人们就杀了那家伙,把他扔进海边一个叫作 gama① 的洞穴里。他的遗骨后来被发现了……

"这是对性犯罪惯犯进行自卫,根据村落里的默契所杀的人。当时,这种辩护之声具有明显的优势。在国家对国家的层面上,也可以说那是战争的延续。不过,这里正处于占领期快要结束的时期,超国粹主义者于是想要筹措武器。

"假设皮特的遗骨在山寨里被发现,只要进行基因鉴定……杀人事件是有时效的,而在我们这里,比较大的事件都是要报道的吧。那正是原修炼道场的成员们所担心的。

"在《被偷换的孩子》一书中,古义人先生写得比较含混,罗兹小姐不是说了吗,那并不是有意为之,而是不能确定这其中是否存在着犯罪。但是,皮特假如还在本国活着的话,吾良先生的电影在美国取得了很大成功,古义人先生不也是哈佛大学的名誉博士吗?当他发现你们的成功之后,一定会找上门来的。"

"……你所说的在山寨发现了遗骨,这是有具体依据的说法吗?"

---

① 冲绳方言,意为洞窟。

"古义人先生,当您回到阔别已久的故乡,乘车行驶在铺修得很好的林道上时,距沿河的国道很远的村镇,在森林的地图上显得近在咫尺,您为此而感到诧异了吗?由那座村镇翻越山岭的小径附近,就有好几座古老的山寨。有关强盗龟和'动童子'逃跑的记录您也查阅了吧?原本是修炼道场的处所现在已是新度假村的施工现场,我在想,假如您从那里沿着林中小径下山到山谷里进行调查的话,我会为您领路的。"

如此一来,最初的格局,也就是古义人=堂吉诃德的那种拥有从容和余裕的高姿态,随着谈话的进展,却因为真木彦=参孙·加拉斯果而显现出明显的逆转迹象。

3

也含有促使脚踝的伤痛早日康复——很早以前就因此而提出了申请,真儿才被那莫名其妙的电话所折磨——的意图,古义人开始到真木町的泳池游泳。由于运动不足,阿亮的体重已经增加,在十铺席宅地也热衷于瑜伽的罗兹,想让他进行水中步行训练,便与古义人一同前往。

梅雨季节虽说就要结束,小雨却从这天早晨起就不停地下着。罗兹驾驶着那辆深蓝色的箱型小客车,与阿亮和古义人一同前往町经营的泳池。从 JR 车站直到通往盆地深处的、久已有之的公共汽车马路,被淋透雨水的、郁郁葱葱的深绿色枝叶从道路两旁遮掩过来。罗兹那美国风格的驾驶习惯使得古义人心惊胆战,汽车超越了由小个子教师领头的、穿着相同黄色雨衣的孩子们。

按照早已习惯了的顺序,古义人在男更衣室内帮助阿亮换上泳裤后,就将他留在女更衣室门前。此时,罗兹正在女更衣室内颇费周折地做着准备。古义人独自一人先来到泳池开始游泳。刚才被超越而过的十来个学生也下到泳池边沿,在一个三十多岁的教师带领下做热身体操。

在古义人身旁的泳道里,一个女生小组正在游泳。身着红色镶边深咖啡色泳衣——显露出背部、红色纽带相互交叉的高腿位泳装——的优美身姿,肌肉比较发达的肢体,虽然年岁尚小,却已经是游泳运动员了。手臂的划水动作自不必说,就连双腿打水的节奏也很沉稳,在泳道一端做了一个动作幅度不大却很娴熟的快速转身过后,便折返回去了。

在这条泳道那一侧的两条泳道里的男生小组,显示出更好的驾驭能力,充满力度感地游动着。古义人并没有因为中学生掀起的浪头而呛水,他也在全力以赴地游动着。

这时,站立在泳池南侧金属管扶梯旁的教师开始了训示。他面对聚集在各条泳道顶端的学生们,说话的声音并不很大,却很有力度,而且由于语速比较缓慢,因而也是对仍在游泳的古义人的耳朵表明了自己的意思。

"……像你们这样游泳,能收到训练效果吗?!你们根本就没想要给自己增加训练负荷!在水里,是在游玩吗?!那一位在外国女人的陪伴下,正在泳池里哗啦啦、哗啦啦地玩着水,你们是在模仿他吗?!"

阿亮和罗兹已经下到与聚集着中学生的那条泳道相反一侧角落的泳道里,此时在池水中行走着。于是,古义人惦记起阿亮尤其是罗兹来。他自己也在泳道一端停歇下来,去听那教师接下去的话语。教师似乎目光敏锐地注意到了这一切。

"'健全的精神源于健全的肉体。'你们知道这句谚语吗?!在这个国家里,现在,所谓'人权派'正在蔓延,还要紧紧咬住这种谚语。

那么,不健全的肉体就不好吗? 正是这么一回事! 这句谚语来自拉丁语,原话是'Mens sana in corpore sano'。

"看看那里! 让外国人牵着手在池水中行走的,并不是寻常之人。不能说那就是智力障碍。但是,你们看他的身体! 这能说是健全的身体吗?! 这难道不是事实吗?!

"你们,俺就不指名了,从第二学期开始,由于某个人的特别课程,星期一的训练课没法上了。泳池难道原本就是供人在其中走来走去的吗?! 进行集体训练时,对那些病残者可是非常危险的啊。所谓特别课程,是让我们来听'人权派'梦呓的吗?!"

教师用力吹响了用金色链条垂挂在粗壮脖颈上的哨子。阿亮早已停止运动,这时,他正用白胖的双手捂住露在泳帽之外的耳朵。看到这一切的古义人往水中沉下身子,当池水浸没到肩头处,他在池底用力蹬了一脚,加之池水的浮力,他跳上了泳池的边沿。教师猛地转过身体,试图无视这边的情景。古义人走到了教师的近旁:

"这位大哥!"他招呼道,"你是中学教师? 还是游泳教练?"

"俺可不是你老先生的什么大哥。在中学里,俺担任英语教师,还是初中和高中游泳部的教练。"

"文武两道都很优秀呀。老师,在你的'引用语辞典'中,怎么没有出现作者尤维纳利斯①的名字呀? 你所说的谚语,还有其他稍微不同的语意呢。较之于煽动那些为了强化训练而遴选出来的小脑袋,'健全的肉体中,未必寄有健全的精神'更是鼓励赴死者的诗句。"

"这是特别课程的实习吗? 你想说的就是这些?"

---

① 尤维纳利斯(Juvenalis),公元一至二世纪古代罗马的讽刺诗人。"健全的精神源于健全的肉体"一句出自他的《讽刺诗集》一书。

"如果还要加上一句的话,大概就是这样一句话吧:你是一个不可救药的下流坯。"

"假如不看你是一个老糊涂外加伤病刚好,就要把你当成俺的对手。"

"你如果走开,俺也毫无办法。尽管如此,只要还能抓住你,俺就会紧紧咬住你的耳朵不松口。看看俺的耳朵!这一招可是俺被招呼了之后才学会的。"

直盯盯地看了古义人的耳朵后,教师显现出孩子般的恐怖和厌恶:

"咬耳朵?那不是违反规则了吗?"

"咬耳朵不对吗?那么,把有关智力障碍者的错误知识传授给孩子们,可是更加不对呀!"

古义人察觉到阿亮和罗兹已经来到了紧挨着自己的身后。由于这两人听到了刚才的话语,古义人对自己所说的话越发厌恶了。在古义人的催促下开始走开的阿亮却向他询问道:

"咬手指甲,说的是这个吧?"

4

从国道上看过去,位于十铺席的家渐渐出现在视野里。当车子来到由国道岔过来的路口时,雨停了下来,山谷里犹如浓雾一般迷蒙,两边的斜坡却都清晰可见。

罗兹放慢了箱型小客车的速度缓慢行驶着。

"古义人,就从这里走回去吧。"罗兹说,"这样忧郁地闷居在家中可不好呀。"

古义人之所以感到憋闷,虽说也有与游泳教练发生冲突的原因,但主要还是因为中学生们模仿阿亮在水中行走姿态一事。当罗兹驾驶车子从地下停车场上来时,这些中学生正在町经营的泳池大厅的玻璃墙外侧集合。他们模仿出的那种摇摇晃晃、曲折而行的模样,使得古义人预见到了自己数年后的行走姿势。

不过,也正是因为这种水中行走,阿亮下了车后,身心都显现出了活力,独自一人走在前面。古义人留意着那只受了伤的脚踝,紧紧跟在领头的阿亮身后往前方走去,以前所未有的速度攀上了可以俯瞰真木川"大渔梁"①的地方。他对正看着河面的罗兹说明道:

"在山谷里,人们把变为这种色调的河水称作 sasanigori,就是'微浊'的意思。我在想,在你查用的辞书里,在语感上比浑浊更为被动的,是浑浊起来……早在孩童时代,我一直以为 sasanigori 中本义为微小的 sasa 是表示矮竹的 sasa,因而以为'微浊'就是'矮竹浊',觉得是用河岸上矮竹丛的颜色进行比喻的说法……不过,这又像是'有些浊'。以后查阅辞书时才发现问题,不禁大吃一惊,也感到非常沮丧。把它说成矮竹叶的颜色,就像现在看到的一样,多么逼真和形象啊。可是……"

"矮竹原本也是小竹子吧。"罗兹在显示语言学的实力,"古义人在少年时代的感受性,首先是鲜明地体现在语言上。这一点也是作为小说家的根源。"

"我很爱读书,却不愿被其他孩子视为书呆子,就想尽量搞出一些异乎寻常的冒险来,如同日本人常说的那种堂吉诃德式的冒险。但是,当我上了高中后静下心来阅读《堂吉诃德》时,才发现书中的孩子并不活跃。"

"细说起来,桑丘·潘沙或许更具有孩子性格。在巴塞罗那城,就

---

① 以竹木编成的栅栏拦住河中水流以便捕鱼的装置。

有几个恶作剧的孩子向堂吉诃德挑衅。刚开始进行冒险的时候,还有一个被堂吉诃德从雇主的皮鞭下解救出来的少年。但是,当这个少年日后再次遇见堂吉诃德时,却告诉他,自己原本应该得到救助,可苦难反而更加倍了,因而少年对堂吉诃德进行了残酷的报复。"

"虽然堂吉诃德的性格特征被全世界的孩子所知晓,小说本身却不是供孩子阅读的。"

"是的,《堂吉诃德》不是为孩子而写的书。在小说的开头部分,就已经表明了'我们这位绅士将近五十岁了',而且,关于身体的表述,也是一副成年人的模样。'骨骼壮实,身材消瘦,面目憔悴',这种说法,其实在说明主人公是个体型结实的人物。在以后的日子里,即便遭受很大挫折也能够恢复过来,以此作为他能够继续冒险的伏笔。根据我的计算,仅仅被折断了的肋骨,就不止一条两条……

"也许你会认为这是奇怪的鼓励方法。古义人的姿势也不雅,走路的模样看上去也像孩子或老人似的。但是,你之所以能够创作出如此大量的作品来,还是因为你的身体非常结实呀。这是我刚才看见你和游泳教练对抗时想到的。而且,你肩膀外侧的肌肉强健,胸脯也很厚实……"

日本扁柏林的杂草间涌流而出的水流,从道路旁的水沟中漫溢而出。古义人仿效迈着沉稳步伐以不被积水滑倒的罗兹,等待她回到刚才的话题上来,以便继续刚才的谈话。

"就说那场大家都知道的风车大战吧,由于从一开始就知道对手不是巨人,孩子们不会觉得有趣吧。就像我经常说的那样,第一次阅读《堂吉诃德》,是因为上中学时被布置的作业。那个在岩石上身穿衬衣、苦苦折磨自己的堂吉诃德,当时只让我感到很不体面。至于兴趣盎然地领会到堂吉诃德与桑丘·潘沙对话中所含蕴的智慧深度,则是很久以后的事了。

"那人将近五十岁时才开始阅读骑士小说,并因为过度沉溺于这种阅读而成为 D.Q.①。D.Q.在步入其生涯晚年后才成为 D.Q.,因此,提出 D.Q.的少年时代这个问题是毫无意义的。

"可是……当然,我们可以把流传在世界各地的 D.Q.形象套用于少年,来考虑 D.Q.类型的少年。古义人,你如愿以偿地成为 D.Q.类型的少年了吗?"

古义人在思考着:我是 D.Q.类型的少年吗?答案是 NO!古义是 D.Q.类型的幼儿,所以他能够成为飞往森林的"童子"。我不仅没能成为"童子",甚至都没能够相当于 D.Q.。

穿过日本扁柏林后,从沿河的国道横跨真木川的那座老旧混凝土桥出现在眼前。古义人指着桥梁——现在,从真木本町一直前进,在可以看见庚申山的地方开设了一条过河的迂回路,这座老桥也就不再使用了——对罗兹说道:

"那座桥梁对面的桥头,连接着一条从下游而来的道路。那条路不是下坡路吗?!那时我刚刚升入中学,骑着一辆从六号到五号规格的……也就是中型的……自行车,也没有减速,就想从那里拐过来。成年人都是这样的。但是,我的自行车龙头却拐不过来了,猛烈地撞上了桥栏杆。不过,尽管自行车前轮陷了下去,却没有坠下河去,是桥面下的混凝土拱形结构卡住了前轮,我也因此而得救了。我的眼睛周围已是一片青紫,用当地话来说,那是'蛇无花果②的枝叶茂盛'……

"看那里!我在想象着成为'童子'的自己。那时,我非常喜悦地看着眼前苍翠欲滴的绿色,骑着自行车飞驰而来,猛烈地撞上桥头

---

① Don Quixote(堂吉诃德)的缩写。
② 当地俗称为蛇无花果,野生于河岸之上,树高约三米,果实成熟后呈红色。

后,我应该会被掷往空中,并成为借势向森林飞去的'童子'……"

对此,罗兹没有直接进行评述,倒是用手指着雾气早已散尽的森林高处。仰头看去,只见一群比蝴蝶大得多、飞行模样也与鸟类截然不同的白色物体飞快盘旋着,有几次甚至就要融入高高的天际之间。

"那是患了白化病的蝙蝠。"罗兹很有把握地说道,"天空还明亮着,可是对于蝙蝠来说,黄昏已经降临了。患了白化病后视力就要减弱,因此,它们更加坚信不疑了……"

第八章 《桃太郎》

1

比雾气干燥的白色大气弥漫在十铺席宅地背后林中斜坡上的那个早晨，不识寺的住持上门来访。松男住持刚刚走进玄关①就说道："课外那节特别课程的事，难了！"当他经过起居间再次说起同样的话时，罗兹开口说道：

"'难'这个日语单词，不就是表示难的吗？！而且，还把你要表述的意思本身给压住了。"

面对罗兹的视线里迸发出的不满和气势，松男感到一阵晃眼。紧接着，罗兹把矛头转向了古义人：

"日本人不会说：我，或者说我们，拒绝接受你的要求。人们通常只是用谁也不承担责任的、客观的表述，以'难'这种语言形式予以拒绝。"

"不过，比方说，普鲁斯特、厄普代克作品中的人物都曾说过，假如译为日语的话，那就是'实现起来只能说很难'，翻译时可是这么

---

① 原为禅寺院里进入客殿的出入口，后泛指住宅正门。

说过的呀!"

"我认为,这种说法扎根于日本人的社会生活和他们的个人精神状态之中。"罗兹毫不退让地说。

"这里所说的'难'里,并没有那种暧昧呀。"松男说道。

"对于古义人来说,可是什么都不困难。"罗兹的表情没有任何缓和,"即便是刚才说到的普鲁斯特、厄普代克,你也是准备了实例才那么说的吧。"

当松男住持重新开始他的叙述之后,才明白在真木町从行政到教育都代表着旧村地区利益的这位老练的交涉者,这一天也带来了相反的提案。

"中学里定了下来,说是即使在暑假的返校日,那也要放在下午讲课……低年级的学生可以留下来听课,也可以回去……关于《桃太郎》,也就是说,请古义人先生讲授并请罗兹小姐用英语进行说明,中学预定接受这样的方案。

"另外,我打算对学校提出如下建议:古义人先生这次为我们讲授特别课程非常难得,如果面向一般听众开放的话……这么说怎么样? 时至现在才去邀请町长当然有所不便,不过,还是会有一两位负责人出面吧。

"古义人你从未去过町公所,完全没有'寒暄'过呀! 这么一说,大概又要触怒罗兹小姐,被她说成'还是表现日本人个人意识的说法'了……"

"暑假返校日一共有几天?"

"现在还说不好……大致有三天吧。就用其中的一天……"

"如果只有一天时间的话,对于英语教育来说毫无意义。"

"哎呀,不要那么说嘛……作为对古义人先生非常重要的活动……哦,我必须要回寺里去了,你们两人请再商量一下吧。还要请考虑到这里是日本的四国地区这一因素……"

2

八月里的第一个星期六,早早吃完午饭后,古义人和罗兹就出门往中学去了。这所学校是古义人很久以前请一位建筑家朋友设计的。由于亚沙夫妇也一同前去,便请阿动照看留在家里的阿亮。学校大操场的边沿是纵向等长的混凝土外墙,在这混凝土外墙的支撑下,两座高低并不明显的教学楼比邻而立。这两座教学楼的左侧,是用作演讲会场的圆桶状音乐厅。古义人一行穿过不见学生身影的大操场,向音乐厅对面的,也就是教学楼右侧的教员办公室走去。在通往教员办公室的阶梯西侧,为了躲避像要凿穿混凝土墙壁的强烈阳光,猬集着躲避那日光的人群,像是混凝土外墙上一个被凿开的山路。

当古义人正要挨着人群走过去时,一个既像是小工厂业主,又像是游手好闲的、年岁相仿的男人开口招呼道:

"哎,是俺呀!明白吗?"

那男人趿拉着胶底凉鞋,一只脚踏在古义人正拾级而上的台阶上,与其说在注视着古义人的面部,毋宁说在等待着回答。他的头部细长,极为扁平的后脑勺使得古义人的心底里涌起不太愉快的回忆。

"那是啥时的事呀,还是在大阪的千日前见的面吧。'俺还有宴会,对不住你了,非常遗憾……'这已经是四十年前的事了。"

当年,古义人依据邮寄来的目录前往那座城市的繁华街区搜寻此行所要寻找的旧书店时,一个扁平脑袋的年轻人尽管对尚未熟悉的都市生活心存畏惧,却要在同乡面前显现出从容,便摆出一副查看记事簿上日程安排的模样,确实有过这样的事。当时他还说,他的一个亲戚是山林地主,在此人的举荐下,自己在阪神一家木材公司任职……

"你的孙子在这所中学里读书?"

"不不,是因为商务才赶回来的。"对方已显出垂垂老态的神情,清晰描画出当年在大阪熙熙攘攘的人群里时的表情,"俺的日程安排得很满,连讲演也没法听了……行了,我只想看看你的脸就行了!"

随着橡胶鞋底发出的啪嗒啪嗒声响,这男人往台阶下走去。随之出现在眼前的,是两个结伴而来、各自戴着亦可称之为西洋头巾的帽子、年近五十的女性,其中一人将"守护真木川河岸之集会"的传单塞到了古义人和罗兹的手中:

"我们就是从事这个工作的。不过,还有其他一些事情想要向您讨教……与我们有工作关系的林君负责长良川的运动,我们可是从他那里听说的。不是曾给长江先生您寄过一封信吗?说是请您参加环境保护组织的百人委员会。当时您刚刚获得那个奖项,所以也没抱很大期望,却收到了您在承诺一栏画上圆圈的回信……于是,林君就把自己的所有著作以及请您出席记者招待会的邀请函寄给了您,可您却在回信中说,当初画错了地方,因此取消此前的承诺。"

急切之间,古义人竟不知如何回答。

可是,另一位肌肤如同瘪枣一般的妇女也开了腔。她的口气与其说是询问,毋宁说是在责问:

"村君是一位以调查近代作家墓地而广为人知的随笔家,这位非常繁忙的随笔家曾特地来看过这所中学,还在文章中这样写道:'从贫苦人家往来于超现代化的建筑物……'长江先生您记恨这句话吗?"

"你是真木町旧村一带的吗?"

"不,我是宇和岛的……"

"那么,你的孙子就不会从贫苦人家来到这所中学了。"

"不,不,那是参观完学校后,在酿酒厂举办的宴会上伙伴们所说的话,后来村君为了引起大家注意才这样写的。"

面对这两位妇女,罗兹克制着想要开口驳斥的冲动,亚沙则善于应酬地招呼道:

"座位有限,希望参加的家长好像也很多,不早些去占个座吗?"

"这是面向中学生的讲演吧,我们这是向町长要求重新评估真木川护岸工程后正要回去。在我们全国性的信息网络中,也有一些针对古义人先生的非常严厉的意见,因此,我们想让他听到这些意见。"

"谢谢!在那些自立意识浓厚的美女中,古义人的名声可不好呀。不管怎么说,他都已经是那种封建意识很强的年龄了。"

紧接着,亚沙提高声调,对猬集在阶梯上注视着这里的人群招呼起来:

"由于是中学里举办的讲演,将准时开始,准时结束。那么,就请让讲演者他们通过吧!"

趁着混乱的局面,向那位像是出席讲演会的町公所人物"致意、寒暄"的安排也就不了了之了。

3

"为了不使学生们因教员室前的小小风波造成的延误而分散注意力,校长的讲话已经开始了……"在教员室里等候着的女教师做了如此说明后,随即移步向前,带领着古义人一行沿着长长的走廊前往讲演会场。

走进那位建筑家曾为处理音响效果而煞费苦心的圆筒形大厅后,古义人为学生数量之少而感受到一股冲击。不足三十人的学生并排坐在大厅一侧的座椅上。隔着他们身后大致相同数量的座椅,家长们坐在后排,竟没有一个空席,证明了亚沙刚才的预言是切合实际的。

竖立在墙边的诸多吉他、成排的吹奏乐器、钢琴、电子乐器,无一不在显示这座大厅是被当作音乐教室使用的。就在这些乐器的中央区域,有一块空出来的平地,年轻的校长正以移动式黑板为背景进行讲话,像是在说明被称为"综合性学习时间"的这种特别课程的框架。看到古义人和罗兹走进会场后,校长恰到好处地截住了话头。于是,学生座席最前排右端的一个少年站立起来,大声喊道:

"起立!"

古义人和罗兹都感受到一股迎面压来的力量,吃惊地相互对视着。"敬礼!坐下!"学生们宛如黑色和灰色混杂的鸟群般一齐蠕动起来。作为曾于战后接受过新式教育的老中学生,古义人对这种做法难以适应,觉得这种做法代表了暴力性的一个侧面。

"……我是长江古义人,从一年级开始,我在这所中学里学完了全部课程,是首届学生中的一人。"他开始了自己的发言,"在战败后兴起的建设中,这所中学创建之初,我们一年级上面还有二年级和三年级的学生。

"当时,中学里的学生总数是三百五十四人。在其后的半个世纪里,一个村子……一个町的一个区域里,孩子们竟然如此之少,这究竟是怎么回事呢?我甚至觉得这像是一件可怕的事。而且,从我入学上初一直至中学毕业,都是一个民主主义深得人心的时代,全然没有什么起立或是敬礼,以及被大声号令之类的事。"

这时,在学生那排座席背后的家长席位中央处,亚沙用手稍稍推

开原中学校长的制止,她站起身来说道:

"古义人君,请尽快进入早先准备好的教材。否则,罗兹君会感到不知所措,因为她不知道该为你作口译还是只朗读事先翻译好的资料。成年人的开场白,对孩子们是很枯燥的!"

4

这一天,特别课程刚一结束,对古义人在开场白中所说的话并不介意的少年便劲头儿十足地发布了号令,因此在让罗兹领先走出音乐厅之前,孩子们就在原地站立着。其实,无论在什么样的场所,古义人还是喜欢课程结束后的嘈杂,但自己正在离去的身后现在仍然一片寂静。当他向领路的女教师东老师提出这个疑问时,得到的回答则是:围绕刚才听到的内容,包括任课教师在内的所有人都要参加讨论会。古义人和罗兹刚才讲授的特别课程被规定为五十分钟,现在的讨论会应该也是五十分钟,由此组成共两个单元的"综合性学习时间"。

不受后半段课程约束的家长们,经由音乐厅旁侧的通道走下大操场往正门而去。亚沙夫妇原本也在人群之中,当看到古义人和罗兹被东老师领往教员室时,原中学校长便追赶过来。

打不起精神来的古义人和为孩子们讲解而感到疲惫的罗兹在教员室稍事休息后,便决定搭乘原中学校长的车子前往十铺席。

东老师的浓眉大眼与挺括的鼻梁显得比较和谐,身上穿的却不是从百货店买来的名牌西服套装,而是白色夏令针织套衫配枯草色棉布裙,在偏僻的乡村显得罕见而惹眼。

这位具有新派特征脸型、浮现出深沉思考神情的中年女性问道:
"今天的演讲,是以您对'桃太郎的诞生'的看法为依据的吧?"

"那是什么样的看法呢?"古义人反问道,"我并没有阅读过……"

"不,不!"东老师浮现出戒备的微笑,"应该说,是我没有很认真地阅读过。"

"那么,你为什么会提出刚才这个问题?"

面对罗兹的问题,和善的微笑从东老师的表情中消失了。

"对于日本人来说,有关桃太郎的分析,是举国一致的相同看法之一。在这个范围以内,运用新的学说观点进行的解释,我们大致也是能够预计的。"

然而,无论古义人还是罗兹都没有对这句话表现出恰当的反应,于是,原中学校长便劝解般地说道:

"日本人有关桃太郎解释的整体情况形同网络,而新的解释恰好弥补了网络中的欠缺。如果从这个意义上理解的话,对于新的解释还是可以预期的。"

"也就是说,是一种结构主义式的接受方法呀。"古义人也在封堵仍不服气的罗兹的反论。

这就是事情的原委,然而,翌日下午出现在十铺席的亚沙却因而开始了对古义人的批判:

"昨天,东老师不是很风骚吗?原中学校长也是,对邂逅的昔日部下勉励得也太过分了吧。你们两个人呀,好像都被那个美女教师给看穿了。"

接着,亚沙叙说了今天早晨在河边的大道上被迎面相遇的东老师叫住攀谈的内容。注意到罗兹也很有兴致地凑过来后,亚沙的叙述便更为详尽了。

东老师开口就对亚沙说,你不是一个喜欢说闲话的人,因此想和你说一些文学圈子里的话题。

"其实我并没有读过这本书,只是在报纸上看过相关介绍。说是在君特·格拉斯的……那可是德国的大作家呀……《我的世纪》这本书中,《凯旋门》的作者雷马克①与另一位老作家就第一次世界大战的回忆,在年轻姑娘面前对谈。听说这位姑娘向她的上司报告说,两位作家都竭力展示自己的魅力,想要在姑娘面前留下美好的印象。

"我当时还曾半信半疑,觉得地位如此之高的老人们怎么会是这种货色呢?!可是,昨天听了长江先生和校长先生的一番高论后,就全都明白了。"

亚沙只向罗兹显示一下听到这番话语后的恼怒神态,便学说着自己当时的回答:

"那本书呀,我倒是因为偶然的原因读过。前往柏林的嫂子在艺术院举办的作品朗读会上,请君特·格拉斯先生在收入了他的百幅水彩画作的豪华版上签了字,然后就寄送给了古义人。由于哥哥不能阅读德语原版书,便转送给了我,我就从这百篇小故事中随意选读。那一章节我也读了。

"两位上了年岁的作家是故知旧友,那个章节说的是他们围绕有关欧洲战争的一些有分歧的回忆展开的谈话。在那个时点上的雷马克,也就是古义人现在这个岁数吧。不过,东老师虽说眼下还算漂亮,可从年龄上来看,较之于故事中的姑娘,就与古义人和我家先生相近多了。假如说那两个家伙真的不安分,那也是因为从相仿的年龄中感受到了亲近吧。"

让罗兹尽情地开心一番后,亚沙开始教训起古义人来:

---

① 雷马克(Remarque,1898—1970),二十世纪德裔美籍作家。其代表作为《西线无战事》。《凯旋门》是其另一部长篇小说。

"那些非常自信的女人呀,大都市里自不待言,即使我们这种深山里,对年过六十的男人显出慈悲并让他们嗅到腥味,实际上却坚定地保持着批评的姿态呢。千万不要被人小瞧!我对我们当家的也说过这样的话:'从幻想中清醒过来吧!'"

不过,亚沙说完了这些逆耳忠言后,随即就昨天的讲演夸奖了古义人和罗兹。于是,被鼓起劲头来的古义人和罗兹便邀请新的听众阿动,一起围绕昨天在孩子们面前讲授的特别课程的回忆再次进行研讨。

"由于亚沙的建议,一开始就请古义人朗读讲谈社版的英日对译《桃太郎》文本。那时,孩子们安静极了。

"但是,在我开始朗读英译部分时,孩子们却嘈杂起来。这就是那些被命令'起立!敬礼!'时,极为柔顺地服从命令的孩子们吗?这在美国是完全不可想象的事……那些身着同样的服装,面部显现出同样表情的孩子们,现在却是在抵制我呀。"

"我倒觉得,孩子们该不是热情地想要努力听懂你的朗读吧。大概是缺少直接聆听地道英语的训练,跟不上朗读的速度,这才发出声音的吧。"

"如果是《桃太郎》的话,我想,他们都很清楚故事的内容吧。"阿动在为后学们辩解。

"知道故事内容和倾听文本朗读可不是一回事吧,罗兹?最初的章节是所有日本孩子都很熟悉的。'这是很早很早以前的故事。/当老婆婆去河边/洗衣服的时候,/一个大桃子/顺水漂流过来。/流啊,流啊,流过来。'

"这一段英译非常长,连我也想向罗兹提出疑问。当你读到老婆婆在河边洗涤 her clothes 的时候,我理解为她只是在洗她自己的衣服,于是我就开始惦记,老公公的内衣又该怎么办呢?

"紧接着那段话后面的部分,也就是桃子 came bobbling down 这段话翻译得非常出色。

"不过,再接下来的部分,在英语文化中或许也有这种口头禅,也就是老婆婆所唱的'那里的河水苦涩,这里的河水甘甜',说是'那里的河水是鱼儿的眼泪所积成……',朗读到这里时,也有英译句子过于冗长的缘故,孩子们便喧闹起来了。"

罗兹点着头,然后催促古义人道:

"古义人所说的是文本的构造分析,我希望大家再考虑一下这个问题,因此,请你先对阿动进行解释。"

古义人开始了叙述:"在我的记忆中,《桃太郎》的故事是这样开始对孩子们讲述的:'老公公上山去砍柴,老婆婆到河边洗衣服。'对于存在于这种对比之中的意义,尽管自己那时还是孩子,却也已经感觉到了。于是,从一开始便把这一点放置在了故事的中心……

"在英文版的画册里有一个画面,画的是回来吃午饭的老公公面对老婆婆捡来的桃子万分惊讶。在这个画面之前,则是 He'd been out chopping wood。在我们的理解中,他并没有去砍伐大树。所谓砍柴,就是筹集薪柴之类日常性的小小工作——如同老婆婆洗涤衣物一样。我从柳田国男①的书中得知,以往的农家,也就是并不拥有大量农田的寻常百姓家,通常位于森林与河川之间,也就是半山腰的斜坡上。在家里,老公公和老婆婆是这么沿着两个方向去劳作的:

山 ↓

↑ 河

"于是,这里的山与河便构成了纵向轴线。而且,河流还形成了

---

① 柳田国男(1875—1962),日本民俗学者、诗人,著有《山里的人生》《木棉以前的诸事》等。

下面这种通往外界的横向轴线：

→越过界限通往深山

←越过界限终于通往大海

"这里的纵向和横向轴线，维系着村庄这个小小世界的秩序。

"神秘的力量之源，存在于逾越界限的深山之中。而外敌所居住的可怕之处，则在河川的另一端。越过大海才能抵达的岛屿，便是外敌最为集中的所在。

"从那神秘的力量之源，出现一个出生时即异于常人且长得极快的主人公。不久之后，他要顺流而下去迎战外敌。在沿着那条横向轴线前进的过程中，他邂逅了小狗、小猴和雉鸡。它们可以在空中，在紧挨着地面的位置，甚至在连接这两点之间的树木上升高或下降，从而发挥各自的力量。

"对于它们同意成为合作者而得到的报酬，是老婆婆在村里的家中制作的黄米面团——用于制作这面团的水，当然是从河里汲来的。而这黄米，则是老公公在家屋上方的田里种出来的。

"而且，我希望你们予以关注的，是那天来到老公公和老婆婆这里，来到在纵向和横向的轴线所形成的结构中过着安定生活的老公公和老婆婆这里的，并非只有桃太郎一人。

"讲到这里，我才觉得自己吸引住了孩子们，引起了他们的兴趣并得以将课继续讲下去。'故事'也由此开始展开了。'故事'沿着横向轴线展开，为了降落在地面上，场所便是必不可少的。而这场所，则需要借助纵向和横向的轴线产生。关于这一点，希望你们务必牢记于心。

"那个'故事'的展开，需要主要人物在横向轴线上进行移动才能完成。在移动途中，主人公邂逅了其他角色——动物以及超越人类的异类。对于同它们结成合作关系的做法，带有自己场所独特标志的礼物发挥了作用。

"那么,'故事'在别的场所展开和完成过后,主人公——以及缔结了盟约的角色们——则携着带有新场所标志的礼物回来。

"于是,此后它们就幸福而长久地生活在一起了吗?'故事'通常都是以大团圆的结局落下帷幕的……但是,一直观看着迄今为止的那些'故事'如何展开的你们难道没有觉察到,这一次,桃太郎将溯流而上,沿着那条河流去往远方,从而将故事引向真正的结束?

"……我要说的就是这些了。不过,进行到后半程的时候,孩子们是有些感到厌倦。他们听着罗兹的朗读,却开始嘈杂起来,这也是事实。然而,就像亚沙所说的那样,当时从中也感受到了孩子兴趣的萌动。但是,在我发言的时候,却萎靡不振地想放弃这一切,期待着这种痛苦的时刻早些结束。"

5

古义人自少年时代起就有反省癖,却又吃了苦头后仍不长记性,屡屡重犯相同的过错。深知古义人这种性格的亚沙只是摇了摇头,一句话也没有说。于是,阿动稍后便说道:

"有一位名叫福田的英语教师,他也是游泳部的教练。我们这地方非常狭小,谁干了什么事,别人立即就会知道。福田在昨天的讲演结束后所说的感想,隐去姓氏后发表在了今天早晨的本地报纸上。'让中学生们听那种抽象的话,毫无意义可言。毋宁说,这是在犯罪……'真木彦说,这是因为'记者对古义人先生和罗兹小姐怀有敌意,才找出这种意见来的'……"

"用'抽象的话'这种意见进行全盘否定,这是怎么回事?"罗兹问道,"从具体的观察和感想中,将孩子们引导到抽象的层面上,不就是教育吗? 我认为,把《桃太郎》的故事抽象为神话原型的这种活动,对于孩子们来说,不也是一个有趣的过程吗?!……"

"是民间故事的原型吧?"阿动拘谨地予以订正。

"在神话和民间故事之间,我的老师不认为存在着原型的差异。"罗兹反击说。

"我觉得古义人先生刚才所说的内容非常有趣,那就是以原型为目标而不断深化的抽象化。"

"因为你早已不是中学生了。"亚沙说,"我呀,原则上赞成罗兹的观点。尤其是把孩子们的思考反馈于具体事物之上,使他们把自己的兴趣同现实结合起来,这是非常必要的。我家先生在谈到自己的感想时也认为,说实话,古义人讲述的内容直到一半时还是比较有趣的,可是转换为抽象的表述之后,就好像没有考虑到听众的因素了。"

"下面的问题出自我本人的兴趣,也就是说,远离你为中学生们所作的讲授。你认为,纵向轴线和横向轴线共同形成场所……而且,'故事'是因为场所才得以成立的。于是,我就在考虑'童子'的'故事'。就我们这里而言,山谷和森林相连接,这就构成了纵向的轴线。"

阿动停下话头,在自己身边寻找着什么。这时,对谁都比较注意的罗兹就像刚才对古义人所做的那样,从活页笔记本上撕扯下两三页稿纸递了过去。

森林
↓
山谷

"构成横向轴线的,是真木川以及沿河的国道。我觉得,'沿河'

这个词汇准确地表述了这种状况。

河川·道路←·

"我在这里模仿古义人先生,权且这么画着,即便我自己也觉得这个图形画得很不理想。我在箭头的根部画上了黑色的小圆点,这小圆点表示这里的山谷,也就是说,是一个表示尽头或终点的场所,意味着从那里将无法溯流上行。不过,既然是河里的流水,当然是从上游流淌而来的,现在把河川画成这个形状并不正确。我只是想表明,'童子'的'故事'所发生的场所,与桃太郎的'场所'并不相同……

"在我们村子里,大家认为人死了后,灵魂就会飞上森林,栖息在属于自己的那棵树的树下,也就是下面这种模式:

森林
↑
山谷

"而且,经过一段时间后,在树根处冬眠过后的灵魂就飞下山谷,投生于就要出生的婴儿体内。也就是这么一种模式:

森林
↓
山谷

"因此,当地人的生与死,就可以归结为这样一种模式:

森林
↑↓
山谷

"面临的无论是诞生还是死亡,都不可能进入横向轴线里来。不可能像桃太郎那样顺河漂流到这里来。不过,也会有一些例外,比如像古义人先生那样,前往东京生活,然后再回到家乡。于是就形成

了这种模式:

山谷 ⇌ 外部

"就'童子'的故事而言,与强盗龟联手活动的'动童子'前往下游的村庄和小镇,就是沿着横向轴线展开的行动。而他回来时,则是沿着纵向轴线攀上高处的森林。

森林 ϾϾϾϾ ↓ 山谷
← ↓ 外部

"上面这个螺旋形图形,表示灵魂从森林降临到村里来的时候呈现出的螺旋形线路。因此,较之于'动童子',更为普通的当地人的生与死,不就成了这种样式了吗?!"

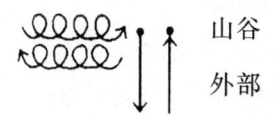

ϾϾϾ ↑ 山谷
↓ ↑ 外部

对于这个说明,罗兹表现出的兴趣显然超出了其他几个人。她挨到阿动身边,又递过去几页稿纸。不仅如此,她还感叹道:

"阿动依据这个草图所作的说明,可是经过深思熟虑的呀!"

"不,这是经过真木彦整理过的东西,所以……"

"你呀,倒是为己所用了。让我说呀,桃太郎最初出发的上游以及'童子'攀上的森林高处,都是超越了界限的异界,在这一点上是一致的。如果反映在草图上,该是一种什么模式呢?

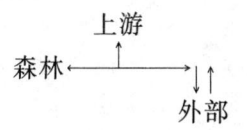

　　　　上游
森林 ←——→ ↑↓
　　　　外部

"大致是这么一种模式吧……实际上,森林与河流并不在相同的高度,只是这个图形不能很好地表现那种弯曲的状态。"

"灵魂嘛，由于是螺旋状地上下运动，也许是解开弯曲这种矛盾的关键之所在。"

"古义人毕竟不是学习理科专业的，较之于图形表示，还是语言更具有一种真实感。"亚沙说，"但是，却不是实质性的。也就是说，你的话语即使具有某种实感，也还是没有抓住本质。我这是在向罗兹请教了 real 与 virtual 的差异之后，才这么补充的……"

6

在中学里的授课以及有关《桃太郎》的介绍，很快就出现在了"长江古义人读书迷俱乐部"网页上。罗兹摆弄着从纽约带来的那台电脑，当她发现这条消息时，兴奋地报告起来：

"古义人总是说，自己在故乡没有读者，可是，音乐厅的家长中间，竟有能够熟练利用因特网的人。既然出现了这种新型读者，古义人的文学世界呀，与其说是面向过去，毋宁说在面向未来而展开。"

然而，还是在这同一个网页，第二周便出现了批判古义人讲授《桃太郎》的帖子。较之于罗兹，亚沙那位在真木町的中学里任教的大儿子更早看到了这条消息，便打印好送了过来。投稿的那位女教师，是他的一位同事，此君曾将广岛的资料馆安排到修学旅行计划之中，也曾将真木町那些来自于菲律宾和巴西的打工者，与当地的年轻人组织起来召开交流会。亚沙赞扬说："这可是一位前所未见的、活动家型的女教师。"

我听说这是长江古义人第一次讲述《桃太郎》的故事，便期待着他对魔鬼岛所做的评述。后来的情况却完全不是如此！我非常失望！！

缠头巾上的桃子，显然就是太阳旗的代用品。而绘在船帆上的巨大桃子,可以推测为军舰上的海军军旗。虽然不好说有关日本式美少年的描述是反亚洲的行为,可这位少年却腰悬日本刀,在船上摆出一副就要登陆攻入邻国的架势。"The Adventure of Momotaro, the Peach Boy"这段英语文本上的文字,详细描绘了侵略的实际状态,可长江古义人的相关讲授,却只是"小狗紧咬不放,小猴抓挠着敌人的面部,雄鸡则啄着对方的眼睛"。

即便如此,我还在想,在解说阶段,大概也只能如此了。不曾想到,长江古义人竟又跑题到了《堂吉诃德》上面!我看到和听到了自己所厌恶的东西!真是白费工夫!这就是我的真实感想。如果考虑到给孩子们造成的影响,就一定要在课堂上进行批评性的反驳。

罗兹再次对亚沙解释说,在英语文本里,关于桃太郎一行的侵略和残暴行为也不是很清楚。

"雄鸡啄着眼睛这一段描述是相同的。有关小猴抓挠着面部,小狗紧咬着腿不松口的描述,在英文中确实比较详细。不过,我们的英雄桃太郎,则被描绘为面对魔鬼的铁棒,连日本刀都不用。只是迅疾而 dodged about(就是"敏捷地闪开身子",古义人用日语解释道),于是魔鬼吃惊地瘫倒在地,然后就投降了。至于没有描绘流血的战斗场面,英语文本也是同样如此。"

"这样说来,古义人,我们在战争中学习的课本不是也没有流血的场面吗?"

"不过,说你跑题到了《堂吉诃德》上面,却是确有其事呀。"

阿动这一天也在旁边听讲,此前他也参加了关于授课情景的讨论,却并不曾听说有关《堂吉诃德》的跑题之事,因而现出了惊讶的神色。于是古义人便解释说:

"在讲演的后半程,我之所以挤出不少时间来讲述《堂吉诃德》,是基于以下原因。我说的是当桑丘·潘沙因出任海岛总督而离去后,堂吉诃德独自留下期间发生的故事。深夜里,尊贵的公爵夫妇将悬挂着的一百多个铃铛以及装入很多猫儿的大口袋吊挂在堂吉诃德寝室的窗外。'总之,无数铃铛的音响和猫儿的嚎叫极为尖锐和凄厉,即便策划了这场恶作剧的公爵夫妇也不禁肝胆俱裂,堂吉诃德则更是惊恐不已,吓得连话也说不出来。'纳博科夫认为,这里是勇猛而果敢的堂吉诃德向胆怯转变的一部分。

"我呀,是想把在黑暗中被猫儿抓伤面部的恐怖,与在魔鬼岛被雉鸡啄眼睛、被小猴抓挠面部的恐怖进行对比……"

亚沙重新把听来的传言——东老师的话——如此这般地叙说了一遍。"当然,东老师自以为兼任着校长的代言人。校长非常担心,在魔鬼岛那一段中,假如古义人以侵略近邻诸国为例,则会给家长们带来影响。后来发现他在讲话中并未涉及这些内容,便又放下心来。似乎是教英语的福田老师在真木町经营的游泳池里对古义人直言的那些话也发挥了作用……

"对我家先生也好,对古义人也好,我可都说了,长年被奉为美人的女人呀,男人是不会明白她们内心里想的究竟是什么的。即使被她们亲近相待,也必须时刻留神。不过,就算是一次学习吧。"

虽说没像被猫儿抓挠得满脸是伤后长卧在床的堂吉诃德那样愁眉不展,古义人的意气却是再次消沉下来。

第九章　残酷与欺瞒

1

　　从清晨起，便是烈日当空的大太阳天。当录音电话中传来稚气未脱的招呼声时，罗兹竟一反常态地拿起了电话听筒。随后，她喜气洋洋地将电话内容告诉古义人——听了那节特别课程的中学生说是"想用英语与罗兹小姐直接对话""想聆听长江先生儿时在山谷里曾经历过的学习以及游玩的往事，还想请你们欣赏用阿亮的曲子专为吹奏乐器改编而成的曲目的演奏"。"中午过后，能请你们到中学的音乐厅来吗？"这个设想只是由学生提出来的，他们以义务大扫除的名义借来了音乐厅钥匙。"罗兹小姐，请您对学校方面保守秘密。"

　　似乎唯有一件事使得罗兹放心不下。

　　"古义人曾在纽约的大书店①做那场附带简短讲演的签名售书仪式，当时我负责日程安排。日本领事馆不是邀请我在此前共进晚餐吗？我拒绝了对方的要求，因为'古义人的签名售书仪式还有一些准备工作需要做。如果想要听讲演的话，我可以为你准备座席'。

---

① 即 Bornes and Noble，美国连锁大书店。

书记官不是放声笑了起来吗？那时我不明白这是为什么。

"今天早上也是如此，那个中学生代表和我说话时，他周围的伙伴都在笑着。虽说也能感受到农村孩子固有的淳朴……"

"早年我在这里的时候，虽说也是农村的孩子，却并不淳朴呀！是啊，还是小心些为好。"

尽管说了这些话，古义人还是兴冲冲地剃刮胡须，换上了外出的衬衫和长裤。后来才知道，在一旁仔细听着父亲和罗兹谈话的阿亮，确实因此而有了戒备之心……

为了不被教员室里的人发现，古义人一行不但将罗兹那辆蓝色箱型小客车停放在校门之外，还沿着校园东端直接前往音乐厅。学生尚未前来迎接，他们便进入敞开着大门的音乐厅内休息。

学校后面的阔叶林枝繁叶茂，显得有些昏暗。在晚间，当音乐厅内举办活动时，从十铺席俯视下来，天棚上的天窗恍若八个飞翔在乳黄色天际下的圆盘集结在那里。现在，它们正在阳光下闪烁着光亮……在几十把直接靠放在地板上的吉他前，阿亮留下一段距离停住脚步，向罗兹解说着尺寸的大小和音域的关系。

圆筒形墙壁虽是混凝土浇筑而成，表面纹理的细微之处仍然可见建筑家的巧妙构思，上面还颇具匠心地安装着回音板。在下部，则排列着唯有猫儿才能穿越的竖幅小窗。为了避免辐射冲突的影响，所有窗子平面的相对角度都被错开。古义人也在对罗兹解说着建筑家的良苦用心。罗兹的视线却早已被山那边浓绿间的夏季山茶树上的花儿所吸引。

……就在那一瞬间，整体性的巨大冲击蓦然降临，令人觉得圆筒形空间甚至在倾斜。古义人的第一个念头就是：地震了！阿亮踉踉跄跄地前行两三步后，便蹲了下来，用一只手和那一侧肩头堵塞住耳朵，另一只空着的手则在裤子口袋中摸索着。这时，古义人才开始意识到,把弦乐增幅处理后的巨大音响掩埋了整座音乐厅!

罗兹跑到阿亮身边,把他的头抱在自己怀里。古义人则吧嗒吧嗒地奔跑着扑向刚才进来的门扉,门上的转镙却纹丝不动,几乎把手腕都给弄折了。通往一旁休息室的门扉同样如此。古义人打量着周围,至于通过墙壁上那些细长的窗子逃出去,则是无论如何也不可能的。

与其说是音乐,毋宁说古义人在大编队爆音般的音响中不知所措地来回走动着,只是毫无意义地对罗兹点着头。而罗兹此时正抱住阿亮的头部,露出明显的脖筋仰视着古义人。这时,古义人发现放置吹奏乐器的搁板深处,有一个塞进去的台灯,便一把抓了出来,从台灯上薅去绝缘电线。接着,他把端头拆解开来,用牙齿将原本搓捻到一起的电线分别捋出裸线头,再插入插口之中,并用慢跑皮鞋踩住放置在地板上的线卷……于是,小小的火苗冒了出来,从扬声器里传出的巨大音响消失了。

寂然无声的音乐厅的外侧,门扉被砰然打开,传来许多脚步声跑动着离去的响动。古义人想亲眼看看这些人,便将脑袋靠上一个窗口,从音乐厅里俯视着通往大操场的路径。罗兹一边流着眼泪一边用英语向古义人大声喊叫着,在让转过头来的古义人注意到被自己紧紧抱住头部的阿亮之后,她虽然压低了声音,却仍然用英语翻来覆去地说着:

"……这是一群多么邪恶的孩子呀!比起折磨堂吉诃德的那些麻烦的孩子们,他们不更是有过之而无不及吗?!阿亮该是多么惊恐、痛苦呀?!与其说这是小孩子的恶作剧,毋宁说是邪恶的暴力!我们无偿的行为,换来的却是怎样的报复呀?!"

罗兹两个红白相间的粗壮膝头跪在地板上,她直起厚实的上半身继续述说。这时,古义人看到阿亮为获得自由而在罗兹的臂膀中挣扎。

"没问题吧？阿亮，你受苦了！"古义人对阿亮说着，同时由于自己的无能为力而引发的巨大遗恨和愤怒，使他很有可能像罗兹那样流下眼泪。

不过，从粗壮的手臂中解脱出来的阿亮，却沉稳地从两耳中取出了什么东西，他的镇静使得罗兹也闭上嘴巴，目瞪口呆地俯视着他的动作。阿亮伸出并拢了的漂亮手指，只见上面放着淡粉色的橡胶软泥团。

"我有耳塞呀，所以没问题！刚才是勃拉姆斯①的《弦乐六重奏曲》第一乐章呀。"阿亮说道。

2

接到罗兹用手机打来的求助电话后，亚沙随即赶了过来，将古义人他们解救出来。听说，钥匙被扔在入口前面。看着疲劳困顿的罗兹和动作迟缓、显出郁郁老态的古义人，亚沙认为，让他们在自己家里准备晚餐是不现实的，便向他们推荐了一家乡土菜馆。虽说这家菜馆刚刚开业不久，町上的工作人员甚或真木町的美食家都给予了好评。

关于今天发生的事情，包括古义人故意烧掉保险丝的事故，亚沙已经把与学校方面交涉善后的工作交给了原中学校长。在罗兹和古义人利用下午剩余时间睡午觉以恢复体力的那段时间里，亚沙向菜馆预订好晚餐。罗兹起床后淋浴时，就已经超过了用晚餐的时间，可古义人他们还是一如亚沙所推荐的那样，动身前往真木本町。

---

① 勃拉姆斯（Breahms Johannes，1833—1897），德国作曲家。

早在下午预订之时，亚沙就让对方用传真发来了菜馆的路线草图。可是，古义人最初习惯于任由开车人领路，从不曾认真看过前往这家名叫"奥福"——这是因明治维新前不久爆发的农民暴动中的一个活跃分子而得名，古义人为此而感到欢悦——的菜馆的路线图。古义人原本以为这是一家位于"街道"街上、为迎合观光客人而建造的菜馆。一如地名所表示的那样，那里有着保存良好的成排仓房，是昔日因生产木蜡而显赫一时的豪商们所建造。然而，经过建于真木川和其他河流交汇处的立交桥后，就要驶向位于高冈之上的"街道"之际，在罗兹的催促下查看了地图的古义人却发现，菜馆还在下了坡道后往西很远的地方，位于猬集着旅馆和小酒馆的一个古旧地段上。

一行人从另一家的停车场沿着一条旧时狭路找到了乡土菜馆"奥福"。这家菜馆无论是日本风格的铺面还是店内的装修，都让情绪一直低落的罗兹兴奋不已。古义人也挑选好了能够引发亲近感的熟识菜肴，开始就着最先送来的下酒小菜浅酌起日本清酒来。罗兹和阿亮则将不断送上来的菜肴一扫而光。直至这时，这还只是一个小小家庭平静的聚餐，一切都很顺利。也是因为晚来的缘故，在放置桌椅的裸地客间里，除了在铺地通道一侧占据了席位的古义人他们外，并不见其他客人，这也算是可以彻底放松的一个原因吧。不过，在被屏风遮住的里面那间铺着草席的和式房间里，还有一桌正在喝酒的客人，其中一人在前往裸地房间上厕所返回时发现了古义人。对于这个年轻人的点头致意，古义人并未理睬。于是，这家伙回到和式房间后随即又径直返回来。

这家伙已经酩酊大醉了，不过他那醉酒后的昂扬情绪，似乎正向他那忧郁和小家子气的本性转移。正如此观察之时，这家伙说话的语调出现了明显变化，古义人也开始从身体内部感觉到了醉意。无人理睬的青年男子站在餐桌旁，一副打定了主意的模样，开口说道：

"咱也是看在你老先生毕竟是町上出去的著名作家,才过来打招呼的。你不搭理咱点头打招呼倒也罢了,可咱像这样对你说话,却还是不理不睬的,这是为什么?"还说"自己的门第也许不像你老先生家那么显赫,可在真木町却也从来没受过如此轻慢"。于是,罗兹向对方道歉,表示"古义人经历了身心非常疲乏的变故"。

尽管罗兹用日语和他说话,这家伙却用英语回答,并在主动与罗兹握手后回到了自己的座席。从这时起,包括这家伙在内的那桌客人便隔着屏风对古义人和罗兹七嘴八舌地指桑骂槐。

"在我来说,日本人的这种态度也是我所无法理解的。"罗兹说,"他们时而放声大笑,时而特地站起身来毫无顾忌地看着这边,这大概是为了挽回刚才因为古义人不予理睬而丢的面子吧?"

罗兹还对沉默不语的古义人这样说道:

"古义人,阿亮已经感觉到你的态度非同寻常。用日本的年轻人所使用的日语来说,就是'从刚才起,话就不顺了',就像我已经说过的那样,你经历了很大的变故,不过今天的古义人是否过于怪异了?就餐时,通常你的情绪都不错,可到目前为止你还没对阿亮说上一句话吧?也没有对我介绍乡土菜肴。如果你过于疲惫的话,我们就回十铺席去吧。"

就在古义人从桌边站起身来正要前往付款台时,一个五十来岁、已明显露出醉态的大块头男子穿上鞋子走了过来,用宽厚的肩头挡住了古义人的去路,他招呼道:

"町上的年轻人失礼了,对不住了。"

被挡住去路的古义人背对着阿亮和罗兹,低头打量对方西服衣领上的议员徽章。就在那家伙正要接着往下说的当儿,古义人抬起头来粗着嗓门说道:

"老大,求你放过咱吧!"

然后，当古义人刚要从旁推开仍然堵住去路的那家伙时，对方却像被殴打了一般，双手举到黑红色的脸膛上，同时运用隐藏着的小臂娴熟而有力地击打在古义人的颈动脉处。就这样，互殴开始了……

被当地那家报纸如同一直期待着似的随即报道了的这起暴力事件，成了山谷里罕见的热门话题。这一次，亚沙尽管处于各种信息来源的中心位置，可她即便来到了十铺席，也绝口不提此事。原中学校长则陈述了像是由实在的依据而得出的预测，认为町上对于这起事件——已被隐去对方姓名后登载在报纸上——大概不会作公开化处理。

这是他来到十铺席的家屋四周修整枝叶时说的。当古义人说起自己担心亚沙对这件事的感受时，他却说道：

"真是愚蠢的行为！我认为那正是哥哥的所为。回到这个狭小的地方，在人前喝酒，哥哥不可能不与别人发生冲突。与年轻时不同，哥哥已经上了年岁，只要不遭受很大的伤害，无论干什么，或是遭遇什么，在古义人的生涯之中，都算不上什么。"

3

看上去，罗兹正因为也在现场，便毫不掩饰自己对整个事件的兴趣，尤其在意古义人在扭打之前所说的那句不可思议的日语的语法以及语调的含义。当古义人从因宿醉而自我嫌恶的复杂的感情困境中恢复过来时，罗兹看准这个机会，并不畏惧地问道：

"古义人，你不是说了'老大，求你放过咱吧！'这句话吗？你当时已经酩酊大醉了，竟还能说出话来，这本身就够吓人的。不过，你说话的神态完全变了，阿亮都给吓坏了。你怎么说出那样的话来了？在这一带，这是向别人挑衅时的套话吗？"

老大?！在被罗兹如此问起之前,古义人全然没有想起自己曾对纠缠上来的那个五十上下的大块头说过的这句话。

可是,当罗兹把这句被她理解为不同寻常的话语提出来时,发生在这个小镇上的另一个情景便在古义人的脑海里浮现出来。那已经是战争结束后第三、第四年的事了,当时,真木本町的旅馆和饭馆都因为黑市上那些熟识的掮客而呈现出一派兴旺的景象。自己家原本与这种景气毫无关联,古义人和母亲却不时被叫到那种交易现场去。

事情的发端,源于真木本町的旅馆打来的一个电话。母亲穿上里外几层和服,将日本式布袜和草鞋放进纸袋,再同货物一起装入两轮拖车,让当时还是新制中学学生的古义人在后面推车,便沿着黄昏的道路出发了。"京都来的著名画家在店里逗留,战前,这位巨匠曾用过让旧村子一带的纸张批发商送来的和纸。其实,也知道府上不再接着做纸了,可仓库里还有旧货吗?"

被问及的货物,根据不同的造纸原料区分开来,再按归总起来的批量收存在橱柜里。当初,古义人就是从贴在这橱柜隔板上的小纸片上学会了拉丁语的品名。葡蟠叫作 Broussonetia kazinoki,构树叫作 Broussonetia papyrifera,黄瑞香叫作 Edgeworthia papyrifera,小雁皮叫作 Wikstroemia gampi,而雁皮则叫作 Wikstroemia sikokiana。

有趣的是,在这些植物之中,诸如 kazinoki,gampi 以及 sikokiana 等名称,是将四国当地的俗称或地名本身读为植物学名的。

以抄过的造纸原料进行分类整理而剩余下来的存货,按照纸张规格包装起来并一件两件地——因为有可能在那里卖出一定量的产品——用绳索固定在拖车内,然后用了将近一个小时的时间运到了真木本町。

说是在二楼的大客厅里,正在出售画家即席创作的画作。在能够感受到的欢腾氛围中,古义人站在女佣和女招待端着菜肴和酒壶往来不息的大门旁看守拖车。他是在等候走上台阶、步入旅馆的母亲归来。母亲并没有将各种产品的纸包带进去，而是将那些纸张的样品夹在厚纸里让画家挑选。至于这天夜晚实际上卖出去没有，古义人现在已经不再记得……

之所以这么说，是因为当时出现了混乱局面。一群酩酊大醉的家伙一窝蜂地走下宽阔的台阶，围在拖车周围，对古义人看守着的、堆放在车厢里的货物产生了兴趣。他们各自伸出手来，试图扯破包装完整的纸包，或扯断用纸搓制的纸绳。后来听说，当着这些旁观即席作画的家伙，画家和母亲在说到画纸时，曾提及因战败而发行新钞之前，一直都是使用黄瑞香纸浆作为制作十元钞票的原料的。

作为铭心刻骨的痛苦记忆而留于古义人内心的，是他张开四肢，趴卧在堆积得并不很高的纸包货堆上，奋力抵抗着那帮家伙时自己被恐慌所笼罩着的模样。当时，那帮家伙照样从四面八方伸过手指，想要两张三张地从中抽出纸来。"老大，求你放过咱吧！"

古义人对罗兹说了这些情况。

"当时，既感到生气又无能为力，嗯，可以说处于恐慌状态之中。上次我喝得酩酊大醉，觉得被那个操当地口音的五十来岁的家伙钻了空子，便引发了相同的反应。在那之后所干的事，嗯，就是失去理智了。不过，还不能说是如同堂吉诃德那般疯狂嘛。"

"不是近似于被纳博科夫称之为与《堂吉诃德》同年创作的杰作，并予以引用的《李尔王》中的那种错乱吗？！"

于是，古义人找来新版岩波文库本，向罗兹确认了第四幕第七场的台词后便朗诵起来：

> 求你了，不要捉弄我！
> 我是一个愚蠢的老糊涂，
> 年逾八十，从不曾弄奸耍滑，

而且，说实话，
总觉得神志不清。

4

那以后的几天里，在反刍由那起斗殴引发的自我厌恶和悔恨的同时，古义人还想起了另一件事情——在真木高中度过的那一年。在乡土菜馆纠缠上来的那家伙操持的真木本町的独特口音——与旧村地区的口音有着微妙而明显的不同——确实一如古义人曾上了一年的真木高中里随处可闻的那种口音。不过，那却是只能默默忍受的痛苦的一年。就在他决心再也不去那所学校之际，转校的消息便自天而降般地传了过来。在那以后的岁月里，古义人尽量避免忆及当时的往事，可这一切却被击打了古义人脖颈根并用膝头顶击他下腹部的大块头，还有那三四个从背后扑上来的家伙所造成的压迫感重合了起来。这帮家伙的相貌和动作，与当年控制着高中的那个阿飞头子以及他的手下们有着明显的相似之处……

被他们压制的顶点，就是那起小刀事件。古义人有一把漂亮的弹簧小刀，那是父亲从上海带回来的。这事被旧村地区的同学密报给了阿飞头子，于是，古义人被要求将那把小刀作为贡品献出来。在学校后面，尽管被很多人包围起来，古义人仍然拒绝交出小刀。在那以后，令人厌恶的威胁持续不断，终于，古义人被迫与阿飞头子的手下进行"决战"。

古义人对于自己的握力并没有自信。小刀在冲击下偏斜过来，把自己握刀的手指七零八落地切割下来。这种充满血腥的印象出现在古义人的白日梦里。他把两片金属片塞在折叠槽中，将刀身固定起来，再用编织粗草席的线绳一道道地将小刀绑在右手的手掌之中。

在试验了尚能活动的手指是否能够握紧刀身后,也就是"决斗"那天早晨,他把从手腕到指尖都缠满布手巾的胳膊垂吊在脖子上去学校了。

中午休息时分,他被叫到棒球部用具室,与"决斗"对手分别站在厚厚木板的旧桌子两边。当阿飞头子说到让他们将各自拿着小刀的右手放在前面并发誓进行光明正大的"决斗"时,对方看准古义人把手掌放在桌面上发呆的时机,用小刀对准那里猛地扎了下去。

阿飞头子像是从木椅上腾飞一般跳了起来,并借势将握紧的拳头猛击在手下的太阳穴上。随后,他拔下刺穿古义人中指后仍在木板上颤悠的小刀并扔了回去,宣告"决斗"正式开始。对方在古义人的胸口和面部晃动着小刀,而古义人那血流不止的手指却无法有力地握住刀具。在愤怒的驱使下,不顾一切地展开反击的古义人感到了被绑在手掌中的小刀的刀刃刺中颚骨时带来的冲击,那是感觉非常不好的冲击。对方哇哇大哭着逃向体育馆旁的饮水处……

罗兹听着这一切,面孔上的阴影越发明显,竟至显得如此陌生,露出显而易见的厌恶神情。

"古义人体内的暴力性因素让我感到害怕。我认为,正是这个原因,你才不曾逾越作家和研究者的界限。"罗兹说道。

5

发生在乡土菜馆的斗殴事件——最终,古义人被多个对手踢出店外——除了造成打扑伤之外,被亚沙再次带往医院的古义人虽然无法从连续性郁闷中解脱出来,却发现了一个聊以解闷的新事实。这也与在前一次事故中受伤的耳朵有关。

上次,古义人一头跌进斜坡上的山白竹丛中,左耳受了严重外伤,后来虽然缝合得很好,却由于伤口比较复杂而没能很快痊愈。在那过程中,尽管护士比医生更为负责地告诫过,但每晚睡前必喝啤酒的古义人却因为醉酒而不能自制,导致熟睡后一再抓挠耳朵,致使伤口化了脓,曾因此而切开伤口重新缝合。"耳朵的外形也可能会发生变化吧。"医生说道。

罗兹现出畏惧的神色说:"这么一来,不就与另一只耳朵不对称了吗?那些通过照片熟悉古义人面部的外国读者,会因此而感到不妥当的。"她的话音刚落,医生便反驳道:

"如果这些读者一直都是通过照片接触长江先生的话,那么今后也不会直接见到他吧。"

"可是,他们会看到新拍摄的照片。"

"如果那样的话,以后拍照时不妨有意识地只拍右边的侧脸。或者,由于这是一个在短时期内竟然负了两次重伤的人物,因此,也不是没有可能再次摔到山白竹丛中去。那时,假如能将右侧对准下边摔下去的话,两只耳朵就能够对称一致了。"

被如此议论着的古义人因这次斗殴事件而前往医院之前,一直没去医院特地拆掉被缝合好的耳朵上的缝线。早晨,他洗脸时感到一种不适,觉得假如拆去缝线,耳朵就会恢复原先的状态。除了眼下再次出现的裂伤外,古义人还请医生做了大致的治疗,顺便拆去耳朵上的缝线。当他回到家里后,亚沙随即频频打量他的面部,并对罗兹评论起新耳朵的形状来:

"古义人的耳朵很大,从头部呈直角形向外挺了出来。现在还有一只耳朵保持着原先的形状。哥哥曾因这耳朵的形状而被国语老师殴打过。起因是'古义人君这样的耳朵该怎么称呼呢?'这一提问吧?"

"'像你这样的耳朵叫作过耳不留的笼耳,'班上的老师说,'这是因为耳朵的形状并不漂亮而得名的。'于是,我顶嘴说,'把我耳朵看成笼子的形状是你的自由,但是笼耳这个说法却带有不好的意思,就像水会从笼子里流走一样,听到的话也会被我忘掉,这不就是因为笼耳的缘故吗……"

"之所以预先考虑到这个问题,不还是因为在意耳朵的形状吗?母亲曾经说过,'我可是做下了对不住古义人的事呀!'在你和千樫就要结婚时,母亲还在笑说,居然有人愿意嫁给长着这种耳朵的人。"

"那并不意味着千樫就不讨厌我的耳朵呀。因为吾良实在是一个美少年,她就认为其他男人的容貌也就无所谓了。"

由于古义人的情绪不太好,因此罗兹不便再作评论,而是转换了话题:

"在上篇的开头部分,堂吉诃德与随车伴送的比斯盖人侍从进行决斗,有一只耳朵被削去了半边。就像亚沙所说的那样,古义人的新耳朵有一种精悍的感觉。在现阶段,矫正仅在一只耳朵上进行……"

"我倒想就这么一只耳朵下去。"古义人说道。

看样子,罗兹还有一个极想说出来的问题。

"每当阅读《堂吉诃德》时,我感受最深的,就是那位乡绅年过五十还保持着那么强壮的体魄。看到背后那粒长着体毛的黑痣后,桑丘说这是勇士的标记。不过,堂吉诃德实际上不也确实经常与人打斗吗?!尽管不时被对手打翻在地,但是,他至少曾两次把全副武装的对手彻底制服。

"而且,不论遭受多大挫折,他都能在很短时间内恢复过来。虽说这个人以瘦长身量的画像而广为人知,可就其根本来说,却是一个健康和坚强的人。

"古义人也是，一回到森林里就负了两次严重的外伤，却又很好地恢复过来，虽说受伤后改变了形状的耳朵恢复不了原先的模样……堂吉诃德也曾在三次冒险之旅中受伤，恢复不到原先状态的身体部分……有被削去半边的耳朵，还有几根肋骨。我认为，当他躺卧在临终病床上抚摩那些伤痕时，感觉并不会很不好吧。"

此时，阿亮坐在面向山谷的玻璃窗前的座位上，或在 CD 封套的解说文下画线，或翻查袖珍音乐辞典，当他听见肋骨这个词语后，便向古义人投去高兴的微笑。在波兰发生民主化风潮时，曾教授阿亮学习作曲入门的那位夫人参加了针对大使馆的示威游行，被前来堵截的警察弄断了肩胛骨。当时，阿亮作了一首叫作《肋骨》的小曲子。即便千樫说弄折了的是肩胛骨，他仍然毫不让步地说：

"我认为，还是肋骨有意思。"

"我觉得，对于古义人来说，目前在森林中生活本身就是一种冒险。古义人早在孩童的年龄上就走出这片森林，已经有五十年没有返回家乡生活了。你这是选择步入老年后回归森林。对于古义人来说，这是如同堂吉诃德起身旅行一般充满危险且重要的冒险行为。今后，你也必须超越若干危难。不过，作为一个已到晚年的老作家，这些经历必将成为你一生中最后的巨大经验！"

在说话过程中，罗兹兴奋起来，在她青绿色的眼中，仿佛用红色点线标示出了重音部分。

"哥哥上高中时就不断吃苦头，但一直幸免于被送进医院。现在却发生这一连串变故，接连住进了医院，甚至连耳朵的形状也发生了变化。罗兹君却是从整体上找出积极意义来了。

"……干脆，古义人，你办一次除灾宴会吧！我家先生曾与中学校长和首席教师谈过两三次，还订了一个协议，说是从第二学期开始，即使在正式上课的时间内不合适，也要把罗兹的英语和日语组合起来的授课继续下去。

"不过,由于这次事件,这个计划也半途而废了。因为,酩酊大醉地与县议员扭打成一团……如果出现在教室里,孩子们会笑话的。"

罗兹反论道:

"可那些孩子们,也对上了年岁的老毕业生和残疾人做了极为恶劣的恶作剧!"

"确实如此!两方面都不是应予夸奖的好东西,所以目前才因参赛选手负伤而停止比赛。也就是说,作为受到伤害的伙伴,不让彼此互相报复,对吗,罗兹?

"作为替代方案,让学校方面同意了另一件事,那就是我们与可能对古义人调查'童子'有用的孩子们自由接触。他们选出了初中部的两个男生,还有高中部的一个女生。

"也是顺便和他们碰头见面,再请上一直认真帮助你的阿动,加上神官和住持,办一个庆贺伤病痊愈的庆祝活动吧。就算是新耳朵的发布会!"

6

较之于半个世纪前的古义人及其同年级的游戏伙伴,来到十铺席的三个孩子则是另一副完全不同的模样。他们并不世故圆滑,其行为举止比较自然,也丝毫不显得胆怯。那个女高中生叫香芽,虽说这名字套用了时尚的汉字,但从 kame 这个读音中还是可以知道她出身于世家。这孩子带有些大人气,这与她那舒展健壮的肢体倒是比较相称。由于这名字的缘故,不用说同班同学,就连老师恐怕也会不时嘲弄上一番吧。或许,她早已学会如何应付这种局面了。

看样子，一同前来的初中部两个男生对香芽都有些敬佩。个子高挑、额头也很阔的少年是新君。个头稍小一些、显现出内闭一般表情坐在新君身旁、细微之处并不懈怠的那位初中生则是阿胜。面对这两位少年，古义人没来由地感到一阵难以释怀的不安。

从黄昏时分开始的商议还在继续，在这过程之中，古义人想到了一些事。真木彦主要以罗兹为谈话对象，说起了关于吾良的电影的话题。对于有关塙吾良的知识，真木彦可真不是一知半解，看样子，从吾良作为电影演员时出演的作品——真木彦扮演的吾良"御灵"如此逼真也就可以理解了——到他所导演的作品的录像带，他全都反反复复地观看过。交谈之间，真木彦说道：

"不过，在座的人中，同时见过古义人先生和吾良先生这两人的，恐怕只有古义人先生一人吧？"

亚沙却如此纠正了他的这番话语：

"我也曾亲眼看过古义人和吾良。那时，古义人还在读高中二年级，他从松山把吾良带来这里，在仓宅老屋住了一夜就走了。尽管当时才十六七岁，也看得出吾良不是寻常的少年。至于古义人嘛，就显得普通了，嗯，就是那种学习比较好的孩子。而且，还要费心照顾吾良……"

"是像新君和阿胜这样的二人组合吗？"原中学校长插嘴说道，"我是从班主任那里听了才这么说的，'对于古义人的调查来说，仅新君一人估计起不了多大作用，而阿胜一人似乎也少点儿情趣'，因此就推荐这两人一同来了。"

听了曾任中学校长的这位老人比较含蓄的夸奖，新君无动于衷地应付着，阿胜尽管感到困惑却还是显现出自豪，而香芽则比前两人更为从容，在倾听谈话时甚至还浮现出浅浅的笑意。古义人对这三人分别产生了兴趣。

晚餐是烧烤,在十铺席岩盘上屋子与山谷一侧之间略微开阔处进行。原中学校长用装在海钓专用的便携式冷藏箱里送来的海湾小鱼、自己种植的蔬菜,还有罗兹花费一天时间备下的汉堡牛肉饼,全都被放在铁板上烧烤。

少年们和少女只顾大快朵颐,并没有参与谈话,古义人与原中学校长以及亚沙之间的谈话也是时断时续。从山谷底部的河面上升腾而起的雾气使得视野受到影响,真木彦和罗兹并肩坐在稍稍离开一点儿的马鞍形岩石的突起部,继续着他们的谈话。只见真木彦不时站起身来,围绕着罗兹转圈,问了亚沙后才知道,那是在为罗兹喷洒驱虫剂。

晚餐刚刚结束,孩子们就早早地回去了。在支着铁板的圆石灶前,古义人他们各自将手拢在仍发着光热的余烬上,默默倾听远方的河流传来的水流声。原中学校长抽过从森林里收集来的柴木放在余烬之上,随即高高冲起的火头便映现出了阿动萎靡不振的身影。小心谨慎的亚沙目不斜视,无论对于正在对面热切交谈、轮廓已经不再清晰的罗兹和真木彦,还是对于阿动,她都不去看上一眼。

第十章　争夺恋人

1

罗兹在感情上与真木彦如此接近,是有其原因的。她曾接受在真木高中召开的县英语教育研究会总会邀请,在会议最后一天上午以"日本小说的翻译"为主题的小组会上作了演讲。

当时,罗兹被安排坐在讲台中央,分坐在两侧的提问者都是县内的高中教师,小组会由松山一所大学的英语讲师主持。这位主持人首先说道,倘若邀请能够调节气氛的主讲者长江古义人出席这个会议就好了,不过,由于他的讲演费将会给总会的整体预算带来威胁……这段有针对性的开场白引起了一阵笑声,罗兹却觉得难以想象:这句话有什么可笑的?紧接着,主持人又交给罗兹一些日元,这是相当于三十美元的所谓"乘车费",可让罗兹不可理解的是,自己明明是开着车子前来会场的呀。

根据罗兹概略记录在活页笔记本上的内容来看,向她提出的问题是这样开始的:

"听说你用日语和英语这两种语言阅读长江古义人的小说,是吗?"

"是这样的。"

"你怎么看待翻译?"

"我认为,在大约十册英译作品中,除了一位日本女性所作的不成功翻译为例外,其余都是比较妥当的翻译。最为优秀的译作,出于加利福尼亚大学的一位教授之手,他也是古义人从青年时代起便与之交往的朋友。这位译者在和古义人于哥伦比亚大学剧场公开对谈时,也对古义人的英语表述中比较薄弱的部分进行了加强,使得对谈越发有趣了。"

"有一种意见认为,较之于日语原作,英译文本更易于阅读,就这一点而言,长江占了便宜。对于这种意见,你是怎么理解的?"

"我本人没有读过这种评论。"

"我的学生旅居在俄勒冈州当地的家庭中体验生活,并进入那里的中学学习。当时,有一个课题是阅读日本小说并写出报告。这个学生请母亲寄去了长江的文库本,却又没能通读,而在读了图书馆的英译文本后提交了自己的报告。据他说,这是因为翻译文本容易阅读。"

"这是怎么回事呢?且不说高中生,即便长大成人并积累了阅读外语的经验,对于用日语教育、培养出来的人而言,当然是母语文本比外语文本要容易阅读。尤其是小说,说是较之于本国语言的文本,用外语翻译而成的文本更易于阅读,我认为这是不可能的。"

"正宗白鸟①不是曾说过'《源氏物语》还是读阿瑟·韦利②翻译

---

① 正宗白鸟(1879—1962),日本小说家、剧作家、评论家,著有评论集《作家论》等。

② 阿瑟·韦利(Arthur Waley,1889—1966),二十世纪初的英国汉学大师和日本文学翻译家,一九一七年翻译出版《一百七十首中国诗歌》,后陆续翻译出版《诗经》《论语》《猴子》(节译自《西游记》),由于他从未到过亚洲,被形容为"坐在家里的观察者"。与此同时,还翻译了《源氏物语》等日本古典文学作品。

的文本为好'吗?"

"古义人也曾说过,'即便是新出版的萨登施特克①译本,只要拥有一定程度的古典语言知识,还是阅读原典要容易一些。'"

用英语进行的讨论始终停留在这种水平上,没能发展到重要的翻译本质论层面上去……罗兹因此而感到不满足。从真木高中回来后,罗兹就跟古义人说了,她的情绪并不坏。这也是因为会议临近结束之际,真木彦从听众席站起来发表评论时,富有成效地维护了古义人的小说。

据罗兹介绍,真木彦在发言中并非一味地对古义人表示支持,他也提出一些批判性意见,给听众留下公允的印象。他带去一台数码录音机,会后将本人的发言录音磁带连同机器一同借给对此表现出兴趣的罗兹,于是,古义人也得以和罗兹一道播放并收听。录音的质量不尽如人意,远处的声音录得很小,内容比较清晰的,唯有真木彦本人的发言……他这样说道:

"长江古义人现在回到了真木町的旧村子地区生活。往年,他好像都在北轻井泽的山中别墅度夏。因此,去年,应别墅工会的朋友之邀,嗯,大概也有对当地人表示感谢的意思吧,为他们做了一场讲演,还散发了出售讲演录像带的广告传单……因为我在因特网上发了消息,说自己正在收集长江的资料……传单就寄到我这里来了。

"传单上是怎么写的呢?工作人员在宣传文字中这样说,那里原本是大学教师及其第二代、第三代的专有别墅区,却出现了一位不合时宜的小说家。作品向来都很晦涩的长江古义人,这次却一改风格,关于别墅的讲谈不可思议地风趣。包括讲台上的各位先生在

---

① 萨登施特克(Edward George Seidensticker,1921—2007),哥伦比亚大学名誉教授,美国著名的日本文学翻译家、学者,译有川端康成的《雪国》和谷崎润一郎的《细雪》等。

内……当然,特聘讲师罗兹小姐除外……台下的各位听众刚才也一起笑出了声。长江就在这一片笑声中被接纳了。在日语中,表示晦涩的 komuzukasii 的首音为 ko,这可与表示自命不凡的 konamaikina 的首音 ko 完全相同。即便不是如此露骨,平日里古义人也总是招致诸如'费解''恶文''这还算是日语吗?'等批评。先生们今天的谈论……这里也是,罗兹小姐除外……该不是反映了这么一个现象吧?那就是'这种倾向已经扩展到了海外'。

"我呀,就是一个只研究长江这种被批判为恶文之源头的人。大家又要笑了,不过,我可是在认真说这话的呀。

"很年轻的时候,长江也曾写出非常漂亮的文章,并因此而顺利登上文坛,后来却误入并迷失在了费解的隘路中,这于他来说却是事出有因的。从某一个时期以来,他开始对自己写下的文章要进行彻底修改。这可是他本人坦白的。连校样都被他修改得红彤彤一片。我读过一篇匿名报道,说是出版长江《橄榄球赛一八六〇》的那家出版社的编辑原本打算'也就在这里说说而已',他说:'如此折腾印刷工人,还毫无愧色地张扬着那张民主主义的面孔。'

"用这种修改文章,且没有限度地添写新内容的做法……对一个分节或一篇文章无论添写上什么新的内容,或许是因为黏着语语法的特质吧,作为文章来说,大致也是可以成立的。这就是日文的出奇之处。在法语中这是完全不可能的,即便在英语里,这样做也是创不出文体来的吧?这是我想向今天的特聘讲师请教的问题。

"总之,长江毫无节制地使用这种添写方法,于是分节就变得冗长,就变得重复。由于文章曲折绵长,当然了,人们在阅读时的自然呼吸也就失去了。

"身为本地教师的各位先生,你们应该知道,我们这个地方,就像柳田国男也曾写过的那样……啊,也可能不是那样,总之……就语言学而言,这里是被称为非重音区的地域。也就是说,这里是连绵平缓发音的方言地域。

"或许,长江因此而具有了天生的、相对于平缓连续文体的耐力。不过呀,阅读这种掺混着冗长片假名外来语的文本,说实话,读的时候都会憋得慌。我可知道,在这种倾向最为明显的时期,有好几位认真的读书家不再阅读长江的作品了。

"可是呀,又经过一些岁月之后,长江古义人也开始反省了。我认为,他是不得不如此反省的吧。也曾有过这样的事呢,一家长年合作的出版社,就把卖不动书的古义人,替换成一个颇有心机的年轻女作家。长江也是人之子,人之父,还是一个智障孩子的父亲。他大概也在考虑今后怎样才能生存下去。就这一点而言,托翻译之福,获得外国的大奖真是一件幸运之事。难道不是这样的吗?

"于是,他最近一旦作了添写,便会在文章中删掉与增加量相当的其他内容,并对语调作相应调整。他好像正在做这种努力。从理论上讲,添写得再多,意义也不会因此而更加确定……情况未必就会这样……看上去,他已经意识到了这一点。嗯,这可是一个明白得太晚的人呀。

"即便如此,长江古义人思考的文体本身就很特殊,因为他正沉溺在'写作时不得暧昧'这种强迫观念之中。他至死也到达不了那种优秀文章的境界吧——在默默诵读的内心,节奏明快的音乐缓缓扬起,从那纯粹而朴素的一行、一节中,领悟着深邃的智慧。

"即便如此呀,长江的作品由于出色的翻译而在外国获得好评……怎么说呢?这个南蛮缺舌的土著居民,也就是长江,从西欧得到恩宠一般的庇护,可正因为如此,我才不赞成土著居民所提供的语言资料,也不想把文化意义上的后殖民主义议论引入到四国来。

"而且,无论所读之书的发行量为数极少也好,达到几千册也好,我希望大家在阅读过程中停下来,停下来,进行思考。再去阅读老作家的新作。同时,也要重读他在壮年时期创作的作品。如此一来,那些难以亲近的语言和思想,就会在你们的内心不知不觉地产生共鸣。我期待着,期待现在也在这里的年轻人能够拥有这种仔细品味和深入思考的读书经验。

"尽管如此,倘若要问为了获得这种经验,为什么非要选择长江古义人不可呢?我回答不上来。如果要让我谈谈个人的想法,我只想说,该不是出于怜悯之心吧?数十年来痴心不改,始终坚持纯文学创作,如今已快到六十五岁了,却还在为创作新作而殊死奋斗。偶尔他也会引人注目地使用武力,却好像总是无一例外地被打得惨败。

"只有现在爆发的这阵笑声,责任在于我。我表示反省,并以此来结束总会吩咐我作的评述性发言。"

2

脚踝大致痊愈以后,古义人仍在床上铺着灯芯草凉席,并将软垫叠放在斜着的靠背上,然后把画板搁在膝头进行工作。这种姿势也就成了他读书时的习惯。真儿暂住这里期间,曾圈起一个处理杂务的拐角。这一阵子,阿亮就躺在那拐角的电话下面,时而作曲,时而阅读乐理解题集,更多时间则用来收听 FM 古典音乐节目或者 CD 光盘。

这是因为阿亮承担了接听电话的工作。事情的起因,缘于出现几个不时给罗兹打来猥亵电话的家伙。据罗兹说,这其中好像也有高中生。此前,一直以电话上设置留言的方式来对付这一切,但是,将结果进行归纳处理却是罗兹的工作。罗兹尤其不能忍受用英语打来的恶作剧电话,她说什么"发音以及语法的错误将倍增加害效果"。另一方面,真儿在电视或者 FM 广播中发现有趣的节目时,就会打来电话,让阿亮"现在立即打开"!对于这些意外打来的电话,阿亮也感到很高兴。于是,他便撤消留言设置,主动承揽了直接接听并处理所有电话的任务。这种改变确实收到了不错的效果,被接替了工作的罗兹由衷地赞许阿亮的行为,围绕接听电话时的应对问题,她向阿亮询问了在极短时间内进行鉴别的标准。

"阿亮,你能够很快区分出重要电话和骚扰电话……你是怎么知道哪些电话需要转给古义人,又有哪些电话需要立刻挂上的?"

"是声音的……音程呀。"

"你能根据音程记住各人的声音吗?不过,也有一些人的音程相同呀,因为,人们发声的音域被限制在了一个范围以内。那你又将怎么区分呢?"

"是根据声调吧……"

"是声调呀……即便用相同的声音歌唱相同的旋律,吉里①和何塞·卡雷拉斯②也是有差异的呀?"

"有各种差异。"

"……知道对方是认识的人以后,当古义人外出时,你就说'爸爸不在',是吧?对那些不认识的人打来的电话,就立即挂上,对方如果再打过来,阿亮就把听筒放在旁边,不要做声。"

"是的。因为,是坏人。"

"就没有不好也不坏的中间人吗?……既不是像真儿呀亚沙那样的好人……也不是骚扰罗兹的那种坏人……"

"……"

---

① 吉里(Gigli,1890—1957),意大利歌手。
② 何塞·卡雷拉斯(Carreras,1946—),西班牙歌手。

"我管理电话的时候呀,在解除电话的留音设置方式期间,把挂过来的一些估计是中性的电话转给了古义人,他接听后有时会非常生气。另外,讨厌大声说话的不仅仅是阿亮,往往也让他感觉到郁闷。你现在呀,就要守护古义人,守护这个家里的所有人啊!"

"我认为,是这样的。"

从接听电话的工作中解脱出来后,罗兹感到非常高兴,因为,真木彦现在每天都到她的房间里来,承担起将当地的民间传承故事与古义人的小说对照起来的顾问。确认小说中被描写的现场并进行拍照的工作业已结束,阿动即便出现在十铺席,重点也转移到了处理各种琐碎杂务。在这期间,他曾为罗兹的订货而远出松山的超市进行采购,也曾为了古义人前往新书书店……

阿动如此忙碌着,虽说大部分时间待在餐厅兼起居室或古义人的房间里,可也在时刻留意着罗兹与真木彦之间的文学交谈,并经常对古义人述说自己的感想。

"真木彦说,'我们这里的神话民间故事也好,历史也好,都因为古义人的记忆和想象力的偏差而被扭曲了'。

"真木彦属于策划了明治维新前那场暴动的神官家那一族。在山谷里,无人可以继承三岛神社的血脉,这才把他叫了回来。原本他在同志社大学的研究生院学习,可为什么要回到这种山村的神社来呢?大家对此都感到不可思议。"

"真木彦有一种意愿,想要重新构建自己的祖先曾参与过的暴动,并且将习俗也加进去,详细而具体地论述。眼下,他热衷于传承故事中活生生的御灵祭,本身也对这种'御灵祭'耗费了很多新的心血……我也因此而吃了很大苦头……"

"真木彦劝说罗兹,说是'较之于古义人的记忆和想象力,倒是新的历史研究法更值得信赖'。他还说,他'自己就是安纳尔学派①的'。他认为,'毋宁说,这是在反击小说所倚重的记忆和想象力的领域'……"

"我只阅读过勒鲁瓦·拉迪里②那本广为人知的书,不过,那是与小说的方法全然不同的其他东西。"

"他向罗兹如此推销,可怎么办才好呢?罗兹正在研究的是长江文学,和真木彦所从事的地方史研究完全不同啊。"

"并不局限于研究关系的人际交往,在这个世界上可也是有的呀,阿动!"古义人说道。

由于没有安装冷气装置——原中学校长当时说,十铺席的气温通常要比山谷里低上两到三度——的缘故,家中面向外侧的窗子以及房屋间的间隔,全都被统统打开了,因而可以听到从罗兹房间传出的真木彦的高谈阔论。

3

阿动同样没有停止策划新的活动。这一天,他也提出一个计划,说是下一个星期天的下午,早早地就去"大渔梁"下面游泳。他请古义人和阿亮——当然还有罗兹——好好地吃过早中饭,大约十二点左右,就往"大渔梁"那边走下去,以此作为下水前的热身准备。说完这些后阿动就回去了,说是"还要前往真木町去接上香芽"……

在电话里,古义人对亚沙说了一些放心不下的事。亚沙是这样回答的:

---

① 以法国历史研究杂志《Annal》为中心的新历史学派。
② 伊曼纽埃尔·勒鲁瓦·拉迪里(Emmanuel Le Roy Ladurie,1929—),法国年鉴学派第三代历史学家,著有《历史学家的思想和方法》等。

"我认为,因为罗兹的缘故,阿动对真木彦产生了抗拒心理是很自然的。在调查出现在小说中的那些场所的过程中,阿动一直在积极参与。但是,当轮廓大体上因此而清晰起来后,就有必要向研究的更高层次转移。于是,即便选择真木彦为新的辅导教师,也不该有什么不满……只是我也认为,罗兹的感情生活,还是托付给真木彦这种年龄的男子比较自然。

"因此,这里就要说到小香芽了。上次,由于她本人也在场,就没有详细介绍她的情况。她家是世家望族,垄断了我们当地人所说的'真木町三白',也就是以白色为标志的代表性产业——和纸、白蜡和蚕丝。我们家的黄瑞香有一段时间也在那里制成纸张,不过,与真木产日本白纸的生产量相比,那就相差甚远了。

"对了对了,小香芽的父亲,好像与古义人你是真木高中的同年级校友,尽管你们班级不同,听说也没有任何交往。至于说到小香芽这样年岁的女孩为什么会是你的同龄人的孩子,这实在是事出有因啊。她父亲当年前往大阪工作,后来放弃了早先在那里建立的家庭,与小香芽的母亲一同回到了这里。由于家里这事的缘故,也可能与此无关,她在真木高中是屈指可数的问题孩子。当然,这孩子也有优秀的一面。作为游泳选手,她在县里可是所向无敌的蛙泳名手,却因为对游泳教练开始逆反,因而被迫退出了游泳部。曾在真木町经营的泳池里威胁过你们的那位高中游泳教练,还兼任着初中的课程。

"于是呀,我就在想,该不是也有想要刁难游泳教练的意思吧,小香芽这才应募参加了这次调查?她家与'童子'的传说有着关联,这倒是确切无误的事。

"来自初中的那两个孩子是由老师推荐的,可高中的这个孩子却是从自由应征者中挑选出来的。听说,是阿动举荐给这次帮助了我们的初中老师的。这事也和我家先生商量过,我是赞成的。因为我认为,阿动与其和罗兹亲近,还不如与年岁相近的姑娘多交往交往。"

暑假很快就要结束了,在此期间,却一直不见被解放了的孩子们在河边马路上以及真木川里嬉戏的身影。古义人对此感到不可思议,照例向亚沙提出了这个疑问,却被告知,现今的孩子们游泳,并不在真木川中,而是在游泳池里,尤其是大白天也在家里玩弄电子游戏。

从早晨开始便是大日头当空,暑热正盛的近午时分,古义人先让阿亮换上了泳裤。倒是事先带来了短裤形状的 O 形泳裤,没想到阿亮却比预想的更胖了。加之长期运动不足,在不久的将来,好像还可能出现麻烦的健康问题。自从千樫去了柏林,除了罗兹尝试的水中漫步以外,还不曾为阿亮采取过其他积极措施。

古义人懊恼地思考着这个问题,同时也换上泳裤,与阿亮一起套上长裤并穿好 T 恤衫。出门之际,阿亮认真地向真心羡慕这次河中游泳的罗兹询问道:

"没带泳衣来吗?"对方则涨红着面孔坦率地回答说:

"下午,与真木彦有约会。"

古义人和阿亮刚刚往下走到"大渔梁",此前从真木町游泳馆回来时,罗兹曾停过车的地方,也就是通往林中道路的岔路口旁空地上,阿动正背靠车门站在那里。他迎上古义人和阿亮,抱过装有昨晚从十铺席带回去的浴巾的脱衣筐,一面关注着阿亮的脚下,先一步站立在通向下面河滩的小道上。接着,他走上已经铺整好了的地方,帮助阿亮脱去衣服,只剩下那条泳裤。

"香芽还没到吗?"

阿动没有直接回答,只是将下颚仰向不断驶过卡车的国道。

"还是游泳部时的习惯,要正经地作预备体操,结束以后,正在车内换衣服……古义人先生,阿亮,下山走到这里来的过程中,身体热乎起来了吧?"

这时,从车里出来的香芽边看着古义人他们费劲儿地走着,边快活而轻快地跑了下来,脚踝不时吱卟吱卟地陷入河滩的沙子里。少女没有穿竞赛用泳衣,而是身着与之迥然不同的上下分体式针织泳衣。白皙的腹部和形状姣好的肚脐,也显现出未曾接触阳光的稚嫩。而且,散逸着紧张感的腿部和肌肉饱满的浑圆肩头,也给古义人——常年以来,在俱乐部的泳池里,他经常打量指导游泳的那些体育会的女学生——留下了非同寻常的印象。

香芽转过因戴上游泳比赛专用的泳帽而显得圆鼓鼓的面庞,迎着古义人的视线问道:

"古义人先生,平常您训练时,用什么速度游啊?"

"在东京,往来于泳池的那段时期,一千米要歇上两三次,游完全程是四十五分钟……"

水头哗啦哗啦地拍打着"大渔梁"上开阔的岩石表面,香芽将目光投向"大渔梁",稍稍考虑了一会儿:

"这里,被称为岩石搓衣板,整体上很形象地呈长方形。离岩石临水的顶头大约十米处,那里水流得很快,水也很深。听说,地区选手就溯流游到那里做快速转身的练习。我们也这样吧,只是不用转身折回……

"假如游到了岩石那里,就请您适当地自我调节吧。"

香芽大步蹚着河水,来到"大渔梁"顶端后,就笔直地挺起上身,直立着身体跳进激流之中。她回头看着古义人,胸部的泳衣已被河水濡成浓重的天然羊毛色。她把双臂弯曲到胸前,这是在示意河水的深度。然后,她把身体没入水中顺流而下,同时调整着姿势,以轻快的侧泳泳姿在河面上开始游动起来。从后背的上部、腰部直到臀部,隔着一层闪烁着光亮的水膜,显现出略微发黑的立体动感。壮实的手腕不停地旋转拨动,强劲的双腿也在引人注目地蹬着水流,倘若除去这些动作,简直就如同一幅幅静态摄制的照片。

"游得真棒!听说她的专长就是蛙泳。"

这时,阿动只脱去鞋子,正和阿亮往下走向淹没了岩石的河水中。在古义人的感叹声中,阿动应声说道:

"过去,古义人先生也在这里游吗?"

"我们只知道用蛮劲儿游……不能像这样利用水流来控制速度。"

就在与古义人正说着话的阿动身边,阿亮停下了动作,于是古义人也走过去查看。古义人仍记得"大渔梁"上大水洼中如同浴缸般大小的大舟——在其对面还有小舟——的俗称。现在,阿动正打算利用这个大舟,让阿亮头朝上流俯伏于其中。这是用双手攀住岩石上水洼的边缘,将面部仰出水面,承受水流冲击的耐力运动。阿动挽起裤腿,露出健壮的膝头和小腿肚,在大舟的横向侧旁蹲了下来,将阿亮的身体缓缓沉入水中。阿亮则认真且快活地感受着冲击而来的水流力量。

"阿亮,试着动动腿好吗?缓慢一些,注意不要碰到岩石!让水流呀,冲击在脚背上……脚的上部!"

与其说阿亮的脚在笔直地做上下运动,毋宁说犹如在水中摆动的船桨一般。不过,显然这是在意志驱动下做出的动作。

古义人也游动起来。无论是急流底下色彩斑斓的卵石,还是换气时仰头看到的栗树林的嫩绿,都鲜艳得令人着迷。最初,古义人或是往上游过了头,手指也碰上了岩石,或是被激流冲开,最终踏着沙子折返回来。当能够控制游水的速度后,便如同在泳池里的泳道中一般,他以相邻的香芽为基准游动着。如此一来,他更为香芽的泳技所倾倒。高高的骨盆,紧紧绷住、在水中略显青色的白皙的双腿古义人感受到一股活生生的渴望，与此同时，还感到自己知道那尊在贴身泳衣下扭动着的、被濡湿了的鲜活肉体。他甚至知道，性器处，更准确地说，是包括周边在内的那个意外开阔的部分，被松节油一般透亮、清澈和丰润的体液濡湿时的模样……

怪异想象的根源，随即便被认可了，那时因为吾良的声音好像在不断回响。眼下，他赠送的录音机附带的田龟耳机，却成了戴在头上的护目镜，通过那里，吾良那明了的声音……

"如此深切体会到情欲的瞬间，在咱的生涯中可不是常有的呀。因此，为了你能在今后的余生中，如同亲身体验过一般回想起这件往事，咱才对你说的。"

吾良为自己老年后考虑的问题，现在，正在自己的在故乡河流中游泳的头脑里展开……

古义人回忆起吾良那过早步入晚年后邂逅的悲哀之恋。眼泪流淌下来，护目镜片也开始模糊，什么也看不清了，失去平衡的肩头被香芽的手掌边缘不容分说地用力击打了一下。古义人停止游动，任由水流冲击着身体。他意识到，现在流下的眼泪，也是对自己晚年也将如此悲哀而流出的眼泪。

4

毕竟是年岁高阅历深，古义人很快就恢复平静，站立在水浅流急、卵石虽大却也还显眼的浅滩，然后摘下护目镜，将水撩到脸上。香芽一直游到"大渔梁"的顶端，将两只粗壮的胳膊搭放在岩盘表面，便转头看向这边。古义人逆流而上，以自由泳全力冲向激流，喘息着游到岩石边缘。

"你突然摇晃着被冲了过来，因而无法躲避，就打了你。"香芽招呼道,"打了之后……担心你是否昏了过去。"

"挨打也是事出有因呀。"说完,古义人看着少女那透出疑惑和生气的眼睛继续说道,"香芽君,是在真木町出生、长大的吗?因此,感到你习惯于在这里游泳啊。"

"出生地好像是大阪,不过……今年,由于是临近暑假时退出游泳部的,又是暑热,又是心烦意乱,因此,又想活动身体……就每天来这里游泳了。初中游泳部的那些队员真让人怄气,他们知道我被游泳部除名的事,来这里游泳时,他们躺在'大渔梁'上的水洼里,就像婴儿似的拉屎。那屎橛子就飘飘忽忽地被冲了下来,害得在下面都没法游了。

"就连来这里观看初中生训练的游泳部教练,也在那里拉屎。我对朋友说了这事,就成了'侵害教练的人权'……"

古义人在微笑着听她说话,却没能抓住话尾的要害处。觉察到这一点后,从香芽接着说下去的那些话语中,古义人意识到,尽管她还只是高中生,却已经是一个高深莫测的人物了。

"教练因为是成年人,和初中生比较起来,他的屎橛子要大得多。"香芽说,"不过呀,一直就有一种传言,说教练是个男同性恋……"

古义人从水流较浅的地方绕过去,追上直接冲上"大渔梁"的香芽。阿动从浴缸般的水洼中扶起阿亮的身体,一面用浴巾包裹住阿亮,一面招呼着香芽。香芽则略微应承了几句,便往河岸上停车的地方走去。阿动对搀扶着阿亮走向河边沙滩的古义人这样说道:

"小香芽之所以对古义人先生的调查产生兴趣,是因为家里有一个与'童子'有关的'犬舍'。那犬舍很大,是由曲铁尺形房屋中的马棚原封不动地改建而成的。

"小香芽说,她本人并没有认真听过关于'童子'的传说。古义人先生亲自去看看那'犬舍',并向她家里的人询问有关情况,怎么样?这就可以去小香芽的家嘛,怎么样?"

"好啊!好像是迄今不曾听说过的事实……阿动,你与阿新和阿胜在做前期调查吧?干得很好呀!"

阿动显现出与他年龄相称的晃眼——阳光也确实强烈,在河面上闪烁着光亮——表情,认真地继续着他那事务性叙述:

"已经说好了,请她让我们观看她家的内部结构。"紧接着,阿动立刻说起了处于他意图中心的想法,"请罗兹也一同去吧,我给她挂电话。我想,她会把自己那辆箱型小客车开下来,让古义人先生和阿亮坐她的车去。"

古义人在想,真木彦这会儿肯定已经到家里来了。阿动还在用脚后跟踏着浅浅的水流,按下挂在脖颈上的手机键钮。古义人让阿亮在河滩的大圆石上坐好,便用浴巾擦拭着他的身体。虽说气温比较高,却因为长时间浸泡在水中,仍然感到有些怕冷。这时,阿动折返过来,眼神却完全变了模样。

"罗兹说是有话要对真木彦说,就不能到真木本町去了……我还是想请罗兹一同去看那犬舍……以后再找机会去好吗?"

在车中换好衣服后,香芽披散着长发下车走了过来,面对正叙说着改变预定安排的阿动,她显出存在着隔膜的表情沉默不语。

"罗兹似乎很在意古义人先生和阿亮何时回去。"阿动再次对古义人不满地说道。

香芽改变了口型,仿佛随时都可以吹响口哨。

5

这一天,古义人原本就想和阿亮一起好好活动一下身体,为了更为彻底地达到这个目的——也考虑到罗兹没能开车前来迎接的因素——便决定一直走回十铺席。然而,阿亮的病患却在途中发作起来,直到恢复正常以前,必须支撑着他那被河水镇住了的身体站立在路旁。在阿动挂去电话一个小时后,他们才回到家中,这时,罗兹和真木彦正紧挨着坐在沙发上,看样子,是在等候他们。这两个人好像非常紧张,古义人于是赶紧解释说,阿亮刚才病患发作,为了防范发作后将会出现的腹泻,目前必须带他去卫生间。

这种时候,罗兹通常都会主动过来帮助阿亮和古义人,可今天却连一点儿表示都没有,只是涨红着脸,严肃地坐在真木彦身边。把阿亮带入卫生间后,古义人听着阿亮那颇有声势的腹泻声响,同时做好了思想准备,估计罗兹和真木彦肯定会提出难以应付的问题。

把阿亮在床上安顿好之后,古义人反身回来,坐在沙发对面的扶手椅上,面对真木彦提出的以下申明:

"古义人先生,我和罗兹认真商量过了,我们决定结婚。虽然罗兹说了,这不是一件需要请你允许的事情,可我还是认为,最需要征求你的同意。"

"真木彦说,要考虑古义人的心情。我告诉他,没必要把这事放在心上,其实没这个必要。"

罗兹的面庞越发涨红了,古义人觉得她如同高中生或大学一年级的新生一般,而她本人则像是要用动作来证实自己和真木彦的话语似的,将胖墩墩的上半身依偎在真木彦身上。

"决定和罗兹结婚,让我担心的是,直截了当地说,是担心给你带来伤害。我已经在肉体上给你造成了伤害,目前,耳朵上还残留着伤痕……我并不认为,像古义人先生这种人,在肉体上可以受伤,而精神上则不会受到创伤……"

"较之于倒过来说——倘若精神上受到伤害,那么肉体上也不可能不受到受害——这句话,还是你说的易于理解。"

真木彦只是没有说出口来,却还是表现出了自己的感情。即便完成了这件可喜可贺的国际婚姻,可今后还会有夫妇间的多少口角在等待着他们呀……

罗兹那辉耀着光亮的青绿色眼中掺混着些许红色光点,她抢过话头说道:

"自从承继了三岛神社的宫司以来,真木彦便对古义人的小说产生了特殊兴趣。听说,由于《同时代游戏》①使用了三岛神社这个固有名词,一个研究比较文化学的人就对世界上的三岛那种小肚鸡肠的矫揉造作进行了批判,而真木彦则为此投稿辩解,说是那个接受了外国教育的学者倘若多少知道一些本国的文化史,就应该知道以大山神祇为所祭之神的神社的名字了……

"真木彦现在对《燃烧的树、绿色的树》②和《翻筋斗》③产生了兴趣。不是也有人批评说,这是两部同义反复的作品吗?对此,他则认为,正因为两度描述了在这个山谷间兴起后又归于消亡的新宗教,才有着独特的意义。

"你的作品中存在一种预感——真正的'救世主'的出现,这也是这块土地的地形学长年酝酿而成的预感。因而,真木彦在考虑一个计划——唯有自己,才能让真正的'救世主'出现。但并不是像你那样根据小说作品,而是为'救世主'出现在实际之中而做了万全准备,并打算接受这个'救世主'的出现。

---

① 大江健三郎曾于一九七九年发表长篇小说《同时代的游戏》。
② 大江健三郎曾于一九九三、一九九四和一九九五年分别发表长篇小说《燃烧的绿树》第一部、第二部和第三部。
③ 大江健三郎曾于一九九九年发表长篇小说《空翻》。

"听了他的这些想法后,我想起了卡洛斯·富恩特斯①在《塞万提斯再阅读之批判》中所提及的中世纪宗教史的要约!"

罗兹从桌上拿起准备好的富恩特斯英译文本。于是,古义人也从寝室的书架上取来日译文本。

"在文中,从埃及的诺斯蒂教派②到犹太教的诺斯蒂教派,富恩特斯介绍了各种'异端'的耶稣基督学说,不是吗?有的说法认为,在各各他③的山冈上死去的是别人,而基督则混身于观看替身被处以磔刑的众人之中;还有的说法认为,此前一直被化身为鸽子的'救世主'守护着的基督,却在各各他被鸽子所抛弃,最终作为凡人郁郁而死……

"列举了诸多'异端'之说后,富恩特斯这样写道:

> 这种异端的派系,在改写教会的教义之际,扩大和多样化了审视基督的生涯和人格、三位一体说,以及作为宇宙统治者的基督等问题的视点。只要粗略浏览一下异端的理论,我们便会发现,他们非常适合于被赋予中世纪真正的小说家的地位。

"古义人,这很有趣吧?你就是这个世纪交替时期的真正的小说家。另一方面,真木彦正在研究你凭借想象力编造出来的'救世主',他想在这块土地上创造出超越这一切的、现实中的'救世主'来。明白了吗?真木彦是革命家!

"我呀,作为解读古义人小说的专家……倘若原样借用富恩特斯观点的话,则是作为阅读的专家……即便从文学意义上来说,真木

---

① 富恩特斯(C.Carlos Fuentes,1928—2012),墨西哥著名作家、文学评论家,著有长篇小说《阿尔特米奥·克鲁斯之死》和文学论著《西班牙美洲新小说》等。
② 相信神秘直觉的初期基督教派中的一支。
③ 在耶路撒冷,将耶稣基督钉在十字架上的地方。

彦以现实为对象的事业也是正确的,我想辅佐他。因此,我要跟真木彦结婚!"

第十一章　照看西乡先生爱犬的"童子"

1

从这一天起,罗兹就在三岛神社的社务所内与真木彦开始了新婚生活,只在周日来十铺席工作八个小时。

对于罗兹和真木彦关系的迅速发展,谁都感到非常惊讶,唯有亚沙给予了积极评价。

"即使只从古义人你的角度来考虑这个问题,在妻子远行德国期间,与一位美国女性生活在同一个屋檐之下,还是会招致风言风语的。结合阿动的情况来看,我感到双重放心。恋上白种人里属于浅黑型的年长女人,对青少年的健康和成长可是没有益处的呀。

"关于真木彦的独身生活和恋童癖,外面也有着各种传言。假如阿动被罗兹无情拒绝并被诱往真木彦那个方向的话,那就更糟了!

"古义人也好,阿动也好,请互相填补罗兹留下的空间,把精力放在新君和阿胜他们也参与的合作调查上来吧。"

事情一旦决定下来,阿动便不辞辛劳地帮助罗兹搬了家。而且,他还重新编排计划,选择罗兹可以参加的那一天去香芽家参观。

罗兹曾在大学里取得日本近代史的学分,当阿动说明将造访与西乡隆盛①有关联的"童子"老家时,她立即逐一检索美国的大学出版社出版的书籍条目,让对方寄来有关西南战争的专题论文。

在前往真木本町的车子里,阿动对罗兹介绍了本地民间故事与西乡隆盛有关的部分。这其中也有古义人第一次听说的情节细部。

"只要去东京,就总会有办法的。在这个粗略的计划之下,出发了的西乡军队却遭到政府军的阻击,在九州东部转战了六个月。结果,参谋们决意回到鹿儿岛去,在那里与国家进行决战。西乡也决定放走那两条一直带在身边的萨摩犬。不断败退和连续战斗的过程中,在和田越这个丘陵东西相连的地方,他把两条爱犬托付给了'童子'。据资料记载,在这个战场的棱线上,政府军曾目击领着两条狗的西乡。或许,这是他与爱犬最后的散步吧。就在这一天或是翌日,'童子'……听说实际上当时只有十三四岁,可他自称为十六岁……接受了那两条狗。

"然后,'童子'领着两条狗要往日向滩方向而去。小香芽说,在她家生活到八十岁出头的那位原'童子'的这些往事,是她从父亲那里听来的。听说,在目击了西乡的棱线的这一侧,超过三千人的西乡军队在绵延而下的山麓处,被蜂拥而至的四万多政府军所包围。

"那是一块丘陵起伏的广阔土地,其规模与真木本町无法相比,同旧村地域的瓮形封闭地貌全然不同……虽说在包围圈中担心因此而被发现,却还是扮作农家少年模样,牵着两条狗悠然走了出去。

"当来到好像没有政府军的一座山势平缓的山冈上的松林里后,两条狗停了下来,像是在斜着眼互相打量着对方。接着,其中一

---

① 西乡隆盛(1827—1877),萨摩藩士,明治维新功臣,一八六八年以大总督军参谋之职东征,兵不血刃攻取江户城,后官至陆军大将兼参议。一八七三年,因其所提征韩之议未被采纳而辞官归乡,于一八七七年被手下推拥起兵,史称西南战争,半年后兵败,于城山自刎。

条汪汪地叫起来,将头转向鹿儿岛方向,快步跑了出去。据说,这条黑毛狗不久后回到了早先饲养他的主人家里。

"'童子'不想回到很快就将成为战争中心的场所,便带着留下的那条茅草色狗往大海方向而去。来到海边以后,又花费好几天时间走到臼杵,从那里搭乘驶往伊予的船只到达长滨,再沿真木川走了回来。

"快到了!我们要去观看的这犬舍,是照看西乡先生托付的那条爱犬回来的'童子'……碰巧是一条母犬,而且还怀有身孕……以此为基础,试图延续血脉而倾注心力改建的犬舍。传有西乡先生爱犬血脉的狗崽,当时,只要有人前来相求,据说都可以免费赠送。不仅真木町,有着这种血脉的狗在很多地方都繁殖开来。"

"一条母犬所产的诸多狗崽假如被如此交配和繁殖,从优生学的角度考虑将会如何呢?虽说我并不了解狗的交配……"

"为了增加西乡先生爱犬的血统,'童子'大致做好准备之后,便领着亲手培育的一些母犬往鹿儿岛而去,拜访早年曾将狗赠送给西乡先生的那两户人家,并请他们安排交配事宜。这其中一家是佐志乡一位乡士①的家,另一家则是在小山田乡镰之原来从事农业劳作的人家。

"这是一次声势浩大的旅行,那个强盗龟因而看上了旅费和为感谢对方关照而备下的礼金,追赶上了在宫崎上岸的'童子'一行,却因为狗儿太多,竟至无法下手。"

搬迁到十铺席以后,古义人曾拜访过现今已成为木蜡博物馆的晒蜡工厂。这是被高高的土墙围圈着的宅第,在宅第后面的马路边,

---

① 江户时期,没有移居城下町,仍在农村从事农业生产并享有若干特权的武士叫作乡士。因所在藩不同,也被称之为地士、山士、乡侍、山侍。

有一家构造坚固的民宅,从周围的成排房屋中脱颖而出。宅第的左邻,已成为有着很长进深的空地,道路的半幅被用作停车场。这个停车场以及两条相互平行的马路中的,尤其是主马路上的"街道",是为前来观光的客人们准备的。阿动将罗兹的蓝色箱型小客车停在那里,引导着走下车来的古义人他们。

从左侧宅屋的后门走进去,只见一间独立小屋与宽大的主体建筑夹拥着庭院。虽说是独立小屋,却也是一间古老而坚固的平房,较之于主体建筑,倒是更见时代变迁的印痕。一眼就可以看出,从主体建筑尽头呈弯钩状往外探出的那栋小屋,正是自己这一行人想要观看的特殊"犬舍"。

在古义人等人好容易才摸索到这里前,主屋的大门已经开启,香芽和一个剪着短发的白发大块头男人等候在那里。在坚毅的面容和显而易见的忧郁神情后面,存留着记忆中的英语部少年的面影。阿动介绍完古义人一行后,那人便将那像是近视却又不戴眼镜的眼睛转向古义人,并在他身上停留了一会儿,像是在确认这个不曾亲密交往的同年级校友。而且,原本他只是为打招呼才过来的,现在却用流畅的英语对罗兹寒暄起来。罗兹也以在当地对日本人极少使用的英语回答道:

"我正在学习之中,因而此后将用日语表述。不过,"婉拒过后,她继续说道,"实际上,您一直在商务工作中使用英语吧?"

"以前我在商行工作。"那人也改用日语交谈,"不过,那已经是很久以前的事了。回到故乡以后,就一直干着乡下人那样的营生。家里那口子还健康那阵子,也做一些与前来观看'街道'的客人有关的工作,那里面也有一些来自外国的客人。

"对于长江君……当然,你身为作家的各种活动,我也是知道的……我记得,在真木高中一年级的时候,你曾与控制着棒球部的阿飞头子相敌对,好像同他们不屈不挠地大干了一场。"

"结果,一年级就从那里逃了出来……倒是你呀,非常罕见地独立于阿飞头子的势力。柔道又厉害,又是世家出身,我想,这也是他们敬畏你的一个原因……"

"听香芽说了不少,可细想起来,却记不得我们实际说过话……总之,当年只是从远处冷静地看着,觉得这个同学虽然来自深山,却还是努力使用标准日语。"

随后,两人都沉默下来,没有接话的话头。

"那么,我们可以去看看'犬舍'吗?"阿动询问道。

"香芽领你们去。"男人淡淡地转入主屋的大门里面。

在香芽引领下,古义人一行沿着武家宅第风格的板墙绕了进去,来到似乎还兼着作业场的宽敞庭院,从那里便可以看到"犬舍"了。屋顶的高度、进深的长度,包括郁暗的程度,都存留着马圈的影子。在相当于马匹胸部的高度,横着一根泛着黑色光亮的粗木,栅栏的一根根细瘦木杆从那里一直达到地面。在栅栏里面,被踩实了的略微发黑的土地稍稍倾斜,一条水沟沿着板壁开凿而成。

"墙角的木箱是供狗饮水以及打扫时所用的贮水槽,听说,直到父亲的孩童时代,还有一根导水管从院中的水井那里通过来。"

"养狗一直养到什么时候?"

"听说,养狗的叔祖父一辈子都没结婚,帮衬着本家干一些工作以维持生活。说是即便年过八十以后,还养着十条狗呢。在战争将要结束时,这是我父亲记住的事,说是要把毛皮提供给陆军,在这个名目下,那十条狗全都被杀了,也许是因为心灰意冷吧,叔祖父进了山中并死在那里。"

"到那时为止,培育出来的许多狗,在当地是被如何处置的?"

阿动替代香芽回答说:

"由于是有着优良血统的萨摩犬,对于直至那时仍以打猎为业的人来说,那是非常宝贵的。不过,当时是在同族的帮助下长期培育、繁殖的,根本没打算以此谋求利益。他好像有一个想法——假如西乡先生的余党发出召唤的时刻果真到来,就率领着散养在当地的所有萨摩犬参加叛军。

"因此,他定期走访这一带领养了狗的人家,对那些萨摩犬进行训练。听说,这种做法一直持续到昭和初期那阵子……太平洋战争末期,小香芽刚才说了,为了给军队筹措毛皮而杀死了所有的狗。这说明,不仅仅是这家剩下的狗遭到了杀戮,此前不断增加的西乡先生爱犬的血脉,也全部被灭绝了。于是,往昔曾是'童子'的这位老人,气力和身体都开始衰弱,就到森林里去了吧。"

在听介绍的过程中,罗兹一直做着笔记。介绍告一段落后,她开始拍摄"犬舍"内部。"犬舍"墙围板的裙边被凿开一个洞,与外面的旱田有大约两米落差,为使包括狗的粪尿在内的污水从洞口流出,安装了一个长箱形白铁皮导渠,罗兹也拍了这箱形白铁皮的照片。听动静,主人从主屋来到了"犬舍"拐向弯钩尽头的那个房间。香芽迈着游泳运动员般的步伐前往那个房间打探动静,再回来时,却做出一副当地世家姑娘的模样:

"父亲说,请大家过去品茶。"

入口处与常见的农家风格并无二致,进入土间后,一眼便看到宽敞而牢固的套廊上按人数排列着的坐垫。父亲将古旧的大热水瓶放在载有茶碗的结实的木质托盘中端过来,交给香芽之后,他便坐在高出一层且没有铺坐垫的榻榻米草席上。

罗兹坐在最里面,古义人则与她相邻而坐。在香芽斟茶期间,父亲从木碟里取过古义人仍有印象的栗馅包子递给古义人他们。然后,他便开始了像是做好准备的讲话。年岁相同,而且还是当年在真木高中的同年级校友的这种举止，并不是古义人所期待的。刚才谈及往事时，对方没有任何开场白的做法，却让古义人的心情很好。

"从西南战争时算起，尽管已经过去六十多个年头，可直到某个时期为止，叔祖父好像一直怀有反击的希望。听说，当被人称为'西乡先生的屯田之兵'时，他还显得有些不好意思。那也是这一带人轻辱叔祖父的话，关于叔祖父要率领精心保存下来的萨摩犬部队远渡九州，那是谁也不会相信的吧……

"他本人越是抱有希望并不断努力，就越是被周围的人动辄促狭地称为'狂人的希望'，真是太可怜了。

"镇上的狗全被杀光后，叔祖父听到一个消息……说是由于战时缺少食物，因而被主人家丢弃到山上去的狗，后来却繁殖起来。其中，有着萨摩犬血统的狗又占了大多数……我们叫这种狗为山狗……他该不是为了照顾这群野狗才进入森林的吧？！我认为，他不是仅仅因为绝望才去死的。

"从萨摩带回来的字据，关于'犬舍'的事，还有记录送养出去的狗的账簿，他全都给带走了。因此，家里根本没有资料什么的。到目前为止，对于那些由町公所介绍来观看'犬舍'的客人，让看倒是让看，只是我不去寒暄。

"我听阿动说，在他的祖先中，有一位用笛子调动百来条狗的'童子'。于是，我就对叔祖父也曾被说是'童子'一事真的产生了兴趣。在那以后，我就以阿动为对象，也对他说了'犬舍'的来历。今天迎来长江先生并介绍情况，倒不是因为长江先生成了著名作家，而是由于其他原因……在西乡先生于西南战争中败北后，把他的一条爱犬带回来并大量繁殖，为这种徒劳的事业奋斗不已的人，我觉得确实可怜，这才说了这些话。"

2

与真木彦开始共同生活以来,罗兹那旺盛的求知欲一如既往,只是在那张因步入中年后精力不济而显得紧张的面庞上,皮肤显现出了与年龄相应的松弛。这一天,在回去的路途中,罗兹也露出了倦容,却还想振作精神,对阿动说上一些有意义的话。

在这次对"童子"的"犬舍"所做的调查中,罗兹带来了真木彦赠送的佳能数码相机,以及那本活页笔记本。古义人最近为年轻人编辑的本人作品阅读指南这本书的校样,此时也夹在她的活页笔记本里。为了这本书,罗兹正在核对古义人所做的、与法国作家以及法国文化参赞之间公开讨论的记录。在与真木彦开始同居前后,这项工作曾被丢在一旁,她因此而放心不下。

于是,罗兹坐在正驾驶着汽车的阿动身边,并不隐瞒想让他听自己叙说的意图,开始确认古义人所做记录的细部。

"关于今后要创作的小说,古义人写道:

　　其实,我还没有达到起草这部小说草稿的阶段,目前正处于每天写创作日记的阶段。

"接下去是一段告白,是古义人把最近回到故乡后要干什么与小说的构想方法结合起来的告白。

　　我的主人公为什么不愿继续住在东京这个中心地,而要到边缘地区的森林中去呢?也算是我的分身的这位主人公,是想要重新验证他自己创作出的作品世界中的根本性主题系列,更具体地说,就是乡愁中的每一部分。尤其想要弄清楚有关'童子'的一些问题。存在于本地民间传说中的这种'童子',总是作为少年生活于森林深处,每当本地人遭遇危机之际,'童子'便会超越时间出现在现场,拯救那里的人们。

"这实际上是古义人现在正做着的事。今天的实地调查,就是这其中一部分。阿动协助古义人所做的工作同样也是如此。但是,我认为古义人和阿动对'童子'的把握方法存在着差异。前不久,真木彦曾经指出过这一点,只是到了今天,我才觉得实际情况确实如此。

"如同刚刚读过的那样,对于古义人来说,'童子'总是作为少年生活于森林深处吧,每当本地人遭遇危机之际,'童子'便会超越时间出现在现场,拯救那里的人们,是那种极富神话特性的人物。

"另一方面,阿动的'童子'不都是很现实的吗?! 都是些实际在这里度过一生的人物。'动童子'虽说在与强盗龟之间的活动中具有神话和民间故事的性质,可在铜山暴动中,却是实际发挥了作用。最后,溺死于森林中的大水,尸体被人们发现。阿动似乎对这一类'童子'的生活方式抱有兴趣。照看了西乡先生爱犬的'童子'也是如此,回到真木本町后,常年从事狗的育种和繁衍,太平洋战争临近结束时,身为八十多岁的老人而死去。"

古义人看着正驾驶汽车的阿动被晒黑了的粗壮脖颈透出黑红色,同时在想,他该陈述自己的意见了吧?但是,罗兹没给他留下这个时间。她喘了一口气,大声朗读接下去的记录:

> 主人公早在自己的少年时代,曾在教师的带领下,参加了由孩子们为主体的、前往森林深处的探险。现在,他本人将扮演教师的角色,把村落里的孩子们集中并组织起来。

"阿动,你正在制定计划吧?就是把阿新、阿胜以及其他孩子集中起来,以古义人为队长,进入森林深处探险的那个计划。"

由于阿动沉默不语,因此古义人代替他提出了修正意见:

"那个呀,是名为'森林之奇妙'的探险,与有关'童子'的系列不同,属于其他民间传承故事。"

然而,在这一点上,罗兹比古义人更了解实际情况。

"阿动和真木彦一起,在考虑将迄今各不相同的两个民间传承故事结合到一起来。在这次探险中,想要让古义人见证这一切……在野游之前就揭穿这一点,也许是我的不好……

"在这个记录中,我认为特别有趣的,是下面这一段。当古义人在位于市谷的日法学院谈话之际,小说还仅仅处于构想阶段。可是,那个叫黑野的人却给十铺席发来了信函,这种变故实际上是可能发生的。

"《堂吉诃德》下篇里,小说中的那些人物即便知道自己将被如何描绘,还是会与知道这一切的第三者交往并采取行动。这就是我所说的有趣了。"

> 主人公是一个曾参加发生于六十年代的政治活动的男子,四十年后,他将当时的团体重新组织起来,也就是说,率领这个由业已步入老境的成员组成的集团,出现在森林中的新居里。还发生了这种事:身为老人中的一员,主人公与往昔的伙伴们一起,戏仿并再现了当年未曾完成的政治性行动。显然,这是一种演剧般的尝试,意在弄清战后五十年以来日本社会进行重新审视之特性,而为探索"童子"而做的种种尝试,则是从周边审视这个国家二百年甚或现代化的历史。
>
> 在此期间,当地人将闯入自己生活圈来的主人公视为上了年岁的狂人。孩子们以及年轻人之所以愿意与他交往,是因为觉得叶芝所说的这位"愤怒的老人"的主人公滑稽可笑。这一次,他把从少年时代起便喜欢阅读的《堂吉诃德》,放在了森林

生活中的核心位置。在和他共同生活期间,基本上沉默不语的智障儿子与森林密切交感,向周围显现出在有别于父亲的另一层次的智慧。包括他所创作的小小曲目在内,在父子共同经历的外在冒险以及内在冒险中,与《堂吉诃德》中的主从关系相互呼应。

阅读完毕后,擅长于处理资料的罗兹郑重其事地把从活页笔记本中露出的校样折叠进去。

"……古义人先生在小说构想中,是如何描述罗兹的呢?"一直沉默着的阿动询问道。

"为什么我必须出现在小说里?"

罗兹如此反问,表现出冷淡和不愉快的神情,原本想要补偿曾被自己伤害的阿动的想法,此时却一下子被抛到了九霄云外。

3

这一天,离天黑还有一段时间,车子停靠在神社的石阶前,让明显露出倦容的罗兹下了车,约好阿动翌日驾驶她那辆蓝色箱型小客车来接她之后,古义人他们便径直驶回十铺席去了。他们刚刚走下汽车,便看见身着夏季纱质单外褂的松男像是正在扁柏周围消磨时间。前来照看阿亮的亚沙把他们一同迎了进来,她对住持说道:

"本想穿上纯日本式夏日正装让人看看,不料罗兹却回真木彦那边去了,真是可惜啊。"

然而,松男却罕见地像是不惜破坏气氛。总之,在这下午的暑热之中,谁都会感到腻烦的吧。在起居室落座之后,松男甚至不给亚沙留下准备冷饮的时间,就挑起了争论性话题:

"美国人以及欧洲人呀,认为佛教僧侣是日本独有的,甚至还将其视为国粹。倘若被日莲宗这么说，那也就没办法了。可是，目前出现了一种误解的倾向，要将这种观点扩大到佛教整体。不过，如果连亚沙也这么理解，那可就让人感到凄凉了。佛教，原本是印度的东西。传到西方后，甚至对原始基督教也产生了影响。"

亚沙随即大大咧咧地认了错，当她端出冰镇麦茶，把从冰箱里取出的手巾卷送到松男面前时，她说道：

"按理说，强调日本特质甚至具有排外性的，那是神道。"接着，她继续往下说完后，便一个人先行回去了，"真木彦之所以俘获了罗兹的心，在于他作为当然的权利而强调了这一点。从最初开始，松男就不是他的对手。"

"咱对真木彦可什么都……"松男向亚沙的后背招呼着，可她全然不把这当回事。

只剩下自己在与古义人面对面了，松男想要交谈的内容，无非是挂念真木彦和罗兹的事。古义人在想，假如罗兹还有余力赶来十铺席处理事务，松男将会如何呢？

"并不是一定要对古义人先生再三赘述，只是日本的神社呀，有别于佛教各宗各派分属于不同系统，神社具有很强的统合性，被置于同一个系统的结构之内。日本也有所谓的教派神道①，战前，为了区别于这个教派神道，便作为国家神道②而将全国的神社统一起来。或许这么说更好一些。战后，神社本厅③这个机构也拥有自己的权

---

① 教派神道有别于作为国家神道的神社神道，是宗教领域内的神道教派之总称。
② 明治维新前后，随着神道国教化政策的推行，神社神道被编于皇室神道之下，始成为国家神道，进而与军国主义和国家主义相勾结，鼓吹天皇为现人神，成为天皇制思想体制的重要支柱，一九四五年十二月，因占领军当局对日本政府下达的有关废止国家神道以及彻底施行政教分离的指令而解体。
③ 神社本厅成立于国家神道于一九四六年遭废止之时，作为神社神道的宗教团体统管日本全国的大部分神社。

力,把几乎所有的神社全都统一起来。

"古义人先生,如果现职神官与美国女性结婚的话,将会发生什么问题呢?咱呀,实在放心不下,全家都已经成为神官的真木彦嫡系本家的父亲呀、哥哥呀,还有同祀一个氏族神的居民代表们,他们将如何接受这个现实呢?

"作为现实问题,是怎样向神社本厅提出申报呢?"

"不提出申报也可以吧?"

"神官并不正式结婚,就在社务所与外国女人同居吗?即便一般说来,这也是个丑闻啊!"

"……松男君,有什么解决问题的构想吗?"

"没有!毫无办法!"不认寺的住持说,"不过,我清楚地知道,问题的症结首先在于真木彦与阿动君之间。

"真木彦来到这块土地后,很快就对阿动君寄予希望,为他学习英语进行个人辅导。因为,他既不是国学院大学也不是皇学馆大学的毕业生,而是毕业于同志社大学。

"就真木彦这个人物的性格而言,他有一个根深蒂固的癖好,那就是首先要树立假想敌,通过与假想敌的对抗来产生力量。他接任三岛神社的神官时,发现相邻地界有一座寺院,于是便对不识寺及其住持燃起了对抗意识。然后,又对比我的寺院显然更为古老的山寺产生了兴趣,这就成了他与阿动君互相亲近的开端。加之作为学生来说,阿动君本身就具有优秀的素质……

"当时,古义人先生你快要回到十铺席来了。在我们这里,作为帮助古义人先生工作的年轻人,亚沙向你推荐了阿动君。阿动君和古义人先生呀,如果追根溯源的话,早先还是一族呢。而且,为阿动君起名字的人,说是古义人先生你,这也不会有错吧。嗯,因缘匪浅呀。可是,真木彦当然不能接受这一切。于是,在古义人先生你到达这里以前，就进行了反对长江的洗脑工作。最初，阿动君对你采取了对抗性态度，我这也是从亚沙那里听说后才知道的。不过，阿动君或许是渐渐被你所吸引的缘故吧，开始热衷于为你工作了。

"于是，真木彦就正式把古义人先生当作自己的假想敌了。然后呀，经过认真调查和初步准备，就搞出了那出自编自演的'御灵'大游行，却又因为效果之好大出意外，因而感到极度后悔。就这一点而言，嗯，这家伙在人格上也是有其脆弱性的。

"不过，吸引了阿动君内心真情的，并不仅仅是你。他之所以如此精励恪勤地在你这里工作，毋宁说，更是因为罗兹。你在骨灰堂的事故中受伤住院后，阿动君是多么热情地陪伴她进行野外调查呀！你并不很了解吧？如果能把女人带到森林中的鞘那里，进入她本人的鞘也就很容易了。这可是古义人先生也知道的传说啊。阿动君好像就把罗兹护送到了鞘。

"如此看来，真木彦最终的假想敌就是罗兹？也就是说，罗兹受到了攻击。而且，如果把她占为己有的话，较之于十铺席，阿动君大概更会接近神社社务所。这就是'射将先射马'吧。

"话说真木彦的计划在顺顺当当地展开。但是，他也出现了一个误算。既然真木彦没把罗兹本人作为需要猎取的目标，那么与身为女性的罗兹之间的关系，就是额外的收获了。真木彦早先是否在如此盘算，认为对于罗兹来说，与神官的情事即便能让自己感受到日本风格的乐趣，也是不可能深入发展下去的。

"然而，罗兹却是一个认真的人，与真木彦一度发生肉体关系后，便一定要发展为婚姻关系。如此一来，真木彦也不是那种抹脸无情的人，在人格上存在着刚才所说的脆弱性。于是，就被这种事态逼到了现在的尴尬境地。"

"比起我来，松男君掌握了更多确切的情况。"古义人说，"只是我有一个疑问,那就是你为什么如此热衷于真木彦的问题?倘若让罗兹来评说的话,她也许会说,松男君该不是抱着危机感吧?对一个美国人不区分神道的神社与佛教的寺院之差别而进入日本传统结果这一事态所抱有的危机感。"

"非常正确!就是这样!"

"是的,我并不打算惹恼松男君。我呀,刚才也说了,假如不尽快向神社本厅提交申报,我觉得,这个结婚很快就将因为思想性原因而被取消。罗兹好像认为真木彦是一个具有革命性的实践家,可是真木彦和罗兹考虑的课题呀,是不可能进行革命性实践的。正因为考虑到这一点,我自己才在小说里进行这种实践的。"

"假如是古义人先生写入《燃烧的树、绿色的树》中的教会的故事,我自己也是原型之一,所以,经常会有一些话想对你说。但是,我本人从不曾认为,在我们活着的时候,新的'救世主'就会出现并实现那个构想。更何况我不认为真木彦如同预言那样,将是现身而出的最后的义兄。如果罗兹目前还在这样幻想着的话,毕竟她是博学的知识分子,因此从梦境中醒来的日子也就不远了。"

"是这么回事。"

"如此一来,不就成这样了吗?只要制止他们提交正式的结婚申报……对于这种战术,亚沙会感到愤怒吧……再过上一段时间,在真木彦来说,就成了对偷嘴吃感到腻味的男人;而在罗兹来说,则会是一个觉得被偷嘴吃的乐趣也不过如此的女人。这样一来,他们就会作为好朋友而长久交往……

"这就是最为稳妥的前途吧。如果确实如此的话!美国中年女性的性能量可真了不得呀,真木彦已经没了精气神,满脸灰暗。事实上,已经可以听到这种传闻了!"

对于不识寺住持的这番俗气,古义人早已感到腻烦,便打算将这个话题告一段落。

"可是在现阶段,事实是爱情的火焰正在熊熊燃烧,所以,还是不要指望理想的结果很快就会出现。尽管如此,我想,像松男君这种人,不会仅仅因为这点儿小事就来这里吧……"

松男敏锐地捕捉到了机会。他从扎染为淡蓝色的布块和竹篮中,取出用曲别针将几种发票别在一起的账单递了过来。是骨灰堂的修理费以及内部整体改造费用。上面排列的数字,竟让古义人怀疑是否多写了一位数。

吃着住持送来用作晚餐的麦当劳"糖汁烤汉堡牛肉套餐",古义人开始寻找阿亮写下的作品标题。这个作品是阿亮在和亚沙看家期间,用所有时间在五线谱上写成的。

"……《被偷嘴吃了的罗兹小姐》怎么样?"阿亮问道。

"什么曲子?"古义人虽说在应答,却连确认音调的勇气都没有,"所谓被偷嘴吃……难道他听了与住持的谈话?……"

"在莫扎特的咏叹调中,有《男人们总想偷嘴吃》,"阿亮说,显示出刚才那不愉快的神色只是为开玩笑而装出来的,然后,他的脸上便现出了开心的笑意,"这可是 K433①啊!"

---

① 莫扎特作品第四三三号。

第十二章　神童寅吉的图像学

1

阿动组织起一支前往森林野游的队伍,这就是名为"森林的不可思议"的探险队。

阿动任队长,香芽是副队长,还有来自初中的二十名男女生为队员,古义人和罗兹则以观察员身份参加了这支队伍。为了应对可能发生的事故,亚沙曾与中学里的保健教师商量过,可因对方腾不出时间,亚沙便提出由自己来担任探险队里的保健一职。她曾在县立医院当过很长时间护士,同时还从事过工会的工作。广岛遭受原子弹袭击的第二代人曾提出建立自己的医疗设施,古义人对他们的主张表示支持,并答应在集会上作相关讲演。当他因此而来松山旅行时,亚沙前往机场迎接,还为家人在松山的道后聚餐做好了一应准备。翌日,投宿在支援成员之家的古义人来到不大的讲演会场一看,亚沙正在日本共产党的宣传车上作着讲演,批判"托洛茨基分子的暴力学生为扩大势力而举办的虚假集会"。

野游当天晴空万里,林道尽头是一块为开采养路沙石而辟出的空地,队员们就在这块空地上集合了。这时,古义人对阿新和阿胜的缺席感到疑惑,罗兹解释说,他们俩是真木彦指导下的别动队队员,一大早就从偏东的林道越过湿洼地,往目的地先行而去了。

"我正带着你的公开讨论的校样,这其中不是有这样一段文字吗?——显然,这是一种演戏般的尝试,为探索'童子'而做的种种尝试,则是从周边审视这个国家二百年甚或现代化的历史。

"我想谈一下关于小说构想内的问题。早先,我对演戏般的尝试产生了兴趣,便对真木彦说了自己的看法。来到这里以后,古义人一直在考虑有关'童子'的小说,但是,此前所说的演戏般的尝试却还没有动静。这么一说,真木彦却认真起来,开始酝酿让两个'童子'以演戏的方式出现在孩子们面前。"

"'御灵'就是相当出色的演戏般演出呀。当然,那次受伤只是我本人的自伤行为。"

"他说了,这次想要让孩子们清楚地知道,这是一次演戏般的尝试。阿新和阿胜将扮演那两位'童子'。

"真木彦使用了古义人小说中的这个素材,不过,好像也加进了他自己在调查中发现的一些新内容。在这次演戏般的尝试中,他具有这种对自以为了解的事物重新把握的能力吗?"

"我想,他抓住了本质。"古义人说道。

从集合地点出发后,在不见林道的森林中沿着山溪溯流而上,然后便在出现于眼前的"涌出之水"处休憩。"涌出之水"是一处范围很大的场所,早在孩童时代,当古义人独自进入森林时,即便周遭阴暗下来,这里也是一个不可能看错的地标。

这里的腹地是一座垂直而宽大的山崖,糙叶树——古义人捡起白头翁吃剩的果实品尝起来——与鸡爪槭巨树宛若观察似的相互面对。再往里去,便是无法攀爬的常绿阔叶树的林子了。积蓄在那里的水,从两片重叠着的扁平岩石间流淌而出。少年时代的古义人,曾为如此大量的水从中流出而心生畏惧。由于风传遮掩着下面大片土地的大蜂斗菜之下隐藏着"童子"们，便通常仓促装满水桶后便急急离去……

在"涌出之水"的阴凉处，罗兹读起真木彦为今天的演出而准备的脚本，同时翻译为易于理解的英文并反复朗读着。由于此前举办过有关"桃太郎"文体的英语实习，一些家长因而同意孩子参加这次野游。大檐麦秸草帽原本被罗兹用淡淡的天蓝色布带扣在下颚处，现在她脱去帽子，摘下墨镜，用阴郁的青绿色眼睛观察着大家，同时说起了"童子"的故事：

"隐居在深山森林里的人，都是以前从藩的统治下逃出来的那些人的子孙，随着时间的推移，他们被藩的官吏所发现，便被要求交纳税金。

"详细的情况，请询问你们的爷爷和奶奶。"在讲述过程中，无论是在罗兹使用日语时还是英语时，孩子们都活泼地笑着，大概是因为他们想起有关"桃太郎"的演讲了吧。

"年轻而又诙谐的铭助君，作为村子与藩之间的联系人，不时被下游的城下町①传去。在城里，有一群叫作'侍讲'的年轻武士，他们很爱听铭助所说的话。

"这些武士在为后人留下的记录中记载道，铭助骑乘在**破坏人**的背上飞行于各地，传播着各种见闻。那个宽大的脊背，落满了十铺席那株辽杨树的花粉，铭助的身体也因此而被染成了黄色……

"铭助就这样周游世界、四处学习。每当**破坏人**把他载回村子里，他便用凿子将学来的图形和公式镌刻在森林深处的大石头上。铭助对年轻武士们这样说道：倘若忘记这些学问，自己便一无所知。那些图形和公式，现在仍然残存在大石头上。有兴趣的同学不妨前

---

① 日本古时以封建领主居城为中心，在其周围发展起来的市街。

去观看。

"在那之后没几年时间,铭助便被以指挥暴动之罪而逮捕,并死在了监狱里。在他死前不久,前去看望他的母亲激励他说:

"'不要紧!不要紧!即便你被他们杀死,我还会立刻生出来的!'

"一年后,母亲一如答应他的那样,真的生下了一个男孩子。在抵抗新政府的'血税暴动'暴发之际,这男孩作为'童子'而发挥了作用。当一切都结束后,'童子'上了山,他要在林子高处的树根下,与在那里度过安静时日的铭助灵魂进行'永远的对话'……

"接下去,我就要和大家一起进入北侧的森林。然后,我们要在巨大的连香树下,观看铭助与他的托生这两个'童子'间对话的光景。二百年以前的那两个孩子,由我们大家都认识的山谷里的孩子扮演。身处现代的孩子们,你们在那几株两百年前就在那里的连香树下,观看戏剧并进行想象,这可是非常重要的。

"然后,我们要去观看真木彦和阿动君发现的不可思议的遗迹。那是与我们一直说着的故事相关的东西。因为要去观看这个遗迹,所以才把来这里野游命名为'森林的不可思议'探险队。大家一面行走,一面考虑那里将会有什么遗迹!"

2

中学生都身着长裤和长袖衬衫,头戴帽子。尤其是女孩子,全穿着浅淡底色的中长裤,用橡皮筋把拉到稍短裤脚处的袜子固定起来。为了帮助古义人回忆起战争时期开垦荒田的母亲,亚沙穿上了碎白道花纹布的扎腿式劳动服。倒不是与此进行比较,古义人发现,当地孩子们的服装都呈现出都市化或同样化倾向,还有飘逸于其中的洗练。

阿动一个个地仔细检查队员们的这些服装，从面部到前后领口，甚至还往双手喷洒了驱蚊剂。古义人和亚沙也请阿动为自己做了同样准备。罗兹则遵循自己的生活原则，用切成两半的柠檬替代驱蚊剂在身上擦蹭。

然后，手持镰刀的阿动为先导，队伍排成一列纵队进入了北侧的森林。罗兹边行走边说道：上次与阿动走下这条路时也曾在想，一走到鞘，那里就霍然明亮起来，而在抵达鞘以前，林中树丛间的视界却很糟糕，又郁暗又潮湿，觉得这里确实是日本国的森林。

亚沙和古义人一前一后地将罗兹夹在中间，古义人一面行进在队列的末尾，一面解释道：

"所谓鞘，在传说之中，就是大陨石砸掉一半森林后形成的草原，当然很明亮。与那里不同，这一带之所以视野很糟，都是森林管理不善所致。一直绵延到比较明亮的'死人之路'那里的林子，每隔上三五年，就要确定好范围，对树丛进行修整，伐去那些枝干歪斜以及估计难以长成的杂树……就是林业所说的经过'择伐'的林子。外祖父原本打算将'择伐'扩展到这一带的林子里来，却因为劳动力不足而只好作罢。"

"这条路，是野兽走的路吗？"

"较之于野兽走的路，该不是伐木人走的路吧，也就是从事山里工作的人进出的路。"

说话间，道路变成了必须凝神注意脚下的急下坡道，古义人和罗兹都没有继续交谈的那份余裕了。行走在前面的孩子们的队列并不见缓慢下来，因为生长在大山里的孩子拥有这种实力。亚沙虽说上了年岁，却是具有相同能力的人，她将保护之手伸向罗兹腰间的皮带。即便在罗兹与真木彦结婚之前，古义人也从不曾与她有过肉体上的接近，现在就更难以伸出手臂了，他因此而焦虑不安。

进入森林前,古义人他们曾在"涌出之水"那里做相应准备。从那里流出的水,在南面汇集为一条流淌着的小溪。从穿越林道的暗渠中往北侧流下来的水,也在他们一行人行走的道旁显出小小溪流的形状。架在溪流上的古老木桥把前面的道路分割为岔路。沿着溪流这一侧,径直下山往鞘而去的伐木人之路的前方透光明亮,而过桥后的另一条上坡路则比较阴暗。循着后者前行而去,陡峭的斜面却突兀地出现在面前,队伍便无法继续攀爬而上了。道路的这个尽头处,像是原先是砍伐出的木材的贮木场,现在早已成为绿草地。在草地深处,群生着五六株巨大的连香树。

　　即便在这里,路旁竟也生长着蜂斗菜。阿动用镰刀割下蜂斗菜的一些叶片,双手抱来铺在一大片草地上。孩子们猬集在前面,大人们则在他们背后坐了下来。从所坐之处抬头望去,只见连香树枝干高高伸向天际,顶端处的丛丛浓绿,衬得天空明光透亮。郁暗的青灰色粗大树干上,垂挂着一片片行将脱落的树皮……

　　站在前面的阿动提高声调讲解道:

　　"从这个位置看过去,包括因相互遮掩而看不到的树干在内,一共有六棵连香树。在这些连香树围拥着的中央位置,连香树祖宗的孩子就生长在那里。在**破坏人**开垦荒地那阵子,只有一棵连香树屹立在那里。那棵树现在已经消失了。"

　　中学生们虽说还算安静,却好像对阿动的讲话没有任何兴趣。看着阿动闲得无聊的模样,罗兹主动提出了问题:

　　"阿动,连香树是雌雄异株吗?那些连香树,哪株是雌哪株是雄啊?"

　　"我也不知道。古义人先生,请你用大家都能听到的声音回答这个问题。"

　　"我比你们这些中学生的年龄还要小的时候,当时还没有'不愿上学'这个词,我曾经天天不去上学,而到森林里来(孩子们笑了起来)。从刚才那座木桥一带往山上看过来,用植物专业术语说就是群集,就可以看见群集的这些连香树了。刚刚萌生出嫩叶时,整棵树都被映照得通红,真是美丽极了。连香树雄花周围的嫩叶发红,雌花周围的叶子则发绿。因为我曾听阿婆这样说起过,所以,我认为那株连香树是雄树。"

一个显得聪明伶俐的女孩对着罗兹问道:

"连香树用英语该怎么说?"

"我不知道,我还是第一次看到连香树。"

"美国人熟悉的各地通称中没有连香树吧?如果在英和辞典中查阅有关植物的正规名称,我想,应该写着 Katura tree 这个词。"古义人继续说,"这是日本特有的树种。逃学期间,我总带着植物图鉴,因此摸索着做了些调查。在这一带,能够说是日本独有的树,可有好几种呀。早先,我对这些问题很感兴趣。对于我家作为造纸原料而加工的那种树皮和它的树,尤其……"

3

然而,孩子们已经不再专注于古义人的讲话,一齐将生气勃勃的视线投向成群的连香树的中央。出于对那里即将开始的事物——罗兹作了承诺——的期待,少男少女们全都安静下来。

成群的连香树的中央渐渐有了舞台的模样。一棵较之任何连香树都要高大的残株大约已有两百年树龄,腐朽了的部分已成为干燥并现出轻柔紫红色的高台。现在,年轻武士扮相的铭助正威仪堂堂、轻快而滑稽地登场上台。当他落座在抱来的古式木制折叠凳上时,一个英俊得令人惊讶的少年也出现在大家的眼前,他光裸着上半身,凭靠在那一株连香树的树干上。唯有那树干像是事先剥去了树皮，因而显得光滑溜顺。他穿着一条洗褪了色的蓝牛仔裤，用大大小小的白花编织而成的花绳从肩头垂挂到胸前，头戴一顶相间着些许红白两色草花的花冠。阿胜的脸上甚至还化了妆，对着台下那些观看节目的孩子，站在台上的阿胜明显表现出轻视的神情。如此看来，脸部被用较大假发遮去一半的铭助，就是阿新了。

从这里到高处的连香树群集，直线距离大约为十五六米，却由于那两个人物的面庞并不大，因而从感觉上觉得或许更远一些。亚沙从衣袋里取出眼镜，看清之后再向罗兹和古义人转述。

"脖颈上的花绳，是用珍珠花的花穗连接起来的。我们以前也常这么做。编织花冠的花材，则是盘龙参，通常叫作绶草吧。在我们这一带，这是能够采到手的最普通的兰花。不过呀，像那样戴在头上做游戏的孩子，还从来没见过。所以，该是真木彦的发明吧？"

"真可爱！"响起了女孩儿们的尖叫声。

男孩儿们则发出显得更沉稳一些的笑声。

"安静！不要闹！"阿动制止道，"赶紧向铭助和托生的'童子'提问题吧！这么好的机会……"

这么好的机会。这种说法越发激起了活跃的笑声。孩子们全都用膝头跪立着，只是一个劲儿地叫嚷着可爱、可爱，抑或高兴地大笑着，全然不见提问或是不甘落后的模样。

这时，香芽从中站了起来，并举起一只手，就那样从被吸引了的小观众坐着的草地上，径直走到群生着连香树的那片急坡边缘，如同被事先安排好似的提出了问题：

"托生的'童子'装扮得好像彼得·潘①，可铭助君却必须被打

---

① 彼得·潘（Peter Pan），儿童话剧中一个不愿意长大的少年。

扮成历史剧中的武士吗?"

阿新瞥了一眼挥舞着一只胳膊催促回答的香芽,用扇子扇动着纸制的江户时代武士礼服的领口,同时悠然开口说道:

"铭助君托生的那位'童子',确实在孩子的年龄上,来到在真木川河滩上摆开阵势进行武装暴动的指挥部,并把大人们意想不到的战术教给了暴动者。他把自己在参谋们开会的会场边酣睡之际于梦中看到的情景告诉了他们。"

"梦中看到的情景?都说了些什么呀?"香芽叫道。

"他来到了俺之魂那里。在城里的牢房中死去后,俺之魂就一圈圈地盘旋着回到森林,在'自己的树'的树根下休息。大○小○①,也就是诉说了巨大困难,说是谁也不知道武装暴动今后的发展方向。俺之魂就作了解答。'童子'醒来后,把那些话告诉了武装暴动的头领。就是这么一回事!暴动一旦取得成功,'童子'就回到了森林,来到俺之魂栖身的那棵树的树根下,永永远远持续着两人间的谈话……如果这个故事是真实的话,'童子'现在应该还在这座林子里,与俺之魂正谈着话呢。

"所以,俺现在的装扮还是'童子'可以看得见的那种、在城里的牢房中死去时的模样。长江先生曾说过,《神曲》中的魂如同幽灵一般。假如是幽灵的话,观看者的心是可以决定形状的。你们,用自己的内心,看到俺之魂的幽灵了吧?"

"就在这里!"女中学生们发出一片惊叫之声。在舞台上已经习惯使用扇子道具的阿新,用扇子的动作制止了台下连成一片的骚乱。

---

① 这里是文字游戏。在日语发音中,○可训读为 maru,整个句子应读成 ōmarukomaru,其中的 komaru 则与表示困难的日语单词谐音。

"但是,'童子'没有魂。"他严肃地说道,"他总是,现在也是,生活在这座森林里,并下山前往那些真正需要'童子'的人那里去。因此,也正因为如此,才一副彼得·潘的装扮在这里等待时机的。"

此时,香芽一鼓作气提出的另一个问题,却因为问题本身而使她的呼吸与先前不同。

"长江先生在孩子时代,曾在这林子里'神隐'①了三天,听说是去当了'天狗的男娼'②。

"铭助君在指挥农民武装暴动的时候,就已经不是'童子'了。关于这一点,照看西乡先生爱犬的'童子',当被人们称为养狗的老大爷时,也是同样如此。请**破坏人**背负着前往远方的期间,**破坏人**之所以浑身沾满了辽杨的花粉,是因为铭助君就是**破坏人**的男娼吧?"

罗兹想赶紧站起来,裹着宽大裤子的臀部却撞上古义人的肩头,用像男人般语气的英语道过歉后,她便呼喊着香芽:

"香芽君,香芽君(这一次,男生们都奇妙地感到不好意思,高声笑了起来),不能在孩子们面前询问这个问题!你本身不也还是个孩子吗?!"

香芽扭过上半身,回头看着罗兹。乌黑的头发将额头从正中分了开来,面庞的神情与此前那种演戏般的表情截然相反,面色苍白而且像是不高兴。刚才还在大声呼喊着的罗兹,闭上嘴巴后,也涨红了面孔,粗重地呼吸着……

这时,随着一阵奇妙的音乐,也说不上是惊叫还是欢呼,所有中

---

① 神隐(kamikakusi),通常表示孩童突然失踪,难以觅其踪影。日本各地农村有时以此表示孩童被天狗、狐狸、鬼怪等异类带往异界,等该孩童回来后通常因此而拥有超人能力。
② 被天狗、山神或狐狸所惑而侍宴并出卖男色的少年。

学生全都骚动起来。

在连香树群环抱着的舞台上,"童子"的牛仔裤脱落下来,露出了白花花的屁股,他本人却悠然地吹响了横笛。而将和服裤裙一直垂挂到膝头上来、露出了大腿的铭助,则用双手敲打着铜锣!

4

出面收拾这个残局的,是亚沙。她那种成竹在胸的神态,使得古义人望尘莫及。女孩子们挨着肩头抽抽搭搭地哭泣着,男孩子们则以连香树群为目标,往斜坡上攀缘而上。在这种歇斯底里告一段落——让阿动从陡坡旁绕过去,中止连香树残株舞台上的节目——之前,亚沙就皱着眉头站立起来,用那种让人回想起她从事社会活动时的演讲声调说道:

"啊,愚蠢!糊涂!你们都打算加入傻瓜的行列吗?!其中最傻的,是那个想要爬到连香树上去抓野漆树叶子的同学。有好几个人在那里吧?不要用手碰脸!尤其不能碰眼睛!已经晚了,从这个背篓里取出肥皂……用那里的石片割成小块……到小溪里洗了身子后再回来!仔细清洗你认为接触过野漆树的所有地方!如果你愿意的话,连屁股都可以洗!女孩子们,不要去看那些无聊的玩意儿!"

"阿动君,等那些去洗身子的男生回来时,请点一下名。马上就要往鞘那边去了。为了你们中学生的课外实习,那里大概准备了更厉害的东西吧。"

接着,亚沙转向仍然僵硬着身体和神情、如同敌人一般对视着的香芽和罗兹:

"在香芽君这个年龄时,较之于性本身,我对性方面的知识更好奇。不过呀,那玩意儿并没有什么大不了的秘密。即使说是'天狗的男娼',那也是和民间的传承故事有关。其实,那都是想象力贫乏的男人们的臆想。对于我们来说,那只是一个很傻的问题。

"……罗兹小姐,请不要太把这个问题当回事。即便在这样的乡下,只要上了中学,不论男女生,都会说一些比较露骨的话,还会有一些孩子进行实践呢。"

阿动忠实地按照亚沙的指示,一面点名一面重新排好野游的队列。他和中学高年级的男生一同组成先头小组,接下去是女生的队伍,走在女生队伍前面的,是被她们作为负责人而接受的香芽。

亚沙和古义人则将罗兹夹在他俩之间,跟随在落下的男生之后。队列返回早先经过的、架在小溪上的木桥处,拐入被巨大而繁茂的阔叶树遮掩住了的斜坡上的小径,往下走到渐渐明亮起来的树丛中。不大工夫,一行就来到南北不过百来米、并不很宽阔的草原上。这里,就是鞘了。南端,是一片被整理过、可在樱花季节举办赏花宴的草地。阿动并没有在这里停下休息,而是领着大家往位于缓坡之上的鞘的北端走去。

探险队摸索着走到的地方,是在因莽莽野草而不便行走的鞘北端那块纺锤形大岩石面前。在代代相传的故事中,这块黑黢黢的大岩石挟裹着雷火自天而降,横扫了这里的原始林,削刮去地面,形成了这个鞘。

"上次和阿动君到鞘来的时候,光是走路就让我疲惫不堪,在南面的草原上休息过后就回去了。但是,我们做了约定:下次要登上北侧,观看'森林的不可思议'。因此,我就一直期待着。

"然而,虽说硕大无朋,却也只是一块圆溜溜的岩石嘛。"

看到罗兹过于失望,于是亚沙安慰道:

"在古义人的小说中,所谓'森林的不可思议',就是从宇宙携带使命来到这里的物体,一句句地吸收人们的语言,并随之而改变自己的形状吧?那可过于罗曼蒂克了。可是呀,我们也曾听说过有关大岩石与进山工作的村里人所作答问的传说。该说是神秘性吗?还是伦理性?或者说,虽然也有可疑之处……若问人们所谓'心'为何物,如果回答说,那是'魂的容器','森林的不可思议'便会高兴地发出朦胧的荧光?……"

阿动离开那些中学生,也离开了古义人他们,站立在大岩石前一块高出的处所,像是在等候着谁的到来一般。这时,阿新和阿胜重新穿上普通的中学生装束,出现在大岩石后稍微低矮下去、连接着灌木丛的狭地上。男孩子们还存留着刚才那个突发事件引起的兴奋,欢笑并大声喊叫这俩人,可阿新也好,阿胜也好,都没有因此而放松自己的表情。那种一本正经的神态,因其后现身的真木彦身穿神官的正式装束而被大家所理解。

阿新和阿胜用跑步鞋踩倒并踏平了野草,真木彦穿着木屐悠然走来,与阿动对换站立的位置——对于古义人甚或罗兹,他连一眼也没看——并背对大岩石站下后,突然间开始了他的讲话:

"我并不是在这块土地上出生的,因此不存在如同长江先生在小说中写的那样,对这块土地上流传着的故事怀有亲切感。我想请大家观看的,是这块大岩石背面镌刻着的记号。这是这座林子里曾存在'童子'的证据。

"在此之前,大家曾听家里人说起过,你们的祖先们的生活方式比较特别吧?他们在森林中的山谷里,自己开垦土地,一直自由地生活着。但是,后来他们必须与统治着这个地方的藩进行交涉。这时,虽说像孩子般年轻,头脑却异常聪敏的铭助,便前往大洲的城里联络。

"不过呀,在城里也有学者般的人物,拥有城代①家老②这样重要的地位。此人年轻时曾在江户……也就是现在的东京……见到过名叫神童寅吉的少年,还听他说了一些话。这位大人物出席了在餐馆举办的类似于文化中心的活动,并将寅吉的话语记录在了日记上。

"这个人是一位了不起的家老,所以,不曾与铭助直接会面,却从儿子……一位年轻的武士……那里,听说了铭助的情况,便因此而联想到了寅吉。于是,就取出旧日的日记,让儿子查阅其中的相关记载。年轻武士仔细阅读了日记内容,发现与铭助在城里所说的话竟无二致。因此,年轻武士以及他的朋友们便开始信任起铭助来了。如此一来,应该说,铭助在城里得到了强有力的伙伴。

"所有的内容全都一致,尤其是日记中抄录下的、寅吉在纸上描画出的其他世界的文字,与铭助所写文字完全一样。听说当自己写出来让别人观看的文字遭到怀疑时,铭助勃然大怒,竟至拔出短腰刀要砍杀对方。还说,这些文字是骑乘在**破坏人**脊背上前往外国学来的,为了不忘记这些文字,回来后随即用凿子镌刻在森林深处的岩根上,假如怀疑,就去那里看看!

"那么,我所说的证据,就在这块大岩石的背面,是铭助刻下的不可思议的文字。掘开掩盖住文字的坚硬土层后,阿动君和我发现了这些文字!"

真木彦穿着神官的正式服装,因此看上去让人觉得,此前他似乎一直手持着笏。紧接着,他和阿动在大岩石的侧面拉上纸胶带,中学生们在胶带四周围成了一团。古义人和亚沙也站在孩子们后面向那边探望。罗兹好像已经看到写在纸上的文字,可真木彦在结束讲话

---

① 江户时代在主公外出期间,代其执掌政权的家老。
② 江户时代的家臣头目。

时像是在炫耀那刺激听众口味的话语：

[手写文字]

"这是早在一百五十年之前，铭助君镌刻在这里的文字。而且，这或许是一万年前，甚或是十万年前的文字。请过来仔细观看。绕到后面去的道路，是从大岩石下钻过去的，所以，要注意头部！为了彻底实行两人一组看了就回的方法，请依次使用并传送头盔。请不要长时间观看。如果能够读懂一个文字，那就很了不起了！"

男女中学生们老老实实地排着队等着交接头盔，顺畅地往来通过。看完后，每个人的脸上都显现出饶有兴致的生动表情。古义人和罗兹最后等来了头盔。面对真木彦执拗的邀请，亚沙表示因为封闭恐怖症而不能从那个洞窟般的岩石下钻过去，因而认真地拒绝了。阿胜此时已和在连香树舞台上演出时大相径庭，一副老老实实的模样。跟随在他的身后，来到潮湿阴冷的灌木丛中的空隙处，只见同样一本正经的阿新正蹲在那里。顺着岩石开掘而成的沟槽底部流淌着清澈的水流，约莫一半面幅正被水流冲刷着的岩石根部，可见真木彦所指示的点点文字。

许久以来，还是第一次与罗兹将头挨靠到一起，在她的体味和香水的气味包裹下，古义人感受到濡湿了的岩石表面上辐射过来的阴森冰冷。周遭蓦然鸦雀无声，只听到小鸟的两声啼鸣。他感到被什么东西监视着因而转身看去，只见色泽浓郁而繁茂的灌木丛中，一蓬高高探出的圆锥绣球花的白色花茎被茂盛的叶片围拥着。

古义人对正站起身来看着那边的罗兹说起了回忆出的往事：

"当年，就把那里可以看到的、正开放着白花的树的树皮剥下带回去，母亲就以它为原料制作和纸的纸浆，以备年底那些订购了上等白纸的画家和书法家……

"我和母亲一起来,砍下那些比较高的粗壮树干。不过,像现在这种开花季节,也就是易于区分的季节,是不让砍的,说是因为'童子'喜欢那些花儿……因此,要记住开花的树所在地点,以便秋季再来。因为我的记忆力比较好,便被母亲视为珍宝。

"但是,一旦要运回去,扎成一捆的树干就显得过于沉重,我就在每次前来看花时,好歹先砍倒必要数量的一半,再捆扎起来,然后就挑回去。当我告诉母亲,途中总觉得有谁从后面看着我似的,母亲便会逗弄我说,你干下了对不起古义君的事,当然会被人从后面看着……"

"孩童时代的古义人,过的是平静的生活吧?"

"真木彦的社务所现在不也很平静吗?"

"我们的生活,并不平静。"罗兹神色一变,黯然说道。

第十三章　"苍老的日本之会"（一）

1

"都已经来到鞘的北侧了。"真木彦提议，就这么一直往北，前往穿越森林的道路。这时，他已经换了装束，身着棉布长袖衬衫和厚实的裤子，脚穿一双山地漫游鞋。沿着伐木人小路往北而去，便离邻町管辖的林道不远了，他就是将车子停放在那里后走过来的。看样子，罗兹似乎与他商量过。决定下来后，"森林的不可思议"探险队便以阿动为领头，中段安排了香芽，后尾则由亚沙负责，往刚才下坡而来的道路攀去。

在真木彦引领下前进的那条道路，穿过一片比较昏暗的地带。较之于此前走过来的森林，这里的头陀柯树群则比较显眼。长时间攀行过后，便是易于行走的下坡路了，随着道路前方渐渐转亮，一天中似乎一直没有听到的蝉鸣猛然间响彻周围。孩子们的声音沉静下来，古义人他们也沉默不语地往前行走。不久后，来到一处贮存伐木的场所，真木彦分开及胸的杂草，独自消失了。

"真木彦说过，就这么一点儿距离，可分水岭两侧的植物却相差甚远。"罗兹有些生分地对一同留下来的古义人说道。

真木彦手持两束扎好的花回来了。一束是直立着的长茎上附着略显紫色的淡红花朵的柳兰,另一束则是枝头舒展、格外修长的兰盆花。

走下用木板挡成台阶的坡道时,一条坚实的林道便出现在眼前,目光所及之处,只见真木彦的四轮驱动越野车正停在那里。林道的一侧是人工种植的日本扁柏和杉树等稠密树丛,车辆行驶在林道上,真木彦介绍了将要前往的目的地。往东北方向下行三十分钟,将到达一条古老的街道,尽管这街道也通往松山,却有别于从真木本町通过来的路线。那里有往昔的驿站,在以大银杏为名而广为人知的神社前,还有一家名气很大的荞麦店。在那里用过餐后,便驶向曾经是长曾我部元亲①称霸四国的据点——早在孩童时代,古义人也曾与父亲搭乘装运木材的卡车去过那里——的那个町,再沿着通行长途公共汽车的国道行驶,包括吃饭时间在内,大约两个小时的行程。

"经营这家荞麦面馆的那个女人,也从事一些市民运动。改善了祖先代代相传的荞麦面馆,按标准化生产的产品在松山机场也很畅销,还在店后面建了现代化的住宅,经常在那里进行集会的准备。也算是一个活动家吧,想要使町上所有女性都过上新生活的活动家……关于她的话题也就这些了,我打算在她家为罗兹借用一下淋浴。"

汽车来到平地,行驶在葱绿的水田之间,然后拐上国道,驶进深深嵌入山谷的古老小镇。随即映入眼帘的,是一家规模较大的神社,以及与它一路之隔、像是很有历史的荞麦面馆。

---

① 长曾我部元亲(1539—1599),日本战国时代的武将。

2

等待罗兹淋浴并换衣后恢复精神期间,面对摆放着荞麦外加油炸茄子、洋葱和南瓜的托盘中的套餐,真木彦又接上今天野游时所作讲演的话头,围绕如何确定自己发现大岩石背面那图像的位置一事,想继续说下去。

"大洲藩的年轻武士们,也就是所谓'侍讲'的那些伙伴,他们非常重视铭助描绘的记号与家老日记中抄录下的神童寅吉的记号完全一致这件事,应该是为此作了旁证,证明这是事实。当然,这种支持并非毫无保留。就像古义人先生清楚知道的那样,文政年间的江户文化人进行的知识交流,即便看一下山崎美成①与平田笃胤争夺来自异界的有灵者之原委,就可以知道是非常盛行的。关于寅吉情况的介绍会,想必是公开的。直接从大洲前往江户去听到这段话的人,确实寥若晨星。不过,我认为还是会有人听到这个传闻的吧。在那一过程中,知道了情况的铭助也是有可能预先在大岩石背面刻上记号,然后巧妙加以利用的。难道不是这样吗?"

古义人稍微岔开焦点,接着话头说道:

"在连香树下面,不是有一段由阿胜扮演的铭助托生'童子'露出屁股的演出吗?我们在孩童时代,只要前往真木川游泳,也干这同样的事呐。阿新装扮的寅吉,不是在生殖器顶头装上灯泡,一闪一闪的吗?那也是从寅吉的传说中演化来的吧。笃胤的弟子搞恶作剧,他告诉寅吉,由于生殖器在黑暗中会发光,小便时就可以因此而方便许多。相信了这个说法的寅吉便也做了尝试,却是始终不得要领。"

---

① 山崎美成(1796—1856),日本江户时期随笔家。

"那好像是阿新从社务所的《平田笃胤全集》中神童寅吉那部分找出来的。我呀,有保密的兴趣。"

"我想,这可是与香芽的提问相匹配呀。"正仔细运用着筷子的罗兹抬起脸来说道,"两个人呀,都显现出十六岁至十九岁的少男少女对性问题的关心,而且程度很低。"

"不过呀,罗兹,香芽这孩子呀,倒是有一些诚实和独特之处。

"在古义人先生他们去大岩石后面观看时,香芽来到我面前,说了这么一件事。孩子们把刻在大岩石上的记号描绘在笔记本上,甚至还写下了有关野游的整体感想。这应该是她接受孩子们的感想后提交的阶段性报告吧。

"首先,是什么记号给孩子们留下了印象。不过,那也只是范围有限的问题。关于阿新和阿胜的演出,那是让看了'肮脏的鸡鸡'后感到厌恶这么一种层次的反应嘛。不是没有因此而给罗兹带来那种神经质一般的恶劣影响吗……"

"真木彦,你为什么如此热心地为小香芽辩护?是因为她年轻可爱吗?"

对于罗兹突然表现出来的嫉妒,真木彦眨巴着长长的睫毛,转向古义人继续说道:

"香芽说,孩子们定下调子,在笔记本上用乐谱记下了横笛和铜锣演奏的乐曲。不过呀,有好几个孩子描绘出的画面,是一个小孩子吊挂在攀爬上连香树的长青藤上。也就是说,孩子们今天该不是看见了'童子'?"

"小香芽也看到了吧?"

"虽说自己没有看到,不过……"

"那孩子身上也有着健康的一面,这当然很好,可对于性问题过于强烈地关注,就另作别论了……"

真木彦现出了严厉的表情。不过,他再次将视线转回古义人身上:

"大岩石背面的记号,不论是身为'童子'的铭助所刻,还是他成人之后作出不在现场的假象而刻出来的,总之,铭助曾试图劝诱'侍讲'的伙伴们到现场去观看。

"我在想呀,铭助该不是要以这块大岩石为象征,发动一场把'侍讲'也卷进来的运动吧?

"义兄的根据地的祖先,正是这个铭助吧?

"想到这里,我又在想呀,在这块土地上重建根据地并组织革命的人……也就是古义人先生所说的'新人',出现在现实中的可能性还是存在的。

"从开国至维新的现代化过程中,在日本向海外扩展势力的态势之中,铭助曾试图在这块狭小的土地上创建根据地。而且,这也是'童子'的作用所代表的、作为通往外部的意想不到的通道而开拓的场所。

"目前,以美国为中心的全球化,正试图借助自由市场经济来独占财富和权力。与其孪生的巨大矛盾也将显现出来。那时,在这块土地上,'新人'将创建根据地并策划革命。如此一来,相隔两百年的两者不就非常相似了吗?!'新人'就是'童子'。而且,现代的'童子'不需要骑乘在**破坏人**的背上四处飞行,他们可以借助因特网而与世界相通。"

罗兹以深情的目光注视着真木彦,尽管就在刚才,他还在执拗地为香芽雄辩……

话头刚刚告一段落,从印着厨房近旁那株大银杏蜡染图案的布帘阴影处,女店主双手捧着一个 A3 文件盒走过来。这是一个与香芽的风格不同,却仍看出是世家出身、浓眉大眼的女性。丰满的心形面庞上,浮现出自信的微笑。

"对于真木彦君的革命设想,我们市民运动的伙伴们可是被迷惑得不轻……长江先生,在六十年代,您可是参加了实际的运动呀……

"高知市的活动家曾详细介绍了有关您的情况,说是'那位长江先生回到真木町来,要再度开展将成为最后决战的运动'。我收集了中央体系报纸的爱媛版以及当地报纸的相关报道。或许,还有一些自己没发现的报道吧……我对于汇集'年轻的日本之会'幸存人员的想法极感兴趣。即便已是如此苍苍白发,却还在坚持不懈地活动,这就是真正的古义人了!"

3

在回去的路途中,古义人坐在助手席上,后排座席被安置成床的模样,以便让罗兹在上面小寐。驶上国道后,古义人开始酬劳勤苦劳作的真木彦:

"今天的野游,做了很多准备呀……"

虽然古义人早已知道真木彦就是那种个性,对方却没有附和这个毫无意义的话题,倒是说起了此前像是一直在考虑着的问题:

"古义人先生回来之后,至今已经受了两次重伤……其中一次,是因为我的轻率举止而引发的……罗兹在担心,今后该不会发生更大的麻烦吧?

"她总是对照《堂吉诃德》来解读古义人先生所遭受的灾难。我也重读了这部已经多年未曾再读的作品。于是,以自己的风格把你同堂吉诃德作了对比,觉得与风车巨人的大战也好,与比斯盖人的决战也好,你都已经经历过了吧。虽说并没有像堂吉诃德那样失去一侧耳朵的一半……动身回来之际，荞麦面馆的女老板可是说了，与早期作品卷头插图上的照片相比，耳朵的感觉有了变化，觉得是从修罗场钻回来的，还说这种感觉真好！"

"古义人先生呀，或许已经到达了《堂吉诃德》的下篇。"睡了一觉的罗兹插嘴说。

回过头去一看，她的乳房下面和大腿周围被皮带扎住，用一只胳膊紧紧抱住头，看样子，已经再次坠入了梦境。就是这么一回事！古义人用表情示意。车辆正行驶在连续下坡的狭窄山道上，真木彦此时专注于眼前的驾驶。过了好一会儿，他又提起了有关耳朵的新话题。

"饭后收到的那些从报纸上剪切下的内容，我也知道。听罗兹说，几乎所有报道的原始信息好像都来自一个叫作黑野的人物，他还向十铺席发来了联络传真。如果真是自六十年代以来的朋友的话，那么，这位黑野氏要求移居到附近来，协助你进行工作的要求，也是难以拒绝的吧？

"尤其是读了高知市的小报对黑野氏所作直接采访的文章，或许那只是黑野氏一厢情愿的想法，可他的意图还是比较严肃的，期待着你出现在计划的中心位置。"

"我从不曾把黑野视为朋友，总之，在我所经历过的人之中，他是一个非常独特的类型。过上一段时间，他就会提议见上一面干点儿什么。与其说他是召集人，不如说负责立项准备的事务。同我一样，被他联系上的人轻易就会参与进来。不过，这倒并不是出于对黑野的信任，认为他具有负责任的人格。毋宁说，是从内心里认可了他的轻率吧……嗯，现在上了年岁，也许改变了自己的人格个性……

"细说起来，'年轻的日本之会'也是如此。当时，在媒体周围，一些从事相关工作的年轻的日本人大致都参加了。现已成为保守政治家中一个集团的头目的那个人参加了,在演艺界堪称大企业的那个剧团的老板也参加了。死去的成员中,有文艺批评家迁藤。这些成员显然区别很大,可是,就连作曲家篁①也是'年轻的日本之会'……如果没有年龄相若的黑野这个人物,我想,这个会是成立不起来的。

"那以后经过了漫长岁月,在此期间,黑野干了不少事。比如说,泡沫经济处于鼎盛时期,他策划日本的私立大学在加利福尼亚开设分校。据说,校长是个政治家,就弄了包括美国人在内的若干副校长候补人选。从很早以前开始,他就一直担任外务省的顾问,说是在苏联解体之际,还为日本商社打进莫斯科而发挥过中介作用。

"不过呀,经过一些年头再回过头来看,他所插手的项目,竟然没有一项取得成功。如此说来,'年轻的日本之会'同样没有取得过任何实质性的成果。他汇集起各个领域内那些头面人物,并与反对修改安保条约的市民运动联合起来。较之于成员的发言,他更看重姿态。是在模仿英国以及法国的'愤怒的青年'。这个看重姿态的演出者,就是黑野。

"市民运动演变为包围国会大厦的示威游行,'年轻的日本之会'中参加了这场大游行的,是那些更为朴素的成员中的个别人,比如说,我就是其中之一。

"现在突然回想起来了,当时,篁和我被警察机动队用水龙头喷得全身透湿,刚走到新桥车站,黑野却不知不觉地来到身旁,讲了一些无聊的话,惹得篁非常生气,说是今天夜晚,可以任意邀请参加示威游行的女大学生……细想起来,我和黑野单独会面的次数,也许比自己记住的更为频繁。"

---

① 原型为日本著名作曲家武满彻(1930—1996)。

"读了黑野氏接受采访的文章后,觉得古义人先生更像是与他同时代的人物,而且程度之深已经远远超出自己的意识。虽说勉强,假如还能维系着个人交往,这种关系通常被称为终身之友。

"是的,还活在这世上的友人已经不存在了,你因此而感到绝望,便隐居到自小就一直来往的妹妹……也只剩下了妹妹……的故乡。可像你这样的人,带着智力障碍的儿子和外国女研究者移居这里……这样的人,可就是怪人了。"

古义人闻之怃然,唯有沉默不语。因为,情况确实如同真木彦所说的那样。

"另外,古义人先生,你知道黑野氏为什么要来这里参与到你的事业中来吗?"

"不知道。"

"所以呀,罗兹才感到担心。岂止谈不上信赖黑野氏,你就连对手的情况都很不了解嘛。因此罗兹就说了,认为你'有可能接受黑野氏的提议',因而她感到担心。因为,那位黑野氏好像预料到这么一种局面,那就是你根本不会感兴趣,却也没有拒绝的理由……

"刚才已经说过了,前不久,我读了黑野氏接受采访的报道。在罗兹的要求下,其实,多少也作了一些调查。因此,罗兹要求我把查清楚的内容及时告诉你。

"只是呀,虽然我可以理解罗兹的担心,却并不打算提前制止你。

"直到祖父那一代,我家都是这里的神官。我呀,就出身于这样的门第。所以,甚至还取了真木彦这个名字。于是呀,即便来到这块土地,也无法喜欢上町里的人。怎么说才好呢……谁都小心谨慎,从不过度,善于处世。我觉得他们全是这种生活类型的人。

"我的祖先也曾参加了的那场武装暴动,出现了铭助那种破天荒的人物。直至今日,那个人的事迹还存留于民众的记忆之中。虽然对于我们从事神道的人来说不甚愉快,仍然作为黑色的神祭祀在另一个神龛里。话虽如此,铭助的人格却没有在活着的人之间流传开来。这很遗憾,也很无奈。孩子们只要说是扮演铭助干点儿什么,我觉得一切都是加以勉励的理由……

"可是现在,古义人先生在十铺席定居下来,表现出对'童子'……包括少年时代的铭助和他的托生在内的'童子'……的民间故事的关心。对此,我产生了希望。

"你呀,无论作为普通人也好,作为作家也好你都意识到了这种经历即将结束而要进行现在的行动。这可与弥留之际的堂吉诃德所作的忏悔正好相反,如果能把正常人的理智扔到一边去的话,我就追随你而去!"

听动静,后排座位上那个体重和块头都很可观的人坐了起来。古义人被真木彦所说的那番话所吸引,并没有转回头去,可脖子——每当观看自己出镜的电视节目时,都联想到标志着衰老的那个堆积着皱褶的脖子——却被罗兹带有睡眠时体温的、热乎乎的双掌围拥住了。

"古义人,如同真木彦所说的那样,要对黑野先生的企图有所戒备,但是,假如你还要从事堂吉诃德的冒险,那真木彦就是桑丘,老友旧识的桑丘当然要追随而去!"

4

从那份连同配好后尚未煮沸的荞麦一起带回来的剪报中,古义人知道了盗用自己名字开始运作的具体计划。往昔的"年轻的日本之会"的"创始人",接受了道后温泉的康采恩资本有关开发新趣旨游览区的聘请,将于最近在松山开设事务所并出任游览区智囊。

这个报道中最引人注目的地方,是采访记者披露了"长江古义人所主持的'年长者智力再生座谈会'"。

翌日,询问过罗兹后了解到,在古义人住院期间,确曾有一个涉及此类事务的电话。罗兹以为,那不过是自己在美国经常遇到的那种新建住宿设施附属的座谈会招揽会员的推销性质电话。对方的措辞和语调存在着让外国人难以听懂的地方,这也是事实。虽然做了笔录,却没有据此予以整理并向古义人报告……

古义人和罗兹是在十铺席的起居间谈论这个问题的,真木彦也在这里。他从旁建议说,今后碰到类似电话,或者要求对方用英语表述,或者要求稍后用传真发送过来。不但日语能力不足这个问题被指了出来,还因为没有采取负责任的做法而受到批评,罗兹因而面有愠色。

对于用这种手段试图将古义人扯入其中的小动作,要抗议报纸在没有充分了解真相之前就作了这样的报道。而且,若是提出取消文章中有关古义人那部分内容的要求,古义人还是有手段的。但是,真木彦的口吻却是希望古义人慎重处理。真木彦清楚地看到,古义人面临对方新的动作——即便将要被卷入其中——时,并没有出面制止的意思,有时甚至打算从中推动事态发展。真木彦提议,不妨调查一下,看看可能开拓出什么样的新局面。他甚至还说,也可以到现场——预想的那座定下新方针的度假村的建设现场——去看看,即便见一下经营者也无所谓。在商议过程中,罗兹也赞同真木彦这种全力以赴的姿势,此前产生的不和谐随之轻松化解。

一旦正式开始,真木彦的调查便迅速而彻底地展开了。不到一周时间,古义人便收到了如下信息。

出乎意料的是,这信息还与古义人的家族背景大有关联。古义人的外祖父原是一个打定主意要做远远超出当地人感觉的大事业的人,比如整村移民巴西、铁道沿线的招商等等。但是,他所尝试过的所有生意全都以失败告终。当地人戏称外祖父的行为是"异想天开",也就是说,外祖父是一个易于被煽呼起热情的、属于轻率类型的人物。他给母亲的唯一遗产,是一块带有温泉的土地。倘若以弯弯曲曲山道的犬寄岭终于开通了的隧道为基点的话,这块土地就位于从隧道近旁往北边缓降下去的山谷——古义人这才知道,那里的正式名称叫作奥濑——里。根据与县知事达成的、往那里修通铁路的密约,外祖父在那里修建了温泉旅馆。

每当回忆起少年时代与吾良的交往,脑海里便会浮现出这样一件往事。父亲在那里开设了超国家主义的修炼道场。当父亲由于战败初期发生的那件事而被杀死后,号称要继承其思想和实践的那些人便提出申请,要求在占领当局的允许范围内,最大限度地开展活动。为了商议留下来的土地和建筑物,母亲出了远门,预计还要在外面投宿。此外,古义人还记得母亲当时心中无底的神情。她只留下"我去东北乡"——细想起来,这还是父亲随意起的地名——这句话,便乘上长途汽车远去了……

记得战争期间和战争结束后,有一个名叫大黄的青年曾出入家中,他从母亲那里承受了土地,继续在那里维持修炼道场。转学到松山的高中并结交吾良后不久,古义人接受了大黄及其指导下的那些年轻人的访问,与吾良一起前往修炼道场。当时,古义人为了应试经常去美国文化情报教育局的图书馆,在那里结识了名叫皮特的语言学军官。这次前往修炼道场,就是领着皮特去的。接下去,事件便发生了……

古义人与东北乡,也就是与奥濑当地以及那里人的关系,因此而断绝了。当泡沫经济笼罩这个国家时,大黄及其弟子们接受收购要求,卖掉了他们一直用作活动基地的土地和建筑物。收购方是道后的饭店经营者,此人在奥濑的平坦之处开发了高尔夫球场。当修炼道场直到溪谷对面的温泉被再度评估时,这里便被列入了建设计划——将被建成与高尔夫球场相连接的游览区。在完成部分建筑物、正要修建度假村主体建筑时,与仍住在修炼道场宿舍的那些人之间,就产生了要其撤出宿舍的问题。

现在正是泡沫经济消退的时期,于是缩小了当初考虑的建设规模,并改变度假村的旨趣,想要重新进行开发,设想用轻量化的郊外小别墅散布在整个建筑用地的范围之内……

聆听介绍的时候,古义人也了解到了事情的背景——随着通报大黄之死的讣告一同送来的礼物"甲鱼之王",还有修炼道场被解散后寄来的信函等根源性背景。

5

"去了道后,让对方承认了度假村和黑野事务所发表的内容不曾得到古义人先生的谅解。在此基础之上,还听对方再次介绍了自己的意图。本地报纸称为田中康采恩……嗯,或许没到那个程度吧,没能见上度假村和餐饮连锁店的社长,是夫人出面谈的,我却认为反而谈成了有实际内容的东西。奥濑那座度假村的经营,全由夫人负责预算,她在进行全然不考虑成本核算的实验。大致就是这么一回事。黑野氏与古义人先生的关系被夸大自不必说,对方好像存在着其他一些想当然之处。当指出这一点后,对方让我看了黑野事务所起草的计划书,计划书中可是放肆地写着:要最大限度地充分利用回到爱媛县来的长江古义人。

"尤其是夫人说,如果古义人先生愿意参与到计划中来,方案已有好几个,作为谢礼,度假村方面将会尽其所能。听说夫人从孩童时代以来就有一个梦想,希望能够作为度假村的经营者,仿效十八世纪欧洲的皇家和贵族款待艺术家和学者。"

这一天,真木彦还打算用自己驾驶的蓝色箱型小客车将罗兹捎回社务所,从松山返回时这才拐到十铺席来的。罗兹与古义人一同听着介绍,虽然出言谨慎,她还是说出了自己的疑虑:

"这不正是《堂吉诃德》下篇中公爵夫人的台词吗?!如果加上在夫人后面以捉弄堂吉诃德为乐的公爵,纳博科夫所说的'残酷与欺瞒'中的梗概就凑齐了。就连在一定程度上阅读了古义人相关情况这一点上,也与等候着堂吉诃德的那帮人没有二致。要注意呀!"

对于罗兹所说的这番话,真木彦似乎并未介意,这种只报告所有已经做了的准备,并积极予以总结的态度,甚至透着孤注一掷于新工作的"青年实业家"做派。

"古义人先生是应承还是拒绝,今后的一切全都与此相关。要说起度假村方面的姿态,我认为黑野氏在报纸上所说的话还是有根据的。

"夫人嘛,不知什么缘故,她还不明白这一点,说是黑野氏似乎胸有成竹,表示能够说服古义人先生,并请他参与这个计划。夫人还说,对于直接与古义人先生进行接触,黑野氏动作过于迟缓。

"于是呀,她就说了,我的出现真是太好了,要选择黑野氏到松山来的那一天,想请他和古义人先生直接交谈,还希望她本人和我也同席参加。

"嗯,我嘛,只答应本着向前看的精神,努力促请先生接受这种安排……"

罗兹赶在古义人之前,充满确信地说道:

"真木彦,没问题!第一次会面时,长江古义人的秘书也需要出席嘛。因为,我已在期盼着久违的高级餐厅的大餐了……在这一点上,我与桑丘·潘沙可是很相似啊……好吗?古义人……"

古义人没有任何拒绝的理由。看透这一切的真木彦现出了安心的神情,只是口中还不满似的说道:

"我在扮演着什么人物的角色呀?"

"以前我就说过,真木彦是学士参孙·加拉斯果。"罗兹答道。

第十四章　"苍老的日本之会"（二）

1

真木彦驾驶的蓝色箱型小客车驶入已转为坡道的狭窄铺石路，只能看见高层大厦屋顶上广告塔的那家饭店，就是这次要去的目的地。在古时以来的排水渠一角，古义人发现一家正亮着灯的面馆。虽然从那里径直驶了过去，可古义人记起，自己全家和吾良全家唯一一次聚齐所有成员来松山旅行时，正是在这里吃的午餐。当时，吾良提起了正宗的法国菜馆的厨师长，还取出插入这位厨师长烹调特别菜肴时所拍照片的书，可他还是在这家富有地方特色的餐馆的二楼高高兴兴地占下了座位。那些熟悉他的工作、恰巧也在这里用餐的客人便过来打招呼并希望和他握手，可吾良却绝对不予理睬。对于坐在他身旁的古义人，那些客人倒是全然不识。

驶上像是温泉地区的、错综复杂的坡道后，便来到了饭店大门口。真木彦与站在门前、身穿制服的年轻人说了几句，汽车就被送往停车场中的空处停放。于是，罗兹在前面领着大家进了大堂，却不见饭店接待人员前来接待这一行人。

真木彦走向前台，罗兹和古义人站在原处等候。十来个估计是大学生或高中生的年轻人走上前来围住古义人,各自递上古义人作品的文库本,请他在那上面签字。在松山,这还是第一次。

所有成员收到签名书后,便成群结队地离去了。这时,从旁打量着这情景的一个约莫四十过半的大块头女人,领着一个身穿黑色服装的男人出现在面前:

"热心的读者可真多呀,实在让人吃惊!"女人像是在用那张很有气势的笑脸瞄上了古义人。

她从白底深蓝细纹的套装西服中伸出了右手,当古义人正要握住那只手时,她却说道:

"对不起,要女士优先。"与罗兹握过手后,连同那只手在内,用双手紧紧握住古义人的手。

"社长在东京。我们已经做好准备,聆听先生的教诲。我叫田部鞠子,一直希望能够拜见先生。先生的房间是套间,此外,还准备了一个标准间。"

田部将语言转换为英语,把相同内容对罗兹又说了一遍,然后询问道:"先去房间小憩一下,或者冲个淋浴如何?"从前台取了两套钥匙回来的真木彦却说道:"已经是晚上七点了,让你们久等了。"从而牵制住了罗兹。

"那么,就请一面用餐一面正式会面吧。长江先生,听说,这次与我们进行合作的黑野事务所的社长,与先生您是交往已久的朋友。"

饭店经理向古义人和罗兹送上名片,领先走进电梯轿厢,掀开排列着摁钮的操作盘上的盒盖,再将钥匙插入其中。电梯轿厢随即被笼罩在田部夫人的香水气味之中。

古义人一行来到不见普通客人的楼层,沿着一旁的长方形玻璃窗——被灯火映照得通明的松山让自己意外地感受到了亲切——被引至宴会厅。然后,古义人便与黑野再度相见了。应该有十多年未曾谋面了,黑野却恍若昨日刚刚别过一般,表情显得冷淡。一米八〇的黑野,以这种身高的人所常有的矜持眼光凝视着对方。他开始介绍身边那位面容如同煮鸡蛋,表情却比较忧郁的约莫四十岁的男子:

"是杉田君。爱媛戏剧界第一流的领军人物,他正从戏剧性方面支持田部夫人的新构想,想借重长江君在文化领域的影响力。而咱呢,只是负责事务方面。总之,这就形成了三大支柱……你比电视里看到的要胖些嘛。那些大受欢迎的特邀嘉宾们,大多要比显像管上的映象苗条,个头也要小一些。细说起来,倒是很长时间没有直接见面了。现在这个世界,电话和传真都很方便。"

"黑野先生,现在不是还有电子邮件吗?"

田部夫人开始将大家安顿在像是事先排好座次的席位上。餐桌最里面是古义人,他的一侧是黑野和杉田,与其隔桌相对的则是真木彦和罗兹,自己和古义人正面相对,与罗兹比邻而坐。

"下一层餐馆就是法国大菜,可咱认为还是四国口味首屈一指。去酒吧时顺便看了一眼,啊,座无虚席啊!"黑野说。

"说是不景气……不过呀,我落户在深山之中,被隔绝在消费社会以外了。"

"即便东京也该是这种模样了。嗯,心情上属于左翼的老一代人,对于现代经济学可不是很在行啊。但也不能因此而去攻读《资本论》吧。年轻时,如果是苏联版的《经济学教科书》,咱还真是读过。

"虽说是不景气,这个国家的经济可是深不见底呀,地方上更是如此。你如果看到此地那些有实力的人所过的富裕生活,就会认可田部夫人的新构想是一个很好的思路了。"

"哎呀、哎呀,这可是让我倒牙的夸奖!我就是学习旧经济学的人,不指望 IT 泡沫什么的。苦恼的时候呀,就只能挖开洞口,钻进地道里去。至于里面是否可以活动,洞口是否会被打开……那可就仰仗长江先生的鼎力帮助了。"

然后,田部夫人赶在黑野开始反驳前抢先招呼罗兹道:

"夫人,"她正要继续用英语说下去,却被对方打断话头,要求"请用日语"。

"既然这么说,我就不客气了。在大家的手边,我准备了一个菜谱。至于葡萄酒嘛,印刷在这上面的品种可以吗?"

"我一喝白葡萄酒胃就不舒服,"罗兹说,"香槟也是如此。我想从一开始就用波尔多的红葡萄酒。"

田部夫人亲自出去落实罗兹点名要用的红葡萄酒。

"确实非常精干啊……"

"不过,就那么诚挚地信任你嘛……在大堂上,被一群学生围着索要签名了吧?那种年轻人呀,你想到了吗,在道后僻静的饭店大堂上,集中起来一直等候到这个时间?田部夫人可是个实干家啊。"

这时,正被议论着的田部夫人领着手提两种红葡萄酒、身着黑装的男子回到了宴会厅。罗兹选择和品尝不同品牌的葡萄酒,接着就是郑重其事地把葡萄酒倒入玻璃大壶的仪式,干过杯后便正式开始用餐。"垫席小菜是伊予近海的各种鱼贝。"如此说明时,田部夫人仿佛刚刚意识到似的说:

"长江先生是东大法文专业毕业的,对法国大菜一定很了解吧?如果能合您的口味就好了……"

重新斟上喝光了的香槟后,黑野又是一饮而尽。

"咱觉得呀,长江君对什么菜都能接受。"黑野打断田部夫人的话头,"这就是日本的知识分子啊。咱们那个时代的人全都这样。

在三笠会馆召开'年轻的日本之会'的集会时,唯一的例外就是芦原君①,他要了厚切的烤牛肉。可是呀,那烤牛肉是两人份的,虽说侍者接受了订单,却没有一个伙伴出面表示愿意奉陪。上了年岁后成为日本屈指可数的,或者说,世界上屈指可数的美食家的那位蟹行君,也只要了一个干炸鸡。长江君要的莫非是咖喱米饭吧……"

"是的,我就是因为喜欢那特制的咖喱米饭才去的。"

侍者如同观看不可思议的生物一般注视着古义人。

"蟹行君也好,你也好,那时候都非常瘦。后来呀,突然,就像爆炸似的开始肥胖起来了。该不是知道口味了吧?"

罗兹瞥了一眼嗤笑着的侍者。

"我呀,并不认为古义人对欧洲小说中出现的菜肴处于无知状态。即便他在自己的小说中提及的法式菜肴,虽然已经简单化了,但要实际烹饪起来,还是非常繁杂的。材料嘛,包括香草和香料,都是到松山的百货商店买回去的。

"虽说是地方城市,可这里自海外进口的食品材料非常之多。斯特拉斯堡②的肥鹅肝,西西里岛的凤尾鱼,几乎是要多少有多少。我也认为,说日本正处于不景气之中是不可思议的。"

"比如说羔羊肉,就有一种技术,将新西兰的冷冻肉很好地溶解开来。在濑户内海的海风吹拂范围内的农场里,我们已经开始饲养羊群。奥濑的度假村,最初也是作为农场而建设起来的。所以,是能够种植出品格优良的蔬菜来的吧。为了把这些与当地家庭的生活改善结合起来,还打算开设讲习会。"

"长江君,田部氏原本就是一个地道的实业家啊。即便这里的

---

① 芦原的日语发音为 Asihara,与东京都现任知事、右翼文人石原慎太郎名字中的石原之发音 Isihara 相近。
② 法国东北部阿尔萨斯地区的城市,临近德国边境。

餐厅,也是依据夫人的设想才得以成功的。咱觉得,非常了不起呀!"

2

被当作戏剧界领军人物而介绍的杉田,与其说在跟随餐桌上的谈话进程,毋宁说,他把古义人视为自己的观察对象。对此,古义人感到很不愉快。感觉到这一切的田部夫人便暗示道:

"对于长江先生,不仅文学座谈会,我们还希望在很多方面得到您的指导。不过,先生对戏剧似乎不太关注,是吗?"

"情况并不是那样的吧,"杉田终于加入了谈话,"我曾经与塙吾良先生长期交往,这位导演说过这样的话:古义人成为小说家后,马上就开始写随笔和评论文章。那或许是在效仿萨特的生活态度吧,那家伙对政治性课题是真的关心吗?还说,古义人原本并不是那种人,毋宁说,他是那种把家庭悲剧放在头脑中的人……"

"如果说是家庭悲剧,那就是戏剧了。"

大家于是沉默不语,陷入怃然之中,唯有罗兹打破了沉寂:

"塙吾良曾以古义人和阿亮的家庭生活为原型拍了电影,那是一部很好的电影。

"不过,阿亮与现实社会的关系,就存在于吾良从古义人的原作里删去的要素之中。古义人即便写的是与阿亮的家庭生活,可对投射在作品中的社会也具有很大意义。吾良对古义人的批评,该不是因为他本人也无法用电影接近其半分吧?也就是所谓的蚍蜉撼大树吧。"

"这个谚语的使用方法还算恰当。"古义人说,"可是,事实又是怎么一回事呢?吾良,是一个创作了反映日本现实社会中暴力性一面的、具有冲击力的电影作家。而且,被他所攻击的敌人杀害了。直到被杀死以前,他在肉体和心灵上都受到了巨大伤害。"

"就是这位吾良先生独特风格的、针对古义人先生的批评。"杉田涨红了如同鸡蛋一般滑溜的面庞说道。

黑野向古义人那边探过半个身子,开口说道:

"哎呀,怎么了?

"你呀,就像塙导演一样,是一直行走在阳光明媚处的人,除了那些肯定的评价,还从没有接受过批评意见吧?为了补充滋养成分,只听取赞赏的语言吧?与咱一同工作的那些媒体层面的朋友,大致也都是如此。

"但是,就这样走过大半人生、上了年岁以后,你没发现这么一个令人痛苦的事实吗?那就是:唯有否定的批评才是正确的。倘若年轻时能听到这个意见就好了……"

"黑野先生的确是一个喜欢进行批评的人。"杉田说。

"戏剧界的人真是具有多面性呀。哈——哈!交往起来可真够费劲儿的。"

"杉田先生可是一个正直的人啊。"田部夫人规劝着黑野。

"罗兹小姐,这位杉田先生呀,在松山,把莎士比亚的代表作全都给演了。"

"我想请教一个非常外行的问题,"罗兹以平日里从不使用的表述法说,"哪一出最为有趣?"

"就某种意义而言,是《李尔王》。"

"'就某种意义而言'……古义人,你在谈及《李尔王》时,也曾用了这相同的语言啊。"

"哎呀,长江先生都说了些什么?关于《李尔王》,您并没有写什么文章吧?你不想听听吗,杉田先生?"

"罗兹原本是一个研究《堂吉诃德》的学者。在这部作品上篇出版的翌年,《李尔王》也上演了。此外,塞万提斯和莎士比亚……历书的编排虽说不同,可他们却在两部不同历书的同一天死去了。说的大致也就是这些。"

"你不是说过吗?就某种意义而言,一直跟随着李尔王的弄臣和考地利亚也可以说是同一个人物。"

"岩波文库的译注中是这么说的。燕卜荪①的论文认为,在李尔疯癫了的头脑内,考地利亚和弄臣化为双重形象……如果是这样的话,我想,即便如同文字所表述的那样上演也未尝不可。"

"他在说着'我那可怜的小家伙被绞杀了!'的同时,把被杀死了考地利亚与当时并不在场的弄臣重叠了起来。"杉田说,"的确,我认为,在李尔的内心里,情况就是如此……"

"'可怜的小家伙'中的小家伙,在原文中是 fool。"

"可是,罗兹,倘若跳过那个场景,再把弄臣和考地利亚合而为一的话,可就有些过分了。"

"古义人还说过,考地利亚好像从最初就作为女性弄臣而跟随着李尔王。她不愿说出推翻宫廷常识和惯例的那位既王既父的老人希望她说出的那些动听语言,这种态度不正是滑稽的弄臣的作为吗?除了当面骂人外,考地利亚并不具有攻击性……

"还说,与丈夫法兰西王的军队一同攻入混乱之中的英格兰,又很轻易地战败了,这都是滑稽的举止……

"古义人,你甚至还说,倘若自己在小剧场演出这悲剧的话,就让同一个女演员出演弄臣和考地利亚这两个角色……就某种意义而言,一如以上之所述吗?"

"真是太好了!"田部夫人满面喜色地高声说,"即便奥濑的度假

---

① 燕卜荪(Wiliam Empson,1906—1984),英国批评家、诗人。

村里,我也想上演《李尔王》。可那里的会馆只有小音乐厅的规模,预算控制得也比较紧……黑野先生,在古义人先生的莎士比亚第一轮演出中,如果用一个演员来演弄臣和考地利亚这两个角色,媒体会蜂拥而来吧?"

对于亢奋之中的田部夫人,杉田——这倒让人觉得现在并不是第一次——用黑红色鸡蛋般面孔上的沉默,表示了自己不服从的态度。

田部夫人似乎也感觉到了这一点,看样子,按照谈话本身的意图,她就要结束这顿已进入到咖啡和甜点阶段的晚餐了。一直用意志维系着的微笑一旦疲惫下来,表情中便显出被肥胖掩饰住的严峻,看上去果然一副实业家的模样。

田部夫人表示,在拟议中的奥濑座谈会上,古义人是作为具有核心作用的主持人而被聘请的。关于这个计划的具体条件,她想明天上午再商议。负责度假村和餐馆所有项目的律师明天也将在场。现在只想确认的是,基本一致的意见在于古义人、罗兹,包括真木彦在内的这三人之中……

"但是,唯有明天将要出示的合同上的项目才是最重要的。"罗兹给顶了回去,于是田部夫人就刚才所说的基本一致的意见中关于她的内容进行了说明。四个男人不由得岔开视线,沉默不语。在此期间,古义人发现,久违了的黑野从头顶的后面秃了起来,可下面的头发——被染得乌黑乌黑——却还茂密,这让他想起了孩童时代看过的村戏中被处以磔刑的佐仓宗五郎①。面对前来寒暄的厨师长,

---

① 佐仓宗五郎为十七世纪初日本下总国佐仓地方农民领袖。一六〇〇年前后,下总国佐仓一带连年遭受灾荒,村代表宗五郎和农民们一起到领主公馆请求免税,为首的其他农民遭到关押。为营救他们,宗五郎决心冒灭门之罪,到江户越衙上诉,却在江户被捕并遭磔刑,妻儿亦同时处斩。佐仓宗五郎的故事后来成为深受日本人喜爱的通俗小说、评词和歌曲的题材,一八五一年被编成歌舞伎的剧本上演。

田部夫人首先介绍了古义人和罗兹。罗兹正向厨师长谈着自己对菜肴的感想，黑野却让厨师长将高酒精度的酒水送过来。田部夫人便劝解似的邀请他到自己的办公室去喝白兰地，可罗兹却打断她的话头说道：

"我没有这个必要。来的路途中，看见一座古色古香的建筑物，我想去泡那里的温泉。"

"那可不行啊，因为那里是公共浴室系统。"真木彦提醒道，"在日本的女性无拘无束浸泡的浴池里，对白人女性可是有抗拒感的呀。"

"可我没有抗拒感呀。"

"不，不是说你，而是眼前你的、出色的……"

接下去，黑野眼看就要说出不谨慎的话语。

"这种说法是性骚扰！"田部夫人强硬地说，"这种话可不像是曾在国外长期生活的黑野你说的呀。

"罗兹小姐，这座饭店的所有房间里都有温泉，您和长江先生使用的套间里有完全用日本扁柏修造的和式浴室。我们还要说上一会儿话，您这就去入浴吗？配给房间的服务人员会照顾您的。"

"并不是我和罗兹，"古义人订正道，"真木彦和罗兹是夫妇。为真木彦准备的房间给我就行了。"

"如果是这两人的话，房间就不需要配置服务员了。"黑野把送来的白兰地放在手中说道，"原本和式浴室就不是为一个人独自入浴而设计的……长江君也好，咱也好，'苍老的日本之会'不会死亡的、唯一一人独自入浴，是这样的吗？"

3

剧团的演出家说是要回郊外的港町去——在松山读高中时，还觉得那里非常遥远——便起身离去了,罗兹和真木彦也回到被安排的套间里,只有古义人和黑野被引往田部夫人的办公室。宽阔的大房间内唯有迎接客人的部分被灯光照亮,一进入这个大房间,黑野的行为举止便为之一变,与此前的醉态截然不同。侍者推来载着酒瓶和饮用水的手推车,为田部夫人和古义人调制好饮料。如此说来,"年轻的日本之会"那阵子,即便在体现那个时代年轻人风习这一点上,黑野对于芦原和迁藤,也就是对于较之作家更是社交界名人①的芦原、以与其相辅相成的形式实质性领导了"年轻的日本之会"的批评家迁藤这两人,也曾表示过这般关怀。

　　落座在像是久已坐惯的红色皮革扶手椅上后,田部夫人请古义人在其面前也坐下来。相对于夫人饮用白兰地,黑野建议古义人选用纯麦芽制威士忌酒,同时将这种酒注入大号玻璃杯中,自己则挪至略微昏暗的地方。

　　"说实话,虽然也知道长江先生的大名,却没有拜读过大作,就连先生毕业于松山东高中这事都不知道。您获得大奖时,报纸不是每天都大书特书吗?这才知道您就出身于爱媛县。

　　"另一方面,通过当时任职于电通广告公司的黑野先生介绍,认识了塙导演。梅子夫人也不像大明星那样傲气,而是平易近人,她经常光顾我们饭店。尽管如此,也从不曾想到长江先生就是吾良先生的妹婿……导演也好,梅子夫人也好,一点儿也没有说起过此事。

　　"至于为什么要干扰长江先生的工作,那是因为读了一篇随笔而发端的。您曾写过有关莫里斯·桑达克②的文章吧?早年,我是艺术大学钢琴专业的学生,但从一开始就属于落伍的那部分人,便和

---

① 此人似为文本外的日本文艺评论家江藤淳。
② 莫里斯·桑达克(Maurice Sendak,)美国著名儿童文学作家、漫画家,著有绘本《在那遥远的地方》等。

朋友喜欢上了桑达克的绘本。奥濑的音乐厅竣工之际,用大巴把所有客人都拉到那里,请他们观看了桑达克原作歌剧,是《野兽国》和《格里格里砰!》。虽然来的是当地电视台,却也转播了这个节目。那之后不久,就看到文章,说是长江先生邂逅了桑达克的绘本,当时的确大吃一惊!"

"关于邂逅桑达克的绘本一事,那是在我采访自年轻时便开始交往的加利福尼亚大学伯克利分校时,阅读了桑达克举办的研讨会的记录过程中发生的。绘本作品也是如此,这个人呀,发言妙趣横生。话头从林白①的儿子在孩童时代被拐走后,饱受刺激的母亲因桑达克的一句话而送了性命处开始说起。"

"最近读了一则报道,说是林白夫人去世了。"黑野在相隔一定距离的对面说道。

"是的。在邻近的小镇拜访这位当时还在世的夫人时,'你的儿子并没有被杀害,'他说,'就是我,我现在回来了!'想要招呼她的这一番话,'却可能会让夫人因惊吓过度而死去吧'。在一片笑声中,他结束了自己的演讲……

"但是,我却认为,桑达克原本大概是想说'作为你那被拐骗和杀害了的孩子的替身,我还活着'这句话吧?

"战争刚刚结束那阵子,曾经发生这么一件事。当然,那时你还没有出生。就是住友家女儿被拐骗事件。当时,我还是农村的一个小男孩,却也感觉到了憧憬,那是因为把自己与拐骗少女的青年作同一视了。青年,也就是我自己,幻想着自己与少女的共犯关系。对于那位青年,少女并不憎恨,也不恐惧,逮捕那青年时是这么报道的。

"从那时起,我就有了一个怪异的固定观念——犯下一个罪过。

---

① 林白(Lindbergh,Charles Augustus,1902—1974),美国飞行家。

但是，那是在……被'无化'的前提之下。实际上，那个拐骗犯受到了处罚，可这个造成很大社会影响的大罪，却因为少女不是犯罪而被'无化'了。倘若社会能够接受少女的看法，那么，青年将会作为没有罪过和污秽的人，从犯罪现场离去……这种想法，与其说是从孩子的头脑中想象出来的，毋宁说是那么感觉到并为之魅惑的。

"这种想法反映在我的小说之中……就是《将山羊放归原野》①。这是一个短篇，描绘了一个背负着整座村子的罪过和污秽、离开了那座村子的女人。因为她的出现，村里所有人的罪过全都被'无化'了……

"相同主题的作品，还有题名为《游泳者——水中的雨树》②的中篇。我写了一个青年发生了性犯罪，然而，另一个与此全然无关的高中教师却将其视为自己的罪过，代替罪犯上吊而死。

"后来，这一部分呀，被塙吾良引用到唯一一部以我的小说改编的电影中③去了。当时大多数电影评论家都说不明白这一段插曲的意义，给予了严厉的批评。但是，我认为自己生涯的主题被吾良看穿了。

"……我甚至在想，这该不是吾良也拥有的同一主题吧？"

"当着女性崇拜者的面，作家都很健谈呀。"黑野打断了古义人的话头，"大概是这么一回事吧？在你和吾良之间，存在着一个共同的、年轻时犯下的罪过和污秽，你们俩一直都在期待着奇迹，把那罪过和污秽无化去的奇迹。可是，塙吾良除了自杀就没有别的出路，而长江古义人却活了下来……大概就是这样的吧。

---

① 大江健三郎曾于一九八〇年二至三月发表中篇小说《替罪羊的反击》。
② 大江健三郎曾于一九八二年五月发表"雨树系列"第五篇作品《游泳的男人——水中的"雨树"》。
③ 伊丹十三曾将大江健三郎的小说《平静的生活》改编为同名电影。

"可是,因对方将共同的罪过和污秽引于一身而死去才得以存活下来的你,假如对此坚信不疑的话,吾良君可就算出尽洋相了。直至目前为止,一直有一种谣传,说是你在把阿亮作为赎罪羊。就连吾良君也是这样吗?

"如果说,千樫君的柏林之行,是对自己亲生儿子和亲哥哥被你作为赎罪羊的……一种反抗,会有很多人认为这种想法是非常自然的!"

4

桃花芯木制成的巨大办公桌上的电话响了起来。此时已是夜晚十一点。正往办公桌对面转去的田部夫人裁剪得体的裙子下面从腰部到屁股的张力,与罗兹实在难分伯仲。从田部夫人坐在靠背高高的椅子上的模样,古义人估计是社长挂来的商务电话,于是,他催促黑野站起身来。黑野则恋恋不舍地又喝干一杯纯麦芽制威士忌。站起身后,他端着那酒杯走出房间时,看见田部夫人一边对着听筒说话,同时按下办公桌角落上的一个摁钮。

黑野虽然已是酩酊大醉,但脚步并不错乱,上身也不见摇晃。他蓦然表现出活力,继续着办公室里的谈话。

"咱呀,早在四十年前,就已经关照了芦原君、迁藤君,还有叫作新剧的滨栗的哥们儿……然后就是你和筜君。现在,咱想创建一个新的组织。倒不是打算什么最后的辉煌。已经起好名字了,就叫'苍老的日本之会'。咱,干得漂亮吧?

"现在呀,'年轻的日本之会'残余人员已是寥寥无几了。作为一个组织来说,已经不可能再干些什么。芦原君还是老样子,常在媒体露面,可总是与其同行的迁藤君却追随夫人徇情而死了。

"不过呀,虽说从年轻时起就没在媒体上过多露面,大家却在各自的领域里扎扎实实地干了过来。这样的成员,都在不屈不挠地生活着。比如说,在实业界处于中坚位置的老哥们儿,就经常对咱本人提供援助,而咱也在为对方的一些文艺活动发挥作用。也有一些老哥们儿在政府官厅或大学等机构工作,甚至两度参加这些工作。对于大众场面,没想到他们也经历过轻松热烈的场面。有了这种一人挣钱大家实惠的职业种类,还愁没有活钱可用吗?只有你因为获得了国际大奖,反倒与酒池肉林无缘了吧?"

走廊深处已是寂静无声,最初前来寒暄的那位经理和黑装青年正等候在电梯前。经理走近黑野,像是在转述田部夫人委托的话语。

"……是这么一回事。今天晚上已经说了很多掏心窝子的话,以后也还会有很多时间,长江君。《李尔王》的,那可是咱喜欢的道白呀……在咱们也面向那个接近终场的台词中,还远没有被彼界所催促呢,是这样的吧!"

于是,或许是想在送入电梯后再握手道别吧,黑野钻进了电梯,而古义人则被侍者引往从电梯处一直延伸开去的另一侧。疲惫至极的古义人没有入浴,甚至连睡衣也没更换,便歪斜着躺倒在硕大的床上,发出粗重的呼吸。刚才黑野想要引用的《李尔王》的台词,已经涌到了喉头——那是罗兹最近也曾引用的部分——处。出于自学生时代开始形成的习惯,古义人摆弄着原文与翻译的、在记忆的水面上漂漂荡荡的单词。在这过程中,坎特公爵那段富有魅力的、告别时的道白渐渐成形了——"我必须立即登程上路。主上的召唤,我岂敢不从!"

那种主上……从彼世召唤自己的人……自己有吗?古义人在思考着。他感到六隅先生、篁君,还有吾良、阿亮——尽管他还活在这个世上,可这并不矛盾——也是,他们正从悄无声息的渊潭之中呼唤着自己。听明白了那个呼唤,或许就必须予以遵从。可自己却在这样的场所烂醉如泥。古义人陷入坠落感和深深的悲哀之中。

……响起了敲门声,睁开眼睛的古义人走过依然亮着灯光的室内,打开房门一看,映入眼帘的却是黑野的胸部,比古义人高出一头的黑野像是打量他的身后一般环视着。

"长江的女人运呀,即或还在全盛期,嗯,也已经快到头了吧。"黑野说道。

可是,当他察觉到古义人脸上满是泪水后,随即便以与他的年龄和酒醉全不相称的敏捷离去了。

第十五章　失去了的孩子

1

在一楼的咖啡店，古义人眺望着被平静的雨丝浸润着的日本式庭园。听黑野说，田部夫人是这家古老旅馆的第五代当家人，整座高层饭店便是以这个庭园为基调而设计的。在水池周围，耸立着两臂都环抱不过来的黑松，还有如同丰腴的女人一般的树干和枝叶、颇有年头的细叶冬青树。

在松山读高中时，古义人和吾良曾彻夜准备期末考试，早晨上学前从租住的居处走到道后温泉入浴。吾良平日上课根本不做笔记，可无论世界史也好，人文地理也罢，只将古义人为押考题而整理在粗糙白纸上的内容看上一遍，就会取得与古义人相同的考分。从温泉返回的道路是通行有轨电车的柏油路面，隔着一座大宅第的院墙，院内的树木吸引了古义人的注意，吾良于是取笑说：你不是从森林中出来的人吗？可是，假如不是进入森林深处，较之于平日里在山中看到的那些树木，倒是庭园里那些年头久远的树木更有树的神韵……

回过神来一看，发现真木彦正无精打采地站在咖啡店的入口。看到对自己招手的古义人后，真木彦来到桌边，虽说剃净了胡须，衣

着也整齐利索,却是一副放心不下的模样。他说道:

"罗兹被田部夫人叫了去,我以为是到这里来了。"

古义人和真木彦都要了咖啡和烤面包片。

"刚到饭店时,请古义人先生签名的那些年轻人,听说是田部夫人询问了堉制片公司的原社长后想出的主意后搜罗而来的。经理却放心不下,担心你会因此感到不耐烦。"

已经解散了的吾良那家制片公司原社长的话语,在古义人的内心唤醒了一个记忆。当吾良和古义人这两家人到松山来的时候,那家伙驾驶着旅行轿车,在吾良和千樫曾居住过的区域转了一圈。中途,车子经过他们曾就读的高中,吾良便让车子载着他们闯进学校。进入学校后随即往右边转动方向盘迂回前行,当车子面向教学楼方向时,一如记忆中那样,带有廊顶的走廊随即出现在眼前。吾良让车子在走廊前停了下来。

碰巧是午休时间,学校却是按平日里的课程安排正常上课。未经许可便让车子闯入校园内,照例是吾良的做派。走廊里有几团猬集起来的学生不时向这边看上一眼,吾良则像美国战争电影中的将军一般,挺起上身环顾着周围。这时,古义人想起了昔日的往事。从现在的处所往右转去,便是主体建筑的背面,那里有一个饮水处。学生们身着运动服,在成排的水龙头前排成队列。在队列中站着说话的学生中,古义人和吾良既不是引人注目的特别优秀生,也不是运动场上的英雄。当时,他们曾有过一场不可思议的谈话。

古义人对吾良说:

"记得吗?你曾说,'老子们将来如果回到这里,后学晚辈们将会蜂拥而来。'你还说,'打算让后学晚辈们看看他们在梦中都不曾见过的漂亮汽车。'……"

吾良没有接过古义人的话头。之所以如此,也是因为高中生们似乎并没有被他们两人所吸引，尽管他们肯定看过吾良的电影，而古义人则是刚刚获得那项大奖。

就在古义人对真木彦叙述这并不愉快的往事时，罗兹出现在餐桌旁。据说，她今天清晨也早早泡了温泉，不仅面庞，从肩头直到胸脯的上部也浮现出一层油光。紧挨着真木彦坐下后，她要了灌肠、鸡蛋和色拉，并让服务员把早餐送过来。

直至先前不久，几位中年妇女还在无视邻桌这几个无精打采的男客，谈论从濑户大桥上所能看到的风光，现在，她们却直盯盯地打量着流利说着日语的外国女性，脸上却是不屑的神情。

"田部夫人说，今天还不能安排事务性会谈，出差在外的社长来了电话，说是要向古义人先生致意。或许，他们对于直接向古义人提出希望心存顾忌吧。在与田部夫人的谈话中，我觉得，对于在古义人的协助下推动文化项目的计划，她同样非常有兴趣。只是呀，我对田部夫人的论述存有疑问。她曾几次提到，自己并不是长江先生的'好读者'。此前在东京的公开讨论会上，从听众席提问的人中也曾有人这么说过。"

真木彦抢在古义人之前回答道：

"倘若是《纽约时报》的书评，对于将要论及的作家或诗人，是不会在文章的开头处就说自己不是此人的'好读者'的。可是，在日本这个国家的报纸以及周刊杂志的书评栏里，可是一直如此的呀。"

"真木彦在阅读我订阅的《纽约时报》的所有版面。"罗兹解释道，"寄送到古义人这里来的、请求你参加政治性集会或共同签名的那些信件，大致上也是这么开始的。于是我就想请教了，你究竟是谁的'好读者'呢？

"自己明说不是你的'好读者'，是否是在挑衅般地表示自己是'坏读者'？"

"罗兹在定义日语时,经常会产生歧义。"真木彦说,"不从正确的定义出发,原本就是日本式的交流方式。我们的社会里,在会话这个层次上,通常并不追究用语是否具有准确的意义。"

罗兹正要用咖啡壶续上已经喝完了的咖啡,却又递给了从旁伸过手来的真木彦,像是再度整理了自己的思绪后,她说道:

"我呀,一直希望成为古义人、《堂吉诃德》的'好读者'。当然,我并不认为从一开始就能成为某位作家、某部作品的'好读者'。即便是纳博科夫,直到在准备哈佛大学的讲义之前,也还不是《堂吉诃德》的'好读者'。

"但是,如果一直阅读同一本书的话,那个特殊的瞬间终究是会降临的。于是,你就会成为'好读者'。早在孩童时代,即便被大人们告知'上帝将会眷顾你!',我还是不明白。可是我注意到,因某种原因而感觉自己受到眷顾的那个瞬间,却在阅读作品过程中不时出现。在阅读《堂吉诃德》时,就曾体验过那种感觉。是因为被插入上篇里的'愚蠢的好奇故事'而唤起!

"在我像小香芽那般岁数时,比较讨厌塞万提斯所引用的那些流行小说风格的恋爱以及破裂、然后和好如初的故事。这些部分,阅读时我都跳了过去。

"可是,在数度阅读《堂吉诃德》的过程中,我却被'愚蠢的好奇故事'里的美妙所吸引……我一面不安地在想,这种喜悦会持续到何时呢?一面用震颤着的手指翻着页码……"

2

这时,从早餐客人基本都已离去的餐桌间,身着蓝色长礼服的田部夫人走了过来。

"早上好！今天真不凑巧,赶上了雨天,听说气温也多少有些下降。有件事情必须首先向长江先生道歉……黑野先生打来电话,说自己超无精打采,已经奄奄一息了。还说这是宿醉,终究还是起不了床,表示昨天晚上对您说了实在无礼的话……

"因为是这么一种状态,所以关于谈判事宜,也就只好恳请延期了。"

真木彦接过了话头：

"罗兹认为,谈判的进程,比起她迄今为止所了解到的……比起古义人先生此前所同意的……要快得多。对此,她感到困惑。关于这一点,我估计,今天早晨她已经对田部夫人说了。我是否可以在这个问题,以及古义人和罗兹今后与度假村方面的意向性沟通上发挥咨询等作用？当然,这也是罗兹的看法……"

"刚才已经听取了这个意见。我们也认为,如果能这样的话,当然求之不得。

"这也是因为,黑野先生长期以来与长江先生过从甚密,在商务上反而有可能难以推动谈判进程……我也因此而感到担心,有一种非同寻常的想法……"

"你所说的非同寻常的想法,具体是指什么？"罗兹疑惑地问道。

"我在内心里总惦念着这么一件事,那就是据说塙导演挂念着长江先生是否会自杀……我把黑野先生告诉我的话原封不动地说出来……说是吾良先生的担心方式与众不同……在《平静的生活》①这部电影里,吾良先生加进了自己对古义人的教诲……

"听黑野先生说过此事后,在电影录像带中看了这些内容。有一个镜头是以长江先生为原型的作家,深夜里酩酊大醉之后,把相当

---

① 原文为英语 A Quiet Life。

于体重的书装进箱子,再用绳子悬吊在梁上……然后扑通一声让箱子坠落而下。据黑野先生说,吾良先生知道,古义人先生最为惧怕的,莫过于自杀失败。于是,吾良先生便在自己的电影中,为古义人先生试验了这种方法。

"上吊这种自杀呀,就是希望从站立之处跳下来的那个瞬间,因颈骨骨折而当即死去。可是,假如这种自杀半途而废,尽管大脑受到伤害,人却存活下来的话,就连想要再度上吊的念头都将想不出来。说是先生您惧怕家里出现两个智力障碍者,因而就不会如此……

"当着长江先生的面原样引用这些话,也许是极为失礼的……只是因为我对黑野先生说这番话时的神态印象非常深刻……"

古义人由于田部夫人的说话声而奇妙地兴奋起来,面向着她那因过度亢奋而被血色染红了的眼睛。事态的发展,使得古义人难以继续沉默不语:

"我觉得,关于人们的自杀,吾良认为那只是对自己的肉体施加暴力。因此,他关心究竟施加多少暴力才是恰当的……

"那部电影中的、脱离主要情节却被吾良放进去的插曲,我确实写过。在写作的同时,想起酩酊大醉中曾如此这般了一番,这也是事实。但是,我在做如此尝试时,却并不是认真的。写小说的时候,我想写下自己这种并不认真的半途而废的情景。母亲就讨厌我这种总是难以改掉的半途而废。

"吾良从不半途而废,无论从事什么都会周密考虑。不管是为了自己,还是为了朋友,只要实际运作起来……"

"……在早餐时听到如此深刻的讲话……都不知道该如何应答了。"真木彦说道,"我认为,不仅塙吾良先生,就是古义人先生本人,也都是过分认真的同时代的人呀。"

"……聆听了非常重要的教诲。"田部夫人说,"今后的工作,将充满紧张的氛围……因此,罗兹小姐,关于刚才对您说起的事,肯定已经做好了准备。所以,能再次劳动大驾吗?"

3

山腰被笼罩在上午的轻曼雾气之中,被雨丝濡湿的植被欣欣繁茂。更高处的阔叶林则在蒙蒙细雨中为薄雾所缭绕,古义人和罗兹都被阔叶林的景致所吸引。及至行驶到弯弯曲曲山道的隧道处,却突然刮起一阵低洼之处并不常见的阵风,当绵延的柑橘田那碧绿的平面上,开始起伏孕育着暗绿阴影的光亮时,两人同时叹了一口气。

正驾驶着车辆的真木彦疑惑地微微转动身子。像是抚慰受到冷落的弱者一般,罗兹用指尖碰触着真木彦那洗得很洁净的后脑勺。

被真木彦和罗兹送到十铺席后,古义人在大门口向屋里招呼,却不见阿亮回应,甚至连一点儿动静也没有。古义人提着饭店里的便餐盒和 CD 的小包装来到餐厅兼起居室时,发现阿亮正隐身于沙发靠背后的狭小处所。古义人把田部夫人赠送的礼品放置在阿亮能够看到的角度,自己则面对餐厅的桌子坐了下来。

将近一个小时过去了,裤子的屁股处和 T 恤衫的后背上沾满尘埃的阿亮终于走了出来。对于那些礼品,他连看也没看上一眼,便径直去了卫生间,长长地撒了一泡尿。面对站起身来等候自己的古义人,阿亮用瞳孔和虹彩上都蒙着眼眵薄膜的眼睛迎过去,声调低沉地缓慢说道:

"戴着手铐,被扔在高速公路上。那女孩子,死掉了!被长途运输的卡车,轧死了!"

古义人意识到,临时住在这里的亚沙回家去的上午,阿亮与真儿通了电话,充分叙说了以上一番话之后,便藏身于沙发之后——这是遵从真儿的指示——了。说完话后,阿亮并没有再度钻回沙发后面,却仍然神思恍惚地低垂着头。古义人也如同阿亮一般,没有可做之事,只是打量着从罗兹那里分来的礼品,这才发现,那都是一些寒碜且令人生气的便宜货色。

究竟发生了什么事情?所发生的事与阿亮所述一定没有差异,可是……手铐,古义人知道,那是对阿亮具有重大威胁的戒具。七年前,在阿亮工作的那家福利工厂中,有一个约莫四十岁上下的智障男子。当时,阿亮对周围的人都比较习惯且能亲密交往,唯有对这个男子难以适应。在福利工厂决定接受此人以前,他的一只手一直被手铐锁着,等待他的母亲下班归来。当他到阿亮身边来说话时,他告诉阿亮,自己就是这样生活过来的。

"阿亮,今天早晨八点开始播放的BS电视台古典音乐节目,你看了吧?"

"是的。是篁先生的《海》,还有德彪西①的几支曲子。"

"后来,就切换到新闻频道了吧?"

"BS2台,也播放新闻呀。"

"在关闭电视机之前,电视开始播放新闻节目,播音员说了手铐和那个女孩子的事?"

"她戴着手铐,被扔在高速公路上。那女孩子,死了呀!是被长途运输的卡车轧死的!"

"真儿挂电话来了吧?"

"挂来了。"

"真儿说了些什么?"

"她说,不要看电视。"

---

① 德彪西(Debussy,Claude Achille,1862—1918),法国作曲家,印象派奠基人。

"你却说,已经看到了?"

"我看到了。"

"然后,真儿就告诉你发生了什么事?"

"我告诉她,你说错了,不得了啦。"

"然后呢?"

"我说,太可怕了,我要藏起来。"

"是吗?于是,你就躲藏在沙发后面了?你的选择是正确的!因为,真儿在东京,爸爸又到松山去了。"

"是的。"

"可是,现在爸爸回来了。"

古义人把装在半升礼品纸盒里的咖啡放入小锅,再将便餐盒中的汉堡包放进微波炉内,然后把色拉分放在小碟中,阿亮则从收到的CD里,查看键钮式手风琴日本演奏者所演奏的皮亚佐拉①的曲目。可是,当两人坐在一起开始午餐时,阿亮依然沉默不语,不再继续查看CD。

古义人眺望着烟雨迷蒙的峡谷,回想着阿亮和真儿在各不同的公立小学——阿亮上的是特殊班级的学校——读书时的一天。当时,课程结束后,阿亮一直在他那边的校园等候着,他在等妹妹前来与自己一同回家。那一天,因为阿亮不愉快,真儿便为了鼓励自己和哥哥而说道:

"阿亮,人生真是辛苦呀!真是可怕呀!又要被狗追着叫,又会被人看见……"

翌日,古义人对赶过来的罗兹说了阿亮看家时体验到的事情。

---

① 皮亚佐拉(Astor Piazzolla, 1921—1992),阿根廷音乐家,因其用手风琴将探戈舞曲演奏得出神入化而被称为探戈之王。

"通过电视里的新闻节目,阿亮知道了发生的事件,并因此而受到了刺激。同样受到刺激的真儿挂来了电话,或许,这使得阿亮的状态更加恶化了。听了古义人的介绍后,我是这样感觉的,可是……情况也可能不是这样的。

"我认为,真儿挂来了电话,坦率地述说了自己的不安,这反而能够激发阿亮作为兄长的自觉。阿亮看了新闻报道,会感到惊慌失措吧?就在这时,真儿挂来了电话,并且向阿亮述说了自己的不安。于是,为了真儿,阿亮自己必须从恐慌中挣脱出来。如果他不是藏身于沙发,而是逃向窗子外边,逃向峡谷那边,情况又将会如何呢?

"古义人,你认为自己是阿亮最值得倚重的守护神,可你必须从这个幻觉中清醒过来。倘若不如此,当你年岁更大、患上难以应付的老人症时,不但自己将失去力量,还会深信这个世界上将没有任何力量可以让阿亮继续存活下去。或许,你和阿亮两人将要做的,比戴着手铐被扔到高速公路上更为可怕……

"千樫为了照看吾良女朋友的幼儿……却并不是吾良的孩子……而去了柏林,此前,我不明白这是为什么。当然,妹妹那么热爱兄长,想要成为吾良的保卫者①……也就是说,决定代替吾良去做那些他无法完成的事情,这也是很自然的。

"可是,她本人有着阿亮这样一个智障孩子……却丢下阿亮出了远门,此前我对此是不理解的。

"不过,这或许是你希望独自照料阿亮,从而排斥千樫所造成的吧?如此想来,我便觉得能够理解了。

"即便对于真儿,古义人你也想将她排斥在外,从而独占阿亮吧。你不知道阿亮会有多么高兴,却一直不愿把真儿召唤到这里来。

---

① 原文为英语 champion。

她在大学图书馆的工作,就那么重要吗?是古义人你不愿让真儿夺走阿亮守护神的位置。

"我在写给你的自我介绍的信函里不是已经写了吗?我有一个患自闭症的哥哥。可是,父母没有觉察到我对于哥哥的意义。

"古义人曾经引用过西蒙娜·韦依①的那句话——'祈祷'的根本,在于对他人的'关注'。对于阿亮,真儿也想给予更多的关注。另一方面,她自己的内心里同样存在着麻烦。前一阵子出现那个问题的时候,你为之坐立不安、不知所措。但是,将来出现更严重的发作,真儿毁灭自己时,你又当如何?她的舅舅好像就是自我毁灭的吧……

"那时,古义人也将毁灭吧。而且,在那样的年岁上,是不会存在康复希望的。那么一来,阿亮的人生也将毁灭吧。"

如同昨天阿亮一直垂着脑袋一般,古义人只是低着头听着罗兹的话。由于是横躺在犹如睡椅般倾斜的床铺上,因而他的下巴尖碰触到了前胸,视线则越过脚趾,注视着蒙上帆布的推门打开了的地方。阿亮正在餐厅解答乐理考题集,罗兹并不是丝毫不担心阿亮会听到眼下这场特殊的对话。尽管如此,对她而言,那也是一扇难以关闭的、沉重而硕大的门扉。然而,那扇门却开始缓慢地动了起来,接着加快速度并发出响动关闭起来。罗兹颤抖着回头看去,明白发生了什么,青绿色的眼睛犹如陶片一般现出无机的色彩,转过身来注视着古义人:

"……阿亮竟做出了这样粗暴的事!"她申述道,"我的声音太大了吗?"

---

① 西蒙娜·韦伊(Simone Weil,1909—1943),法国哲学家、社会活动家、神秘主义思想家,著有《信仰与重负》等论著。

"毋宁说,是因为你用压低了的声音说话。"

"阿亮感到我攻击了古义人,因而才生气的!尽管我总在竭力守护对我最为重要的人,可还是让那个人生气了!因为,我是一个被父母遗弃了的孩子!"

4

用手机联络过后,真木彦前来迎候罗兹。在将罗兹交给他时,古义人对于让她感到不安表示了歉意。真木彦把带来的薄围巾从少气无力的罗兹的肩头一直披到后背,所说的话语显得比较中立,听上去更透出一股冷淡的口吻。

"电视节目不厌其烦地播放的,是被丢弃在高速公路上的十四岁少女的惨状。看了这个节目后,出门时,罗兹就说自己的情绪失去了平衡。当罗兹还是少女的时候,似乎也曾发生过可怕的事情。"

阿亮一直没有走近前来,当真木彦领着罗兹回去后,他就来到送走客人后正锁上大门的古义人身旁,夸耀般地说道:

"我,刚才把房门关了起来!"

这天夜晚上床后,古义人希望自己陷入痛苦的噩梦之中,在天亮以前不要醒来。然后,为了能做上一个还算不错的梦,便试图引导着潜意识。在一次对谈——与也曾是"年轻的日本之会"成员的诗人所作的对谈——中,古义人告诉对方,自己从事小说家的工作已达四十年之久,还说,自己无法处理的潜意识已经不复存在。可对方却只报以轻蔑的一笑……

总之,古义人想要主动尝试一下。早在孩童时代,在这块土地上曾体验过的那个让内心暖洋洋的常做的梦,会是一个什么样的东西呢?当然,这个答案预先就已经有了。在那个梦境中,古义从森林的高处飞下来,引领着古义人在山谷间游泳……

那不是在流淌于山谷间的河流里游泳,而是以古义为向导,在环绕着山谷的瓮形空间里往来飞翔。古义一旦从森林里出来,双脚便绝对不沾地面。古义人最初飞起来时,为了修正方向,也为了使倾斜了的身体恢复平衡,当然需要不时蹬踏斜坡。

渐渐适应以后,古义人也能够安适、快乐地飞翔了。顺着斜坡滑行而下,然后就浮升在空中,顺畅且悠闲地飞将起来。那种安全的感觉是这样的:滑行时无论怎样自由自在地踏空,都不会像在地面行走时那样掉落在洼坑中……那是因为空中没有洼坑的缘故。长时间地、一刻不停地幸福地飞翔着。当察觉到黄昏降临时,古义业已飞往森林的高处。只有一个孩子飞翔在山谷的空间,周围则是不尽的寂寥。但是,因着那种晴和的充实感,从而感觉不到苦闷或是恐惧。

……梦境中的成年人古义人在烟雨迷蒙的山谷间腾空而起,滑翔在甚至能够远望到奥濑的森林上空。空中没有洼坑,虽说身体本身具有重量,但那也只是作为稳定动作的铅坠而发挥作用。古义没在那里,吾良却好像在天上已经飞了百来年一般,从容地在身旁飞翔着,同时,一只手在用大昆虫模样的手机打电话。然而,突然间那个吾良失去速度,失去平衡,坠落下去,发出沉甸甸的声响。古义人睁开睡眼,感觉到蓦然转坏的梦境遗下的悸动……

还有另一个梦。从事务所的楼顶纵身跳下的吾良的遗体,被运回位于汤河原的家中后,放置了一段时间。"面部已经整理得很干净了,就请你看上一眼吧。"按照吾良电影中的女主演模样化了妆的梅子说道。"还是不看为好。"千樫却予以制止。

在现实中的那个场合,遵从了千樫那细小却是坚决的声音。然而,梦境里的古义人则犹如没有耐性的孩子一般,非要看上一眼。从棺盖上开设的小窗向下望去,只见完全肿胀起来的、黑中带有些许青紫色的遗体的皮肤,从胸部开始,如同拉开拉链一般笔直地破裂开来。从那条裂口处,竟然意外地看到十七岁时的吾良的脸部。那张脸甚至还在幸福地笑着。就像剖开狼的肚腹后被拯救出来的小红帽一样,还活着的年轻的吾良被取了出来。如同因为欢喜而精神抖擞似的,又醒了过来……

梦境中的古义人计算了至今已进行了多次的重要计算,就要得出答案了。那事儿中的一切,全都被精细计算。在位于奥濑的修炼道场的青年们杀害美军军官的事件中,古义人和吾良都从旁给予了帮助。直接动手杀人的,是修炼道场的青年们,而古义人则以吾良为诱饵,帮助他们把皮特诱骗到了那里。为了抢夺皮特的军用手枪,他遭受了怎样的杀戮呀?!唯有一个情景宛若电影一般显现在眼睛里:皮特两脚受伤后无法行走,为了逃出去而爬行在夜晚的森林里。

还有一个梦境也如同电影一般。从出生刚一个月的阿亮的头部切割下来的、有些像是另一个小一号的脑袋被推到近前,那个双手沾满鲜血的人——躺在手术台上的婴儿,以及医生的上半身都被排除在镜头之外——对年轻的父亲古义人说道:你的婴儿的肉体,竟被施加了这样严重的暴力。不过,这也算是因果报应呀。

古义人喊叫出声,在觉察到自己正在叫喊后,便将脸压在枕头上,以免惊醒阿亮。在黎明前的黑暗里,为了不再沉入梦境之中而睁开了睡眼……

第十六章 医　生

1

　　曾投宿于田部音乐演奏会饭店、与古义人年岁相仿的医生，前来十铺席造访了古义人。昨天晚上，罗兹接到由田部夫人介绍、自称为织田道夫的医生挂来的电话后，便善意地接受了他的要求。

　　从JR真木车站乘坐出租车来的织田，像是自导自演曾在电话里自报名头的"具有古风的乡镇医生"一般，他身着浅灰色的麻质西装，脚穿一双同色的网眼皮鞋，右手托着一顶巴拿马草帽。当地的司机则恭恭敬敬地提着来自田部夫人的食品篮跟在后面。倘若没有得到可观的小费，他是不可能如此恭顺的。

　　医生那剪得很短的白发上闪现出光泽，被太阳灼黑的脸膛上泛着红润，显然是在良好家庭中长大的，属于那种不论是在大学还是其他工作单位里都过得很顺的类型。不过，这种积极的个性也许经常会招致孤立。即便在这里，他刚一落座于起居室的沙发，从其态度中就可看出他感觉良好且想当然。他有些强加于人似的开始询问起来：

　　"我和长江先生是同年出生的。因此，每当遇上人生的节骨眼，就想知道你处于怎样一种状态之中,以此来与自己对照、比较,并进行思考。你不是经常写和说一些私人事情吗?嗯,这在日本作家中是常见的事。总之,就能够引以对照和比较了。

"我也感觉到,自己已经踏上人生中最后的舞台了。在这种时候,长江先生远离东京的生活,移居到如此偏僻的地方来……其实,来到现地之后,更加深了我的这种想法……我想,作为你来说,恐怕还是自有其因的吧。有关你的工作,还有书的阅读方法,该不是有了什么新的考虑吧?"

或许是因为古义人流露出了保留的眼神——那也非常复杂——的缘故吧,正用咖啡招待客人的罗兹接过了回答问题的义务。在此之前,她一直坐在放有咖啡壶的餐桌旁的椅子上——已经和好了的阿亮在身旁解答着乐理考题集——听着他们的谈话。

"目前,古义人在不断构思着新小说,又在不断地破坏着……对于你刚才提出的有关工作方法的问题,这或许可以提供某种解答……但并不是那种能够完整谈论的状态。因此,就让我来谈谈自己的一些感受吧。"

织田医生微微现出不知所措的神态。不过,也许是开业医生具有的长年经验使然吧,他应声道:

"真是太好了。请你也坐到这里来。大家一边品尝咖啡一边聊,怎么样?男女分席而坐,这也太日本式了。"

罗兹似乎忘掉了一个星期前的惊慌失措,移坐过来,举止间充满了自信。

"最近,古义人的朋友以及前辈相继过世,他也开始意识到自己时日不多了。于是,古义人考虑重新规划自己的余生,这也是他个人的风格。"

"我知道的并不很清楚,可是……"

"比如说,在近旁观察古义人读书的人,就会非常了解这一点。"

织田医生将目光从古义人身上转回罗兹,浮现出社交性的微笑问道:

"从读书的方法上就能感受到反映在其中的这种变化吗?"

"现在,古义人以重新解读此前读过的书为中心。我的硕士论文的主题是《堂吉诃德》,那也是古义人正在重新解读的书籍之一。

"我的恩师,你知道诺斯罗普·弗莱吗?(织田医生的眼睛里满是遗憾的神色,摇了摇头。)他是加拿大的文艺学学者。这位弗莱老师曾写过一篇关于'重新解读'的文章。弗莱的表记是 re-reading,带有连字符。

"弗莱运用读解罗兰·巴特的语言的方法,论证了这个问题。你读巴特了吗?"

"是卡尔·巴特吗?"

"不,是法国思想家罗兰·巴特。请稍候片刻。我想正确地引用。"

罗兹虽将生活的主要居所移到了社务所,研究却依然在这里进行。当她从那个房间取来活页笔记本后,织田医生或许是想见习她的学习方法,从而兴致勃勃地倾听起来。

> 罗兰·巴特曾说,所有认真的读书,都是"重新解读"。这并不一定意味着第二次阅读。对,并不是重复阅读,而是将构造整体置于视野内进行阅读。是要将徘徊于语言迷宫中的阅读方法,改变为具有方向性的探究。

"古义人正如弗莱所论及的那样,是在'重新解读'。他已经没有时间再在语言的迷宫中徘徊了。我认为,他现在的阅读,正是具有方向性的探究。"

"我非常清楚了,罗兹小姐。或许,较之于直接向长江先生本人请教,倒是你让我更清晰地理解了这一切。这也正是我想讨教的地方。你,是研究长江先生的优秀学者!

"田部夫人为大家准备了菜肴,请边吃边喝,同时让我进一步拜听高论!"

2

织田医生带来的竹篮子里,塞满了以下一些东西:一团烤牛肉、一条熏制的鲑鱼、烧仔鸡、配制蔬菜色拉的原料、装在像是药房常见的瓶子里的调味汁,以及罗兹的咖啡罐里装着的、细细碾过的混装蓝山咖啡。此外,还有两瓶加利福尼亚纳帕山谷的葡萄酒。

有关食物的话题被织田医生抢先说到了,而竹篮里一封写给罗兹的英文信函中,却这样写道:如果与长江先生间的谈话融洽,则请给予共进晚餐的机会。倘若真木彦君也能参加,今后的工作或许会顺利一些。信中还写道:假如用餐时间太晚,希望从真木本町叫来出租车。由于度假村在聘请织田先生时已设立专项预算,故请不必为费用操心。我甚至在想,阿亮君与织田先生之间的谈话不论有多少,总会有一些收获吧。

在罗兹做好晚餐准备之前,其他人各饮了一杯真木彦带来的威士忌,并听织田医生叙说自己是如何与田部夫人开始合作的。织田医生原本是一个国际医学会议的老搭档,而这个医学会议受一家制药公司财团的关照。他曾在松山主持召开四国①大会,便因此而与出租会场的饭店老板田部夫妇熟识起来。织田医生将私人医院的工

---

① 日本四国地区的简称。

作交给长子,在考虑今后转入以读书为主的生活时,想起曾听田部夫人说起过的新度假村构想。那是一座让退休的老年夫妇长期居住的、带有温泉的度假村。这座构想中的度假村将开发文化性座谈会,向普通参加者也提供相互交流的机会。如此一来,有经验的医生不就有可能获得工作岗位了吗?!

于是,在和来东京出差的田部夫人会面之后,织田医生了解到一个计划,那就是新度假村将开设一间诊疗所。而且,他还被告知,长江古义人与患有智力障碍的儿子一同回到了故乡。在度假村的文化事业里,来自长江古义人的协助已在预定之中。也就是说,在田部社长的邀请下,安排了织田医生与古义人的这次会见。

喝了最初的威士忌以后,织田医生又喝下红、白葡萄酒各一杯,其后便不再接受任何邀约,毋宁说,他更热衷于斟满罗兹的酒杯。然后,便说起了昨晚与田部夫妇聚餐时,同在餐桌上的、叫作黑野的人物。

"我可知道,那位黑野先生呀,不仅承担着电视解说员,在其他更为广泛的领域内也很活跃。在一所大学里,我每周大致要讲两次课,负责叫作'国际文化交流论'的课程。因为与纽约一所规模不大的大学有一个交换学生的协议,就需要一些能在暑假期间带领学生们去纽约的教师。而我听说黑野先生就是一位很有能力的组织者。

"可是,昨天晚上直接听了他的话后,发现他还有着其他原先不为我知晓的方面。听说,他打算实现从东大文学部毕业时的初衷,也就是要创作真正的小说……他还断言,赋闲后之所以接受新度假村中的工作,正是出于这个缘故。田部夫人似乎因此而感到忧郁呢。"

"对我可没有说起这个话呀。"古义人深感意外地说道。

"或许,是因为你已是成名作家,又是同班同学,才不好对你当面说这些吧。"

"我虽说没参加过同人杂志……"

"黑野先生还这样说:我们从大学毕业出来时,正是经济开始高度成长的时期,各个领域都需要具有实际才能的人才。一些文学青年在社会中无从运用大学里学到的专业,从而苦守操节十年,可社会不可能给予这些文学青年暂停承担社会义务的精神准备期。因此,一旦开始工作,人们最终还是可以将以上工作干到底的。如此勤勉工作到最后的那些人,在生涯的最后阶段,便想要回到原本所志向的那个领域。

"田部夫人也赞同地说,这类事情经常可以看到。她说,在高度成长终结以后,说得好听一些,是社会有了余裕,说得难听一些,则是社会出现了停滞,这种形势便引诱老年人进行这种重新出发……

"田部夫人想要响应这种具有社会普遍性的需求,还阐明了自己的具体构想。于是,黑野先生表示,要有效运用自己的意向,并为其他老年人创建组织。他的这种姿态,作为夫人的合作者,是再适合不过的了。相互之间也原谅了偶尔产生的微小冲突。"

晚餐期间,满月如镜,在峡谷一侧幻化出了缥缈景观。给出租车公司挂去电话,推测了出租车抵达的时间后,大家便漫步于月光之中,估算将会在林道的中途与出租车相遇。刚才喝咖啡时,织田医生又端起专家姿态,悠闲地说着话,接受了医生这种态度并予以回应的阿亮,与走出大门的医生恳切地握手告别。

罗兹边走边说:

"虽然日本人过度热情地款待了外国客人,可在分别之际,却并不显现出强烈的惜别之情,真是不可思议。"她接着说,"但是,阿亮从内心与客人告别,这让我心情愉快。"

"我也这样认为。一旦承担了田部夫人的新度假村的工作,长江先生,那时尽管我能够与罗兹小姐说话,而且也会很快乐,只是希望你能让我为阿亮也做点儿什么。今天晚上,他说的有关我声音的话,让我非常感动。"

织田医生取代了真木彦,让罗兹挽着自己的胳膊慢步行走。这位医生之所以倾注了远比年龄富有朝气的感情赞同罗兹的意见,是因为阿亮所说的"织田先生声音的音调,与森先生声音的音调相同"这句话。阿亮是一个具有绝对音感的人,将人的声音作为主音调进行记忆。自从阿亮带着头部的畸形肉瘤降生之日起,二十年来,森先生一直关照着阿亮。古义人如此说明道。

织田医生继续说道:

"最后我还想请教一个问题,这也是最重要的一个问题。长江先生还是只写与阿亮共生这个主题吧?

"难道你没考虑过,即便隐居在这片森林之中专心于'重新解读',也难以为下一个重大的创作提供助跑?罗兹小姐说了,你在对新小说的构想不断进行构建和破坏……

"黑野先生告诉我,可以认为长江的文学工作已经结束了,因此,虽然目前对于以老年人为对象的文化活动不会热心,但渐渐地就会热衷起来的。"

3

隔天之后的那个早晨,田部夫人给罗兹挂来了询问的电话。在电话里,她说织田医生前一天晚上在这里度过了愉快的时光,他感到非常高兴。今天,他将去观看位于奥濑的度假村的现状,预定其后赶到松山机场乘坐末班航班回去。如果可能的话,是否也可以请古义人等人来奥濑?对此,罗兹的态度是积极的,古义人便也默许了。

这一天,真木彦要去参加教育委员会的例会,便由阿动开车带领大家前往奥濑。午饭是由新度假村招待大家的试推出的盒饭,古义人一行于上午十时乘上罗兹那辆箱型小客车出发了。

坐在车里,古义人意识到自从那事儿以来,自己这还是第一次前往奥濑,就连罗兹也为古义人的不自然感到疑惑。出了山谷后来到真木町,再从弯弯曲曲坡道处隧道跟前向北边下行。自己与远比现在正驾驶着车辆的阿动还要年轻的吾良,坐在三轮汽车的助手席上,沿着这条路线行驶……

在那前一天,乘坐占领军语言学军官的卡迪拉克从松山前往修炼道场时,由于载运木材的卡车过度使用,致使昏暗的杉树和日本扁柏混生林中的道路中间凸起,车辆底盘不时传来蹭擦路面的声响。不过,那条道路现在一定铺上了柏油,因此预计抵达奥濑时间为一个小时是不准确的,或许,只需不到一半的时间便可以到达。

虽说自己一直生活在东京,可是这么近的路途,五十年间却一次也不曾去过,可见那事儿对自己造成的伤害是显而易见的。而且,现在乘车前往那里,并不是因为自己对那事儿——吾良已经先行一步,还在思考那事儿的人,在生者这一侧,只剩下自己一人——有了宏观上的把握和了解,而是由于偶然的原因,在外部的推动下才得以成行的。这种虎头蛇尾的选择,在迄今的生涯中已是屡见不鲜了。在来日无多的残生中,像这样的临时决定或许还会不断出现……

车子已经来到隧道前的下坡道,古义人对罗兹说:

"织田医生是想要决定晚年的生活方式,今后我们出门说话时,必须慎重呀。"

"……我认为,古义人也在经常考虑,自己已经面向人生以及写作的最后阶段。我不喜欢'最后的小说'这句话,不过,那是古义人你的固定观念吗?与此相对应的,或许就是有关'童子'的小说吧?昨天晚上,回到三岛神社以后,我和真木彦争吵起来。本来,真木彦是为我与织田先生过于亲密而感到不愉快的,后来却说,尽管在协助古义人进行关于'童子'的研究,可是'童子'小说该不是一场'做不完的梦'吧?于是我们就争吵起来,他今天拒绝开车的真正原因,就是因为那场争吵。

"刚开始的时候呀,我和真木彦对这句惯用语的理解有不一致的地方。真木彦认为,他使用的这句惯用语的语意应为'在现实中不可能实现的梦'。而我则觉得,如果他这样认为,那也是理所当然的,这是一种通俗的表现。

"我是这么考虑的。一旦坠入这个梦境,就将进入循环运动,能够永远而持续地梦见梦中的景物。大致就是这种意义……倘若能在小说里创造出这样一个世界,那该多么了不起啊!永远读不完的《堂吉诃德》,是多么了不起啊!"

"……说起梦来呀,就像你也知道的那样,在开头部分反复推敲,尝试各种写法,便遇上了这样的梦境。那一天,我在梦中发现自己的'童子'小说写得比较顺利,已经写到了相当长的长度。虽说做了这样的梦,也许确如真木彦所说的那样,写完这小说却是一个'做不完的梦'……"

罗兹沉默不语。从侧面看过去,她的脸上确切无误地显现出对老作家的怜悯之情,透过与古义人相对的那侧车窗,看着窗外葱茏茂密、沾满尘埃的夏日里的森林。

古义人一行乘坐的蓝色箱型小客车下坡行驶到与浅浅的河川相当的高度时,弯弯曲曲的上坡路便出现在眼前。向下望去,竟来到意外深邃的溪谷边沿。存在于遥远的记忆之中的外祖父那幢三层楼的温泉旅馆已成为废屋,在其背后,群生着形似神社周围的树丛一般高大的阔叶树。经过彻底整理,那里已被修建成颇有进深的停车场。在停车场入口处的建筑物前,阿动刚刚停下箱型小客车,年轻人便如同亲密朋友一般从阿动手里接过了汽车。古义人一行站立在路边，眺望着深深溪谷对面的、北侧斜坡上的景致。

"Lovely, just lovely!"①罗兹发出了感叹之声，那映出绒毛光亮的前额震颤着。

古义人也感觉到，Lovely 这种表述是准确的。在少年时代那个特别的日子里看到的景致，后来就一成不变地存留在了记忆里，那是在阴暗、险峻的山腰上开拓出来的一块长方形处所。从这一边走下陡峭的斜坡，直到溪谷岸边那条弯弯曲曲的路径，恍若通往异界的道路一般。那里正在砍伐树木，平整土地，修造坡道平缓的道路。从道路的中间处开始，用铁道问世不久的欧洲铁桥样式——如此说来，停车场的办公室也如同小小的车站一般——坚固地修造起来的道路，已经向前延伸了大约五十米。

在对面的尽头，一座虽然只有三层，其整体却显得沉稳、溜圆的建筑物已经完工。建筑物与桥梁相连接，其正面竖立着一列圆柱。田部夫人正站立在圆柱之间，两旁则站着两个正仰视着这边的老人。这两位老人里，一人姿势优雅，另一人的脑袋则仿佛被压进了狭窄的肩膀之中。

阿动正与停好车后赶来这里的年轻人说着什么，古义人和罗兹对他示意两人将先行之后，便下坡往桥那边而去。行进间，仍在环顾对岸的古义人感受到一个新的印象，那就是直到远比修炼道场那一带高得多的棱线，加上其左右两侧也都经过扩展和开垦，种植了培育草坪的矮草，使得丘陵在总体上呈现出女性般的印象。被如此拓整过的斜坡上半部，排列着两组包括小别墅在内的组合单元，它们之间隔开一段距离，将它们连接起来的道路已经铺好。

---

① 原文为英语，意为美丽、可爱、令人愉快。

田部夫人满面微笑地迎接着古义人和罗兹，还有从后面慢慢赶上来的阿动。在度假村主体建筑东面、能够眺望到连接组合单元的散步路全貌的位置，有一间咖啡店。在田部夫人的引领下，古义人一行走向那里，阿动则往站在尚未营业的账房里的四五个身穿制服的年轻人那边走去。挥发性涂料的气味过于强烈姑且不论，里面阴森森、冷飕飕的，被周围的蝉鸣包裹了起来。

"样子完全变了吧？"田部夫人开口问道，"建筑物自不待言，就连周围的森林也……"

"地形本身，我觉得完全像是在别的地方。"

"在西边的尽头，从最高的地方通向湿洼地的场所……从这里可看不到……修建了'森林音乐厅'。请建筑家先生进行了计算，要让那些上了年岁的人步行登上去时，感觉不到过重的体力负担。尽管如此，由于坡度过大，您看，在那些有台阶的地方，两侧不是有一些鼓出来的、像是镶了边一样的东西吗？那里是供轮椅上下用的。打算请当地的年轻人，来这里进行具有志愿性质的临时工作。

"由于修炼道场的缘故，奥濑的年轻人好像通常都愿意从事把锻炼身体与工作结合起来的打工。"

"包括这些调研在内，准备工作在实实在在地向前推进着。"织田医生说道，"真是佩服！这样一来，秋天开业也不是不可能吧？"

黑野开口说话了，说话的样子与织田医生那富有张力的声音形成了鲜明对照。

"顾客的动员工作进行得顺利吗……还有这个问题呢。"

"因为是度假村行业，最重要的是要让各个方面都能有人光顾……较之于刚才所说的顾客的动员工作，我更是在考虑松山迄今为止不曾有过的新型度假村的经营，以及新客源的开发。并不只是浸泡在温泉之中，然后就是喝酒、吃饭、睡觉，而是着手举办那种可以持久的文化活动。在这些方面,一直有幸得到黑野先生的积极协助……"

"黑野先生负有不断进行实际准备的责任,因此不会轻易说出那些乐观的意见。而我,请你们开设诊疗室,由我来负责健康咨询。同时,我也是一个对这家度假村的新设想产生共鸣的顾客。首先,我是从这个角度开始抱有好感的。"

田部夫人摘下产自法国卡地亚的墨镜,将火辣辣的眼睛转向古义人说道:

"也是因为曾与长江先生和罗兹小姐商议的缘故吧,我们请织田医生从九月中旬开始过来。这真是值得庆幸的事呀。"

这时,首先迎上阿动的那几个年轻人,换上度假村的制服送来了盒饭。黑野从纸箱中取出矿泉水仔细端详着:

"没带葡萄酒来吗?小瓶装的也行呀。"他质问道,"尤其是为了客人……"

"在大白天里,古义人和我都不需要酒精类饮料。"罗兹说。

"我也是如此。"织田医生应声说道。于是,田部夫人劝解道:

"请为黑野先生取一瓶他喜欢的法国波尔产葡萄酒来!不要说小瓶装之类的话……"

4

撤下盒饭后,除了黑野之外,其他人都在饮用咖啡,是罗兹曾从田部夫人那里收到的礼品——也就是饭店特制的、自己所喜欢的那种混合型咖啡,罗兹因而再次夸赞了咖啡的美味。黑野将剩余三分之一威士忌的酒瓶放在了自己面前。进餐时就开始的有关古义人小说的谈论这时出现了意外,起因是织田医生和田部夫人一致认为,较

之于近作,还是初期作品更好一些,对于这种概而言之、随处可闻的通说,黑野提出了质疑:

"作为相同年岁的人替代自己写下的小说,咱读过你的小说,觉得还是初期的短篇小说中难以忘怀的作品更多一些。

"可是,事隔一段时间,当咱想再度阅读长江君的作品时,就从田部夫人那里借来了几本。读了她并没有推崇和称赞的这些近作,倒是很有意思。对于长江君晚年的想法,咱深有同感。而且,就好像对同年级那些不成熟的小说家所写的作品感到同感一样……咱在想,这就是和咱生活在同一时代的、上了年岁的人所写的作品。"

但是,当黑野举起田部夫人从旁为他斟上的酒杯时,仍然不忘要对古义人说上一番:

"然而,在最近十来年的小说中,你一直在引用你自己以往的小说吧?对此,咱大不以为然。大部分读者不也感到索然无味吗?!"

"引用?对于长江先生以前创作的作品,我并没有全部阅读,因此,如果得到可以参考的资料,那就太好了。

"而且,作为一般论而言,引用难道不是必要的吗?我拜访了长江先生的府上,因此而学到很多东西。其中之一,就是重新阅读至今仍存留于内心里的作品,并做好随时能够引用的准备。如果不能进行正确的引用,就无法拥有具体说服别人的力量。我非常清楚地了解这一点。

"于是,从昨天早晨开始,我就开始了行动。罗兹小姐,我选择的是本雅明①。当我赶到大街道的书店一看,说是假如我订购的话,日后可以给我送来……

---

① 本雅明(Walter Benjamin,1892—1940),德国思想家、批评家和哲学家,著有《历史哲学论纲》《歌德的亲和力》和《德国悲剧的起源》等。

"虽然如此,我还是坚持不懈地四处寻找,终于找到一册文库本。以前也曾读过这本书,于是我就从确认自己的记忆开始,再挑出一些想要引用的内容……"

织田医生那张血色良好的面庞上浮现着微笑。前天,罗兹曾将其称之为"仪表堂堂的骑士风度"①。医生继续说道:

"罗兹小姐,我可要向你学习笔记的记录方法和引用方法啊。能做一个示范吗?"

黑野这次抿一口自己斟上的红葡萄酒,显出对提案不感兴趣的表情。可是医生并不介意,开始大声朗读起笔记来:

> 在斯托葛②的伦理之中……比如,据马克斯·阿乌莱利乌斯③说,作为人生伦理的生活方式,必须"犹如最后之日来临一般"生活在每一天里。临终之人会一举将自己生涯中的所有经验,在转瞬间无一遗漏地再现于眼前,并赋予各个事件和经验以意义,或予以理解之,如此与所有事物进行和解。这既是临终之时对自己所有经验的"引用",也是在"使其充分发挥"作用。

罗兹向古义人招呼道:

"你现在所干的一切,不正是这样的吗?"

"我想,自己还没有进入临终阶段吧。"

"你不是已经引用了吗?如同引用了一样。"

喝了葡萄酒的黑野像是要炫耀自己并没有醉酒似的说道:

"就说我国吧,宣长④也曾说过呀。咱呀,和那些老兄一样,有时

---

① 原文为英语 gallant。
② 古希腊哲学的一个流派,创立于公元前四世纪,提倡禁欲主义。
③ 马克斯·阿乌莱利乌斯(Marcus Aurelius Antoninus,121—180),罗马皇帝(在位161—180),五贤帝之一,作为斯托葛派哲学者著有《自省录》。
④ 本居宣长(1730—1801),江户中期的国学者、歌人。

也在考虑临终之时的态度呢。"

像是要与黑野的高声说话进行较量似的,织田医生把头挨近罗兹,他这样说道:

"秋天我要回到这里来。在大学里曾经学习过德语,所以,我想重新解读①本雅明,发现自己迄今经验中的所有意义,并如此与所有事物进行和解。"

黑野尽管时时以自我为中心,可酩酊大醉中似乎也含有懦弱的成分,一旦感到自己被漠视,便换上迎合对手的姿态。在相对于织田医生的另一侧,他也把头挨近罗兹,说了这么一番话:

"'苍老的日本之会'呀,就是向怀有这种想法的老人们提供集会场所的。织田医生不仅是度假村的医学顾问,还被委以'苍老的日本之会'的班长呢!

"长江君,咱对你呀,不只是指望你作为特聘讲师来挣上几个小钱,而是希望咱们'年轻的日本之会'还活着的人,在寂寞时相互勉励,要'犹如最后之日来临一般'呀!

"田部夫人,今天的聚会竟是一个收到意外成果的聚会!"

"能听到大家这样说,我感到非常高兴。不过,还有很多预定中的事情。黑野先生,请您到里面那间休息室小憩一下。现在,我要陪客人们去参观'森林音乐厅'。大家刚刚吃过饭,往上一直走到那里,这可真是严峻的考验。终究还是上了年岁嘛。"

5

攀上斜坡大约一半路程时,终于开始看到被围拥在日本七叶树、

---

① 此处原为英语 re-reading。

山毛榉、栎树以及粗齿栎树丛中的"森林音乐厅"。这些树都是一些巨树,却因为向湿洼地那边沉陷下去的地形,使得这些树木没有一株挺拔、笔直,树丛也因此而显得混沌不清。建筑物犹如一块厚实的混凝土盖子,恰好盖在像是被挖掘出来的巨大的地下壕沟之上。健步走在前面的织田医生与大家拉开了距离,已经走近那座建筑物。

"就是这!"他大声喊叫起来,使得紧随其后的古义人不由得回头看着往上攀登的田部夫人。

及至攀到可以从正面看清建筑物的高度时,纷乱交错、枝叶芜杂的阔叶林好像围拥了上来,抬头望去,湛蓝的天际竟然不见一丝云彩。山风虽然凉爽,阳光却也强烈,几个年轻人撑着像是大遮阳伞花纹的阳伞,分别跟随在田部夫人和罗兹的身后登上山来。罗兹穿着紧身短腿裤,上身则是无袖背心。田部夫人着用的是缀满衣褶的无袖开怀敞领上衣,以及一条颜色往底摆越发深浓下去的长裙,她用一只手提着裙裾走了过来。

"新建造的大学附属医院,大致也都是后现代主义的建筑。如同恐龙一般的建筑物存活下来了。"

织田医生还是麻布套装加巴拿马帽,一身正规礼服装扮,相较于把原本穿在 T 恤衫外面的长袖衬衫缠在腰上的古义人,医生早已经大汗淋漓了。或许也是因为这份烦躁吧,他才没能抑制住那话中带刺的批评。

"哎呀,确实,就是这儿!"在那几位被阳伞保护着的女性走上已浇注了混凝土的门廊前,古义人这样简单地回答说。

罗兹的面庞变得鲜红,额头上浮现出了汗珠,充满嘲讽的口吻比起织田医生来毫不逊色:

"再加上白马和老鹰,简直就是公爵夫人的林中狩猎了!"

唯有田部夫人非常从容,对古义人他们说是要犒劳一番:

"已经让他们把冷饮给送过来。毕竟还是够呛吧。"

两个年轻人提着坚固得近似夸张的冷饮箱,把大家引往音乐厅。音乐厅内倒是出人意料地凉爽,大约两百个席位呈擂钵状平缓地排列着,在其底部的顶端,便是低矮的舞台了。一个汗流浃背、散发出体臭的年轻人打开冷饮箱的箱盖,让坐在面向舞台的前排座席上的那些人挑选饮料罐。另一人则捧着叠置成长条的、犹如白色的笏一般的发泡苯乙烯大杯子,并一个个地拔下来递给大家。

古义人喝着产自法国南部的冰镇矿泉水,同时想要确认自己承担座谈会讲师时的音响效果,便来到了最后一排。从窗边往外看去,为建筑物带来阴凉的、色泽枯暗的老树干以及茂密的常春藤遮住了视野。在那个窗边,织田医生正用情绪已经好转了的声调和罗兹说话。从音响效果来看,即便没有麦克风也是可以授课的。

织田医生也向田部夫人提出了自己的疑问:假如一直放置在这个音乐厅内,钢琴会受到湿气的影响吗?田部夫人便站起身来,登上舞台打开了钢琴盖,试着弹了几个和弦。然后,她调好椅子和自己的坐姿,罗兹也靠在椅背上,将腰身舒展开来。尽管如此,对于随后发生的事情,古义人还是丝毫没有做好精神准备。

然而,田部夫人冷不防地——古义人如此感觉到——开始弹奏《月光奏鸣曲》!最初阶段,古义人为之目瞪口呆,诧异地感受着田部夫人非常迟缓的节拍,认为这是在弹奏前奏。倘若这个女人随后就夸张地开始弹奏第三乐章……那激情的快速演奏的话?!古义人感到一阵令人目眩的愤怒向自己袭来。

古义人站起身来,推开甬道尽头的沉重门扉,经由狭小的休息室走出门廊。虽然刚才待在音乐厅内的时间比较短暂,可正被阳光照射着的斜坡却好像在散发着白热一般,这其中既带有愤怒,也因为目眩。

古义人闭上了眼睛，却仍然粗重地呼吸着。在他的身后，第一乐章还有一段时间才能结束。他眯缝起眼睛，凭借直觉往外走，横穿过铺着草坪的斜坡后，便来到樱花、多花狗木以及山茶花叶簇翠叠的地方。早年，那里曾是修炼道场总部的建筑。那时，古义人当然能够说出正绽放着八重樱的樱花名，还向美军语言学军官解说了刚刚绽出赭色新芽的花石榴。于是，吾良既像是带着孩子般的夸耀，又像是成年人一般开玩笑似的要去浇水……

古义人穿过红砖铺就的道路继续往坡下而去，在一株魁梧的樱花老树的树荫下，只见黑野正坐在轮椅上。

"被这个说是从什么艺术大学毕业的人物当面用贝多芬搞了一下吧……"

在这次相隔十多年的重逢期间，黑野的声音第一次引发了亲密的同感。这时，从舞台一侧面向树林敞开的窗子里，传来了第二乐章的乐曲。

"往这里攀爬的那一路上，喉咙渴了，就让小年轻下山去找点儿冰镇啤酒什么的送来。你好像受了惊吓，就给解释一下吧……早在读大学那阵子，你可就显出过这种眼神。可也没因此而认为你是个天真的家伙……

"你来得正好，不一起聊聊吗？或许，你已经从织田君那里听说了……说起来，还是初衷不改。打算首先着手的，就是把多年来的构思写出来。也是因为还有这个能力。这种工作，假如实际开了头，还是有一些时间的。

"先前，刚开始吃午饭的时候，田部女士，这可是一个不愿浪费时间的女人，不是立刻就说起关于座谈会的事了吗？现在也是，从她的钢琴演奏中可以感受到那种迟钝感，当当、当当！你该不会因为协商工作还没进展到那个程度而感到不愉快吧？

"总之,就咱自身而言,还是打算使自己的退休生活,或者半退休生活与文化策划活动两全其美的,反正咱也不忙。织田君也对这个想法有兴趣。那人呀,可是世界级别的内科医生……

"你搬到这里来,未必就很舒适吧?罗兹和真木彦一旦结婚,就连照顾阿亮君吃饭都会有麻烦吧?

"……细细想来,咱的人生可谓波澜万丈。从你的角度看,会认为咱走了很大的弯路,可是……大致说来,却也有一些你无法体验的乐趣。真正体验过乐趣的,嗯,有芦原君、蟹行君,还应该加上咱吧……

"总之,人的一生啊,临近结束时进行清算的话,好像是要设法让收支平衡。就拿咱来说吧,为了今后要写的那部长篇,就走了很长一段弯路嘛。如果认为这与长江君和阿亮共度生涯相类似的话,那倒是很有意思。"

早在年轻时古义人也曾觉察到,黑野深邃的眼中溢满女性般的浓浓柔情,那张疲惫了的山羊似的面庞,怎么说也算是美男子型的。

"……咱是要重新写小说的,关于这件事本身,咱不会征求你的意见。倒也不是如同织田君所说的那样:向世界级的长江征询建议恐怕很困难吧。咱只是接着干以往就想干的事情而已。

"只有一件事,想向你讨教讨教。不是把你看作研究法国文学的专家,而是当作普通的爱读书的人,想听听你的意见。也是想作为开始写小说的起跳板吧,咱打算阅读萨德①。咱之所以想要写小说,是在考虑把萨德这个话引子导入这个国家里来。现在没有了当学生那阵子的闲暇,就想重新阅读翻译文本……就现阶段的研究水准而

---

① 萨德(Marquis de Sade,1740—1814),法国情色作家,出身于贵族世家,一生中因写作情色作品而多次坐牢,《索多玛一百二十天》即于巴士底狱写成。

言,有没有好的翻译文本?"

"我认为,岩波文库的《朱丝蒂娜或美德的不幸》不错。是远比我们年轻的人的心血之作。"

"最能反映萨德特质的部分,被完整翻译出来了吗?也就是说,没有因惧怕禁止发行而做暧昧处理吧?"

"朱丝蒂娜,也就是美德的姑娘,经历了种种磨难。在那过程中,即便她的身体……伤口啦,奇怪的训练留下的伤疤啦,遭受了可怕的磨难。那些道德败坏的天之骄子看着这些伤痕,一一评头论足,以此取乐。你说的就是这些情节吧。和朱丝蒂娜在一起的其他姑娘,长年被鞭子抽打的屁股都已经硬邦邦的了。那里正在剥落的樱树的树皮开始发硬了,我想,大致就是那种感觉吧。"

"咱与你可不一样,没有那些对树木的爱。翻译文本中没有更为色情的、萨德式的描写?"

"与那个硬邦邦的屁股相对应的,还是朱丝蒂娜那张白花花、紧绷绷的屁股吧。还有一处,就是以调教了朱丝蒂娜而自矜的那个恶棍,能够把拢起五指的手掌轻松地出入,并且是在器官的前后处。"

田部夫人从草坪上悄悄走过来,向古义人和黑野各递上一支小瓶装矿泉水,继而用交集着撒娇和批评的语调说道:

"长江先生,下次请不要再从钢琴奏鸣曲中逃走。我可要指派人去守门了……不过,即便像先生这样的大人物,也只是一个男人呀,说了非常过分的话呢!"

第十七章　"自己的树"的规则

1

"长江先生为了西乡先生爱犬的事来我家时,我父亲好像想对您说一些事,"香芽说,"却错过了说话的机会。是关于您发表在报纸上的文章……"

"说是对'密封舱中的灵魂'这篇随笔深为赞许。"阿动接过话头。

"这个标题,我觉得不像是我的风格。"古义人应道。

"不是书,听说是发表在报纸上的。标题可能是记者加上去的。父亲突然去世了,却说起了那样的事,我觉得非常稀奇……"

"那是一篇什么样的随笔啊?现在呀,与其说我的记忆力容量有限,不如说用于记忆的能量本身开始衰弱了。"

像是事先经过商量,阿动随即把两人听来的内容作了说明:

"我想,大概是有了什么预感吧,他说起了你写的那篇关于死亡的文章。就是肉体被焚烧之后,灵魂就被封闭在小小的密封舱里,浮游在宇宙空间……"

"当我问道,那么小的密封舱是如何使其飞往宇宙空间去的呢?

父亲当时正在喝酒,就用自己的手指比画着说,端着的这个酒杯的周围也是宇宙空间呀,说的该不是这个意思吧?⋯⋯"

"文章里说,灵魂结成小小的团块,在飘浮的同时,也在郁暗的气氛中后悔⋯⋯

"在这一过程中,灵魂那小小的团块发生质变,纷纷散落而下。于是,灵魂就连后悔功能也丧失掉了,密封舱就只相当于一个浮游着的空荡荡的容器而已⋯⋯

"她父亲说,对于'在宇宙空间里,飘浮着无数这样的容器'这句总结,他深有同感。"

"⋯⋯我呀,仔细回忆并思考了你们所说的内容,十四五岁时的志贺君的面容便浮现在了脑海里。实际上,这与我们将要讨论的问题并没有什么关系,可是⋯⋯"

香芽和阿动温顺地倾听着古义人的叙述,可一旁的罗兹却听不进去。上次造访正在筹备的度假村时,她的皮肤被阳光灼得通红。她有一种本能,就是想要教育那些年轻人,比如在这样的时刻——为了对古义人参加父亲的丧礼并进行吊唁一事表示感谢,香芽在阿动陪同下前来致意——就不能不发表一通充满教育意义的高论:

"我认为,你们刚才归纳的东西,并不像是古义人惯常的思维。因为,古义人关于死亡的想象基本都是悲观的。

"古义人从祖母以及母亲那里听说并接受了'自己的树'的影响。你们所说的内容,与'自己的树'的思维相矛盾。小香芽,阿动,你们都知道写下这个传说的文章吧?"

"知道。"

"我也读了,在阿动的推荐下⋯⋯"

"我想请古义人自己把这事归纳一下。"罗兹说,"因为,我想从这个传说展开今天的话题。"

"在这块土地上出生和死去的那些人,在森林里都拥有属于各自的'自己的树'……当这个人死去时,灵魂便离开肉体,呈螺旋状升空并飞向山谷里甕形的空间。然后,就停留在'自己的树'的树根处……在日语中,也叫作树根儿。罗兹,这其中存在着微妙的差异……经过一段时间以后,再度描画出螺旋形,从甕形的空间飞降而下,进入刚刚出生的婴儿体内。给我讲述了这个传说以后,我受到了教育……总之,就这么接受了这个传说。"

"这与小香芽已经去世的父亲所体验到的感动,是不一样的吧?较之于积攒起鱼子渣滓般空洞的密封舱,这个传说更能给人们带来鼓舞。从阿婆那里,还听说了有关在'自己的树'下,孩子时候的自己有时会遇见上了年岁的自己吧?"

"是那样的。我被那个传说迷住后,还试着模仿了一回。进入森林,选择其中一棵树。恰好遇见现在这个年岁的、老年的我归来。孩子的我于是就见上了老年的我。

"用现在的我的语言,来说当时的空想……也加上其后联系起来考虑的事情……老年的我呀,该说是人的智慧呢,还是智慧之达成呢?我知道,唯有那很小的部分是自己所能做到的。在痛切的想象之中,我自觉到了这一点。好像我还曾考虑过,孩子的我也曾是这样的吧?因为,少年有过一个梦,那就是希望自己在更高的层次上完成智慧之达成。

"可是老人呀,却不能对少年说,你面前的这个老年的我,也就是你五十年后的模样。他不能这么说,因为这是'自己的树'的规则……"

古义人说完之后,大家仍然沉默不语。随后,罗兹开口说道:

"古义人,我在考虑一个计划。我认为现在实行这个计划比较合适。因为,这对于小香芽是一个特别的机会。在座的各位,阿动、小香芽,还有我和古义人……阿亮进入森林会比较困难……就在你的'自己的树'下话说这个传说吧!"

"可我并不知道我的那株'自己的树'在哪里呀。"

"那也没关系!古义人,你可是一个想象力非常丰富的人啊,就像孩童时代曾经做过的那样,现在就请你想象出'自己的树'吧。

"在此前的野游中,由于真木彦是一个宽容孩子的人,少年们的玩笑便开过了头。真木彦本身也有做过了头的地方。演戏般的演出岂止是孩子式的幼稚,还出现了猥亵的场面。在小香芽的提问里,我觉得也有一些问题。不过,大家并没有不认真。我认为,存在着唤起那个集体的力量。

"现在,古义人如果没有选择新树的心情的话,就以那株大连香树为'自己的树'吧。在那株连香树下,重新倾听古义人的讲述吧。"

"堂吉诃德在森林里和谁长时间说话时,他基本都是沉默的听者。"

说完之后,古义人便犹豫起来。但是,罗兹自不待言,就连阿动也是跃跃欲试。现在,香芽尤其信赖阿动,而阿动似乎也在响应着这种期待。

"我认为,古义人先生假如能在'自己的树'下讲述传说,其本身就是在从事'童子'之事。那也是我曾推荐给香芽阅读的书,古义人先生在书中不是写过'从事灵魂之事'吗?我在这里所说的,就是这个意义上的从事。"

2

少年时代的古义人对何时开始这句表述感到含混,便相信自己人生关头会在某个何时①到来。作为身处人生关头此侧的人,自我认识总是这样的:自己早已被古义抛到了后面,是个没能成为"童子"的人。尽管如此,之所以还要活下去,是相信何时一切全都改变的那一天必定到来……

与古义分别的回忆,连细节都鲜活地保存下来了。另一方面,有时也认为那只是一个梦。不过,确信自己的人生中镌刻着转折点这一信念,却是从不曾动摇丝毫。正因为拥有这个信念,无论在战争期间的国民学校,还是在战争结束后的新制中学,自己都能抗拒教师们明目张胆的侮辱。来自村外的那些教师们曾说,如此偏僻之地的孩子是不可能与都市里的人共同工作的。唯有母亲,敢于反过来蔑视说这些话的外地教师以及本地出身的那些懦弱的教师。

少年时代的古义人,倘若使用其后学会的语言进行表述的话,就是切身体会到了森林中的山谷是"周边"。尽管如此,少年仍在考虑,自己终究要离开这里,一直前往世界的彼侧。这个抱负与鼓励他掌握学问的母亲的想法——她希望古义人读完大学后,还回到这块土地上来——可是大相径庭。

进入东京大学后不久,不知什么缘故,在法国文学研究室书架上新到的文化人类学的薄书中,古义人读了——根据当时的语言能力,不如说他看了——部落的年轻人为成为合格成员需要通过的一种仪式。这本书收入了热带雨林的部落仪式的照片。第一张拍摄了一个年岁尚小的年轻人,虽然越发临近的仪式使他感到紧张,可一旦转向照相机,他便忍不住要笑出来。

接下来的照片,清晰显现出仪式之后对灵魂总体进行苦行考验时,肉体被打翻在地后留下的痕迹。在圆圆的大眼睛周围,泛着光泽

---

① 在日语中,何时开始(itsukara)与何时(itsuka)的发音相近。

的皮肤上沾着白色的尘土……

二十岁的古义人颤抖着,他在想,此人即便完成了这个仪式却仍然残存着孩子的成分,可这种理应在幼小时完成的仪式,自己却还没有办完。而古义则早已在森林中完成了。

在战争末期,因有悖于国民总动员的精神而遭废止的地方独特的祭祀活动,除了盂兰盆舞蹈外,战争结束之后也未能恢复。就是"御灵"大游行,也是在很久以后,因为外来之人的斡旋才得以恢复。

在十岁到十五六岁那个时期,古义人常为自己未能经历在森林高处举行的那种仪式而感到遗憾。尤其让古义人感到不安的,是始终没有恢复从山谷里往"自己的树"的树根处奉送灵魂的传统活动。那时候,孩子们两人一对,在深夜里点着蜡烛向山上攀缘。古义人只在小说里再现过那种"童子之萤"。

虽然古义人对罗兹的提案没有很大兴趣,但内心里的热切渴望却逐渐高涨起来。这次野游将要去的那株连香树,自己的灵魂或许果真就寄宿在那树的根部?这个尝试即或只是罗兹策划的戏剧,只要能够坐在那株连香树之下,咱就认真地说上一番吧。

细说起来,自己只把讲述梦境或故事作为"人生的习惯",在如此步入老境之前,不就一直这么生活过来的吗?

3

罗兹制定了一个具体方案:经过"涌出之水"后一直攀上巨大的连香树所在地,在那里一直讲述到黄昏时分再往回返。最近这段时间每天都有雷阵雨,如果提前下雨就支起帐篷躲避,不过,估计会在下午六时至七时、晴和寂静的林子里薄暮时分下雨吧。倘若从一大早就下雨,那就干脆因下雨而放弃计划。罗兹兴冲冲地说,那是美国的中学里惯常的做法。关于帐篷,早在罗兹驾驶蓝色箱型小客车来到真木町时,就堆放在平展的车顶棚上了,阿动承担了将这帐篷背进森林的任务。

古义人刚刚表示也想请真木彦同去野游,罗兹就回答说"我自己,不情愿①"。他制定了一个年长者座谈会开幕的计划,要包租大客车把听众送至奥濑。为此,他正作为古义人和罗兹的代理人,不时出门前往道后。

但是,罗兹却对邀请真木彦参加野游没有热情。在她的表情中,没有流露出任何东西来。最近这段时间,前来十铺席时,罗兹全然没有提到过真木彦,倒像刚来这个地方的那个时候,只是记录中学生们所做调查的结果,对于每天的行动计划中的细微之处,则委托阿动帮助处理。

古义人对亚沙说,罗兹和真木彦之间的进展似乎并不顺利,是否可以委婉询问一下?可是,亚沙的性格及其因罗兹性格而引发的个性因素之中,都有难以说得清楚的地方,事情也就成了现在这个模样。在挂给罗兹的电话里,亚沙大致叙说了古义人对罗兹和真木彦可能产生矛盾而感到的担心。罗兹回答亚沙说,那么明天就向古义人解释不邀请真木彦参加这次森林之游的原因。然后她继续说,不过在现阶段,还不想对古义人细说自己和真木彦的共同生活。

第二天,罗兹一如前约地说了起来:

"真木彦对'童子'的传说具有非同寻常的兴趣。把连香树作为舞台,让少年们那样疯闹,也是真木彦就'童子'的传说展开调查,并参考常见的文献资料后而安排的。只是他无法预料,当地孩子们开始演出这样的戏剧后会出现什么样的反应。

---

① 原文为英语 reluctant。

"没有出现很多偏离。我认为真木彦的研究方向是准确的,对我的研究论文也是有帮助的。

"但是,真木彦还在关注着另一件事,借用古义人对我们谈及该话题时的说法,就是**那事儿**。五十年前,古义人和吾良乘坐占领军的汽车,前往曾是古义人父亲之弟子的那些国家主义者所在的修炼道场。在那里,古义人和吾良都遭了殃,就是刚才提到的**那事儿**。其实,古义人也好,吾良也罢,后来一直都不知道当时还很年轻的语言学军官皮特究竟怎样了。我相信古义人所说的'不知道皮特后来的情况'。我也知道,正是这个不明之事本身,才是古义人的苦恼之所在。我还知道,吾良的自杀与此相关联,使得古义人增添了新的苦恼。

"……真木彦对那事儿很感兴趣。而且,他的兴趣异乎寻常地强烈。让古义人受到惊吓而导致重伤的那个美国兵'御灵'之事也是如此,这样你就明白了吧?

"真木彦的调查进展顺利,他收集到的事例表明,在这座大森林的两侧,也就是在真木町和奥濑,都有关于那个腿脚被打烂后仍想要逃出去,最终却被杀害了的美国兵的传说。真木彦之所以与奥濑度假村的年轻人过从甚密,其中一个原因,就是为了进行这个调查。

"在这次森林野游中,古义人不是要作为老年的自我回到'自己的树'下,面对孩子的自我进行谈话吗?要对虚幻的孩子坦率地说,这就是自己的人生吗?我不想让真木彦参加到这其中来。这是因为你时常不抱任何防备……

"古义人,在那种时候,我曾想起一部B级心理惊险电影,说的是男主人公在意识上并不知道自己已经犯了罪,却受无意识的牵累而痛苦不堪。为了不使自己毁灭掉,尽管完全没有方向,却还是进行侦察,以便将自己追逼至并不是最糟的自白……

"不过,古义人假如围绕那事儿进行自白的话,不是连已经自杀了的吾良也要被卷进来吗?你觉得千樫会允许你把污名套在吾良身上吗?

"即便那个人真的被杀了,你们充其量也只是尚未成年的从犯。而且,已经超过了诉讼时效!"

4

野游那天上午,罗兹和香芽来到十铺席制作三明治,香芽另外带来自己烤制的小甜饼,阿亮和承担看家任务的亚沙则送来了大量醋鱼饭团。

出发之际,亚沙带来了年轻时的母亲与孩童时的古义人前去砍伐水亚木前,在清晨举行仪式时所用的打火石,大家举行了相同的仪式。

离开十铺席出发的时候,阳光被遮在漫天的卷云之上,当行进到由于连日雷阵雨而水量充沛的"涌出之水"那里时,已是万里无云了。在此之前,从下面仰视上去,只见山崖顶端的连香树丛与深处其他繁茂的植被相拥相连。但跟随在阿动身后,从左侧绕到连香树的树根那边一看,却是一片比较宽阔的草原。连香树竟覆盖了草原大约一半的面积,树上的绿叶重重叠叠,就连透过的光亮也浓淡不匀却又轮廓分明地扩展开来。

即便行走在陡急的上坡路期间,罗兹好像也一直留神着树木的高处。刚在平地里安顿下来,她便又指着四处的槲树,说是自己喜欢那种树。在树木如此高大的树林中,树梢上那些叶小却很繁茂的大体都是槲树,在秋日里,很远就能看见树上挂着的红色果实。一到冬天,四周的树都落叶飘零的时候,唯有它还葱绿依然。自己就是这个国家文化领域里的榭树,因此,一定要做出相应的努力。

香芽噘起嘴来,脸上现出一副不屑的神情。古义人不由得开始同情不知不觉露出教育癖来的罗兹,从生长在岩石上的连香树树丛根部往下面的草原送下行李后,便将最初的话语与罗兹所说的话连接起来:

"我去北海道的东京大学教学实习林那阵子,每当对有关榭树的问题不甚理解时,就向那里的专家请教。北方树林里的外来树种大多惧怕严寒的淫威,从而选择大雪覆盖的地方生根。不过,即便是外来树种,也只有榭树才会生长在树木的高处。我就会因此而泛起'那是为什么呢?'之类的疑问……

"我之所以去东京大学教学实习林,是为了确认外祖父早期前去实习之际写下的日志。这一带的'森林施业',好像就是把从那里学来的技术细加实践的结果。在听实习林中老资格的人谈话时,就曾多次听到外祖父日志中的专业用语。

"在那群连香树的中央,不是有一株已经枯死腐朽了吗?在它的树干枯干之前很久,就作为'过热老龄树'而在那里了。外祖父在记录学到的知识时,曾这样写着:在树木的生长过程中,要在其即将达到'极盛相'之前就予以砍伐,这对于木材生产是必需的。"

对古义人外祖父并不关心——因为与阿婆不同,外祖父并没有出现在小说里——的罗兹,看样子不希望将时间耗费在这个没有意义的话题上,她想让阿动和香芽尽快把注意力转到野游的主题上来。

"我认为,选择这些连香树为古义人'自己的树'是正确的。我想要说的不是这棵树,而是这些树,即便用我这样的日语进行表述,也能听出这个语意来吧?

"我觉得呀,在这些连香树中,有一棵是古义人的,另一棵是妈妈的,父亲和阿婆也都拥有自己的那棵树。这些树是古义人的家族之树。不过,与 Family tree① 这个词组的语意还是不同的……仔细看过去,不是还有阿亮的树吗?"

"树群中央那株枯死的树,是象征着我的家族之树中有一株已经消亡了吗?我们尤其需要考虑'自己的树'的消亡问题。"

"那株枯树的周围,有四五株树正在成长,再小一些的苗木就更多了。"阿动说道。

"在关于'自己的树'的思考中,不是没有树本身的消亡这个视点吗?我认为,唯有'自己的树'的构思才是当地的传承,而浮游在宇宙空间的那种发白的渣滓的形象,则是个人性的东西。那也是古义人个人的……"

古义人开始叙说起来:

"现在,我在这里就要邂逅六十年前的、还是孩童的自己。我想对他说,孩童的你所感觉到的……也是我还记得的……是与头脑核心麻痹一般的恐惧不同的另一种东西,那就是老年的我所感觉到的死亡。

"这是我在中年时期就已经想到的、在死亡来临时将其让过去的方法。当那个时刻终于来临时,就因疼痛和不安而哭喊……假如疼痛并不那么强烈的话,就做出一副哭喊的模样,以便把这个最为恐怖的时刻给度过去……因为经过这么一番折腾,自己也就会死过去了……

"这与后来的……也是以前一直想象的情景,一旦回到'自己的树'的树根处,就在那里定居下来,希望把自己所连接着的所有祖先的过去时间,全都当作自己的现在时间而予以接纳。"

"古义人,我觉得在你的想法中,有一些与织田医生所说的本雅

---

① 原文为英语,兼有家族之树和家谱的语意。

明相近。"

"我说不清楚那是否就是本雅明式的……总之，我也曾做过这样的梦。在梦境中，自己正在走向死亡。自己已经没有未来，这是非常清楚的。只有现在，于是就想要融入自己过去的所有现在之中去……"

"说的内容过于艰深了。"罗兹说道，"对于阿动和小香芽就更加艰深了吧。稍微活动一下身体，请古义人搓揉一下头部吧！"

于是，大家重新确定场所，开始了具有野游乐趣的工作。砍去那些或细弱歪斜或被常春藤缠绕即将枯死的细小树木后——外祖父在日志里写道，应将这些树木作为计划废弃的不良阔叶树——在草原上铺下了材质强韧轻柔的塑料薄膜。

经过山下规模并不很大的湿洼地后，阿动抡起镰刀，修整那条前往汲水的小径。小径一直通到从"涌出之水"流淌而出的水流那里。在路径沿途，有一些刺老牙树的树丛，这些细小的树木由于被反复摘去嫩芽，因而显得矮小而茂盛。阿动对罗兹解释说，这是一条被前来摘刺老牙树嫩芽的那些"在"的女人踏出来的路径。

在宽度狭小却比较湍急的溪流边，借助粗齿栎那有着醒目裂缝的树干，阿动搭建起了帐篷。那里既是下雨时避雨的场所，也是安置罗兹所用便器的合适场所。这种考虑得到了古义人的理解。古义人和阿动用石油罐大小的聚乙烯容器打来了水，罗兹则煮沸咖啡，真正的野游便从品尝香芽的小甜饼开始了。

而且，这也是一个如同研讨会般的聚会。在向古义人提出事先准备好的问题时，罗兹注意到要让阿动和香芽也能够理解。

"我要向古义人提几个问题。以前，我还不能独自把这些问题很好地归纳起来。来到这里之前，古义人在小说中描绘的地形学、神话和民间传说以及历史，在我来说，那不是现实的东西。来到这里以后,随即就对亚沙说了自己的研究计划。亚沙却告诉我,她认为古义人在小说中描绘的一切,其实跨越了现实世界和想象世界,是等价之物。目前看起来,对于这种把握方法在实际之中是否可行,亚沙当时还持保留态度呀。

"在这个过程中,我的专题论文的构想因为真木彦的出现而产生了根本性动摇。他对我提出了这样一个非常朴素的问题:古义人本身相信与这座森林中的神话、民间传说以及历史相关联的传承故事吗?

"我觉得这个问题过于朴素了,朴素得甚至有些愚蠢。真木彦洞悉了我的想法,又提出了一个新的问题:古义人真的相信自己一直在写着的东西吗?这一次,我感到了困惑,而真木彦则对我这样说道:

"'我曾拜见长江古义人的母亲并与之交谈。对于长江所写的东西,她是最顽强地表示了自己疑惑的人。同时,也是无人可及的、充分且深刻地理解了古义人的人。长江的母亲在信函中这样写道:第一次听到录制下来的阿亮的音乐时,就知道这是自己早在姑娘时期便在森林深处听过的音乐。这就是《森林的不可思议》的乐曲。对于这番话语,长江所体验到的感触,较之于成为作家以来受到的任何评论都要强烈。那是长江罕见而坦率地写出来的内容。长江的母亲就是这么一种存在。现在,这里还存留着的最能理解长江古义人的人,那就是亚沙了。'

"'而且,那个亚沙虽然没说兄长在小说中描绘的当地神话、民间传说以及历史全都是想象的产物,却也说出了她认为其中大部分是想象的产物这句话。'真木彦如此做着证言。他还说,'亚沙告诉我,对于曾那般想象着奇态,不能将其与所见所闻区别开来的孩童时代的兄长,自己并不讨厌。上了年岁后依然故我的兄长还在继续修

炼自己的本性……这种人在老家被大家所嫌恶也是没有办法的事，可自己还是打算站在兄长那边。'

"'那个亚沙说，长江所写的大部分都是想象的产物。这你也是知道的。'真木彦继续说，'罗兹，你写了把长江古义人的小说与当地的现实重叠在一起的研究论文之后，不妨再出一部学术著作，是以批判态度写的同一主题的书，假如把这两者进行对照的话，你就不可能作为一个严谨的研究者而被大家接受了。倘若你不希望如此，对于长江，你就不要回避这样一个问题：你真的相信自己此前所写的东西吗？'

"'古义人，今天，在被选择为你的"自己的树"的巨大连香树下，这就是我想要向你请教的问题。'"

在上一次野游中，罗兹在森林里对蚊虫的叮咬——柠檬汁对此毫无作用——近似神经质一般恐惧。根据上次的教训，她叮嘱参加者全都穿着长袖衬衫前来。把车子停靠在林道上后，罗兹取出让阿动从松山的百货商店买来的美国产驱虫喷剂，细心地从大家的脖子处往上喷洒，再从手上往手腕处喷洒。

古义人也喷洒了药剂，因而没有遭到蚊子的骚扰，却在走下湿洼地帮助阿动搭建帐篷时，被一只原本跳跃在蜂斗菜叶片上的蚂蚱从裤脚钻了进去。古义人一直惦记着这事，看准蚂蚱钻进袜子里的时机——罗兹不时低下涨红了的面庞，有时甚至停下正说着的话头——脱下鞋袜，把那只蚂蚱捉了出来。然后，确切看清了脚上大拇指的指根处出现了红肿，眼下却是毫无办法。总之，不好不回答罗兹提出的问题。

"从年轻时算起，我已经写了四十多年的小说。于是，便将迄今为止所写的主题，与现在正使用的手法连接起来，也就是说，钻进了要在一个连续性之中进行创作——即便有些变化，也是在连续性里的变化——的死胡同。从这个草原看过去,在那株折了树干的朴树后面,看见一大片灌木丛了吗?我觉得经过漫长的岁月,自己特意进入了那种灌木丛。而且,我的小说的构造、小说家生活的构造,正在形成眼前的那种灌木丛。

"我在想,小说家死去后,经过一些年月……其作品倘若仍被出版的话……对于读者来说更为实在的,就只是这种灌木丛所带来的东西了。我正是这种小说家。

"我在这个灌木丛中,或者说,我成为灌木丛的一部分而在写作。比如说,写了曾指挥第二次农民武装暴动的、铭助托生的那位'童子'。也是因为明治维新所引发的体制变更,这次武装暴动进展得非常艰难。当农民们召开处于停滞状态的战术会议时,在他们身旁似睡非睡的'童子'却在入眠时飞上森林,从铭助的灵魂处得到谁也料想不到的作战方案后回来了。

"在写这个故事的过程中,随着多次修改草稿,我本人确实也开始相信这个故事了……可是,或许你会说:尽管那故事基于你的记忆,基于阿婆和母亲对你所述故事的记忆,但那毕竟是你的想象力创造出来的,历史与民间传承原本就不是等价之物。不过,我想这样回答:唯有现在正写着的这个故事,是自己所能确切认定的,而其他的历史也好民间传承也罢,则都是未能完全成形的想象的产物。"

古义人刚刚停下话头,阿动取代正在沉默思考的罗兹问道:

"现在,在这棵连香树下,古义人在说着话。六十年前的少年的你出现在这里,向老年的你询问'怎么生活过来的?'……这些都是你写在作品里的内容,是一个'怎么'和'为什么'复合起来的询问,可是……你认为会真的出现这种事吗?"

"实际上,我刚刚叙说了小说家的自我是'怎么'生活过来的。我觉得,'为什么'也复合在其中了。从现在开始逆算回去,假如孩童的我来到这里等候的话……肯定会认为这株连香树果真是'自己的树'……也许,那个孩子会看到现在的我们正在野游的情景。"

大家都重新环顾着自己的周围。然后,罗兹将活页笔记本摊放在膝头,提出了新的问题:

"在三岛神社的库房里,真木彦发现了占领军军官的'御灵'小道具。他还确认了在真木町和奥濑,也就是在这座森林的两侧,仍流传着关于那个被打伤双脚后还在爬着逃走的美国兵的故事。他还说,那是目击了实际发生过这件事的人说的。像古义人那样较之于实际体验更重视从想象中获得现实感的做法,不是当地人的通常性格。

"我相信,一如古义人所说的那样,两位少年没有在修炼道场看到发生那个残酷事件的现场。否则,在四十余年的作家生活中,就不可能不去写古义人的记忆所反映出来的场面以及暗示了。而在吾良描绘那事儿的电影脚本里,不是也没出现双脚被打伤后依靠双手的力量爬着逃命的美国兵吗?倘若吾良真的了解实情,他怎么会无视如此富有电影因素的画面呢?

"尽管如此,真木彦还是要证明美军的语言学军官被残杀的事实,想要把这个事实亮在古义人的眼前。说什么'战败之后也实际存在着随整个党派存活下来的法西斯分子'……什么'古义人和吾良这两个少年成了他们的道具,把美国兵引诱出来,这是古义人也承认了的事实'……

"'只要澄清了这个事实,古义人就可以重新驱动那苦涩的想象力。即或他是那种不能清晰了解实际经验与想象力之区别的人,不,正因为如此,古义人才将不得不改变自我认识的整体结构吧。'真木彦这样说,'吾良即便看上去是那样的个性,却也以远比古义人纤细的感受,在苦恼至极时选择了自杀。他的苦恼自有其源头。古义人

也曾大为光火地反驳说,吾良不是因为初入老境的忧郁而死去的。'

"真木彦还说:'关于这个课题,就是让古义人必须承认自己的责任,并且向日本和美国的市民社会进行告白。即便不近情理,也要让他这么做。'

"但是,关于美军语言学军官在修炼道场被残杀一事,除了三岛神社库房里的小道具和当地的两个传说以外,真木彦并不掌握对他有利的证据,因此,他打算施加压力,让古义人自己'告白'出来。倘若能够将'告白'录下来,他便计划在比较文学的国际会议上予以发表。至于论文的翻译,则想委托给我。

"不过呀……阿动、小香芽……我讲的内容过于艰深了。我觉得,我本身已经被拖到真木彦的思维方式那边去了。我们把古义人在下午的批判性接受转到更为生产性的方向上并予以展开吧。也是因为这个理由,最初的正式交谈至此告一段落,转而享受野游中的聚餐吧。"

5

只是没有发出笑声,年轻的阿动和香芽显现出了旺盛的食欲。当罗兹围绕三明治的制作方法做各种说明之际,古义人独自结束了餐事,躺在塑料薄膜的端头,感到左脚的炎症和红肿正在发展之中。他做出要去帐篷中的便携式卫生间的模样,便往粗齿枥显眼的粗壮树干方向走了下去。古义人试着将那只脱下鞋袜的脚浸泡在水草丰茂的溪流里,只见肿大得已经很严重了,冰凉的水流虽然镇住了热感,痛楚却从肿胀处的内里阵阵袭来。千樫动身前往柏林前,曾买来大量名叫 SALOBEL 的片状抗痛风剂,自己来四国时,也曾将剩余部分都带了来,用完后却一直没有再去购买。这一阵子,对于不断升高的尿酸值没有采取任何手段,这也是因为自己与内科性质的痛风一直无缘的缘故。浸泡时间一长,便感到流水过于凉了,古义人提起裸脚时,不得不面对一个事实——变了形的大拇指从根部直到顶端都显现出异样的红色。

古义人取下用皮带固定在帐篷内侧搁板上的镰刀,削整着一根垂落下来的粗齿栎树枝。手杖很快就将成为自己的必需之物,试着杵了一下,却立刻就派上了用场。看着手拄手杖走上来的古义人,罗兹的招呼中充满了疑惑。

"是久未发作的痛风病……而且,好像排泄出了确实因为尿酸盐的结晶而引发的东西。如果耽搁时间的话……很快就会动弹不了的。"

"那么,请躺卧在阿动搭建好的帐篷里。明天早晨,让真木彦去找抬担架的年轻人,回来时我再带上一些消炎药和止痛药。阿动,你能留在这里陪护吧?"

古义人想象着在粗齿栎下的黑暗里听着流自"涌出之水"的水流声,挨着因疼痛而不能入眠的长夜的情景,感到自己正被由恐怖和魅惑纠缠而成的东西所充满。这时,传来了香芽像是从喉咙里痉挛而出的幼稚声音:

"阿动不能陪护长江先生!即便长江先生本人在森林里过夜,不也是很可怕吗?! 在孩童时代,还曾有过天狗的男娼那件事呢……"

"香芽君,古义人先生可已经是成年人了,不会认为夜里的森林那么可怕吧。"

"……我是认为长江先生的病可怕。阿动不能陪护长江先生。如果被长江先生传染的话……就连阿动也会可怕起来,那就麻烦了。"

"……就目前的情况来看，还是可以行走的。倘若实在走不动了，就再说那时候的话。"古义人说，"该不是在饭前的商议过程中，说了一些在'自己的树下'不能说的话了吧？难道我说了破坏规矩的话了吗？或许，这是为了预防在此后回答罗兹的提问时破了规矩才变成这样的。倘若果真如此，那株连香树就真的是我'自己的树'了。"

第十八章　"苍老的日本之会"（三）

1

痛风病从发作到治愈，前后用了五天时间。在此期间，由于自己的运动能力优越于父亲，阿亮因而振作起精神，想要主动照顾古义人。罗兹也是从大清早直到很晚整天都待在十铺席。

从森林里回来的那天深夜以及其后的二十四小时内，古义人觉得自己如同文艺复兴时期西欧人所描绘的世界周边的一个想象人物一般，只长着一条从头部一直延伸下来的腿。而且，这条腿还在燃烧之中。

因着这燃烧着的腿脚，赤红了头脑里的银幕上浮现出的，是一些物象以及思念的零七碎八的残片。唯有连香树丛中的景致，恒久地停留在那里。重叠着的粗大树干，难以计数的枝条，还有丰茂叶片的细部。长时间凝视辉耀着光亮的连香树丛后，好像在用被残像灼烧了的眼睛打量着世界……

疼痛稍微减轻一些时，炽热的头脑中所看到的，就是一些让自己感到眷念的物象了，尽管那些物象中的任何一个也不能予以确定……唯有一个物象的色彩越发浓厚起来：那连香树丛中的某一株确实是"自己的树"……

在那期间，古义人没有精力驱动意识去关注自己以外的人。不过，当病痛明显好转时，他觉察到身旁的罗兹正陷入深深的不快之中。

古义人推测，她那并不明朗的表情——这种表情与长时间暴露在强烈阳光下的肌肤转为灰暗产生了相乘效果——是因其与真木彦的关系而起。倘若果真如此，古义人就更不便主动挑起这个话头来了。第四天，送来晚饭的罗兹提出，要陪将黑啤和瓶啤混装在杯中正想喝下去的古义人一同喝酒。在喝下大致同量的啤酒后，仍陷于苦闷之中的罗兹眼睛闪动着青蓝色虹彩，用久违了的谈话神态说道：

"古义人你回到十铺席后，由于服用了我带来的镇痛剂的缘故，就出现了因兴奋剂而产生的幻觉一般的景象了吧？"

"记得一直到'涌出之水'那里，好像是阿动把我抱下来的。在接我们的车子赶到之前，我知道情况不太好，还喝了好几个罐装啤酒呢。"

"那天夜晚，你只是对我大量引用和歌与汉诗，一直在嘟囔着那些诗句。古义人也不是一个与日本古典文学无缘的作家嘛……毕竟是在日本的语言环境中长大的人，这也是理所当然的。如此一来，因为疼痛和疲倦而显得委顿的古义人所表现出来的感情，我想，那就是所谓的'物哀'了。"

古义人此时所想到的，唯有在疼痛的高热中燃烧着的黄连香树丛的光景。自己想要在其中探寻引用和歌与汉诗所引发的启示，却感到无论想起什么，都没有语言将其表述出来。他如此一说，罗兹便告诉他，那天夜晚，从他连续不断地背诵着的那些和歌与汉诗中，自己记录下了所有能够听懂的部分。然后，她便取出那本活页笔记本来。

"就这样是不能称其为和歌的。不过,被出身于英语国家的你理解为日语和歌的那部分,还真是如你所说的那样,是《新古今和歌集》中藤原定家①的和歌:

> 春日夜深沉,梦中浮桥凭天起,却是绝于斯,沉浮不定拥长岭,长空带状云。

"千樫一直在阅读《源氏物语》,在读到'梦浮桥'这一回时,曾问过我'这一回的题名是否有出处'。于是我翻阅了一些大部头的辞书,结果,还是不清楚这是否就是出处……

"另外,你所说的引用了的汉诗,其实是谣曲的一部分,那也是在相同的辞书中查阅到的。

> 诸事多渺茫,残梦浮眼前,只见浮桥下,百舟竞争流。

"对于这些引用……或许是那种疼痛,或许是需打压疼痛而与之争斗的药物所引发的热度,我在高烧着的头脑中便引用了。梦中的浮桥,真是不可思议呀……"

2

八月将要结束的一天,绘着在奥濑新开业的那家度假村标记的奶色大客车,来到连接着十铺席的私人道路的入口处,除了黑野和织田医生之外,还有三位年岁相仿的男人也一同走下车来。

前来迎候的,是古义人和罗兹,另有打下手的阿动待机而动。已是黄昏时分了,为了不使进山劳作后归来的车子与正要上行的大客车在林道上发生问题,阿动便在从国道分出来的岔路上等待,以便协

---

① 藤原定家(1162—1241),镰仓前期的歌人、古典学者。

调指挥往来车辆。田部夫人派了餐饮部门男女各一人随同前来。由于和他们已有过交往,阿动便一同将餐盒、葡萄酒和瓶装啤酒搬进餐厅兼起居间里,然后还整理了餐桌。

从九月的第一周开始,奥濑的度假村就要迎接长期住宿者了。在此之前,黑野在所谓"苍老的日本之会"的旧知中,要与可能前来住宿的几个人举办试验性文化活动。除了一人之外,全都是古义人也认识的人,因此在到达奥濑以前,说是想要顺便拜访十铺席。黑野在联系电话里说,想用带来的食物和酒水当晚餐招待他们,而他为了自己,也会带上高酒精度的酒水前往,所以古义人不需要做任何准备。

因此,古义人只做了以下几件事:邀请罗兹一同参加——真木彦和原中学校长稍后也将赶来——晚餐,并把对诸人喝酒时发出的大声感到烦躁不安的阿亮送到亚沙家去。

在黑野带来的三个新伙伴中,古义人此前曾会过面的,是津田以及田村。津田早先因拍摄电影纪录片而引起关注,后来作为电视剧演员而广为人知。村田则属于一揽子承包工程的公司老板一族,同时也写一些诗歌和戏曲,泡沫经济时代,在企业赞助艺术的文化项目中,可时常看到此人的名字。唯有一人与古义人是初次相识,他就是麻井,在他递过来的名片上,写着"重工业会社顾问"的头衔。

餐厅兼起居间自不待言,就连通往古义人寝室的推门也被打开。站着就餐的晚餐会刚一开始,麻井便抢先与罗兹攀谈起来。津田、田村以及古义人在谈话中确认,十数年来,他们三人上次聚合在一起,还是在篁的葬礼上。津田摄制的电影和电视剧中的所有曲子,全都是由篁创作的。此外,长期以来,篁主办的具有国际规模的音乐节,则是由田村赞助的。当谈话进行到这里时,麻井过来将古义人拉到了罗兹身边。

罗兹一手端着麻井加斟了白葡萄酒的酒杯,用充满活力的声音概括着刚才的谈话:

"古义人,一九六〇年反对《日美安全保障条约》的市民运动的翌年,你出席了在广岛召开的研讨会。会议上,一个年轻人曾向你提问……当然,那时你也很年轻……你曾说自己一直记着这个提问,就是对方'为了让遭受了原子弹爆炸伤害的双亲放心,在考虑去大企业就职。可是,当知道那家大企业从事军需生产后,自己便动摇起来。你建议我如何选择前进道路呢?'的提问……"

麻井的眉毛和鬓毛虽说都已经花白,却很浓密,目光也很敏锐。他解疑道:

"长江君,那人就是我。我想,那一年你是二十六岁。据考入文学部的高中同学说,入学前你在社会上预习了一年,入学后你又留了一年,那时,你从大学毕业不是大约两年吗?!我从法学部顺利毕业后,其实很快便就了职,并被委以某种程度的工作。你和我年龄相同,是一颗熠熠生辉的媒体明星……我之所以举起手来,就是要为难一下你这位与芦原君派系相异的进步派成员。

"尽管我最初在当地一家小企业就职,却还是忙乱着做出了一些业绩。至于在演技中对你诉说苦恼时提到的那家大企业,我早就加入其经营团队,并在那里度过了半辈子。说起来,也算是泡沫经济时期的战犯啊。有时我也在考虑,倘若当时听从长江君的建议而'选择其他前进道路!'的话……总之,在选择新人生的紧要关头,竟再次邂逅了长江君,真是不可思议。

"这次我是真心诚意的,敬请予以指导。也请罗兹君说说英国浪漫派诗人的话题,让我细细品味一番,估计还能引出很多有趣的话题来。"

"说到英国浪漫派诗人,可是,你认为都有哪些人呢?"

田村开口问道。他和麻井恰好把罗兹夹在两人中间。

"这个嘛,还需要进行选择。"

田村估价似的打量着如此回答的麻井,然后转向罗兹询问道:

"在中学里,你们被要求背诵华兹华斯还有拜伦等人了吧?"

"……是的,还背诵了柯尔律治。"

"长江君则关注布莱克①,还有叶芝什么的……倘若说起最后的浪漫派,与麻井君的兴趣也是相同的。"

把与此前相同的纯麦芽制威士忌注入杯中的冰块后,黑野喝了起来,同时插话道:

"诗歌的话题就此打住吧。青年工商会议所的那帮人可是在期待着:田村先生如果光临的话,想向他请教诸如'长期的不景气会有出头之日吗?'之类的问题。"

"不,不,我可没有任何义务呀!我只是被田部夫人邀请来的,她说:'不去和故知旧友叙叙旧吗?'让我吃惊的是,来到这里一看,长江君好像也参与了计划。

"……罗兹君,其实,长江君也好你也罢,你们该不是在和黑野君交谈之际被不知不觉地卷入这工作里来的吧?"

离开众人、正独自欣赏着峡谷美景的津田也插话进来:

"我呀,如果正式决定从事老年人文化学校这一事业的话,就要从起点开始纪实性拍摄。这个计划是黑野君对我说起的。已经决定了,将采用高清晰度电视进行播放。除了摄影机外,已经着手租借其他器材了……

"我还接到一个请求,是德国由年轻的电影人组成的小团体提

---

① 威廉·布莱克(William Blake,1757—1827),英国诗人、画家、雕刻家,著有诗集《天真之歌》《经验之歌》等。

出的请求,那也是需要在这里开展的工作,也就是拍摄构成长江君文学背景的那些风景和习俗。

"传来消息的朋友,属于曾在塙吾良导演的指导下,长期以来一直计划把《橄榄球赛一八六〇》拍成电影的那个小团体。他说,长期以来他们一直保留着这个计划,直到最近才得到某洲文化部长的援助⋯⋯

"他还说,在柏林和长江君见面时,你无偿向他们提供了这部作品的电影改编权。"

罗兹将此前不曾显现过的目光转向了古义人。她还是独家代理古义人海外版权的当事者。古义人回视着罗兹,示意她先把津田的话听完。

津田出身于素封之家,家里经营的美术馆以收藏近代绘画作品而广为人知。古义人曾看过一幅照片,是津田年幼时与蓄着美髯的父亲被梳理着漂亮的日本传统发型的女人们围拥着的照片。现在的脸部还是照片中的面影,只是头发早已半白了。他并不介意出自门名的对象的意向,可对于女性的反应却比较敏感。眼下也是如此,他看穿了罗兹的内心活动,详细地说明道:

"柏林的电影人小团体,说是手上有长江君承诺无偿提供时的现场录像带⋯⋯采访时担任翻译的是研究德国的一位日本研究者,今年夏天,那人回日本时,我也去见了他,并询问了当时的情况。

"不过他说,一家有名的晚报登载了采访,那也是他翻译的,可是长江君肯定不愉快,而他自己并没有责任,但难以取得直接联系。有这样的事吗?"

"说是我看不懂德语,就没把登载采访的报纸送来。那是一家叫作《Tages》的晚报,在上面与那两人所做的长达三个小时的对谈,是我旅居柏林期间最为糟糕的经历。

"一位是戴着红色赛璐珞老式眼镜的女记者,显得分外威严,显然是在进行哄骗。另一位男记者则像是她年轻的情夫,拿着一本奇怪的日本导游手册。他们一共准备了二十项提问,比如'年轻男女会前往情人旅馆,以便在那里以两个小时为单位进行性交,这是真的吗?''在有外国人参加的会议上,说是常会浮现出毫无意义的微笑,这是为什么?'等等。我就说,作为日本文化的课题,我想与德国的相同问题联系起来谈论。于是,在一旁注视着的女记者脸上就显出烦躁的神情,染上了令人难以置信的庸俗的红色,仿佛要冲淡眼镜本身的色彩。"

津田面带微笑,显现出像是如愿以偿的喜悦之情,从眼神上看,似乎在思考着什么,最终却什么也没说。黑野便取代他说道:

"像长江这样国际著名的作家,也还有这种悲惨的经历啊。"他接着说,"君特·格拉斯来东京时,也曾被问起有关身穿豹子图形的超短裙、站在柏林的大街上的女子吧?"

"也不全是那个访谈造成的吧?"田村说,"不过,海外的报纸期待着向日本知识分子表示敬意,这可怎么办?虽不能说是要怀有戒备之心,却也必须深切注意。就咱所知,报纸一旦发行,你再要求发表订正启事,这可没有成功的先例呢。"

"古义人受到他任职的柏林自由大学以及为他提供住所的高等研究所的热情关照。在追思柏林交响乐团一位相关人员的追悼音乐会上,发表了演讲的魏茨泽克前总统①发现了座席上的古义人,便坐在他身旁的地板上倾听观众要求再度演奏的曲子。"

看样子,黑野对古义人产生了新的兴趣。

---

① 魏茨泽克(Weizsäcker,1920—2015),德国政治家,一九八四至一九九四年任德意志联邦共和国总统。

"就像从纽约来到四国一样,罗兹也曾追逐古义人前往柏林啊!"

亚沙的丈夫和真木彦也加入了聚餐会,还把在真木川钓来的香鱼烧烤后带了过来。古义人担心罗兹会顾忌真木彦的反应,可津田得知神官是负责御灵等当地祭祀的发起人后,便为得到摄影用的信息而垄断了这位神官。

尽管错过了时机,古义人还是解释说:

"不仅研究我的工作,罗兹还是阿亮的音乐的研究家呐。我觉得,所谓追逐之类的语言,用在她身上并不合适。"

3

"长江君,我有一个问题想要向您请教,这对我非常重要。"

织田医生过来搭话。古义人感觉到,这是一个善于问诊的老练医生,意识到需要垄断谈话对象,不让他人从旁干扰。

在晚餐会期间,织田医生曾用相同手法独占了罗兹。现在,织田医生又围拥着古义人的肩膀,把他引到窗口。刚刚开始他们的谈话,除了沉溺于加冰威士忌的黑野之外,"苍老的日本之会"所有成员,全都围到了罗兹身边,乐呵呵地开始了英语会话。

"几年前,您曾对报纸的记者说,要停止小说创作,这成了当时的重大新闻。其实,我对您重新产生兴趣,就是从那件事开始的。是同龄者的人生决定,吸引了我的关注。

"为了寻找追踪新闻报道的评论文章,我第一次买了诸如文艺杂志之类的读物。不过,刊登在那些读物上的评论文章,与我们从医学论文进行类推的东西大相径庭,我感到了失望。你下那个决心的深层意识里,不会也是基于这样的考虑吧?我是这么认为的:与此相关联的评论,根本就不存在。

"坦率地说,我认为呀,长江先生,这不就是信仰的问题吗?!"织田医生注视着古义人,"这是离题了吧?"

"……也谈不上离题。毋宁说,我就那么停止写小说达三年,当时确实决定至死也不信仰什么,就这么一直维持这种状态……

"那时,我想把'祈祷'置于生活的中心。而且,从以往经验中我知道,在写小说的同时是无法做到这一点的。我打算从阅读斯宾诺莎的文本和相关研究书籍入手,尝试着进行'祈祷'。实际上,在整整三年里我也这么实践了。后来偶尔获得了外国的文学奖,且不说作为个人难以使用的那笔奖金,却由于文库本被热卖,阅读和'祈祷'最终成了可能。

"然而,一旦停止小说创作,把自己推向关键的'祈祷'的力量却也随之消失了。在写小说的那些岁月里,我感到自己是拥有那种力量的。不过,我并不会因此而从正面使用这种力量。但是,在出版数年后再度阅读当时创作的小说时,我时常感觉到,那时自己其实已经在很认真地进行祈祷了……

"在停止创作小说期间,有一年时间是在新泽西州的大学里担任教职。在那之前与我就有来往的罗兹经常从纽约赶来这里对我进行采访,我便对她说了以上这些内容。于是,下次再来的时候,她就带来了……说是她的恩师……诺斯罗普·弗莱新近出版的书。

"弗莱从《罗马书》①引用了其中一段话:'尽管我们不知晓理应如何祈祷,圣灵却怀有自身亦难以表述的忧愁为之调和!'认为我们确实无法归纳向神明祈祷的语言。圣灵把我们含混不清嘟囔着的东西当作'祈祷'的语言。对于圣灵来说,这也不是一件轻松的工

---

① 使徒保罗写给当时在罗马城的基督教会的一卷书信。

作……前面已经说到了,'怀有自身亦难以表述的忧愁'……却在为我们进行调和。

"弗莱接着说道,在书写文学语言的过程中,有一种东西会从作者对意志的操作中独立而出,这种东西具有与圣灵之调和相同的作用。对此,我从内心底里赞赏和理解,便回归小说创作中来了。

"其后我才注意到,作曲家篁也曾写道,他在将音乐的想象力镌刻在表现上时,'祈祷'便会显现出应有的形态……"

"是篁透啊,那人创作过叫作'Chant'①的作品吧?在教会里,有圣歌和咏唱等等。这不是单纯的歌曲,所以才用英语作曲名的吧。在你和篁先生之间,按理说有一些类似的地方。"

阿动有些拘谨地站在推门的门槛上望着这边,对走到他身边的古义人说道:

"奥濑的度假村来电话,希望他们九点以前赶到前台办理手续。"他接着说,"如果是这个时间的话,到那里只需要三十分钟就足够了。"

"去告诉黑野氏吧……你吃完饭了吗?"

"收拾屋子的时候再吃吧。让度假村来的那两人先吃了。听亚沙说,阿亮想看'N响②时间段'。是回这里后再看呢,还是在亚沙那里看完后再离开她家?……"

黑野坐在沙发上,正翻阅像是罗兹递过来的精装本《堂吉诃德》,观赏着多雷的插图。在他身旁的桌子上,放着一个硕大的杯子。其实,吃过几次苦头之后,古义人对于把酒杯和书籍放在同一张桌上是心存顾忌的。不过,如果杯子在桌上,而书则被放在膝头或沙

---

① 原文为英语,大意为"圣咏"。
② NHK 交响乐团的略称。

发上,大致还是安全的。

黑野仰身看见站在身旁的古义人,像是想让他也坐下来一般,挪动散发着醉意的硕大身躯。

"最近,你好像热衷于阅读《堂吉诃德》? 由此类推下去,假如把长江古义人视为堂吉诃德,那咱就是'镜子骑士'了? 因为,在你刚开始发表小说的时候,咱就在想,如果是这种作品的话,咱也写得出来呀。不,咱是在想,如果那种家伙能写得出来,咱也不至于写不出来呀。

"你的小说发表在《东京大学新闻》上那天,也就是法文专业四年级的五月祭那天早晨,咱不是把阿麓介绍给你了吗?! 虽说同在法国文学专业,可你连话都没对她说过。说起读了你的小说之后,阿麓不是说了吗,不能通过脸蛋和外表来判断一个人呀。

"于是呀,你就这样回答说:仅从内里判断人又当如何? 咱知道你是在模仿六隅先生的口吻,可阿麓却愤怒了。因此呀,中饭就由咱在'白十字'咖啡店请客。阿麓就说了,假如是黑野君的话,无论外表还是内里,倒是都与作家相符。

"咱呀,结束了联合国教科文组织的工作后回到东京时,就想起了这回事,便把在国外闲暇时试写的小说寄给了阿麓。很快就收到一份传真,说是'如果打算作为职业作家而开始起步的话,还是把此前所有稿件全都烧掉为好'。于是我就回了一份传真:'接受忠告,与其请你将稿件寄回,不如请在你那里烧掉!'翌日清晨,一个特快专递便送到了我家。真是个耿直的人呀。"

"黑野先生,能让我拜读被送回来的那篇小说吗?"织田医生的声音从两人背后传了过来。

"我认为那可是有失礼貌的事。不,那并不是对我,而是对阿麓而言。"

黑野如此说道，毫不掩饰受到伤害的感情。同时，他将手臂伸向沙发旁的小桌。织田医生看出那里的冰块和威士忌都已经用完，便取过那杯子前去配制饮料。

"那么，写完立即……不，即便在写作过程中，也请让我拜读新作。"在将杯子递给黑野的同时，织田医生不接受教训似的说道。

不容分说便试图进入对方内心的独特做法，就这样持续着。

"可是黑野君，你为什么要写小说呢？"

黑野一口喝干了杯中的威士忌，古义人则从他的膝头拿起正要滑落的书。

"那是因为呀，织田医生，感到难以忍受现在的自己的人生啊……说起来显得幼稚，可是，这也是上了年岁的人的幼稚嘛。长江珍惜书的态度，也是这种幼稚。

"织田医生，我呀，近来半夜里睡醒，时常感到难以忍受。咱枕边有一只钟，是咱辞去NHK①编外职员工作时得到的。这是金色的柏拉图五面体②时钟，在黑暗中摸到手里，只要咔嗒一声敲下去，就会听见女子播音员的声音在说'一点二十分'。再次敲下去，则变成'一点二十八分'……这才过去八分钟。

"咱用从药店里买来的感冒药替代安眠药，可是考虑到胃的状况，就连那药也不想服用了……打不起精神来重新喝酒，只好稍微读读书，或在熄灯后把头埋在枕头里……的确是被打垮了。

"咱一面抱怨时间过得太慢，简直叫人难以忍受，同时，说起来也很矛盾……咱在想，这其实与时间之短暂密切相关，这是说自己拥有的人生中残留的时间之短暂。因为，此后充其量还有五年，正负也

---

① 日本放送协会（NIPPON HOSO KYOKAI）之日语发音的首字母。
② 因柏拉图发现五面体而作此称谓。

就在一两年之间。度完这最后的时光,自己便不复存在。在这深夜里,咱就这么昏昏沉沉地胡思乱想着:在极为短暂的岁月之后,自己的生命将踪迹全无。这不是半途而废吗……

"也就是说,为了对抗这种心情,想要写小说。"

"哎呀,听了这一席话呀,"织田医生的脸上现出不胜惊叹的神情,"黑野先生还有这种深夜沉思呀……这以后,遇上难眠之夜时,我就会想:'那人说的话简直就是我自己的感受啊!也就是说,我们是同时代的人啊……"

4

晚餐会八点就结束了,一如此前在谈话中也曾提到的那样,罗兹属于在文化圈中非常在意送客时的寒暄的那种人,由于向田村等曾在国外生活过的各位客人逐个殷切话别,因此,在大客车车门处的告别就被大大延长了。津田是出演电影和电视剧的老资格,在晚餐会的后半段,他一直与真木彦交谈,可这两人此时像是仍没说够一样。

大客车终于出发了,现在再接阿亮回来观看"N响时间段"已经来不及,于是便调整了步骤:说上一阵话后,阿动把罗兹和真木彦送回社务所,然后将原中学校长送到家里,最后再把阿亮带回来。

回到餐厅兼起居间后,比谁都疲倦的古义人躺倒在沙发上,原中学校长则在扶手椅上打起盹来。罗兹和真木彦罕见地相互依靠着肩膀,共用一个酒杯喝着残余的索泰尔纳酒①。阿动远离大家,坐在堆满餐具和残余食物的餐桌旁的椅子上。他向正在喝酒的真木彦

---

① 产自法国索泰尔纳地区的白葡萄酒。

问道：

"津田导演和真木彦谈了吧？要把占领军军官下落不明的事件拍出来。可是，如果有关奥濑修炼道场的话，一方面是高中生古义人的体验，另一方面则是关于腿脚被打烂了的美国兵的传说。不仅这么一些事吧？

"如果把两件事联系起来，或许会成为你们想要表现的故事。不过，你们即使拍成了故事片，由于没有证据，恐怕也难以成为非虚构的纪录片吧？"

"有关奥濑和真木町的并不很古老的传说，咱做了说明。津田则说了发生在伊江岛的一件事，说是一个村民杀了反复对姑娘们施暴的美国兵，把尸体扔到了珊瑚礁洞窟里。虽说这是大家都知道的事，可现在决定对在临海浅洞中被发现的白骨做 DNA 鉴定，说是要以此为基轴进行构成。这不就是纪录片的原型吗？

"咱就说了，也想运用实证方法，把奥濑和真木町的旧村地域连接起来。"

"你还让罗兹给合众国的退役军人会写信了吧？询问对方在太平洋战争中，是否有作为语言学军官而展开活动的日本文学研究家，在占领临近结束时从营地失踪的信息……"

"是这么做了，但是，因为是用信件进行询问，估计不会有什么结果。罗兹可是这么说的。"

"由于在写长江古义人的专题论文，我也正在整理资料。与其说我被真木彦所委托，毋宁说这是我整理资料工作的一个部分。"

古义人坐起身子，加入谈话中来：

"我认为罗兹的调查是妥当的。进一步说，不仅中立的调查，即便是出于恶意而展开的调查，有时也会获得有效的成果。"

"……不是还有一种比恶意更强烈的热情吗？"真木彦仿佛自言

自语似的说道。

受古义人的话语影响，猛然抬起黑红脸膛的原中学校长也评论道：

"真是有趣啊。在真木彦君看来，恶意作为热情还嫌弱小吗……所谓弱小的热情到底是什么呢？是指比较强的好奇心吗？"

真木彦并不回答原中学校长的问题，而是转向阿动问道：

"古义人发作痛风病的那个黄昏，是罗兹提出的计划吧，让古义人在帐篷里睡到第二天早晨，再组织人员前往迎接。但是，说是不能把病人独自留在夜晚的森林里，想把你也留下来作陪，可香芽君却反对？

"有一段时间，阿动不是曾在山寺'童子'的墓地和庚申山吹过从家里带去的岩笛吗？！有时还让我陪伴呢。那时，你就好像被什么东西附了体。也就是说，在你身上，不是留有'童子'的资质吗？！香芽君该不是在担心，古义人和阿动会携手前往彼侧？"

真木彦把手伸向黑野临行前剩余下三分之一的苏格兰威士忌 Glen morangie 的酒壶，却被罗兹制止住了。于是，他便将斟有索泰尔纳酒的酒杯送往嘴边，刻薄地摇晃着脑袋。当真木彦再次取过酒壶时，罗兹并没有制止。

第十九章　拥抱喜悦！

1

罗兹每周两天要在奥濑的度假村开讲"地道英语提高班"讲座，学员是"苍老的日本之会"成员和田部夫人组织起来的当地经济界人士的夫人。度假村尚处于试营业阶段，却保证了二十余位学员前来听课。

星期六一大早从十铺席出发，上午和下午都要授课，然后在度假村过上一宿。星期天上午还是授课，下午则引导学员们用英语自由交流，傍晚时分再赶回来。迎送之事由度假村委托给了阿动。真木彦也随车同行，他拿出十足的劲头来经营黑野的专题讲座，同时，还负责监督招募自奥濑地区的那些年轻人从事度假村内外的保安工作以及体力活儿。

阿动捎带着告诉古义人的，是真木彦策划最近利用星期六和星期天，逐一纵贯从奥濑直到真木町旧村区域的整座森林，其掩人耳目的说法，则是受德国年轻的电影人委托，津田导演加上东京来的助手要物色外景拍摄景点。

其实，真木彦的真正企图，是要验证在奥濑的修炼道场被严重伤害的那位语言学军官逃走的路径。

渡过在度假村用地和国道之间深深剜出峡谷来的奥濑川并逃入森林,不用双足而只用双肘在地面划动的逃亡者,能够爬上这长长的斜坡吗?面对两膝以下全都血肉模糊,翻滚一般从高处下来的美国兵,从事山林工作的山民们吓得魂飞魄散,可这样的传说会是事实吗?真木彦在考虑一种实验,让那些年轻人……要轮流进行……匍匐前进的实验。

阿动说,真木彦在十万分之一的地图上标示出了路线并正研讨这种翻山越岭的作战,而自己也已经决定参加这次作战。

"可是,你参与并同行,这有什么意义吗?"

"不是说,强盗龟独自一人在深夜里也无法翻山越岭,只能拉着'童子'的手在黑暗中奔跑吗?假如那个美国兵果真也能逃脱而去的话,难道不是得到了'童子'的帮助吗?

"如果真是这样,自己也将对'童子'的通道产生兴趣。"

阿动这样回答古义人。

2

星期天,罗兹去了奥濑,亚沙也没说要来,于是古义人就锁上大门,在寝室兼工作场所的床上看书,阿亮则俯卧在旁边的床上继续作曲。紧挨着床铺的窗外近处也有一条通道,古义人并没有期待有谁会出现在那里。这是一个寂静的下午,就连峡谷中也没有任何声响传上来。

然而,古义人的眼角却好像闪过一个鸟影。就在刚才,曾出现无论形状大小还是颜色浓淡都与此前不同的飞蚊症。他在疑惑,难道果然如此?当古义人将脸转过去时,却在眼前近处发现一张陌生的老人脸,不禁为之大吃一惊。

这是一张上阔下窄的尖脸,脸上皮肤历经风雨的洗刷,目光既现锐利又显迟钝。这家伙目不转睛地盯着古义人,抿着嘴巴。

"你和电视上看到的一样啊,"他开口说道,"大门下了锁,以为没人在家,又觉得家里像有人的样子,就转过来看看。俺是三濑呀。在真木高中,经历了很多啊……嗯,你我都顺利过来了……听说你回到这里来了,就在想,至少也要听听你的声音吧……"

古义人意识到已经不可能拒绝这个家伙,便点了点头,用手势让他回到大门口去,自己随即下了床,告诉显现出不安与兴致的阿亮就这样留在房间里。古义人前往玄关开门,只觉得此时气氛滞重,一种东西在催促着自己。

如同当年看着孩童时代的古义人走近父亲办公桌的那些农夫们一样,三濑撇着外八字脚,脚底蹭着地皮缓慢地行走,一边打量着屋内一边走向起居间。他把双腿呈一百二十度地张开,在沙发中央坐了下来,稍事喘息后将目光转向了古义人:

"府上在书里也写上了,因此呀,俺让闺女看了,说是小刀把手指丫巴叉给划开了,把中指的指头给钉在了板子上……听说拇指和食指的丫巴叉也切开了,留下伤痕了吗?"

面对说话时直盯盯看着自己的三濑,古义人丝毫没有掩藏右手,却也不打算直接回答他的问题。

"要是稍微再扎歪一些,拇指说不定就不利索了……干写字这营生,不方便了吧?"

"还没有划得那么深嘛。"

"府上为什么要那么激烈地抵抗?俺问了旧村子一带的家伙,说那小刀是老爷子留下来的念想……俺只打算让你拿来看看,然后就还给你的。"

"你刚才所说的抵抗,指的是气势吗……"

古义人没再说下去,三濑同样也是如此。古义人站起身来,从冰箱里取出为阿亮准备的罐装姜汁清凉饮料。虽然同时送上了杯子,可三濑只简单地看了看沾着水珠的饮料罐,便放回桌上,然后在胸前的运动衫上擦拭着手掌。接着,他转过松弛起皱的脖颈(古义人的脖颈也是如此),看着窗外说道:

"……俺也听到了一些,说是在奥濑那边,府上想要发展事业,正在招募俺们这样年岁的人……

"怎么说呢?要是有俺们也能干的活儿,就请交给俺们吧……"

判明对方的来意后,古义人打起精神,告诉对方自己与度假村之间只是一种什么程度的关系。但对方毋宁说确切地感觉到一种拒绝的意志,没有听完便站起身来。

古义人坐在不知何时暗下来的起居间里,阿亮悄悄走了过来,看到父亲正陷入疲惫之中。

"像只大狗一样,这个人。没发出一点儿脚步声!"阿亮说道。

3

星期一下午,罗兹来到十铺席,让古义人看了在奥濑的课后交流中拍摄的快照。这是回来时途经真木本町,放在 JR 车站的小卖部里冲洗的。由于要等待前去取照片的阿动,赶到这里也就比较晚了。罗兹在说这些话时,显现出平日里所没有的含蓄神态。

在上次的十铺席晚餐会上甚至浮现出学生般表情的"苍老的日本之会"的各位,被拍摄出了老人的风格。黑野等给人的感觉是,即便从外务省退休后,仍然被称作大使,并兼任着形形色色的顾问。他笔挺地竖立着修长而清瘦的身子,虽然已是酩酊大醉,却看不出他即将失控。无论在哪张照片上,织田医生都在罗兹身旁浮现出微笑,看上去正是年富力强的年龄。

不过,也有戴着粗框眼镜的缘故吧,罗兹却形同从宽阔的额头到面颊都浓妆艳抹的老妇人。实际上,她也确实如同照片上那样,一副从不曾见过的衰老模样。

罗兹用那种在古义人眼中仍是上了年岁的女人的姿势歪了歪头:

"今天阴天,气温比较低,不同我到林中道路去散步吗?"她接着说,"阿亮能独自守门吧?"

古义人和阿亮不禁肃然,接受了这个要求。

古义人与罗兹缓慢行走在濡湿了的林中道路上。绿色虽然还很浓郁,但飘落的黄叶已经贴在了路面上。没有小鸟啼啭,也听不到任何蝉鸣。罗兹的全身都透出外国女性的孤立无援,她开口说道:

"古义人……我也认为这个想法过于任性了,我想和真木彦分手,回到十铺席来。古义人和阿亮能接受我吗?"

"那当然!不过,你和真木彦说好了吗?"

"我和真木彦已经说完了。"

"那么,欢迎你回来。罗兹以麦片粥为主的早餐能够很好地减轻体重,如果再恢复的话,阿亮一定会很高兴吧。"

"……谢谢!要说的事就这些,不过,一起再稍微走走好吗?"

刚刚回到这里的时候,他们曾走过这条从红土中开凿出来的道路,同时讨论堂吉诃德被那个用干燥的膀胱气球发出的音响惊吓了的情节。

"我呀,觉得古义人很可怜。在这块土地上,除了亚沙和原中学校长以外,大概没人从内心里真正欢迎你吧。

"我不认为真木町的人读过你的小说。就这一点而言,真木彦、松男以及阿动只能算是例外。作家与故乡之间的这种关系，在日本并不罕见吧。因为，与塞万提斯的时代全然不同嘛。"

古义人没有勇气对罗兹的这番话语进行评论，只是沉默着与她并肩走着。这时，天空已经阴沉下来，他们却来到一片色泽明快的草地，由日本山毛榉和日本扁柏构成的隧道出现在眼前。罗兹敏捷地弯下身子，凝视着花期将过的沙参以及苞蕾还很坚硬、唯有顶端可见紫红色的野原蓟。古义人站在一旁等候着。

这时，古义人想起一个情景。往坡上稍微再走上一段，便能够看见往下走就通往母亲墓地的那个岔路口了。当年，究竟因为什么缘故，七八岁的自己才独自登上那里的呢？那时，自己直盯盯地看着道路顶端的一个地方，小小的水流在那里积为浅浅的水洼，又化为涓涓细流继续流淌……

古义人把这一切告诉了神态异于平日、只是侧耳倾听的罗兹。之所以确切地认定那是秋天，是因为在小锅状的水洼底部，被水流打磨了的石英、红褐色小石子和沉在水底的几根小枝，全都映现出了秋天的色彩。在清澈见底的水洼里，沙粒构成的微细旋涡猛然间浮冲而上，细小的水流便从那里涌了出来……

"就这样直盯盯地看着水洼，于是，鲜红和深黄组合成了不同颜色的丰茂的横向纹理……我就待在漆树下……好像一下子覆盖过来似的。我感到被围拥在独自一人的世界里，觉得自己一生中将会邂逅的最美好的东西，全都集中到这个地方来了。自那以后过去许久，在加利福尼亚、伯克利的校园里，对那里的枫树的红叶产生了同样的印象……并写在了小说里……"

"你曾用比一瞬间持续得稍长一些的时间这种语言，来表述当时的情致。"罗兹说道。像是要补偿一直持续到刚才的沉默一般，她雄辩似的接着说：

"而且呀,古义人,即便是比一瞬间持续得稍长一些的时间,你不也成为'童子'了吗?你在五岁的时候,古义撒下你而去,自那以后,你一直为自己没能成为'童子'而感到自卑。可是我认为,在人生的若干阶段,即便是在比一瞬间持续得稍长一些的时间里,你也曾是一个'童子'。"

"……这可是个很有魅力的想法啊。"深感意外的古义人长长叹息着说道。

4

两周后的一个星期天,天色尚明的时候,罗兹就从奥濑的度假村回来了。她把向原中学校长借来的海钓用冷冻箱,放进阿动驾驶的汽车车尾行李箱中,然后把从田部夫人那里得到的牛、猪以及小羊的连骨肉块全都装进去后便回来了。

罗兹看上去很疲惫,却只小憩一个小时便做出了四人的晚餐。

今天的晚餐会是要听取阿动的报告。在罗兹讲授英语课的那两天里,阿动参加了真木彦发起的、从奥濑直到真木町旧村一带的翻山越岭活动。

要说疲劳,阿动的运动远比罗兹要激烈得多。他赶到十铺席后,便让这里充溢着非同寻常的氛围。阿动抱着冷冻箱走进家门之际,阿亮甚至为他身上散发出的有异于日常生活的异质气味而畏缩不前。古义人则因此而回想起一种气味,那还是在孩童时代,行走在森林中——他也曾对罗兹说起那个回忆的一部分——时曾遇见从事山林工作的一伙人,他们身上就散发出这种群体的气味。无论在手腕上包裹着的厚厚布质衬衫上,抑或在牛仔布长裤上,都可以看出连续两天翻越山岭留下的痕迹。即便在帽子皱褶里的头发以及面部的表情上,也都显现出过度消耗的印象。

这次强行军不仅是肉体的疲劳,恐怕在心理上也出现了麻烦。古义人如此考虑着,同时建议在罗兹小寐的这段时间里,阿动前去淋浴,然后穿上自己的换洗内衣内裤。然而,阿动却担心浴室的响动会影响罗兹的睡眠,因而坚决地拒绝了。

晚餐开始了。以恢复了元气的罗兹为中心的餐桌上的大团圆,对于阿动来说已是久违了。或许早在就餐过程中,他就在头脑中反刍着此后该说的话语了吧,饮用餐后咖啡时,古义人对他刚一暗示,他就像期待已久似的开始了自己的报告。

奥濑的度假村在当地招募了十个年轻人,其中五人留了下来,为罗兹的讲座以及餐会兼会话实习班服务,另外五人则随真木彦进行山地越野考察。津田那边的人除了他以外,还有作为摄影预备人员的录像技师、照明以及录音共三人。器材以及便饭和饮用水的搬运工作,则交由度假村的年轻人负责。阿动没被分配实际工作,但开设宿营地等必不可少的工作,很快就会接踵而至吧。

根据那份十万分之一的地图,顺利完成了真木彦所选路径的计算工作,因而进展没有遇到障碍。津田在自己的实地勘察笔记上填写专业性的记录,还数度停下脚步,指挥录像摄影,而真木彦则让度假村的年轻人匍匐前进,这些工作都意外地耗费了时间。不过,这一切却正是项目的中心之所在,因此并不介意多花费一些时间。临出发时,真木彦曾对度假村的年轻人这样说过。这些年轻人协助摄制录像,尤其是在成排岩石露出地表的斜坡上长着杂草的狭小处所,他们假想膝盖以下部位均无法动弹,只用手臂逐个山头地往上攀缘。

帐篷在日头西沉之前便架设完毕,津田和他手下的工作人员以及真木彦在那里一直喝到很晚。度假村的年轻人没能参加喝酒,尽管他们承担了白天的体力活儿,却没有为这种不平等待遇而焦躁不安,这表示他们对真木彦心悦诚服。阿动公正地如此说道。

毋宁说,唯有这深山之中的过夜帐篷以及帐篷里的交谈,对于真木彦来说才是最为重要的?阿动还说,虽然从奥濑前往真木町的旧村子一带,再经由林中道路下山的日程,即便安排在一天之内也并无不妥,真木彦却制定出了两天的计划,难道就是因为这个原因吗?

阿动被要求架设帐篷的地方,即使在强盗龟的山寨之中也很醒目。被巨大朴树掩映着的深邃洞穴,是这一带各种势力相互抗争的战国时代的山城。就是在地方史上,也有着这特定的一笔。在那个时代之后很久,强盗龟把此地作为在山中往来转移的中转之地,偶尔还会带上女人藏匿在这里。

古义人曾在作品中写过,遗下定制的床铺的那位总领事,做完癌症手术之后在天洼建起家屋,并经常离家前往山中行走。关于总领事集中阅读叶芝一事,也被作为以他为模特的小说中的主题。作品里有个场面,说的是总领事把强盗龟山寨里的洞穴视为叶芝的"女声低音音域的裂缝",在那里朗诵相关的诗歌。据阿动说,真木彦将此读解为作者本人的举止。

阿动请度假村那几个年轻人帮忙,在分为三杈的朴树那粗大树干下不生灌木和杂草的阴凉地支起了帐篷的支柱。这时,真木彦把洞口前堆得很高的乱石作为舞台,以津田和其他工作人员为观众,开始了自己的演出。

真木彦扭动水蛇腰,惟妙惟肖地模仿着独特的行走姿势,及至来到可以窥见洞穴的位置时,用手遮住耳朵——显然是在暗示古义人那只受了伤的耳朵——后,便开始朗诵叶芝的《螺旋》中的一段:

> 发生了什么?从洞穴里传来的那个声音/表现那个声音的语言唯有——拥抱喜悦!

阿动之所以被那哭喊一般不寻常的朗诵深深打动,尽管没有实际听过,可他觉得,这确实就是古义人内心情感的流露。这天夜晚,即便在帐篷内的酒席上,同样的朗诵依然被一遍遍地要求再来并引发欢笑,就连在山洞里与阿动的睡袋紧挨着的度假村那几个年轻人,也发出了欢笑声。

翌日早晨,收完帐篷的阿动注意到,津田丝毫不想掩饰爱挑剔的神情,对相向而立的真木彦这样说道:

"昨天夜晚,你对长江的批判既很风趣,也有一些尖锐的东西。各自都把青春献给了运动,一旦想要退出已经加入的党派,却已经无法脱身,就这样接连吃着苦头。对于这些早已不再年轻,也没有任何像样工作可干的伙伴,国际作家呼吁要'拥抱喜悦'!那么做,可比漫画还要恶劣呀。与叶芝和爱尔兰的运动家之间的关系完全不同。可是,你既然那么辛辣地模仿他,为什么还要下山到长江他家去呢?如果你打算讨好长江,那么,你与咱们交往不会感到疲惫吗?"

原本从强盗龟的山寨一直往下走,不出一个小时就可以赶到十铺席,可一行人并没有向十铺席前进,而是决定折回奥濑……

听完这些话后,罗兹说道:

"听了阿动的报告,我的感觉很好。阿动没有搬弄是非,把真木彦视为间谍。因为你像以往一样,想要向真木彦讨教,这才去搬运度假村那顶大帐篷的吧。

"关于真木彦戏仿古义人朗诵叶芝,从阿动所说的津田的接受方式来看,我认为也没有什么不妥……"

"在拍摄纪录片的独立制作公司工作期间,津田与所谓的新左翼活动家过从甚密。所以,对于他们的思考方法和生存方式,应该比我更清楚。"

"叶芝是在考虑在爱尔兰革命运动中被枪杀的年轻人,以及也是在那过程中患上心病的女儿等事。而且，这首诗是在思考倘若没有自己的谈论，情况又将会如何。之所以引用这诗……

"即便为叶芝所倾倒，可在古义人来说，在自己所说和所写的内容之中，却从不曾让年轻人被枪杀，也不曾让女子陷于疯狂。这倒不是说在伦理上你无法做到，而是你的风格让你无法如此。有一种批评意见认为，古义人沉溺于政治性的癔病之中。这种批评意见是正确的。

"于是，作为终生创作的作家，你不也在考虑责任的问题，并为此而感到苦恼吗？真木彦也曾说过，长江如同漫不经心的和尚一般，可有时也会按自己的做派执拗行事。

"而且，真木彦鼓励我说，在写专题论文时，尤其要把这种地方照得通亮，从而描绘出长江古义人步入老年后的窘境。其实，这也是我开始与他共同生活的最大动机。"

"话虽如此，可罗兹你为什么要与真木彦分手呢？"阿动问道。

在古义人听来，这不啻为怨怼之声。被冷不防这么一问，罗兹竟是无言以对，于是古义人就不得不替她说点儿什么了。

"无论罗兹也好，阿动也好，真木彦也好，你们不都有一些过于认真的地方，因而大家都很痛苦吗？"

"我有一些不愿意对你说的东西，这真是难以表述的日语……直截了当地说，我认为真木彦某些地方正正处于崩溃，而那正是他的致命缺陷。阿动，你可不能成为那样的成年人呀！"

5

松山的县立图书馆图书管理员给古义人挂来这样一个电话：占领时期由美国文化情报教育局拥有的图书，在媾和条约生效之际已经移交管理。这批图书都是原版书,由于估计不会有大量读者阅读这些书,便搁置了下来,自那以后,一直堆积在地下过道里。偶尔也会进行部分整理,因而了解到那些书的封面背后,原样保留着当年的读者卡片。你曾往来于图书室,在那里进行考前预习,还曾把那里的原版书借了出去,或许能够找到插有写着你名字的卡片的书吧。这批图书由于尚未整理,因此无法借出去。不过,如果是在现场查找的话,将提供力所能及的方便。

实际上,古义人已经开始兴奋起来。与此相呼应,年轻的图书管理员再度挂来电话,说是已经找到古义人所说的想要调查的书籍种类的大致所在,并清理出通往书山的路径,拂去了书堆上的尘埃。他还告诉古义人,凑巧他有一个在 NHK 做记者的朋友,他对这件事产生了兴趣。假如消息被用在乡土新闻上,就具有了公共性,因此,就连古义人找出那图书并阅读、复印的场所也一并准备好了。

下一周中间的一天,古义人乘坐早晨的 JR 特急电车前往松山。这座地方城市的气温较之于森林中的山谷要高上两三度,不过,连接图书馆地下仓库的通路却很阴凉。NHK 的摄影小组已经等候在这里,一应照明器材也准备完毕,因而查找想要寻找的图书并不很困难。最先找到的,是《哈克贝利·费恩历险记》插图版两卷本。读者卡片上的签名,只有圆溜溜的小虫子一般的古义人的名字,这名字已被反复签了很多遍。

即便周遭散发着潮湿的水泥地气味,甚至陈年尘埃的味道,古义人也从中嗅到当年初次感受到的美国气味——洋书的油墨和糨糊味道。尽管对图书馆的规则有所顾忌,少年时代的古义人还是用红铅笔在书上做了勾画。现在,一如记忆的那样,他发现了勾画的所在。那是哈克贝利给拥有奴隶吉姆的华森小姐写密告信,可是后来重下决心,撕毁信件的场面。

摄影结束后，重新查看书籍的青年管理员说，这种浅淡的铅笔痕迹在普通复印机上是复制不出来的，如果是彩色复印机的话，也许可以复制下来。说完后，便带着那书前往繁华街上的复印机专营店去了。

战争末期，母亲把米装在几只棉布袜里，带到在松山空袭中烧剩下的道后，在那里四处寻访，从担心再度遭受空袭的当地人手中，为古义人和亚沙换来了书籍。其中的岩波文库版《哈克贝利·费恩历险记》从此就一直是古义人喜欢阅读的书。古义人在高中二年级新学期转学到了松山，开始往来于CIE①的图书室并把那里作为考前学习的场所，于是就发现了漂亮的插图版两卷本。每天，一看完预定的考试参考书，便花上三十分钟至一个小时的时间，根据翻译版的记忆，一点点阅读着从开架式书架上取来的马克·吐温的这部作品。在此期间，由于得到日本职员的认可，被同意借回去阅读，时限定为一个星期，于是，就在借阅卡片上留下了自己的署名。

古义人独自留在空荡荡的房间里，随着时间的流逝，他想起什么，便转身返回走廊上的书山，在英国文学的分类前跪在水泥地上，倾斜着上身，寻找记忆中那个暗紫红色的布盒书。现在，肯定早已褪色了。布莱克的《天真之歌》②摹真本，就是它！可是，古义人没能打开并翻阅这本远比记忆中要小上许多的书。布莱克插图中那个将幼儿扛在肩头、正站立着面对自己的年轻人，与皮特竟是那般相似……

古义人茫然若失地站在那里，收发室的姑娘从身后告诉他有电话找，然后领他来到一楼的办公室。让古义人十分意外的是，田部夫人那显赫而华丽的声音正在电话里迎候着他：在近午时分的本地新

---

① 隶属于驻日联合国军总司令部的民间情报教育局。
② 原文为英语 *Songs of Innocence*。

闻中,看到古义人站在图书馆地下仓库的书山之间接受简短采访。现在社长也在饭店,想和他一起吃午饭……

为收发室姑娘在书上签名时,回到图书馆的青年管理员告诉古义人,NHK虽然没有送上摄影的酬金和交通费,却支付了那两本书的所有彩色复印费用。古义人提着分量颇重的大纸包,坐进了田部夫人派来迎候的汽车。

6

第一次见到的田部,远比古义人根据夫人年龄所推测的年岁大得多。不过他的气色很好,透过以年轻人爱用的硬质摩丝竖立起来的稀疏头发,隐约可见与额头气色相同的头皮。田部看上去比较健康,工作也罢,当地实业界的名誉头衔也罢,无一不显示着他精力充沛。

在被搬进田部夫人办公室里的圆形餐桌上,为准备田部夫人刚才提到的马克·吐温的话题,古义人把彩色复印的纸包放在了餐盘旁边。然而,田部却只是微笑着点头,根本没有伸手触及复印材料,丝毫不见追问古义人与书再度邂逅的故事的模样。当草草搁下马克·吐温话题的古义人因此而闷不作声时,田部很快就独自扮演了饶舌的角色。他说了一阵景气的前景,却被田部夫人指责为"经济话题恐怕不合适",便喜气洋洋地转换了话题。

"在长江先生这样的名人周围,哎呀,有趣的人都聚拢过来了!而且呀,可以说表现力也不同凡响啊!

"真木彦君虽说是神官,却不是寻常的神官。关于判断这寻常与特别的标准,我并不具备!啊哈哈!"

田部将他那与切分开的火候适中的烤牛肉色调相同的面庞转向

田部夫人,而夫人则从餐桌上夸张地扭过上身避开去,同时在竭力抑制着大笑。古义人不可思议地想着,难道真木彦能在人们记忆中留下如此强烈的大笑吗?

"承蒙长江先生特别关照的奥濑别馆的文化讲座呀,负责英语课的罗兹老师与真木彦君,听说最近分手了……长江先生您是专家,在纯文学中不是有一本叫作《分手的理由》的书吗……哎呀,这种开场白本身,用真木彦君的话说,是'修辞学的一部分'。从神官那里,我们听说了这场国际婚姻归于悲惨结局的始末。那是一场悲哀的幽默,确实非同寻常。当我们问及'是否也对长江先生说了'时,却回答了这样一些话:'哎呀,那个人也有一些奇怪而古板的地方,所以……'啊哈哈!"

田部夫人身着的织物是一件可看透内里的和服,从和服的袖口处,如同饼子般的手臂一直显露到臂肘附近,那手臂像是在揉搓什么似的动作着。看上去,那既是在制止丈夫,也是在努力抑制自己的大笑。

"有一天,真木彦君与罗兹老师做那件事……大概因为对方是外国人吧,并不是寻常的那样,据说是肛交啊。或许也是夫妇间常有的事吧,这一天,说是真木彦君的家伙的力量不足,更要命的是,在直肠的压力下,竟被滑溜溜地推挤了出来。

"于是,啊哈哈、啊哈哈! 就传来很不合适的音响,马上就哗地传来了臭气。如此一来,罗兹老师可能觉察到了事态,就分辩说'可是,那不是放屁'。据说,当时真木彦君绝望地想,'该分手了'! 啊哈哈、啊哈哈!"

田部夫人把两只白皙手臂上唯肘头稍显黑色的浑圆抬了起来,用手掌捂住脸,肩头在起伏、震颤着。古义人等待着田部夫人以及正用餐巾擦拭笑出来的眼泪的田部恢复常态,然后这样大声说道:

"田部呀,与夫人进行肛交时,您的身体看上去很棒,所以中途不会委顿吧……结束之际被推挤出来时,会发出音响吗?即便不发出音响,那么,经常会哗地就传来臭气吗?可是,那不是放屁……"

田部夫妇随即止住大笑,愣怔怔地看着古义人。

"那么,告辞了!出了这种情况,因而就不考虑所谓的文化讲座了。"

田部将锐利的目光和恐吓的声音投向站起身来的古义人:

"不不,我不会因为这么一点点小事就让先生离去的。"

"……不,不!请忘掉此前的约定,没关系!我做梦也不会想到,曾应邀出席斯德哥尔摩王宫晚餐会的先生竟然如此粗野。我,有生以来,还从未遭受过这种方式、如此无理的羞辱……千万不可辱慢松山的女人啊!"

在雨水初降的温泉街坡道上招呼出租车——此前,在饭店大门处没有心情让门童代为叫车——不是一件容易事,古义人却认为自己现在的举止,是受那本令人感怀的书激活了的记忆所影响。

　　那是痛苦的立场。我将其取过,并拿在手上。我在颤抖。为什么我总是面临在两个里必须决定选择其中之一?我屏息静气,在一分钟内凝神思考。然后,我在内心里这样说道:

　　"那么好吧,我就去地狱吧!"说完后,就将那便条撕碎。

　　那是可怕的想法,可怕的语言。然而,我却这么说了,而且,我决定今后也将一如所说的那样。在那以后,从不曾想过要改变这个决定。

当然,在哈克贝利·费恩来说,没有丝毫粗暴无礼[①]之处。

---

① 原文为英语 rude。

第二十章　与"白月骑士"战斗

1

倘若仿效塞万提斯的说法，那就是：本章将要讲述给他带来巨大痛苦的冒险，以及迄今发生在主人公身上的何种变故。在开始叙述之前，必定来上这么一段开场白。在推出将要讲述的这个冒险之前，需要介绍一下古义人终于作了那可怜的爱情表白以及遭遇到的悲惨失败。

关于在道后饭店与田部和田部夫人发生的冲突，古义人没有对罗兹说起。因为，如果说起此事，无论怎样委婉地讲述，恐怕都无法回避真木彦对田部夫妇详说他与罗兹的性生活之事。

不过，既然没有说起此事，古义人也就难以要求罗兹取消下个周末的专题讲座。星期六早晨，由于台风已经接近冲绳，电视里便整日播报气象信息。如果以此为理由，劝说对不曾经历过的台风神经过敏的罗兹停课，按理说也是可以的，可是……

罗兹照例乘坐阿动驾驶的汽车去了奥濑，又带着忧郁回来了。她说，不仅包括"苍老的日本之会"成员在内的专题讲座的所有听课者都表现出距离感，度假村工作人员的态度也不甚友好，而且，自己连发生这种变故的原因都无法弄清便回来了。强劲的风雨已经移到了奥濑,度假村用地对岸的阔叶林中高耸的树梢在剧烈地相互搓揉。虽说没被那阵风雨撵上,总算到了家门口,却在下车走进十铺席大门前被淋得透湿……

罗兹既没有从度假村带来往常那样的菜肴原料,也没有主动承担做饭的工作,只是闷坐在自己的房间里。于是,古义人先将鸡腿肉渍上蒜味,再用橄榄油烧熟,淋上柠檬汁和塔巴斯辣酱油后以备食用,然后做上意大利白奶酪色拉,又煮了一些通心粉。

就在古义人忙碌地制作这点儿饭菜时,却听见厨房外传来塑料袋被挤压时发出的吱吱声响。那塑料袋里原本装的是被压扁了的装水容器。于是,他将燃气灶台的火头调小并探头往走廊上看去,只见阿亮的长裤被脱在身旁,三角裤挂在肥胖的屁股上,而他本人则正要往鼓胀着的塑料袋——高度恰好与坐便器相当,也同为白色——上坐下去。在古义人的脑海里,不禁浮现出丘比特神话中凌辱鸟类中雌鸟的画面……

尽管如此,古义人还是采取了切实的应对措施。阿亮这时正要往被装入塑料袋中的那些塑料容器撑起来的高度上坐下去,古义人便一面不断鼓励阿亮,同时抱起他的上半身,把他引导到相邻的厕所去。很快,就传来了阿亮那颇有气势的爆裂音,他这是在开始腹泻。

阿亮原本就对低气压的来袭比较敏感,时常因此而发作。早在古义人刚才配置菜肴原料和调味料时他就有了轻微发作,只是古义人没有察觉到罢了。

发作之后的腹泻将至之际,阿亮想要去厕所,在他那尚处于茫然的头脑里,大概没能把握好十铺席宅地的房间布局,这才将白色的塑料袋误以为坐便器了。阿亮没有吃饭就上了床,因而只有古义人和罗兹坐到了餐桌前。两人平分着喝完了晚餐会剩余的葡萄酒。声音调低了的电视正在播报行进缓慢的台风在纪伊半岛登陆的消息。

也就是说,四国幸而没被笼罩在暴风雨圈之内,可风雨却渐渐强劲起来。倘若刮进甕形的山谷里,大风照例是会稍微平稳下来的。可十铺席恰如西风的标的一般,沉沉黄昏时分,只见三岛神社的赤松和柯树的树梢摇摆着描画出圆圈。关上木板套窗的时候,房屋背后延展开去的阔叶树繁茂的枝叶正在黑暗中蜿蜒起伏。尽管敲打在屋顶上的雨点声响并不很大,可只要一想到独处于岩盘之上的居所,两人还是对开阔空间里的风声心怀畏惧。

晚餐后罗兹闷居在房间里,当阿亮为收视"N响时间段"而起身出了房间后,便将晚餐剩余的残菜做成三明治,用水稀释了也是晚餐会残余的纯麦芽制威士忌,并分在两个杯子里端了过来。

两人默不作声地喝起威士忌,喝完之后古义人又去厨房里取来了罐装啤酒。在风雨声中喝了一阵后,罗兹说出了一直思考并得出的结论:

"古义人,我想回纽约去。"

较之于这句话本身,罗兹脸上那全然失去生动活力的表情让古义人遭受了更大打击。美国的这位女性并不期待任何报酬地来到日本山村旅行,并与自己一同生活,却遭到了毫无道理的打击,最终想要回到大海彼侧去了……

肯定是因醉酒而加剧了这个构思的闪现,古义人猛然抓住一个想法,也是他认为在这个场合能够使事态好转的唯一办法:

"罗兹,结婚吧,"古义人充满真情地说道,"千樫在柏林开设了为旅居那里的日本人照看幼儿的设施。长期以来,我们相互认识到对方是吾良的妹妹以及哥哥的朋友。我想,这种状况今后也不会改变,因此……请你与我结婚。"

"不,古义人,我不能和你结婚。无论你也好,阿亮也罢,我都很了解,成为十铺席的主妇应该是比较方便的。

"也就是说,虽然你提出了结婚要求,但是我却无法接受。为什么呢?因为古义人你目前在生活中意识到了人生的终结!与今后将一味进行总结的人生同行,对我具有什么意义呢?

"如果想要结婚,即便是与古义人年龄相仿的人,我也要选择想生活在崭新人生之中的对象。

"怎么样,打消这个念头了吧?"

"是的!"

如同吊在风雨中的鸟笼里一般的酒宴结束了,喝醉了的古义人未经任何折腾便沉沉睡去。然而,最近听黑野说起的真心话并非事不关己,因而古义人早在凌晨两点时就睁开了睡眼,便不得不直面心情糟透了的自己。古义人想起自己的求婚被罗兹非常冷淡地拒绝了事。细究起来,在这个求婚的动机里,该不是有从田部那里听到真木彦所说罗兹的那种露骨的性事细节而被激发出来的因素吧?如此怀疑起来,古义人随即坠入自觉到的巨大羞耻之中!难道,被罗兹看穿这一切了吗?

2

不知何时,古义人再度沉入梦乡,重新睁开睡眼时已是近午时分,风雨早已停息,天际万里无云。餐桌上放着薄煎饼,还有昨晚剩下的醋渍鸡肉重烧过后与蔬菜色拉混起来的拼盘,保温瓶里则灌满了咖啡。罗兹用平假名书写的留言条也在桌上,字间既显出稚拙,也透出几分奔放的精练。

与阿亮开车兜风去了。因为还有一个想要看的场所。古义

人喝醉酒,求婚了。你是我的情人,但是……①

在这期间,阿动出现了,悄悄过来陪同古义人喝咖啡。他已经知道古义人与田部夫妇的决裂,而且估计到了没有修复关系的可能,便只谈今后的必要事项。他似乎已经从真木彦——目前常驻奥濑并任黑野的助手,神社的工作则由阿动赶到度假村请示其指示——那里了解了事态。

"黑野也被叫到道后去听了一通抱怨。其实,因为长江专题讲座计划的流产,他的处境比谁都艰难,可他什么也没说。这是有着各种阅历的人才会有的态度啊,真是开了眼界。

"都说日本女性中的美人类型分为'般若型'或'多福型'什么的,我也不清楚这是认真说的还是笑谈,不过听说田部夫人是圆脸,我想,那就是'多福型'的典型了。说是自从与长江先生发生冲突以后,她连米粥都吞咽不下去了。身体姑且不说,脸庞也瘦了一圈,变成了'般若型'脸型了。"

"黑野如果能够理解的话,我也不会有问题。必须向他说明吗?"古义人陷入忧郁之中。

"真木彦正在进行批判。"

"这是怎么回事?"

古义人条件反射般地问道。该不是真木彦那吊儿郎当的饶舌和自己的抵触再度出现了吧?愤怒涌上了古义人的心头。在阿动的表情上,无法揣度事情发展到了什么程度。

"真木彦是否有一种想法,那就是借助长江先生的文化专题讲座,把自己同奥濑的年轻伙伴间今后的关系确定下来?

"让他生气的是,这个想法却因为长江先生的单方面拒绝而完

---

① 原文为英语 You are sweetie, but……

全流产。

"上个星期,在罗兹讲课期间,真木彦把大家都召集起来,商议在长江文化讲座中止之后,是否仍然从事度假村的工作。咱也去听了,真木彦始终在批评长江先生。

"'咱们把长江古义人推到活动的中心,如果这种定期性的而且能够长期持续下去的活动得以坚持和加强的话,长江先生有生以来将第一次拥有与年轻成员合作的运动基础。由于专题讲座的场所也对松山的学生开放,因此,运动肯定会扩展开来。

"'长江呀,到了晚年,终于可以把自己和具体的运动组织联系在一起。实际上,常年以来他一直避免与年轻人的运动组织产生直接联系,最终还是觉悟到是无法逃避这种合作。这就如同他年轻时所向往的萨特一样,就这样走向了死亡……

"'关于这一点,津田导演非常理解,要把他的奥濑运动拍摄到电视上去。可是……'真木彦好像很遗憾地这样说。"

"若是真木彦的固有观念的话,从罗兹那里也可以听说。"古义人焦躁起来,"因此,真木彦他们目前的行动方针到底怎么样了?"

"黑野是这么说的:没必要与田部社长和夫人谈论。不过,长江古义人应当对'苍老的日本之会'成员打一个招呼……也就是商议一下。真木彦说他也想参加……他好像认为,如果达成这个成果,那么,全体年轻人与你的对话也就可能了。

"真木彦真正的用心,是认为古义人倘若不回到专题讲座,也就不会有今后的展望,因而希望你和田部夫人各自重新考虑。文化专题讲座如果被中止,只靠供长期旅居之用的小型温泉别墅,在奥濑募集来的员工将会失去工作岗位。因此,他还准备了经所有年轻人署名的请愿书。由于香芽知道田部夫人,听说已经前往道后送交请愿书去了。"

"连那个孩子也被卷入真木彦的策划中来了吗?高中的第二学期已经开学了吧?"古义人问道,却没有得到回答。

不识寺的松男来了,与返回的阿动擦肩而过。看上去他好像有要紧的话需要说,却因为他不是那种立即就能说出口来的人,所以古义人提起了阿动的话题。

"阿动也好,作为他女朋友的小香芽也好,正与在真木彦指导下的奥濑那些年轻人一同工作。我有这么一种感觉,可是……那究竟是怎么一回事呀?阿动似乎对真木彦抱有批判态度……"

"在古义人先生搬到十铺席来之前,阿动君一直是真木彦的得意弟子。自从古义人先生来了后,阿动君就总是守候在十铺席,真木彦的内心就不平静了。如同此前我也说过的那样,那里是一个燃点。"

在确认了罗兹是否在家后,松男继续说道:

"阿动君最初为了罗兹而不惜竭尽全力,难以容忍的香芽君便向真木彦告了'御状'。于是,真木彦就相应地从阿动君手中抢过了罗兹。如此一来,形势就越发不妙了……嗯,再深的情况,和尚就不知道了。

"不过,既然说到我这个和尚的事,古义人先生,您何不买下一处墓地?

"总领事选了一块地皮,还特地为修造墓地提出了看法,您知道这事吗?我有一个计划,就是在那旁边修造相同墓地,并在周围预留下半永久性的空地。就把那里作为古义人先生和阿亮君的墓地,怎么样?

"寺院里会另建一个房间,专门展示古义人先生的书和阿亮君的 CD。前来这里参拜的人……也说不好是幸运还是不幸,总之,或许可以期待少数严肃的人来到这里。

"在原中学校长母亲的法事上,曾对亚沙说起过此事,从反应上看,也不能说是毫无兴趣。她好像顾虑古义人先生在十铺席的生活不会长久。

"可是啊,今天晌午时分来了个电话,说是想尽快修建那个墓地,而罗兹似乎要回到美国去。所以呀,就像老话说的那样,好事要快办……"

"可那是不是好事呢?"古义人慨叹着说,"大概是带阿亮出去兜风的罗兹偶尔遇见了亚沙,就向她说了自己的决定。"古义人明白了事情的原委,"如果亚沙这么看待十铺席前景的话,那么,结果也许比我本人预料的还要准确……我考虑一下吧,松男君。"

3

黑野从奥濑度假村打来电话,说话完全是事务性口吻,怀着沉重心情取过话筒的古义人因此而获得了解脱。他再次评估了此前所坠入的忧郁的程度,还想起了阿动对黑野所作的再评价。

学习会将从下星期六开始,届时,"苍老的日本之会"成员将轮流演讲,伙伴们则对此进行评论。一巡之后将召开全体会议,由各人自行决定,自由选择是撤回还是长期在此居住。

"就是这么回事。就其实质而言,是战败后的善后处理。但是,没有胜利者。你并不是吾良,因此也不指望你具有电影知识。不过,有一部叫作《没有胜利者》的二流作品。你本人也不会认为自己战胜了田部夫人吧?

"因此,头一次演讲就由织田承担下来了,评论员则由真木彦担任。织田的主题,叫作'年长者的读书',说是尤其想向罗兹讨教。田部夫人不来参加。

"如果罗兹前来,你也会一起来吧?星期六晚上,将会为你和罗兹各提供一栋联体小别墅。至于如何使用,则悉听尊便。此外,还要向她支付总共四次讲课的报酬,开出相关经费的支票,以现金的形式支付。

"……还有,如果你愿意的话,星期天整个上午将举办演出。说是为了促进文化专题讲座的讲师与听讲者之间的和睦关系,在真木彦一直保留至今的计划中,第一次已经决定是内部性的,但编排得也很出色呀。且不说罗兹,也许会邀请长江君你参加。"

听了这话后,罗兹表现出了强烈的兴趣。古义人也想对"苍老的日本之会"各位成员说上几句。委托阿动驾车送往奥濑时,阿动说是香芽也想同车前往。进入第二学期后,缺课较多的香芽必须利用下午时间补习功课,据说一直要补习到四点钟。尽管古义人表示,"那么,是否没必要请香芽一起去?"却如同上次一样,阿动并没有听从。

因此,当古义人一行到达奥濑的时候,已是下午五点多钟了。"苍老的日本之会"成员都在度假村主体建筑的谈话室——走下紧挨在后面的地下室,便是大浴室,从那里也可以穿着浴衣上来——里聊着,同时进行晚餐前的小酌。古义人感受到的最新印象,就是大家都生气勃勃,行为举止也比较轻快。除了饮用烈酒已成习惯的黑野之外,其他人则因为织田医生就在身边,在晚餐后于音乐厅集合以前,就只能饮用啤酒了。

在因反对政府新法而临时集合起来的聚会或试映会上见面时,津田总是给人以浮肿的感觉,可眼前的他却是面色红润,皮肤绷得也很紧,看上去属于年长的体育选手类型。据说,津田经常前往田部联合企业的高尔夫球场,越过国道还要再往坡上走七八分钟才能到达那里。

古义人认为与真木彦见面比较麻烦,不过,说是他已经出去借用化装的衣物和小道具了。参与商议演出的那位导演所属的剧团在上演欧文·尤奈斯库①的《犀牛》时,曾制作了必要的衣物和道具。由于这次演出将再现联合赤军和警察机动队的形象,也就需要借用那些衣物和小道具了。

黑野把脸凑上前来,古义人的鼻子甚至可以嗅到气息中酒精的气味。

"那么做,可是有些软弱啊。今天晚上应该见不上面吧。"黑野加了一句。

倘若有人关爱罗兹,她上完最近那个专题讲座的课回去时,也就不会那么忧郁了。从"苍老的日本之会"成员那里,听说她觉得受到了慢待。不过,看到那些初入老境的学生们仍想延长英语会话专题讲座的劲头,古义人又在怀疑消沉的罗兹是否反应过敏了。织田医生率先上去与罗兹搭话,当医生对这边的监视刚一松懈,黑野便把古义人引至谈话室一隅的吧台,好像理所当然地开始配制冰镇纯麦芽制威士忌。他说,自从古义人和田部夫人的决裂明朗化以来,这里的商议多由真木彦招呼那些年轻人过来,围绕度假村的前景进行讨论,这已经成为此处的习惯。在今天晚上由织田医生主讲的演讲会上,那些年轻的伙伴肯定也会来参加。

"喝上一杯再说吧,咱们这一代人呀,不是热衷于谈论六十年代的《日美安全保障条约》的话题吗?示威游行嘛,那也是以战斗队形的 Z 形游行示威为主。咱们的一些朋友参加的是七十年代的斗争,织田医生好像也在相当程度上参加了东大医学部的游行示威。

---

① 欧文·尤奈斯库(Eugène Ionesco,1912—1994),出生于罗马尼亚的法国剧作家,曾创作荒诞戏剧《秃头歌女》等。

"不过,那些年轻人看了当时的游行示威的新闻纪录片后,据说都笑了起来。说什么'这种游行,不是对现实没有产生任何效果吗?!就连产生效果的可能性也没有。'因此,同他们的谈话也就越来越僵。他们还说:'你们自己不也知道吗?!在你们投掷石块或挥舞木棒的时候,大概也不是真心的吧。'

"被这么一说呀,就连咱这个当时被称为骑墙派典型的人物呀,内心也无法平静了。长江君,你不也这样吗?!

"事实上,作为那么宏大而激烈的游行示威的积累,即便你所敬爱的战后民主主义的法王——鹈饲先生也这么说了,他认为,'看起来,一九四五年没能形成的民主主义,却有望在市民这个层面上达成。'……"

"对于这件事,鹈饲先生从不曾像你所说的那样讲了或写了什么。在接受美国新闻记者采访时,倒是说了一些相似的话语。"古义人接着说,"我认为,法王之类的称谓就如同战后民主主义的天皇这种说法一样毫无意义。鹈饲先生究竟拥有怎样的权利呢?"

黑野以非常温和的眼神——古义人曾认为,这如同散漫的羊所显现出的温和——接受了反驳。在观看深夜的电视争论节目时,黑野经常现出如此神情,这让古义人一直感到不可思议。

"……好吧,这事就算这样吧。四十年过去了,规模那么大的游行示威却没带来任何东西。被他们怀着确信说了那么一通之后,咱也认为,还真是那么一回事。

"嗯,如同先前你也同意的那样,说不上是灵活还是敷衍,咱就是以这种方针为原则而生活过来的人。不过,织田博士则属于拘泥型,因此无法理解那些年轻人所说的话。他按照自己的风格作为一个成功的医生而生活过来,同时,似乎把有关七十年代的斗争的回忆予以圣洁化了。因此,作为'苍老的日本之会'的根本思想,假如让织田博士把他的话语原样发挥下去,那就是他已经说出的想要恢复'我们青春的 Z 形游行示威'。

"坦率地说,你和咱呀,长江君,目前在思想上并不一致。咱们不会把同一个主张写在标语牌上去游行示威。因此,只是作为身体的运动,作为小规模的模拟,咱们尝试着进行游行示威。那就是明天的演出。

"真木彦前去筹办的,是游行示威队伍的化装衣物,还有前来迎击的警察机动队队员的战斗服。从头盔到盾牌,让他凑成套带回来。"

移坐到毗连的大食堂——目前所在场所的一角正在安置晚餐的餐桌——后,织田医生与古义人共同将罗兹夹坐在中央。讲话就由织田医生开始了。

织田医生现出如同罗兹所说的英勇的①态度,叙说了有关翌日演出的情况。也就是说,这是面向罗兹所作的说明。尽管如此,还是可以看出,织田医生也想让古义人理解,就要认真地这么做了。

"我呀,罗兹,我拜访了古义人先生的住所,因而在有关'年长者的读书'问题上受到深刻的启示。自那以后,我一直在集中阅读本雅明。我总是记不住那个名字,就是罗兹小姐的恩师……诺斯罗普·弗莱,谢谢……如同弗莱所说的那样,是在 re- reading②。今天晚上的讲演也是这个话题,又是当着罗兹小姐的面进行,因而就感受到了往昔的实习生的感觉。总之,我目前正在重新解读本雅明。

"不过呀,正赶上真木彦提出了演出的计划。我就想呀,把自己再次投入到发生在六十年代七十年代的游行示威那种过去的事

---

① 原文为英语 gallant。
② 原文为英文,意为重新解读。

件……那也是很认真的……中去。罗兹小姐不正是本雅明这个角色吗？！

"这里的年轻人现在嘲笑我们通过游行示威进行的抵抗。他们不愿意为思考游行示威的意义而付出脑力劳动。这该说是轻薄呢，还是残酷呢？……

"假设，我们的游行示威成为扳机，引发了诸如发生在墨西哥城的三元文化广场上的大屠杀，那该怎么办呢？与六十年代和七十年代在东京实际发生的事件相比……不，那种惨状根本就无法相提并论。

"这么一说呀，他们就会说出这样的话来：'可是，即便如此，在日本不是什么也没有得到改变吗？！就像墨西哥没有发生任何变化一样。实际上，你们当年挥舞木棒互相敲打之际，究竟打算改变什么呀？'

"因此，我也起了一个念头，那就是'给他们一点儿颜色瞧瞧！'即便在今天晚上的讲演中，我也要引用学了罗兹小姐的方法后记下的笔记，鞭策老躯扮演'有能力在过去的事物中点燃希望之火的人'！"

4

织田医生挽着罗兹的胳臂一直护送到音乐厅，并把她安排在讲台正对面坐下，一面高兴地看着她，一面开始了自己的讲演：

"我在奥濑的这面斜坡住下后，一直在重新阅读早在年轻时就曾读过的书，是在一行一行地重新阅读。用罗兹小姐的老师的话……那确实是比较含蓄的话……来说，是在 re-reading。

"在读什么书呢？学生时代，我学习了德语。因此，在参考着翻译文本阅读瓦尔特·本雅明的原著。这种阅读方法,是从古义人先生那里学来的。

"现在,读的书比较短,是 *Geschichts Philosophische Thesen*,叫作《历史哲学论纲》的名著。缓慢地重新阅读每一行、每一个短节。最初,只是一个单词一个单词地对照着翻译文本和原著进行阅读,便对'年长者的读书'有了这样一种感受:啊,就是这么一回事呀!

"就像刚才所说的那样,这本论著原本就不长,而且,均由短小章节组构而成,是本便于 re- reading 的书。而且,这本书的主题还与过去相关联。对于像我这样以 re- reading 自己过去为目的的读书老人来说,这不正是一本最合适的书吗?!对于'年长者的读书'来说,的确是合适的典型。

"是啊,老年人语无伦次的长篇大话是够烦人的。因此,我只打算引用一个短小的例子,是本雅明作品中的这么一小段。在我的记忆里,这是我在大学医学部学习时曾读过的译本。就像这样,把想要引用的那一节抄写下来,如果是翻译文本的话,就与原文一同抄写在笔记本上。这就是我向罗兹小姐学来的读书的技法。对于'年长者的读书'来说,这仍然是恰当的。

"在这本书里,本雅明把人类的过去比喻为书籍。书中还'带着一份时间的清单',而'它通过这份时间的清单而被托付给救赎'①。

"我们侧耳倾听的声音,每天都各种各样、形形色色。其中,'事实上,充溢于以往的人们周围的空气中的、一股股气息'……对于这个一股股气息的译文,我也产生了其他思考……

---

① 详见本雅明《历史哲学论纲》第二节:"过去随身带着一份时间的清单,它通过这份时间的清单而被托付给救赎。""在过去这本书中附有秘密的索引,这索引指示着过去的解放……"

> 这气息一直在触及我们自身吗？在我们侧耳倾听的各种各样的声音里，混杂着现在正沉默着的声音的回音吗？在我们所追求的女子们中，存在着她们所不曾知晓的姐姐们吗？倘若果真如此，那么，在往昔的各个时代与我们的这个时代之间，有一个秘密的约定：我们是作为他们的期待，才到这个时代来的。我们等同于我们之前的、先行了的所有时代，（尽管微弱）并被赋予了救世主的能力。过去正期待着我们的这个能力。

"或许有人会说：既然主动承担了第一届文化专题讲座的主讲，难道就不能好好干吗?！其实，我的讲演只要引用这个提纲也就足够了。此外，还要邀请预定为评论员的真木彦给开个头，请全体与会者讨论在座的我们的将来。这是我和真木彦考虑的会议进程。在商议这个问题时，真木彦让我'引用提纲Ⅵ的后半部'，我现在就朗读这一部分。

> 救世主并不仅作为拯救者出现，他还是反对基督的人的征服者。只有历史学家才能在过去之中重新燃起希望的火花。过去已向我们反复说明，要是敌人获胜，即便死者也会失去安全。而这个要做胜利者的敌人从来不愿善罢甘休。

"真木彦的评论原本应该从这里开始，可是，为了筹措明天演出所用的衣物和小道具，现在他去了松山。因此，推荐代替真木彦进行评论的人物，就是我的权利了。

"两个相当于真木彦的弟子的年轻人出席了这里的讲演会，现在，有请其中的阿动君发言。"

阿动沉静而深思地从席位上站起身来，"苍老的日本之会"成员全都显出意外的神情注视着他。在站起身来的阿动身旁，香芽的脑袋从挺拔的身体上嘎噔一下耷拉下来。

"假如现在真木彦在这里，开始就刚才的引用进行评论的话，我认为会围绕救世主而展开。因为，真木彦曾对我们说起过有关长江小说中出现的救世主。

"现在，我也从笔记本中开始朗读。是关于把前缀 anti- /ante- 理解为反还是解读为前的问题。长江先生曾请教过六隅许六教授：自己把重点置于前方，可这样做是否妥当？真木彦说，有关比耶稣基督更为前出的指导者、革命家，以及包括其各种表现在内的这一点而言，六隅—长江的思考方法也是有效的。

"但是，学者六隅教授暂且不论，因为长江先生是身为小说家的实践者，难道不该在前基督之中断定反基督，从而清晰地予以问题化吗？这就是真木彦的批评意见。"

香芽抬起耷拉着的脑袋——如此一来，原本勒紧了头发的脑袋，就在站立着的阿动的肩膀附近了——发言补充刚才的评论：

"真木彦说，长江先生并不是没有将其问题化，而是这种问题化半途而废了。"

"在长江先生的小说中，出现了自己敢于发挥反基督作用的人物。尽管如此，作者却没能彻底考虑这种反基督的个性。真木彦是这么说的。真木彦的批评意见认为，假如反基督的话，那就是敌人，这种家伙必须被打倒。没能这样做，则是长江古义人先生的弱点。"

"是的！"香芽也用力地表示同意，随后，又将脑袋沉在如同单薄墙壁一般的脊背前面。

"在长江先生的小说中，真木彦予以积极评价的，是这个观点……假如真正的救世主出现，所有前基督将同时成为救世主。可是，由于反基督妨碍真正的救世主出现，让这种家伙也与实现了的救世主合而为一，是明显的错误，也是未经运动的实践锻炼所导致的半途而废的表现。真木彦如此批评说。"

这一次,香芽就那么低着头补充道:

"那就是我们不能信任到最后的地方。"话音刚落就引起了一阵嘈杂,其中甚至掺有身着黑色制服的员工们发出的笑声。

"这个批评,作为对我的讲演的评论,真木彦原本打算进一步展开。"织田医生提高声调,显示出平息嘈杂之声的威严,"因此,他也认为,倘若提示了救世主是反对基督的人的征服者这句话,那就是有效的。而这个要做胜利者的敌人从来不愿善罢甘休……还有这句话嘛。"

"把话题扯回来吧,说是对于长江古义人不能信任到最后,难道不正是这样吗?!"

如此大声对抗的年轻人坐在员工座位的中央,他似乎觉得织田医生具有劝诫意味的应对措施在直接指向自己。

"由于长江先生突然撕毁合同,使得以奥濑为根据地的构想归于流产。而根据地这个想法,是从长江先生的小说中得来的。

"可是,目前为时已晚,真木彦也许失去了谴责长江古义人的兴趣。尽管如此,我们还有这样的权利吧,那就是请让我们听一听,究竟是在什么情况下才撕毁合同的。"

罗兹站了起来,将身体转向提问者后便说明道:

"长江古义人并没有撕毁合同。正式合同根本就没有交换。以这种方式让别人承担稀里糊涂的责任,是黑野的一贯做法。

"不过,古义人确曾打算参与专题讲座。关于后来他为什么突然拒绝这项工作,则没有任何人对我进行说明。因此,我本人给田部夫人挂了电话。对方回答说,问题是由日本男性对女性的蔑视而引起的……我也好田部夫人也好,都是这种蔑视的牺牲品。至少,田部夫人是这么认为的。所以,她坦率地告诉了我。于是我也就明白了,田部夫人为什么会在感情上对古义人改变意向那么理解。

"真木彦为什么无法对你们进行说明？我说了这番话以后，你们就明白了吧。

"早先我曾感到不愉快，认为'苍老的日本之会'的先生们，肯定通过黑野知道了事情的原委。在度假村工作的你们，在这一点上也是同样如此。可是现在我了解到，真木彦并没有对你们说任何实话。

"因为古义人停止协助文化专题讲座，而使得自己这些人有关根据地的构想不复存在。因此，你们对古义人和我怀有失望和反感。关于这件事，很抱歉，下面，我要用自己的母语——英语来述说发自内心的感受。即便对于我来说，这也是一件屈辱的事。让我来说一下事实。

"其实，从田部夫人那里听说了这事以后，我曾提出这样的方案，那就是请古义人向田部夫人谢罪，并由他提出重新回到文化专题讲座中来。我还说，至于说服古义人的工作，则由我来承担。

"田部夫人是这么回答我的：闺房的秘密被暴露出来，并由此而引发指桑骂槐，对于日本女性来说，这甚至是值得以死相争的耻辱……对于自己的名誉被伤害一事，你难道没有感觉到发自内心的愤怒？

"我这么反问夫人：如果真木彦确实指出了有关与我肛交时所说的话，我只能把述说了这些话的真木彦，作为男性社会的弱者予以蔑视。但是，关于自己，我不认为应该感到羞耻。我是和在大学里教过我的副教授结婚后来横滨的。丈夫是酒精中毒症患者，还曾经是男同性恋。我们最初那段时间的性关系，则是丈夫看着我手淫，同时干同样的事。那也就是一年中大约两三次。之所以能够把这事转换为肛交，是我们相互间积极努力的结果。

"与前夫的这些事，我对真木彦都说了。因此，对于真木彦来说，或许是出于好奇心吧，就在我们之间尝试了同样的性交。真木彦并没有说谎。只是，我认为真木彦缺少'恻隐之心'。非常遗憾，我们的结婚生活之葬送，不是别的，我以为正是因此而起。

"……追寻了这般经过之后，我和田部夫人之间的谈话虽然没有产生成果，却在圆满的氛围中结束。我的话完了。"

罗兹坐了下去。把涨红了的脸歪斜到一旁。仍站在讲台上的织田医生也好，年轻的论客也好，全都沉默不语。比较起来，其他的听众则全被罗兹的讲话所震撼。

……客座正面通道的后方出现一个人，披挂着用略微发黑的银色马口铁铁皮精制而成的铠甲。他将附有塑料蒙面的头盔推向脑后时，真木彦的脸面便显露出来。他以响亮的声音宣告道：

"机动队队员的服装全配齐了。同时，游行示威参加者的服装也是如此，挑选了具有不同时代特色的运了回来。明天早晨，请在主体建筑背面选择自己喜欢的衣服。游行示威将于早晨七点开始，考虑到必须在谈话室相应准备好便饭，因此，全体员工请散会！"

罗兹将尚未从讲话时的亢奋中清醒过来的脸庞转向了古义人：

"我曾经说过真木彦是学士参孙·加拉斯果吧?！会是现代日本的'白月骑士'的扮相。古义人作为堂吉诃德，将无法回避与他的决斗！"

走下讲台来到她身边的织田医生仍然面对着古义人说道：

"我送罗兹小姐回她的小别墅去。对于刚才的话语，我深为感动。在游行示威决战的前夜，可以期待一种激励，身为同志的女学生的民主主义激励。不是曾有过这种传闻吗？

"在六十年代七十年代，我没有那种幸运。不过，若说是对于这种事情的梦想和向往，我却是一直都有。唯有'重新解读'在过去或许发生过的事，才是本雅明所提倡的！"

第二十一章　阿维利亚内达的伪作

1

宛若自身浓郁的阴影一般，黑黢黢的里白栎树丛耸立在度假村主体建筑的彼侧。里白栎树下有一群人，围拥着油桶里用废料燃起的篝火。

那是临时雇来参加"苍老的日本之会"示威游行的群众演员。工作结束后，他们将在大浴室里暖和身体，然后参加餐厅从清晨开始就在准备举办的盛大酒宴。说好了还将支付日薪，所以天还没亮，他们就被从松山的市车站前带过来了。就连通往地下的员工通道附近，也能看到黑乎乎的人影。

俯视下面暗处的眼睛适应后，古义人也开始看到这边因为没有篝火而闲得无聊、正伫立着的"苍老的日本之会"的各位。

没有闹钟，也没有人叫起床的——即便如此，在十铺席仍然经常在拂晓前起床——这天凌晨，临近真木彦叮嘱的集合时间，古义人才睁开了睡眼。下榻的小别墅位于音乐厅附近的高处，离开那里后，古义人踏着长过了头的草坪往坡下走去，这时看见早已来到明亮处的织田医生那意气风发的站姿。无论是朋友还是临时演员中的男人，各自都在挑选并往身上穿着真木彦从剧团筹办来的旧衣服。医生在略微发红的罂粟色衬衫上加套了相同色系、颜色更浓一些的西装背心,将格子花纹长裤的裤脚塞进了袜子下面……

草坪上堆积着拣剩下的旧衣,从衣堆旁走下坡地时,一对雌雄红翅绿鸠的鸣叫声从里白栎树梢上传来。抬头望去,在黑暗粗大的树枝间却不见鸟儿的身影。

罗兹穿着色泽鲜艳的黄色夏令短袖运动衫,围上一条绢质丝巾,看上去年轻了不少,此时,正细致地为织田医生整理着毛巾和领口,并退后两三步观看着效果。医生身着的衣服虽说有些陈旧,却也还算漂亮,头上戴着写有"东大全共斗"①字样的头盔,脖子上缠着一条毛巾。

古义人开口招呼道:

"今天的设定,不是回到一九六〇年反对《日美安全保障条约》的往事中去吗?!你这'东大全共斗',在时间上对不上号吧?"

"这是罗兹为与服装搭配而替我挑选的……其中也有我的深思。"

织田医生把脖子交由罗兹调整缠裹着的毛巾,将充满精力的脸庞转过来回答,"除了头盔和毛巾以外,全都是来到这里后用于散步的衣着。起初,我试穿了非组织工人'无声之声'小组的东西,可那都是剧团的备用品,也不卫生呀!作为一个大活人,我虽不能说与汗臭无缘,但是那么旧的东西……长江先生,你这不也是文化人的'没有扮相的扮相'吗?!"

"确实如你所说的那样,当时,我也没有那种个性,没有参加示威游行的人常有的个性。"

---

① 全称为"东京大学全学共斗会议"。

"古义人,你来得太晚了,已经没有时间去吃早餐了。"罗兹来到了身旁,"我就想到可能会有这种事,就带了些巧克力来。"

被露水濡湿了的坡面上,扔着一些用胶合板钉在木方子上的标语牌。津田蹲下身子,逐个查看标语牌上的口号。他脚穿慢步运动鞋,上身是黄褐色工作服,下身则为牛仔布的长裤,头戴一顶陈旧的登山帽。完全是一副六十年代左派戏剧团体的打扮。

最终,津田用一只手拿起一块写有黑黑的"解放冲绳!"的标语牌站起身来。他把包着自己衣物的包裹交给走近前来的香芽后,便用双手举起标语牌并做出姿势,这才注意到近旁的古义人,便招呼道:

"长江君,你来扛这玩意儿?"

津田照例眯缝着眼睛,但脸上的气色却是很好。他像是从内心里期待着就要开始的活动,而被中途卷进来的古义人却觉得有些心中有愧。

"……我第一次去冲绳,是在一九六五年,因此……那霸的小剧团的头儿,当时到早稻田大学来留学……还是带着护照来的……谈了以阿尔及利亚解放为素材的舞台。是你的剧团吧?"

或许是有些顾虑吧,在稍微离开一些的地方正吸着烟的黑野冲着津田和古义人说道:

"在挥舞标语牌之前还要说一下规则,那就是不能把胶合板蹬下后挥动带有铁钉的木方子。这是与真木彦那边订下的协议。因为呀,机动队的盾牌是用瓦楞纸板做的。"

"长江君还是空着手好吧。一九六〇年反对《日美安全保障条约》大游行时,你也好,蟹行君也好,都是身材消瘦、面色苍白,没有力气挥舞着标语牌进行格斗吧?"

黑野本人并没有装扮成参加示威游行的模样。他只有一个变化，那就是戴上一顶前后都有长长帽檐的帽子。由于昨晚的残酒未消和拂晓前的凉意，他的长鼻子透出了红色。

麻井同样离开人群在一旁吸烟，他那魁梧的身材和漂亮的头部，透出一副大企业董事的派头，只见他以与津田相同的装束回到这边来，看上去犹如示威游行的领袖一般。

他还与围拥在油桶篝火旁的那些充当中老年游行队伍的临时演员，就一些事务往来联系了好几次。或许，还兼有统筹安排整个游行队伍的任务吧。在数度前出联络后归来时，麻井领来同样戴着头盔、缠上毛巾，其模样与高中时代当阿飞头头时一般无二的三濑。

"长江君，这是你一个班的同学。说是想过来打个招呼……"

"俺在旅馆里的工作，可不是这样的工作，不过……缘分就是缘分嘛……"

当三濑返回开始整顿队列的游行队伍中时，麻井提高嗓门向参加游行的朋友们说道：

"缘分就是缘分，这句话说得妙啊。只是……要用他们来加强后卫，我们则期待着我们的示威游行。虽说在一起亲切交谈，可我们对那个时代的怀旧，也是有可能褪色的……

"我们走在最前头，他们跟在后面，与我们保持一段距离。不如此，就没有示威游行的气势。无论在六十年代还是七十年代，我们时常单独一队进行游行。队伍游行到终点依次解散后，在轻轨列车铁桥下层的汽车道旁的小酒馆里，我们即便与其他游行队伍相会，互相不也是佯作不认识吗?! 那是要确保'我们的示威游行'这种心情。也就是说，是因为我们期求融合，恐惧孤立！"

麻井站在游行队伍前面，两人一排的队列，沿着闲适地描画出曲线来的红砖道路，开始以音乐厅为目标往高处而去。罗兹脸上充满喜悦，姿势也很优美。在她的身旁，香芽庄重认真，表情郁暗地目送队伍离去。阿动与那些年轻职员早已熟识,倒是非常自然,看样子,他隶属于真木彦指挥下的机动队。

在身旁行走着的织田医生不习惯戴头盔,其证据就是那头盔的边缘砰地撞上了古义人的头部。可他并没有道歉,就那么把头靠过来啜嚅道:

"长江先生,我第一次经历了白人女性!昨天夜里射了两次精,今天早晨射了一次精。人生呀,能够重新体验的事情,还是不少的!"

麻井扮演游行的统帅者,正对大家大声训话:

"私下不要说话了!拿出气势唱起来!是《民族独立行动队之歌》,大家都会唱吧?因为是《我们的时代》①中的歌曲!一、二!一、二!起来,祖国的劳动者,保卫光荣革命的传统!"

"不是应该从'保卫民族的自由'开始吗?!"津田也大声喊道,"而且呀,与步调完全不合拍。每隔一拍抬腿出步,歌子也唱不起来呀。该怎么说呢?是叫切分音呢,还是非洲音乐特有的二四偶数拍?嗯,让过一个节拍,然后向前一步走,这不是哼唱着歌曲打门球吗?!"

"一旦唱起来的歌曲,要一直唱到最后!最好唱上两遍,让新一代机动队员诸君听一听!"

"好吧,也让罗兹小姐听一听正调!"

"保卫民族的自由,起来!祖国的劳动者,保卫光荣革命的传统!用我们的热血,用我们正义的热血,把民族的敌人,把卖国的家伙统统赶走!'"

起先是麻井的独唱,织田医生和另一个人随即汇入了这歌声:

---

① 大江健三郎曾于一九五九年发表长篇小说《我们的时代》。

"前进、前进,加强团结。民族独立行动队,向前、向前、向前进!"

并没有唱上两遍,歌声很快便沉寂下来。在唱歌期间,即便歌声委顿乃至消失,后续的游行队伍也没有任何反应,这倒是一件值得庆幸的事情。麻井好像也意识到了这一点,因而没再固执地坚持下去。由于地形和风向的缘故,游行队伍向着从四周的溪流中飘逸上来的雾气中央挺进。除了从刚才就一直鸣叫着的红翅绿鸠的叫声外,又传来白脸山雀群的鸣叫。

也就是说,"苍老的日本之会"成员此时全都安静下来了,甚至可以清晰地听到相隔十米间距跟上来的游行队伍中闲适的应酬话语。显然,那些伙伴没有参加到合唱中来。或许,是因为大家连那是一支具有什么性质的歌都不明白的缘故所致。走在队列前面的人尽管上气不接下气可仍然高声歌唱期间,其他人却在私下里继续着自己的闲谈。这不仅让古义人,也让"苍老的日本之会"所有成员都在品味褪了色的回忆,似乎还让歌唱者感受到了震撼。

"长江君,自从砂川斗争①以来,咱们所发动的示威游行呀,都是这样的,从开始前进以后就是这样。轮到我们起步前进时,就觉得战斗已经结束,日头也近黄昏了。大家有气无力地行走着,心中只盼着早些依次解散。不就是那样的吗?!"

津田反驳着黑野所说的话:

"咱们就不是那样的。在示威游行队伍包围国会大厦的日子里,后续的游行队伍处于无期限待命状态,大家鼓起劲头,前仆后继地奔赴前线。当然,这其中也有坚信和决心的因素。在咱的一生之

---

① 一九五五年九月,日本政府为扩建立川军事基地,对砂川町进行第二次强制测量,当地居民在工人和学生的支援下反对测量,于十二日和十三日连续两天与警察发生激烈冲突,受伤者达千余人之多,逼迫政府于十四日宣布停止测量。时为东京大学二年级学生的大江健三郎也参加了这场抗议示威活动。

中,从不曾像那样竭尽全力地奔跑。而且,全然不感到一点儿疲劳。那时真年轻呀……现在可好,只落得个虎头蛇尾的下场。"

"听你说了那么多,咱们可是情绪大大高涨啊……"

"黑野君,不要再喝蒸馏酒了!说起 spirit① 这个单词,就你的年龄而言,毋宁说是亡灵。"织田医生说,"我们也……"

古义人原本想说,"不,罗兹对你可不是这么认为的。"却感到自己也胸闷气短,只听见织田医生发出别有用心的笑声。

也是因为成员们都上了年岁,在这期间,游行队伍中的沉默,倒是酿化出肃然的氛围。显而易见,这是与背后那些不断闲聊的临时演员迥然不同的团队在行进。他们与那条闲适地描画出曲线来的红砖道路非常相称,极为安静地往高处而去。

田部夫人曾自夸地说,为了预想中的那些从教职和事业上退下来的高龄者及其配偶等长期住在这里的客人,特地在包括餐厅在内的度假村主体建筑直到自然林边际的音乐厅之间,让人设计了一条用红砖铺成的道路,作为兼具散步功能且能上行至高处的散步道路。的确,在广大的区域内,描画出诸多曲线的道路即便距离较长,只要不是一边唱歌一边快速前进,便自然会感觉到这是一条令人身心愉悦的散步道路。

随着队伍不断前进以及由此而引起的视角变化,小别墅建筑群接连出现在视野中。这些别墅——每一栋以两个独立单元联体而成——由四五栋建筑构成一个建筑群,再由若干建筑群形成一个群落。道路穿越一个区域的上方,不知不觉间来到了另一个区域的下方。而且,即使要从下面这个区域走到上面那个区域,在草坪中也可看到用本地特有的黑土加固了的小径。从整体上看来,为使闲适的

---

① 原文为英语,兼有烈酒、灵魂、心灵之意。

红砖路成为捷径,也有一些铺设了阶梯的直线道路与之相通。这是为了方便雇工向别墅建筑群和音乐厅运送货物。那些身体健康、精神饱满的年轻客人,大概也会使用这些道路吧。

昨晚,在音乐厅的聚会中,织田医生和罗兹越发意气相投。加上古义人和真木彦,这四人在新艺术风格①的铸铁夜明灯引导下寻到了这条直线道路。由于古义人和罗兹当天被分配在同一栋联体别墅的两个独立单元内,古义人自然要与护送罗兹回去的织田医生同行,只是他有些担心,不知道真木彦会作何感想。然而,真木彦却另有一番算计……

唤醒古义人记忆的樱花树和多花狗木这些老树形成的巨大而繁茂之处的上方,便是那别墅了。当游行队伍行进到树丛下的红砖路时,织田医生回头看着上方的别墅,对古义人显示出纯真的表情。

昨天夜晚,在攀行至小别墅之前,稍稍走在前面的织田医生说是想与罗兹继续他们之间那富有内容的谈话……虽说有些担心真木彦的反应……古义人还是同意了。当古义人正要独自进入自己的别墅之际,真木彦却理所当然般地跟了进来。在联体别墅隔墙相接的两个寝室的这一侧,两人听见了确实在响应富有内容的谈话的罗兹发出的"哦——!哦——!"的狂野叫喊。不过,现在古义人却不能因此就有心情向愉快的织田医生显现出共犯的神情……

2

之所以如此,是因为昨天夜里直到很晚,古义人都在围绕真木彦

---

① 二十世纪初在美术、设计和建筑等领域兴起的新样式,外在表现形式多为波型和流线型。

带到自己别墅里来的杂志进行解释，那实在是一桩麻烦的差事。经过长时间交谈，当真木彦——在他那疲惫且弄脏了的脸上，甚至可以看到决出胜负后的昂扬——起身离去后，古义人又读了一会儿杂志，只冲了淋浴便上了床，可直到将近拂晓时分尚不能入眠。在游行开始的规定时间迟到，就是这个原因所致。

"你当然是老花眼了吧？这个房间里的灯光又暗，小小的铅字读起来很吃力吧，那么，有问题的地方就由我读给你听。虽说用的是后现代式的批评体裁，可意图却在与之迥然有别的流行小说。即使在你和罗兹一同精读了的《堂吉诃德》之中，也有类似的意趣嘛。就是阿维利亚内达①的伪作那玩意儿……

"在《被偷换的孩子》的人物中，也就是说，在小说里的古义人和吾良之间，你创作出了与自己所希望的内容全然不同的故事！"

古义人被激起了兴趣，向真木彦带来的那本薄薄杂志伸出手去，对方却根本就没想递给他。

"这是一册面向读书人的杂志，是你也熟识的一家大报社发行的，用小说讲义的文体写成，这种文体在美国叫作独创性写作，而在日本则叫作文化中心式写作。写作者，是一个叫加藤典洋的文艺批评家。在对罗兹谈及关于太平洋战争的'战后'之评价时，你不是还褒奖过此人吗？说是在该领域内，唯有此人可为参考。好像是要连续刊载两次，这里只有上篇。我在想，你即使只读了这一部分，也会或周章狼狈，或勃然大怒吧……总之，是不可能如此舒服了。这是我在松山的书店里发现后买来的。

---

① 塞万提斯假托阿维利亚内达之名出版了《奇情异想的绅士堂吉诃德·台·拉·曼却》第二部，叙述他第三次出行，亦即他第五部分的冒险，且让此人在该作品的序文中说"我的作品抢了他（指塞万提斯）的生意，随他埋怨去吧"，从而使得世人误以为写出《堂吉诃德》续篇的阿维利亚内达确有其人。

"堂吉诃德的故事正写到第五十九章时,伪作就已经出版了。你呀,也许会像塞万提斯曾做过的那样,有心写出新作来对抗伪作。如果真是那样的话,我觉得还是尽量早一些为好……"

真木彦像是以使古义人焦躁为乐,然后,他翻开了加有红色附笺的杂志:

"批评家援引外行医生的诊断,说是你由于获奖而患上心因性障碍,后因吾良之死而得以康复。写了这段援引的文字过后,批评家进入了主题:

> 首先,我想要说的是,这部小说非常奇妙。确实非常奇怪(笑)。大致可以从两个方面来诠释这个奇怪程度。

"小说中吾良这个人物,是具有'易于毁坏的特性'的人物,在其'易于毁坏的特性'背后,显现出往昔的、持续而长久的暴力性接点。

"在这个范围内,我也是同意的。即便作为《被偷换的孩子》的作者,你也不会有什么异议吧?我呀,认为早在吾良的电影中,在那些尖锐和沉重的暴力场面里就显示出来了。正因为他是那样的人,才会直接遭受流氓的暴力攻击。难道不是这样的吗?!

> 然而,所谓奇妙,是此前作者像是要为此事作旁证似的,其实即便古义人本身也曾写过,在这'大约十五年间',暗中曾数度遭受右翼势力的恐怖袭击(强制摁住以后,定期性地将铁球砸落在久患痛风病的脚趾部分),可仔细阅读之下,就会明白这似乎是虚构的情节。

"就这一部分而言,古义人先生,对于加藤先生所说的'可仔细阅读之下'这种表述,我就不明白了。实际见了你,会觉得你现在好像仍然在遭受这种袭击。你脱下鞋子,就会露出变形得如同蒟蒻团一般的脚趾来。从看到的情形就可以知道,那并不是虚构的情节。

"的确,我也并不是丝毫没有感到可疑。不过,我是这么想的,那就是你在什么地方曾这样写过:在写作时要把事实写得如同虚构,把虚构写得如同事实,这就是小说的技法吧。我是这么理解的。"喋喋不休的真木彦停顿下来,眯缝着眼睛观察古义人的反应。于是,古义人便如此问道:

"但是,你现在却有了别的想法?"

"是的,不过,"真木彦的这种叙述方式印证了自己不为人道的想法,"只是,面对你本人,我不打算硬说那些都是真实的。我从亚沙那里听说的千樫的想法,就是这个根据。"

"如果这么说的话,我也从亚沙那里听说了。是千樫去柏林前来向母亲辞行时的事。当时,亚沙好像对千樫这么说,我和阿亮到十铺席来生活是她出的主意,因而她心中不安,不知哥哥当真按自己出的主意来这里是否合适。因为,此前一直把哥哥视为眼中钉的修炼道场的余党,就住在很近的地方……

"不过呀,无论是在我家院子里第一次遭到袭击时,还是在斯德哥尔摩的饭店前被袭击时……千樫都没在现场……但事后是她在照顾我那被砸烂了的脚。她是这么回答亚沙的:在一连串的恐怖袭击中,丈夫的脚受到了伤害。今后也将如此,丈夫无论去哪里,或是回到哪里,只要他还活着,而且,只要他与自己的脚同在,相同的恐怖袭击不是还将继续下去吗?!

"因此,亚沙了解了事情的性质。说是'不过,哥哥和阿亮来到这里,发生御灵游行事件时,我曾询问过真木彦……'"

"亚沙确实询问过我。我回答的是:'既然如此反应过度,那就说明古义人先生对御灵所代表的人物确实怀有强烈的罪恶感。'可是,亚沙对这番话好像有不同看法。"

"不同看法……"

"那个脚部受了重伤的美国人的'御灵'使你受到严重刺激,因此我说,你肯定一直在考虑着那件事。

"但是,亚沙却认为……我怀疑这是她在与千樫商议时受到的影响……对于吾良,你比任何人都怀有一种罪恶感,甚或你本人想用铁球砸向自己的脚……"

说了这番话后,真木彦沉默下来,古义人也随之沉默不语。恰巧就在这时,理应不会太薄的墙壁另一侧,却传来一阵"哦——!哦——!"的声音,那是罗兹响亮而可爱的叫喊……

"继续我们的谈话吧。"真木彦抬头看了看时钟说道,"其实,在吾良'易于毁坏的特性'的根源里,还存在着一个更为重大的事件。这一点现在越发明显了。加藤先生这是在提及大黄的团伙在媾和条约生效前所策划的开展武装斗争、进攻占领军基地之事。他们因此而试图从美军基地弄出所需要的武器来——话虽如此,大部分都是在朝鲜战争中毁坏了的东西,能够使用的只有一支手枪——在大黄的鼓动下,你提供了吾良,用作接近美军军官的工具。

然而,由于各种变故,两人被从这个计划中排挤了出来,最后,被大黄的道场里那些年轻人用刚剥下的生牛皮粗暴地包裹起来,就那么浑身黏糊糊的,身心都'近于崩溃'地从山上下来了。在那之后,或许是因为那个打击,两人在数年间处于绝交状态。但是有一个例外,那就是在事件发生还不到两周时媾和条约生效那天(一九五二年四月二十八日)夜晚,两人悄悄聚合起来收听收音机的广播,确认占领时期在没有发生任何事件的情况下顺利结束后,吾良为古义人拍了照片,以此作分手的纪念。

"不过,说起这一点来,古义人先生,对于那位学者气质的批评家,也只能佩服得五体投地吧。因为,连我都知道,那幅照片,是一九五四年三月在吾良母亲再婚丈夫的家里拍摄的。说了'那么,之所以说奇妙和奇怪'之后,加藤先生促请读者注意甚至被印刷到了书上的那幅照片。当然,我也怀有相同的疑问。"

3

古义人没有辩解,但并不是因为自己对这一点没有辩解之词。媾和条约生效那天深夜,吾良近似偏执般固执地指导古义人掌握演技。他极为仔细地布置摄影背景,在古义人脸部下方搁置了镜子,还把古义人听有关兰波①的讲解时所做笔记的纸张也铺放在那里。对于这些纸张的重叠以及散乱的形态,吾良也是一改再改。在这一过程中,古义人甚至感到脖颈和肩头传来阵阵疼痛。经过三个多小时的反复准备,终于拍出了一张照片。

临近拂晓时分,照片刚刚拍摄完毕,古义人便提议为吾良也拍一张照片。至于吾良对此有所拘泥一事,《被偷换的孩子》中也已经做了叙述。

"咱今后将会以电影工作为生,而你呀,较之于照相机,大概会用钢笔进行工作。因此,你就用文章记下这事吧。"

不过,古义人并没有把吾良为拒绝自己的提议而引为理由的那些话写出来。吾良仿佛自虐一般,反复叙述着从修炼道场回来那天夜晚所陷入的受到严重伤害的状态。

"想拍摄你也陷入咱所经历的那种严重状态。你以无聊小事为借口脱离了战线,因此,你能感受到那天所干之事的责任也未尝不是

---

① 兰波(Rimbaud, Jean Nicolas Arthur, 1854—1891),法国诗人,著有诗集《地狱的一季》《灵光集》等。

一件好事吧。"

两年后,古义人在参加东京大学入学考试后的返乡途中造访了芦屋,受到吾良的热忱欢迎。吾良取出仍被封在照相馆信封中的那一天的照片与古义人一起观看,却渐渐不高兴起来。出乎古义人的意料,看这模样,吾良本人还没看过这幅照片。他似乎认为,唯有与古义人一同观看这照片才有意义。

"古义人,不是说了要拍下这种照片的吗?你肯定理解了我所说的话。可是,你的表情……而且是整个身体的表情,却背叛了咱的嘱咐。

"咱呀,当时不是说了吗?想要拍下处于遭受严重伤害状态下真实的你。假设你不是抛下咱逃走,而是就那么不分开的话,你将处于什么状态呢……当时咱说了,想要拍下这种状态。

"……想要重新来上一遍。假如咱俩调换处境,咱就会进而做出与你相同的遭受严重伤害的状态给你看。"

就这样,第二张照片被拍摄出来了。这次拍摄同样持续到将近拂晓时分,因为必须使用吾良取来的笔记本和写生集的纸张,来复原古义人在松山学习法语时所做的笔记。吾良用三脚架支住相机,指出古义人应当躺卧的位置后,直到为反光而布置的背景纸完全遮住镜头中的所有空间之前,一直指使古义人继续他的工作……

朗读了有关《被偷换的孩子》所收照片"奇怪"的批评后,真木彦又开始读起下面的文章:

> 另外,更为奇怪的是,像是要使人联想起来一般,作者此前曾数度写到那事儿,甚至说到为了将该事形象化,两人分别成了小说家和电影导演。可细说起该事来,也只是被那些年轻人用刚剥下来的生牛皮包裹起来这一微不足道的意外而已,因而读者被勾起的期待便会落空,从而再度产生"这到底是怎么回

事?!"的想法。

"这种看法是错误的!"古义人第一次进行反驳,"既然在写作中我认为只能如此理解,虽说自己的功力不足,可是……所谓**那事儿**,就是我和吾良在修炼道场所经历的全部。皮特不得不提供几支武器,尽管那些武器已经损毁,还提供了一支可以使用的手枪。此外,他该不是被已经不受大黄控制的年轻人杀害了吧?对此,我一直心存疑惑。这就是事件的全部。"

"可古义人先生并没有写出足以确认伙伴们杀害皮特的场面。你连与吾良一起直接导致皮特死亡的告白文章都不曾写过。皮特用手枪威吓那些年轻人,却没有任何效果,反而被对手压倒。这都是从吾良的电影情节中引用来的。这些描述确实非常暧昧。于是,我就抬出皮特的'御灵'来祭祀,试图引出你的告白来。

"然而,你却只管胡乱奔跑起来,最终导致骨折——如同卡通一般夸张。

"即便如此,长期以来你一直在怀疑是否是你俩杀害了皮特,这就从根本上构成了你的罪恶感。而且你还在疑惑,不能确定现实中是否曾发生杀人之事。古义人先生,这就使得你写出的**那事儿**充满了暧昧,而不是从事了四十年写作的作家因功力不足而发呆犯愣。

"无论谁读了你的小说,都会像加藤先生那样产生怀疑:被用小牛的生牛皮包裹起来的事件果真就是**那事儿**吗?!你不就成了老好人了吗?!

"我也曾一度认为,你之所以不愿说明真相,把自杀了的吾良作为杀人的同案犯,或许是因为对千樫心存顾忌所致。

"加藤先生也已经引用了,就是你写出来的有关千樫所说的如下这一番话语:

……我不知道,那会是一种怎样的经历?自你们俩从松山失魂落魄回来的那天深夜起,我就觉得吾良好像开始发生变化。当时究竟发生了怎样的事情?至少你必须把自己知道的那部分写出来,绝对不要说谎、掩饰和隐瞒。我什么都无法知道。无论是我还是你,人生所余时光已经不多了,因此不要说谎,要正直地活下去,如实地写出这一切来——请如此结束自己的人生。就如同阿亮在四国对祖母所说的那样,要好好地拿出精神来死去。为此,请拿出自己的勇气,写出不是谎言的真实来。

"如果千樫对你所说完全出于真情实意,那么,你即便写出'古义人和吾良这两位少年是杀人者'也未尝不可。"

"可是……"古义人刚刚开口,就被真木彦加强了的语调淹没了:

"是的,当时也好,现在也罢,古义人先生并不清楚皮特是否因为吾良和自己的过失而被杀害了。

"在调查本地传说的过程中,我发现了一件事,那就是腿脚受了重伤的美国兵碌碌地从森林里翻滚而出。当时你还是东京大学的学生,这个传说,不正是你返乡度暑假和寒假期间,由你本人向本地孩子们说起的吗?!这也是长江初期作品中的一个形象嘛!

"我曾在松山的靖国诉讼中帮忙,结识了一位也不知是共产主义同盟马克思主义派还是该同盟全国委员会中核派的原活动家。听说,他曾组织过广岛的原子弹爆炸受害者的第二代。当需要筹措活动资金时,说是曾到你家拜访过。

"就在这交往过程中,说起了内讧的话题。他非常自信地说,你连那些没有道理的募捐都无法拒绝,是个比较懦弱的人,如果你果真杀了一个人,就会认为自己也必须被杀掉。他还说,这些都存留在他的记忆里了。

"古义人先生,在你母亲去世以前,你对她一直抱有特殊感情吧?关于你对母亲的感情,听说亚沙曾对罗兹这样说过:'哥哥也罢,母亲也罢,与其说爱憎在他们的情感中轮流占据主角位置,毋宁说,那是一种更为复杂的、好恶相克的双重矛盾感情。'

"只要阅读你的小说就可以知道,你明白无误地反复强调在母亲健在期间不能自杀。即便如此,当你无论如何都想自杀的时候,作为对你母亲的辩解之词,你不是想以自己曾杀过人为理由吗?!

"你获奖那天晚上,松山电视台播映了你母亲接受电视采访时的谈话。听说,在夜间新闻节目里被删掉了。谈话中有这么一段内容:'从古义人还是孩子时起,自己就弄不明白这孩子。如果努力的话,还是能够取得成绩的,可他似乎宁可无所谓地死去,他就是这种不管不顾的孩子⋯⋯'

"相反,吾良虽然自杀了,可并不是丧失活下去的毅力的那种自杀。关于吾良之死,你曾写过一篇文章,我想起了你在这篇文章中引用的但丁的一段话语:

  吾之灵魂为愤怒所驱,愿以一死摆脱诽谤,将以吾之清白之身,断行不可行之事。

"那么,有关加藤先生文章的讲解到此结束。但并不是下面已经没有重要之处了,而是相反。不过,你将像你母亲所说的那样,平静地活着直至死去,可一旦毫无缘由地勃然大怒,也会有胡乱使用暴力的倾向。我必须保护好自己。论文的后半部就请你自己去读吧!

"说到堂吉诃德呀,在这种情况下,塞万提斯试图寻找一种方法,把那部新故事的作者的谎言公之于天下,他还要告诉天下所有人,那位作者所描绘的堂吉诃德其实并不是一个疯子。与此相同的是,倘若继续读下去的话,古义人先生也将无法保持冷静了吧。

"……那么,我这就告退了。不过,罗兹和织田先生的精神头儿倒是都很足呀!"

4

我认为,从小说中这桩意外之事的描述方式可以看出,作者采用了知道内情的读者自然明白的写作方式,在向他们述说着什么。

古义人将杂志凑近台灯的光亮进行阅读,同时在想,这里指的就是"被用生牛皮包裹起来"吧,不过,那只是简单的"事实"啊。

然而,被真木彦画上旁线的批评家的断言,却是足以让古义人也感到心惊胆战的内容:

那个事实,就是强奸和告密。也就是说,我认为,十七岁时,古义人和吾良因某种原因被卷入了大黄的暴动计划,在脱离这个计划的过程中,在山里受到大黄手下那些年轻人为泄愤而以男同性恋的形式施加的强奸,使得他们的身心都"近于崩溃"。他们随之产生了报复的念头,作为对抗措施,向有关方面密告了大黄等人的暴动计划。结果,大黄的暴动计划受到了挫折(由于这个缘故,两人在此后的漫长岁月里一直遭受暗算)。作品中的经纬(=作品中的事实A)显示从此以后,除了四月二十八日夜晚那唯一的例外,两人在数年间一直处于绝交状态。我们可以想象,作品背后的原始事实(B)应是两人因被强奸而使身体蒙秽,为了从这耻辱中恢复过来,就做出了另一个使自身蒙秽(=告密)的行为。只有进行这样的解读,才使得阅读开始产生意义。恰如与日本战后的重建工作相同步似的,古义人和吾良通过弄脏自己双手的方式,向着新的世界出发了。正因为如此,一种可能性便从这个解读中浮现出来,那就是:在某个时刻,两人将考虑通过各自的作品来表现事实的真相。

古义人猛然站起身来,把杂志放在位于别墅深处的小型电热式金属板上。当烟雾升起时,为了不使天花板上的传感器产生感应,古义人打开了排气扇。火焰不久便蹿了上来,直至燃尽前,古义人一直站在面前。当他把燃烧过后的灰烬放入水池并打开水龙头时,烟气随即在房间里弥漫开来。古义人嗅着这烟气,神思黯然地开始淋浴,为了不发出溅水声,只打开很小的水量,流出来的水总也温热不起来。一种可能性便从这个解读中浮现出来。"臭大粪!"古义人说道。罗兹好像被淋浴的响动惊醒,她听到了刚才这句话,正在向织田先生说着什么。倘若她在身旁并看见自己现在这副模样,会说些什么呢?古义人想象着。

"玛尔特·罗贝尔①曾说过,塞万提斯之所以草草收尾,只是因为惧怕添加在他的正集后面的那些厚颜无耻的剽窃之作。古义人你也必须振作起来,把开了头的《被偷换的孩子》的故事写完……"

古义人关上淋浴水龙头,并擦拭凉起来的身体,同时在头脑里组织着罗兹的那些话语。

"对咱至关重要的人被抢夺走了。"古义人第一次这样想道。

上床以后,古义人在一片漆黑中颤抖着,这漆黑如同五十年前与吾良一同在黑暗中的佛堂背后擦洗身体时的那个夜晚一般。密告?在隔壁再度传出的"哦——!哦——!"声响的映衬下,那个单词越发鲜活地浮现在古义人的头脑中——叫作强奸的单词,炽烈地燃烧

---

① 玛尔特·罗贝尔(Marthe Robert, 1914—1996),法国学者,著有《古者与新者——从堂吉诃德到卡夫卡》等。

起来,在头脑中竟丝毫没有停息下来的迹象。

尽管记忆中确实有印象,可是从事由发展的文脉直到精心盘算出的细节,还都有一些悬而未决的情景。在媾和条约生效那天深夜的几个小时里,古义人和吾良坐在收音机前,等待NHK播发的临时新闻。夜更深了,在察觉到不会再有什么消息后,吾良决定拍下那张纪念照片。

以美军基地为目标的自杀式爆炸——对方会将其视为武装起来的恐怖分子,可能够使用的武器只有一支手枪,其目的则只是希望被对方射杀——不了了之。也就是说,包括在黑市上出售的从美军基地盗来的武器在内,甚至连警察也不曾惊动。古义人放下心来,他那种纯真的神情,大概从照片上也反映出来了。

但是那天夜里,就在古义人刚刚来到吾良家临时借宿的佛堂之际,住持便从正殿内的住持僧房直接露出脸来——告知那不是游玩伙伴的人挂来了电话——对吾良做着手势。吾良回来时,形状漂亮的大额头和眉根处堆积着忧郁的神色,肿胀起来的眉眼间浮起一片粉红……

吾良把大黄他们将要袭击基地的情报密报给了美军,可攻击按原定计划进行了吗?按说,大黄应当像战败翌日袭击松山市内的银行那样负了伤,可是——来到当地后曾收到大黄弟子的信件,把大黄称为只眼独臂。当他造访CIE图书室时,还记得他的一只眼睛里充满血丝。如果说是只眼的话,那是因为更严重的暴力性事故而起的吧——除了脱逃远遁的他以外,参加袭击的年轻人全都被消灭了吧。有关发生在占领结束日当天的袭击基地的事件,肯定被仍然严格实施的报道管制给抹杀了。

假如打来电话的人是皮特,告知的是"一切都结束了",那么,在长达半个世纪的时间里横亘在古义人头脑中的有关残杀美军语言学军官的疑惑就将烟消云散。吾良为什么没对古义人说起此事呢？然而，伴随着长期以来隐藏在体内的似曾相识感，使得横躺在基地大门口的那些营养不良的日本青年的尸体，在古义人猛然间热血上涌的头脑里接连浮现出来……在伪作者的想象里，或许反而会有正确的东西……吾良在半个世纪前点燃的精神的愤怒火种，在愈感老境日深的这一天，被自己亲手燃起——尽管是被大量白兰地造成的酒醉所引发——熊熊烈焰，而自己则要投身其中……

古义人被充满混乱的悲伤所压倒，辗转反侧之际，却形成当年遵从吾良指示强忍痛苦摆出的那副姿势。

终章　被发现了的"童子"

1

　　音乐厅出现在缓缓上行的斜坡对面。一直通向那里的红砖路面的南侧，是被草坪覆盖了的场地，里面残留着一些好像不请自来的森林中的植被。更高一些的地方，是由赤松和岳桦组成的稀疏树林，林子位于山脚边缘处，被蓬茸繁茂的灌木所包围。对于林中一株格外高大的赤松，古义人似乎还有印象。从相当于人脑袋的高度开始的一段范围内，松树的树干现出颇有厚度感的纹路，透出红色光泽的滑溜树干伸延而上。阳光尚未映照到地面，松树树干的表面却已反映出漂浮着淡淡云彩并泛起白光的天空。相同的反映，也显现在岳桦那平滑而繁茂的新叶丛中。
　　行走间，发现树丛阴影下的洼地里，宛如白铁皮制成的玩具军队一般的机动队正相互隔着一段距离整理队列。像是在盘算游行队伍接近的行情一般，在赤松和因雷击而从树干中部垂挂下来的岳桦之间，机动队开始蠕动起来。那是一支超过三十人的队伍。他们走下蓬茸繁茂的灌木丛，横穿过草坪覆盖的平地，走向游行队伍的前进方向。不久，他们就将遮掩住红砖路面，形成迎击游行队伍的态势。

"喂,喂,就这么一种阵势啊?!"黑野发出似乎不满的声音,"我看,机动队员诸君胆怯了,对于出动的命令,是要等等看吧……接下去咱们怎么办?"

麻井反驳道:

"根本就不是说'怎么办?'的时候!你在说些什么呀?所有人员,臂挽臂组成一列横队!注意不要被各个击破!

"道路已经是水平状态了,只要冲乱了敌人的阵形,即便凭着咱们的脚力,也是能够冲到音乐厅的。一旦封锁线被冲乱,对方应该不会纵深追击的。因为那样将违反游戏规则!"

大家并不清楚这个游戏规则,却都对麻井的这番话点头赞同。

"摆出 Z 字队形前进,让对方瞧瞧咱们的厉害?"织田医生询问道。

"在现阶段,那样可就做过头了!"黑野劝阻道,可他本人的声音里也透出亢奋。

小小的游行队伍里萌发的戏剧表演般的斗争意识,随即就相互感染开来。

"就按麻井君指示的那样,首先臂挽臂地排成一列横队吧。"津田招呼起来,"像眼前这个样子,简直不成模样。把标语牌都扔在那一带。真木彦会收拾、集中起来的,因为,他必须前往剧团归还这些东西。"

然而,一列横队的排列并不顺利,游行队伍迟迟不能排成横队。就在游行队伍的前方,下行到平地来的机动队队员们的动作中出现了一些奇妙之处。很显然,这是一个曾接受过训练的群体,或者说,是一个正在表演与训练相关的某种特性的团队。他们的动作非常迅速,刚刚出现在游行队伍的视野里,很快就来到前方三十米处,在道路两旁平坦的草地上排开。在此期间,已方所干的事,只是围绕横队的排列进行商量,并着手组建队列而已。后继队伍隔着一段距离停下脚步,观看"苍老的日本之会"游行队伍的处置方法。

然而,在前方排开的机动队队员的样态却越发奇怪了。他们每三人排成一个横队,组成一个十多列横队的队形,从赤松和岳桦的疏林里往下而来。尽管动作迅速,可队伍却显得歪斜、凌乱。队列中央的队员无一例外地强壮而有力地站立或移动着,而两侧的另外两人虽说装备并不逊色于前者,却像是疲软无力似的靠在中间那位队员的身体上,拖曳着双脚随同下坡而来……现在,这些个由三人构成的小组在确定各小组相互间的位置,面向这边组成阵势,只是不论哪个小组,中间那位队员都被两旁的队员紧紧依靠着……

"拼凑起来的机动队。为了不让没有斗志的家伙逃开,这才让组长来鼓劲儿打气的吧。"

"那里正是进攻的处所!开始吧,一举粉碎敌人!"

在麻井的号召声中,已组成横队的示威者们开始奔跑起来,与此同时,前方却出现一个意外的变化。业已展开的所有小组里的中间那位队员全都离开队列,撤向出发来此的那个稍高处的林子里……

如此一来,被他们留在身后的机动队便显得不堪一击了。虽然臂挽臂组成一列横队的示威者们已经蜂拥而来,可并不见机动队集结起来进行迎击,尽管总人数尚有二十人之多,却连填补撤退者所留空隙的举动也没有。他们或身体歪斜,或上身后仰,在这一瞬间,拍摄眼前这个大场面的摄像机像是静止了一般,让时间停滞下来……

"那是哑剧的演技吧,是剧团演员在搞副业挣钱吗?"

"都是木头人,一帮蠢货!"

"不准捉弄我们!我们可是认认真真地冲击你们的!"

麻井叫唤着,从紧挽着的臂膀中挣脱出来,跳到正在行进的队伍前面,随即转过身来,双脚轮流使劲儿跺着地面,为大家示范前进的步调。在他的引领下,尽管步伐仍然凌乱,相互紧挽着臂膀的示威游行队伍却渐渐跑动起来,面向机动队而去。

机动队队员穿戴着银色护膝的腿部被疯长的草丛淹没了,看上去犹如被遗忘的白铁皮军队,业已摘下面罩的头部在闪着油光。由此可以看出,随着游行队伍的接近,他们还是微微扭转了身体,面东而立。

是"白月骑士"的小队!古义人在想。在那二十余人的白铁皮军队中的某处,该不会隐藏着正等候着咱的学士参孙·加拉斯果吧?

古义人想起纳博科夫的一段有关堂吉诃德最后那次冒险的批评:这一段情节理应被描绘得富有魅力,可全是一些并不生动的描写。大概是因为塞万提斯疲惫了吧……古义人继续想道,现在,尽管自己有了关于"白月骑士"的联想,却不因此而感到振奋,这也是因为疲惫吧。

然而,前出到自己身旁来的织田医生却是生气十足:

"这是一支何等无精打采的机动队啊?!对于这帮家伙,坚决予以粉碎!……什么?!这是怎么回事?"

原本站立在疏林一侧斜坡上的机动队队员,却向前方倒了下去,然后就一个压一个地接连倒下,所有队员都翻倒在地。已经跑到近前的游行队伍这才发现,此前一直视为机动队队员的那些人,只是将砍下的杂木用绳子绑成一束,再糊上纸制服装扮而成的假人。然而,紧挽着手臂的队列气势如虹,并没有受到任何影响,在重新转身向前的麻井率领下,将那些倒地的假人踩踏得乱七八糟,很快便突破封锁线,继续往坡上奔跑而去。

游行队伍因胜利而一片欢腾,一举冲上音乐厅的正面台阶。麻井只两三步便跃上台阶,像踩大风箱一般变换了方向,情绪激昂地号召道:

"轻松取胜！太棒了！从'民族独立行动队之歌'第二段开始唱！

"争取民族独立的胜利/将故乡的南部工业地带/再度化为热土之原/对于暴力,要以团结的力量加以驱逐/民族之敌,那些卖国的家伙！

"前进！前进！团结起来/民族独立行动队,向前向前向前进！"

古义人等全都大声唱了起来。虽说这与麻井的指挥雄壮有力不无关系,却也因为大家不仅很好地把握了歌曲的旋律,在歌唱时对歌词也有了自信。大家在唱歌的同时从坡上看下去,只见早先后退了的那些人,又从高大的赤松和岳桦树丛间走了下来。毫无疑问,这都是活生生的人扮演的机动队队员。他们开始收拾散乱在草丛中的纸糊假人。避开砖铺道路、向北侧鼓胀开去的后续游行队伍连看也不看机动队一眼,慢吞吞地经过他们身旁往坡上而来。

"不论哪一个家伙,实际上全都是萎靡不振的东西！比起我们来,丝毫没有斗志。一帮骑墙派！"麻井骂道。

机动队把那些纸糊假人归拢在一起并堆积起来后,重新横越砖铺道路、整顿队列。其实,较之于正仰视着这里的机动队,游行队伍倒更像是被追赶着无精打采撤退的一方。

"从松山收罗来的那帮家伙,简直是一帮废物！再次让他们看看,咱们是怎样粉碎机动队的！用实力摧毁那帮家伙对于六十年代和七十年代的示威游行所抱有的怀疑理论吧！也让真木彦的弟子们,也就是那些临时培养出来的机动队队员诸君尝尝苦头吧！"

"但是,不要受对方挑逗呀！"

黑野虽然发出这具体内容并不清晰的制止,但他本人显然也处于兴奋中。麻井跳下地面,轻快地来到四人前面,微微踮起脚尖踏着步子,引导大家或左或右地摆出 Z 字队形前进。黑野紧随在最前方,另外三人也随即跟上,大家渐渐奔跑起来,颇有气势地向前冲去。

"苍老的日本之会"的挺进,给拖拖拉拉地拐回到砖铺道路上来的后续游行队伍造成了冲击。看着对方周章狼狈的模样,他们越发鼓起劲头,加快挺进速度,冲到了已列为横队的机动队面前。在挨近机动队的地方,麻井止住挽着手臂前进的队伍,加入队列之中,在他正要再度发出突击号令的时候……

就是那个时候,与此前不起作用的站立姿势全然不同,玩具军队甩去护膝,隔着肩头把盾牌往身后抛去,然后从正面压迫过来。很快,麻井和黑野就各被两名机动队队员夹裹住。对方把抓捕到的人夹在中央,看上去犹如手臂相挽一般俨然一体,随即踏上草地斜坡,向坡下猛跑而去。最先跑出去的小组,由于麻井的抵抗而扭成一团,倒在了草丛之中。而把黑野夹持在中间的那个小组,却越发加快速度向坡下奔去。尽管三人往后仰起身体,可紧挽着的手臂并没有松开,不时跳跃起来,随即继续沿着斜坡往坡下奔去。四处响起的恐怖的惊叫和高亢的哄笑已然难以区分。

古义人恍若在幻觉中观看吾良的电影脚本一般。皮特被修炼道场的那帮年轻人追赶,后被扛在肩上,沿着这面斜坡往坡下迅速奔去,摔倒后刺溜溜地滑动着,然后再度被四五个人抓住手脚,如同抬着神舆般地被竖立起来奔跑……

不过,夹裹着古义人的白铁皮军队的士兵们已经不容分说地开始奔跑起来。那些以发出脆响的纸制服表明职业身份的家伙,紧紧抱住古义人的双臂,毫不客气地将他往斜坡扯去。古义人也如同跳动似的踢打着腿脚,终于稳住了身体,却只能被动地高速飞奔。

在奔跑中,古义人渐渐将身体往后仰去,却突然被咯噔一下拽过一侧的肩头,于是上身便向前弯下。如此一来,该不会从头部撞向斜坡下方吧?古义人感到一阵恐怖袭来。看来,只能紧紧搂住另一侧白铁皮军队的士兵,从而调正身体的姿势……

其间,古义人感到从两旁抱住自己手臂的那俩人在放慢速度,将自己往斜坡上坡势平缓的地方拉着。抓住自己的这两个白铁皮军队的士兵,该不会分别是真木彦和阿动吧?

难以控制的愤怒再次袭向古义人,他用整个身体猛烈挣扎,试图让两条臂膀获得自由。总算设法将右臂拔了出来,可就在那个瞬间,仍被牢牢抓住的左臂,却使得自己的身体如同被抡开的链球一般飞旋起来!悬浮在空中的古义人看见了黑黑的、龟甲一般的赤松树干。自己的头部就将猛撞在那树干上了。毋宁说,古义人是以自身的意志跳起来的。他抖擞起精神,倘若对方再不放开左臂,就让那个以全部体重用力叉开双腿而立的白铁皮军队的士兵上一个大当……

2

千樫从柏林经由关西国际机场抵达松山机场,在很短时间内,就与真儿、亚沙和阿亮一同探视了古义人的病房。随后,便面临着本地报纸、中央系统报纸、共同通信社的本地支局、电视台的记者们的采访要求。

千樫原本并不喜欢由自己积极主动地发表意见,她认为,会见记者大致就属于这一类。已经得到的确切信息,唯有头部遭受严重撞击的古义人仍然昏迷不醒,而与自己素无交往的黑野则因心脏病发作而死亡。在法兰克福换乘的大型喷气客机和飞往松山的飞机内,千樫已经阅读了相关新闻报道。脑外科专家和一直陪护着患者的织田医生也对千樫作了说明,可在谈及古义人的意识状态——自从事故发生以来,已经过去了三十个小时——时,却也没有超出在报纸上所读到的范围。

短暂的问答结束后,当千樫返回正在古义人的综合治疗室所在楼层等候自己的阿亮和真儿身边时,当地报纸的两个记者却追赶上来,开始向她提问。与千樫随行的罗兹觉察到这是在十铺席与自己争吵的对手,便试图予以制止,可千樫却站立不动,开始接受采访。

"长江先生与外国女性共同生活在一个家庭里,作为夫人,您有何感想?"

千樫淡泊地回答道:

"在柏林,我也与德国男性生活在一个家庭里。像我们这样年岁的人,有时也想体验一下不曾体验过的生活方式。"

"迂藤先生是长江先生初期作品的理解者,后来却成为他长年的批判者。此人割腕自杀了吧?他留下的那封大气凛然的遗书引起了广泛关注,那遗书说是脑梗死后的迂藤已然不是原本的迂藤。"

"我却听说,他是因为手腕擦伤而在入浴时淹死的,是在饮用了白兰地之后……"

年长的记者从一旁接过了话题:

"如果手腕处不流血,是不可能神志昏迷的吧?"他严肃地接着说道,"塙吾良先生的跳楼自杀,也是在喝了法国白兰地而酒醉之后啊。"

"在柏林,我曾遇见一个研究日本电影的人,他认为那事儿实在'可惜'。"

"对于这个被认为遗憾的事件我表示同情。这次也是如此,祝愿能够恢复健康。"

"只是当长江先生身体康复后重新工作之际,假如那时写的文章不同于长江先生以往的文章,则又当如何?"

"我不知道长江将会如何。不过,我想我会请求他继续写他的文章。"

"刚才您也提到了,压迫长江大脑的淤血肿块已被取了出来。即便如此,关于他的意识会在什么时候恢复过来还是就这样一直昏睡下去,却是难以确定的问题……我们将等待他恢复意识。长江非常倚重的编辑金泽先生,就因为脑出血而长期卧病在床,最终也没能恢复意识便故去了,可长江对他直至最后都抱有希望。

"您刚才问到,即便长江恢复了意识,可那以后的文章倘若不同于长江此前文章的话又当如何。我不懂有关文章之事,只是,我决不允许长江自杀。"

"长江先生既不是艺术院①会员,又不是文化功劳者②,因而两方面的年金都得不到,对于夫人和阿亮来说,这可真是够呛啊。"

"这与你有什么关系吗?"

看上去,真儿犹如一只高度戒备中的小鸟,她那直至黑眼珠周围都泅出浓浓阴影的眼睛投向母亲,毅然决然地起身站到曾坐着的沙发与屏风之间。罗兹站在真儿身旁,成为遮断那些记者的厚重肉壁。千樫终于从这场不明就里的新闻采访中解脱出来。

"令人难以置信的提问!"罗兹大声而有力地说道并叹息着,"千樫的回答,我觉得即便从古义人的角度来讲,也是正确的。因为,关于这个主题,也不知该说是充满睿智的……还是绅士式的,我曾听古义人和真木彦谈过……"

"吾良在摄制电影之余也写了书,出版这书的编辑们甚至因此而与他亲密交往起来。可他们对自己所在出版社的周刊杂志贬低吾良之死,竟也无动于衷,并不在意。长江假如真的死去,情况恐怕会更加糟糕。即便能够活下来,他们只要发现古义人失去了抵抗力量,

---

① 日本艺术院的略称。
② 根据日本政府于一九五一年制定的文化功劳者年金法相关规定,获得此称号的、为繁荣文化事业做出显著贡献的人士,其终身都将享受年金奖励。

就会立即……"

真儿重新回复到等待——无论如何,为了不让更为恶凶之事发生,也是为了让好事到来(即或非常微小)而在等待——状态之中,随着时间的流逝,尽管真儿的脸色仍与先前相同,但其中的怒气却已经消隐,她将安静下来的眼睛转向千樫:

"说说在柏林与你共同生活在一个家里的那个德国人,是个什么样的人?"

"是吾良生前女友浦君将要与之结婚的人。"

"千樫是个对自己很有信心的人呀。"罗兹说,"我的家族是爱尔兰人,这么说也许会让人觉得有些奇怪,千樫的身材也好,面部表情也好,都与我的叔母相似。最初见到你的时候,因这似曾相识而好像感受到了亲情。"

"我发胖了,最近很长时间没坐在榻榻米上干活儿了,走起路来的腰部姿势跟德国同龄妇女越来越像了。"

"什么时候回柏林去,妈妈?"

"不回去了。浦君一个可以信赖的朋友雇了专职人员,接替了我的工作。柏林现在是睡午觉的时间,浦君的电子邮件该发到了。"

"如果千樫能够照料古义人,我就可以放下心来和织田博士结婚了。谢谢!"

"罗兹君,该是我感谢你呀!"

真儿俯下身子,把使劲儿相互擦蹭着手指肚的右掌,放在坐在身旁读着《袖珍乐典》的阿亮膝头。阿亮的表情中既显得不可思议,又表现得兴趣盎然,把视线移向已经不再擦蹭手指肚的手掌。

亚沙坐着大儿子驾驶的汽车往来于医院和真木町之间,在电梯前听织田医生介绍病情后,把纸袋和看似浓绿色封面的薄书亲手交给了千樫。原本她想这样告诉千樫:"想找一些零零碎碎的生活必需品,再看看是否有什么可以阅读的书,在十铺席的书斋兼寝室里,却只有这么一本日语小说,是中野重治在战后最早发表的短篇小说集,就站着读了这本叫作《军乐》的作品……"

"当年,古义人决定当小说家的时候……必须提交报告以撤消升读研究生院的申请……他去六隅先生的府上拜访,于是获得了这本书。上面写有中野重治题赠先生的署名。在古义人来说,这是一本非同寻常的书。

"他曾说,这是决定今后当小说家这一天的纪念,停止写小说那天还要阅读这本书。该不是他有一种预感,或许要在生育了自己的森林里迎来那一天?……"

"哥哥身上有爱撒娇的毛病,对于值得信赖的亲友,他经常会说诸如停止做某事的那一天之类的话。罗兹就曾规劝他'最后的小说这种话不要再说了'(现在,她正陪护在古义人的病房里)。

"中野本身呀,是个因战败而刚从军队回来的中年知识分子,从涩谷步行去日比谷的途中,就碰上了美军的军乐队。

"……哥哥是否想要查明那是什么音乐呢?为此我查找了一下,便发现在阿亮的 CD 旁,有一个收集了军乐队乐曲 CD 的波纹纸箱,就搬了出来,放在儿子正等候着的车上拉来了。至于《军乐》这个作品里写的是什么感觉的曲子,阿亮,我会向你说明的……请你和真儿去车上找找看。我还带来了使用电池的美国 BOSE 牌高保真音响装置。

"在哥哥的病床旁边,罗兹一直在呼唤着……在书上,古义人或是六隅先生用红铅笔做了标记。我想,千樫嫂子就把这些做了标记的地方读给他听,播放军乐队的音乐 CD……或许,会成为恢复意识的契机……"

阿亮对于有关嘱托给自己的工作的话非常敏感,早已站起身来,显现出庄重的期待神情。然而,千樫的性格却让她在这种时候不能做出反射性反应。这其中也因为长途旅行后的疲劳。

同样因为疲劳而在浓茶色脸上浮现出雀斑的亚沙,则按照自己的性格继续发表意见:

"……即或意识不能恢复,作为送给悲惨的古义人的赠言……赠送的音乐,也是比较合适的。"

3

自己也知道,剧烈的头疼很快就会袭来。是那种无以逃逸的疼痛。不过,眼下则处于疼痛来临前的时间段。这时,头部本身,嗵的一声落在黑暗的水中岩石间的夹缝里。正想更为清晰地打量那些隐约可见的物体,两只耳朵以上的部位却被紧紧卡在夹缝之中。一阵恐慌袭来……稍后,巨大者的手抓住自己的两只脚,将整个身体猛然塞入夹缝里面,毫不留情地拧转成朝向侧面的姿势。

这剧痛让他无声地呻吟起来,他感到头部正咯吱咯吱地从那夹缝间挤压过去。头部流出的血液弥漫成烟幕,在浓淡不均的红色河水中,自己的身体被抛开,任由水流冲向前方,最终仰面搁浅在渊潭溢流而出的浅滩,面向蓝天喘息不止,歪斜着身子静止在那里……

孩童时代的自己为什么要冒如此之大的危险,把脑袋潜入大岩石间的夹缝之中呢?那夹缝深处恍若横置了一个硕大的壶,使得视野豁然开阔起来,数百尾雅罗鱼正在微光中游弋。指示出一个方向,静静地与水流等速游动着的、泛出银灰色泽的蓝色雅罗鱼。数百个小脑袋朝向自己这一侧的黑点,由数百只眼睛所构成,在这些眼睛里,映现出一个"童子"的面庞。

受到强烈的诱惑,想要挨近一些以便看得更清晰。然而,转向雅罗鱼的脑袋却被岩石紧紧夹住。恐慌来临了……巨大者的手捉住在水中扑打的双脚,向里面塞了进去。然后拧转身体。向着难以估算的巨大疼痛……

在脑袋没有疼痛的这段时间里,不,是疼痛刚刚开始不久,一个女人的声音(此人所说的日语显然不是她的母语)总是在远方隐隐约约地向自己召唤。有时则突然挨近过来,话语也显得明了易懂。疼痛的头脑对此简直难以忍受。"古义人、古义人,"那女人在呼唤着,"cogito,ergo sum?"①。

"古义人、古义人,醒来吧,写那部小说吧。就是那部描述非常巨大的、犹如复杂机关一般的做梦人,躺卧在森林深处的小说。

"'童子'们从森林中的做梦人那里出发,前往世界各处,然后再回到森林里来。永远这样周而复始。古义人、古义人,你把永远的时间以二百年为一阶段,决定写出故事来。可是我不明白,你为什么要以二百年为一阶段呢?

"我所明白的,是森林深处那个犹如巨大机关般的做梦人——我认为,原本他也是一个'童子'——所见到的梦境,是'梦中浮桥'。通过这座浮桥,无数'童子'在各不相同的时间,前往各不相同的工作场所,前往现实世界。但是,做梦人却从不曾迷失无数'童子'中的任何一人。这一个个'童子'的工作,就映现在做梦人梦中的银幕上。莫如说,或许由梦境中的银幕合成的形象,以电传形式在各不相同的时间送往各不相同的场所,最终具体化为现实的场面……

---

① cogito ergo sum 原意为我思故我在,其中的 cogito 与古义人的日语发音相谐,因而"cogito,ergo sum?"全句意为:"古义人,你还在吗?"亦可理解为:"古义人,你还能思考吗?"

"当然,也有人像铭助托生的'童子'那样,在举行暴动的农民走投无路而召开军事会议之际躺在会场,借助梦境返回做梦人处讨教战术。即便不如此,森林深处的做梦人也会通过梦境,向散布在世界各地的所有'童子'传送指令。在所有时间,向所有场所的'童子'。倘若在澳大利亚土著人的神话里,那就是向'永远之梦中的时间里'的'童子'们。这里所指的,既不仅仅是现在的时间,也不仅仅是过去的时间,而是把未来时间也包孕在内的、梦境中的时间。

"古义人、古义人,你那二百年的故事中的时间,要超越现在进入未来!

"古义人、古义人,你即便上了年岁依然非常活跃,可眼下你却完全不能动弹,是因为回到森林深处,把你头脑中的电路连接在做梦人那巨大构造上的缘故吗?因为这连接电路的工程,你的头部才这般血肉模糊的吗?可怜的古义人、古义人。

"可是,倘若果真如此的话,那么你现在正紧挨着做梦人,反复观看被映现在梦中银幕上的一切。假如把这些转换为语言书写在纸张上,古义人,那大概就是你迄今想要写却无法写出来的小说了。现在,借助与做梦人直接相连的电路,一直在观看那小说整体的你,不正是那'二百年的孩子'吗?!

"古义人、古义人,喂,醒来吧!你曾数度说自己已是老人了,但是,只要你醒转过来,返回到这边,我就会认为你是'新人'。你要想起经常引用的布莱克!即便你紧闭双眼、无法出声,像你这样的人,也肯定会以文字的形式在头脑中浮现出这些语言。融汇你的灵魂之声与我一同朗诵吧!

"Rouse up 'O' young men of the New age!

"古义人、古义人,你把这句话翻译成'新人啊,醒来吧!'了吧?"

4

可是,为什么要醒来呢?假如眼下自己正将插头插在做梦人的电路上,或者说,自己的电路现在就是森林里的做梦人的电路……这种事态,不正说明自己升往森林高处成为"童子"了吗?!假如自己果真是映现在大岩石缝深处那几百尾雅罗鱼眼睛里的"童子",那就太好了。那时,自己为什么还要忍受将要来临的巨大疼痛,回到这一边来呢?当时,巨大者不是拧转自己的腿脚了吗?既然如此,现在巨大者尚未出现,自己为什么要主动在那疼痛之中醒来呢?

决不会再出现这样的事情了——巨大者的手把自己的头从岩石缝隙里用力拉扯出来,再把自己带回这一边来。为什么决不会?当自己在那浅滩上仰面喘息之际,巨大者粗野地踏着沙砾,经由自己身旁走向河滩。河滩东面,是村落的火葬场。

在示威游行期间也决不荒废时间的那个家伙……那是医生……在攀爬斜坡的途中,谈到了现在正读着的书。关于过去,他引用了德国一位哲学家的话语……视角倘若被错开(而不是基准!),便会从那个部分中出现崭新而积极的部分,也就是说,将会出现与先前被认为是积极的那部分相异的东西,而这部分还将无限延续下去……倘若是过去之中的"富有成果的"部分、"包孕着未来的""非常生动的"而"积极的"部分,自己不是早已充分体验过了吗?!没有必要因此而生还。即或生还了,也因为是相同之事……在喝彩之中,用燕尾服上的白色蝴蝶结包裹住身体,向北方的国王送去僵硬的微笑,这又将如何呢?

哲学家好像在书上这样写道:如果能够生还,那也是为了对以往的生之中空虚的部分、迟缓和死灭的部分赋予意义。"过去"的整体,就是完成某个历史性的回归,在现代之中进行钻研。哎呀,迄今为止,对自己来说,所谓历史或现代,一直都是不能胜任的语言。观察自己个人性"过去"的视角倘若被错开(而不是基准!),某种东西就会成为积极的部分了吧?

错开视角……

直至先前,疼痛才平息下来。因着这疼痛而少气无力的、身为孩子的自己,搁浅在浅滩上,仰面承受着阳光,凄惨地喘息不止。在自己的身旁,巨大者……曾用暴力之手把自己的头部从岩石夹缝中拉扯而出,使自己的伤口鲜血淋漓的那个人……却缩身化为身材短小的妇女模样,粗野地踏着沙砾走上河滩,往上游而去了。灵魂从仰躺在浅滩上的孩子身上飘忽而出,抢在了她的身前。这灵魂看到这位显露出愤怒神情、仍残留着青春痕迹的女性,她的一只耳朵垂挂到了上颚处,此时,她正拧着濡湿了的包头巾……

是母亲!如此一来,尽管自己因疼痛而呻吟,却也不可能被拉回那苦涩的生那边去了。母亲早已死去,在那上游被火葬了,现在,已经长眠在了尘埃之中。为身材矮小的母亲准备的骨灰罐却过于狭小,无法放进去的骨灰便洒入河水中冲走了。数百尾雅罗鱼因此而充分补充了钙和磷了吧……

"我要拯救自己!"这段文字浮现了出来。这是从吾良那里学来的富永太郎①的诗句,在与小林秀雄②翻译的《兰波诗集》相同的创元选书之中。紧接着,新的理解便浮现出来。眼下在这里的自己,是塙吾良的朋友长江古义人……

十六岁的自己,曾与十七岁的吾良做过"语言游戏",围绕"生涯

---

① 富永太郎(1901—1925),日本诗人,著有诗集《定本·富永太郎诗集》等。
② 小林秀雄(1902—1982),日本文艺评论家,著有文论《私小说论》《陀思妥耶夫斯基的生活》,随笔集《所谓无常之事》等。

之中,在伦理方面最为羞耻之事"。吾良的回答是"正在手淫之时,被母亲所发现"。是伦理方面吗?"是的。"吾良说道。古义人的回答则是"正要自杀之时,被母亲所发现"。是伦理方面吗?"为什么不是?"古义人说。

古义人第一次由自己引发那巨大的疼痛,他主动而强烈地扭动着——疼痛很快就开始了——身体。已经太迟了,他被无力的愤怒包围着。古义人继续扭动自己的整个身体,因为他不能控制已在岩石棱角上被两三次弄伤头部的自己。生还之后,一切又将如何? 即便如此,不也只剩下三四年光景的老残余生吗?!

因古义人流出的血而开始浑浊起来的水流深处,数百尾雅罗鱼将探询的目光——如同它们的祖先们朝向幼时的自己时一般的目光——朝向自己:如此生还之后,一切又将如何? 他便这样回答那些雅罗鱼:强行把我带回生还之境的巨大者的手既然已经失去,我就将拯救自我!

"古义人、古义人,你为什么如此狂乱地扭动身体? 连脑袋都撞上了点滴的台架! 你的头部动了手术,刚刚取出淤血的肿块,可怎么没像阿亮那样用塑料板封闭起来?"

已经意识到对自己说话的那个人,就是一直与自己一同阅读《堂吉诃德》的女性。她说,"是的,和堂吉诃德共同经受苦难的运送者的名字叫驽骍难得。虽说该名字源于岩石这个名词①,与蔷薇并没有关联,却因为同自己名字的发音相近,倒是让我感到高兴……"②蔷薇与岩石? 把自己生育到这一侧来的运送者,甚至连经由岩石夹缝去往彼侧都受到她的严密防范。可是,她已经在岩石上

---

① 在西班牙语中,岩石(roca)与驽骍难得(Rocinanate)的词首相同。
② 表示驽骍难得的 Rocinanate 与表示玫瑰的 rose 相近,进而与罗兹名字的发音相近。

游的火葬场里被烧为灰烬,掩埋在了尘埃之中……

不过,不是又一个母亲般的女性运送者出现在自己面前,把"新人"亲手交给了自己吗?!不要顾及疼痛,向那边直接挺过头去,以便摸索刚刚出现的思路的脉络。更为激烈的疼痛袭来了。不仅如此,血水也漫了出来,半边脸庞都被暖暖地濡湿……那是眼泪。

"古义人、古义人,你为什么流泪?是痛苦吗?究竟怎么了?啊啊,究竟怎么了?千樫,请过来!古义人已经不再狂乱地扭动,却哭泣了!意识没有恢复,安静地……如同将要死去的人一般安静地……哭泣!"

5

主治医生和护士离开了病房。阿亮和真儿也被亚沙带回真木町去了。罗兹坐在织田医生正假寐着的褥垫边缘,她抬头向坐在高脚病床旁椅子上的千樫望去:

"你真是一个坚强的人。"罗兹说,"我只会惊慌失措地吵闹,而你则保持安静,不去干扰大夫们的工作。

"千樫和古义人在深层次里进行相互交流,我却在比较浅的层面上,只是一味因恐惧而吵吵嚷嚷。"

"我也很害怕呀……目前还在害怕。只有我,什么也干不了,只得阅读亚沙带来的那本书。"

"听了亚沙的说明以后,阿亮调查了 CD……虽说花费了一些时间,却从各种 CD 中选出了三支曲子。

"真儿说,古义人从写有占领军音乐状况的书籍中,收集了可能找到的所有曲目的 CD,却也没能确定下来。"

"由于是篇幅很短的小说,我读了好几遍……我也认为,还是大家都听了的音乐是正确的……就按照那个顺序,演奏了一遍……

"明天早晨,亚沙把阿亮他们带来后,我想就照她说的那样进行朗读。今天,当阿亮再次从第一张 CD 开始播放的时候,我没能读出来……是感情上有了波动……"

"感情上有了波动为什么就不能朗读?那是武士的伦理吗?"

"但是,为什么会创作和选择这个文本①?"罗兹用发颤的声音询问,"我也曾读过,却弄不明白。为什么他们一厢情愿地认为今后不会再度发生战争?已经发生了两次三次,即便现在也是,同样的美军还在继续发动着战争。"

"我也弄不明白。吾良也好,古义人也好,还在那般瘦小的少年时代就承担了这苦难……其中一人在苦恼中死去了,剩下的另一人则生活在苦恼之中……亚沙似乎在考虑为他们与某种势力进行调解……"

又过了一些时候,正反复读着同一本书的千樫泛起了一个念头:

"都是读不懂这书的人,干脆练习一下吧。"千樫说,"古义人已经不流泪了……像是正侧耳倾听似的。

"播放 CD 时请注意放小音量,以免把织田医生吵醒。请从阿亮选好的第二支曲子开始……"

再度回响起了新的音乐,是以第一乐队、第二乐队以及枪队全都静止的形式回响而起的。那是一种较之于此前的寂静更为寂静的极度静谧的音乐。当曲子进行到某处时,男子知道旋律已经以老虎钳般的力量抓住了自己。对于音律全然不晓的男子,根本不知道该如何向自己解释。男子感觉到了一种发颤般的、疼痛般的东西。对男子而言,它既不属于西洋,亦不归于东

---

① 原文为英语 text。

洋,甚至也不是民族性的东西。就性质而言,看上去,它好像具有这样一种性质:如同洗濯人们灵魂的清水一般洁净,与所有国家和民族概无关联,它不容任何分说,却又极为怜爱地进行着整理。

……

曾相互残杀的人类,被相互杀戮的人们,宽恕吧!曾必须准备随时互相厮杀的幸存者们,宽恕吧!……曲子的这般静谧,似乎是因为人们曾流淌了那许多的鲜血,才从这血泊之中生发而成的吧。不会再度发生这一切吧……与所有国家和民族概无关联,它不容任何分说,却又极为怜爱地……

作品中所引译文大多出于以下译者之作,在此谨表感谢之意。余者,则皆为作者本人所译。

《堂吉诃德》塞万提斯,牛岛信明译,岩波文库/《古代感情论》广川洋一,岩波书店/《李尔王》莎士比亚,野岛秀胜译,岩波文库/《塞万提斯再阅读之批判》卡尔罗斯·富恩特斯,牛岛信明译,水声社/《历史哲学论纲(关于历史的概念)》本雅明,野村修译,岩波现代文库/《哈克贝利·费恩历险记》马克·吐温,中村为治译,岩波文库/《神曲》但丁,山内丙三郎译,岩波文库/《古者与新者——从堂吉诃德到卡夫卡》玛尔特·罗贝尔,城山良彦、岛利雄、圆子千代译,大学丛书/《巴黎拱廊》本雅明,今村仁司、三岛宪一等译,岩波书店。

小说作者大江健三郎与长江古义人的对话

[日] 大江健三郎

自我开始写作小说以来,及至明年春天,便是五十年了。此前,我不曾拥有制作特别装帧版的经历,这次却在亦为朋友的编辑们鼓励之下,烦请我们的"书籍装帧巧匠"菊地信义先生设计了装入函套里的这三卷本。

函套里的作品是《被偷换的孩子》《愁容童子》和《别了,我的书!》这三部曲,也是因为这三部曲没能得到总括起来的整体性评论而心有遗憾,在为这三本书作设计的过程中,便制作了一份小册子,让作者同与他重叠的小说人物在对话中坦率地探讨彼此。尤其这大约二十年以来,我一直有意识地作为小说主题并将其引为写作手法的单位是"奇怪的二人配",现在,我亦将此用作三部曲的总书名。

我选择这三部曲的理由,首先是出于一种预感——虽然打算再继续写上几年小说,可是拥有如此结构和题材深度的长篇小说,这三部曲该会是终点吧。至于另一个理由,我想告诉大家,那是因为《被偷换的孩子》的序章,作为我此生中写出的篇幅稍长的短篇小说,它最为重要。

除此之外还有一个理由,那就是我在三部曲的最后一部作品

《别了,我的书!》里,频频引用西胁顺三郎翻译的 T.S.艾略特的《四个四重奏》,当我重新阅读这三部曲时,耳边似乎听到了我不曾直接引用的"小吉丁"以下这一节:

  在暮色渐淡的黑暗中/我直盯盯地打量那低俯的面庞/仿佛用锐利的目光审视这初次见到的陌生人之际/突然,醒悟到这面庞/与我熟识却已故去的一位大师相似。/然而,原本早已忘却,现在却想起一半来的/这既是一张脸,同时也是很多张脸。(中略)因而我扮演了双重角色,一面喊叫,/一面听着对手的喊叫之声——/"怎么,你竟然会在这种地方?"

  是的,我竟然会在这种地方!我怀着如此感慨,谨将此书献给使我承蒙多年友谊并让我心怀眷念的人们,还要献给我希望其能垂读此书的新时代的人们。

二〇〇六年岁末

  I naturally thought of the Pseudocouple Mercier-Camier. The next time they enter the field, moving slowly towards each other. I shall know they are going to collide, fall and disappear, and this will perhaps enable me to observe them better.

—— *The Unnamable*, Samuel Beckett①

(一)

长江古义人(以下称为**长江**):我有这样的疑惑:你能清楚记得

---

① 大江本人将这段英文译为:当然,我考虑到了奇怪的二人配,即梅西埃和卡米埃。其后他们将会出现,彼此缓慢地相向移动而去。我也知道,他们将会相撞、倒下并消失,因此,我或将得以更好地观察他们。

——《无名的人》,塞缪尔·贝克特

自己已写小说的细部吗？之所以这么问，这也是因为，即便只限于我被赋予这个奇怪名字而出场的"奇怪的二人配"三部曲，也是多次出现了相同细部的缘故。大多是有关我自己的记述，嗯，即使写的是相同事物，我也只会觉得，"该不是又来了吧？"不过，那种相同事物在细微之处却有异于先前已出现过的事物，这当然会让我感到忧虑。

小说作者（以下称为**作者**）：我也是这样呀，的确是关于这三部曲的。首先从这些日子经常遇到的实际事例说起吧。也有作为小说技法而被自己有意使用的地方……可是一旦将其说出来，却又像是在辩解。

嗯，还有上了年岁这种告白，要写一个场景。在这一过程中，回想起曾写过与此相同的情景，觉得在以前的书里似乎也曾写过。可是，翻了翻眼前的书，却怎么也找不到那些处所，这就麻烦了。这类事情会经常遇上。忘记曾经写过这个场景，不知不觉间就会写出相同场景。这可不是被编辑指出来的。

长江：你所说的是"实际事例"……

作者：这无非是出场人物长江古义人经历的往事，而且是作为重要记忆而写下的事物，对你讲述这些事也是显得滑稽，不过……那是此前不仅在小说里还在随笔中也曾写过的、我这位小说作者本人的特殊记忆。

我曾因刚才说到的情况而多次查找肯定写过的小说内容。终于找到的时候，就会为今后的查对需要而夹上浮签纸片。还是来朗读一段吧。

首先是引自三部曲最后一部小说《别了，我的书！》中的如下内容：

> 九岁那年夏天，古义人沿着自家屋旁那条圆石铺就的狭窄坡道往下走去，差点儿淹死在河水里。他潜至由激流冲刷大岩石而形成的深潭深

处,发现在岩石水下裂缝内里的明亮空间里,雅罗鱼群在逆着水流游动。(中略)一天早晨,他下了决心,从激流的上游顺流而下,贴伏在大岩石上。他倒立起光裸的瘦小身子,从岩石的裂缝向里面窥视……在接下去的那个瞬间,头顶和下颚蓦然被叼入岩石缝中,自己便手忙脚乱地挣扎起来。然后,腕力近似强悍的手腕抓住双脚拧了一小圈,帮助自己回到了自由的水中……

长江:啊啊,是这里呀。我也读到了小说的这一段,第一次把握了那天发生在自己身上的这件事的整体形象。而且虽说如此,却还是感到很久以前就知道了这件事的意义。也可以说这其中存有"想起"①的作用吧,在把握整体形象的瞬间,让我的记忆确切地恢复了这件事的全部。

作者:作为作者,我期待这一点。小说的出场人物从其被设定为"这样的人"那时起,有关过去自不必说,有时甚至直到未来呀,都理应从小说作者那里得到了身份识别牌。然而,其实无论对于出场人物还是作者,直至写出小说那一段来之前,现在实际感受到的某种体验之意义,对于该人来说都是模糊不清的。于是就经常会一下子变得清晰无比。

古义人九岁时差点儿淹死这个突发事件,没出现在三部曲第一部《被偷换的孩子》里。这对于《被偷换的孩子》中的你来说等于不存在,对于读者来说同样如此。然而,在第二部《愁容童子》里,从一开始就借助你母亲所说的不可思议的话语,你本人不就开始"想起"曾发生过什么事了吗?

长江:作为作者,你期待这一点,又向读者递送眼色,还使用唯有

---

① 原文引自古希腊语 anamneis,柏拉图曾借此表示人的灵魂通过回忆获得真正知识或理念的过程。

小说作者才能说出的"不可思议的话语"这种方法……

作者： 小说中的母亲知道儿子的朋友吾良（一如《被偷换的孩子》开首处所讲述的自杀事件那样）已经自杀，于是对古义人说，那人"去世了，无论你一时间是当真那样想还是并非那样想的时候……都不再会有朋友劝你'不要干那感伤之事了'"。这就是说，母亲知道我一时间试图干那种感伤之事，也就是一时间试图自杀，而且差一点儿几乎就实施成功了。

长江： 那个长江古义人，也就是我，甚至两次试图干那种感伤之事，第一次是以潜至河中深潭去看雅罗鱼为借口，关于想要干（不过是否当真想要那么做，我这个小说人物尚不清楚）的那个行为的情景，现在得以现实地"想起"来了。

作者： 因为我这个作者在稿纸上是这样写的嘛：

> 孩童时代的自己为什么要冒如此之大的危险，把脑袋潜入大岩石间的夹缝之中呢？那夹缝深处恍若横置了一个硕大的壶，使得视野豁然开阔起来，数百尾雅罗鱼正在微光中游弋。指示出一个方向，静静地与水流等速游动着的、泛出银灰色泽的蓝色雅罗鱼。（中略）受到强烈的诱惑，想要挨近一些以便看得更清晰。然而，转向雅罗鱼的脑袋却被岩石紧紧夹住。恐慌来临了……巨大者的手捉住在水中扑打的双脚，向里面塞了进去。然后拧转身体。向着难以估算的巨大疼痛……

长江： 作为自己的事而解读并领会这个场景，使我不得不了解到，自己在九岁时确实尝试过自杀，却被母亲借助暴力方式阻止了此事。读者也是和我一样。可是呀，你在写这个场景的时候，母亲已经去世了。在母亲生前，作为曾是这个场景中的九岁孩子的我本人，后来为了那时尝试自杀而道歉、为了得救而致谢了吗？

作者： ……没能这样做。你认为能够对孕育出本人生命的人说出口来吗？说出自己不仅仅一次甚而两次企图自杀了吗？

长江:于是,你就在《愁容童子》结尾处,让我再次经受那般痛苦,一面哭喊着一面原原本本地述说了九岁时被母亲所救助的往事。

作者:确实如此……对不起呀。

(二)

长江:从一开始,话语就变得过于深刻……还是转到小说技法的侧面上来吧。我想看看三部曲中存在于根本之处的结构。你让作品中的我与作品中的各种人物勾连起来,把"奇怪的二人配"创造出来并发展下去。回顾在小说里如此生活过来的自己,确实只能被称为"奇怪的二人配"的其中一人,我承认自己与这个称谓很般配。因为是那么一种性格和资质的人,甚至是以夸张这一点的生活方式生活过来的嘛。不过,这个"奇怪的二人配"之话语,并不是你的发明。你不是写过吗,那是你在其他什么地方发现的吧?

作者:确实如此,这句话语直接显示在我面前的时间并不那么久远。然而,要说出现在自己小说里的二人组合,那我很早以前就意识到了。毋宁说,我知道假如不设定为二人组合,自己的小说就无法开始启动。在《饲养》这个短篇以及在稍短的长篇里展开这二人组合的《掫芽打仔》(连续写出这两篇小说时,我才二十三岁)中,少年叙述者和他弟弟这对二人组合就已经在发挥作用了。不过呀,如果去除孩子所具有的或多或少的滑稽,这个少年及其伙伴作为"奇怪的二人配"便不再独特……

从那以后,在长年写作小说的过程中,我充分意识到自己的人生观之根本存在于"奇怪的二人配"之中。即便作为读书人,我也会在小说呀戏剧(甚或在评传呀诗歌)中发现"奇怪的二人配"。现在往家里的书柜看过去,也全都是那种二人组合。

长江:在《别了,我的书!》里,作为出场人物的长江古义人,也就是我,同样拥有建筑家繁这个伙伴并到达了终极的"奇怪的二人配"。我和繁都曾有意识地对此作了种种探讨。首先,鲁滨逊小说的构想就是那样。我与奈奥姑娘谈起的斯坦尼斯拉夫·莱姆①的《索拉里斯星》中的宇航员和索拉里斯海送来的那位死去妻子的复制女性,也是一对在SF技巧方面达到极致的"奇怪的二人配"。

作者:且说对我这位小说作者指出"奇怪的二人配"这句话语的人物,正如你也知道的那样,我在小说里已经写明了,他就是评论了在这套三部曲之前不久创作的《空翻》的那位文学理论家弗雷德里克·詹姆逊②。"大江一直在写的,总是'奇怪的二人配'",说了这话后,他从塞缪尔·贝克特③的小说三部曲中引用了《无名的人》里的一段文字,用来定义"奇怪的二人配"这个术语。

我已把那段英语版的原文引用在我们对话中的格言诗里,按照自己风格翻译出来后是这样的:"当然,我考虑到了'奇怪的二人配',即梅西埃和卡米埃。随后他们将会出现,彼此缓慢地相向移动而去,我也知道,他们将会相撞、倒下并消失,因此,我或将得以更好地观察他们。"

在这里引为例证的梅西埃和卡米埃的故事,是贝克特的早期小说之一,作品里所描绘的"奇怪的二人配"模特儿那彻底的程度可真

---

① 斯坦尼斯拉夫·莱姆(Stanislaw Lem,1921—2005),波兰科幻作家,其代表作为《索拉里斯星》(Solaris),该作品分别由苏联(1972)和美国(2002)拍成电影。莱姆还著有《星空归来》和《机器人大师历险记》等重要作品。
② 弗雷德里克·詹姆逊(Fredric Jameson,1934—),美国文艺理论批评家,著有《马克思主义与形成》《语言的牢笼》和《政治无意识》等。
③ 塞缪尔·贝克特(Samuel Beckett,1906—1989),出生于爱尔兰的法国剧作家、小说家,一九六九年度诺贝尔文学奖获得者,其代表作为《莫洛依》《马龙之死》和《无名的人》等长篇小说以及《等待戈多》等剧本。

是厉害呀,比如业已做完这种古风般说法竟然脱口而出。而且,《等待戈多》自不待言,直至到达最后那套小说三部曲的道路,也让像我这样平凡的小说作者因恐惧而简直要缩成一团……

即便如此,受詹姆逊那段评论所鼓舞,回过头来一看呀,我不仅在小说里一直写着"奇怪的二人配",即便在现实生活里,也是作为若干"奇怪的二人配"中的一方而生活过来的……全然不接受教训地一直在重复着这样的生活!我就被这个自我发现所引导。

而且,与其说这一切始自青年时代,不如说始自少年时代,如果再追溯下去的话,从幼年时代起便是如此了。况且,倘若从那时一直连接到当下,就会发现在人生不同时期的"奇怪的二人配"中,曾为师傅地位的友人全都去了彼界,仍然存活着的,唯有我独自一人。这就要经受寂寞的孤独感的折磨呀,假如连我也移往那彼界的话,"奇怪的二人配"之记忆就将完全湮灭。于是,我就一直在写着连我自己都觉得执拗的这个主题。

长江:在你的如此这般的小说里,我经常被作为"奇怪的二人配"的一方而塑造,依我看来,身为小说作者的你的想法,照例就是我的想法。尽管如此,我还是有着自己的担忧,那就是身为小说出场人物的我呀,是否如同身为作者的你那样将自己的背景予以意识化。因此呀,我想借这次对话的机会,重新听听你这位小说作者的解说!假如你是在模仿贝克特最后的小说中的叙述者,那就是为了更好地理解我本人亦为其中一方的"奇怪的二人配"嘛。

作者:如果需要预先说上一句的话,便是刚才提到的贝克特小说里的叙述者,在说起那段话语之前,就已经否定了那个可能性啊。即仅有一语的句节"Wrong",亦即"不是那样的"……

（三）

作者：尽管如此，总之，还是继续说下去吧……

我已经讲过，在幼年时期就遇上了二人组合里的另一方，我甚至想说，那是我最初的记忆。实际上，我与这个主题可说是非常熟悉的老交情了，曾在三部曲第二部小说《愁容童子》里写过此事。

长江：因此呀，也就是说，这还成了我这位小说人物的记忆，我要出声读出那段引文：

> 直至今日，古义人曾多次要把那个时间确定下来，虽说早已确认是五岁这个时间段，他一直认为在与另一个自我一同生活，就像家庭其他成员所称谓的那样，古义人将另一个自我称之为古义。
>
> 然而，大约一年以后，古义竟独自一人飘飞到森林上空去了。古义人对母亲说了这一切，却没有得到回应。于是，他又将古义如何飘飞而去的过程详细述说了一遍。古义起先站在里间的走廊眺望森林，却忽然踏着木栏下方防止地板端头翘曲的横木爬上扶手，随即便将两腿并拢，一动也不动，然后就非常自然地抬腿迈步，悬空行走起来。当走到河流上空时，他舒展开穿着短外褂的两臂，宛如大鸟一般乘风而去。从古义人所在的位置看过去，他逐渐消失在被屋檐遮住而看不见的长空……

作者：起初那段时期，我经常说起去往森林高处的古义之事，这甚至都成了家人间的老话题。可是呀，这个古义渐渐地被我给内在化了……

长江：关于此事原委，我也因着《愁容童子》而知道了。而且我还在想呀，借助在家人之间发生的那件事，长江古义人的，亦即作品中我的性格是因此而得以形成的吧：

> 起初，亲属们都觉得很新奇。

"你说古义到森林里去了,那么,仍在这里的古义又是谁呢?"

"是梦呀。"这样回答以后,古义人引起更为激烈的大笑。

秋祭那一天,客人上午就来了,古义人被唤到正开着宴席的客厅,父亲让他与哥哥们当堂问答。

"古义,眼下你呀,其实在哪里?"

提这个问题的,是亲戚中的某一位,但催促回答的,却是机敏而善于应酬的长兄。古义人抬起右臂,指向河那边森林的高处,却每每遭到二哥的反对。或许,这位具有自立个性的少年,较之于不愿看到弟弟成为笑料,更是不能忍受一帮醉鬼的这种游戏。他用双手抓住古义人的手腕往下摁去,而古义人却认为准确指示出古义所在地非常重要,因而绝不低头屈服,便与二哥扭成一团,一同摔倒在地,古义人右臂也因此而脱臼。

作者: 可是我呀,并没有忘记二人组合的另一方,也就是说,不再对人说起就这样被我内在化了的古义,而是开始与自己交谈这位古义。其证据,则是从那时起,我每隔上四五年,就会前往森林的高处和峡谷里的河流去寻找古义,直至后来经历了那段濒临死亡的体验……

很久很久以后,我在结构论的文学议论热潮中了解到这两处场所的意义。构成我和家人生活于斯的峡谷里的民众之中心部的,是沿着县道的那条狭长平面。与此相照应的,则是以下这两个危险的周边、边缘。

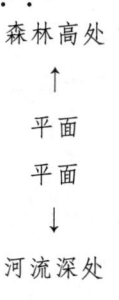

森林高处
↑
平面
平面
↓
河流深处

我一无遗漏地偏向了这两个禁忌的场所。受其影响,此后当我沿着县道沿线行走时,就会听到"不要跟那孩子一起玩儿!"这种喝令孩子们的声音。

长江:在这两个经历里,关于潜入河流深处的那次偏向,先前我们已经谈论过了。然后,你给我说了孩子图谋自杀的那些行为中被本人清晰意识到的另一面和并非如此的另一面,还说了我没能很好记住(该说是你这位小说作者尚未写过)的往事。

可是更有甚者,较之于潜入峡谷这个共同体下方的边缘,你攀上共同体上方的边缘,亦即森林高处之事,在这套三部曲中几乎未被提及,所以我无法"想起"此事。

作者:那是因为在《同时代游戏》里写过了呀,再说攀上森林那阵子,比我险些死在河里那时更加幼小嘛,其实我也记不清楚了,有时甚至怀疑那是不是梦里之事。还有一点,就是那次的偏向,与其说是我独自的断然决定,倒是被古义所诱惑的因素更大一些……

长江:那么,这就属于我不知道的范围了。

作者:直至十五年或是二十年前,每当我前往森林中的峡谷里省亲,都会有不少老人过来对我说起往事,说是当年在那株叫作"千年锥栗"的大锥栗树的树洞里,我感染上肺炎,就像一块滚烫的小肉团……还说呀,当年的那些消防队员呀,上山救援之际,由于山路因大雨而如同急流一般,救援工作非常艰难!

我上山的时候还没下雨,满月映照着森林,乌云在月面剧烈地翻滚着(已经起风了)。暗淡月光下的阴暗树丛间,我被古义引导着只顾一个劲儿地往山上攀去。在与我分开的那几年间,古义长大了,他身体的成长明显要早于仍在峡谷里的我。尽管如此,他还是穿着从里间扶手上飞起时的服装,因而从短外褂中伸出的两只胳膊长长得近似滑稽。露出来的两条腿也很长,那白白的小腿肚子,几乎是在擦着地面滑翔而去。就在一个劲儿地紧随其身后那期间,我振奋地想道,今后要跟古义在森林深处一同生活下去,决不再回到峡谷里去……

当时只惦念着一件事,那就是深夜里听到古义在外面呼叫,我刚离家出来,古义随即就开始前行,由于他都没有回头看我一眼,所以在不断地爬山期间,我没能看到古义的脸……

可是,那时我相信只要如此进入森林之中,就会以二人组合的形式开始那永久永久的共同生活,因此当我被从森林里抱下来时,虽然正发着烧且身体衰弱,却仍然凶猛地挣扎着……这段往事也成了当年的消防队员们讲述并传播下来的故事。

还有一个更玄乎的传说,说是我那小小身体散发出山里兽类的异臭,刚从森林里下到县道一带,峡谷里的狗就惊悚地狂吠不止……

（四）

长江：这也无法成为我"想起"的对象（也就是说,由于这是你没写在书里的内容,也就不会存在于我记忆的历史断层上）,不过《被偷换的孩子》这部小说里的故事,始于塙吾良自杀那个夜晚,这个塙吾良就成为从森林的高处……也是从河流的深处归来的古义了吧？再度归去的他的做法,既不是飞往高处,也不是潜往深处,而是"咚——"的一声坠落在混凝土路面上……

作者：假如说起事情最初的形态呀,古义是存在于我的"内部"的。此后,即便他来到了外面,也是在我的身旁。突然间他飞到森林的高处去了,于是我就想要追赶上去。可是塙吾良却来自于"外部"。然后,就把我引去了我所不知道的场所。他与古义可是截然相反的存在。

长江：在我转学去的那所学校里呀，（用现在的话来说，那也是遭到来自班级全体同学的霸凌，不过我将其视为对转学来的同学施加的通过仪礼，从而独自一人打扫教室，就在此时出现的）塙吾良向我打了招呼。假如没有那个瞬间，我就不会如此这般地成为小说故事里的人物……

作者：如果没有那事儿，当然我也不会成为小说的作者嘛。塙吾良这个人物的原型，就这样从"外部"出现了，最终却还是消失在了"外部"。这是"奇怪的二人配"中的，而且是师傅地位的另一方的、无可置疑的典型性类型。

长江：即便在三部曲的所有出场人物中，尤其对于塙吾良如何出现，又如何消失这个问题，比任何人都更为留神关注、仔细思考的，是他的妹妹千樫呀。

作者：是啊，甚至比我这位小说作者本人还要……重新阅读三部曲后，我深切地感受到了这一点。千樫两度失去其兄吾良。毋宁说，唯有吾良，才是千樫的古义。就这样，发生了第一次失去兄长之事。这一点，是写了这部小说的我此前或许未能清晰意识到的。

长江：你说的这一点，我这里也全然没有考虑过啊。在《被偷换的孩子》终章处，千樫失去了以自杀形式死去的兄长，此时她想起了第一次失去兄长时的往事，我们就读读这里吧。在这里，被千樫唤作这个人的，是兄长的朋友、不久后与自己结婚的人物，换言之，也就是我这个人物呀……

> 千樫那位才华横溢、俊美异常、被很多人所喜爱——尽管还是孩子，却被大家敬畏般宠爱着——的哥哥，从某个时候起，身上开始隐藏着某种陌生的东西，变为与此前并不同的人。

> 我还记得这个人早在还是少年的时候，就与年岁相仿的吾良出门去

往"Outside Over There"/在那遥远的地方那个发生了某种可怕事情的场所,实际经历了可怕事情于深夜回来后的情景。现在细想起来,在那一夜之前,吾良确实在一段时间内缓慢转变了,而从那一夜开始,吾良便去了一个再也无法返回的场所……

就这样,从我和塙吾良这对"奇怪的二人配"创立之初的那个时点开始,直至吾良独自一人"咚——"地移往彼界那时为止,千樫是一直守护过来的。

(五)

作者:不过,在你和塙吾良这对"奇怪的二人配"中,从师傅地位的吾良那里,身处弟子地位的你认为自己所受教育的核心是什么?

长江:你是在询问我这个小说人物吗?我所知道的一切、我在小说里絮叨的和思考的一切,不都是你构想和写出来的吗?

作者:是那样的。但是我经常在想呀,你说的我那写作方法呀,该不是把小说人物的原型,也就是小说家我,还有身为电影导演的朋友这实际上的两者关系,在小说里给写得单纯化了吧。作为小说人物,或许你曾怀疑这两者在现实生活中的相互关系更为复杂吧。我就在想呀,假如存在这种因素的话,我希望知道这一切。

长江:若说起在小说里我从师傅地位的吾良那里所受教育的核心,那就是关于文学。更具体地说,是关于诗歌,尤其是关于兰波的诗歌。

从我们成为"奇怪的二人配"的初始阶段起,塙吾良就为我讲评兰波的诗歌。而且,在洞悉我过度依赖小林秀雄的译本后,他还把法国水星版的《诗篇》送给了我。(这就成了我一生中的第一部法文书籍……你明白这是多么大的一件事吗?)然后,他就以此为教科书,为我进行讲评。

作者：而且,他还特意住进我租住的房间……

长江：塙吾良的法语能力究竟达到什么程度,这我无法说清楚,不过,在我本人考入大学的法国文学专业之后,我们也经常以七星丛书版的兰波诗集为文本展开讨论。无论初始阶段还是后来,他所说的内容,都被我作为师傅的话语接受下来。因为呀,塙吾良的兰波讲义始自于我们的少年时代,即便在他死后,在我从千樫那里收到的、附有图示分镜头剧本的电影剧本草案里,也包括我们实际讨论过的、有关兰波的对话记录。这种情况覆盖了我们这对"奇怪的二人配"的全部。

身为小说人物,要对小说作者你说这样的话未免显得狂妄,不过我总觉得,如果没有塙吾良的这番法语入门辅导,即便倾倒于法国文学学者六隅许六出版的岩波新书①(告诉我那位六隅先生是东京大学法文专业在职教授的,不也是塙吾良吗！),也很难说你能否考上东京大学法国文学专业。总之,就算你本人可能有所保留,我在文学上也是受教于塙吾良的。

作者：倘若这成了长江古义人你确信不疑的信念,那就证明我成功写作了《被偷换的孩子》嘛,因此作为小说作者,我为此而感到高兴。在塙吾良的原型与我之间长达约四十年的现实生活中的关系里,细想起来,我们从最初起就一直(中间也曾疏远过一段时期,却很快就恢复了良好关系,直至他去世为止)是只要见面,就只谈论文学话题。在这套三部曲中,考虑到小说应有的平衡,就插入了能够回

---

① 大江健三郎在高三时曾于松山大街道的书店购买东京大学法国文学专业的渡边一夫教授所著《法国 文艺复兴断章》(岩波新书版),为其中的宽容精神所震撼,从好友伊丹十三处得知渡边一夫为东京大学法国文学专业的教授后,决定改而报考东京大学并师从渡边一夫教授。

想起来的、与文学并无直接关联的对话。是存在这种想法的哟。

长江：我们就寻往作品中的我与堉吾良之间有关文学的对话吧（而且用我所知道的方法，也就是结合小说来寻往尤其是关于兰波的讨论）。因为这种做法，能够最为自然地驱动我的"想起"机制……

堉吾良坠楼而死的翌日，千樫和我前去看望遗属，我把千樫留在那里，自己独自返回了东京。夜深了。躺在书库的行军床上，我首先想起的，是一直与吾良借助田龟这个奇怪道具谈论着的最近的主题，即小林秀雄翻译的兰波的《诀别》：

拂晓，用狂热的忍耐武装起来，我们将进入辉煌的都市。

吾良对田龟录下这段话语之际，肯定已经下定死去的决心……

在小说后半部，我回想起与吾良邂逅相识后不久便把他带回森林峡谷间的老家那一天。查阅了先前谈到的、吾良遗下的附有图示分镜头剧本的电影剧本后，发现了此前一晚我们躺在一起时所作的对话，已被吾良详细地复原出来。他是这么说的：

夜晚，在林中峡谷你的家里，咱说，自己觉察到兰波的《诀别》一诗中，好像写着咱们的未来。你没有出声应答，不过咱知道你理解了咱的意思。

说了这些后，吾良（在小说里，我还原样写了把选中的新译者的译本送给吾良，而他则用那译本）再度朗读《诀别》中的诗人围绕其死亡而想象的场面，空想着假如出于某种原因，从楼顶平台坠落下来的自己尸体未被任何人发现的状态：然后，就像这首诗所说的那样"受到创伤"的话，咱就理当完全像那样死去。

兰波接下去是这么说的："无奈，我必须埋葬自己的想象力和回忆！艺术家和说故事者的伟大光荣将被剥夺！"……"总之，我靠谎言为食养育自身,请饶恕我吧。然后,该上路了。"

现在,这一段对咱来说可是感受至深。古义人,你也是这样吧?

作为小说人物的话语呀,我知道这么说同样显得不知分寸,不过我认为这对二人组合、如此深切交谈的二人组合,却是深深浸泡在钟爱文学的热情之中的两个人物。从青春时期直至迈入老境后不久,甚至在觉悟到死之将至之后,这两人都一直如此这般地以兰波为文本,谈论将来的人生以及业已实际生活过来的人生,我想把这两人称为生活在被文学之光照耀着的生涯里的人。在这样的交谈中应该还有喜悦,因而这未必就只能是悲惨结局的小说,难道不是这样吗?

而且,由千樫主导的、充满恢复预感的终章来到了……作为小说里的一个人物,我还想说的是,对你这位小说作者,我可是存有良好的感情啊。

(六)

作者:现在,我感到从你(而且,较之于从三部曲中的长江古义人那里,更是从通过我中期之后的几乎所有小说而处于中心位置的你)这里得到了令人喜悦的致意。

与此同时,我还感觉到惊悚——与小说里这位知根知底的伙伴分别之后,该不会相见无期了吧……坦率地说,我甚至都感到不知所措了。彼此已是这个年岁了(因为都是同年同月同日出生的嘛),无须再相互争论感伤之事。在三部曲最后那部小说里,我曾以《别了,我的书!》为书名,这可是让我感到呀,永远实在于那部小说里的你(这是说,倘若有人阅读的话),是在向我这位小说作者说"别了"。

然后,我回忆起来的,依然是艾略特的《四个四重奏》呀,而且是结尾部分出现的"小吉丁"里的一节。诗歌作者处身于德国空军夜间轰炸之下的伦敦。假如照例引用西胁顺三郎译文的话,则是"老人袖口的灰烬/是燃烧的蔷薇残留下的所有灰烬"。这些灰烬,就是落在正巡视着因遭轰炸而燃烧起来的街道的那位男子袖口上的灰烬。诗歌里的"我",被意想不到的人物所招呼:

> 在暮色渐淡的黑暗中/我直盯盯地打量那低俯的面庞/仿佛用锐利的目光审视这初次见到的陌生人之际/突然,醒悟到这面庞/与我熟识却已故去的一位大师相似。/然而,原本早已忘却,现在却想起一半来/这既是一张脸,同时也是很多张脸。(中略)/因而我扮演了双重角色,一面喊叫,/一面听着对手的喊叫之声——/"怎么,你竟然会在这种地方?"

就这样,我想象着你对尚存活于现世的我(可不是过于遥远之将来的某个夜晚呀)突然开口打招呼……的那个情形。唯有"小吉丁"中的这一节,与艾略特版"二人组合"的《J.阿尔弗雷德·普鲁弗洛克的情歌》中"那么就去吧,你和我"之年轻的二人组合,仿佛在相隔多年后相互辉映。

长江:真就是这样呀……"怎么,你竟然会在这种地方"吗?……虽然我一直存在于你的三部曲之中(这也要一如你说的那样,假如还有人阅读的话),可是身为小说作者的你,却又在什么地方呢?

作者:"别了,我的作者!"……唯有在你的这个想法中,才存有切实的现实感。我也要想象如何答复"怎么,你竟然会在这种地方?"之询问,这是针对在你说了这番话语离去后仍停留在这一侧的衰老的我提出的询问。而且,即便在那些场面中的任何一个场面里,小说作者的前景也比小说人物的更为沉重和严酷啊。

长江:可是,对于生活在现世的你来说,就像《别了,我的书!》的终章所描述的那样,"巨大声音"响起,一举得以解决。而我,却只能在有谁翻开书页时才存在于那里。这不也是要长久经历相当沉重和严酷的岁月吗?也就是说,这是同病相怜吧?

作者:是呀……我也围绕长年与之打交道的、同病相怜这个问题向你请教:关于《别了,我的书!》的结尾部分,身为小说人物的你,是否想到可否有更为不同的应对之法?

长江:即便仅限于"奇怪的二人配"这三部曲而言,一个小说人物一旦被赋予小说叙述者的地位,他便兼有了小说作者其本人的身份,小说的结尾部分就将留有并不洗练之处。在小说尚未结束之际,甚至就已经让作者从楼顶上"咚——"地跳了下去,小说当然也将无从继续亦无从结束了。

不过,我可是认为,唯有这套三部曲呀,纵观其全作,有可能存在着不同于实际写出之内容的终结方法,存在着赋予长江古义人以明确的终结方法的手法。莫如说,作为小说作者,你本身已尝试着几乎写了那一切呀。

毋宁说,在你刚才提起"小吉丁"之际,我就已经在思考那个问题了。如果说,在艾略特那样地位的诗人不会以丑闻终结的人生中,也曾例外有过激烈瞬间的终结的话,就该是在"小吉丁"里的夜间轰炸下四处巡视之际,轰隆一声被炸死的情形了吧。即便试想一下他在伦敦的住所已被炸毁,就知道这不也是可能的吗?

我有个与此相同的空想。今天我们的对话或许会被指责为与其过于趋同了,那是《别了,我的书!》终章稍前的、"'奇怪的二人配'之合作"那一章的最后部分。作为小说中的人物,自己也是融入了对伙伴的亲近之情而这么说的。在这部小说里,我所喜欢的人物是名叫奈奥的姑娘。深夜里,这个奈奥在电话中对我说,她害怕地震。奈奥的最后这番话语让我很喜欢:"啊,实在可怕……还在摇晃……假如我不全力以赴地防止发生火灾的话,真不知道大武还能回到哪里去……即便小武作为死人归来之时!"在电话里接听这段惊恐话语的,倘若恰好是我,但不是作为仍活着的长江古义人,而是作为业已死去的长江古义人听到的话……我在空想着……以甘美且悲痛的思绪在如此空想着。

作者:那么,古义人是怎么死去的呢?

长江:你真的想不起来了吗?在你作为小说作者而选择并写下的那个故事周围,理应还有其他许多故事,即便你写完了自己的故事,它们仍会在那里摇曳不止。而且呀,其实你已经让奈奥在这个电话里讲述了古义人如此这般的死亡是可能的:

昨天夜里,长江先生当时正在那里睡觉的二楼房间的灯光熄灭后,小武对大武说,事情既然已经这样,就干脆把实施爆破的时间再度提前,连同正在睡觉的长江一起,把这座别墅给整个儿炸掉。咱们的爆破也应该包括对那些自以为非暴力手段总能行得通的民主主义者进行的批判。这个思路是合理的,而且,只要长江被炸死,繁先生也就不能无视咱们的呼吁!

于是大武就说了下面这番话语,据说表示了反对:自己也认为这不失为一种方法,可是奈奥怎么办?如果把她叫起来外出避难,她一定会反对炸死长江先生。听说大武还这样说道:长江先生去年弥留之际,好像自认为把以塙导演为首的死去的朋友和老师都带回到生界来了。说是每到夜晚,他们就来和长江先生说话。难道要把那些幽灵也全都给炸飞吗?

虽然最后那部分像是年轻人的玩笑话,可小武还是撤回了自己的主张。在危险时刻捡了一条命啊,长江先生!

作者:可真实的情况却是大武未能说服小武,长江古义人被炸死了。然后,古义人……总之……当然也得以在人生的最后阶段避免了那老一套的批判——"自己这个人是绝不当悲剧的(或是悲剧性)当事者的旁观者(不过那些年轻人将被杀害)。"……

我承认,这可是散发着魅力的情节发展。但是身为小说作者,我却有一个忧虑——我可以怎样写"奇怪的二人配"三部曲这个故事的结尾部分?

长江: 关于这一点呀,你在三部曲第一部小说的第一页里,就已经揭示了具体做法。那就是头脑聪敏的田龟装置嘛。长江古义人也好,奈奥也好,这两人都被炸死了。可是这天深夜,微弱的电流将电话里的往来对话从一个场所传送到另一个场所。然后,未能"在危险时刻捡了一条命"的古义人和奈奥,也就是说,双方都在移往彼界的这两人,基于没有选择牺牲年轻人生命的那种满足感,平静地进行交谈……不这么安排岂不是太可惜了吗?"所以特地备下了这台田龟装置"嘛。"奇怪的二人配"三部曲在这本应平稳的地方为什么没能平稳下来呢?

作者: 大家都这么说啊,小说中的人物确实要比小说作者聪敏!如此这般重新装帧了的三部曲,被重新装入创意新颖的函套里送达读者。这三部曲直至被实际阅读将会经过一段时间,届时,恐怕小说作者也肯定去了彼界,他将借助田龟装置,向那些从已然陈旧的函套里取出并终于读完这三部曲的未来的年轻人送上感谢的问候。这个场面,也被我写了下来!

"就你那边的时间而言,现在已经很晚了。休息吧!"

许金龙 译
浙江越秀外国语学院外国语言文化研究院